國家圖書館藏清人詩文集稿本叢書

第三輯

一

陳紅彦 主編

北京大學出版社
PEKING UNIVERSITY PRESS

國家圖書館藏清人詩文集稿本叢書

主　編　陳紅彦
副主編　謝冬榮　董馥榮

國家古籍整理出版專項經費資助項目

《國家圖書館藏清人詩文集稿本叢書》出版前言

陳紅彦

詩文集，也就是傳統目録學中所稱的「别集」，是個人的文學作品集，記録了作者的經歷、情感和思想，反映出作者所生活的時代和地區的社會面貌、風土民情，對後世的研究者而言，是關於作者本人和當時社會的第一手資料，可以勾勒出豐富真實的歷史畫面。

有清近三百年，學術文化集前代之大成，詩文作品蔚爲大觀。據統計，清人的各類著述有約二十二萬種，其中詩文集逾七萬種，現存四萬餘種。清人編選的本朝詩文總集，有官修《皇清文穎》《皇清文穎續編》、沈德潛《國朝詩别裁集》（又稱《清詩别裁集》）、王昶《胡海詩傳》《胡海文傳》、曾燠《國朝駢體正宗》及張鳴珂《續編》、李祖陶《國朝文録》及《續編》、沈粹芬《國朝文匯》等等，這些詩文總集涵蓋年代不同、編選宗旨相異，各有千秋。

近代以來，清人詩文集主要作爲大型叢書（如《四庫全書存目叢書》《續修四庫全書》等）中集部的一部分整理出版。近年上海古籍出版社出版的《清代詩文集彙編》是首部清代斷代詩文總集，但以收録刻本爲主，仍有大量珍貴的稿鈔本分藏各地，未見整理。這些材料如果能夠得到充分地發掘和利用，將爲清史研究開闢新的天地。

有鑒於此，我們整理了國家圖書館收藏的稿鈔本清人詩文集，選取近百種二百餘册，分輯出版。每輯内以作者的生卒年代爲序（生卒年不詳者，以大致活動時期爲序排在最末）； 每種附以簡略的解題； 如有夾條、貼簽等，局部放大附於原頁之後。我們相信，詩文集等基礎資料的整理出版具有深遠的學術價值和文獻意義，可以給學術研究帶來便利，豐富我們對清代社會歷史、思想文化等各領域的認識，也有助於珍稀文獻的保護和利用。

目録

南蘭書屋詩草

張恕撰。稿本。一册。

張恕（一七九〇—一八七四），字貫一，號鐵峰，浙江鄞縣（今寧波鄞州區）人。道光八年（一八二八）舉人。任八旗官學教習。

本詩草不分卷，紅格紙，紙張有酸化殘損，書稿經修復，部分文字缺損。墨色疏淡，字跡漫漶。無序跋、目録，卷端題「南蘭書屋詩草」，題字上下各有陰文、陽文方印一枚，褪色較重，無法釋讀。詩草内容以五七言近體詩爲主，主題多爲紀事、遣懷、寫景、詠史、唱和，紀事詩多有紀年，故詩歌編排應是按時間順序。詩稿有夾注、眉批，後半部分詩稿抄寫不精，有大量圈點、篡改、塗寫。眉批除對詩歌進行批註外，亦有對詩歌排序進行調整的説明。頁眉亦有爲詩歌標註紀年、删減、抄寫等説明文字。卷末幾首詩歌字體較前爲大，疑爲後寫。全稿字跡略草，多處塗改較多導致字跡不清，難以辨認，或爲撰寫之後經過閱讀校改，初稿痕跡明顯。

另有著作，《長春花館詩集》十二卷附編一卷，咸豐三年（一八五三）刻，今藏上海圖書館、華東師大圖書館。同治間刻本，今藏南開大學圖書館、寧波伏跗室。《南蘭文集》六卷，光緒五年（一八七九）刻，今藏國家圖書館。宗源瀚序此文稿稱：「其文布帛菽粟，於風教節義論議往復，意思深長；於鄉邦之畎澮堤防，尤力任而詳考。」

（徐慧）

94003
1冊

南蘭書屋詩草

廣艇

來自麥皋小西洋國所轄其人以護衛貨船為生閩廣寧波人雜處其中咸豐初海寇縱擾南北洋甬商由滬上招募來者日衆自稱領事官江面路北設立公所收取募費

闤市曾不設奸宄何所甚甬江富廛肆盜藪自此成行貨渡重譯居奇應險程路將暴客距而反非類迎徒熙閩廣雜勢澎湃夷弁雇募來益夥伏戎交相驚犀軍貪而卧坐使天吳撲鮫門惡來去終防風浪生東渡寖西洋官禁難復行孰顧禍殃遠但求居積盈商賈得自許擅榮祠壟海……

蚱蜢艇

越南蜑戶以逃捕為業咸豐二年遊弈至浙洋受撫官授目弁與有壹徑三百餘人編為廣勇任忠遣散詩以補之船形似蚱蜢故名

咸豐辛亥冬海颸送起伏樓船路不通砲臺石屯築水師廒

束手疆吏但瞠目，強梁幸可捺不惜。官与綵（時中丞等大停來郡主撫）五領始解紛，万金方受犒。壹者半出洋，留者盡登陸。持兵官既行結單，倡家宿竹帽，慣戎裝，楮衣毋没（忘山巾，杉袖短衣）（男婦負書）。城守資捍衛，民居反踞盛所窟。萌舊葉叢將毋漸滋他族，防氣侵我厨纆纆。唉魚肉益少換豬多，禁令胡不肅。

六月十六日紀事

輈峩大艑闖外來，風烏十丈高建桅。豬艙下椗江北隈（前幾日來大西洋兵船一隻，指從舟往八所□）。紅旗飄颺艇船附，砲位重重向城布。城中何事鬧嚷止，曰与堰戶尋宿惡（互争護洋費），遷船人少氣不作，四城暫迴乐之殇（官以布興有船勇与廣艇家家不敵，今其幸勇返迴，發印各還）。鬼彈火丸飛入城，連珠轟作天鼓。

嗚三人冤死不瞑目 此考 城外担夫父子二人城內一女子中礮死

夷兵一鼓詎能再 小西洋本弱者恃廣艇烏合之衆

次日七五艇與蛋户新招之作蠔船三隻戰於〻海面下大破之而回一艇被焚 張勇三船亦俱碎 布興有所帶兵船三隻泊

於和冀〔〕 小西洋所碎 官吏居間為解紛 里閭驚徙有誰在 城外居民多 昔年送款後島

夷西洋通市非所知 誰合之衆西於斯 我聞麦皋之人稱而

賊偷之 僑夙駛海上自閉 帰不得海上 克惶 指帆 樸人 精兵 多通 止者新招者 葡萄 小西洋國 葡萄呀

何足食 新招 鄉勇 南海注

竹东老漁話如對兒女家常脈脈之談宛轉纏綿味外有味所謂告

而非辛者與聞月雨窗高此戲〔〕成〔〕長律

既無腳力又無錢妄想遊行作散仙世外烟霞原有地擔頭風月豈無

緣附人驥尾動千里杖國鳩頭但數年昏到眼光聾到耳何如

守分學安禪

閏七月十三日粵勇出劫城外商船官令勇目布興有擒戮人閏內心大快

鳳山居臺灣蔗霜天下甲百艘齊來江面挨銀幣交市白如雪居戶眼饞出行劫長官收尔鳴吠益羣那知虺蜮蝎毒於蠍白晝肆楚明作賊見物橫攫誰遑擇老稚已將官祿竊忍睦鼻子奪人食連艘雅小棲並集魏志建雜勢偶樓不十室當令死同穴並見魏志教下粵勇目汗流脊責以擒盜脫籍四人爲專二人溺餘者膽碎走巡匿入城聽命無可說不即行誅禍又危粃霎千人況雄傑江干抑鬱根未洩忽聞礮聲始慶快自今此輩當斂戢莫謂長官仁且慈城南看取刀頭血

上海賊劉阿元據守危城屢攻不下近聞調用夷兵協勦

黃浦江腥血作波，旋聞芒屩去消磨。蜂屯未壞謀原穩，鼓困孤城力尚多（城五里兵屯聚於此）。三面池隍仍劫火（官軍用地雷三面轟擊，一面降近夷館不得轟），經年士卒挽戈。江南咫尺彈丸地，猶待夷兵奏凱歌。

張小舲華才輓詩

君年八十二而我知襄達，論交一歷四世，握手時一會，文章許代傳衢。茅謝虞壚諸郁善，志長男尤其最，侍奉不知夜，鬢髮安繃已艾，始信古姜子不以老而懈。以今失……乃是我名歎殊動。穡，懿不成抽以此植其根，枝葉誼有言，纏式序娛孫枝，吳下白阻快。世誼樣壽以對兩皆偉，蓋昏眊不及，防浮生況如若，嗣祖誡未為

福去沙影露蓝

十二月初八日宿石塘高氏南樓望見慈芒諸山

樓窗三面鬬玲瓏近抱溪山作素屏[illegible]木遮來隔江最遠見數峰青

十八日立春

晨曦淡含迷半陰浮半晴小港凍初解隔溪雞亂鳴盡花

[illegible]城圓菩[illegible]萌[illegible]長琚人事今和平

乙卯山[illegible]竟渡上海[illegible]危見白頭甄奚作此字來

毛[illegible]甬道接城隍[illegible]中絕鹽糧借籌

[illegible]葉分軍羽息偏厚

上紛葩細十枝 文挂年[illegible]

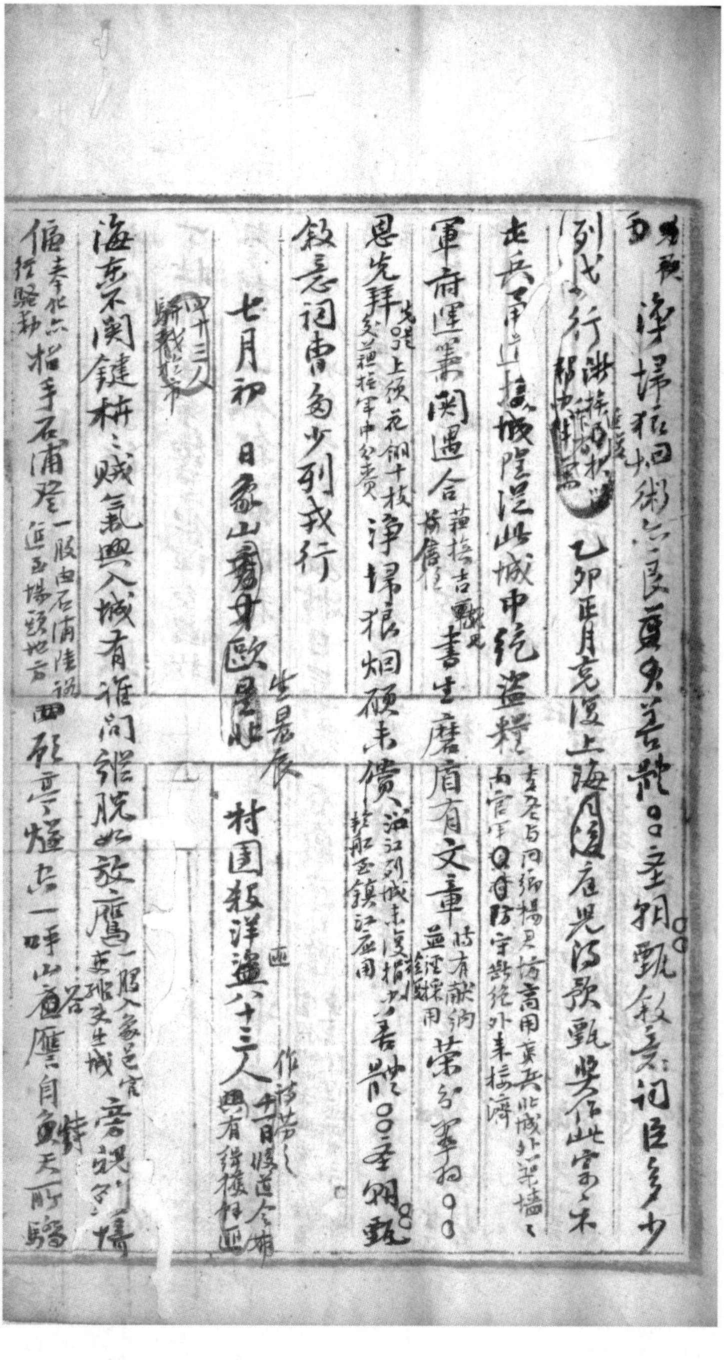

勇敢淨掃狼烟回衛六良更負蒼生歎□□聖朝甄敘意詞臣多少

列戈行（洪楊據金陵）乙卯正月克復上海，□見沙歎甄，要作此當之不

走兵□□據城隍，渴此城中絕盜糧（未克之前同鄉楊君坊商用賽兵北城外築墻，內官軍□□防守，斷絕外來接濟）

軍府運籌闕遇合（舊據吉甫□旅信）書生磨盾有文章（時有獻納，並經採用）榮名率為□□

恩先拜（先蒙上頒花翎十枝，父蒙□□中允衔）淨掃狼烟猶未償（沿江列城未復，指為□□鎮江應用）香□□聖朝甄

敘意詞曹為少列我行

七月初 日家山寄母毆墨 生辰

村園報洋盜八十三人（作詩紀之。廿日復道令旗，與有能擒斬匪）

（四十三人 騎截□□）

海東不閉鍵，耕耕賊氣興，入城有誰問，猖脫如放鷹（一股入嘉邑，官兵擊退，生城）寄語□□曠

佰（去年北六往騷動）指手石浦登（一股由石浦登陸，說進西場頭地方）西□□□燈 一呼山谷應自負天所驕

殺氣遶書檯班生棄書起懷纓十僅將福此枕上腐陰截胡如禾模詩戊大看方里意寿
鯨閱譬先丟結窮老嫁子憑予屬同食費君從軍蔣徵里鄰稽
丁壯郎壁爭趨庭經分明於霜行行前影閃閃春聲
夢鼙鼙一人殺一賊瞭積屍滿膝安堵塵翻井坎戈散友朋生言
如曼躍始經書戰競奴抄目蕩影有勇力自勝官兵中脇市與有勇館廣勇結樸但四十三只聯
戰於沿海鶴接影孟由處隱棄豈寡錢為寇里擁往取悟一旦毒毒市
去求援執刀話隨溫不設防究屬經難邀搏搏識主伯去去眉髮蹙生子從赴
秋試館日十子上余進如詩況占卄字作人中龍不為驥尾蠅
十九日偕同人至西關深字祠癸社社友今拔……
海容詞伯今古宗入元益立推清客出年來歸為替祠奉妗自

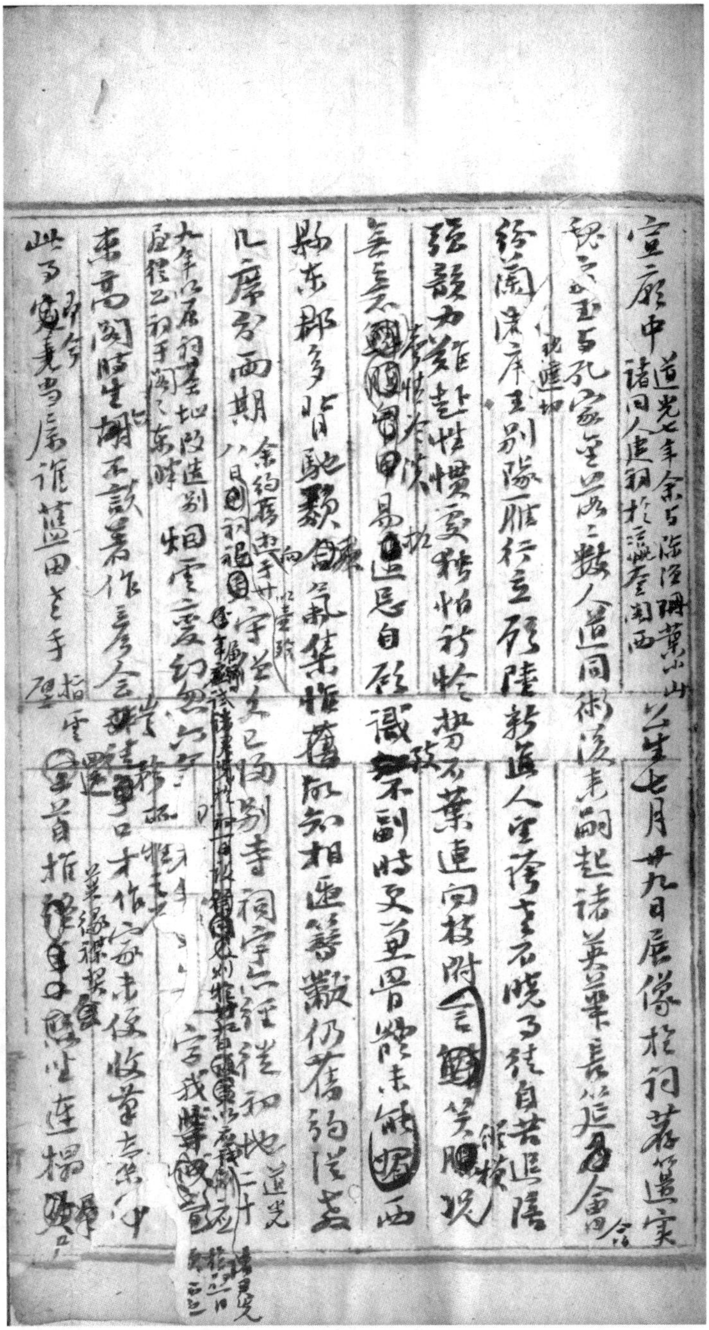

甲申夏錢儀吉[illegible]

西園

數點西園薔薇黃不禁芬溪抱留共[illegible]蝶伴我閒吟

到畫廊

丙辰正月廿四日攜家南家良兩孫移住條墻
出城西門自由安排且向留近依楊子一區宅（與楊蔭北叔同居）半
劃元龍百尺樓臨外山横青障門前突梨白蘆逢舟撑鮮宴
預見曹事親與雛孫解杖頭

春雪

春雪不離山乾河不離灘雪多令人愁河乾斷行舟舍舟而
陸程可通種田無水妨我農

大兒補散館試以部屬用作詩

天下方用武所需在幹翮兵甚日旁午貴調動擢劉大夏
具山臣箸筆付黄門於世何益閲此得部官不復

顯詞容穡墨善風因梅書有常責但得謁寸忱龕福祉皇權

況涉久參仕閣年逾半百此時不圖功所處崇祇際秉書意

避跡且絕遊趨時局不諧貿身［illegible］限緣歸守一還

宅潛見皆可爲顯晦隨所適庲庲好成欽盂名何以惜 士庶攀留西山舊題二首

巡道張鏡湖 清光調任運使賦此爲詩

五載靡華白上鬢 以壬子蒞寧於今五年 頌聲藉藉徧東隅掃除赤眚安

民社 壬子東鄉張朝清倉能貴等倡亂大吏能之戢兵勇回不肯至釈其解散首逆就擒 傳誦青天回遠 帝都

以所至頌青天言宦閩於 閩市樹循諸君子 如島東海閩通市 以 池隍

相之以權以此 保佑舊宦奴 宵盗刻宋時爲宦奴城 洪流更加三農望 西南鄉洪水濤堤壞搶壞 河流直瀉於江全從諸

以方勞修工 因此狂瀾挽得臣應癸冬發免禦乎

感[illegible]至誠（以事事以誠接物有琴劍[illegible]）茅檐難大不須

焉卑書旁午識羣醜（登丑台匪[illegible]林芝及姜山土匪陳復全等誅逆，公令卿又國彫鴻慶匪黨賊月就擒，防閩匪雙刀會[illegible]閩蠢動，先期緝獲[illegible]至山餘黨清散。甲寅鎮海洪世賢[illegible]聚衆奉化升幼台賊起事，旋亦被擒，并獲黨廷陞父子，駢戮於市）

戍鼓防秋籍勁兵（公選提標名營壯勇不時訓練，以備不虞）

借寇[illegible]洲民庶頌（城鄉士庶數千人攀留至[illegible]）推袁[illegible]負

故人情（公去以文字見詞始未能也）[illegible]地東西[illegible]錢[illegible]一路明

鸞海帆漲鑒壽詩

以吳真是地行仙，[illegible]四海遨遊[illegible]八千立家放，都成前日事，清

閱已屆古稀年，囊中詩句[illegible]付後賢，志箸

著書充棟，媿余零墨不成編

十月大兒從任外秩[illegible]寄示

漢世循良班史著，信[illegible]許拜[illegible]

中[illegible]用[illegible]

鬼才[illegible]

[illegible]

長官整風[illegible]誠風行[illegible]自洽感格及鬼神何難化[illegible]

悍[illegible]為[illegible]為[illegible]庸[illegible]

丁巳二月題鍾鑑堂軍門寫生追影圖 獨坐[illegible]

蕭蕭[illegible]徵風好情，琴德[illegible]抱作畫[illegible]眼底[illegible]中駿馬待麾

氣一時歸生平[illegible]布[illegible]

兵[illegible]

名等閒百此身
果比春花曾一夢無不知人叢裏而今己卯餞建閩州 以奉命授福建糧儲軍
意氣修道與瀛得暫留 暫司郡守定丹書制罕乞方鏖迫 以兵乞歸去 表常泰宗國章書陳東名 去歲會事得知
將寧非流授筆擬琴尊一致風枝烟葉造適地生意氣清清 不非措
秋味無極懷回高寄僕世表病梅危院今日展圖兆識西閣又
謹與訂知音明月出林水一片

書懷

冷淡而今無是俗但須官常不須錢貼將書畫散朋友保設去丢
飄中聖賢華書不徇家計未得閒便作仙行仙人生歲筆硯知
皆日月湖中別有天

林山屏招飲夢園

吾婿任此職指揮三女
同在署中沈婿寓鄭
館和距衙十餘里

花滿連仙宅（園中書蘭蕙叢）芳叢取次探江山書復到詩酒興還
酣山葉開三逕閒情寄一菴勝遊孫來佬歸夢繞城南

三月廿八日之西北行

長途四千里隨此一身去往雖自主跋涉阅与津烽火江淮間襆
被良艱辛雖此不遑（複）随（生是一女未折）子焉谁与親旋行伏我前移时棖（中書館云）
世中去去何處此眾散（莫及）（皆風回）覆破此信日邸閣相待常如寅（此去）（漢若何處東長館觭）
附慰我寄將何撒我自壬子歸健在逾六歲此去兄與姊一一存
我陈律味以眾昔相依遠隔城北十餘里素性與此隔作書時附
我寄將何赠歲此歸在何年我近七句

林山屏夢園題辭

主人夢何許乃在城南隅僻處隔塵市手植百株水
木四窗中偃仰足自娛所懷託高寄信與天為徒
主人夢何許叢蘭地幽絕春風渡江來到此亦芳潔季
倫錦生為題悼武子錢作埒巧飾亦已過何當守吾拙
主人夢何許志趣寓與叟樓高風月多四面開戶牖
江山抱其前河流通其後桐桐泉石間花時對春酒
主人夢何許與天分一角心遠地自偏陶句未須歎境偏小閣
偏斜川平林霧層滿楣明檐低小小窗櫳皆開樞
主人夢何許坐對青琅玕翠影了無塵但覺風瑟瑟
千個無一字而自足以觀綠綠塵俗士勿復說香 端 竹裏裝 佛龕一座

主人夢何許有時揮毫寶醒來客已去帶中書在裏
趣寐無可圖之此中結構笑我亦何為結思作詩應

五月廿四日清淮道山縣夫清河小作信宿識

掛冠不即歸
看嬋娟望期望數天邊鶴
燈塵滿河東[illegible]
[illegible]中懷日[illegible]
[illegible]

西北風尺書忽飄無端言謂淮上歸先期感難索[illegible]
[illegible]

掛冠何即歸路經天邊鶴燈塵滿河東明彰德一帶接遞去路中懷日
憂灼昨夜西北風尺書無思飄無端言謂淮上歸先期感難索春
接在目前相見胡不樂第恐老我無悲喜豆叟作是於癸巳出山北先父母供奉也

先人有激應解裳与棲託彼此攬舊懷砥言具林楊

閏月初五日江北事 粤東居户与西洋島夷爭護貨船關外互鬬，是日暈船十四号進關至江北岸，闌入西洋館哉

[illegible]人生擒二十餘人，餘皆四散

蚍蜉鼓其犀飛聲衆且疾，海上趨來洗合人，甘似塞西洋呆

何特与之[illegible]口實，勢[illegible]不相容，力又未能匹，要來十四舟紅旗

排岸塞西洋，陷陣中四面設羅畢，羡將萬族殲，吏[illegible]

先遣奮呼刀入垣，脅殷聲急室，欲地無戚，涌積山岸，屍錯睹

一衆更一强，空乱直無術，商賈有[illegible]此利，寔終未定，江浒戕

盗藪紛拔蚌与鷸，猶[illegible]亂獨横[illegible]雛鳥干上爭

[illegible]同典中[illegible]力驕滿盈，禍患滋獨會，閩间民太平待

戊午

何日

乙亥李鏡山荃夫人六十壽言 陈氏劉貢 [illegible]

詩書衍澤長松柏得地厚所恃[illegible]在心庶幾介福受[illegible]

澤辭[illegible]祖摭取[illegible]龍女花[illegible]晋麻姑酒捧萃君尼

言而余獨否之但言述舊德勉彼牛馬走祖功遠莫追文德近可道

守來降時傷躬拮据不離手純孝慕終身從此責在後昆

子起科名顯揚亦[illegible]傳不難[illegible]承夫宣一軍甄[illegible]白[illegible]

義室市以習讀無識[illegible]充同康[illegible]

代母[illegible]流慶斯和文余言雖质直鑄詞要以尚

[illegible]以壽其母

息夫人金粉寫成袜白描手跡上題曰一幅息夫人小影
縞衣立在月明中蕙扇羞來裝成冊屬題
昧到宮前玉漏聲花光人影不分明此中幽怨憑誰訴碧
海青天無限情
東風著力自年年以上花枝月正妍卻恨嬌娥偏好多事
向人追怨鬧嬋娟

又題月下縞衣為白桃花寫照但賦息夫人吳園之本有失實作二截以正前誤

清標有韻煙痕如夢出宜春玉不非從來本真媚與古
風姿諒前身原是息夫人
洗盡鉛華自嫵媚常儀細伴宜相將來春月處尋消息

葉底傳神墨白描

傅新之明府自館江右殉難陣亡輓詩

憶別二十年驟臨名分道因吳方伯任之愛我長生一表忠藎

來江右賊猖獗官軍望風遁寇虜乘虛攜兩吳盛一軍

誓將欃槍掃君陰陣逢地肝腦自甘身命捐不

作保全生年僅三名若不早百年止一死吾能復華之只

死猶未死生氣隨大造龍如秋桂天等先烈吉如灯同燿天自

談命生多忠節實不心讀書尚完節品行良足之露遠

幸錫顧詳籍及指揚媼老華幸忠現淚盡眼枯燥

陳志和輓詩

[illegible]

來逢[illegible]吳家[illegible]呈嘉陵來[illegible]

[illegible]今風[illegible]不由古轄左三[illegible]

桂[illegible]思[illegible]多罵神思遊嶺權[illegible]放手感桂[illegible]

傷精磨人[illegible]洞執思一毫，椎後御路季聞今又[illegible]一行[illegible]

餅條成月[illegible]

辛丑[illegible]移山[illegible]戊申[illegible]

今又能無[illegible]

讀東園題詩

結交三十年，流光疾如矢。春鶯雜漸[illegible]少，我今年耳志[illegible]

未暮此河難得，比病夫藉回生[illegible]病[illegible]喃子[illegible]

料[illegible]郁施是古人天遣之[illegible]間庭西月解[illegible]傷[illegible]中間[illegible]

瘡豈知修不起生難百雜況乃視吳苑廿五日与吳中飯遂余易以姜强益扁傷

義多已義方如吳陸宜來讀書黃蔭修廟志防中路請師賢則杖

承順未嘗息根柢植已深科名豈可待艱難倉皇時而吳已不在

海宇多警變渡江未可全湖未詳上江教熊高枕眠未九言相語劉

盜聽門庵底牛屋何處遺謀筭成昆輔及證與血脈終不通

已矣吳自生斷裂並之福毋乃太息邊

三月廿六日長興縣隔叉州鄰郡土匪四起余去不仕事四月十

六日挈二女孫逃象邑之大雷山歐姓比家

無亂不可為神思每顛倒況乃衰病身那堪市從扶甬江商賈以銀錢賄嵩諸大多引

避挈女孫庶幾遠殘暴於彼此擇精詩我都毷氉眠食期安訪去

投宿好（星北兄弟為余家門下士）戒裝出郭門三日許到地僻絕見聞矣深得依常

莫以輕去鄉謂余實先導

晚飯既上船旁人多側視解衣篷底眠掛帆江東駛攜兒隨我行屢

阻不得止困羈豈不樂亂離究難恃回念諸弟門望我來延跂寸心勞韁

檣高下出没水行移三四舟尾芬黠復點吾端慎慘詞終夜聽人耳

平明艤橫溪竹嶼沿溪路追遥芦花橋長短郵亭接微風送雨來

忘蕩作烟霧桂香及人家墻下仍古溪（溪名墻下潭）扁舟不得前鄉團侯

防護（護送海口 設者鄉勇船）旅居三四間暂此一宵度

團勇十數人艄尾送行客風壁波路平日出滄海碧一湖映潮

人出扶稚前引入其门且字院东宅更為闊因居房攏内外隔住俠

此首去前

古所重情至無多益村人閒客來臨看滿庭除曰是蒼髯出胡為此

邈近素心非好勞隱此但求適卷病須藥餌主人設占謀生藉米斤

豈是仰高弟兩兒宦仕籍官囯未即告除授當循格匝之保此身穀

為兒輩惜

四月初旬長娥竄洪去未便驅曷戶不得食議團議派一無

戊箕搬遷之象山

世事年來早息機那堪城市更依依但將蘇水甘清淺何必蘭

莞論是非四面樓榛宜院疏一肩行李無衣冥隱鼓翼飄然去

千古高風只杜徽 昌杜徽脩身隱靜不為吾役

贈歐星北兄弟

衰老逢時難移家入海天尚多兒女累辜負主人賢嘉蔭分園
核（新闢園居為金樓氏之所）新炊飽潤泉（添設爐灶料量米鹽備無闕乏）偏懷所託賬食總安然
通家兄弟業捨分獨相親義俠高前古彷出編風因山居宜崖
靜村歷不孟荒（先君餘粟減值出糶其尤窮者升斗賑給村人藉以全活者甚夥）頗到承平日棄錢
此畧都

大雷山

萬壑千山到上方白雲照散不辭忙而餘山色生邊碧風藝湘春去
大荒一葉扁舟墻下渡（渡名）百年香木寺無州莊內（士不）杖策誇腰膝
踏破芒鞋已夕陽

歐氏書樓

溪樓雨歇水潺湲，忽放晴曦眼界寬。郤石山橋初散市，海天
靄宮獨倚欄曖蒸雲氣峯巒出，綠帶烟堤赤木橫。坐久久入
畫圖幀，攏此中收作卧遊觀。

園居

園居清暇絶塵烟，閒檢詩文手自編。長夏正宜高枕日，病軀未出
袷衣天。蒼涼海氣穿林樾，早晚人家近市廛。閒道郡城時告
警，湖城[西]閒放幾多船。

象山歐氏祠塋燈星北[動軌] 立三注

東南峯岫高插天，排雲累海弓樹圍。屯軍環列百餘里，忽復高直堃凌
蒼烟。[大雷山] 昂頭騰踔趨縣邑，旁枝曼衍石浦連。更伸一臂出附外鎮

向北與天柱旋龍盤踞瀾奇境元武低伏橫於前堂山溶溪一句進

溯汐氣象雄闊形勢全我閩山川排[illegible]脈傳閩秦以後多失傳形家善言

汗牛脊騰說執祖堪輿篇惟書藝文志堪輿經乃目答書傳者得之究非傳佳城鬱鬱

良有緣又閩地靈產人傑美才輩出應列躔不惜連及鄉井更始

成績登簡編而出樸樕資保障子弟旌鼓現戈鋋薑蒼時臨召將

弟閉戶讀書心力為文章韜略一家擅書稱丹臆十無延下年舊荷

稅氏數垂蔭不讓陶母阡日新富昌昌僑邑主功德言粹後先即

今昆季能象賢產於此地無負焉

東湖紀事倣樂府體五首

閙教場五月廿九日東湖巡軍史玫芬帶衆至江東大教場閙言欲平錢米價太守出揖要求不已許些市價出示始退

史玫芬惡素閔昔之遺犯今巡軍巡軍不自匿爾惡有伙黨前年收入圍圍以湖民浦邪釋之區區一劇人而乃弛法網自此橫行萌故智侮慢長官同兒戲官府不知錢米價首先發難更無忌

斷浮橋六月二十日史玫芬以米業錢米價未平復帶衆至大教場舉人李學達带勇報死湖民十餘人生擒四人入城城門盡閉湖民攻城城守兵備北高閉論船法砍浮橋照式乃退貴賓武歷而去

湖民先後來怱怱圍勇迎擊江之東擒生入城爭誇功首道還急還跳

鄰寶從渡橋累千百城門閉不敢開守陴無人費矢石江上忽駛輪
船來持刀砍索橋未閉橋斷東西絶四路紛紛止惡江江隈江江限日西
斂三十里路且歸去

焚歷事

歎歸不已歸餘地猶未洩既彼演武歷知爲武臣誤武臣避盜不出巡
提軍爲處州鎮滿人伍雲保 坐取巡費千百緡謂此盧屋盡爲者茅瓦一炬無片鮮
史政苛實猖狂我閱前日袁甫後愿望此曹嬸大須慎防

下東湖 七月初十夜李厚建[illegible]帶[illegible]男[illegible]城治東湖被戕

下東湖湖爲乎文武官署掩庭院城門開閉[illegible]便擁隊出[illegible]士
如電詰狷敗紛紛相傳誰實失之身命指[illegible] 未勉陰蓿篇湖

附入後

演送死出杜牲

宋仲穆學博錢詩（殉難）

從容家難徵前極肯蒿堆隨潮自傾欲為華山留砥柱寧官先已

出危城

身隨劫運遭戎庆細弱飄零亦可哀兄子戚豪緣寄句何時辛

苦饑中來

癸年氣味同來親一別江城已七春〻病未能將尅黃花盡東望

同治中（附逆地 無錫）

八月十五日避亂湖上舟至無錫遇吳僕生為擇棲止即寄民樓居

古館料撿同我感賦誌感

在行

風鶴起蕭墻無山可退藏罷來投舊友隨侍有孤行家累極衰

病時危話短長隔條棲託迹還同藉餘光

旅懷

議論多時更議攻軍符傳下角江東但期一劍收遺孽且棹孤舟

作遊客時從青山逢舊雨飄零白髮又秋風城居回首才逾月

草屋遠樓老桂叢

我夢

壁桓相石且春陶淳是時從古眼還揮東使着先路步後氣

多遊挽詩多秋雨戰紫趣摩筆墨何人朕四科叢并閑

奧聊趣森炉去一緣步相回蘿

二

隨底

短函初雛手並皴青紅鐵蕭一番新星移[illegible]須芒飯韓尤

香[illegible]道貌万事隨緣防區分西哭[illegible]任通籍出階峙[illegible]鄙簡[illegible]

我平安字慰藉園林健在身 山左濟南 王者言到

己未春日遣懷

年年榮菉對庭柯搔首寧如疑奴何去慣世情從忤物須

知畫蠶[illegible]生魔託身[illegible]何煙塵[illegible]指鐘鼎不在多[illegible]

蠶土[illegible]兩人[illegible]吐[illegible]

[illegible]傳酸道奔包斂[illegible]消磨

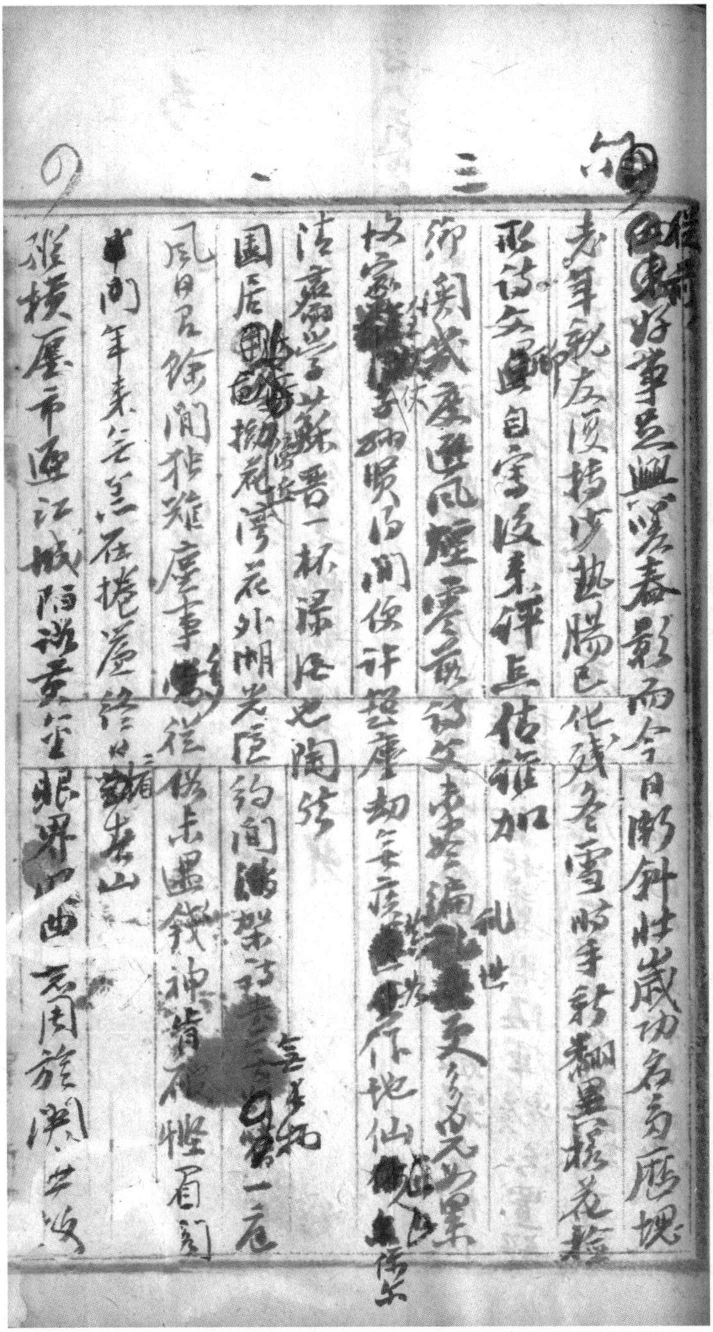

又

安心題門外人情不生妄念神娛定之中一蓬廬緣夢外住

籐杖一枝篾笠荷魚帳斜斜蓋南窗

點白回朱老益國非閒無病生蘇秦髮長眉不皮新如舊

董桂當年知時去年未服飢評及時樂引敵磨折屬詩人

春風少子之 [illegible]

[illegible]笑從行集[illegible]因書如一身

二十八日戊午

假公來

東湖飛禍生村賊民居逃避中忠宅無閒公來乎加顧危城歸

無處土適五陣雖解鮮旱給出撥招接千金特募粵海軍廣勇分置部

曲屯一死地救揚江東太賊[illegible]隱尺應自焚摩軍一鼓平庵前廿月十一日事再戰

四港番面之事十八日衰狼道難梟首獻公乃收軍整行伍赤丸復取

弄蕭斧屠爾蘇[illegible]福[illegible]衛[illegible]劫軍門[illegible]方歌[illegible]雲[illegible]

斯時公手一旗[illegible]留情誓死軍當先[illegible]識 勇破賊 吉用廣 赭山山陽口[illegible]菜

中令嚴肅 二十六日 渠魁閑風早潛伏[illegible]一由并殲戮 十一月初三日 官軍 御戎[illegible]

[illegible]頌功陵論功一布實雄壯 廣目[illegible]有 帝[illegible] 遺[illegible]敵肆狼抗

公來[illegible]況五月[illegible]湖山一舉[illegible]

段公言 敘

公今當言無戰功曰有國殤宜[illegible]但能一死差可風 指[illegible]

前此退者今補[illegible]不[illegible]壽[illegible]

祖餞歌吹[illegible]士[illegible]

[illegible]男婦[illegible]

七月初十六

辛丑

四蕭靚書隨吾所覽

輓謝石樵同年杭州殉節詩

廿年多同謝君復以節死引領望歸慨乎泪落不止

講學啟蒙嘗成人金孫子遺書有勉諸人所成人之語手澤尚未正努力

經與史

頻年闖上游四方已陳迹大化與感除一幅成今昔求生豈

無實身名知自惜先正豈遺言成仁第事畢

删

閒坐

閒坐日捲開菩薩向誰語在人星疏戚在小人喧嘯如

我居終未已一息尚相依紙恃固余生骨肉憐憐當知

庭前多玉樹當春葉滿枝枝枝大不敵亦安得長茂茲

浮雲擁白日颼颼不復收我與我周旋此心何澄平

春日出遊

花影紅紅

但隴高田雲雲耕新麥佛雅橫橫蔭海萃陰雲雲許其為

山花特放清

春雲

但見雲雲陰護澤萬物庭新庭花程抱學山鳥不啼未遷

手捺煙火充腸飯潤葉指圍餅鞋直飽暖仕交親

山居

一例和哭證世情休妻里四太予吸孤露海島人多忘瞋

到書山爲自寫舊日因緣成短夢新歌洲唱帶悲聲

坐談古昔好奉家出家算鄰濤送迹

勸族人團練

蒼兵彌九地何期忘彼殘海疆誰復戍山隅已去三年歲儉

輸書芋城中徵取合米善米者以書芋葦蘆錢送村稻麗赤凡鄰村黃匪命爲七十若羅交恥近樓寮不啻搖了

防家須早備早晚僕御團

春日書懷

滄海茫茫寄此身問誰援手却無因容貌全淡人多近
骨肉團聚意和生計蕭條累給隨行僕緣盡能發去
無兩院時來去年年當看花過一春
庭前芳草日生芽過客覺陰晴自嗟攬鏡階頭上八星雪
看去兩眼已全花一編重校樊川集千里雞栖酹酒葉絶
坐自吟遙自和山鄉家再似從家
樓節西望蹊行斜渡西宅近報花荷日邊〔逕〕加海上鷺波程湯
雪山中雜樹不生花沿溪人採耕同井絶頂炊烟住幾家右雪山場
多子山頂結茆二十四番風信過西能安穩到桑麻
料峭東風日下留一生疏懶去能真得依舊主居方穩德抱

曾棠又又添（芸池十餘日去風意少許無之）眠遲人多難備意家中病久怕

生疏故園多少叢憐愛看閱藏書[illegible]籤

寄贈王翊香學博硯農遂捩見和

自來人物數江東第一名流揖下風濯濯清標神似鶴亭亭

直上氣如虹近居塵海終難困高蔦雲天不受籠古調

難得知己久爲君砌後理絲桐

擬歸

行年七十餘生世來如家轄倦逢旅中何須彈偏常主人

非不厚苦踐終未遍及安貴日以多感案以以積難以以

題對（元禎句猶寫花洲友對面未悟宰）總覺一塵隔世以區常累居無

擇吉吉復甲意盥生幘髮履

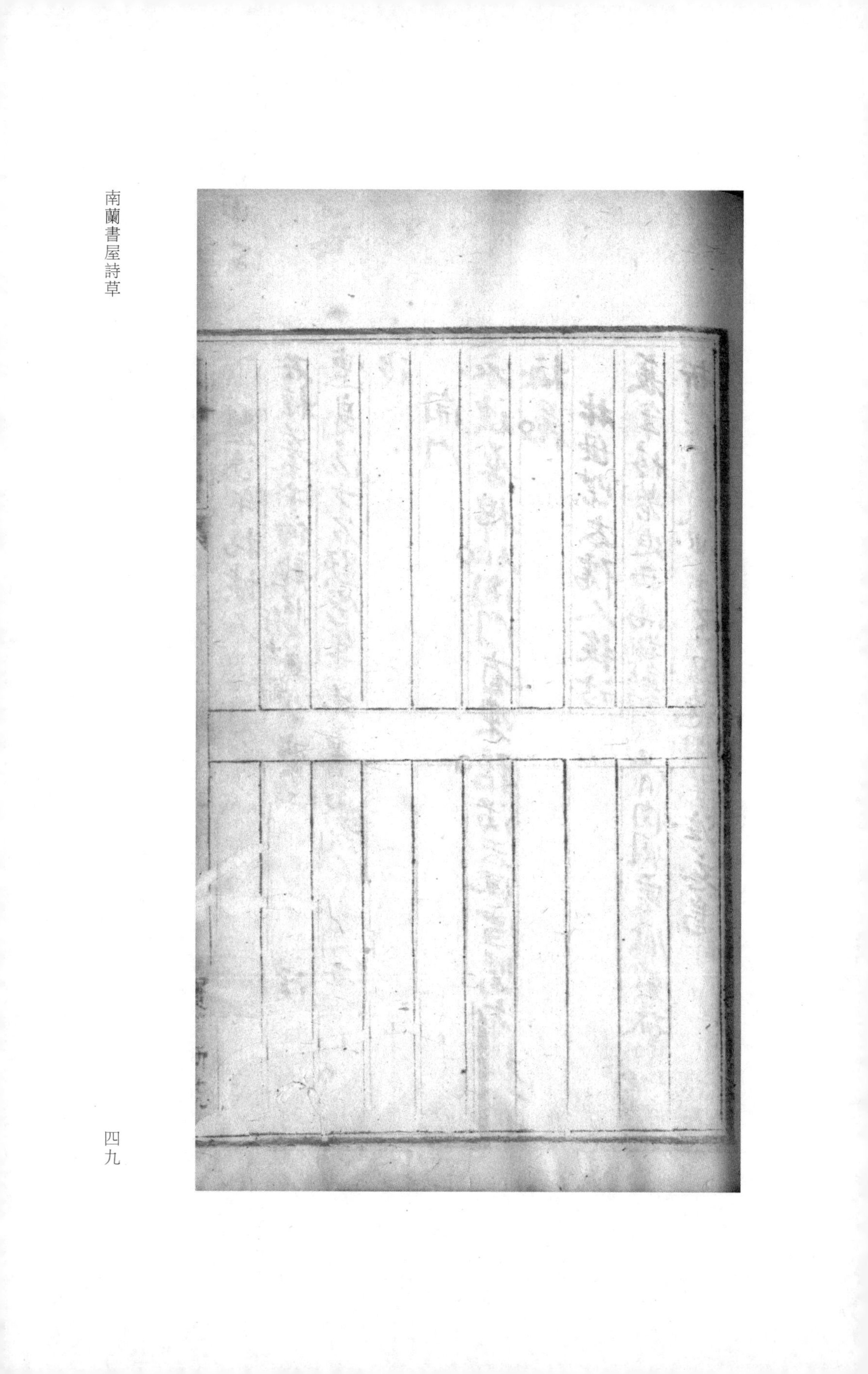

甲子

題馮午橋墳石

石柱峯于何龍隱行脈蒙雲山皆揖溪水沒
遺身後才名題墓年志筆高秋父題爲書但以屬他袍

開門

夜被厚棉加開門有凍雞滿天風雪緊窗樹不

梅花

林母裴太孺人挽詩

衰年情苦迫西隅（長兄寔甫卒逾五年）骨肉凋零雁影孤（次兄籛甫先期而殁）
折翼秋風悲未了忍聽門巷泣慈烏

乙丑

翟茀恩封壽誕辰（去年太孺人以旬壽誕，遣侍長尹軍給衮功祝欽及宗秩褒書）筵敞為御衣只今追憶承歡日我亦當年一老萊

陳此翁新春得兩曾孫詩以慶之

年來喜事話頻頻。疊見曾孫續孫新。燕。翼。壽。
成家抱子。（旬日三孫 去年一雄）鳳。雛。分出。手。面。印。（只兩曾孫 姫）

丙寅

般頭相皆英物四代封贈有棒心滿儲會
我早衡門近是古朱陳

葛二岷東邀賞紫牡丹即席口占四截

瑶池讌罷月初斜來訪人間富貴花爲有仙姬並
佳邑一齋停駐紫雲車

移種名花閲幾年春來湖畔倍鮮妍問誰卻把丹砂
染宅主原來是稚川

羅綺生嬌艷有餘花枝低亞葉扶疎對花好進流霞
殘醉夢還遲到紫臺

主情客意兩相歡坐到殘陽上曲欄花若不嫌吾

以上侯抄

畢竟明年此會復來看

陈渔珊姊夫八十壽詩

論交白首更如新陪奉清標謝俗塵窪學俱成千載事髦期好居百年身摇印泉石三多友肯構門庭後人（恰愕新葺城居）幸往其經晉腳欵情言難得是姻親

興懐

乍寒乍暖重陽後鑪雨連朝日掩關鄰社有人吾健在（陈涂）山濤世間善我自安閒韋情兒女偏多故（第三函女先後卒于京邸）見汎事

詩篇不忍刪詩句安眠無飽食天知子我（金悝）

別録

又見樸語

抄　抄

鄞南竹枝詞

圖志載有李季野鄭西竹枝、下士某某竹枝詞

象山倪繼山作鄭南竹枝詞壬戌余過[illegible]象山訪[illegible]

[illegible]無有知者[illegible]

雜詠[illegible]數十首不[illegible]

[illegible]以南末歲往時令風土偶並宣詁人人零落詞人今寄栽

同治元年粤寇從奉化南直逼南城[illegible]不能城遂陷

鄞鄞湖水碧於油照見吾家習靜樓閣呂江蓮洲有菊柳

不上木蘭舟

抄　抄

習敬山樓西湖紅蓮閣菊花洲柳花洲河頭興(?)

題人

吳公古廟祔社祠合祀陳徐三月時來水平堤斜出農器

雲硯(?)休遲

平橋廟向祀吳判使諸左宗衛祀前監司陳中丞太守徐發

陳雲閒復三候徐增修七卯堰牐並具功於水利祀之西要

姚星每逢三月廿三日吾門人陸略畢此祝此鄉保西一礎啟閘

我以為吾子保(?)

忠肅(?)堯(?)四(?)人不熟字當名涵虛館今合併

唐賢祀右樞

四字移此 校

細湖移此

下接又一首并序

在蕭寺前

湖心勞人亭祠左宋爲涵虛館先以館舍高徐内翰亦樓

祠前補壬涵虛館欽而祔忠肅桂嶼祠之右

蕭寺當年有讀書吾鄉邵孝廉盡多黄而今煙坊喜人以魚鼓

朝之作道暢

南湖近岸寺黄梨洲先生讀書處之所及門如仇滄柱陳恰庭

諸名宿朝夕聚講一時之盛

風送蘆花似雪鋪漁舟一棹入蒲菰那得莫問蓮心島

在東頭近細湖日游之東有細湖

勝國孤臣敘錄詳鮚埼不祥忙殺果賦棚 旌忠廟堂何及者

諸忠以祔 連爲先生寺

辨忠

全謝山太史鮚埼亭集詳錄諸忠子実黃宗井爲 旌忠廟花錢忠

介諸忠烈上以諸忠附焉更閱一老以耒太史未主閩奴後辨而非老將防矣

抄　　抄

詩骨嶙峋徹底貧，竹東老去更無人。生平著述知多少，散拾殘膏有硯鄰。

史雪汀先生𦍒居月湖之西，自稱竹東老人，坎壈終身，沒後筆墨飄散。今余家藏有先生手刻詩集若干卷，其昌黎詩注五十卷，半為南湖任雪厓所得，附注二十卷，其畢搜訪二十餘年，乃得全璧藏之硯鄰。

鄞壹壁間居史氏，即鄭園硯鄰，其別業也。

蓬萊宮殿近湖濱，碧瓦朱欄樣樣新。前此閣由祥上主金庭
無火祖來園

嘉慶年間有道士來園結茅，雅潔心之，奉呂仙以去。

其後曰：為君事同此地，當有天府洞之手，不道先知年。

此首移至蕭寺前 抄

壽烱希拓基建造自白蓮菴宮同治年寇至毀傷々

半葉言甚大李修葺完美亦南城遊憩境也

又狗南袁閣明清容門巷款蕭條後來更作怡庵宅

坊里程頼李士橋

漁家居士西城南遷入西河沿街　國初陳怡庵居此門前李

士橋乃漁家居右

抄

天賜園亭點綴新隔堤添乃續開喜可憐堤上李々花

為桃花作繡茵

一灣洪甫移此 抄

謝家山在僕天賜園對河即桃花堤園中一景也

誰開漢府殘無阿蒐輯遺編感慨多今日殺人皆擬學

集某以前抄

魏公闓
錄此

不堪重作舊鐃歌

櫟社沈(山人)為胡梅林招致幕(府)賓賦平倭鐃歌雄快無比

山人著有雪對樓集

填詞樓上燭交光畢竟何人是五娘一齣琵琶村社散

歸家猶唱蔡中郎

櫟社交光樓亦高東嘉寓此作琵琶傳奇詞成燭〻焰

光交合因以名樓

抄　抄　抄

故河填塞作埝壘埝以自固　跳臺通永鎮祠一二三圖老祠上下
者（塗抹）去思碑
狗頸埝內河外江埝身易陷向來一二三圖居民守使護偪
旋壞嘉慶末年周邑侯鎬易閘新港舊河堤作埝身
以資捍衛民甚德之埝上建永鎮祠以時致祀以作德也
此爲圖民所以名眷
建置西南地屬更訪求古蹟按圖徑枕江便是句章治
定有遺磚教故城
句章治初置慈谿城山渡後移小溪今稱故城畈
官山石堰越千年洪水灣頭溜邑之寧修處自來關利病

七鄉諸仗段青天

唐王長官　築定山堰洪水灣烏金積瀆二硤灌溉西南
七鄉歲久未葺咸豐　年間道段光清修治完固，德向
裕時棟有記。段有青天之名

深山埋玉少人知事石匣留緘事無奇山百年來溪畔話夕陽

空吊宝姑祠

宋季元兵掠山溪之樟村宝姑死焉道光末年土人壅地
得石匣內載姑死事甚烈茂才鄧　即其地建祠，德向、時棟
祀之同治二年村罹被劫祠毀

采得茶芽話供田家家石銚試新[illegible]山槍一樣芽[illegible]

彩玹河下袝

杪

香遊還推十二雷

大嵐山産茶十二雷茶之佳者

世外林泉山外山鹿亭樊樹紹千竊一經皮陸題之後從

此仙蹤不復還

鹿亭樊樹為仙人劉綱樊夫人遺蹟

一灣洪浦傍城隈南去迢迢暑景催十里沈公橋上路買帆無任十

數悔朝回來

城南五鄞江橋山下七里諸當甬江頭衝外江内河春塘尤當甬之衝（洪浦隔其遠　寺南十五里　長）

衝不時崩圯萬歷間邑令沈楙龍築為石塘民至今頼之見

閱志（張志）旧沈公橋今廢

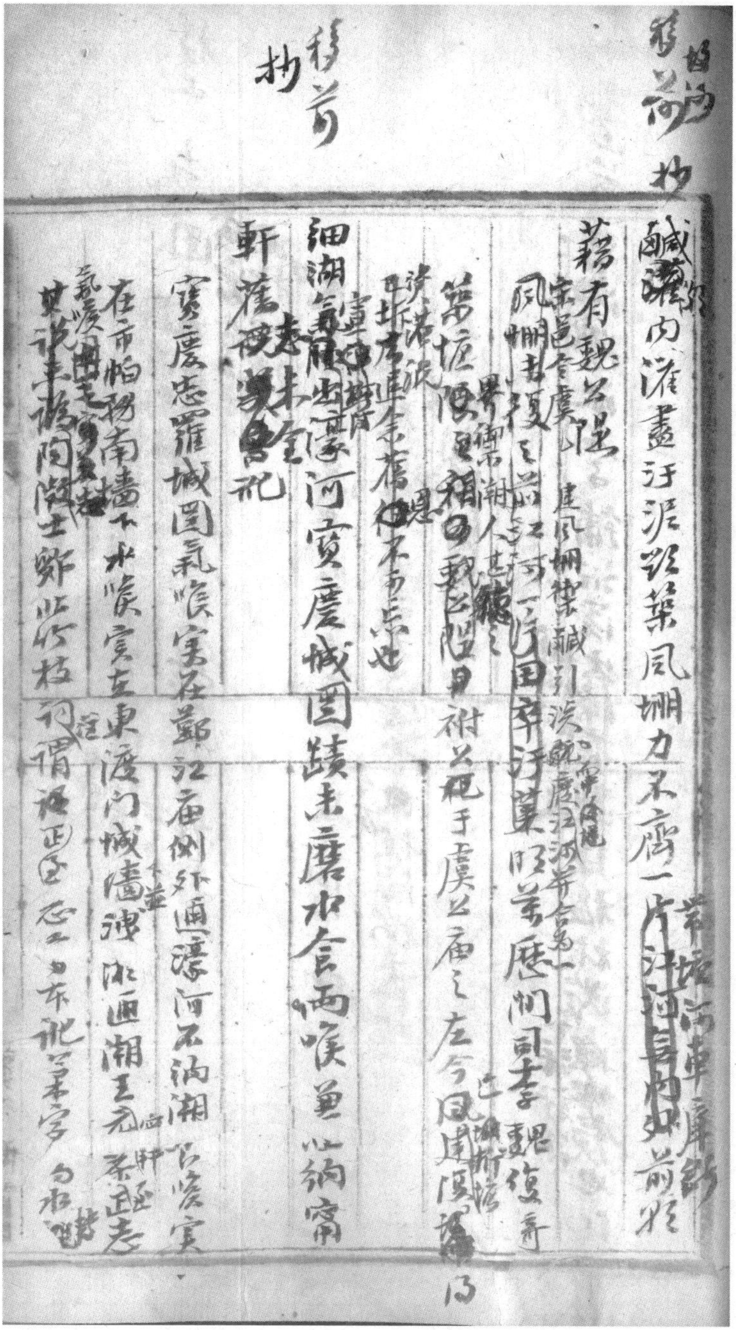

移工表

神東北隅之北宮為南明視宗慶寺圖八柱扁若矣

圖書華羅收天一山房舊閣尚留檮許不如廬

南宋宮殿城圖昔惟今三嘆吾復故道吳妃知角軒舊布夫祇之

藏家李中序

馬抱經樓

吾東司馬藏書居富建天一閣度之同以元年冠臨古數

失尋訪獲得什之二三其子抱經樓書楊使所以載

吉上海書閱楊氏收錄矣

移官山前

清漢漢流石子鋪溶溪梅林灘泊有

漁舟釣蜜話

山谷說[illegible]

審貼[illegible]岩為居住槐林湖滑[illegible]罗经里

有個[illegible]詞筆[illegible]名 題詠[illegible]

嘗與留傳季野清吾坐前日指點[illegible] 老夫生長西南角

更憑閩軒作尾詞聲

李吳萼先生有鄭北竹枝詞，季野先生鄭南竹枝詞初入錢志喬閩軒

從只鄭北竹枝詞[illegible]全為借[illegible]補鄭南竹枝詞二十四首

為假[illegible]補之工拙不暇計也

抄

[illegible]

陳艤仙八十壽詩

病中未及慶其筵社句[illegible]試桺並[illegible]

[illegible]先看祖生鞭

[illegible]作田

[illegible]孫賢[illegible]

青鬢兩今君白髮，年[illegible]老[illegible]人[illegible]

城西闌闠為高[illegible]天下[illegible]

[illegible]思[illegible]閱人轉為[illegible]情[illegible]

末訪松尤加健何山[illegible]

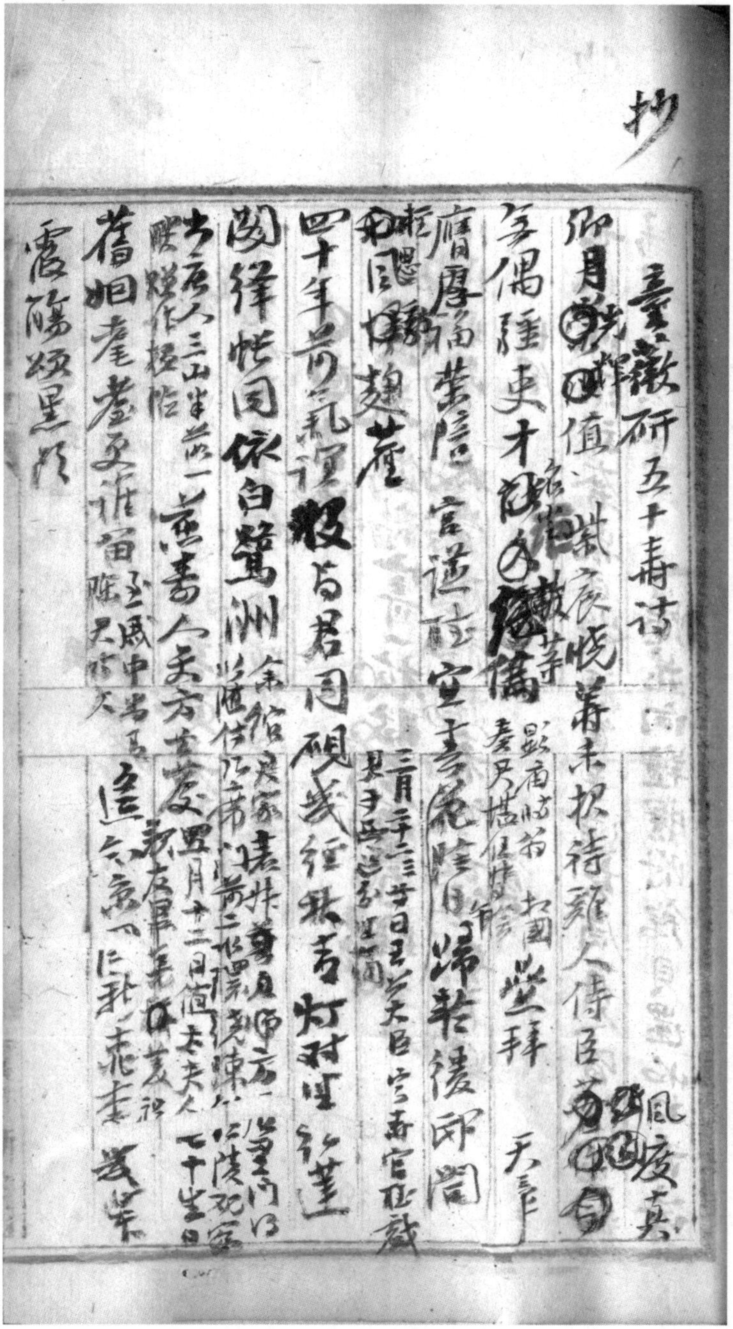

抄

壹齋研五十壽詩

抄　抄　抄

五月病中起坐

坐擁篝牀兩膝盤侵晨尚覺五更寒徑村烏鵲天將曙鄰屋雞鳴月已殘夢見老親嫌漏短開世事驚心安自來仙佛皆隨化日月憂還九轉丹

日夜老懷

往世累夢幾翻寄一枝聊寄苟當自賦年老任人欺聽川關病骨之太覺病靜插看之物長生對稻圓方支

世風

世風一味張詩奢衆目難憑直弟道趨同有人皆後筆歎掃到受屈高家青蠅並向鐘腥附錦貝還恰口舌詩

抄

雨露風霜彈指頃，須知多是眼前花。

天台僧西山量魁

古刹經修難閱歷已五年[illegible]人，雖有法[illegible]世傳之

[illegible]名[illegible]誤[illegible]力堅始終福恩辱陷阱忘形

從彼處[illegible]指導來[illegible]

魔退神析定身閒氣自清，真長結解肢大地任遊行

叢頭歸雲白湖心低月照西[illegible]此去莫[illegible]名

園有白頭翁孤鳥也日多飛鳴不離左右

隊隊林鵲[illegible]有來處處尾崔[illegible]沒孤寂[illegible]

侶伴我吞噏到白頭

抄

三

四

二

處處同類費攜樓夏木陰陰一逕迷擇主還林
處處此穩小樓東畔夕陽西

東湖民恆業竹枝詞

江右行商買來……僊兩浙精南洋漢戶三千
艘……汗血財
護洋贊費鏤臣譯理油米閩四十萬金餘錢
許家家德……山
不分夕汐與朝潮……葉輕舟……忽遇暴風……
至可憐身命……颶風拋

對聯裝飾一般新（每船以對計，大對每船三四，小對五六對）還需[illegible]

賺到油鹽并柴米，出洋不敢話艱辛。

偶成

生平[illegible]

[illegible]

[illegible]馬，呼牛[illegible]耳而已，聽何[illegible]

又示天台僧

順逆境之常，去來時之係，把定主人翁，[illegible]

獨坐

半年病疫厭喧譁，獨坐荒齋種竹籬。瘦馬不堪重[illegible]

抄　抄

至親何事盡博沙書来東國鄭程遠最見爲君諒々山西 月以一信

鳳飯量加葉肚老人甘淡泡不須鼓々供魚

蛛蜘

老樹扶疏已半僵游絲牽引百尋長四圍密織々空門

裏羅織無虫到上方

書誌初

貪癖已甚更加嗔世界花花別有春氣盛軍思先後輩

眼高不見古今人 謹嚴 媚全身露發日 蜂蝶

立志當云先立品 兩字 紳

杜陵

杜陵

曙起 神陵

偶曉鐙[illegible]乱

[illegible]

閑隨[illegible]見雪

擁[illegible]不知宅

家家比比多問老作些為何之

坐擁殘老斗室中神[illegible]目眩耳聾年來杜甫

宋陳造云物々無聞去為者

今尋甘作江湖一長翁

湯果子相逢[illegible]

荒翁老室吳鉤在[illegible]

擁坐成幽獨[illegible]不聞[illegible]草[illegible]

壯去日日愁去者不復回 莫與國事與[illegible]為力[illegible]

殘杯[illegible]深

壬申正月書懷

殘年幸少殘軍竟相伴，風流忘我師，舊遊懷下若素作南枝

擁坐書千卷，消閒酒一卮，吟成聊自遣，何凍不須辭

西來水攜節到月湖頭邊旬引避舊遊半模糊扶
柳帖眠桶抱雍有隹塢共語來注一笑如
蕭乃先好隨人作花遊湖多服似火月地吞於秋蕭鼓誰停
宴游隔浦舟沼堤物然近更擬行付
見臺便上居高崔將静流連心自有平殘年
杜宇桔槔蘭成春風性
總設虛名誤防惡語便游人有意許物心附手拗花
楊清淡水竹林臨池完早課仿未

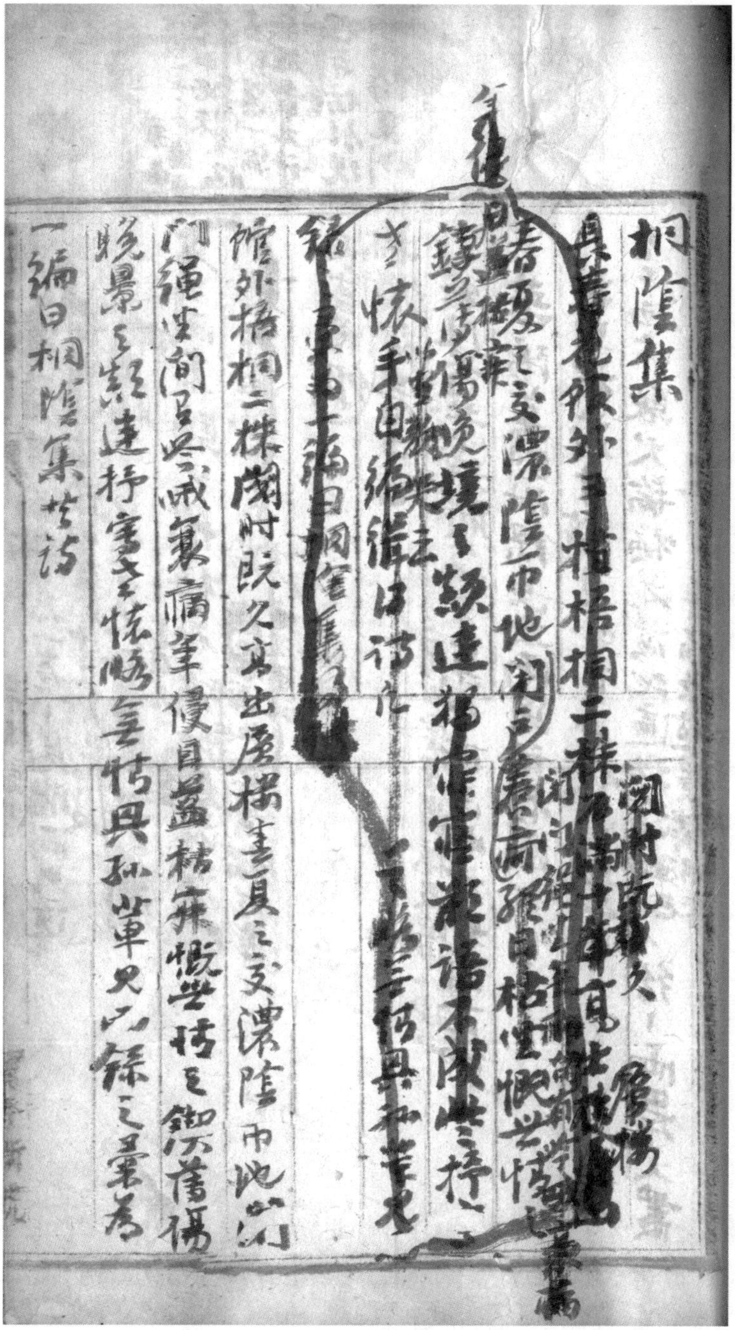
桐陰集

一編曰桐陰集並詩

擷餘編

長書苑恨

擷餘編卷十二

秋風落葉殘賸……中所未收者另為一編并彷顧況

華陽集例附錄長次兩兒詩在後

江東樣茂才鎬見西素丞校江殉節

鬼子西來駛火輪梅花落地遍江濱彈名紛紛兩岸人叢

裡不見江東趙景麟……影草沈于江

抄

後世某去
二首編此
朴

題畢曼年邑侯招宝山觀日圖

夜气迷濛晨雨追奔出雲海暗生潮〻一輪紅血照於火
濯此天吳不敢驕
手裏天鼎便取擒其蘇舜鼎霄破〻宅覓近來奢文仍隆隔
乞借棠陰到鄂西 時惹人爭鄭西石塘水利

同治壬戌二月初六日由高蠏渡海至盂吞

短鬐蕭墻面不復能事〻入山蹤已深蹤跡仍〻至
人生天地間与物共高厚羈身胡不容扣聞天屬擢首
悵〻何所〻杯渡有誰結平地多风波何況〻離海
此地非人境日夕防蹼扇隱逸還隱姓非復柳三變

國人卷二

咏史十二首

蕭何

未甘亡草困風塵，奇節終應屬相臣。圖籍縱橫收七國，救倉竟靚去三秦。須膺上賞金貲貴，不藉徵勞汗馬勳。逐獸追禽遵發縱，古今□□□功人。

曹參

諸將在古未多，曾冒

淵涵大度已非常，何論功多冠戰場。回寵台嫌嗤季二

史稱參與何有隙蓋

此常情耳史之實也

同歸更法陋商鞅，但知黄老當從簡

恐使刑名重更峻，刻劇繩人經自棄，古今不獨一張湯。

張良

漢[illegible]家

據龍三傑本齊肩畢竟留侯獨稱賢祖孳祖龍仇已報因舉事猶勢雖全隨潮鳴咽悲文種去國優游慕仲連身世不羨名利臨空真辟穀學神仙

陳平

自少陰謀運寸心能甘稱處數從除沈漢王情性奇偏中材國吳臣間可尋宰世平時如割肉餌人千古是捐金一斤小節終須檢點語還防言外侵

韓信

泪泪清流自古今釣臺斜日弔淮陰嘗推國士恩原重竟受真王智未深呂后涅末多异志鄭侯何事亦甘心

可憐一飯難思報，長使英雄淚滿襟。

樊噲

提戈到處試鋩鋒，莫笑屠兒識力庸。估道鴻門摧敵膽，還屯霸上奮軍容。廉頗恰憤無機會，曹沫真堪應折衝。且待西都宮殿畢，耕房穩睡未央鐘。

陸賈

迺公馬上治難施，豈有儒冠不濟時。十二篇成留奏牘，一千金在蓄歌姬。誇詢生產何嫌俗，但守詩書亦近癡。辯士紛紛騰口說，更誰稱晉講羈縻。

賈誼

三年學識本深潛痛哭陳書膽力兼功夫素多經見恩疏權削宗生蔓強宗枝蘇詞何切舊制君臣分太嚴若得重仲宣宦意將忠愛竭微纖

周亞夫

平林回戈更破吳指揮細柳落師徒侯家素佩黃金印相國重徵赤帝符名晉輕微人盡貴志臣忠直勢應孤一腔心血濺請洒獄吏尊嚴不敢呼

蘇武

丈夫不合守張忠得當歸去與功生死鎖手私危決身名不受點塵蒙節毛死作雪屠雪鬢提飄條瀚海風

莫訝命途乖舛甚多年更兩破奴窮 趙破奴居匈奴十年既與太子安國已入漢不及一邑〻冥見

霍去病傳

董仲舒

黄门下詔策賢良反覆天人證驗詳豈好諛詞談瑞之所
要從德意召禨祥古書雜析文途臨諸子更除道指曰
論對臣〻經術在不須心性辨毫芒

司馬相如

酒壚[illegible]滌知希市上題橋舊迹飛早發若能逢狗
監多費何用泣牛衣蔫律失勢多論倒文士誇才亦瑣繳
得意淩雲雖有筆忍將名節易輕肥

抄　抄

刪

題朱小汀小照

嘗隱在山林通塞由大造陶家能養身筆債不知老會陪

手法翎筆限酬交好從吳贖買山披襟暢懷抱

花芸甫輓詩

百尺危樓孝望尊緒管樓居謹子弟不輕步蓉三弟在申一經枯守老病不移藏書万卷正

編天一閣書目刊行在京卷鞋最芸甫撫重編卷正而未成老來未便窮愁滿從到平陽八

十年

見山得把病懷寬世上誰憐花孳寒有子江鄉方負米劍尺

春慶以義方需說棄類之腊歸省無以為家出膺帳帷之聘歸家幾日荏園棄

宋爽嵐先生輓詩

刪抄

何處尋遺墨空教淚滿巾不堪逢寇亂况乃屬交親四世
餘壇坫傳家有笏紳流風知未墜詩禮是前律

陈小洲輓詩

豈意和扁在身世忽浮漚多識三生石情深百尺樓前因參悟話
力没畏詒謀有長卿時命斯人不易求

朱雲岩輓詩

往來成老伴襟契若投膠於我十年長與君三世交物情隨公
給塵累苦間抛風月蘭江點何人為解嘲

刪 題友人眠鷗圖

笙瑲嗷嘈遍樓閣少年襟契逐行樂歌頭酒尾之云常所嗜

抄　抄

哀彼盛精相託憐有東風不世情春郊戔戔黃鸝聲

蚊

入夜往來頻肌膚未便親有聲常在耳不獨暗傷人

李笙南六十壽詩

李君負雄才時命不能局豪氣登偕萬讓驚眉皓顯晞
非有常肆應之才造逐來頻好道而歆厚情詩元修視（清）此心
習靜意自索即此具壽徵勿更塵網觸老眼有遺言不殆亦
不辱

紫竹臣題詩

君在老友中視我一年長腰脚健有餘步履不須杖幾忘

刪

以筋力衰殘爽神識朗觀宜圖三部家壽給南溪更念死生
交（指徐倡瀛）真摯每張從意髮換澆風古道世喜兩與臣相周旋
伊誰堪倚仗儀極猶無間有子能孝養（紹元是年）喜懼日交加兩
順非鋤強和樂遂雅歌廣陵忽絕響百年到期頤幾人能久
享大化有乘除世事多成今最所惜者成人後生將奚以

陳竹人輓詩

人情世故善周旋談笑杯盤卅年隔岸一橋來去便朱陳門巷
亦相映
衰草斜陽吊竹邑孝門延望杳善人舊遊落落晨星散老淚
重教哭至親

入後　刪

餘　入後

口占

佳賓賢主兩蘇州園雜下臺端寄此身老圃風霜雲落

盡淒涼池館与誰親

[illegible]營生鑊藏

何處滿塵緣掃盡好此眠山亭猶有地雲近欲去天涯

青莎合沿溪白石園蘋藻手栽身後事留遺藉子孫賢

林母柴太孺人輓詩

年來情景迫西隅骨肉凋零雁影孤（次吳鼓夫哀日見投）折盡寒秋風

此來又聞門巷泣慈烏　翟茀榮書壽謚闕（去年太孺人八旬壽誕適值長兄）

軍功議敘京秩衰書發名延致焉御衰只今追憶情何極自我當年一晚策

賀知章

字季真，曾小溪之望岩，自號四明狂客，天寶三載上疏請為道士，放還鄉里，四明之鹿

亭樊榭有詩，本稽山八十六年，葬會稽，晚年李杜二公皆相推重，先生為當時名流，自後稱四明

郡曰賀監，稿山川

魏文節杞

自號石徑，鄞小溪人，居碧溪菴，紹興十二年進士

山居集三十卷

張武字良臣（又字澤卿）

有雪窗稾，邑人，官小溪，與魏文節為偶相

長於唐人絕句，江南詩家推為巨擘，紹興元年試南省，魏文節為考官

見知舉張燾曰：此文拙古，可以人材……

前臨小溪，以為與先生倡酬之室，小溪於今猶為勝友

家世洪州，父避地來鄞，遂家焉，詩甚

魏名讀杓

雁猶隨塢，自古今桃花，沙溪渠泉，因心懷舊，吾魏名文，嘗謂上

遲羅芳可寺

吉州魏名文，明間寓小溪於影江西南，七帶水利說洛疏導，善其宅

山水利搭道二字

元

胡三省 字身之，寧海人，寶祐丙辰進士，寓袁文清家，注通鑑

舒岳祥 字閬風，天台人，清容師事之

張玉田 循王五世孫，來鄞設卜肆，袁清容有贈玉田詩

宋

葛慶龍 南康人，號秋岩，能詩，有什一集，寓延慶寺

明季

曾咸鳳 黃州人，託隱緇流，名宏岩，號復菴，寓延慶寺，著嵋雪齋稿

明

沈麟生 宣城諸生，字丹[illegible]，後祝髮，名大瓢，號[illegible]，依梨洲兄弟[illegible]，著[illegible]

宋昱 鶴山人，字彩仲，自號省事老人，寓湖上，作信天緣堂，鶴山集四十四卷

余盡 字生生，湖上七子之一，借鑑樓集

呂時臣 山人，字中父，世居[illegible]，少壯[illegible]，[illegible]十年，[illegible]諸王門下，名[illegible]，[illegible]年六十歸鄞，[illegible]自撰墓志，[illegible]葬焉

陳秉后岡

約之吳佳后隱先生既入翰林與居庸鋪王昌運畢孟剡若吳古香附張桂旻工璋寇[illegible]主秦畫

來門引稱蕭先生雅相親引錄不一新篇帖之呼爲驊之陪此笑引篇頌爰按寔金士稱

視察河南未至以恤典而卒年三十二

賀知章 擬

四明山逕入雲烟[illegible]夏[illegible]樓[illegible]前賢舉樹應當年[illegible]書

柳下鄉桓[illegible] 千載琴[illegible] 而[illegible]

賀監舊山川 小侍兒前

魏文帝 擬

名山片席且來栖獨坐茆菴面碧溪喜見之江詩細剝昭

陸武子

洲每到不管日沈西 又

抄 胡三省 舒岳祥 張玉田

來自台州兩窩賢，煌煌大筆逗如椽。城南一角分壇坫，更

有王孫張玉田（宋遺胡三省宗袁文清家注通鑑，天台舒岳祥並手表先唐師弟之循王五世孫來彭設卜肆父清君怪玉田詩）

呂□物

山人半生家東藩木阜山莊晚歲還十里光溪圖畫裏吟魂應

在夕陽灘 山僧見之呂山人

陳東物

五侯宅第問誰藏氣象而今我輩存移坐肯留見風骨

有誰能似出黄門 字居閒住小溪之後陪先生入茶林步桂用示行士奈喜殘花落花相歡引手一折與印報之呼為輕薄出入門

吳翌物

寓公別有信天緣湖上遺詩[illegible]首[illegible]少年祇遍詮

萬□瀛山集耆舊徵今又續編

字新仲瀛山人湖上集信天緣堂 著瀛山集四十四卷謝山續耆舊采錄

打

長官未老游何倦 十日往還陳人語未收 常鼓聲

江潮日夜不同聲

空山鐘神長官無事十月初一日至初十日由貨至集庭 蒼城寨三路西藏喧鬨

蕭蕭雨聲不絕出音 四方遠近去不來赤

金巖寺

山水金巖縣南之四圍嵐翠擁松篁入山真有仙凡隔

願攜節到上方

唐百丈禪師詰節金巖呂仙有訪丈詩題於岩巖壁

在金巖前

茆山

自古名山不在高 偏尋丹灶臺邊路從仙

靈旧姓第

金陵句曲山以茅盈兄弟三人仙故名 吳山鄉南之茅

岱崖青茅山房詩草自叙筆

辛未 抄

蔡峴蒼挽詞 四十二字一月[illegible]廿九

衎國有青人[illegible]言教施且為[illegible]由[illegible]二十年

遠懷意敦篤信義兼惠和令我日往復但[illegible]東西[illegible]支

院竟由親者[illegible]乃[illegible]恒[illegible]守期切[illegible]

庶扶國道先 抑權到[illegible]將[illegible]國[illegible]淺士多未[illegible]更為[illegible]

生養及死葬活[illegible]復念族姓中子弟未孫[illegible]拓地建堂[illegible]

田資義塾鄉校立藍田城規循白鹿而義孝[illegible]作三物興教[illegible]

蓬萆 艇來[illegible]士多[illegible]餘澤被鄰[illegible]修[illegible]

類[illegible] 疑[illegible]身[illegible]自來福翩翩[illegible]

俗語席[illegible]化山[illegible]磨琢充勝會[illegible]期題揚[illegible]

緣淮事補寧陵[illegible]

世運名甚垂墟[illegible]平陀帆一手流光嗟太促蘧廬不成形聊衣

衆人哭

[illegible]

廣渊賜壽昊

家居[illegible]行觴[illegible]不能念日已無還鄉健[illegible]

集[illegible]

已我[illegible]人[illegible]萬氣休言[illegible]試壽[illegible]

歎未高[illegible]未燒[illegible]蒲穗背且[illegible]

抄　抄　抄

萱陽自調陳

自充　抄

示良知　二

眷來毛羽累重盈[illegible]飛騰自不羣但守[illegible]鑄[illegible]

業[illegible]衣食[illegible]備生環發[illegible]光[illegible]磨礪出金鐵鋒由鍛鍊

成珍重三貂[illegible]脊力何難志紫[illegible]方名

示秀知　二

第[illegible]極花一蘇官家圖[illegible]到奎風寸田天[illegible]資生升黃

卷土燈積苦功[illegible]業及今期獨[illegible]文章以詩[illegible]宗[illegible]

光器識閱[illegible]勝名論千秋有晉公

示甫知　一

閑門[illegible]

[illegible]贈自充知

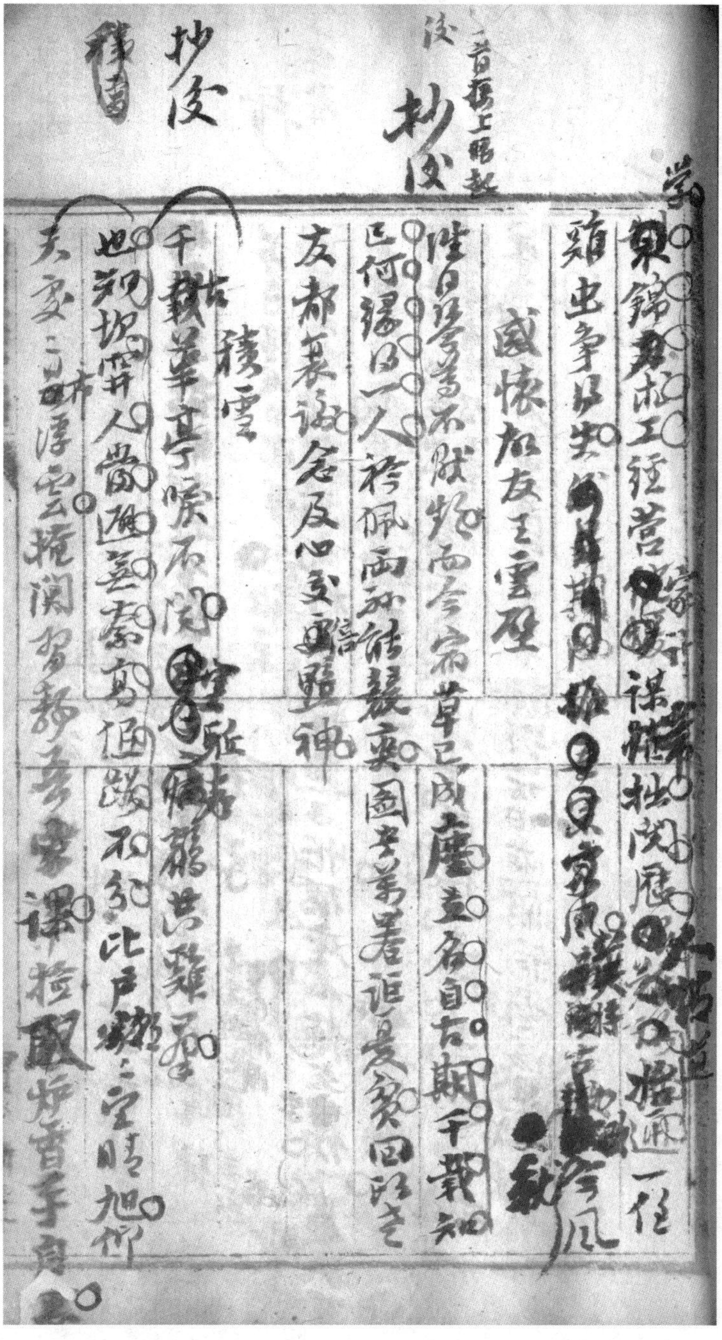

[illegible]

捲上湘簾汗乍收黑雲頭上落[illegible]留

[illegible]亭避暑近蓮島雨[illegible]烟[illegible]到芳洲一石橋[illegible]荷[illegible]不宁

[illegible]萬齡晴相接[illegible]

芮[illegible]日影[illegible]

桃花水[illegible]魚[illegible]柳[illegible]

且[illegible]見君[illegible]平生踪跡由天[illegible]

湖堤一帶淺塵氛[illegible]陽紅上來[illegible]

春草[illegible]生昭工[illegible]

[illegible]陽鈞[illegible]醒影訪舊遊[illegible]

相沒

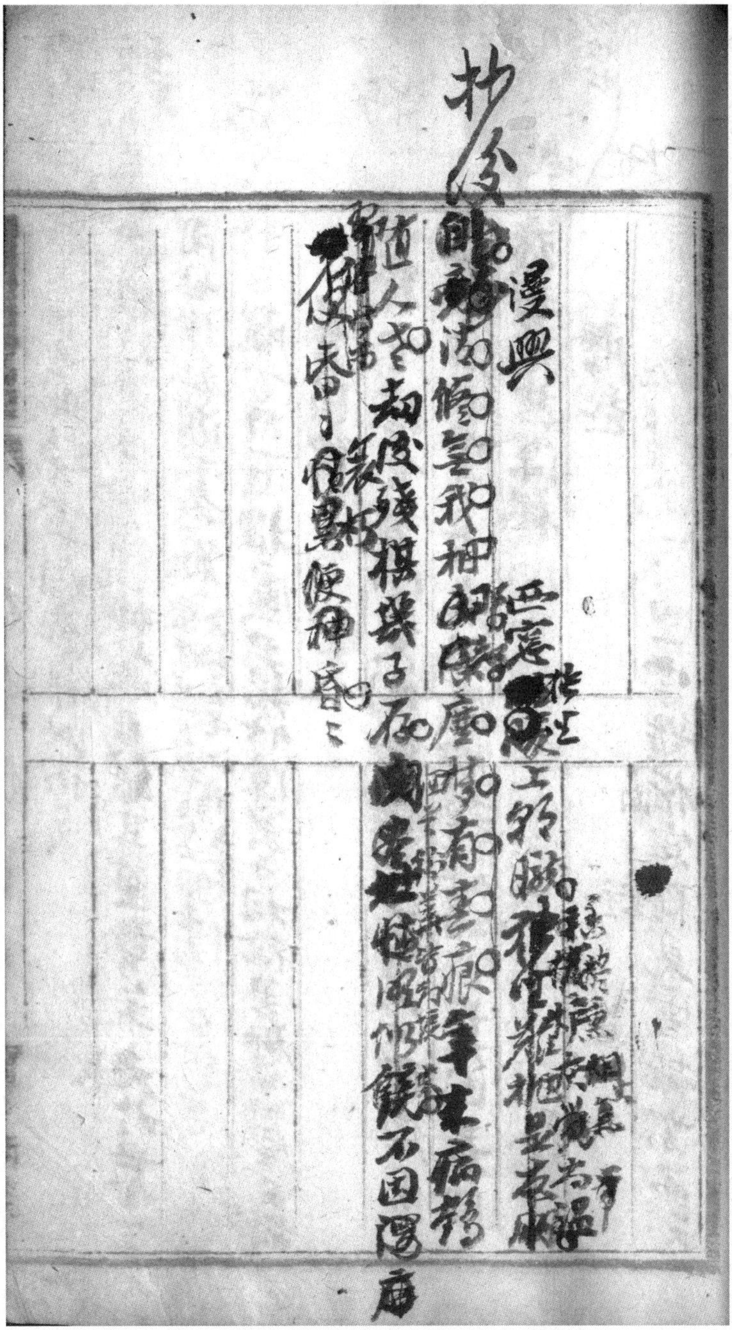

漫興

入癖餘編

以下六首錄上十一卷

特

張寄庵向然
孙竹社

特

客有以公事問者作此謝之

坐擁殘書斗室中神疲目瞎耳兼聾年來老於世全無
用世作江湖一長翁宋陳造云鄉人呼我為長翁故自號江湖長翁

臘八前一日招盧君翊竹陳君子相徐君柳泉屢更敘
賞雪飲

四野雪陰合重門久不開晴消湖上雪空破屋邊
梅姓者日以之去者不復回五年今日王孫式莊莫因春興
殘勞力甚深杯

曉起

破曉雞聲亂岑崗一字難推窗閑推見雪擁柴扉不知

妙　　抄　　妙

此等接正色般度

空空人市久初返重重炉叹未殘晨磬推枕起舞水廿所歎

積雪

千古華亭唳不聞空驅病鶴共雞群也知坎當人

當避金書高促跡不分比三鄒聖時旭仰天高三布

浮雲指闕聲數至三承課檢點炉香手自熏

感懷故友王雲壑

往日琴書不厭頻而今宿草已成塵立名自古期千載

知己何緣得一人衿佩兩樣能奕圖書業悉推還

回語吉友都集謝念及心一更傷神

席閒婚靈又動所

以下入摘稿

抄　抄

家庵隨喜證盟宴笑笑行觴盡興難今日弓矢還閑

健明年過我更消寒人人無暮氣休言老當或學者

亦常瀲春影未焉爐朱燈歌蒲穩晴且盤桓

玉兩和

閉門標卷百奇功叢瓣句偶然自元未定讀書能了事還

須學錦力求工經營一家計謀常拙閱歷人情道始通一

佳雜鹽爭得失莫將古調鐵今風

一示韋和

策題梅花一畝宮一家園圃聚到春風

黃卷青燈積苦功門第及今期以業文章亦評拔吾

抄　抄

宗緒克紹識閒胄聽名論千秋另晉公

示良和

羞成毛羽到壹盈文苑飛騰自有聲但守詩書繼乃業
不須衣食更謀生瓊瑰更藉磨礲出金鐵鋒由鍛鍊
成珍重三復知勞力何難去學取功名（今年入泮作此勉之）

漫興

西湖獨坐上船艭手燼爐烟火尚溫自覺清修差我相
那知塵夢有春痕年來病骨隨人老劫後殘碁幾
子存閒盡紛華[illegible]切壞不回情罷更神[illegible]一番新
鄉對茶床寂因衰病復吟

抄

壬申正月書懷

年少能相伴風流亦我師舊遊懷下若春信到南枝擁坐老千卷消閒酒一卮吟成聊自遣呵凍不須辭簡被虛名誤遲防惡語侵濟人雖乏志（近年頗爲生全極救事）悖物却笑心附手翻花樣活誤少林臨池完早課晉帖仿來禽

久雨逢新霽攜笻到月湖新交多引避陳迹半模糊握飯僧歸院貪眠鷺抱雛有亭堪共語來往一農奴児童齋上學鳥雀獨爭鳴眼底時光好胸中壘塊平殘年爲壯志枯樹感蘭成榮辱隨消長吾風宜世情

抄　　抄

湖上曉晴

湖堤一帶洗塵氛，春草齊生陌上薰。小港綠分彩漲
水多陽紅上赤峰雲出岫童散學多聯隊釣叟還
家半帶醺。獨訪舊遊聯衫盡，後見蘭日兩相聞

林宗甫挽詩

卯吴當作地行仙，誰料空山召鳳鸞。世外林泉風日美，眼前
衿佩子孫賢。四月前月科試令嗣令孫並入泮　老來強覓情言切，病久丕遂
恪落孫傳　吳自知不起，傳言切切生之際見其兩孫名，恃言之痛楚　歲今日遊都數丁里門學

辛亥後游

夏雨

抄

樓上湘簾乍收黑雲頭上為詩留雷聲驅暑過蓮島
雨勢和烟到竹洲菡萏芰荷喧不定一林烏鵲噪相投任么
莫便吟龍去醒歸塵氣好州 尚有佳 在滿

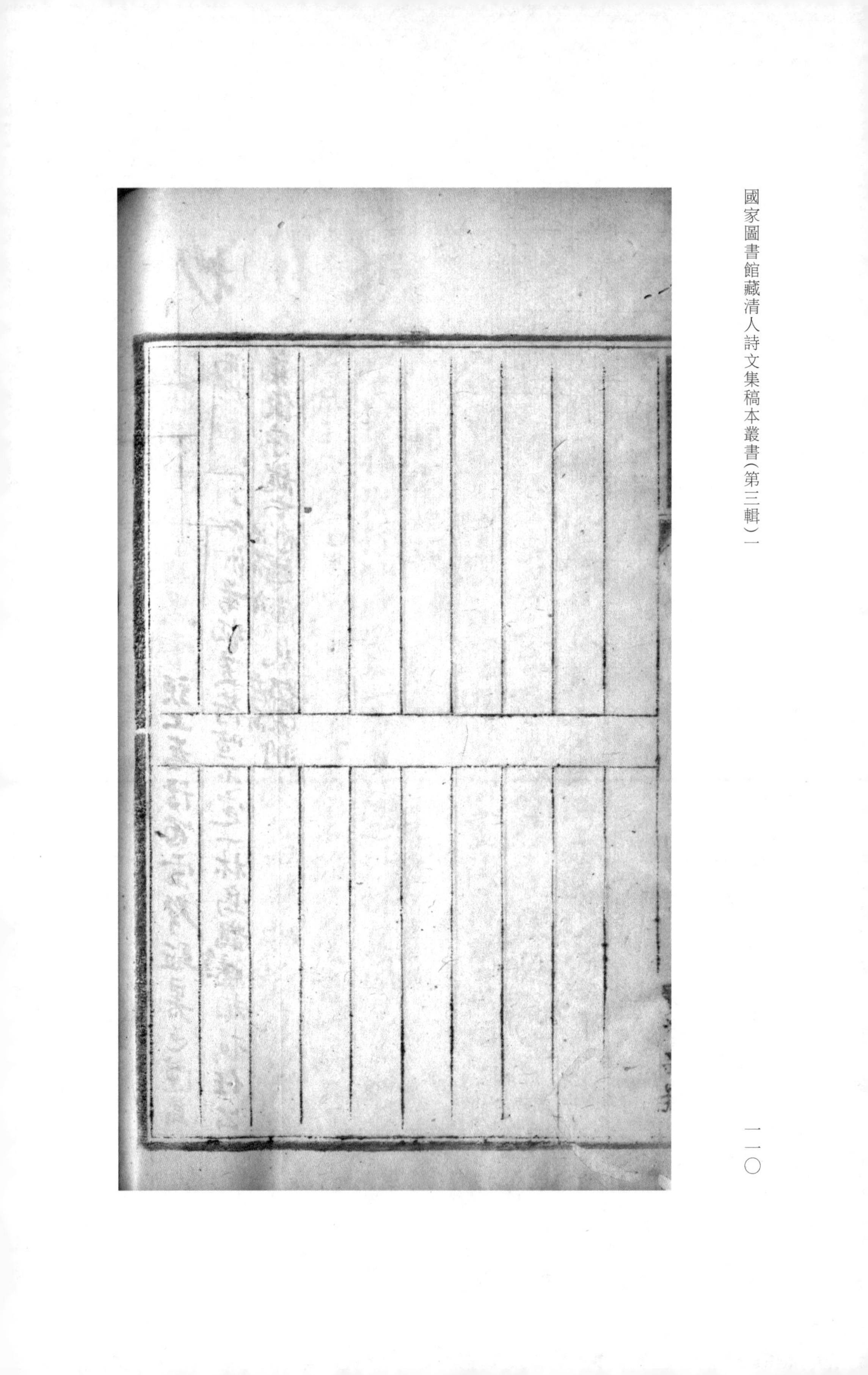

父慈而孝子孝而箴兄愛而友弟敬
而恭夫和而義妻柔而順姑慈而仁
婦聽而婉
視朝廷重則爵祿輕視父母重則妻
子輕視兄弟重則財產輕
內不溺於妻子者事親必孝外不欺
於朋友者事君必忠

天下無不是的父母世間最難得者兄弟

陳白沙四箴

子孝父心寬斯言誠爲確不患父不慈子孝親自樂父母天地心大小之無厚薄大舜曰夔夔瞽瞍亦允若 父子

夫以義爲良婦以順爲正和睦禎祥

来乖戾灾禍應牝雞一司晨三綱何（舉案必齊眉如賓互相敬）
由正（夫婦）梱内無閒言家道由此正
兄必愛其弟弟必恭其兄勿以纖毫
利便傷骨肉情周公賦棠棣田氏哭紫
荊連枝本同氣婦言切莫聽（兄弟）
損友敬而遠益友敬而親結交擇德
義豈論富與貧君子淡如水歲久情
愈真小人甜似蜜轉眼如敵人（朋友）

讀書四樂

山光照檻水繞廊舞雩歸詠春風香好鳥枝頭亦朋友落花水面皆文章蹉跎莫遣韶光老人生惟有讀書好讀書之樂樂何如綠滿窗前草不除

新竹壓檐桑四圍小齋幽敞明朱曦晝長吟罷蟬鳴樹夜深燈燼螢入幃

北窗高臥羲皇侶只應素稔讀書趣
讀書之樂樂無窮瑤琴一曲來薰風
昨夜庭前葉有聲籬豆花開蟋蟀鳴
不覺霜意滿林薄蕭然萬籟涵虛清
近窗賴有短檠在對此讀書功更倍讀
書之樂樂陶陶起弄明月霜天高
木落水盡千岩枯炯然吾亦見真吾

坐對遺編燈勘壁高歌夜半雪壓
廬地爐茶熟烹活水心清足稱讀書
者讀書之樂何處尋數點梅花天
地心

安西且至吾景忠府君屬有和韓
久滯行路同人絕得此心故當
攜其長幼諸姪上知之渡驛羈
有書不不足以慰吾意耶至
間於至至足下所居承使君明
綠不謂謝有勝也君數集聚

要括其大都而可吾以楮

月半泊郡

鄱陽歸鄉遊隨東轉有理

吾賢畢觀聽予悉候勝觀

慰于懷耶吾發攄宜及遊

以筆帆渥仰惟年丈郡之

張姜

張不謂叢叟至楊氏節孝
脚踏未望極蒼也孟
殁祖日夕還山陰與嚴使君聞
頗多歲月今屬天寒攬邑
遠為出當寫乃示以呈不言念姊
遠從不能進來耳　新婦復

地黃湯未以歲眠食當來
佳夏照不責心君菁前所
論事志必及謝生未遇何
也
尔進退不可解為學者通
鴨頭丸故不佳明學安集

嘗與君知見不審阿姨所
患得差否極令懸惻想
東陽姊妹當復平安不審
頃來情事漸差郗復郡
今載甚不能佳不至早晚
當遂至郡除想譚

劉楚楨詩文稿

劉寶楠撰。稿本。一册。

劉寶楠，字楚楨，號念樓，江蘇寶應人。劉寶楠生於清乾隆五十六年（一七九一），卒於咸豐五年（一八五五）。道光二十年（一八四〇）進士，歷任直隸文安、固安、元氏、三河等縣知縣，爲官清廉勤勉，《清史稿》列傳中稱之爲循吏。劉寶楠長于經學，與劉文淇、梅植之、汪喜孫等人交往甚密，是「揚州學派」的代表人物之一。後人將劉寶楠與其叔父劉台拱、其子劉恭冕稱作「寶應劉氏三世」。其著作《釋穀》《漢石例》《寶應圖經》《勝朝殉揚録》《愈愚録》《論語正義》《念樓集》等，有刊本行於世。另有《愈愚録續録》及詩文集等以稿抄本形式流傳。

劉寶楠詩文集没有比較完整的刊本，清刻本《念樓集》中只收録詩歌六十四首。另有道光刻《蔗根集》收《劉楚楨詩鈔》一卷，有詩三十二首。因而其詩文多以抄本、稿本流傳。這些流傳的詩文集的名字有《念樓集》《韞山樓詩文集》《劉寶楠詩文》《劉楚楨詩文稿》《念樓詩稿》等，以《念樓集》爲書名的比較多。此《劉楚楨詩文稿》稿本，未署題名，首頁鈐「劉寶楠印」，每首詩的結尾處亦鈐此印。此稿《販書偶記》中記爲《劉寶楠詩文》。所收有《題張覆輿書蜀道難詩卷》等詩十三首，《潘善人傳》等文三篇。國家圖書館另藏有抄本《念樓集》八卷外集二卷，《劉楚楨詩文稿》中的詩文均見於《念樓集》外集中，而未收入刻本《念樓集》及《蔗根集》之《劉楚楨詩鈔》中。楊鍾羲《雪橋詩話》評論其詩爲「學人之詩，所謂無事模鐫自然聲振者也」。

（董馥荣）

27425

文
286.725
37

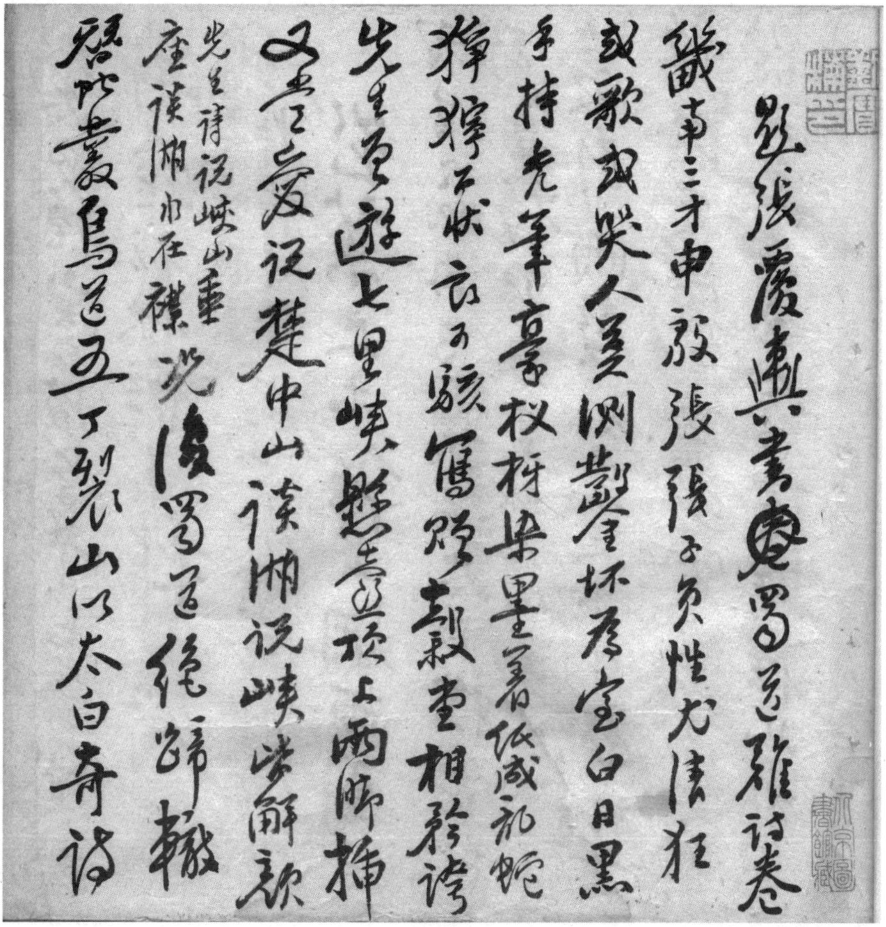

以吳山絕句詩李字字付與奇人供指挾醉來揮灑漫然（先生詩辭來揮灑渾不書）空山夜月玉規空

蒼葉尺木鍾山烟雨圖

我昔泛扁舟過采石太白樓前吹玉笛樓頭忽見四大山翠疊千巖列兩壁始知尺木手腕絕等倫太守愛畫尤愛人攜入案牘上知己至今墨瀋猶如新

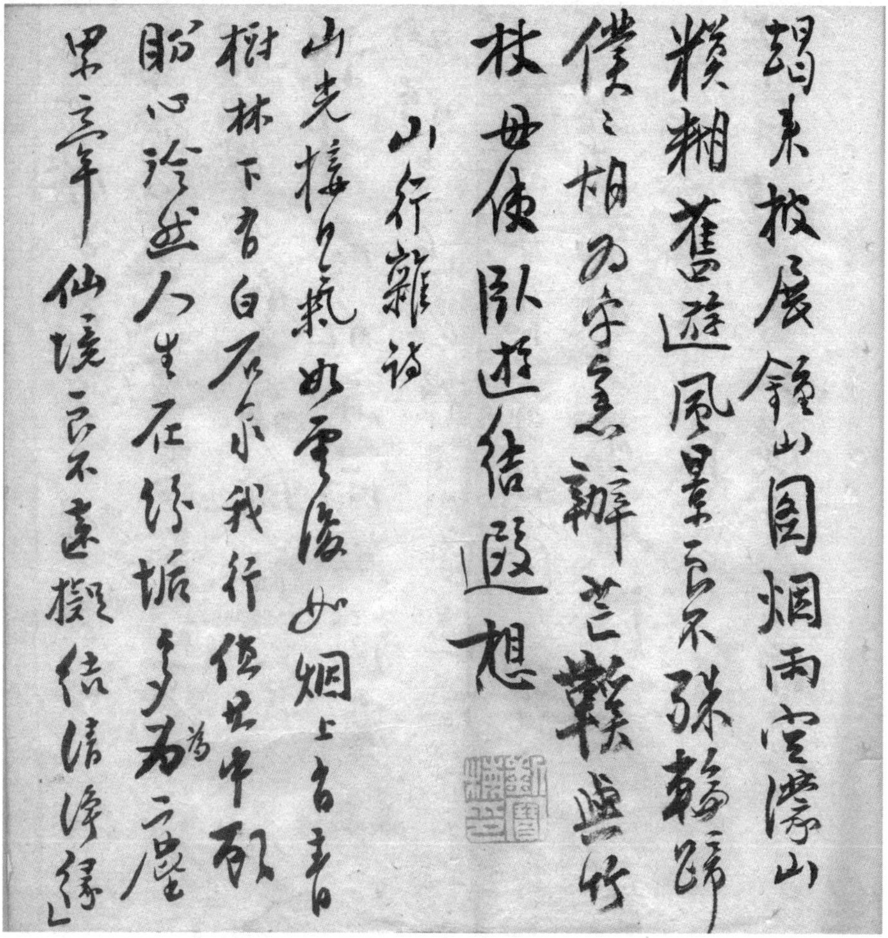

竭來披展鍾山圖烟雨空濛山
糢糊舊遊風景良不殊藝歸
僕〻相爲守意辨芒鞵與竹
杖毋使臥遊結遐想

山行雜詩

山光接天氣如雲復如烟上有青
樹林下有白石泉我行倦其中取
聊心踪遂人生在塵垢多為壓
累高年仙境〻良不遠擬結清淨緣〻

秋山瘦如削石骨棱嶙峭了無一物
着臃無見天真春華與秋實焉
得明時春何必徐熙筆寫出怪石
陳豐容作雲雨始識真精神
山行無近路行行山更遠既見山
頭好不厭腰人生伏向見願面隔
重重舊難身所歷擬議皆茫
描三人國市歸家口積莫莫
上山不曉丈夫地後年里係見揚塵

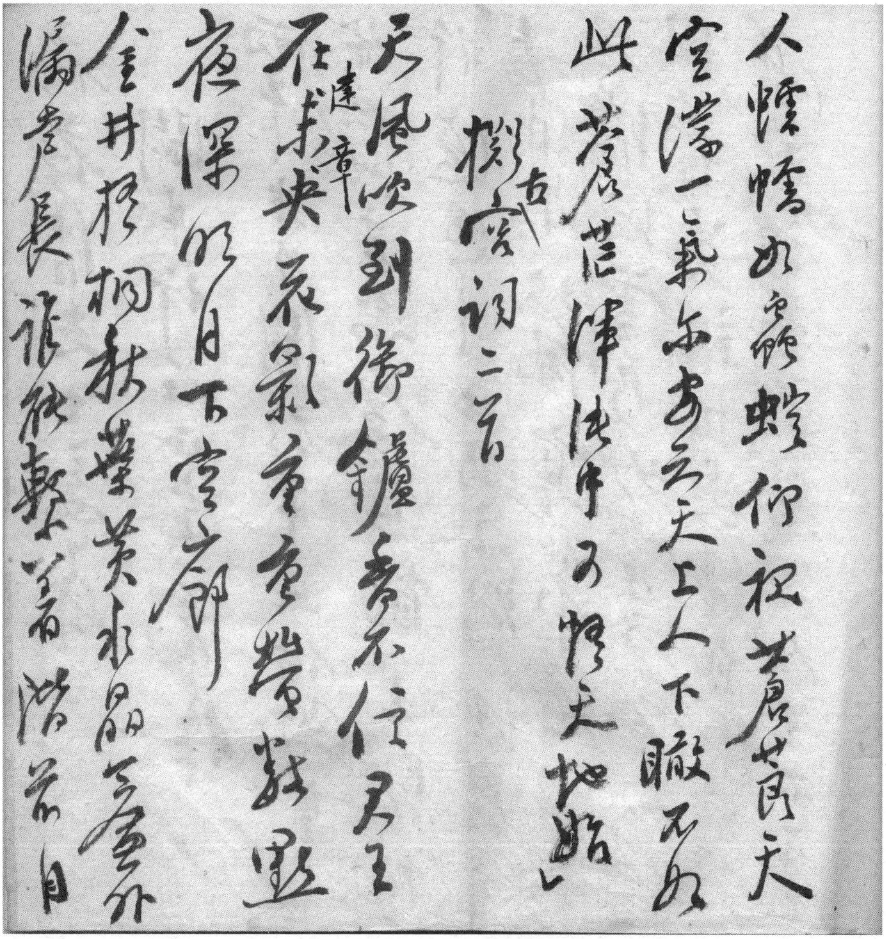
人懵懵如蠛蠓仰祝蒼蒼世民天
空濛一氣來去之天上人下瞰不知
此蒼蒼茫律法作不憐之地也

擬古宮詞二首

天風吹到御爐香不信天王
在未央（達章）花影重重紫禁嚴
夜深明月下空廊
金井梧桐秋葉黃水晶簾外
漏聲長誰能數得[illegible]滿宮自

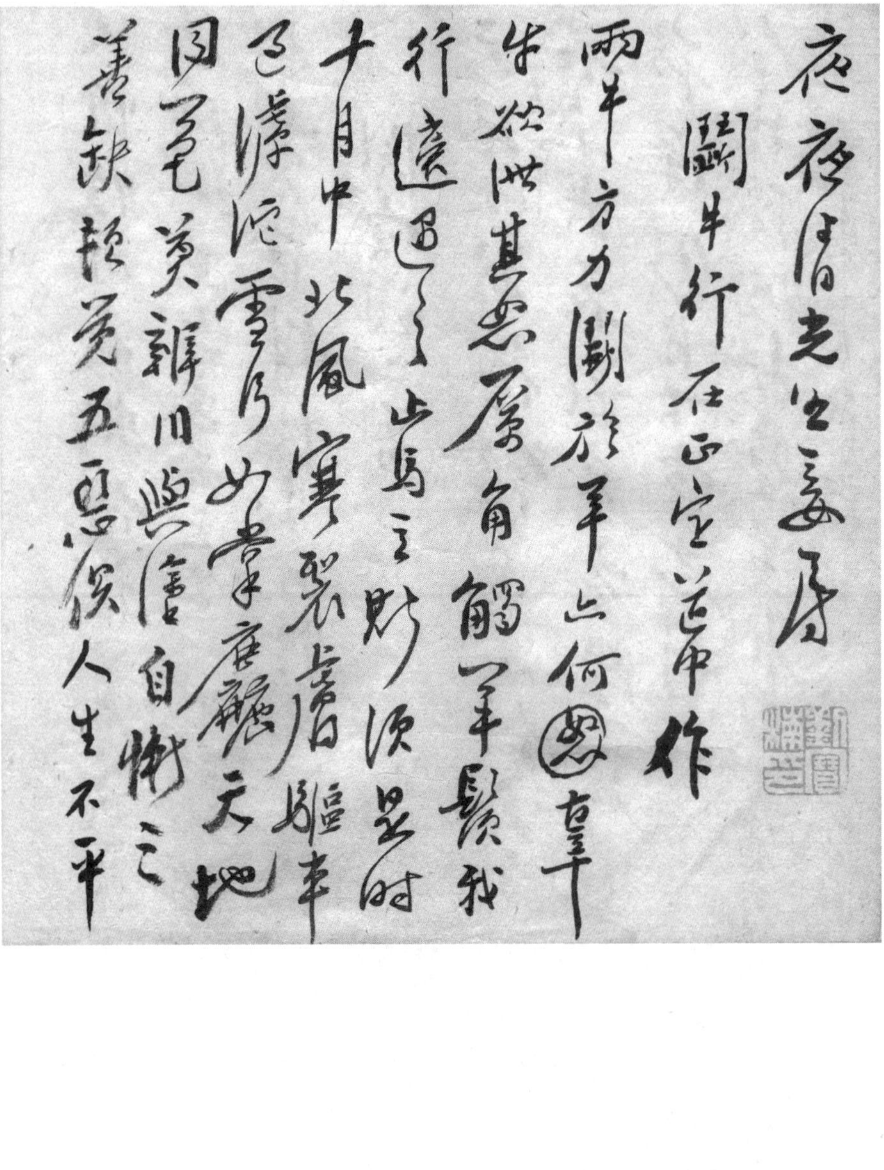

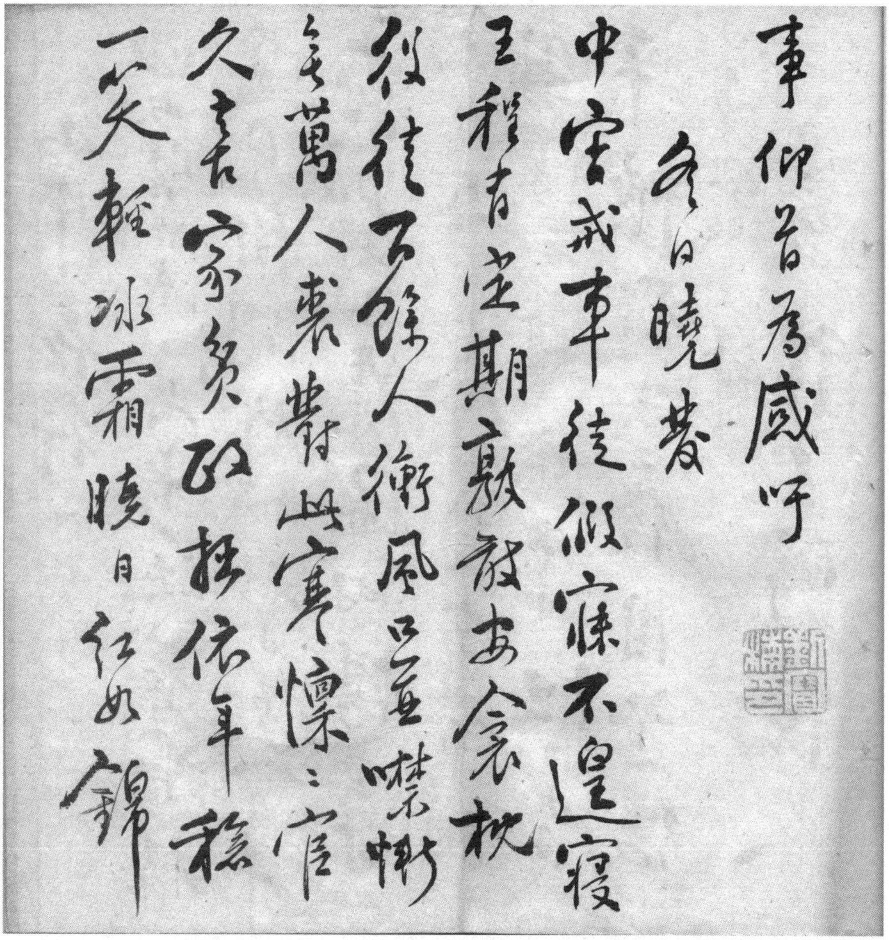
事仰首爲感吁

冬日曉發

中宵戒車徒假寐不遑寢
王程有定期孰敢安衾枕
役徒不餘人衛風已噤慚
今萬人衰對此寒懔懔官
久去家多改採依年稔
一笑輕冰霜曉日紅如錦

山中夜行

四山皆黑寒中途莽荊榛
遥見樹間燈始知山有人羣
犬吠如豹虎迹時堪尋
人生多有命若某常相
困須知艱險中坦坦皆
平陳願言履周道後
步凝心神
山嵗杪陽星暖懷人

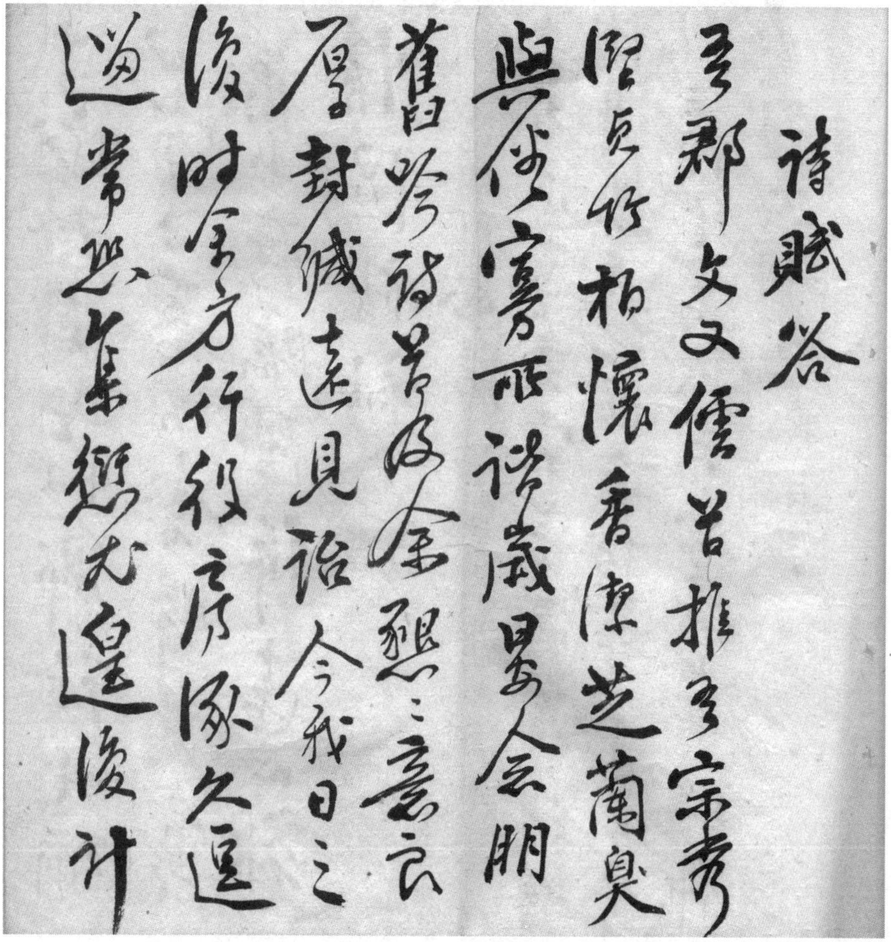

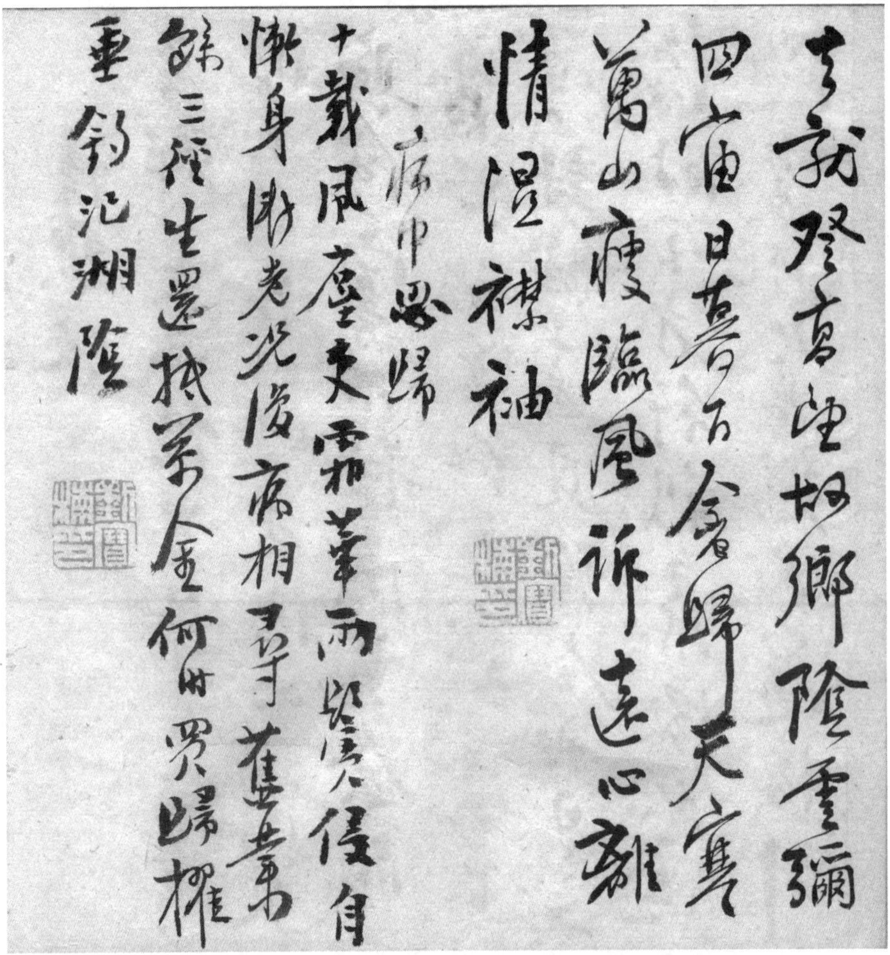
十載琴書坐故鄉陰雲彌
四宙日暮日含歸天寒
萬山瘦臨風許遠心離
情濕襟袖

病中思歸

十載風塵吏霜華兩鬢侵自
憐身漸老況復病相尋舊業
餘三徑生還抵萬金何時賦歸棹
垂釣泛湖陰

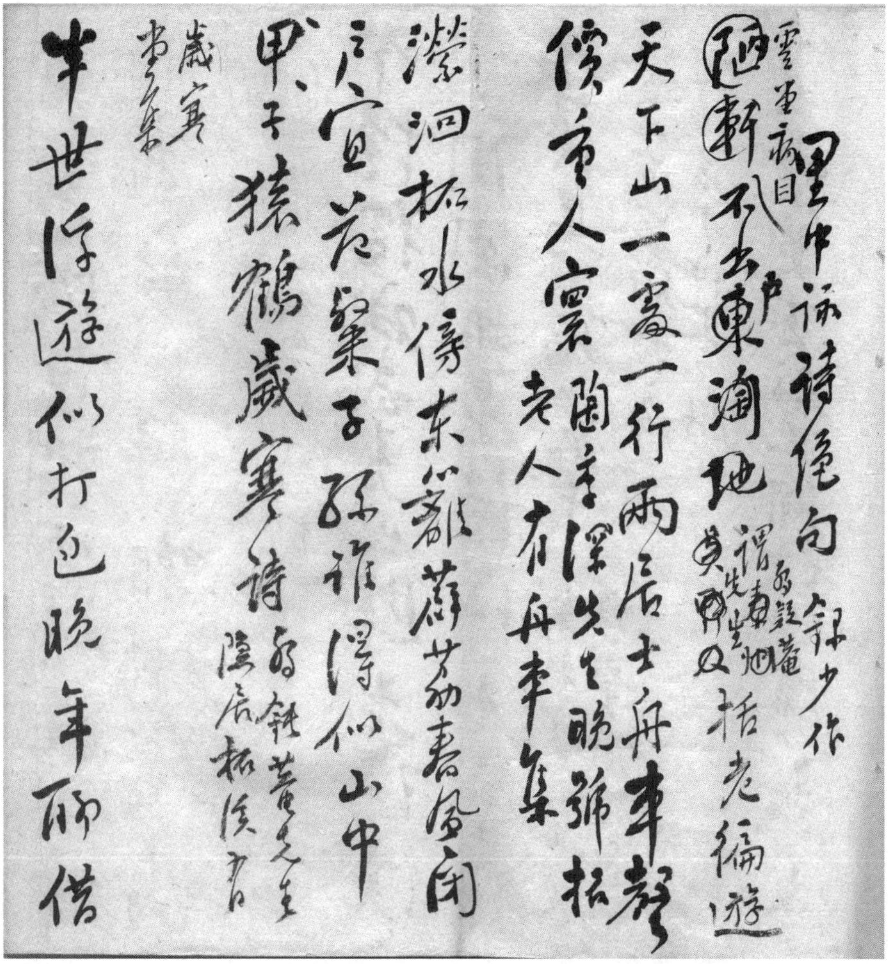

一枝巢滿江烟雨歸帆好吟得新詩嘗解嘲 陳冰壑先生詩云一片歸帆秋正好滿江烟雨鷺鷥飛洵佳作也有一巢園集

登壇獨賦武夷山歸老環溪畫閑閑不是漁洋老宿誰月窗人傳馬愛朱干 朱秋厓先生書作武夷山賦新城王文簡公贈詩云愛汝朱干州畫好

真如寶玉發湖陳常熟文

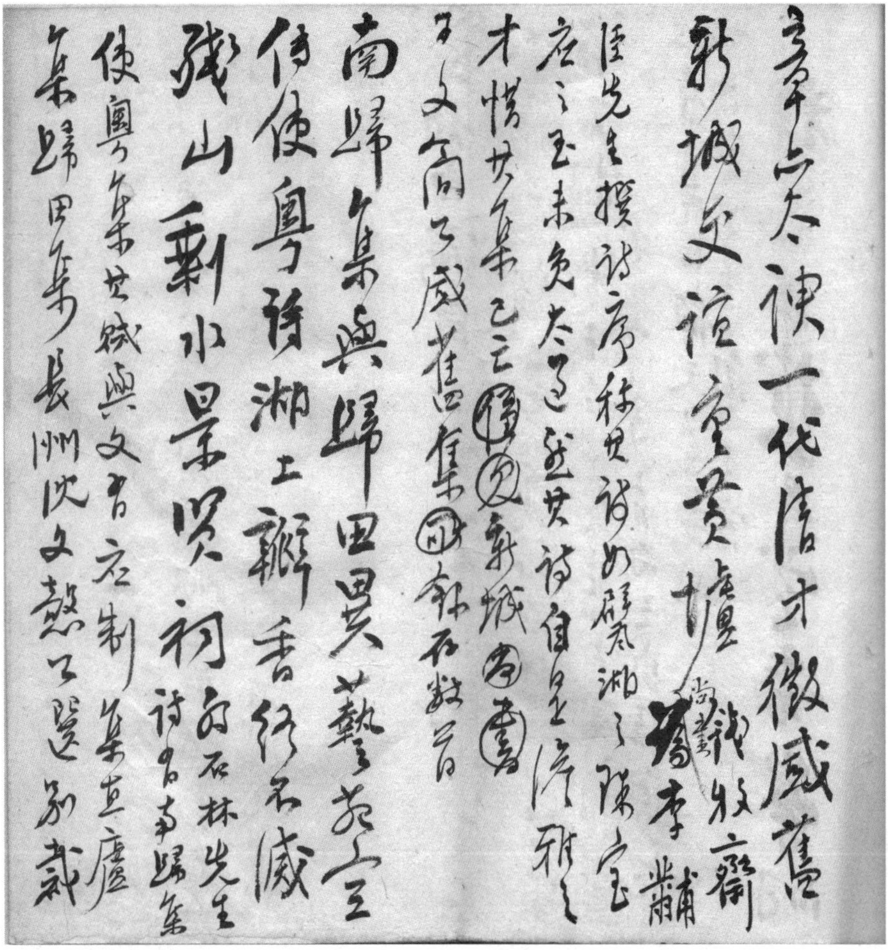

集停樣使粵一集以未見全詩為悵
汪鈍翁贈石林先生詩聯秀今在射
湖芳案寳應在射陽湖西射湖當是
此湖之誤索處和尚人和石林先生札
畫圖川之景賢重
聯秀之言果驗
與龍白鶴粵東宮才半縱横左
之一白鶴料書驛臥後新詩留
在百澗中 王右丞先生有閒雜詩
極望有向之水暝鳥飛
日暮寒其白鶴天文三年山
城內起前建粵東宮
光輝之發越樣真定常山宇翩

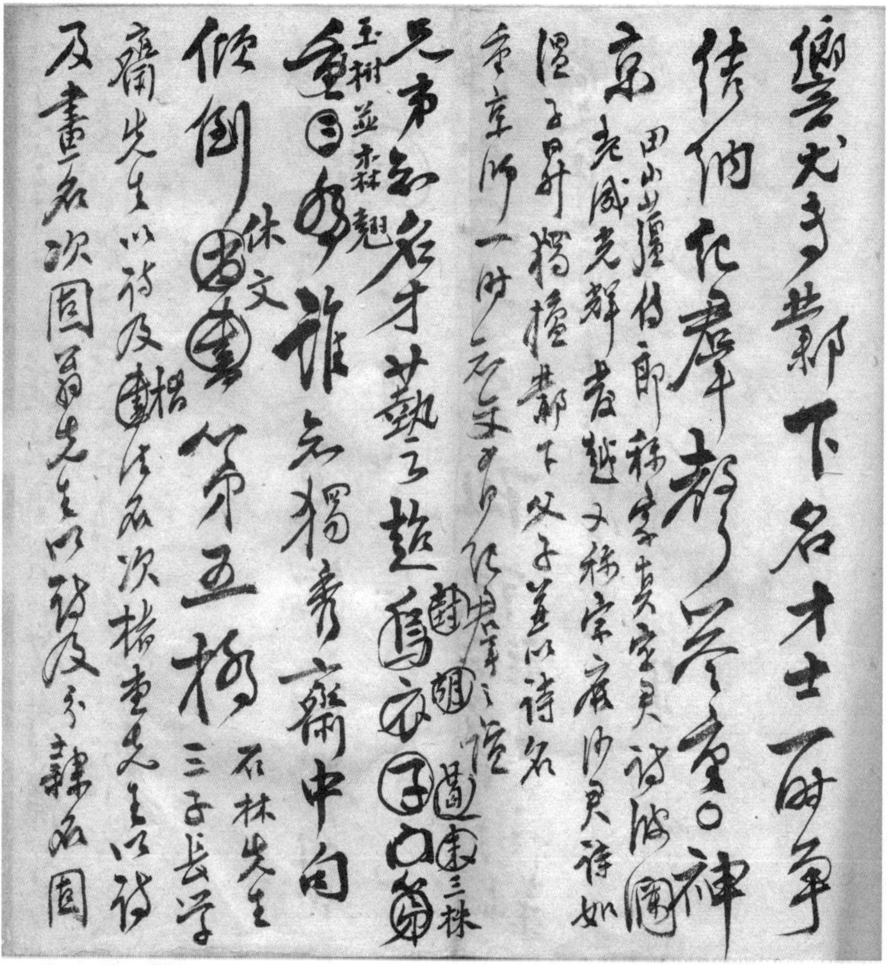

伯先生之子瑜錫先生六十獨秀齋山集
為長洲沈文慤公所推重瑜錫先生
于兄亦行第五故
即字曰第五橋
安宜四子三人集論詩何
獨樹畫自古才人大抵已
律山五言重琳琅宗唐宋姚
聽巖如松華
閬文師三先生名安宜四子三先生各有集
曉巖先生為吾家宗中死故集不傳獨樹
艸堂世所[illegible]居君子僅樓得
律山堂手評五律一首入各本集

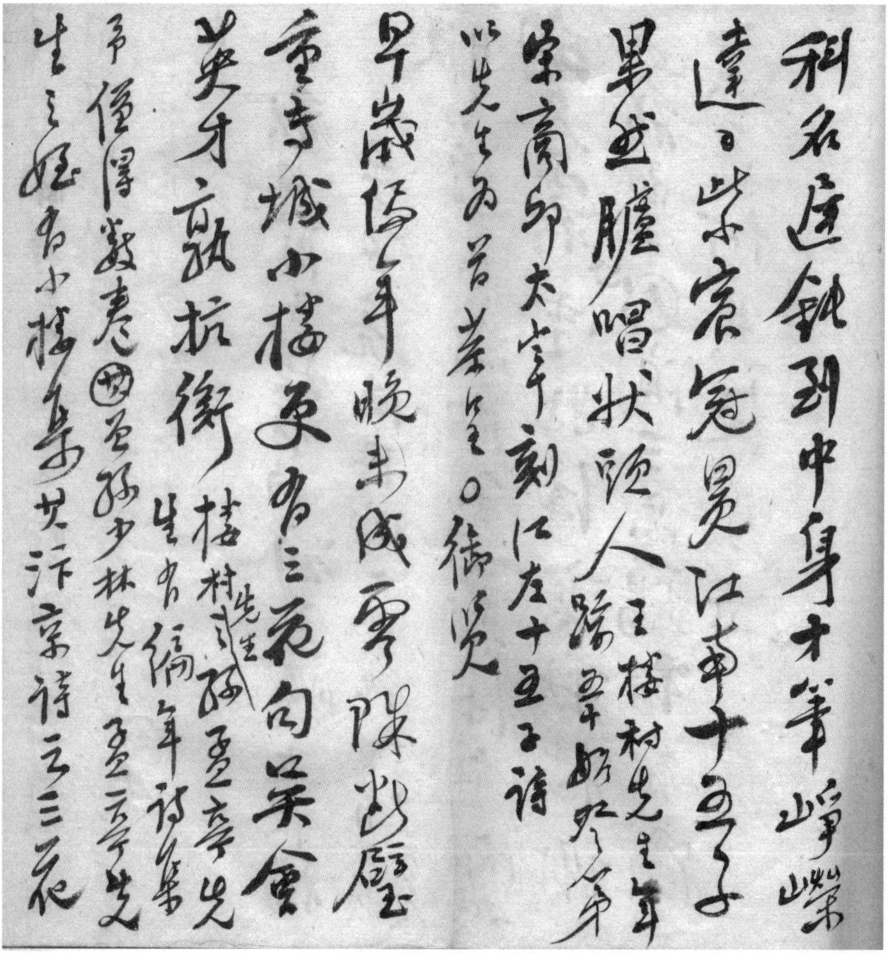

樹色兩新無萬里何聲下意戶西樹
所移田園畢秋楓書書遣吳會
英才集以少林吳人生
將畢此集新入

秋日偕薛子談侍均劉孟瞻文淇楊
季子亮泛舟湖上有作　是日子談三十初度

暇日逢初度明籌載酒遊湖山
向夕雲移雲物淨高秋枝謝
五能忘風心間三品鷗相看處
莫遣何異泛虛舟

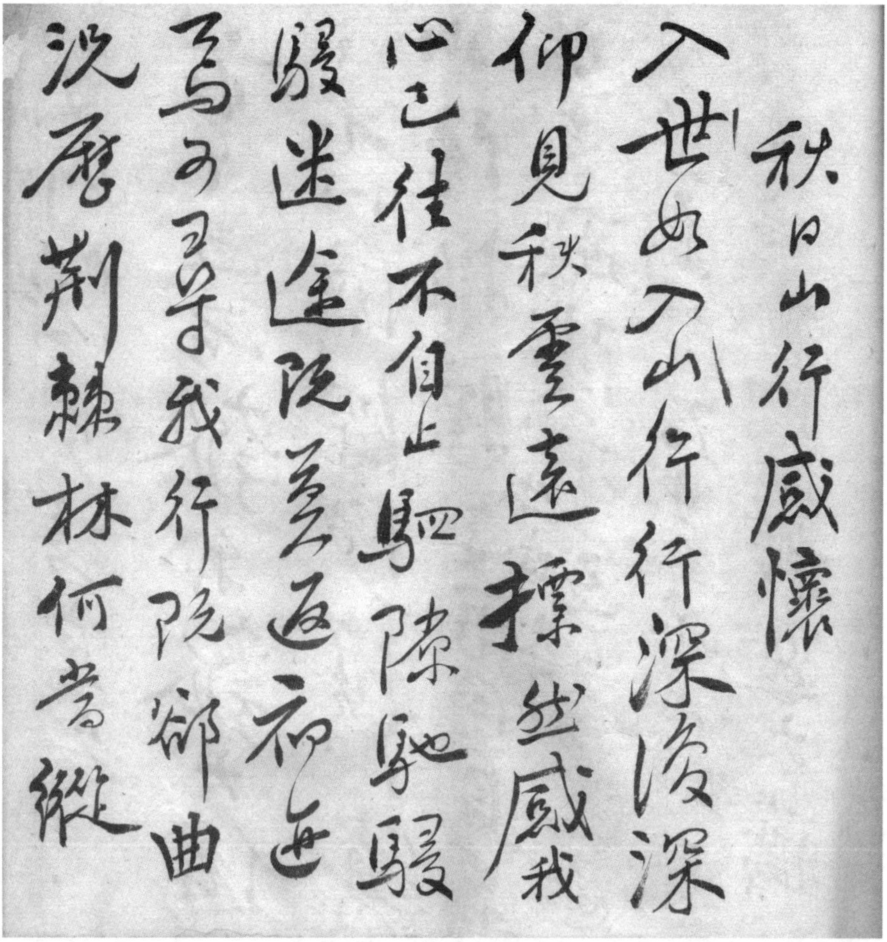
秋日山行感懷
入世如入山行行深復深
仰見秋雲遠標然感我
心已往不自止駟隙馳駸
駸迷途既甚遠前無
焉可尋我行既邪曲
況歷荊棘林何嘗縱

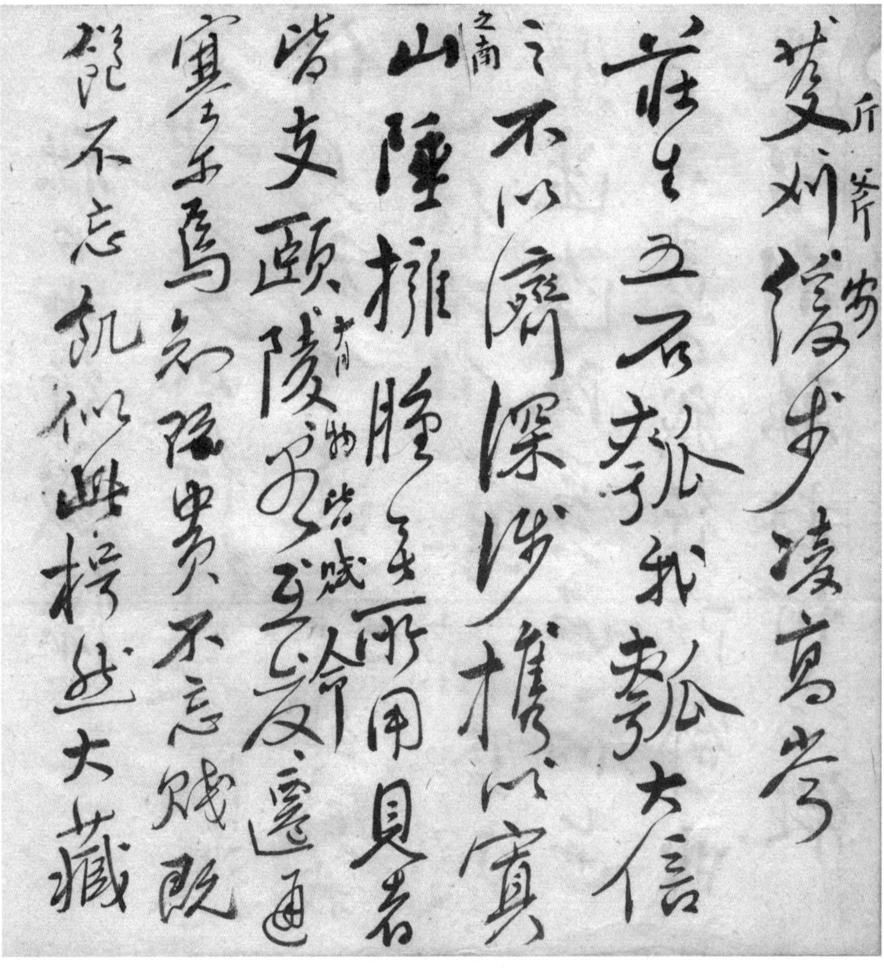

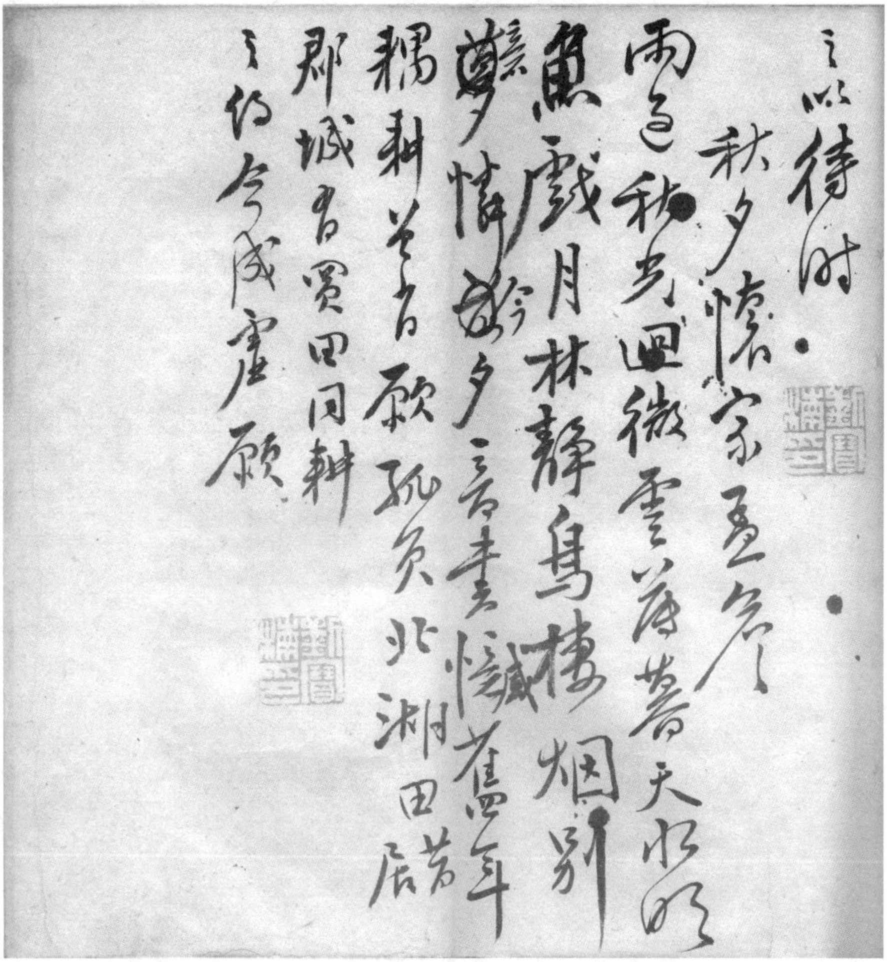

儒丐人傳

君諱無字，號黄賓，虞人，國子
監生。先世皆以詩名，稱君少孤。
族人或侵其家產，君不與校。
家益貧，以賤役名於鄉里，從商
田家，構于母，君與之居，間利其右
無被人以業誑君，以此信，事旋持奪，謝君，君辱不校
以夠賤，處中，有孫年亦稚，生之
於貧，君泣曰力，飲助尤甚，負之以目
短褐衣服，鏡行市中，販夫皆鄙毀
其鏡，莫之售，人曰：是為奧僅，君曰：某

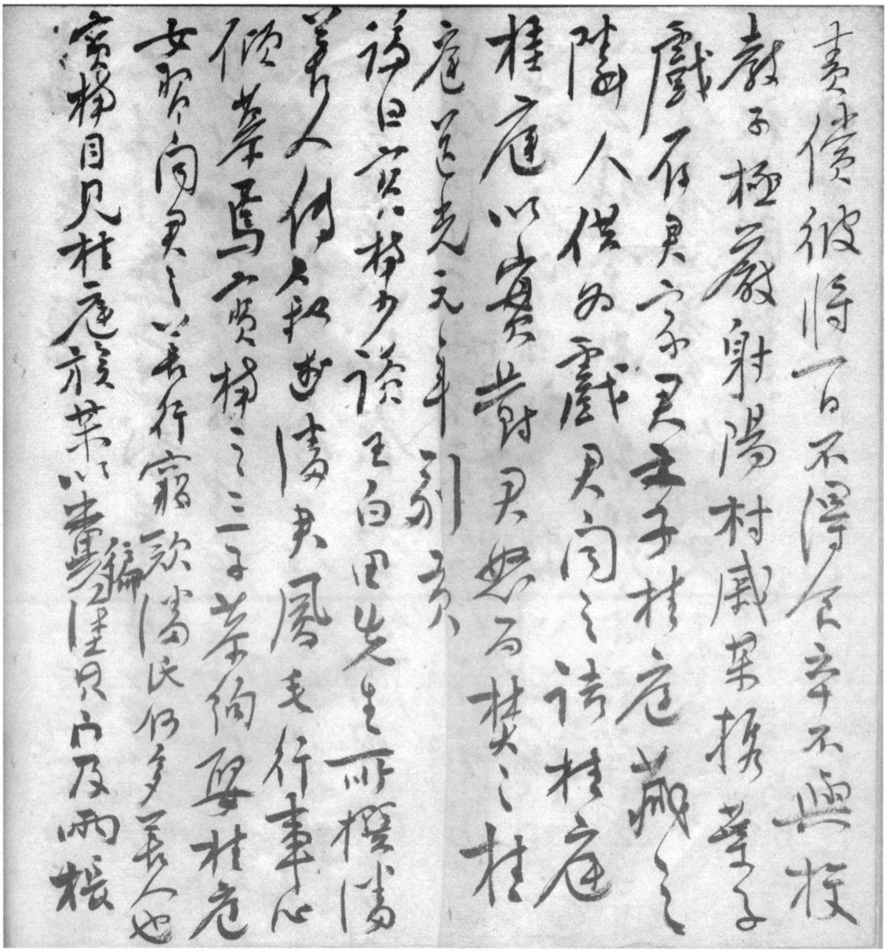

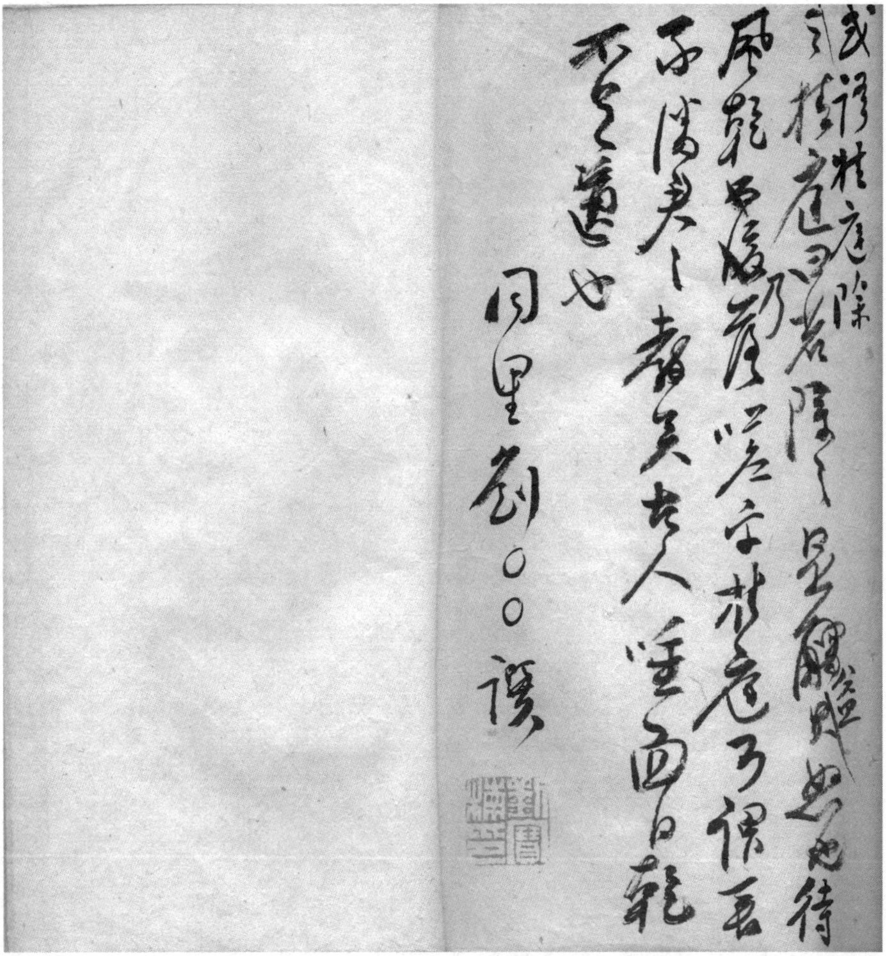

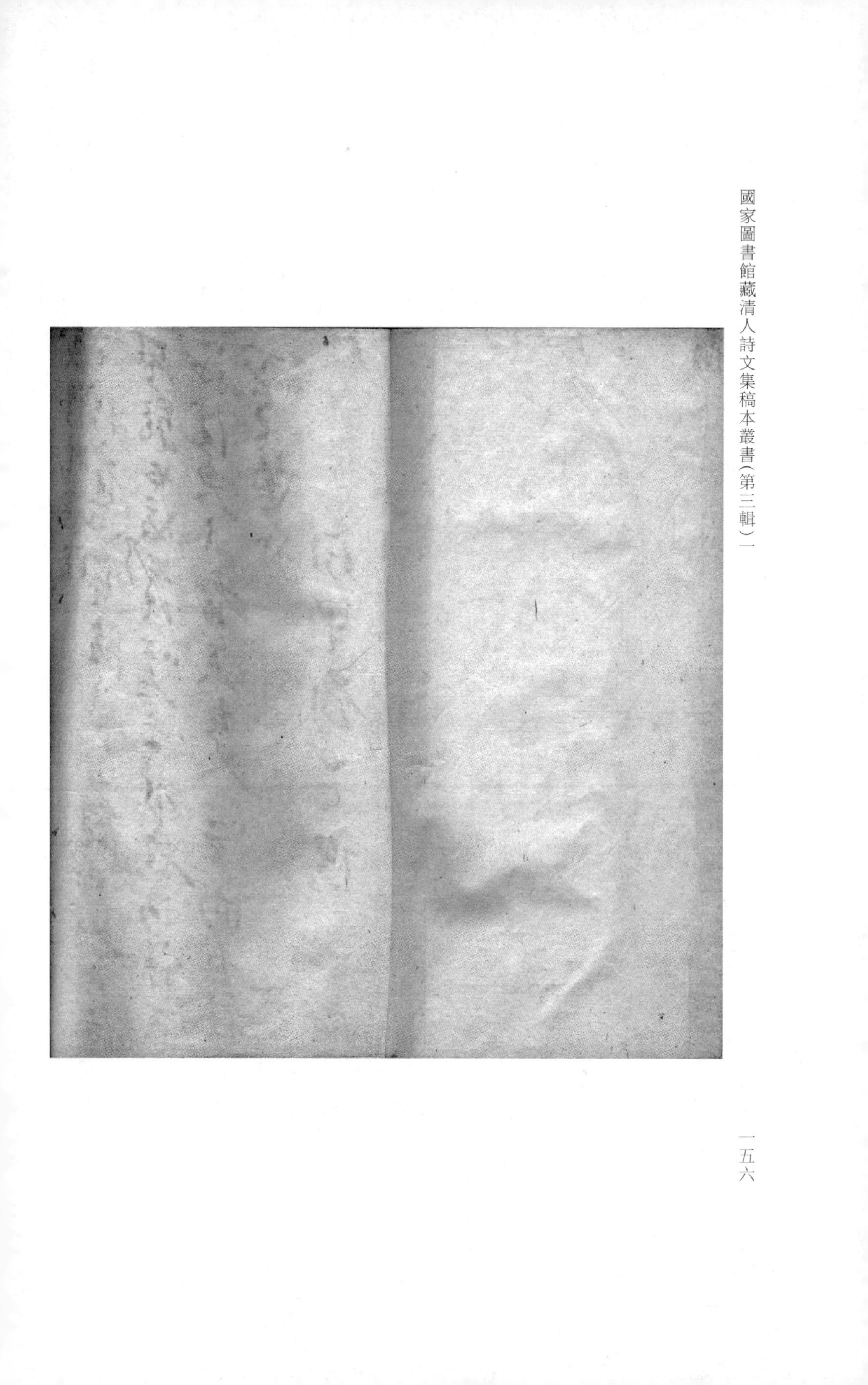

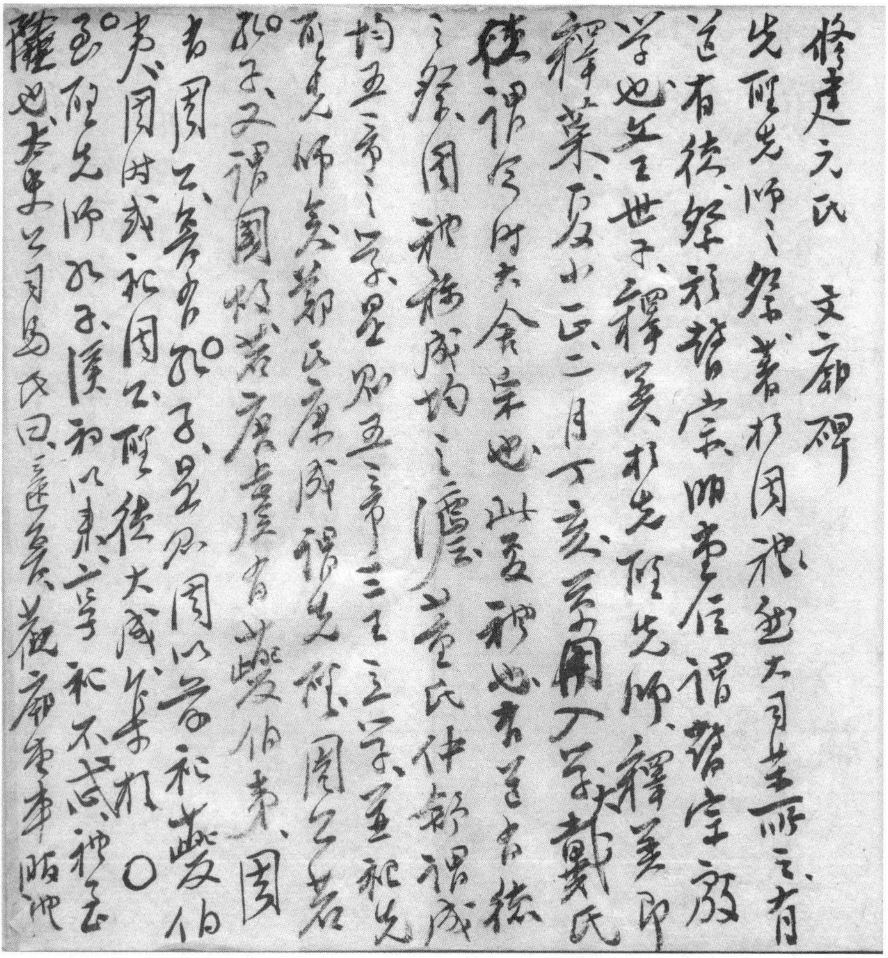
修建元氏　文廟碑

先聖先師之祭，著於國祀，[illegible]之有
道有德，祭於瞽宗，此[illegible]謂瞽宗殷
學也。文王世子，釋奠於先聖先師。釋奠即
釋菜。夏小正二月丁亥萬用入學，戴氏
[illegible]謂今附大合宗也，此其祀也。言其德
之祭國祀稱成均之遺。董氏仲舒謂成
均五帝之學，是則五帝之王之學並祀先
聖先師矣。鄭氏康成謂先聖周公若
孔子。又謂國故若唐虞有夔、伯夷，周
有周公，魯有孔子。是則周以前祀夔、伯
夷，周時或祀周公，[illegible]大成[illegible]孔　○
至聖先師孔子。漢初以來之學祀不忒，神[illegible]
[illegible]也。太史公曰[illegible]氏曰[illegible]廟[illegible]

曾子曰：社稷宗廟之中，未施敬于民而民敬，然
則作廟祭事觀瞻，非教化之始基與？元氏曰
顧廟在朝，後來乘廢，世所葺，韓在前書
其未報者，無錫陸君穆、翁君蘇、彼曰某君
林、程、諸則題君、翁君、劉君、黃、直、高君、舉
以宋、劉君、徐眠、甯、黃、寬、祠、仍于、徐君
行先徐君元、張、宮君、偏、楊君廣、並、倡
時道光三十年，安甫君、偉諸到中見後任
禮樽並鐘，僅不足以垂久遠，宜新之，資捐
遂立是舉，與安甫君承諾，張君
以衆士人商之，畢籌費，歲數千
曰：大成殿兩廡、欞星門、崇聖祠並
儀在其中，新葺其基址，以爲其楹桷、文昌閣

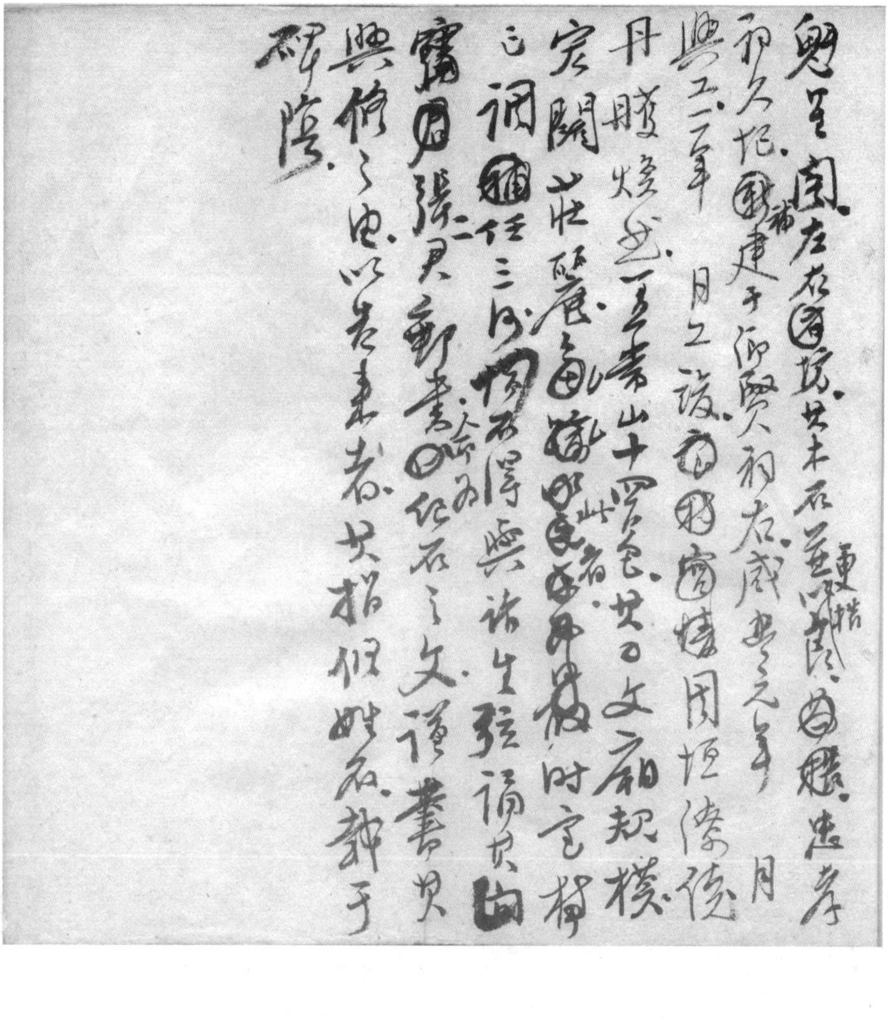

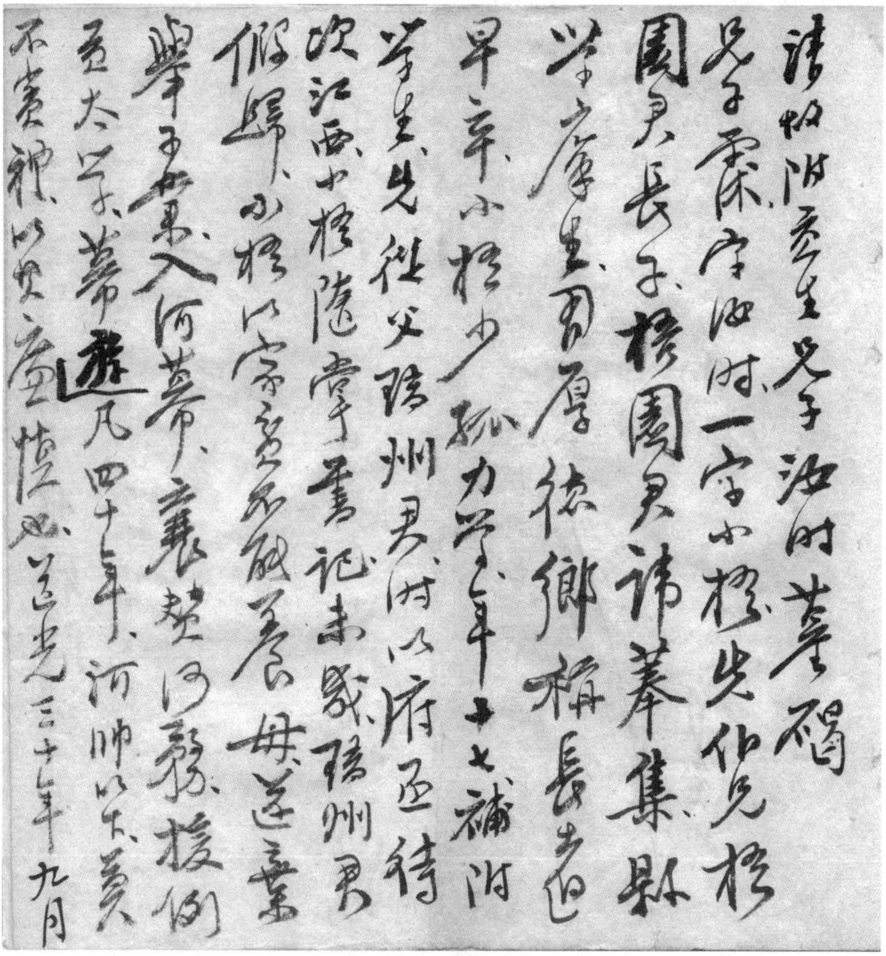
請將附葬先生名字添附墓碣
先子寀，字沖附，一字小楷，先伯兄
楷園府君長子。楷園府君諱萃集，縣
學廩生，用厚德鄉稱長者，
早卒。小楷少孤，力學，年十七補附
學生，從父瓊州府君附以府丞待
次江西，小楷隨焉，掌書記。未幾，瓊州府君
假歸，小楷以家貧不能歸，母送喪
畢，乃東入河幕，襄楚河務，援例
為太學生，幕遊凡四十餘年，河帥以次薦
不克補，以貧疾歿，怛也。道光三十年九月

二十九日辰時，距生於乾隆五十年五
月二十一日，年六十有六。娶黃氏，例贈宜人黃
天宇蘭女；繼娶李氏，……丹徒李
君佐成女，皆前卒；繼娶李氏之妹，生
子錫芳，附生；梓，貢生；女適候補通判
馬壽楨。孫棨、孫[illegible]。將以咸豐 年 月 日合葬
[illegible]時於黃氏及前李氏戴果溝墓穴。
附。寶楨官戴輔十年[illegible]矣，追[illegible]事時，
同居東門相宅，朝夕相依，弱冠以後
為謀衣食，奔[illegible]南北，或歸[illegible]相值三
五年始一見，今君已矣，無由時省吾人

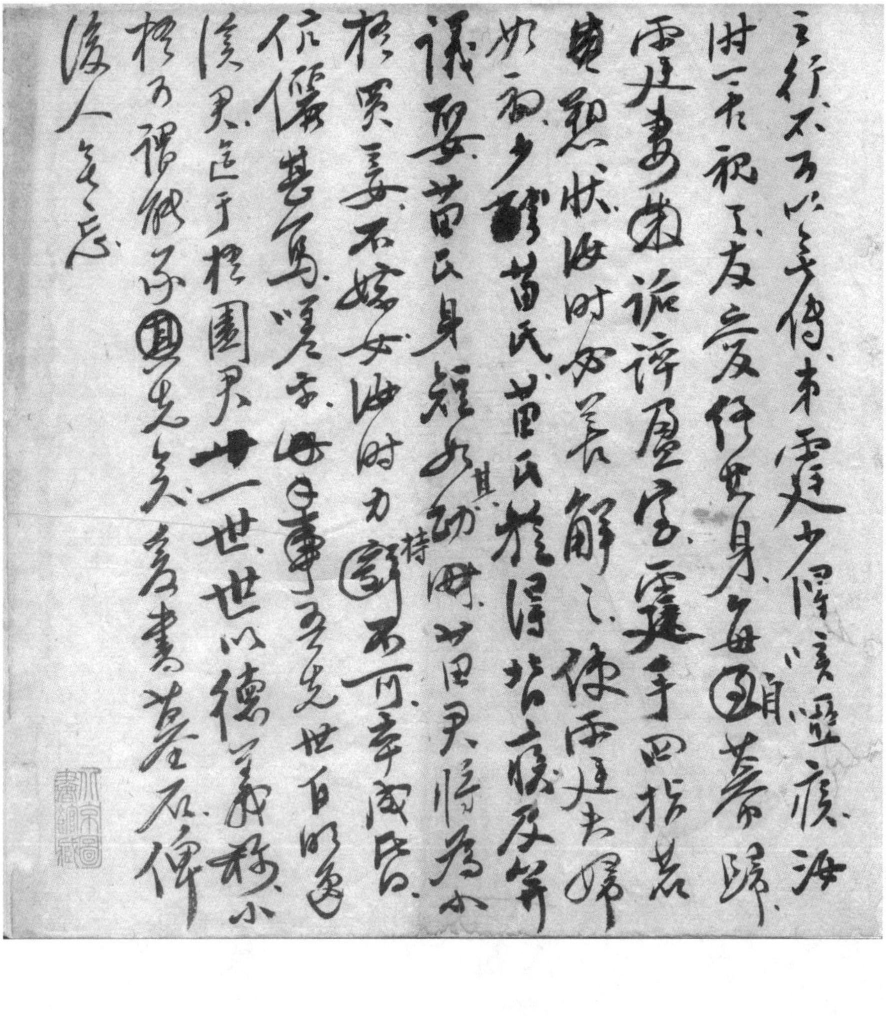

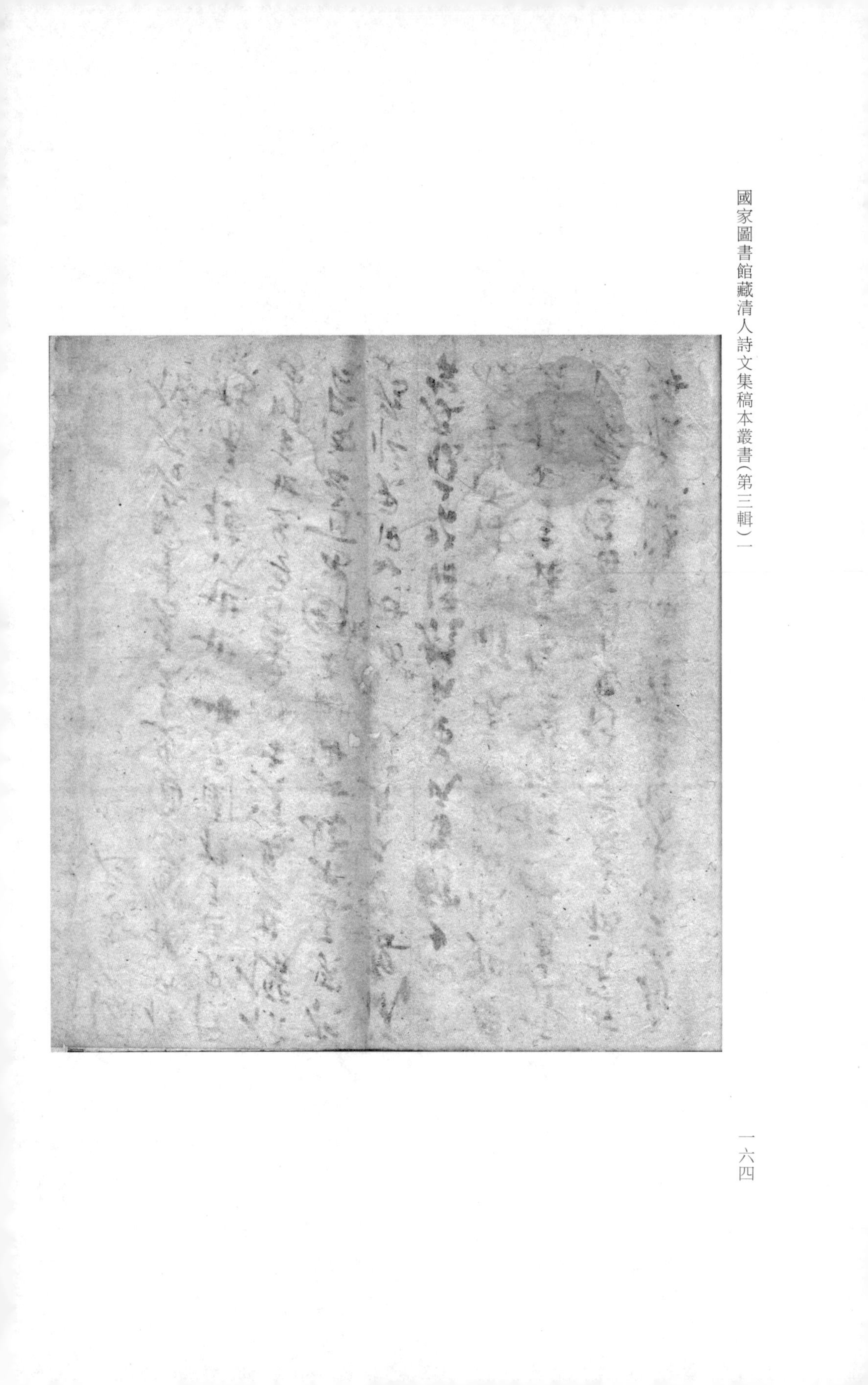

螺洲文集

王柏心撰。稿本二册。

王柏心，生於嘉慶四年(一七九九)，卒於同治十二年(一八七三)。字子壽，號筠亭，别號螺洲子，湖北監利人。幼即警敏，長通經史百家之言。道光癸卯(一八四三)舉人，甲辰(一八四四)進士，官刑部廣西清吏司主事，觀政四十餘年。早年嘗入林則徐幕，有《挽侯官林公》四首，情摯詞真。歸主荆州書院，主荆南講席二十餘年。柏心撫時感事，皆發於歌詩，以擅長文學爲兩湖大師，其文嚴整，其詩峻邁，「君於詩雄麗深博，源出漢魏，要歸於杜，而兼有明李夢陽、何景明之長」(孫雄《道咸同光四朝詩史》清宣統二年刻本)。爲學則講求經世致用。年七十五無疾而逝，門人私謚曰文貞先生。

此文稿爲柏心手稿，分上下册，各册前有目録，上册收文二十四篇，目録後題「同治己巳春仲録於竟陵官廨」。有「劉福善印」「達五之章」一朱一白兩印。卷末鈐「達五之章」白文方印一枚。下册收文三十七篇，目録頁鈐「本色書本」朱文方印一枚。首篇鈐「達五之章」白文方印一枚。卷末鈐「達五」朱文方印一枚。

柏心學識過人，熟悉山川形勢，諸事皆宣付史館，劬於著述，謙退並不以學驕人。道光至同治間，陸續自刻其稿，所著尚有《導江三議》一卷，《螺洲近藁》六卷，《文集》二十卷，《子壽詩鈔》二卷，《漆室吟》八卷，《百柱堂詩藁》八卷，《子壽詞鈔》一卷，纂有黄岡、漢陽、東湖各志等，分别藏於國家圖書館、湖北省圖書館、南京圖書館。另國家圖書館藏有光緒二十四年(一八九八)成山唐氏於貴陽刻《百柱堂全集》五十三卷，内集凡詩十四卷、文二十卷、詞一卷、樞言二卷。又《百柱堂尺牘》四卷，光緒十二年（一八八六）刻，南京圖書館藏。光緒十九年（一八九三），其孫傳喬合而刊之，仍題《百柱堂集》，計詩集二十八卷、文集十九卷、駢體文三卷、詞一卷，附録一卷，中國科學院圖書館藏。别本《王子壽詩文》不分卷，王家璧輯並評註，録詩近二百首，文四十篇，輯者手稿本，朱琦、莊受祺題識，二册，湖北省圖書館藏。浙江圖書館藏其手稿信劄二件。杭州西泠印社藏其所作《陳陶遠神道碑》，何紹基手書並篆額，其文與書均堪稱絶世之作。

（徐慧）

螺洲文集
上

螺洲文集目錄

監利王柏心著

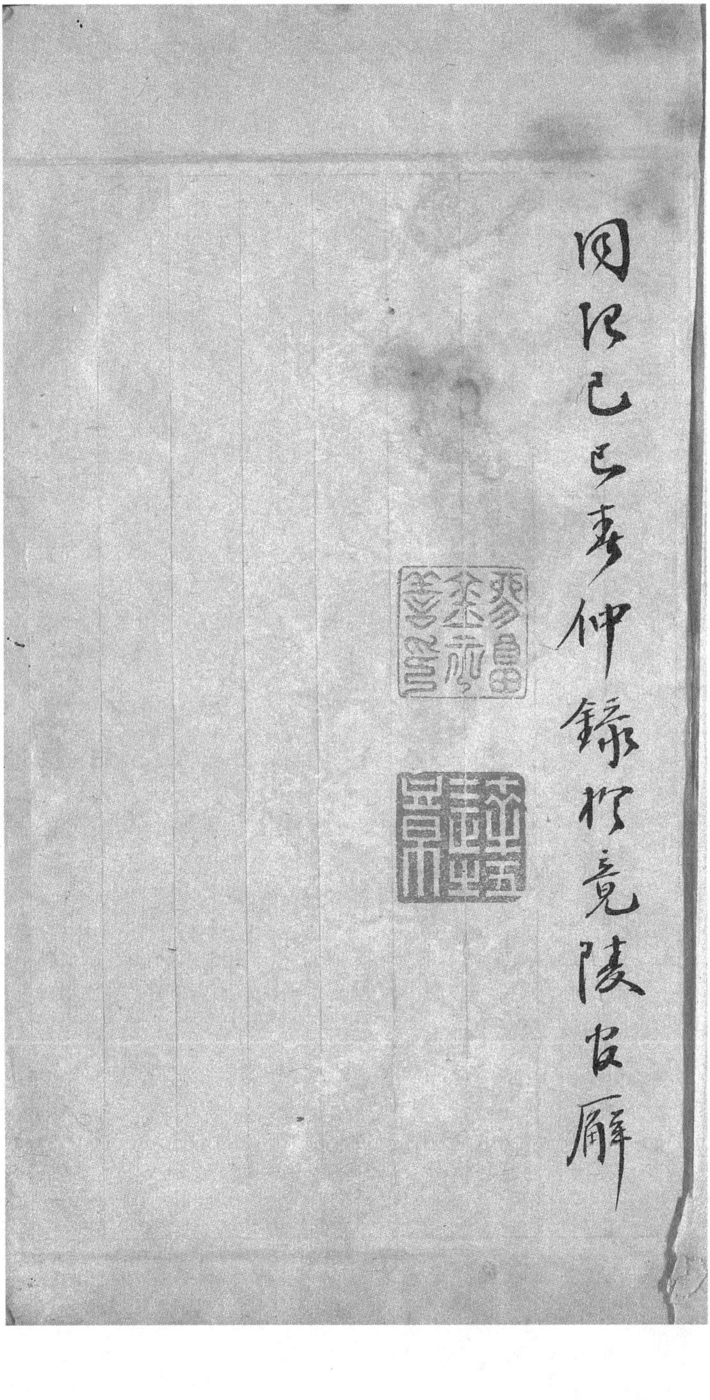
同治己巳春仲録於竟陵官廨

同治元年七月初八日奉

上諭張亮基奏在籍京員封奏一摺湖北在籍刑部主事王柏心進呈經論及應詔求言各一摺因張亮基路過荊州求其代進言皆忠告具見悃忱所呈伊訓及太甲要語經論八首著宏德殿存記以備乙覽其應詔陳言八條內所請開特科寬權算二條著交該部妥議具奏其餘六條分別內外各衙門亦無可採著留中備覽欽此

臣聞言不切直。則不足以悟主聽而感上心。言切直。則犯時忌而取咎戾。此古之人懷忠誼。蘊經術。鬱勃于中。所以結舌不敢言。甘長

往山林而不出者也。今臣幸逢不諱之

朝。然輅誤鐸。招進言者。故敢不避斧鉞之誅。冒昧應

詔上封事。略其瑣且淺者。惟直且切是陳。所為

皇上助成

聖治。開廊大計。又自分犬馬之年。自進桑榆。不能陳力當世。獨此區區之

忱。永矢靡諼。當效野人芹曝之獻。其目有八。四者言內事。四者言外

事。調贛計邊。伏惟

皇上憫其疏拙。賜之寬宥。

覽而察焉。臣雖槁項山谷。沒齒無恨。夫天下大器也。安危惟人主之

所置不可不慎也自古繼體守文之君衆矣獨稱商之太甲周之
成王者豈非以沖齡踐阼而自新無逸遂能懷永圖發復興也哉
方二歲即位之初玄祖考未亡國勢岌強文治重貫矣輔宜若有
晏然高拱然君臣間勤忌相戒惟恐稍隳豫焉蓋持天下矣
斯之謂慎也今
皇上臨御維新年方二歲累朝國勢已不及商周之強遠甚自粵逆
犯廣表自真揚海濱覆沒城邑以數百計所至無不屠掠今
虵豕猶據窟穴金陵橫噬吳越殆及而大河南北燕齊之地捻賊
蹂躪幾十之二三其滇黔巴蜀閩廣為羣盜悍夷荼毒者皆暴

胥如帶。載籍以來。未有之艱也。九州百郡之中。僅為完土者凡幾區
虜。江淮河海。運道盡絶。國力既絀。又未能建徙都之謀。四方財賦
輸左藏者。不及往時五分之一。神策六軍。多虛名籍。各行省帶甲
之士。亦耗居矣。有急則倚召募。兵與財之匱。未有甚于此時者也。承平
日久。法令文具而已。名實不相應。官吏玩而寡度。弛如柳之病。痿痹不
可當。疾風暴雨。

主上國危。莫過此時。將安所恃哉。所恃者。
皇上。皇上。振作之心耳。
皇上視今日天下為可與商周並強乎。能則惟早夜憂惕。百倍于太甲成王。

未可言象遂固邑桑也且克殷憂所以啓聖勝多難所以興邦國天
之儆人主者惟此時天之贊人主者亦惟此時是在
皇上克自抑畏而已夏少康有田一成有衆一旅遂誅滅浞豷不失舊
物周宣王遭逢亢旱夷狄内侵側身脩行命將出師玁狁淮
夷無不震伏下至越句踐、趙燕昭王、奮亡國之餘尚吞仇敵安
在不可轉弱爲强也
皇上纂統之初毅然決策
兩宮太后旋軫神京誅宗室之兇頑也委任親賢四海欣慶根登中興
祖宗之恩澤在人億兆之謳歌不改及此時夙夜勵精講求制治保邦

之要。選任賢能。共圖宏濟。臣又以為國勢之轉弱為強者難也。惟在
皇上懋修于上。為臣下倡而已。臣謹以管蠡所見。具列如左。
一曰廣師儒。臣聞雖有聖哲之資。必藉陶染。是故舜染于許由伯陽。禹染于皋陶伯益。湯染于伊尹萊朱。武王染于太公望周公旦。其餘賢主。莫不有師。
皇上典学方勤。宜
命廷臣亟舉賢明師傅。及講讀之臣。不必專用翰詹。凡內外臣工。或山林隱逸。訪其德行純粹。操履端方。經術淹通。史學貫串。詳練古今。深達政體者。得十人。俾專啟沃。

朝退之餘。即次第陳說。加以問難。理解了然。時加紬繹。所告者必聖賢
之道。所述者必帝王之業。日增月益。積小致大。
聖功養正。
盛德光輝。所視見正人。聞正言。行正事。左右前後。莫非正人。習與正人居。
不能無正。猶生長于齊之地。不能不齊語也。由此而脩身以道。
皇建其極。立綱陳紀。皆可持循以往矣。
一曰屏嗜欲。觀主德之明昧。觀其嗜欲之有無而已。人主嗜欲除。則
以肅。以肅則靈臺無不明。而智無不照。人主嗜欲塞。則以蔽。以蔽則
靈臺無能明。而智無能燭。夫主方沖幼。又當嗣服之初。尤左右近

習所乘間而雜投其也。竊人主之嗜好。緣之而進。惟恐導之不廣。順之不速。好則迎之以僞。惡則進之以驕。懈則誘之以荒。凡土木遊幸。音樂田獵。甲兵禱祠之事。無不該興而危亂之至。不旋踵矣。人主能于此時力屏嗜好。不授之以隙。則佞幸其焉退。而方正之士乃能前。忠直之言乃日聞。夫嗜好豈獨在奢靡蕩佚哉。榮夷公好言利。齊桓公好服紫。漢孝元多材藝。善史書。鼓琴吹簫。度曲被聲。光武好圖讖決事。陳隋二主好詞賦。皆足以害俗而妨政。況于冒貢犯義。失德之甚者哉。

一曰博諮訪。三代有坐論之禮。非特用虛文優臣下。亦以謀謨所

出。動閱旬息。必數奏淹晷。往復條暢。君推誠以詢于臣。臣盡
智以復于上。然後裁決機務。莫不曲當耶。至秦而此禮遂廢。故
君臣之情多隔。退而上章。奏牘繁多。動致寢閼。萬機叢脞。
往往由此。臣愚以爲宜論不待復于
大殿。且當復于
便殿。每日
朝罷後。另行
召對。自京朝官、或方鎮監司入
覲者。分日引數人。

召問輪對。
詢以朝政得失知人才賢否。四方水旱。宜以何策銷弭。姦宄反側。宜以
何策削平。當今設施。孰為先務。所掌職業。用何報稱。必使
各言其隱。察其占對。即以知其人之才略高下。其計慮深長者。
徐加任用。其依違飾匿者。即予屏退。
皇上亦藉是以周知天下之務。不當但循常朝之例。所問不過官職姓名
出身。所覽不過隨例章奏。名為萬幾獨綜。實則以九重而下行
六卿之務。雖日閱千疏。覽千章。其于經國遠猷。久安長治之謨。
初未及商度議論。豈不徒敝精神于瑣屑也哉。昔苻堅之于

王猛。周文帝之于蘇綽。唐太宗之于魏徵、馬周。後周世宗之于王朴。宋太祖之于趙普。動必相諮。日夕謀議。莫不戰勝攻取。開濟太平之大略。是此數君者。得一二士焉。猶足以富國强兵。坐致昇平。况廣羅俊傑。合羣才以濟務。是何患之不除。何功之不就也哉。

一曰鼎新科。歷代選舉人材。蓋亦多途。近世專之于進士一科。而尤重者詞賦。此可謂偏而隘矣。知是務學文者少實用。故大度之士。羞語詞章。往往韜晦深沈。恥求致達。不屑以科目進。即僶勉就試。亦多見黜。何者。今之所尚。其取于士者。不過摭拾虛談。揣摩聲病。章雕蟲之不遑。此宜駿雄英邁之士。掉臂而不顧也。而上之人又以爲吾網羅其、是以舉賊而名務。任之臺閣。則闒冗無奇。任之方岳。則威惠不著。任之州邑。則必理無聞。所用非所習。曠官尸素。固不足怪。福兇之所以長。人才之所以絀。其弊實實由于此。夫世非無奇傑也。士非無才略也。非科目不得進用。非詞臣不得驟任。將自何途而脫穎哉。今誠能破除積習。不時舉行特科。招徠異士。上其將相文武之材、次其、明于理國安民能任股肱。熟于古今之變。可備顧問。又次其、文章典則。議論剴切。足充制誥臺諫之選。或發策試之。或使自占所長。又令內外臣工。博訪下僚。及草澤有異才者。疏薦之。先觀其言。隨試以事。則懷奇倫儁者。皆望風奮躍。爭赴

闕下○此必有負其飯牛之伍○起而應

側席之旁求者矣○

一日先下金陵○方今海內○幾于無地無賊○然用兵有先後○急宜誅討者、

粵逆也○粵逆蔓延禍東南○狡窟據形勝○巢穴所在○實惟白下○

則先宜拔其金陵也○次逆之初起○不過山谷跳梁○得一良有司○或一健將○

足以制之無難為也○而縱之出柙○狂噬橫奔○委赤子數百萬于猰貐

豺貙之口○致

文宗皇帝震驚于上○及

皇上纂緒○而凶渠猶未就戮○斯則前此統師大臣○與一疆吏喪師誤國

之咎也。其次楚南人才奮起。提金鼓而伸大義。人百其勇。屢挫賊
鋒。復楚皖淪沒地。渠鯨鯢爲京觀。拯生靈于水火。可記功冠一
時矣。然拒至皖境也。又五年于茲。亦賊相去可乘之隙也。我相去可
用之師也。况敵方眾。我師單而饟竭。未敢建瓴之大舉。掃穴犁巢
之功。昔隋文帝但用一楊素。而東平吳越交廣之寇。唐高祖但
用一李靖。而東平吳越江淮之寇。豈必興數十萬之眾。拼數年之
軍資。而後能克乘。機。用。奇。先勢。攻。實。而已。今粵逆之張且眾。孰
與隋唐東南之寇。益不同。當時素與靖躊躇不進也。且粵逆倡亂。
已逾十稔。賊巢悍黨。死亡略盡。今所迫擄。大抵齊民。日夜思歸。勢

易解散。我據長江上游。彼無取掠則糧食物不能久。彼又虚其衆加葬于西湖。迫隘近海。譬猛獸自投陷穽。度其留守金陵必皆老弱。不堪戰陣。我兵水陸馬步疾下。師拒石頭。一鼓拔之矣。兒據其根株。彼無歸路。即傳檄穆章。合力進剿。蹙之于海。先據閩中水師。伏于甯波上海等口。前後夾攻。賊無走路。絶一戰可殲。此東晉滅盧循之策。粤逆既殄。四方盜賊聞之。不攻自潰。故曰莫如先下金陵。今觀視其淫名僭號。據形勝財賦之區。雖時自爲。毒威肆虐。使江表黔首。喋喋于死地。無所控告。久且不復知有

朝廷。而我猶按兵坐甲。不遣一人一騎至城下整衆鼓行。視若敵國外

今其猶云。一日縱寇，數世之憂。且賊之物力可以衰而後撫。我之糧可以久

而無匱。然後求無疆而守。未可得也。伏乞

飭下江皖任聞寄者。會寄〔集〕將士。剋期東下。直取金陵。金陵下而粵逆之亡。

計日可待。其餘伦盜。皆可折箠笞之耳。

一曰早備秦豫。今天下兵力。及將帥有才望者。皆在東南及燕齊。知

而豫州居九州腹地。秦中號為天府。苟幸無寇。備適目前。未聞

遣重臣開府以節專閫。以彈壓遠近。待緩急之用。且某以為宜擇

大臣有文武才略熟將習兵者。建節秦豫。如古招討宣撫。合兩行省

為一。專以練兵講武為事。豫省扼河而守。則賊不得渡。即渡而吾引

師蹙其後，彼必狼顧不敢深入；就令深入，燕齊之師戰于前，秦豫之師躡其後，賊必殄盡矣。秦守陝洛崤潼之險，無令賊得自由而竄，則雍涼安堵，三晉晏然，九邊諸關鎖鑰堅嚴。今不早計，因循姑息，萬一捻匪粵逆連衡衝突，秦豫瓦裂，燕齊之禍必重，不見元明季世之事乎？故臣謂宜用重臣，限以秦豫，募兵不過十萬，歲需不過二三百萬，日夕訓練，以成勁旅，所向無敵，乃可建勤王翼戴之勛，次可為四方助討不虞。及今圖之，固未為晚。或者有似緩而實急，似費而實省者，如此類是也。伏乞下臣議，博問廷臣，如果當允協，便早行措置，庶無貽他日之悔。

一曰外吏宜量擇才用。文自方鎮至牧守，皆爲朝廷承流宣化，爲
黎元興除利病者也。自非素所練習與講求已久，殊未易稱職。而
報功也。竊見比來閩臣察行間有功保薦于上，一切多推用文武外
吏。大者任監司，除臬司、莞藩僚，甚者且開府連圻，下者除守令
不勝計。夫當其在軍中，雖能率先士卒，摧堅陷陣，殄戮鯨鯢，
收復城邑，酬其功勛，宜加優賞。但當制爲若干級，如秦時左右庶長、
漢時亭侯、鄉侯之類，擇其功多者爵之，其次厚賜金帛田園，亦
足慰其志願。若有才兼文武者，固可不拘此限。若其不諳文法，不
習民事，不當一概責之以簿書民社，與夫察舉僚吏及庶獄庶慎

之是勸也。大抵人有能有不能。違才易務。必多繆盭。徒令姦胥乘隙。生其高下〻以。索小民。使不得蒙纖毫〻利也。自今請

一 飭下閫臣及部臣。凡陣前立功將士。並照吏民抄。則第以武爵及金帛酬之。俟賊平罷兵後。更予優敘。榮以爵陞。庶于賞功安民。兩不相病。

一曰行營宜寬減權筭。大兵爲生民〻大慼。方倚以平兇賊。兵卒不能不用。然而用財不可勝計。芻糧器械〻屬。非財莫備也。購賞間諜〻類。非財莫辦也。今兵行者往〻若賊。凡專征及大小將校。皆有行營。所經皆荒殘〻壤。府庫告竭。轉輸不繼。于是括徃來

商旅以充軍租。號曰抽釐金。在在設局委員司事。其犯胥辟聘者。多假手忠義。廉介自持。軍不乏饟。頗賴其力。後則稍稍視為利藪矣。密網峻文。甚于羅罼。商賈有漏脱者。則罰至十倍。誣陷居多。至有罄貲傾囊橐。尚不免于縲絏鞭扑。否則坐以軍法。水陸要津。公局森列。皆設礮艇刀仗。以威劫制之。留難撈索。道路以目。行營將帥。不能禁也。但利其無乏軍興而已。孰知支司乃某某囊橐充而田宅增也。孰知支司乃某某衣裘華而饋問豐也。援引無賴。樹植親黨。日朘月削。有加無已。末流之弊。乃至于此。支知財佐軍。民亦知大義所在。不敢怨也。獨何為以苛虐行之哉。

民至今日○一困于山賊之搶掠○再困于貪吏之剝削○而各局司之文
瀝其髓而吸其膏○民之喘息僅存者○特軀殼耳○而使權算雖
出梧克○令華而納之○行營士飽馬騰○何攻不克○豈使賊虜游魂尚
延朝夕乎○兵之所恃者○民○知也○國之所恃者○民○邑○民知○鎮兵何○以○能○掠民
以雜○國何○以○能○固本邦除賊以衛民○而司權算者○乃欲驅民以附
賊○故居鄰寇壤之民○或且稱揚賊美○謂彼雖逆賊○尚能立法寬
簡○不至苛虐○此語豈堪聞乎○凡此情狀○特無人為
皇上言之耳○倘未至如此○有不立
詔誅賊○剋期平賊○蘇此餘黎者哉○（臣愚以為方今權算○雖萬不可罷○其留

雜苛虐○及重罰巧陷等弊○概予寬豁○且請
飭下各路行營將帥○凡權算司局○必選用廉正之人○急收將散之人心○則
人情敵愾○賊不足平也○以上八則○皆臣謬妄之見○自知才識闇陋○文
詞鄙俚○無當
聖聽○狂瞽之丹忱○惟在于弼成
主德○匡贊臣術○伏冀
皇上鑒其愚昧○
垂神省覽○臣無任瞻
天仰
聖屏營待
命之至○

擬呈進經論八首疏

臣竊觀自古人臣進戒之言。莫詳于尚書。然禹皋之謨。畧而雅。周
公之篇。煩而栗。其間質明切要。莫若伊尹之訓。臣伏念
皇上睿圖新纂。適居沖年。
念典緝熙。
日新聖學。雖
講幄師儒。充盈左右。啟沃之效。無待他求。但臣跧伏隴畝。結念
闕廷。區區芹曝之忱。有不能自已者。謹取伊訓及太甲三篇中要語。
衍為八首。不自度量。恭呈

乙覽○竊自比于瞍賦矇誦○師箴工諫之列○惟
皇上遜鈙條晰○
垂神寓目○言雖庸陋○意主納忠○或冀
聖心稍有裁發○是亦所以助于萬一者也○臣不勝幸甚○謹具錄如左○

前中甫先生曰經論六首所記古誼爲龜鑑忠肝如鐵石
其文之醇茂當求諸劉更生匡稚圭之間覺南豐之出此
理致震川遜其經術

經論八首

今王嗣厥德罔不在初

説此者説乎重而已矣。説重者説其初而已矣。伊訓曰：今王嗣厥德罔不在初。蓋納誨在于慎始也。墉之峙也，視其基，未有削其基而墻不圮者也。稼之殖也，視其耕，未有鹵莽耕之而穎栗報之者也。王者有能和布令之初，有遷都革（改）政之初，而莫重于革元嗣服之初。春秋即位書元年者，視大始而欲正其本也。必首貴者始。天人之向背，兆爲祖宗之付託，繫焉其忠良賢佞，固蹻躍以望乎功。其奸回邪慝，亦蹊徑以滋牙蘖。内而嬖倖左右伺之為進退。外而反側梟雄卜之為叛佐、主威、昭昧、于是判。國勢、興替、于是分。交安自而不勝慎之之如何。曰修身為急。政修身何先。曰稽古好問。寔理去私。和近師儒。謹嗜好。與人何先。曰親賢遠佞。詢多考言。立政何先。曰惜信明義。賞功罰辜。寔能如是。日慎一日。功績何不可立。禍敗何自而至。昔者周之成王宣王。漢之孝昭孝宣。後周之世宗。勵之于初者也。秦隋之終世。忽之于初者也。其勵為者。如日之升于天。無所往而不為明也。其忽為者。如水之潰于防。無所往而不為傷也。勵為者孔為遠大既也。然而百度以之惟貞。萬方以之康乂。功施當時。名播後世。有不勝

其慶如矣台乎知德遜大說也然而慶乎以之業勝九有以之倫也殃福及
身垂裕來葉有不勝其悔如矣夫太甲雖少主然成湯典刑未遠得元
聖為之輔尚惓惓進誡如是況沖年纂統又值多難之會其可無思
乎哉

爾惟德罔小萬邦惟慶

天下有取之而莫或禁積之而不厭者也其惟德乎是秉彝之攸好也是衆
志之所學也伊訓曰爾惟德罔小萬邦惟慶其功用也保知夫九成之臺
基于累土連抱之木起于萌蘗千里之行起于足下匹夫苟慎樞機者
言行尚猶動天地宋景一言熒惑退舍楚之莊拊循三軍挾纊況德之
在帝王者乎且夫帝王之德何小之有生一恤民之言而利澤四海矣行一不
忍之政而仁覆天下矣賞一忠諫而方正盈于朝矣黜一姦佞而不肖竄
于山海矣故萬邦之慶非夸言也夫奇珍異物不知什襲未可視辨于
目者也嘉肴在御不知朵頤未可識辨于口者也德之益人豈直奇珍嘉肴

也。然。奈何以小而遺之。且雖堯舜上聖。亦以勤致。兢兢日行其道。業業日致其孝。至于任賢名章。雖一日而顯也。湯之聖敬日躋。文之小心翼翼。莫不積小致大。亦非一日而成也。顏淵大賢。得一善猶拳拳勿失。孔子曰。善不積不足以成名。昭烈勅後主日曰。毋以小善爲無益而勿爲。董生有言。積善在身。猶長日加益。而人不知也。人君察此。其何厭怠。日新月盛。雖步驟三五不難也。廣運之量。光被之休。萬邦其頌之矣。

自周有終相亦有終

君者表也，相者景也。君者心也，相者体也。景承表，体從心。相佐君，莫或違也。然其始相與圖功，修終則必協于動靜，志之克誠。伊尹之告太甲也，曰自周有終，相亦有終。言夏先后能積誠以倡其相也。今夫天之蒼蒼，若亡爲也，分其職于七政。凡夫寒暑晝夜、晦朔盈虧，躔度進退，悉舉而付之，以成歲功。歷終古不忒，然非一元默運于上，則彼七曜五星者，安所附麗而循環往來，以助其然？象舜明之用執，人君居崇高之勢，委付賢相，宜若可優游垂拱矣。然以堯之欽明，雖舜與五臣不能熙帝績；以文武之徽柔執競，雖太公周呂不能贊王猷。鼂錯曰：五帝其臣莫及，故自親之。三至臣重皆賢故共憂之則知相獨任勞君獨任逸也明矣。皆曰。風。雲。際。
龍。虎。而。後。興。賢。臣。得。雲。龍。而。後。顯。

慎乃儉德惟懷永圖

財未有傷而不竭也。國未有傷而不替也。然則儉也者，其德之所以載，而國之所以固也歟。伊尹告太甲曰：慎乃儉德，惟懷永圖。當是時，王初踐阼，豈別無可以懷宏遠之道也，而首進儉德為永圖也何哉。不出此，伊尹之深于愛君而工于謀國也。夫居深宮之中，不出小民之依。一旦以沖幼臨天下，富有四海，習見帑藏充盈，貢獻不絕，侈蕩之心易生，則左右嬖倖，有以宮室營繕、遊幸射獵、撞鐘舞女、賞賜無藝進也。久之傾府庫，竭征輸，不足以濟，勢必從外誅求，困及齊民。由是怨讟興，危亡至。知一不崇儉，流禍及此，豈祈天永命。其可得知。夫所謂儉德也，實檢制其以之要術禮止節財而已大凡人主方其志溢意盈自矜才智往往狹小祖宗規模以為吾將上掩百王下轢萬世或慕封禪之儀壇場珪幣備于舉望或託巡狩之名所至以馳道飾宮觀千乘萬騎供頓煩煩甚者以拓地廣大為盛功興師命將征伐不休轉戰于窮邊數萬里之外丁壯荷戈戟老幼困輓輸中土騷然群盜滿山國之存亡不可知矣又安問壹鬬乃出人主所以能儉之則斂之則惕之則思之則制之以和則保邦和危之以生矣國有和不和知其爭不能儉則肆之則盈之則驕之則以致敗度以縱欲禮之以失矣國有能知者爭後世若秦隋之君靡民財以快己意不旋踵而社稷為墟即

晋武帝、唐元宗，初亦號為令主。其所傷以一生節，或禍作于子孫之也，或及身遘禍，皆不務法之道也。可不鑒哉！可不鑒哉！

修厥身允德協于下惟明后

天下如此其廣也。以天下又如此其賾也。然而撫之有要焉。操之甚約焉。伊尹告太甲曰修厥身。允德協于下。惟明后則可謂至要且約者矣。今夫人主一身。天祖所因臨。子孫所率由。臣民所則傚。紀綱憲令所自總。賞慶刑威所自出也。不先治其身。而曰吾有權勢法制在。惟所欲治耳。彼窃窃然議其後。如禁令不能止。刀鋸不能勝也。雖宮府之內。且易扞格。況乎國門以外乎。況乎要荒之遠乎。天下譬金。君身譬冶。天下譬泥。君身譬陶。金受鎔于冶。泥受範于陶。亦修厥身而已矣。正威儀而則象端。嗜好必絕偽繆。勿以私喜而輕爵賞。勿以私怒而濫刑戮。馭民則懍朽索之急。危納諫則法從繩之義。邪佞在側。斥而遠之。忠賢在下。拔而進之。
日昃昧爽以勤政。古泰古奢以節用。親禮師儒。所以廣智而崇業
也。被服仁義。所以樹本而流化也。起視其下、不令而已從矣、不戒而已喻
知。指麾、其下、莫陛。而化、馳若神。知法協而為。則后其驗若此。由是觀
之。人主之檢制其身以正朝廷。正朝廷以正百官。正百官以正萬民。上作
而下應。大化捷于風雷。鴻名配于日月。如是其可慕也。人主放佚其身。
天變不足畏。人言不足恤。祖宗不足法。作不順而施不怨。怨詛徧于
閭閻。已失于史冊。如此其可畏也。夫人主雖失道。未有釋可慕而
蹈可畏者。然而明后不世出。由不能修身故也。後世如漢成帝之好儒。

魏明帝之聰擧察。唐莊宗之智勇。挾其美質。然皆不能修身。不得與令終同歸。況愚闇若漢桓靈。童昏若唐穆敬者哉。

視遠惟明聽德惟聰

上聖之君。聰明以天亶。其次則乃積而成也。不妄用其耳目。而致精于視聽。及其久也。亦與天亶無殊。昔在伊尹之告太甲曰、視遠惟明。聽德惟聰。則積之之術也。大凡人主視聽有三患。不可不知也。始于矜。成于溺。終于蔽。以羣下為不足信。寄耳目于近習。詗刺外事。自矜聰察。雖有老成忠智之佐。直言敢諫之士。舉不見納。由是機務壅塞。冥異不知。禍況不測而危亡至矣。夫人君能族誹謗、誅訞言者。莫如秦二世之威。能刊章告密。鉤捕黨人者。莫如漢桓靈之嚴。然而周章百萬之師。至于闕下。張角三十六方之衆。同日而起。曾不之見聞也。豈非三患為之祟。是然人主視聽不可褻也。不可私也。古者天子垂旒蔽目。所以養其明也。黈纊塞耳。所以養其聰也。正目而視者。非生民之休戚。即吏治之得失。非古昔之成敗。即當今之利病。其他有不暇視者矣。有弗視。視之必遠也。傾耳而聽者。非師保之箴規。即良弼之訏謨。非忠讜之獻替。即皇王之典訓。其他有不暇聽者矣。有弗聽。聽之必法也。允若茲。至法廣運。元化彌馳也。凡在窮檐疾苦。官吏賢否。九州之內。八荒之外。幽隱遐邇。罔不在覩聞中矣。極天下之聰明。蔑以加矣。目察秋毫。而不見泰山之形。雖視之瞽可也。耳聽蟻鬭。而不聞雷霆之聲。雖聽之聾可也。然則人主視聽亦有所法歟。曰。日月生乎土而升乎天。人君之視遠也法之。天處高而聽卑。人君之聽法也法之。

無輕民事惟難無安厥位惟危

天設君而以林總總之民役之。此通義也。天生君而以崇高之位處之。此定分也。今重擾其通義。與虧定分。于是徵令繁而不獲小休。驕亢極而不存畏忌。是無有持難且危之說進之耳。昔伊尹告太甲有之矣。曰無輕民事惟難。無安厥位惟危。今夫民事不可緩也。然而耕斂困之無敢怠。徭役又不敢廢。其在恤民之君。不得已而役民。揀擇其暇而用之。何則、此以難故也。其在暴民之君。雖得已而仍役民。民奪其時而用之。何則、此以輕故也。今夫君位罔敢干也。然而所推戴者此位。所撼搖者亦此位。其在修德之君。惟以位爲戚。苞桑雖固。懍然存春冰朽索之形。何則、視爲危故也。其在失德之君，惟以位爲樂，億兆將離，晏然倚璇室瑤臺之美。何則？小視爲安故也。然則人君察此，可以深長思矣。輟一日之胼胝，八口之凍餒；弛一時之耕作，成終歲之流離。以此思離，離可知矣。旦視耕一物，先理冕之之端，生于四門，比國之壞，必有數。蓋以此思危，危可知矣。是以古之王者，祈年于天，躬耕于藉，雖在合宮總章之中，所念者小民之依，所慮者稼穡之艱。即大兵大役，暨妨民之，然而誓誥詩歌，不勝其閔勞溫卹之意。但見難，不見輕也。古之王者，未明求衣，不遑暇食，雖當赫赫濯靈之代，所惕者天命之靡常，所戒者小民之難保。即擇於觀河，永保天位。然而君咨臣儆，惟防于怠荒

二八

逸豫之萌。雖處安如處危也。茲吾主方冲。幼丕紹大業。其于問
閻作善。國家賜祚。容有未能盡遂焉。誠于二者反覆圖維。日慎一日。
庶乎民皆得所。上天眷佑。有無疆之休也矣。

有言逆于汝心必求諸道有言遜于汝志必求諸非道
聽言之術○衡之於意○不衡之于道○則獲言之效○百不得一矣○衡之于道○
不衡之于意○則獲言之效○百不失一矣○善乎伊尹告太甲曰有言逆于汝
心○必求諸道○有言遜于汝志○必求諸非道○夫人臣未有不以言求進于君者也○
然而臣有直有佞○言有正有諛○為直臣也者○其言必稱述往聖○動引祖訓○
匡國濟時○安民奉法○未嘗窺主愛惡○希主顏色○甚者拂君之私
欲○防君之逸豫○約君之奢靡○不言則已○言則未有不逆于君心者○為佞
臣也者○其言必委婉而順○依違而否○謹于臣之禮○習于文法○大抵偷合取
容○將務避忌○甚者長君之驕志○逢君之過舉○尊君之荒縱○不言則

臣。言則未有不逆于君志也。夫此二言，如水火之不相入，陰陽黑白之不可淆也。爲直臣必詆諛臣，爲佞臣必毀直臣，此二黨共又相與交攻于人主之前。于是主聽益熒，世主則曰：吾有以決之矣。決之吾心志，視其逆迎爲用舍耳。嗟乎，此臣言所以日退而諛言所以日昌也。主屈替，國政隳矣。然則言將安決？曰是衷之以道而已矣。美惡並呈，照之以鏡，妍媸判矣；低昂未定，平之以衡，輕重判矣。知其言依于道，即攻闕失，觸盛怒，由臣言則亂以以橈政乃以倚也。邪頗而不敢違，夷懼而不敢動。如是者，口之藥石也，國之寶臣也，而安得不用？言逆于道，即投主欲，承主意，由臣言而聽，聰明日蔽，叢脞日深，罔覺媢嫉其其接踵布于朝，反側陸梁其其乘機發于下，是害身之美疢也，國之蟊賊也，而安得不危？亥予違汝弼，堯舜之所以為聖帝也；據與我和，齊景之所以為庸主也。于是乎人主聽言宜難，求諸以與志，則無不失其也。人主聽言宜易，求諸道與非道，則無不得其也。

博采廣鑄議

古之所謂利者，導之上而布于下者也。亦有取諸下者，則租賦也。貢獻也。山海之税也。雖于民乎取之，實于士乎取之。故利阜而民樂。其自朝會祭祀。百官之祿。胥吏庫僉。戰士餉餽。以及賜予犒賞。度支所費。凡以爲民也。秦漢以降。盜賊起而征討繁。軍興告乏。乃起征關市。算舟車。榷緡錢。鹽鐵茶酒竹木。百税叢興。至今日而連兵數十年。營壘半天下。士不解甲。幾二十年。糜財至千億萬不勝計。于是抽釐行而纖悉之財亡所遺漏網也。所取於粟米絲縷。併生于錢。之一途。錢非民所自爲也。取之極于錙銖。民乃大困。轉于脫卸。尚未有期。第一乘之以求畢。窮思

禍實起于意外，而持籌之徒，猶用前術推析至秋毫，嗟乎，流血刻
骨，傾膏瀝髓，民所不忍，其命耳，猶曰吾以濟軍也，不知軍日以驕，
募而復潰，潰而復募，民既疲矣，師益不武，據算其後，不知變計，其
危可懼，其愚尤可嘆也。今且有策于此，不損民，不傷財，取山澤自然之
產，濟軍國無窮之用，倘可聞于上而決策行之乎？策安出？曰采銅
以資鼓鑄而已。往時
國家歲采滇銅數百萬，運之京師。近者滇南虜訌，道閉不通，各
行省停鑄將二三十年，民間錢既不饒，各税所抵米，輸行營，皆
往而不返。又爲之嚴禁夾沙小錢，乃大荒，小民日用私錢不生活，搜索

不已。不一半歲錢大小盡絕矣。民窮財盡不待論。軍儲賦餉。物又要
銷。自北博采銅坑。益廣鑄錢。不足救之。議者言施郡利川有山產
銅。廣袤五百里。鑛苗甚旺。今若募民自出財力。鑿山取銅。即因山
鼓鑄。但遣官監視。如式足任行使可知。三年之前。利歸民。三年
之後。官領抽稅。運錢至京師。以代銅運。其利殆不可勝計。最大者有七動。
山多薪炭。購鉛亦近。地豐秔稻。工匠易集。一也。運錢捷于運銅。山鑄
省于京鑄。聞其地距清江及公灘河水次不過數程。可達大江。轉輸北
運。鑄錢益多。或按數折銀。輕齎至京。左藏可以充積。二也。養兵募
士。以戰則克。以守則固。救荒卹災。調發迅速。振貸尤便。三也。凡支貧

加資其餘庫，或助巡邏，或司句稽，四也；錢幣流行，百貨通利，物價

皆平，民用饒給，五也；遐邇懷逌，州郡成都會，奸宄屏迹，桴鼓不鳴，

六也；一切征榷，悉可罷免，歡忻之聲，載名祥和，七也；民力寬矣，兵氣

揚矣，因衆之仰屬之噂矣。因計無何，惟索行此，此之不行，而顧彼

之是務，譬拔其根，以求蘖，塞其源，以冀潤，潤所營毫末之利，所

獲邱山之禍，則亂蒙之，而其闕矣。

論秦豫宜備

天下知以戰為守，而不知守之即為戰，又以正戰也。天下知備寇之所在，而不知寇所不在者尤急也。夫吾之宿師皖境恆數十萬者，何也？曰：為粵逆耶。能戰乃能守也。吾又宿師山左及畿輔，恆數十萬者，何也？曰：皖豫捻賊與粵逆首尾，頻歲侵犯，故以戰為守也。凡此皆視賊之所在而僅備之，之將來必居天下之逸，可俾守嚴而備固矣。我而豫州之壤，方數千里，居九州腹地，道路四達；三秦全境，亦方數千里，被山帶河，自昔號為天府。疆臣相望，兵未闕伍，土圍村砦，聲勢相連接，皆未嘗校閱，取文具而已。苟幸無寇，偷逸目前，一旦有警，不奇應命。此與無兵者何異。自軍興以來，未聞遣于臣名將開府視師於其間。當無事時，蒐練軍實，獎率驍銳，以待緩急之用。夫豫州前阻大河，北接燕齊，秦中為神皋奧區，肘掖并汾，皆海內膏腴上壤，富強形勝之域。今幸烽燧無驚，吾以其間擇大臣有才望者，建節秦豫，如古招討、宣撫者然，合兩行省為一，專以屬兵講武為事。豫州扼河而守，則賊不得渡；即渡而吾州師蹙其後，彼必狼顧不敢深入；或深入燕齊之師，犄于前，秦豫之軍躡其後，賊必殄盡矣。秦守陝洛、崤潼之險，無令賊得西目而窺，則雍涼安堵，三晉晏然。九邊諸關鎖鑰皆嚴，然後以徐加

之師助東南將帥速平巨猾此所謂守先于戰寇所不在而備尤
急者也殆無重于秦豫矣及今猶可圖也因循恬嬉第一捨賊粤
逆連衡冀秦豫瓦裂燕齊之禍必重區區三楚甲兵能救燎
原哉夫竭天下之兵靡天下之財專守皖境及燕齊以成偏重之
勢而委中原饒沃雄固數千里之地無良將勁兵先為守禦以
示天下形勝設也狂狡窺之無備大肆長驅而犯秦豫危可立
見不見元季劉福通關先生白不信韓明季李自成之事乎於
則以今計之莫如重秦豫重秦豫莫如擇大臣強毅有智略敢
收習兵者專任之使得兵於此乃可建勳立翼戴之業次可為

四方助討不遑及今圖之猶未晚也或曰是則然矣如之財何曰合秦
豫募兵十餘萬歲需餉不過二三百萬日夕訓練足成勁旅所向
無敵以秦豫之大屬此艱難如使西氛壓境徵兵召募財於何膠
訥乎或又曰舍晉地不論何也曰吾之說先其急者爾經畧秦豫
既有端緒晉地亦宜建軍府以戒厲士馬如此而犄角勢成何憂
反側哉謀國者得吾說而次第規畫其時務之最急者乎不
猶窮晝仰且有噬臍之悔也

蔣申甫先生曰其言若燭照計數之無或爽也書生謀國
如是之野獨惜野芹獻御未能遽達邊庭　詔術陳言則秦

得已不可為矣可勝惜哉又曰秦豫皆鄙人所身歷。豫之歸破嵩與。秦當之言之曰。亦若于協備。悉索盡矣。頑款歲增二三百萬。亦所不能。然則奈何耶。聞嘗論之。秦漢郡縣。皆有武備。未聞別籌養兵之費也。晉武平吳。盡去郡縣之兵。山濤爭之。武帝善其言而不能從也。此為郡縣無兵之始。唐之藩鎮。得失參半。宋懲其失。裁藩鎮而兵制改為召募。以迄于今。有事則主兵徵調。而客兵烏合。每不得力。餉糈撥而轉輸。久遠必至困乏。不得已而復有今日之勇。兵不隸籍。而餉不關大農。此亦如兵法之野戰。其弊更不可勝言。則改從秦漢之規。經宋以來之弊。而講

求大制參酌時宜於郡縣加之意其道安從考證錄以質之留心經
世之賢也

林居芻議 丙寅三月作

有經世士過林居叟訪焉。曰、自巨猾盜建康。議者但以爲逆巢。俟盪自衛。陸清之期在是矣。今江左全陷。而餘孽之轉入閩廣者自如也。捻賊又以其間出沒皖豫。犯楚犯秦犯山左。至殞我名臣。殲我勁騎。所過斬刈焚掠。無敢攖其鋒者。花門部黨。復相嘯聚。暴骨如莽。天山南北路、吞噬殆遍。旁連青海。內逼隴右。駸駸乎及鄜峽。關中郡邑屯險乘城。不敢解甲而臥。東南未靖。西鄙與中州、勢尤岌岌。安在江表之克。遂可拱手以待澄清也。林居叟喟然嘆曰、吁、是何見之晚也。夫江左既下。羣盜瓦解。詔勅臣等會師併力。疾追餘賊。死灰何以

復燃捻賊膽落矣安敢觸張即令送死定專南返既至直長以全力
制之有時知矣所疆圍急于善後緩于追賊致蛇豕逸出復縱荼
毒西征之役調發過迫士不樂行中道鼓噪潰散相踵澄清之期
尚是先之此計爲之疏非鋒勢之不利也經世者是見然矣然粵逆
餘孽與捻賊叛回三者皆剽悍制之之策安出林居叟曰極隱而驅流
者俱險救焚而炮雷者俱焚然究矣又益焚之庸醫而已乎夫患之有
先後緩急之亦有先後以愚度之粵逆餘孽其黨已衰閩廣江右之
師合其勢蹴之直振槁耳叛回雖根柢已深然其性悍鷙其志不過
饜飽吾不必與之馳逐沙漠苦寒地即隴右州郡已淪者姑且置之

第欲兵斷隴而守。力保三秦。徐為之計。若夫捻賊飄忽馳突。亟善用騎。不特粮糈坐匱而食。竄為難制。又將蹂躪齊魯徐州中。楚之淮北。秦之南山。是陝腹心之地。膏腴之壤。使我南北頻梗。首尾橫決。甚且震動　神京。今東南收士。地利不歸。悍于長征。中州西北久不產。歸兵睦其帥。兇卒野化。中原為榛莽。民不聊生。只有他盜。乘之而起。此腹心之憂也。故方今之策。以先滅捻賊為急。賊近聚豫境。愚謂湘鄉相國宜急合江右皖楚之兵。出境俾其南護皖楚之邊。豫與秦亦各出師俾其北。無使旁犯陝。深溝高壘。勿與復戰。分兵斷賊後。無令仍入齊魯。起秦兵前塞潼關。中立數百里。

聽賊蹂躪耳。鄉但當力圖保砦，聯絡村團，約以小大相維，兵民一心，不與賊鬭，惟堅守城砦，無令糧米粟芻為賊所掠。村砦有急，官民赴援；兵有急，村砦赴援。果能斷賊芻糧，彼自人馬飢乏，雖聚百萬，不過旬日必將潰亂。我從四面夾擊，可以一舉殄之。不然，俟其困甚，縱使西行入谷，密令秦兵伏商、析、盧氏、內鄉等險隘處，楚豫之師乘其後，伏起而賊死，走路絕，皆机上肉也。昔漢高守滎陽，困項羽；條侯壁昌邑，困七國；曹公拒官渡，困袁紹，皆用此操百勝萬全之術。不煩一兵，不折一矢，坐收滅賊之效，賢于血戰萬萬。況戰有不利者乎？且知侯部敗轍，豈可循哉。竊計今時團練，惟中州最可用。彼其人皆習與

賊戰地無險但可恃詬命保此者以志久定凡大堡若能統衆至三萬
人以上者其長必豪傑之士大帥行營所在傳集其人優以接勵加
意延攬申明約束必皆武奮不時輕騎攬轡按視其壘與論古
豪傑有方略而性懷忠義者破格特薦以鼓其氣以勵其曹此
將帥選也十數年來雖羅不二以之士並起衛東挫其銳翊其軍隕
鋒鏑矣存其百戰之餘未得休息中原西北久不靖將禍患又烈于
東南一二閫臣誠能擇豫州園長如晉祖逖宋王彥吳玠吳璘
之流拔取其尤薦之于朝儆將來西北公侯干城之用豈非大臣為
國家樹人之至計也凱中原西北有人自有中原西北良將任之東南

者也。使以優游養其勤勞。此所以均勞逸也。若夫叛回犯有劉石之梟雄。赫連禿髮之兇詐。目前據未爲腹心之疾。俟吾廓清中州。莫衷畏忌。故行而西。引戰勝之師。問罪殘表。高則洗兵條支之海。次則飲驅乎回闌之玉門關外。陸陳之會固未覺也。故曰患有先後。此之亦有先後。不然頭足爲顛。腹背並掃。較兵之會用之地。角勝不可出之數。是俱爲焚溺而已矣。但益焚溺而已矣。然亦有異者能料。而智者反昧。怯者能舉。而勇者不任。僕慎斯言也。聞者咦其愚且怯也。經世者作而謝曰。子言誠類愚且怯。然天下智者必能用愚。勇者必能用怯。吾將留以爲世之智勇者告。

擬恭進四書直解帝鑑圖說表

臣
聞六經旣孟道。而於東歸四子之書。廿史羅舊聞。而自失炳千秋
之鑑。宜數陳于
講幄。咸進御于
經筵。顧傳注至深。难資啟沃。丹青黼繪。莫俟管窺。然則魯鄒仁義之
訓。鉤其元。先提其要。往昔興衰之迹。右有史。必左有圖。斯
聖學之初基。
皇輿之先導也。伏惟
皇帝陛下。聰明天亶。

愔敏性成。
嗣初服于沖年。
宣重光于寶籙。方資
令典。用贊
緝熙。臣竊畫师儒進講。遠涉精微。侍從紬書。未彰法戒。謹按前明萬歷時大學士張居正輯有四書直解。及纂次帝鑑圖說。一則牢譬而喻。疏暢易通。以淺顯之詞。发高深之理。一則昏明燦列。仁暴之源。以师莫如擇善。觸目可以警心。此二書在當時實為納約于幼君。在今日尤足補誠乎

上監。編摟舊籍。均作金編。敬用裝潢。進呈

御覽。藉申芹獻。附貢葵悰。伏乞

飭下廷臣。重加繕寫。更付雕鐫。印

命講讀諸臣。以二書朝夕納誨。

皇上亦諏諮畢置。紬繹時勤。

質固徇齋。

功惟里辨。举切近日用常之說。而悟發于觸類引伸。考証極成敗之林。

而收效于立監佐史。恍口。埶。蹕。燔。炙。芬。芳。必先。嘗。之。粱。稻。啟行。毋。踵。輪。

轅。堅。固。必首。辨。之。經。途。由是

俊德光昭。
聖功養正。以
易簡知能肇乎始。以
欽明精一衣其緘。則
輝光啟于日新。繼羲畫禹疇而並煥。
濬哲成于天縱。與光競舜業以俱隆。知所有微臣奉之玉意不勝
悚息伏祈
聖鑒施行謹奉表以
聞。

白烏頌有序

徐州張公石卿先生、總制滇黔。部下回民以白烏獻。今年十月、公舟赴長沙。將李

命赴闕。相以往送舟中。公命生籠中白烏、見和質潔而性馴。因謂相曰、子為我記之。謹按王者敬宗廟、則白烏至。烏、孝鳥也。白、其色之潔者也。又有反哺之義、為遠人懷東而來之占。前史所載。漢章帝元和二年詔曰、白烏神雀甘露屢臻。北魏時凡七見。南齊高帝謂廟祝畢。有獻白烏者。宋治平四年。贊善陳世修獻白烏。其餘士大家。以孝德感致之。往往有焉。往者滇南民回交訌。釁作禍深。斬刈相循。

反復不休。殆十數稔矣。自公以文武威信徑涖之。誅其桀驁。撫其柔良。選吏修政。務農通商。無偏無黨。惟詐虞猜疑之是懲。久之衆皆翕然信化。無敢負戕負害者。遠人畏威懷德。來獻菸貢。又適出于田疇。此其革面去污、作新之效也。和年戴公。至遠且著。無不共公朝

京師。值

新天子嗣有初服。

諒陰宅憂。

聖情哀慕。方奉

大行梓宮。

潛河
山陵。攀號兩河，義動萬方。俟
負扆乃
祇見
宗廟，舉行
大禘。蒸蒸
至孝，極于幽明。
中興應運，四海以為殷高周成，復見。反側不遑之徒，必有滌除舊慝。

投戈自縛。詣歸死于司敗。蓋白烏之見。適當斯時。其爲之之應。昭
然之物。亦宜以是表獻。且請宣付史館。登之圖牒。用彰我
國家貞符靈貺。永永無疆之休。柏以不恥拿陋。序而頌之。其詞曰、
滇量之民。回族雜處。同壤爲仇。流血遍土。諭之不率。禁之不已。
蠢爾蛋觸。迭肆其凶。覆載至仁。豈棄荒服。如何崔之。自相殘戮。
頭允張公。文武爲憲。殲厥首兇。平其宿怨。固有強孫。悖其斯慝。
固有族類。良者斯安。爲別宅里。爲選賢吏。以杜詐虞。以圖馭頑。
翩飛蝶動。和氣昭穠。回族有叟。來獻白烏。素毛皓尾。立若凝雪。
曳慧且馴。振鷺同潔。威德遠被。瑞應斯和。洗心革面。好音是懷。

至于太牢。亦禽乃見。強梗来歸。六英呈驗。

嗣皇宅憂。戚惕靡窮。

聖情哀慕上徹昊穹。天贊

中興。萬方效順。孰不祇惧。敢不承命。亦禽遊止。休祝炳靈。公朝

帝所。宜献

闕廷。告于中外。臣等感于紀。震動協共。戴

新天子。公作召公。對揚

王庥。图俾白雉專美有周。

蔡申甫先生曰似昌黎連理木頌而典重過之 又曰辭嚴

義偉並淮西碑元和聖德詩之勝

廣箴賦

偉賢哲之好修兮恒廣求夫訓誨懼箴規之不聞兮每以湔夫疵纇兮
受藥而矯極兮劍發硎而露鎧素鋌瑩而琢潔兮明鏡磨而流光兮
初見良材之在山兮操斧斤而程樸斲又勝夫太璞之未鐫兮粲符
采而施雕琢兮豈能有加于美質兮誠不忍負大造之降材使得就
榱棟而埒圭璋兮要徃托斯世之奇才何吾黨之不察兮羌内悍
交糾繩兮曾不容其見踈兮嘗輔頰之星騰方鍼石之將投兮已
色然而拒之追惆歎之將輸兮又游詞而禦之予久乃悟以直而訊
忌兮以諒而致怒爰遊圈未可恃兮臭味久而差池仲氏之勇行

兮。告以過。而色喜。卜子之謹。篤兮。壹慍。悅。交勝。已。予內揣數往而正言兮。什九負未吐其誠讜。遂塞見而杜機兮。何妬人之不廣。哉納鑒之雖入兮。退自省乎僭言尤。勉修能之未遠兮。乃强聒乎爾儕。予終以惡憂墮妬人兮。徐積誠而待悟。雖遲棄予不辭兮。何忍改乎此度。

閔習賦

夫何習者之易移兮，雖英俊其亦淪。不斷蘭而染鮑兮，倏轍易而絃改。績甫基而自隳兮，後甫擴而自封。勁直端亮之日遠兮，環巧闒冗之是從。驥邃羈于蜀驂兮，風偏新乎燕雀。轂千里而紲逸足兮，謝丹霄而滯礙。稂落彼庸衆之雜糅兮，固然吾足怪。何殊尤之絕特兮，忽中路而渝其耿介。昔吾嘗擷九秋之桂于幽巖兮，已又搴三秀之芝于湘浦。悅馨烈之襲予兮，裾兮縞雜佩而綴之以纂組。證同心于斷金兮，謂芳聲之長留。啓縢緘而發視兮，蕙忽化而爲蘖。察覽桂芝尚雜物立兮，又何責夫蓁葹蕭艾之儔。

彼滔滔而日積兮路多歧而易惑蓬和俞于麻中兮又孰扶之而
自直兮閔又昭質之收虧兮由本同而末異亦惕吾行之有遺
兮遂盡紳而自勵

與彭于蕃觀察書 言匪竄滇事

滇疆大局紛紜如麻若難措手歸來里里累日与弟兄界團入
境之後弟可徐兵以張威勢而勸石翁先驅師曲請借訊問秦
指被戕事為名追集左證以訪議致何氏父子即軍中斬之俾
置不問急舉兵擒昆明生其不意下赦極餘散其黨他練民
不敢動矣重勤兵中丞速整遂都諭罪以謝吏民然後極
諭回民退出城池安遂院井為置官畫界各安生業敢有
擾攘反覆處處即引軍誅滅之屏回必聽命似此或可不煩
兵而下惟善後頗不易耳請將里議持送石翁覽之揚揚

心、湘。不如玄藉臧之。不戰而屈人之兵。斯古今之所尚也。偶憶唐溫造誅興元兇軍。及宋余玠誅悍將王夔也。似可仿之以誅之何。舟中未攜史冊。別紙錄出。聊備覽也。

上宫保左公書 同治甲子九月

全越告平。功茂于王武之平吴甫矣。懋賞疊頒。申以帶礪。晉以台司。行總之矣。自浙來者。道執事定安民早夜圖維。凡可以煦嫗瘡痍。昭蘇凋敝者。靡不施行。遠黎鼓舞。若肉骨而噓枯也。甚善甚善。建康先聲。大雪人神之憤。惟壤地荒殘。擘為榛莽。鋒鏑餘民。百不存一。招徠安插。經營區畫。竊謂金陵外郭。便可乘勢劃疆。以杜梟雄覬覦之萌。且耽耽狡奪。有似養癰。日在左右。亦不可不遂於其謀。前者僅一剿盜擾。以接連兵數十萬。環攻十餘載。僅乃克之。況彊敵憑踞乎。文勝代以此為要鎮壁

基。以倚南都作陪京。丞我

朝時異勢殊矣。大都耦國。本府保之。因而減削。誠合事宜。以今財加者

堪後築守計。但留內城以處文武吏民。寢驛防重設之議。其外郭棄

地。即募民墾闢。為招輯流亡計。若城中官民廨舍。悉成焦土者。

姑且設行臺于鎮江或蕪湖。控遏江海。用師兵為營衛。俟三五年

後。元氣稍復。仍還金陵未晚也。昔吳戴公廬漕。楚昭還郢。三國六朝

方鎮亦所不時移徙。至于勢所在。多隨權計。削足之就履。膠柱鼓瑟。豈

通方之論哉。凡此大議。相以不敢言。若執事謂我。盡務出相國意便。

合疏以聞于

朝何如。柏以昨自夷陵歸。適前江陵令徐君靈舟以書見招。且附其
鄉人淩君廿若所彙程安德三邑賦稅考。意欲代呈
清覽。請乘吳興錢克之役。疏請于
上。寬減三邑賦額。執事為民請命。本其素懷。值摺奏方殷。附陳減
賦。必邀
俞允。自此三邑蒸黎萬世頌咏
皇仁。皆由執事之賜。度不惜欣然入告也。柏以謹再拜

誥授中憲大夫　賞道銜湖北升用知府荊門直隸州知州紫藩李

公墓表

宣城李公紫藩以咸豐三年九月十日與賊戰蘄州田家鎮江岸死之。

事聞。有

詔加賞道銜，

予其子雯廕雲騎尉。雯既以衣冠葬　公某原，謂相以為公執友，

泣請表其墓。嗟乎！　公文吏也，而能殺賊，又以死事聞，可不謂奇偉烈

丈夫哉！

公諱樑，紫藩其字也。考宣範，道光間以循吏聞。自孟縣驛丞。

擢至松江知府。公早嫻文章，而存經世。以國子生試京兆不售，入貲為
令。選授湖北之公安。地濱江，久為澤國。汜玉之年。江漲決隄。公並流
極。乃枵腹共予餌。露處共予棲。乘小艇洪濤中。偏核災黎戶口。
以狀上。請賑貸。後請於鄉給賑。禁攘敓，收棄嬰。米價騰踴且絕
道。客舟載米至。高乎值留之。邑賴以濟。益沿隄防。躬視版築。江
漲益大，隄卒不敗。讞獄不用鉤距。而幽隱畢照。公安人倚乎重，以為
神明。調孝感。故大邑。俗好訟。公折而繳之。然不輕予杖。不使人曖昧
而死。民畏且懷。邑試皆就縣倉。其創立考棚。則自公始。旋調鍾祥。粵賊
方陷鄂城。遠近大震。不軌者思逞。公激厲士民。擇壯健得千人以上。

部伍訓練。哉之擊刺。境有刼掠。即率徒擒捕。無敢動者。鄰邑盜作。
其令他徒。公則親以所部、擒斬馬騾子等劇賊數十人。郭士者襄
陽土寇也。之驍傑者也。擁衆往應粵逆。公伏之間道。戮其魁。餘悉
走散。天門巨盜錦蓋大王。以倡亂。公乘霧掩襲。無一脫者。當是
時、安襄二郡。倚公不啻長城。未幾粵逆棄鄂東下。徐州張公權
楚北制府。聞公名。檄至鄂。會逆黨北犯。未渡河者轉掠楚境。隘黃
安。趨麻城。勢張甚。張公分麾下千五百人授公。與今觀察陸公仲
遠偕徒進擊。至黄州團風鎮。賊已掠舟二百艘。驟下擊公頸。以出
江。步騎翼之。衆可萬餘人。公權舟迎擊。募善游者入賊陣後

維知公亦浮水出賊傍夾擊之賊驚潰夜又爲浮橋踏渡公奪毀之渡水進攻賊大敗委輜重揚帆遁躡至辛家沖賊棄舟走陸公亦登陸追之賊行至馬鞍山遇官軍四面蹙擊之遂大潰走英山爲皖軍所殲公追至皖乃旋師道爲宿松敗賊下倉埠乃至張

公奏以知府外用

賞戴藍翎是年八月粵逆自江右來犯蘄之田家鎮張公檄公助兩剿蔡家渠之四戰皆捷後戰副將某先公次之水師又次之已戰副將某不前公憤甚引麾下策馬進賊敗走追之賊返鬥又敗公追不止賊見無路遂赴江中賊登岸者衆多溺公引就水軍水

軍亦敗。左陷淖中。賊乘之。麾下鬥死略盡。公猶短刀殺賊。詈不絕口。賊臠之。公安孝武鍾祥民。聞公死。言之不歸。哭。召僧為薦冥福。至 賜卹詔下。則又相與哉歎慨慕。廟而祀之。嗟乎。 公起書生。姁姁似不能言。至于拊循士卒。沈毅敢決。特然有名將之風。憤寇魂跳梁。稔惡稽誅。又疾當時將吏。率畏懦。縮腳不前者。國家。捐軀命。以犯危難。慨然里起而矯之。挺身為之先。雖斷脰完腦。不少悔。論者或將任犯專閫。府將僅一隊。搏犧附益借之眾。與饑肉餧虎亡異矣。陳入敢戰。用少擊眾。昔之人以是持勝者多矣。知嚮使是役也。眾將同心爭前。搏戰安知不以捷聞。孤軍冒刃。

而墨甲不擾公所不料亦所不顧也臨淮新刃自屠與睢陽嬰城血戰誓
死之心一也而成敗殊然有幸不幸耳人臣徇忠義豈以勝負死生
措意其中哉故相之于公不以為死而以為壯公事親孝操行廉毅篤
名節交遊必信其自處尤儉約服浣濯不重味作令時周歷境內
載餅充餐見村氓及儒生與詢疾苦論學行若家人然其為長吏
也左軍遇賊戰士如骨肉其亡也殊卒脫歸者皆共哭歛錢歸哭載路而歸
其得人心如此詩文典則溫雅殉節時年僅四十有一世咸惜其未竟其才配徐恭人
側室程氏子四雯其長也次霖次需次元璐早殤女一他詳張公仲遠
行狀不具載載其大節為百世勸忠焉

誥授振威將軍提督銜庫木倫拉特依巴圖魯浙江衢州鎮總兵

雪舫文公神道碑

嗟乎。自長蛇薦食。東南幾無完土。而臨安被寇最後。陷而復。復而再陷。城中文武殲焉。其死事最烈者。則衢州鎮軍雪舫文公為尤著。公諱某。雪舫其字也。滿洲某旗人。公幼善騎射。讀兵家言。有將帥之畧。始由前鋒充驍騎校。咸豐四年、粵逆再擾楚。嚮附者如蝟毛而起。羣檄轉戰。芟夷羣寇。上功狀。擢補防禦。賞戴花翎。游升都司。六年、遷山西平陽營參將。至則賊張甚。中丞耆公。倚公膽智。授之兵。戰吉安撫州建昌福州皆捷。以恢復郡。檄援

皖。復婺源開化等邑。督公與都堂張公上其績于
朝。晉副將。九年。遷軍江右。擢九江鎮總兵。專備皖南。未幾吳越皆
沒于賊。中丞毓公奏遣師兵援杭州。十年、力戰破賊。再解杭圍。一救湖
州。有
詔加庫木濟拉特依巴圖魯。授處州鎮總兵。十一年秋、賊復盡銳
攻杭。中丞王公檄公入助城守。凡再閱月。晝夜登陴。苦鬪不休。賊
益蟻附。內餉。糧告盡。援師斷絕。仲冬二十有八日、城遂陷。公猶短兵
巷戰。血漬衣袍盡赤。力不支。北望頓首曰。臣今以死報
國。遂殉焉。年四十有二。事聞。

上震悼
賜卹。
予世襲。
命贈祀昭忠祠。嗟乎。賊所淪陷數千里。衆號百萬。而方鎮大臣
計無不一。一無長算遠畧以制之。惟遣將趨救。奔命不暇。道里懸遠。
餽餉之絕。用飢疲之師。角勝豺狼之吻。幸而告捷。孤軍獨進。
賊衆益熾。往往以智勇名將。束手坐斃于危城絕地。然而矢盡弦
折之秋。張目奮拳。搏鬥愈疾。雖智力屈無餘。終不以生易死。至
于穴胸陷腦。一瞑而萬世不泯。斯則人臣忠壯之志。雖沒如存。宜乎

聖主褒嘉憫惜。下至庸夫牧豎。聞其風莫不欷歔流涕。不能自
已也。嗟乎。其烈也。乃其所以為榮也。已公授命時。麾下將潛瘞其
骸城隍山洫。越明年因得初元。乃具棺斂。附海舶至九江以歸。公
之子喜威。兇葬公于荊州西郭外某原。將刊石表諸神道。請柏以
為之詞。攷揭無其死。至大節。他世系行事詳誌狀者。不具載焉。

敕封贈余母張太孺人墓表

甘泉余君楙堂。自鄂闈鼓謁。挈家人僦居吾里。柏以鄉誼之。喜其儁爽遒邁。時同從其昆。君鄉里貴胄。老弱數十口。不名一錢。累君傾囊濟之。暇每悽色。以是益以敬君。君之暇則嗚咽為柏以言曰。模不肖人也。負先妣訓誨。不能奮身取科第。為母氏榮。家又半殲豺噬。垂老流離。僅一弱息。單微。若是何以報吾母于萬一哉。已又手疏其太孺人行。而請柏以表諸墓。曰。此先妣意也。柏以閔而傷之。遂不敢辭。按君所錄。次甚簡而質。然其磊落大者足書矣。太孺人姓張氏。儀徵人。孝廉芍陂先生之女。適贈君玉含。蓋繼室云。長君諱潤生，廿也。生從州庠生西武公，嫡母蔣無出，故以賜尹為後云。賜尹蚤世，太孺人嫠居，年未三十，遺二子，長模，甫五歲，次棟甫二歲。棟又旋殤，家無宿糧，姑老矣，稚子幼弱，倚太孺人鍼黹為生。甘旨饔飧無乏也，而自啖往往雜糠粃，隆冬至曳葛衣。即姻婭有貴勢厚貲者，絕不往貸升斗。兩從父嘗過視其家，見太孺人憔悴甚，哀之，勸以歸寧，則流涕曰：命也，敢累諸父。外家憫而賙之，乃以贍。模長，延師課之，夜自督不少寬，然竟以貧故廢學，訓之曰：初冀汝用儒學起家，今已矣，且姑以生。士無窮達，惟志與品足以立身，但敦行誼，豈在青紫。模泣受嘉慶初先業稍稍饒裕。嘗遇凍歲歉甚。里人多失業。陰行賑䘏。多所全活。無賴者侵及其家。或語太孺人曷訟之。太孺人曰。吾豈鬥訟者。呼其人給金遣之。其後劫盜起。近不犯其門。則前受金者之陰為力也。其意識掩覆人至如此。模在都門歸。所親勸列太孺人節行上大府聞之

朝。得

旌閭式鄉黨。太孺人聞而戒模曰。吾行不為名。若俾吾壽。他日殘歿。乞當世立言者表吾墓足矣。模所述若此。柏以作而嘆曰。嗟乎。躬執高節。處困而義命自安。訓其子為端士。又戒勿

仰邀褒寵。雖世之仁賢君子。亦未逮也。而太孺人不傲不矯。蓀光
潛耀。藹藹然若得之于性。而倅倅自然。嗟乎。豈易及哉。設余敢
肥賤橫奔南。發其鄉閭。家既受福。子乃跪怨。間閱奔竄。晚
有似續。危如一髮引千鈞。天憫之矣。以慰太孺人于九原與。繼古
來賢母以善節著聞者。子孫必貴顯。理無不報。特遲速不齊
耳。今余君以貞介明瑜。久為鄉黨貴遊所倚重。遊雖未甚
詳。然皆其和。醇佐軍幕。以勞獲甘薦。得階仕籍。暮年舉
和。岐嶷聰慧。異日以文學大門閭者。必此穠祿中英物。天之慰
太孺人于泉下者。有左知。相以名位文詞。無不為太孺人重。嘉余

君志与品有過人者。又高太孺人之行，亟表之，惟恐遺也。太孺人生于乾隆癸卯六月廿八日 时，殁于咸豐壬子九月廿三日 时，享年七十。子模，候選從九品，賞戴藍翎。孫曰第、第。他不備書，書其大者。授余君歸而揭諸墓。

陳君果叔傳

君姓陳氏，諱克家，字果叔，元和縣人。少挺奇資，其于學精詣卓絕。慕古人，志尚保沈堅定，不厭澹泊，思抗奇節于千載之上。所交必海內名人碩學，不以己長驕人，知其人亦落落寡所諧。道光某科舉于鄉，偃蹇不得第。家貧，恆橐筆旅食金陵。臨淮將軍福公延主行營章奏。福公戰沒，軍門殿臣張公復延之。張公勇冠諸將，為主兵者所忌。既築長圍困賊，然諸將不相統攝，君策其必敗也。賊果潰出，張公死之，君亦死之。時咸豐庚申某月日事也。當是時，君以賓客主牋輸義，可引去，獨不去，決然死之。君蓋憤專閫者怯懦寡謀。徒擁高秩自尊重。連營數十萬。相持數年。不能制一妖賊。敗則遁免。爲辱愧厚。或倉皇引決以塞辠愆。獨張公歸爲敵戮。顧媢其成功。陷之至死。而吳越遂皆陸沈。又哉張公之節。殆致南雷同殉睢陽。歿不憚以身填鋒刃也。嗟乎。非烈丈夫孰能如是哉。君未死之前一歲。鄭君相以目與其任庸懦不若用賢守令恤民以安。使募勇士屯險。制賊陷掠。或者可救燎原。語蓋有激而發。然其言實天下至言也。君見晏姚先生論說。蓋折節于宋儒之學。故臨死生能剛毅不撓如此。歿後所著録皆已失。其友蔡君寅昉。從他處掇拾梓之。僅得詩四卷。又語相以爲作傳。

其他事不能悉。舉其大者。他可畧也。蔣君汲汲好義若是。不負死友知。

論曰：柏以于梁州未識面。蓋得之二友葉潤臣、張仲遠及洮先生所稱。竟以乃以死節聞。君言制賊用賢令。長勝當時帥使之郡一邑自效。所言決不妄。栖栖戎幕。未有祿秩。果能料成敗。臨難大節尤偉。以此知識知而後傑。懷忠義。蘊智能。與煨燼俱沒。者不獨一梁州也。然君其光烈者已。

沔陽沙湖戚氏義田記

自范文正公創義田于吴郡。以贍其族。後世慕義者、爭效焉。夫然之誠美矣。顧吾儕生當窮約時。往往以他日得志。仁及九族自誓。一旦通籍。祿入未饒。即吾力不足及此。且姑待之。俄而陟華要矣。擁厚精矣。復以皓子埤遨。馳驅四方。之無暇。遂其初願。即有能果此志者。則又營度逾奢。處置之法。典守失御。戢授受者不得其人。爭奪覬覦。凌夷起。宗族之誼。因之大乖。然則義田之益。予慕其近而不得其真。峯旨知今觀吾友戚君少雲太守所爲。庶幾于文正爲近乎。戚氏世居毫鄉。其先世在明初立功爲指揮。後從沔陽。襲官衛百戶。入國朝罷之。遂用詩書代舊業。序及戚子姪登進士第。生寧州刺。累功擢至郡守。族衆財二三十家。所居濱之沙溪鎮。地窪下。以坡步積聚之。稱素封者。戚子先並化。恨於形。置義田贍其宗。閱十數年竟成之。凡費錢千八百貫。得若干畝。量其租入。族之婚葬喪急業者。皆有資給。子弟誦習赴試。婦誓節。女完貞者。加厚焉。年六十以上鰥獨有養。遊族中手而正者。分司錢籍記。手定規式。刊付童者。蓋詳密如此。戚子自諸生獻家為令。即以災荒歧有勢。其改所蒞州邑皆貪狠怒獰。磨牙吮血之匪。觀背壯如乘障擒諜。一日數戰。所斬賊以數萬計。卒後境土。功名同時

牧令冠又嘗被檄援皖持鬥盜匪往返竟遠迫於頻年身不去鞍
馬戎服軍書畫兵食戎仗劍提戈追奔逐北又以其間撫瘡痍
興學校脩書淹暑之暇而能眷懷宗黨爲畫長策毅然傾貲以償
風志葛藟之蔭庇枝葉益繁又何其溫然仁厚君子也乃當士大夫
于義田之舉以時力不足與時未暇自謀也特未聞戚子之風耳今夫涓
滴之露潤及寸莖而已進而溝澮潤及畎畝進而江河潤及九州
爲量雖有廣狹其於潤物則一也戚子是舉已潤及舉族他日加
稍充焉庸詎止於不進於此耶若士大夫以時度其力所能至各恤其
族四海豈有一夫不伸其所欲是范文正之志也戚子其近乎知柏心

故樂記其事。且使世之慕義者皆所勉焉。

致嚴渭春廉訪箋

昨歲執事入
覲之際。適貽手諭。并寄孟小雲詞卷梓本。千金談重。剞劂立成。頓使先志
之人。揚眉身後。海內英流。聞此高風。孰不生感。比聞　旌節旋楚。
天子令執事且福吾民。行以分陝保釐相
寄矣。相之昨歲首遊耒陽。暇與彼間人士論議。咸云殘孽在粵西伏而未動。
入楚必有狡謀。其覬覦南楚。未嘗一日忘也。不爾、便恐假道黔境。窟穴合敘
州匪黨。其不肯老死山中也明矣。竊謂楚南上游與粵黔交隣。多隘塗
徑甚多。皆宜增兵嚴防。而楚北宜施。毗連蜀道。宜分撥船營哨屯駐

隘口。至敘府匪黨，不可不誅，剿撫兼施，方易解散。急行寬政，以固人心。其洋土税務，尤宜疏節闊目，無取峻網密張。此等與販之徒，多自滇黔而來，成群上道，動輒數千，皆有刀仗火器，皆輕險不畏死之人。激之生變，必至用兵，勝未可必，費已無涯。此時兵力全萃下游，則上游必期安靜，一旦有警，又將掣動下游軍勢，不特餉源所關，且致中梗。且豫需建飭意外之虞，尤不可忽。凡此皆執事明畫所洞悉，無待鄙言。但區區之意，不能不一吐其果悃耳，惟省覽不宣

楊牲農駕部詩序

往歲計偕與楊子牲農論交都下。兩人者皆善言詩。喜言乎俊。喜言經世。而顧楊子資年高。讀書多。予不逮也。久之楊子通籍金閨。改官郎署。以假歸。比歸而究仕。楊子用兵法部伍其鄉人。藏諜伐謀。威讋狼貙。不敢正目窺乎境。予乃特從竄伏。僅而自免。常以孱弱愧楊子。今年楊子以序予近詩。亦郵乎近歲詩屬序。楊子之詩。窮然以深。夷然以遠。超然以雋。博辨淵穎。宕逸警健。予不逮遠甚。然獨能言乎爲詩之大意。夫楊子不能有爲于當時。而有不能已于當世之心。于是載而之詩。意將使味之者慨然興。跋然起。有能極顛隮之患尊隆平之軌者乎即不審自居之矣此楊子為詩之意也今夫禍亂之成非一日也其始之潛伏蔓生者不及救矣至于潰裂四出泯泯棼棼回遹而靡定也然尚未嘗無救之之術可藥而已也可徵而見也患在遭時任事者懦且狃焉不能早悟而禍亂以成至于終不可救然有保護者介乎其側為之反覆諷諭諮嗟涕洟呼寐者使寤導迷者指津彼盼所聞倍悚忽發其悟相與奮然破積習運智勇舉綱維與人以撥而反之正禍亂可立弭安攘可立覩吾見篇什所鼓動其功且與回斡元黃澄清宙合者等嗟乎楊子不能已言以載而之詩者其不以此歟予嘗聞楊子主用鄉兵之議甚收

自爲之果效。讀楊子詩。勿第于詩求之。當于意求之。以其言易而見誚耶。效可踵至。不獨鄉兵一事爲有驗也。予亦無能有爲于當世。抱不能已之心。又略與楊子同。因論其詩。爲發明大意如此。

家意劬詩序

意劬之與予論詩也，蓋因新城陳懿卞云。意劬客衡陽，時時為詩示懿卞。懿卞曰：「子有師資，近在螺洲，盍往質之。」于是歸而挾所為詩詣予，且致懿卞言。予覽其作，頗浸淫于兩漢樂府及陶阮氏，以異之。自此意劬有作，必示予就棄取。積十數年，而意劬所業益高。久之以瘵卒。其先世自吾邑徙居臨湘，一門羣居十餘人，皆敦樸好學。意劬父受知江右劉穆士大令，邑試冠其軍，補弟子員，恒居大令遊，偕往衡陽。大令沒，乃歸里。家故力農，耕入粗自給。已而江漲，蕩其室廬，田園若滌，不能飽半菽，乃父奔走衣食，又多骨肉死喪之戚。

母逝弟夭子復為殤累年不得竟意已何粵寇横江上土賊蠭起鷔悸避匿屢瀕于危比既定入门則衣糧掠盡遂為窶人竟以是得幽憂疾至不起親老子幼魂魄遺憾親識莫不隕涕蓋士之窮未有若意飢者其性情真摯外簡率而中方鯁遂遭流俗不安交游好山水登臨不倦尤耽野趣遇林風澗月釣磯樵磴卒爾指遊流連忘返生平旨加畢萃于詩當其運思落落弦貴遺棄等靈騰蹄八荒銳若搏鷙靜若魚潛伐岸棧絕梯危之表泝流于驚湍怒瀾之中凌虛蹈險不避顛墜及其既成則又渾茫回合沈厚雋逸無復鏤刻之迹至于哀樂獨到真機發露怵

惻忠孝与國風離騷有隱隱默契者非世俗人所為詩也哀意勉者咸
謂以彼之才而坎坷其遇又奪其年詩能窮人于是益信交之予亦哀
意勉者求其故不可得則為之受其說而謂為不盡然天畀意勉以窮
蓋不啻黥之劓之桎梏之矣不自息其黥補其劓解其桎梏方
且覃思苦吟日夜不少休以滑其和以擾其精是助天之黥之劓
之桎梏之也雖求長年誠不可得然而黥劓桎梏之者天也助之黥劓
桎梏者亦天也榮華壽考終有窮期与使富貴而輕等塵埃孰
若坎壈而名齊金石天厭摧折者命所得制也倜儻卓犖必傳于
後者命所不得制也意勉不為詩遂免窮耶不免于窮且亡聞于

後。所表不移焉耶。居之身前，不伸之身後。則吾謂天于意勉。未相

薄意勉。與予同邑沈君洛吾，同受知穆士大令。年與予行相若。

窮亦相若。洛吾前意勉一歲卒。然予得二子，謂風雅可復振。不意

相繼早凋也。久不見序意勉詩。其諸弟屬來請執筆詮次，不覺

泣然。

楚愍祠壁記 代 癸丑

咸豐三年冬十二月朔有四日，粵賊陷鄂，吏殉節尤烈者得五人，爲按察使瑞公，道銜武昌府知府明公，江夏縣知縣繡公，竹山縣知縣楊公，江陵縣知縣俞公，皆某之友與寮也，所謂五人者也。次年春，某聞其事，悲咤成疾者累月，已而承

詔赴楚佐撫轄，旋奉

命權臬事，乃卜署後揚秀峯側坡放鶴亭址，創祠合祀之，顏曰楚愍。瑞公籍安此，四人者授命壽卒不逮，靈爽式憑，庶幾在茲。言者曰：朝廷褒死事諸臣，五人者與俎豆之榮，知又奚取乎祠其爲？曰：

友與寮吏故也。志吾慟。昭吾敬云爾。下鄰于私且隘。缺曰誠然。顧擇之
加寔矣。今之鄢不當陷。而卒至陷也。孰戰至於訖。閔瑞公力爭不
卹。退而哉激。以為不可為。以死自勵。明其紳其亦策城必陷。誓與存
亡。而緒其揮戈尤壯。楊與俞其鑄秩矣。義無苟免。皆相與陷胸斷
脰。破宗湛族不返顧。且其之死爾。世哉以鴻毛輕也。惟吾其奮身赴難。
較然不欺其志。又皆生自某夙昔對食之倡。嗟乎。豈易得哉。祠之設
祀也吾其誠無辭于私且隘。然推獎忠烈。垂式百代不敢不寔。豈以但崇
所親厚而已。拒是以重貽吾其羞。吳刻石陷諸壁。復備書吾其姓字
及殉節狀綴諸和瑞公名元。字容堂。滿洲廂黃旗人。城陷。戒家人無辱。

視其死畢，呼幼子前，手刃之。乃自經死。那君名善，字韞田，滿洲廂藍旂人。城陷，亦自經死。繼君名麟，字振之，滿洲廂黄旂舉人，故有武力。城陷，揮隻刀殺賊十餘人。賊大至，格鬭死。楊君名明善，字理元，江甯上元人，道光丙戌進士。俞君名昌烈，字鴻甫，順天大興人。皆率練勇登陴，賊至，中矛死。祠凡三楹，中祀瑞公，其公子及幕友潘君傳鍈與義僕祔焉。東祀那君，而繼君、楊君、俞君祔焉。西祀瑞公庶母、其側室及女公子，與僕婦祔焉。後之官此地者，當繕葺之，以妥忠魂。

重修承天寺碑記代

荆郡之有承天寺也。肇修建于晋穆帝永和間。歷代崇為名刹。至

國朝定鼎。自康熙時。移八旗兵駐防于此。乃即寺中大雄殿。奉安

龍亭。每歲令節。或遇慶典。同城官吏詣此伏謁山呼。典至肅重也。余奉

命作鎮是邦。初詣行禮。仰見丹采剝蝕。榱楹欹頹。心惕然不敢

安。因謀修復。首自捐廉。又募之官吏。又募之城廂內外。然工費浩

大。不足數用。乃賠墊。　節相秀峰官公、請為佽助。公慨然樂施。凡捐

金若干。于是鳩合經費。庀材徵匠。擇日興工。經始同治年月日。落

成同治年月日。凡殿宇至朝房及山門廊廡。一切營繕。皆復其初。

金詔宜有以紀之。遂以勒石之文屬之于余。夫外服之臣，迴隔
宮廷，未得伸其
雲日瞻就之忱，故每行省皆有萬壽寺觀，廣者以代
宮闕。[illegible]
天威不啻咫尺。蓋仰其崇閎峻邃，有嚴有翼，則震動恪恭之心
生。悚然如臨殿陛矣。趨蹌師濟之儀盛，藹然如接拜颺矣。臣子
事君之節如是，乃敢稍安耳。茍使風雨飄搖，草莽不稱，朝儀
以之惰，臣職以之慢，其之云乃貽隕越羞，實甚。余為此懼，亟謀修繕。
又賴節相吉公之加意以助成盛舉。自蒞以往，官于南郡城中者，入

門而趨。待漏而朝。惟我是赴
闕共
辰。念閭閻萬里之歎。相與夙夜靖共。不懈于位。脩乃攸守。展乃
才智。以奠上副
聖天子分職功〔任〕之意。兢兢焉勉圖報稱。然則今年之役。豈惟壯觀
游碩是崇。又將以作忠孝〔愛〕而廣勵翼。所關尤鉅。若夫葺治之
餙。並及梵宇。特瑣無故畧而不盡。

黄仙嶠觀察詩序

詩之本在言志，則其質也。聲与律，則其節也。四者合，而詩之體備。闕一焉，則戾矣。自咏歌嗟聲，衍而為國風雅頌。為漢魏六朝樂府國風古詩。高下不同。文質異宜。然皆畫是四者。未之或廢。唐代諸家。又歸完盛。蓋風之本乎中和可經矣。自爾以後。變而重理。或重意趣。或重卷籍。雖日新富有。不蹈故常。然波瀾盛。聲律衰矣。夫詩發于志之所嚮。而言有不能徑遂者。則必往復詠歎。幾於吐之。幾於茹之。又其音調疾徐亢墜。必自然合度。不入于嘽緩噍殺。然後作之者導宣堙鬱。之者所底滯。即諷之者亦惻然莫知由然。有以動盪乎血脈精神之間。

而旁皇乎血神形肌髓之內。故可貴也。而自此其惟唐人最得。柏所見同時詩人。若松滋黃仙嶠先生，則尤得于唐者。先生以人承師以大雅宏達。揚聲石渠。俄而出守滇南。以行流聞。由是衣繡衣稱使者。所至聲績蔚然。吏民愛而頌之。凡行役往來。山川名勝。閭閻疾苦。悉見之詩。垂老歸田。事蕭然林薮。自咸豐壬癸以來。烽煙轉徙。觸緒感喟。輒寓意吟咏。其始也皆高俊雄[illegible]。其終也多遒[illegible]婉切。積至若干卷。不出示人。退然自視為未工。柏以請而讀之。歎曰：運于筆而約之以中和之音。自唐人意得矣。先生曰：子以為可耶。盍序諸。乃推論曰：世之言者。謂賢哲當經世務。詩非所當也。夫時與務文廟矣。而為功起焉。此有待于外者也。忽而欣戚。忽而歌哭。其未無論。乎去無適。此無待于外者也。有待者非吾所能强求。無待者道吾之動靜俯仰。豈供求取矣。又乎諷諭哉發矣。與矣數條指切者。傳之當世。貽之方來。皆有所裨益。安往非經世之意歟。即如唐代房杜李郭。多功偉矣。而流離蹇躓之供奉拾遺。其述忠愛。道何矣。亦然之千餘載不能廢矣。與用文武表見者何異矣。詩亦視其有當于忠言教律否耶。四者具備矣。以之復古義而裁人心。功識不在經世者下。先生曰。今矣子之言。然此論無以奪也。于是具書其語于首簡。

蔣申甫先生曰聲律之説宋元所以别于唐也諷諭敷陳動有裨益此又明以來託于唐音者之所愧也竊謂聲律不易学而猶可学至于述忠愛道日失則放矯所謂工夫在詩外矣

方虔石鴻濛室詩文序

有學士也者。有才士也者。有俊傑之士也者。三者趨不同。其立言亦迥異。記乎向守師說。攷名物象數之精微。析聲音訓詁之微茫。則學士而已矣。敏於辭縟藻。靡音曼節。以博贍閎麗。矜古人而炫當世。則才士而已矣。若夫攬王霸以包之略。苞奇正攻戰守之術。慨然以康屯濟否為志。斬夷一世之凶桀暴。剷而返之正。其形諸言辭也。專陳剴切。指畫明悉。動關天下大計。忠亮怳爽之氣。不可掩遏。徒之達之足以摧金石。引之足以貫日星。是非俊傑之士不能。夫溺于學者拘。溺于才者偽。拘與偽不足適于用。將与之經綸世務。舍俊傑誰屬哉。然而天之生俊傑不數。俊傑之見用于時亦不動。且彼亦度其可行。則檻車牛口不爲辱。度其不可行。則萬鍾千駟不少動。進有賁育之勇。而退有隨光之介。此英豪節概。超乎學士才士遠矣。即論言辭。亦絕非一家所能盡。寶甯方子友石。庭我于俊傑者也。居滇山第墨。閲粵逆倡亂于東南。銳意請纓。出成都、遍覽其山川。遂下荆江。入楚、入皖、入江右、入豫州。于諸關隘皆一附跡以偉之。爲條上攻討機宜。臨陣指示成敗。謀必或驗或否。不盡行其策、則辭去。留之不可。鄉里殘破阻亂。不得歸。浮湘至南海。復泛舟東下。先是以薦得米敕。將入都謁選。至相州。出自蘇鴻濛堂詩文見示。且徵序。君詩渾莽西蓋。浩浩無涯際。文亦然。尤長于論

岳及形勝相以駮以爲世所未有今夫豫章之才連城之壁龍
淵太阿之劍皆曠世一覩雖摧之霜雪沈之泥沙而不能不生爲世
用俊傑之士亦然誠畧如是何憂不遇且雖爲俊傑知遇不遇
猶足爲惟是重乎哉

螺洲文集 下

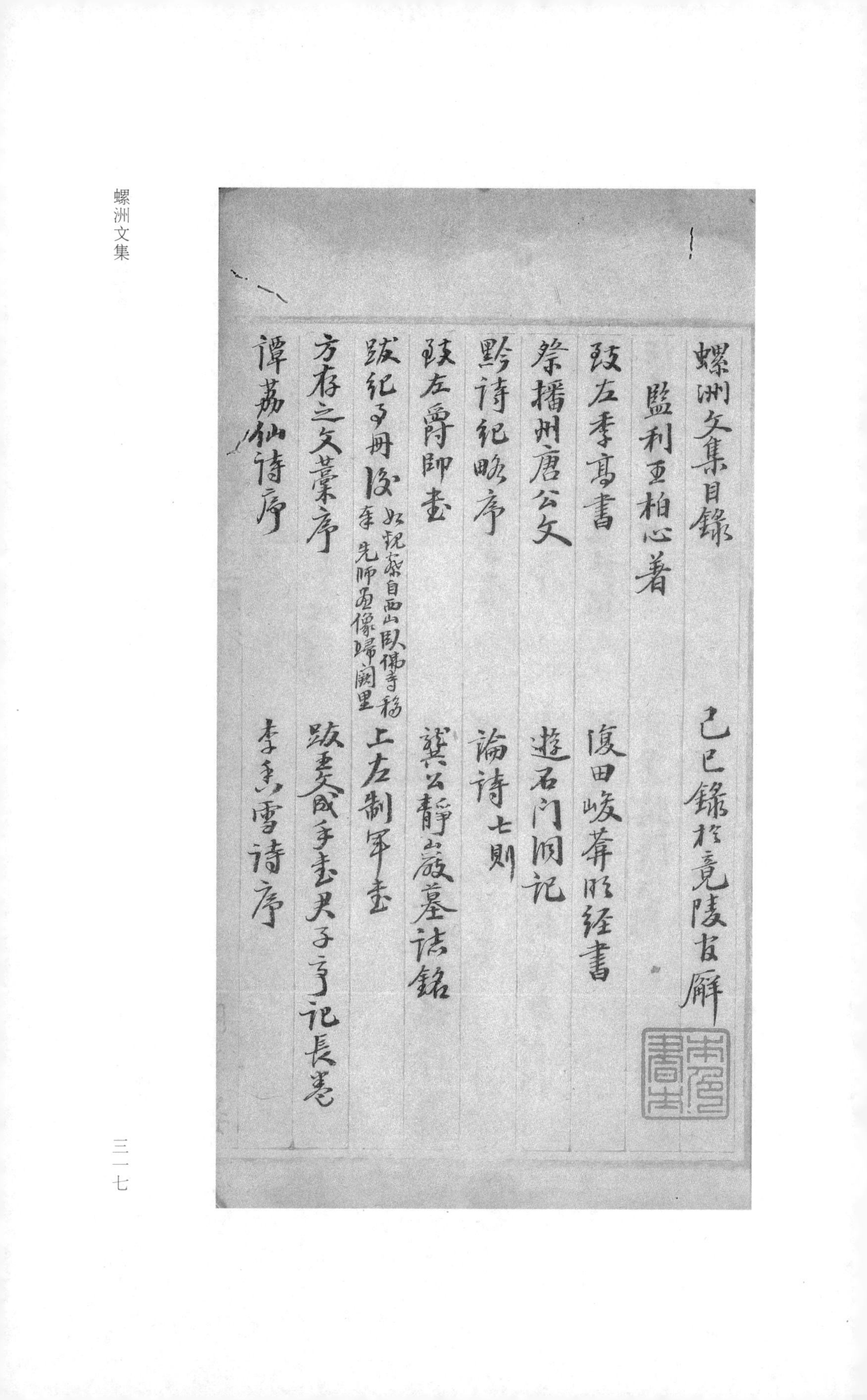

螺洲文集目錄　己巳錄於竟陵官廨

監利王柏心著

致左季高書

季高先生麾下：去暮來敝郡。讀所留書。悵不相值。欲投牋
又未果。輪轅南北。尺素稽遲。至今惘然如有失。前聞奉
詔持節贊畫軍務。
宮廷拊髀。思得頗牧。遂
拔麾下起行籌策。誠
知人哉。留侯工謀畫。而未嘗將將。麾下乃復勝之。惜乎登壇
稍晚。遂使豺牙鷸吻。得橫噬吳越。此可為拊膺長歎者也。麾
下智略輻輳。百勝之術。操之久矣。特未嘗出而任事耳。出而任

子賊不足平也。但逆勢益張。我軍當寡。急援楚皖交際要地。與曾星使胡宮保楊軍門水陸三面。連營相次。壯犄角之勢。然侵軼之路。兩楚江右邊境既固。我力益完。轉饟足兵。徐待機會。度彼逆衆。志意已驕。掠地愈廣。盜賊群居無終日之計。必有起相吞併者。釁隙將作矣。然後權鋒乘之。收功較易。或以計搆間其黨。使內自猜疑。無復鬭志。我乃蹈瑕抵隙。覆而取之。亦可蹙其本根。方今之勢。與前數年迥異。未宜遽謀進取。麾下囊智有餘。必久在圖惟之中。試詢鄙言何如。天不厭亂。非才尤甚。竊謂此時要策。惟從都與表請恭邸監國

二而亂為大作。閻者節相已建言從都関中。知而請監國之議。書上
人發之。此議於滿大臣不能建白。否則恐人心解体。雖繫中外之望也。年
來得一士焉。曰華容白海仙昌壽。年財及壯。偉貌而雋。好讀兵家言。
習為將帥之畧。咸豐四年、懷土寇陷其邑。率從子人傑起。糾義士
數百。諸發擊敗之。因以舟師逐賊于洞庭。與曾星使之師會于岳陽。
從之。轉鬥至九江。未幾人傑戰死蘄州城下。即辭賞而行。負人傑
骸骨以歸。杜門不出。時時賦詩自寫悲壯語。今秋至訪敝廬。抵掌
竟日。察其沉毅英發。通識古今。非但行間武夫而已。予嘗亟于齋甫
友石。而周慎綜練過之。閱風塵壯士多矣。大抵剛猛躁果。能統馭

一

知如白君誠不易也。麾下欲求奇士。敢以此君姓名。徹于清聽。白君
此歲就來荆南講舍讀書。意亦藏器以待時也耶。我子方勞。爲
國自重不宣。

復田峻莽明經書

峻莽仁兄接手牋，于鄙人前後所致各書論，反復推演，而益加獎譽。詎可曉古之先識遠慮者，甚矣吾峻莽之樂道人善，津津揄揚不去諸口也。毋亦忠義填膺，亟思平賊，遂援思歸美于鄙，又言之率中耶。頗鄙人實未嘗知兵，未能先見也。若爲言諛詞太溢其分，且讀且愧云。賊之初起也，勁甚，其以力；其歸令嚴，雖不能奇謀遠略，然趨利攻堅，譎詐多變。我之法嚴，備多力寡，各懷觀望，賊行如飈至電疾，飄忽震蕩，集之不定，鮮不爲所撓敗也。然在粵也有五嶺之限，在楚南也有洞庭之限，在楚北也有廣漢長江之限，地利形便，我皆有之。

果其擐險鼓儳以主制客彼安能驅飢疲之衆而與我爭舟楫之
利也哉無如當關之無健帥仗節死雄守遂使狂賊縱橫蹈江湖于
乎地據取帆檣爲用傅翼于是腥風毒燄南北散千里悉罹
其害暴骨草莽流血城邑父子夫婦垂白稚齒係虜相屬于路
鬼神孤祥無所食百姓不聊生族類離散流亡不可彈計嗟乎載
籍以來未有如此賊之暴也當時專閫及方鎮諸公誠無所辭于縱
寇之咎也今則此賊已成強弩之末其力散而歸今弛矣其勢將
蹙其食指將盡即有譎詐無所施矣語曰孟賁之倦也女子勝之騏
驥之衰也駑馬先之賊之亡期在今冬矣況我司馬并公所將南勇

以軍中爲家。將帥爲父母。信賞必罰。同力一心。用節制之師。摧垂滅之寇。迅風掃隕籜。蕭斧伐朝菌。何足喻其易。而同一寇也。昔何以莫能爭鋒。今何以長驅逐北。則主兵者智愚勇怯之紀。亦時勢先後利鈍之別也。兵者國之大事。而爲後世法。因吾子所論。復縱言及之。聊留爲來事之鑒耳。惟亮察不宣。

祭湖北按察使前湖北布政使播州唐公文

咸豐四年歲在甲寅季冬下旬王柏心謹以香楮清酌之儀致祭于

湖北按察使前湖北布政使唐公子方尊兄之靈嗚呼公固經世之

俊臣兮○不幸而奮身于忠烈○張忠拳以摩豺牙兮○占邑陷而頂滅○

悵 主眷未能酬兮○以鬱轖而蘊結○嗟窮迫無所為兮○灑灑焉忠、

灑一腔之熱血○起成仁其無憾兮○嗟淪喪夫邦傑○昔抽簪而解紱

兮○歸高臥乎黔陽之山○睹縱橫之桂矢兮○憤狂寇之滔天○奉 命

辦嚴不淹留兮○擐鞍猶壯夫於文淵○楚之氓喜公再至兮○若長城之

屹然○請提兵而擊賊兮○屢戰克而騰威○雖陳臬猶鞠旅兮○將刈

杭

此狂狡俾無遺。大師果躁之算略兮。獨輕進而失機。公將五百之卒以往兮。鬥舸寡而孰與謫師。山壘拔行逾十萬兮。豈孤軍孱弱所能撓。收潰卒焉保上游兮。泝夏首而西向。惟據險可決死兮。乃列艦扼彼大軍之歸。何露章遽遂劾兮。竟委罪而負謗。解兵柄授他人兮。默為危坐大江上之孤舟。賊乘勝以進偪兮。煙焰蔽乎滄洲。麾戰士無一應兮。兵奔散而莫留。北向再拜臣力竭兮。一躍已赴乎洪流。公夙負宏毅英達之偉略兮。其寬如受歸為仁人。鄉使統金師而專閫外兮。可計日靖江國之烽塵。否亦臨戰之無易將兮。收餘燼猶足以復振。奈何令愧獨蒙寄兮。徒持齒肉飽沙漠之饞餮。孰痴功而忌能兮。

惟此靈人之攸也織貝錦以成文兮齎禍衷之鬱然也紺蒼鷹又陽
鍛其翮兮鶩飛黃窘君之以走步也百請百不給兮夫何異寘叢
棘而令蹤赴也役險霄何足算兮曾不惜夫 國家之良隱士亨
而快賊志兮卒自覆乎金陽人生固有死兮公身沒而名章與雪聲
之研固不磷兮雖百千磨鍊庸何傷兮亭自靈其驕蹇兮竊哉公
之推轂兮念籌畫不已資贊助兮所保果其公惟抱以死報 國之赤心
子克孝而無負眥兮素旐翩其遄臨兮奉笑言而永絕兮只回首
于彭釗兮昨揮手招楚之祠兮送公出師而麾扇兮諗功成且上章兮
邁東山而遊燕兮鶩倏化為里雄兮緬英風而馳電兮恨未遂于初衷

兮晨猿哀而夜鶴怨。當公之委佩淵沙兮。予亦倉皇而避地。繼又痛夫乾蔭之傾兮。昏脊奪其神智。閔哀誅于石室兮。負幽冥而潛愧。今乃睹靈轜之返駕兮。幾欲傾滄江而為淚。亂曰。公騎長鯨騎文魚兮。噴薄洪濤。壯靈胥兮。潛麾蒼兕。助　天誅兮。殪彼貪狼。招威弧兮。重為猝日。紛綸　襄郎。公吾恫兮。樹荔千春。廟貌崇兮。黎平贈師。黔雁同兮。山川英傑。炳煥忠兮。

嗚呼尚饗。

遊石門洞記

曩至夷陵訪三遊洞。詫爲奇絶。徐而聞此邦人士。道石門洞之勝。又有進焉。今年冬邑侯金序之明初。延共輯志乘。復來夷陵。都人士益繩石門之美。且云茲洞幽于僻壤。未辱昔賢題詠。近自恆甯鄧君守之稍出雋賞。遊者始盛。寺刹亦以次創葺矣。適守之自歸州和。明府又促之。曰。將有事載筆。百聞不如一見。請君盍親探幽勝乎。遂定期以十月九日往遊。至期。邑人孫駿之、孫南軒邀柏心與桐城劉俊賢先發。而守之及王策臣乘舫繼進。渡江艤葛道山下。循而南。沿溪西上。行二十許里。途益峻。夾溪皆嶔岑峭嶂。藤蔽雲

由頋來時溪下流涓涓不絕上源反竭俗所稱乾溪井也又行數
里兩岸山勢將合逼其際第石横疊作樓櫓城墉狀意謂
洞將在是詢之輿夫果然盤古磴百餘級而上牓曰石門歷巖
谽谺冥若飛甍然霤序鐍中開靈泉寺在焉僧普光導
入陟臥雲樹學使馮展雲宮詹題也余四人皆初歷以悸目眩
未敢遠探日已曛黃姑憩是拓胸四顧奇峯林立爭窺生客
秉麾植幢峻容偉然莊靚而竦峙焉巖涵歎與濺石缶
則淑樂競奏知步頃守之策且至日已暝俄焉月出四溪南
諸山如畫已而溪壯岫巒六表裏洞徹月半輪挂洞口疎量

歷歷可論也。其皆僞。遂宿。詰朝咸盥漱。急趨樓下。右轉得靈佑宮、祖師殿。益右得張仙祠。舊有土圭月峽張仙至此字。猶即邋遢道人知。今字皆漶滅。祠前有亭曰漱玉。守之所名。環植竹柏。陰溜颯灑鏗然無絕響。東八琅之音。絙園突之弦。清越當不過是。僧云盛夏驟雨時。巖滴迸為飛瀑。直注平地。躍起往往高出亭子上。亭之右為靈濟宮。有龍湫。明時遇旱禱雨有應。本朝勅建祠祀此。今歲旱猶循其舊。秉炬詣湫所。黝然深泓。方廣丈餘。深才數尺。窺其壞距然巖僅隅數尺。僧云曾有人縛械伏其上。緣隙入不得進。以綆繫石測之。至四十餘丈未窮其底。乃返。僧又云湫中未嘗大溢。即旱亦不逌鼓咫意者伏流他出窺出而諦觀此宮与張仙祠適當洞口之中呀嵁嗑其巨吻吞吐萬巃巖嶒崚蘿薜藩翻無異龍尊巖嶂當門垂旒綴珠琤瑽駭驛矜張琊蜃矜被瓔珞瑠所翻霧石皆嵌如鄰露滲酥和之氣鎔鑄貝之鑿數巧匠所刻鏤矣寺之下皆有小洞窈者風洞俗云有石蚴蟉作龍形鱗甲森張多蝙蝠蟄其中大者如車輪詰曲深黑不敢探大抵前洞廣濶橫計之無慮百丈縱計之可三四十丈則其高可七八丈靈秀所萃則靈濟宮張仙祠尤勝洞內皆細砂雜土凝結如鐵而有石乳爲多故燥而溫仰睇之如截肪削脯其委積若肺腑猶意其元氣胞胚地媼孕靈時有僮怨二帝愛

混沌氏為鑿其竅者不然何有此巃嵸盖大腹也凡談山水之勝者不曠則奧二者恒不可兼亦獨兩擅之終日行層巘間自視以為遠廣莫之鄉遊太君之宅也傳又云蕃山凡三成此為下峸其上中二峸皆有洞之因攀陟往探之斗絶不得上乃返溪南山腹亦有洞從云深廣類是遊者特未能至耳余嚮謂三遊奇絶至此乃如河伯見海矣莊生有言小知不及大知予益自慚其陋是夕仍宿樓中僧夕唄徹曙鍾磬聲與嵓溜聲相聞益使人清省不知胸中塵慮消落何所翌日晨起相與命駕歸歸而爇燭記之同遊者凡六人鄭守之劉俊賢孫駿之羅南軒王景昆記之者監利王柏以道

黔詩紀略序

天地以清美中和之氣。萃于方夏。而以瑰奇閎瑋物。併蓄于遐陬塞徼。古之帝者起諸夏。拔十五國之風。咸登太史。至荒服則遺之。譬諸寒。柟。梅。蔽。芾。砥。霜雪間。玉腕珍。盛夏。數榮。吐蕤。與百卉競。艷矣。蓄之也。久則發之也。盛。理固然也。今夫巴蜀甌越閩廣滇黔。自古不通中國。采風者所不錄。漢武開拓。乃置初郡。由是司馬相如王褒揚雄起西蜀。嚴助朱買臣起東越。唐宋時則閩廣之冠冕文章。駸駸與上國競爽。惟黔一隅未有聞也。迨明乃罷宣慰指揮。而設行都。學校解額比內地。魁傑踵嵩蔚然並變動名忠烈彪炳史冊而締章繪句之儒亦駢肩累跡于中州士大夫揚鑣齊軌彬彬焉西南于藪交乳曩地陬崖峻嶝灌莽叢箐之區狐狸豺狼所嗥狌鼯飛蜮蜴所紀吟竄伏而其人亦自視以爲雕盱魋結無與於聲明文物安亂之何以忽播華摛藻不下齊魯吳越也豈不以帝畫威德覃敷聲教隳訖暨滌而鼓動之之故與彼鬼神造物知惟不能閉藏使磅礴蟠蜷之氣亘終古不復呈露方且貢靈致瑞爲于後以導源乎比興而拓宇乎騷雅至于今著英暉焯美矣滕織耀琮璜焉吁何其盛也按黔列郡初非自昭黔人稱詩

然自昭。以至僻遠而後通也。是家所采。百不一二。播州黎子伯庸、獨快然取勝國黔中詩人，加之裒輯。網羅鈎擷。罕有遺逸。名曰黔詩紀略。其友獨山莫子子偲又爲之人繫以傳。多所附見。且亟方志。當草創時，播州唐子方廉使見而重之。以授梓，自任未藏事。而廉使殉難楚軍。今黔亦亂。黎子罷籍宦楚北，汲汲編纂。卒克告成。勒爲若干卷。郵示柏以俾序卷首。竊謂是書也。成凡有三善。版圖改移。風氣晚開，表而出之。闡汶光明。一善也。喪亂宏多。典籍煨燼。亟加甄錄。無虞放佚。二善也。因詩存人。因人紀事。博稽旁證。文獻具足。三善也。嘉二子之勅。且偉其功。未見盛子也。欣然願以微名綴簡末。

論詩共七則

詩言志。一語蔽之矣。然漢魏唐人宋明之詩，各有詩人之遺。漢、魏詩興、入者也。唐人詩聲入者也。宋人詩理入者也。明人詩格入者也。詩興入。故雖合律度，其旨寬遠。詩聲入。故抗墜疾徐，其調寬和。詩理入。故切近詳盡。其趣日和。詩格入。故倚仰步趨。其貌易窮。興也、聲也、理也、格也。四者不可偏廢者也。興倚寬高。流弊亦者。聲倚理興格。偏溺焉則滯弊。溺於聲者好淫淫志。溺於理者促散煩志。溺於格，則君形者亡，而精華索然矣。興倚聲於國風，而雅騷之際。惟曹子建、阮嗣宗、李太白、寬竅無時。

魏武雄直之氣，自是創調。至其後步，且至劉越石、杜子美乎。

詩至陶淵明言理，然緣興涉理，化其迹，故不滯於理。杜亦然。太白絕

不言理，純以逸氣勝。史之馬遷，文之莊周，不可無一，不容有二者

也。韓歐為主理，韓才雄而倚氣，非理所能縛。歐識與意並進，

雖主理而往往超遠。子瞻主理，妙不為，故亦無滯。介甫于唐

人，特近用意模倣耳。

明代李何之和，偶于形似，合處真可逼子美。但不能去擬議之

迹。然偶一雜如，則又露蹤跡。李傷樸拙，何病纖弱，是其短也。

才之難重也如是。

高青邱與何大復才畧相當。豈有唐人及元人之作。嘉隆作者。王李又劣乎何李矣。惟七律殊錚錚耳。

錢牧之詩，牽綴襞積，織及詭博，殆類俳諧矣。然生平無一語涉家國。而獨扶邪艷曲。垂老彌甚。不則託之禪悅耳。此不中與何李作僕隸。乃詆斥二子何也。諸公盛推之又何也。

致左爵帥書 丙寅十月廿一書

昨肅牋記稟未上。旋聞有移節三秦之命。維涼地形建瓴高屋。歸山河百二。為國家西面屏藩。頃值回氛。兇難瘼矣。自非出群才略。無能摧陷廓清者。聖主以明公有文武威風。深識權略。真寇子翼馮公孫之儔。謂牧輯西方者。非明公不可。故下詔推轂。寄以鎖鑰。全秦關中。自此倚長城矣。為秦民額慶也。伏節啓行。期于何日。或鄂或荊。逢出何方。若能瞻望麾幢。進秣馬首。則亦幸矣。相以壯而遊秦隴。略習其山川風氣。竊見回民強獷。柔良者乃畜牧。凶悍者則帶刀行劫。營中將士。什九皆回。而漢民極孱弱。無復秦時銳士。漢代良家。六郡武力矣。平

時釁隙已深。因料三秦有事。必花門首禍。野并徙戎之論。度當事不

時釁隙已深。敢任。追因循初起。乃應求言詔。妄上封事。中有請簡

重臣。練兵秦豫之議。時方多難。中朝亦未之察。不旋踵則秦禍作

矣。募勇延至今。兵力益不可用。財賦殫竭。四方皆不能撥餉。師行往

往數日無居人。農業盡廢。糧食告罄。兇無轉穀它省之理。又山

谷紆錯。水泉乏絕。即能裹糧峙粻。窮追深討。彼則逃匿荒塞。

遁出關外。俟我深入。乃潛斷糧路與汲道。我軍未有不僨者也。竊以

為秦事、不獨在猛戰。而在方略處置。為遠大之謀。目今秦事糜極

糜爛。各營軍士。精銳銷沮。遠方召募之卒。聞風皆不樂往。即往

亦不能戰。米麥金不可得。當此而欲患甲直趨。雖賁育之勇。韓白之謀。亦困于石。探于蒺藜耳。爲明公計。急宜東趨蜀。處留中丞。仍據閩中。其才本兼文武。習于戎陣。又自秦民以義復視之。則明公左右臂也。閩輔干城。力足任之。處留前與屯田。閩已有緒。必二三年乃見成效。米穀既足。練軍亦就。然後引師下隴。戰勝攻取。可運諸掌。明公上奏。先與朝廷約。勿求速。效。勿遽。促。戰。必倉。足。兵。精。然而進。試請以。三。年。爲。度。不致甘受其責。廷議能從。則展君石畫以東書公。不然。則請簡他帥。昔王翦趙充國。皆先定規模。堅守初議。與君相固爭。卒以成功。願明公倣此意行之。至明公入東。請先驗

節鳳翔。廣興鳳儀二郡屯田。地頗肥饒。先後部落耶壤。田多之
動。如是者祗任峻節。專務墾闢。力行勸課。軍食既足。士飽馬
騰矣。知其與將讓它者。其功相萬也。此項綜司糧臺、已得人否。鄙
意前按楚壯裁公謂妻、私有意、請任此。渠本秦人。易于歸品。留
心輿地。可引與諮訪。又鄙見友石、方駐軍延郵。可留以相、拖壯面。而
所以規畫南面。遍題護也。其它則當翁於衝有係。南及秦州壯
及寧夏。在隴最爲饒沃。皆產秔稻。須力圖之。不可失也。至它日進
兵。視彼中尤驍黠者誅翦之。餘既不能遍誅。俟其畏服請撫。因
兵力移而分置之西寧陝岷。或延榆關外。聽立田耕。助與漢民

雜處。杜塞蹊隧。擇險立戍。布以威信。又聞彼族善良者。使自相什伍。加之約束。世後開出撓擾。如此可保百年無事。亦審方今內地兵勢。攻戰久疲。且虞或有它變也。唐鄂生太守號青士也。有名將才。前經處節庵調佐理屯田。未知入秦否。此君若到。便可任以綜理屯田。必有鄧艾之效。詢諸處節必得鄂言非虛。陰州蔡霽看兼元燮孝廉者。力學勵行。詩法韓。文法柳。志尚廉貞。直諒多聞士也。家貧恆為筆耕。幕府死出草檄。正自需才。此君可以充選。閣將樞衣上謁。延接之際。望以禮為重。則幸甚。感甚。率賤貢臆。祇頌勛安。希惟鑒納不宣。

晉封朝議大夫山東海豐縣知縣靜巖龔公墓誌銘

嘗聞靜巖龔公之言曰漢宣帝謂良二千石可共治平然守之親民
不如縣令令之皆以人一邑如一家然獎其善訓其子儆其惰且督其耕息
動止不知敢隱寇于何興縣令之職天下乃多多矣嗟乎豈不然哉公
為令率用此比沒孤子紹仁次公行狀請誌幽壙柏以于公家雅故
又曾與嗣君同客都下遂不敢辭公諱經遠字仲來號靜巖監
利縣人祖學典歲貢生考傳衡贈奉直大夫山東海豐縣知縣乾
隆甲午舉人內廷教習贈公生子三公其仲也七歲而孤大父親授
之業時貧甚兩叔父為家食兄亦去為賈公念困約無已時也淚

常儒枕袖。大父察對之。指其首曰。兒早慧。文刻苦厲志。吾有望矣。年十九。補弟子員。旋食餼。生而授徒。修入儉甚。然悉以奉母鞠弟。性善飲。嘗大醉。母胡太宜人戒之。即痛自挹責。請自今飲毋過五六酌。終身不及亂。中歲以後。賓筵歡會。飲至五六酌輒止。或强之則流涕舉遺訓。座客爲之改容。嘉慶丁卯舉于鄉。狀爲弟授室。與伯兄同爨而居。太宜人沒。公感愴少孤。哀毀倍至。丙戌大挑。以知縣分山東。凡權肥城、武城、新泰、費、張。補海豐。調荷澤。公于吏治精敏。然不純任威猛。務在懲暴集。安柔良。令行禁止。吏不容奸而已。嘗謂獨見。期在必伸。不爲大吏喜怒奪。不以己得喪寵辱措

意雖責責之勇莫莫逞。海豐斥鹵，五穀不生。民食草根。公曰：是
堪重困耶。悉罷徭役。勸興魚鹽。即私販亦縱遣之。期年政清。三
年民無菜色。荷澤泗。曹郡城中地孔道。東款亳。南接豫。北介
魏。雜民所居。騾馬操利。及白晝剽人于道者不絕。盜魁趙董李
輩。皆
嚴旨搜捕未獲者。公下車則捕得如寄。餘黨遠竄。至千里無盜。
乃以其暇嚴守陲。興農田。課學校。風氣翕然也。已何定。陶獄起。往
嘉慶十八年。滑縣逆匪以邪教倡亂。擾及曹郡。既首逆督臺
羽黨伏誅。其無辜被汙者。一切訊釋。籍記具在。至道光十八年山左

捻軍遣弁逭定陶。令不禮焉。歸而流言定陶鉅野賊將起。捻軍
聞之懼。令私人往偵之。則羣舊籍無辜已釋者姓名。皆注王侯
將相于下。與賊黨自相罵詈者。捻軍遂取先年入告。仍遣前刺
史弓長往定陶。檄兵名捕之。至則導以邪教語。責其對。初猶懾慴。對不如
指則楚毒之至斃。積尸狼藉。對如指者即誣以真賊。檻致捻軍
所命鞫。訊皆望風希旨。而大拉取鉗網鍛鍊。不承則斬。無不立承者。
又檄循捕其黨。株連蔓引。定陶鉅野曹單鄆濮間。荷怙騷然
矣。荷降者亦被檄名捕。戎首三十餘人。皆鄉里目為善士者也。公傷
之曰。與殺無辜。不如殺令。寢不捕。捻軍怒其沮撓。將坐以罪。

郡守促之。公曰、安有坐視無辜之民陷之死地不一救也。守曰、開府意決。子毋然。守不能抗。今子何有。子即被劾去。後令來此、奚終無生理。子毋然。公退憤甚。獨居深念累日。忽大喜曰、得之矣。不有廉訪使者乎。大府受欺。廉訪豈受欺者。以情哀之、當可動。即晝夜馳赴濟南。叩臬使轅上謁。見、伏地泣不止。廉訪強起之。乃具白曹民無辜狀。廉訪悟。曰。大府意不可回。汝邑名捕諸人、得無已逸。公曰、檄下。外未出者且荷澤民于令、義父子、必不逸。廉訪曰、君歸、速逮諸人至吾處、吾親訊、且雪之。必不付大府私人鞫也。公頓首曰、如教。今三十餘人皆逮至。果得釋。它邑逮至者皆得釋。按軍衛之無以難也。公亦以往返冒

甚雨。遂患痺。印稱痛之良。越月紹仁成進士。入翰林。公考滿曹
郡。賀母謂公陰德不爽。公曰偶然耳。吾行吾素。敢責報乎。竟歸。
吏民送者哭失聲。至家則季文雲舫公卒已久矣。兄弟均前
卒。惟仲文際田公自武昌來援歸。公喜甚。爲置宅迎養。慈之不
倦。没而喪之葬之。孝兄子同居。撫養己子。親黨故交子孫之貧乏。皆加
厚卹。退採橐中之餘金。然不改其樂。咸豐之甲寅盜踞邑城。火公屋
殆盡。衣糧掇拾之遺。思不介意。惟以世難未夷爲憂。疾作。不呼醫。
不飲藥。曰命。豈扁和所能回。以咸豐九年己未九月十三日丑時卒。
年七十有八。以子貴。

晉封朝議大夫，妣朱太恭人。子六人：長紹鑑，早卒；次紹伯，道光辛丑進士，前翰林院庶吉士，改户部主事；次紹儀，太學生；並朱太恭人出。次某某，側室李氏出。紹仁等以某年月日葬邑東郭外祖塋之東。銘曰：

涕泣抱牘爭，豈計大僚怒。纍纍死囚悉詿誤，君見駢首就刀鋸。殺人媚人，吾何安？誅民昌若，諫寧去。故嗚呼！敢言人所難，吾民活矣。歸掛冠，天不慭遺。歸真塋域，百世高車式公陰德。

跋如冠九觀詧自西山卧佛寺移奉

先師遺像歸闕里紀之冊後

冠九觀詧。因閱讀曲阜孔君繡山之請。毅然詣西山卧佛寺假

乞以將寫至所寓

先師為魯司寇時像。復藉繡山歸之 衍聖公府。將免老釋

雜處。予詳繡山及觀察所作記中。遂裝冊徵題焉。觀察往在

楚北郡。宗有契。今以持節仍來鄂州。出此冊相示。相以寫觀後

世昔吾道彰也。老釋而已。流及究衰。怪妄叢興。乃有鼓舌相枉

倍譎也。軋二氏駕其上。彼二氏何足惜。今且駸駸將凌蔑吾道。舉

一世風俗以術而陷溺之。豈不大可懼乎。昔吾夫子為魯司寇時。七日而誅少正卯。今此猖狂倍譎者。其儔侶萬倍于少正卯。使生當時。伏而觀之。誅不待七日決矣。然今也斧鉞不及施。雷霆鬼神不加譴。彼其勢方橫甚。則奈何。曰、拒放者。峻其墉。障川者。儲其防。亦等吾夫子之道也。者其道嘗并者其類。老釋且不敢雜。況下于老釋者乎。夫道何道也。人之大倫。五帝三王之大經大法也。由其道則人也。背其道則禽也。禽者又何誅焉。天理之在時或息。人心之在時或亡。吾于道以扶天理。以正人心。俟彼凶醜。漸衰自歸澌滅。吾道固終古常新也。觀祭秩益崇。施益廣。本衛道之心。與當世

維持曾晰之。道其不終晦矣乎。柏以承命為跋。兜重有感于世

變。因致所願望于觀察此。竊不禁其言之長也。

上左制軍書　六月廿六日

今春兩當牋記，知。未審上徹清覽否。茲乃方勞。不敢望賜答也。晉謁之命旌下。他人以為異數。麾下視之直若固有耳。故不復勝賀。此境強寇。以麾下才略。於畢驅除。無難焉者。尚望姑留此一路。為金陵餘孽作檻穽。待其投死。乃一舉殲旃。可無遺育矣。柏以才性迂踈。然好為大計。如鄉人其李元忠之流。未必盡中乎機。特卒臆妄言耳。麾下幸亮之也。茲有黑齒頗相啟告。自審必招嗤鄙。然狂態之發、不自禁也。麾下覽而財擇焉。其亦可矣。竊念三吳財賦之重。天下未有其比。起于明高皇帝以吳民為張

士誠死守耳。夫以祖于吳民。誠有仇矣。我
朝于吳民。何仇之有。豈非狃於租賦羨衍。濟度支有所稽耶。
豈非國初大臣無蕭曹房杜其流耶。今自長蛇薦食。以東吳
民被荼毒最酷。一絲一粟。盡不得上供
天府。未能按籍而征也。賊雖橫虐。搜括無藝。然賦稅舊額則
不啻一歸而空之。役不肖之民。容有隱悟。其寬剔之惠。亦見矣。方
茲一旦反正。重開版籍。又將復初。牘牘之舊額。以為夏蕢。且不照賦
之遷平也。里之意謂如麾下者。可早行條奏。力請于
朝廷。及吳知民之利。潞也。先下。

論盡吾曰吳中苦毒痛深矣若得上天之助將帥之力誅其酋行
稱兇殘賊吾民者惟盡三吳賊類號為富重相保已久未經擾
定其令廷臣集議首加寬宥視兩廣江西為比重念吾民新罹
湯火務在矜卹而安全之如此三吳之民聞之感激泣下必人人
奮起而逐賊賊亦必奪氣遁走不煩兵而復地數千里賊即北
死拒將誰與同惡此收拾人心之一大機又宜前予降
勅不宜予從之御國文遺非常之變宜有非常之澤賑五百餘
年知行之寬大一旦事
盡知行之施之兵累亂中機要者之史籍傳為盛事如其賊平

之效 宮府上下相與加崇節儉何患財賦之不足哉竊謂如此

等大計今方鎮中執麾下莫能安其覆也明智之見以爲何如白

生海仙閔已陞致幕府其沈毅英俠文達政術後來之傑出也

一經陶鑄必能以文武自表見青萍從此長價矣篆筆頻煩伏

冀爲

國爲民以時自重 王柏心再拜

方存之文藁序

君子之有言。非得已也。其言有二。曰救世。曰策己。今夫去聖久遠。人心陷溺。猖狂妄行。泯泯且入于大亂。于是君子為之述百王之典。闡五常之原。距淫詖。卑霸顯。判別于人禽。操存于幾希。汲汲之辨論不少休。凡以救世爾。又謂託空言不如見行事也。凡道德仁義孝弟忠信之實。一一踐之于己。而又講求輔世長民之具。用則天下舉安。不用以待後之學者。夫然而其言出。能使邪說誣民之燄熄。人以由亂而之治。雖歷千百世。其大防猶屹然而罔敢踰。不亦救世者切。而策己者重矣乎。昔者孟荀韓歐之言是已。今之世人心陷溺。視周末唐宋又甚啟。周末唐宋之際人以學。則起于吾儒之中。因途而異趣。其偽者矜博辨。其放者祖元虛。相与識斥儒先。滅裂微言。舉切近焉𡨴身以体用之學。而厭聞不道。至其末流。正学汩沒。大道茀塞。于是浮游庸闇者。挾其希世詭遇之術。乾沒榮利。一切學術節行。人才陵夷。日相從而入于齷齪卑陋。甚者舉四維之防而決裂之。嗟夫。盜賊之敢于陸梁。四夷之敢于凌侮。豈非乘人心之自壞。而咆勃悍驁。遂至此極哉。然則君子處此。又安能忍于無言哉。桐城方君存之。蓋亦不得已而有言者也。君性行近古狷者。其閔世之心。与經世之願。獨摯學。而尤刻于繩己。身處衰世。推其悔以為由人心之自壞。

人心之自覺，以爲由俗儒力詆宋學，而自覺其學，因以覺及人心。所
并柏堂文續藁、候命錄，掇拾煨燼，什存三四。柏以雅聞君名
君一日并封題其藁，貽書徵序。柏以受而讀之，清厲虛刻，往復
有深致，其要歸于救世與榮已而已。嗟乎，天演人心之自覺，隨以覺
警之，將覺覺者得也，迷者不能警，覺將何由而得？君子不幸在
下，力不能救，覺則以言助天之警之。或與人心可返乎得，即不遠返
而一君子倡之，凡爲君子者相與和之，徐待天心之獻覺，是亦得人心
之大機也。不然，天下之覺，可得人心之覺不得，理洪水猛獸，且接跡
于無形也。彼孟荀韓歐之言，亦豈得已哉！然以君視四子者，則以緣

苦而力臻雅矣。

跋王文成手書君子亭記長卷

右王文成手書君子亭記。蓋謫龍場時作。夫險阻之來。豪傑所以為功名。聖賢所以為德業。文成其豪傑而聖賢也。昔者重華之納風雷。文王之囚羑里。周公遭狼跋。宣聖厄陳蔡。其為險阻也多矣。然履屯蹇而終濟。遇明夷而不晦者。惟君子惕厲。故其道平大亨以正也。文成之處患難夷狄。亦用是道爾。世但震其擒逆濠平叛徭。以為儒者中有文武方略。機智之勇決。莫若文成。不知操存鎮定。皆得之龍場驛中。當其少年為郎時。一日策馬出關外。遍覽戰守形勢。詣闕條上兵事。使即見用。豈不足樹勳中外。然孔進之憂危坎壈。震撼摧挫。益底于韜養深沈。則功名雖盛。德業未必崇也。嗟乎。上智如文成。猶借資險阻。況挾中材而蒙晏安哉。方伯厲公伯符。新得此卷。絕珍重之。命相以識諸末。文成書出入二王。是卷遒逸超勁。決為真蹟無疑。方伯重文成者。尤慕其功名德業。識者友而取法焉。相以卜方伯之功名日以盛。德業日以崇。記中所稱君子者。庶幾將復見之。

与聶燿卿書

吴中無事。取永叔集疾讀一過。大氐英達疏暢。約之至理。要當人心。其宗六經。祖仁義。與退之同。唯不假氣焰凌轢。獨以情味引人入勝。與退之異耳。説易説詩。多補漢儒所未及。金石之文。間要有法。其去取襃貶皆不妄。論事之文。往往深切著明。論朋黨策。西事。浚河狀。于利害皆驗若燭照而數計也。臺諫章奏。濮論尤多。序記之文。觸處肖形。因物賦質。殆合天巧。蓋永叔爲人。見地高遠明決。其發之政事文章者皆然也。作五代史。真見春秋大意。自左氏司馬子長皆未逮此。或者不察。舉其小小紕謬。詆其大知。又但先之道略。是烏足與窺褒貶微文哉。濮議一事。當時賢者多以永叔為過執。然細考之公所執典據甚正。原未嘗誤。但彼正稱親之名耳。非有立之廟稱宗。如明代世宗君臣之失。然已不免譏議叢集矣。願與讀公集者平心質之。

譚荔仙詩序

湘潭譚子荔仙，受性獨好為詩。其所遊歷乎境，則兩粵三楚，山陟蒼梧、羅浮、匡廬之峻，水涉南海、桂林、洞庭、江漢、彭蠡之大且險。其所從事，則擔簦躡屩，傭書廡下，褶袴伏劍，起而從軍，草檄毳幙，擊楫戈船，鋒矢交于前，死傷枕于側，羈旅孤慘，怛可驚可愕。他人不暇措意者，君獨跌宕酣嬉，一寓之于詩。詩好也，獨微窮精，覃思，渺神，茫養，木雞，吳繯，蒼鷹，縱也，梯危，躡險，句劃字削，務闢徑路于無可攀躋之境。至其成之也，則雷迅霆擊，勢啟甚榮，龍華樾鬱然而捕，蝦蟾回翔而舞，鸞旋，極于雄峭奇肆而後已，亦其性使然也。君裒所為詩若干卷，將就予商其數年矣。今來南郡，將出梓本東，而且命為序。昔荀卿氏有言曰：不誠則不獨，不獨則不形。稷之稼，夔之樂，羿之射，造父之御，終身一而絕千古而無兩者，誠故也。惟性能誠，誠之其終歸于性而已矣。今君之為詩，憂喜得喪，莫變于前，無所移易，獨嗜詩不輟，視世之汲汲殖財產、營仕官者，其專摯且百倍過之。又其為律，孤詣獨造，往往驚絕今者，固已冥東野、凌閬仙、軼玉溪、蹈文昌。雖有縋鑿過深，痕迹未化者，要之孑然自拔，唾棄凡近，而閒精矘眄于太清之表，非誠于性者，何以有是乎？莊叟稱墨子真天下之好也，雖雖槁不舍也。才士也知。而于畏亦能。

同年李秉雪都轉詩序

蜀之產才多奇。與其山水稱。自相如、褒、雄、伯玉、太白、眉山父子，至明升菴楊氏，皆踔冠世。今而宜賓李秉雪都轉，復以能詩勃發于近代。信乎蜀才之多奇也。君擢南宮，爲令江左，有聲。從而入楚，則賊氛四熾，楚境什九荆棘矣。浮沉於代，竄亂從鹿宅。最後受知開府胡文忠公。凡大措置，多與之謀。或屬草檄，專以餽餫任之君。士氣益銳，軍實益豐。閭閻無怨聲，同僚無異言。文忠屢疏薦之，將倚以自代，若劉征南之于陶、桓公也。已而文忠薨，無幾何，君亦積勞不起，垂沒，出所為詩，授其子廑如，持詣相以選定之。相以與君同年，初未識面，今取讀其詩，君蘊民世而用之不窮。然余獨見其詩。才鋒神雋。如秉干將之躍。當機立斷。文益之以卷軸華藻。故驚逸雄放。見其霄悸失次。相以讀君詩。皆擾攘喪亂中作。究服其才。尤歎其憂閔矜惻。與古風詩合。誠賢人君子之用心也。古之民財甚富。民于征伐時為難。民于久用兵之日尤難。昔者鄭侯轉閩中餉財五年耳。唐建中貞元間行師亂久。財雖專倚江淮。然劉晏所進歲不過五百萬緡。上下若僅僅一方之難。如聚兵十數年。養士馬數十萬。歲糜餉六七百萬緡以上。又取其荒殘焚掠之區。巨猾所竊處。土寇所據竅。丞于傾膏漉髓。征歛不休。此時佐籌筆、供飛輓。為難尤極矣。然而餘之扶秋。

豈其才不逮古人哉亦忍而行之歟嗟乎仁人要此還吾軍實歸于皆
腹吾民生則痛心疾首特以濟卿運其救時之才倚之以實然倡之
以公廉勝忿懲忿竭精可也之令將不得已之意庶乎軍興之民
命少息吾所得專者擴之卿之吾所不得專者退而賦詩諷切以
致其咨嗟涕洟為民告哀之意而已此其作詩本旨也嗟夫世有
起焭權躡通華力行撟克律之以奇才自負其視其用意何徑
庭哉惜乎其才不得大用而僅施之一邑又不能盡行其意而
徒之退託之詩讀其詩者太息久之然但以文藻豪俊許之與寫中
纍替代興殆亂省其之深也

誥授通議大夫　晉封資政大夫　賞戴花翎署河東河道總督予加按

察使銜河南分守河北兵備道玉峰蔣公墓誌銘

公諱啟敭。姓蔣氏。字雅叔。號玉峰。世爲廣西全州人。系出西漢大司馬安陽恭侯。宋以來、衣冠甲一州。所稱梅潭蔣氏是也。八世至公皆科第相承。高祖諱尚謙。康熙甲子舉人。陝西安定縣知縣。曾祖諱趨秀。雍正壬子舉人。河南泌陽縣知縣。祖諱振閭。乾隆壬申恩科舉人。陝西安定、四川平武、直隸新樂吳橋等縣知縣。候升知州。考諱勵常。乾隆庚子副貢生。丙午舉人。融縣訓導。三世皆以公貴。贈如官。訓導公有子三。公其仲也。早慧。九歲善屬文。

年十三。試奇用童子冠其軍。十五補博士弟子第一。學使井熙詩
寵異之。公承訓導公之教。學殖倬然。厥後起家為循吏。為勞
臣。果不負所學云。嘉慶丙子舉于鄉。道光壬午成進士。以知縣
銓發江西。權廣昌、德興、會昌。補新城。調贛縣。敘獲盜功以知州
升用。攝永豐。服除。再補貴溪。調南昌。用卓薦擢定南廳同知。
權義寧、寧都二州。補南昌同知。權饒州、廣信二郡。循捐米京倉
敘。以知府銜。復循捐敘。以升道。旋再署江西鹽法道。
簡授河南河北兵備道。奉檄入大梁。主軍興供張。賊至。佐城
守有功。

賞戴花翎。加按察使銜。河帥奏。
詔行河督至。坐河溢鐫秩。仍令自効。加。旋復原官。疾作。卒陳橋
工次。年六十有二。其官自知縣游擢至監司。署河東河道總督。
其階自通議大夫至資政大夫。江右鄉闈分校者二。監試者二。提
調者二。公吏績多在江右。凡三至。興田水利。學校教化。靡不舉。民
户而親之。擇其大者。在議議与處置。卓絶邑人遠甚。于贛作贛
郡利病。言害民有三。曰會匪盗賊塩梟。三者急則合。緩則散。治
之之法有四。曰寛處分。籌經費。聯保甲。興文學。大府韙其説。鄰
邑龍南大姓廖李世争山為仇。令往封閉。以廖悍。李憤投石誤

傷令。走白守請兵。公亟謁守。曰、吏往足縛獻。不煩兵也。守曰、孰可。即自請行。先使吏諷告之。諸報誠叩頭曰、惟命。至則縶倡噪者六人還。闔村帖然。江右郭外歲冬設廠行糜粥待貧者。人日給籌予簞食。南昌新建二令主之。或請易錢。會浙北流民大至。大府令復行粥。公請別議賑。不聽。赴者至十二萬人。不能給。呼號踣藉。死者相枕。洶洶且入城。大吏議閉城授兵。公爭曰、是驅使亂也。請罷粥給錢。亟榜通衢。剋期分棚。如其言乃定。漕之訌也。起于銀貴。道光丁未、臨川民聚城下讙呶。守令白請兵。中丞吳公遣公往。開誠曉譬。平其兑納。民歡呼載道。比年樂川等邑相糾以僨事譁。貴溪尤甚。公適權廣信。但捕逮鼓衆者。餘不問。大吏咎其寬縱。吳公亦惑焉。或勸且勉從。公曰、卻、貴、吏又持之急。昔困民、稍不困耶。奈何遂目為群逆。吾非市恩。亦不敢避責於竟。移公南昌。使徽長甯崇義會匪獄。吳公徐閱公言。大悟。以貴溪獄付公。僅論四人死。其會匪連坐亦多從輕比。全活無算。此其尤石砥廣大者。他不勝數也。公歸爲逆于政。乃其至事亦傳。在江西拒梅圍賊。於壯而老。在大梁值坡相琦善公充　欽差大臣。督師南下。調發供億。悉倚公。倉卒無祛舍。一切辦治。已而逆賊由歸德犯大梁。犄軍他出。或諷公盍避任。公不可。偕自吏乘墉。日夕拒守。賊氣奪去。

則率師決新隄遏之，而河北縣莊會起，藉團練抗租殺。公進議曰：是亂江右比。彼民困之，其宜恤；鄰感以兵必變。此民悍之，其宜懲；不懾以兵，且亂。當予其不納，由是禍大熾，卒重用兵。公亦馳赴驅勦撫，乃得平。論者見公儒生，不意膽智剛斷如是，咸大驚異。亂以授[受]河務。連值洚洞，又窘度支，防不可為。咸豐甲寅伏汛大漲，漂堞埽防盡。公露坐堤上不去，僅一老兵侍，隄頹蟄，已半矣。比明兵役復集，乃貸料于民，捷以三晝夜，隄卒完。次年權河督，甫十日，夜大風雨，蘭陽隄決，公馳至自劾。上雖予譴，仍責修効。丙辰五月，河帥上公勤勞狀。

詔復其職。公衔
上寬仁，又念父子叫
國恩。益感奮身瘁宣防。其年六月疾革。伏枕處分，皆以河事。
惟以決口未塞為憾。竟卒于工次。著有問梅軒詩文集、宦海一覽。
袁士彙編。他論撰甚多。公讀書緣飾儒雅。德興邑先儒余瀚文
子從朱子遊。舊志載理學為私憾，并削去。公復補入之。浮梁金、珠
鄭二姓。互訟其祖。公據新唐書。證名為其西。有功德于民也。兩家
悅而服。公居官以至一。手誠不苟。有禍福處察友上良。依于如怨不紛
有慊怨。至親孝。訓導公沒。廬墓三年。兄弟友愛。無私財。置義

莊賤族。里壘待以畢火井數十家。葺家乘、尤合史法。配時夫人。
誥封夫人。側室張氏、謝氏。
封宜人。子六。長琦齡。道光庚子進士。翰林院編修。歷官順天府府尹。次
琦、杭州庠生。先公卒。次珣。候選同知。次瑰。覽拔貢。候選通判。次
琦峰。早殤。次琦清。候選同知。女二。長適同里陸九品雷震妻。早卒。
次殤。孫四。宗英榮英冠英拔舉衛候選通判。女孫九。公葬某原柏以
為公長君禮闈分校所得士。承命撰君誌。惟公吏能比尹翁歸。
而文雅過之。功德比韋丹。而威略過之。又勤其官而後宜銘。以示
無窮。銘曰。

備文武。惟所施。民與兵。罔不協。肩勞勩。歩險夷。順騰上。捷石留。苞勤而。不懈遺。子承構。挺皋夔。世濟美。耀昆孫。封馬鬣。粤山陲。納元壤。鐫此辭。千百世。良吏師。

大京兆金州蔣先生詩序

同治元年冬。大京兆金州蔣先生。既奉

詔歸養。維舟桂頭。出自爲詩若干冊。授柏以商校。且命序其

大指。先生自出守後、始爲詩。距今財七年耳。初以清永沖集

爲主。巳庚以後。則遒而厚。鬱而深。雄直而豪宕。閎闊變眩。渾

茫無際。震駭以爲目所未見。何感之速而奇軼絕塵如是。竊嘗

探其本矣。古今能言之選。不自言求之。蓋有天焉。不是已。有源焉。

歷代作者傑製是已。有所積而充之者焉。忠孝大節。與其學識是

已。才與源孫眾所同。積而充之。亦奇傑莫厲。三者不具。終日言

無當也。三者具。不言則已。言則未有不居古今能言之極選也。今

夫鮫蜃馮陵。游偪郊畿。

人主孤立于上。數小人煬蔽于側。玉倉皇爲去

國是

狩之謀。此乾坤何等時哉。先生時在都。未除服。疾草萬數

千言。請

幸三晉。固根本。趨叩

宫門。格不得上。則單騎度太行。奔晉陽。糾合守臣。及在籍故

相。議起師迎

篤。以并州爲
行在。所謀嘗矣。予竟不果。踰歲有
長湖之慟。先生遂乞營僑居上虞。會
嗣皇纂統。率
兩宮旋蹕神京。臯人伏讀。親賢夾輔。先生亦爲
國家彌成
郵詔。自澤州馳進
中興十二策。
上嘉悅。

徵君毋再先生堅守孝志。上不忍強也。優詔從之。乃奉太夫人自晉至楚。將寓居衡永間。友前毋之謀。則唐裴冕請肅宗幸靈武。宋宗澤請高宗幸汴京之策也。從毋之策。則以朱子之學。爲宣公之言也。雖不在位。而惓惓君父。所建白動關天下大計。此其忠孝氣識。豈不誠奇傑乎哉。憂愁之感歎。悲怨之款款。章疏所不能盡洩。則發憤而寓諸詩。先生即不爲詩。已卓然踞名臣之右矣。況其詩又至工。無他。積而充然。莫非忠孝之氣識故也。彼受才之獨厚。導源之獨正。特其餘耳。不爾嗟乎。先生之為詩。與其詩之蒼涼頓挫。壯偉超忽。由不得已行其志。乃知。向使濩容翊贊。不逢厄會。則可不為詩。即為之亦不能變詣若是。然則推先生之入能言之極選。殆非先生本志也歟。柏以忝出先生之門。稍述之盛。識陽阿所好。謹安昭大指。以俟海內識者共論之。

明故義士李伯綸先生墓碑 并銘

江陵有前明義士李伯綸先生，率鄉人拒闖賊，戰死于龍灣市之大河口。邑乘闕載。今其裔孫奎乃偕都人士具以其事白邑侯，申大府，上之朝，請旌祀邑忠義祠。既請，遂刊石表諸墓，屬柏以文以紀之。謹按先生諱令申，伯綸其字也。居江陵龍灣市者，名若明開州知州。先生其七子。開州公以循吏聞，所與皆一時名人。先生少承家訓，篤志于學，早補弟子員。父執諸長老皆目之爲偉器。性嚴整，誨子弟及學徒，必以忠孝大節。惻隱好施，絕無恡色。值明季大亂，督井里丁壯爲團，日夕訓練，共圖保衛。人皆樂爲約束。何

闖賊至。偵云賊騎數百。先生留衆守村砦。自率數百人當其
躍馬疾馳禦之。鏖戰良久。所殺傷甚多。賊披靡走去。逐之
至大河口壯。賊分隊大至。衆寡不敵。猛大呼奮擊。自晡至夜分
力竭。麾衆速保村隘。曰吾不。返。矣。策馬臨陣。僕李長林從之。遂
俱殞。壽年三十有三。時崇禎癸未冬十一月十七夜子也。賊退。諸弟就戰
所覓遺骸葬焉。則今訛灣沱子口西岸山麓我高家者是。
國朝道光六年。邑人請于學使露九五。以義烈堪欽題其廬。至同治二年。
某月日乃入祠忠義。至相傳考明末大盜縱橫。覆沒郡國。一時方鎮。將
帥。棄師。山委甲。仗而走。且。降。均相望也。先生起名家子。僅以諸生。乃有。

封疆鎖鑰之責，不煩父老子弟委誅豺虎，集鋤耰少年，與之倡以大義自任，捍禦非常，用單弱脆懦之輩，不足角猰貐爪牙，而慷慨憤激，誓不與賊俱生，至于穴胸陷腦，膏血塗原野，齒骨委草莽不之悔。嗟乎，起彭儒生，于往訓壯烈，發于天性，孰能勇決若是？閱二百祀，載邑人談及遺事，猶想見英風毅槩，欷歔不置。嗟乎，豈非義士哉！若夫奇傑之行，蹈刃舍生，後世之稱，何計焉？然而俎豆蔡然，有國無設此，豈惟獎往，亦以勸來，令典誠不可廢也。惟吾子隔前代，我就論還，不以時異世踈殊，廿多吟域，則我朝曠蕩之思度越前古。尤為難值耶。揭而彰之。豈一邑是榮。繄百世下激勵勸慕毋是賴。銘曰。

奮襃衣兮援枹鼓。起制梃兮抗滔天。摩厲牙兮掣豺吻。目死瞑兮魂不旋。閱異代兮荷襃綸。架樹荔兮扃英烈。名不替兮氣如生。亘終古兮視此碣。

張瑋公詩序

竟陵三詩人，皆相以執友也。孝長詩雄豪，以氣勝者也；子重詩質厚，以思勝者也；瑋公詩善往復纏綿，獨以韻勝。孝長為人英岸俊偉，不屑小節；子重沈宗頹放；瑋公蘊藉恬雅，渾渾無町畦，與俗類處，能扶長而化其短，人尤暱就之。瑋公年稍長于吾輩，皆弟畜之。自成童後，才藻贍逸，名噪甚，受知於鮑侍御、朱文宗兩提學，寵深。見者驚為嚴徐東馬後生，然僅以選充優貢，用博士員注銓，久滯鄉舉，晚乃得南漳邑博，任滿謝歸，不踰年遂沒。其詩秀逸雋永，情興婉愜，此殆得于所性也。文益以宏覽博聞，壯也浸淫魏晉

三唐見而況溢于樂天眉山劍南諸家若係物情宛轉比附範華而護
而神味恆溢于篇章之表其標韻獨勝當瑋公壯盛之年俊譽
初馳因時里閈中所與比膝並名者或往往掇巍科躋侍從入班資
船生持英雋聲華赫然播遠近瑋公顧頓歲棲之遂隊鵠袍中
蹶躓場屋者屢矣論者咸代為咨嗟瑋公則夷然如故肆力鉛
槧不少輟俯仰苦哉曩時雄兔高舉之倫次第凋謝榮名
華槁如槁葉飄風矣獨瑋公叢宿才穎覃思深造挺然為霜
後之松柏雖彼時通華貴顯對頌史了耳垂足攄其未名文章區
業韜之彌耀概彰之彌光蓋造物留以位置賢哲不輕畀也瑋公隨之

無恨。矣。孝長子重先後逝。歷數年瑋公乃從之。之而其嗣君作牧。鈔所著角山詩請相以序。生平執友淪落盡矣。瑰然存者。僅相以耳。惻愴不能，淚之何從也。操筆不忍下者歲之。孝長往謂予言。瑋公少時能為蘇長公之文。下筆數千言。衰衰不休。既而棄去。乃趨駢儷。本治經訓。暮年尤好易。自青田端木氏易指而善之。益加推證。長于陰陽卦象。路將續漢儒費氏京氏不傳之秘。時時為相以言之。相以不喻也。因人亦莫能解者。惜未見之論著。為長短句極肖南宋人。詩工晉唐人書。飄忽變動。矯若龍蛇。皆不論。獨論其詩。

傅孟谷遺類集序

理其衷於是而已。有是則有非。其蔽也，有似是而非者；其淆也，將求理之是則莫如能辨。能辨之後加，則不復憂乎蔽，而憂乎淆。夫理無兩是，其非其無所辨析也。甚似其則有不勝析者矣。不勝析則無終不定，理之明其且將晦矣。然則奈何？曰：約衆辨而衷之于是，庶幾定矣。宋儒為學，主于窮理。理至宋儒始大明。然而天下之辨也，蓋自此起。何者？其名甚高，其門徒甚盛。名高則相爭，徒盛則相詆。此猶不足憂也。惟其一二粹然大儒，同時同志，或各就其質性所近，與其學所從入者，并為論說羽翼聖經，皆衷于是。然其立言不無同中之異，大抵起于各有所見者所稱。而其後遂不相入。兩家門人。彼此互詆。若一姓之子。同室之人。而直操戈矛。至明代諸儒。分曹角立。猶兩家之說也。于是理之是非遂無可定。然試取兩家之說。平心潛味之。則其說未始不互相通。未嘗不可互相救。皆足以羽翼聖經。而衷乎是非也。特不能如聖言簡易。故末流遂生枝葉耳。江陵傅子嘉谷。讀書窮理數十年。取宋明兩代諸儒緒言。反復證析。得其相通與相救者。不惟其同與異。而惟其是。并為遺類集。羅列眾說。附以己意。持不相下以具徵序焉。相以固陋。未嘗從事性精微之學。然以嘗傳子用意之善。能使諸儒眾說。合同而化。歸于羽翼聖經。重衷諸是。諸儒有功聖經。傳子又有功諸儒。以辨息辨。互相通也。以互相救。理之是非。庶幾于此編而定矣乎。

龔子貞學博詩序

吾友龔君子貞少而踈傲負狂名君則自認爲狂究因鄉舉入貲詮
選以鍾祥邑博大吏以爲狂而罷之君亦負氣歸天下高才之士其黨
遠坎驗于役其言切坷中于至其筆盛坎牾于衆子世甚三其狂之名
所由起也狷也驁僻也簡率也已而被狂名然雖見容于世矣嗟乎賢
太傅劉司空所議論因相目以爲狂由千載下觀之但見其忠讜
而在當時不免于難抑嗟乎此屈原所以流放而申徒鮑焦之流所以
甘湛淵立槁而不悔者也前是襄咸豐壬子使其募兵襄陽君上書
幕府條陳戰守宜畧數千言使其善之而未行柏以今歲乃見其

豪。大異之。所指危如老將。當時名聞匡言。鄂圍解而粤逆已殄于埜矣。豈今來南陲浣至令。嗟乎。誰謂子兒。獨無。君近出鈔所著古今体詩。書抵相以徵序焉。相以鄧文君賢兄木民太守。君猶童子也。已能為謦語。其後君乃出省兄于金閶白門。因徧覽吳越山水。家世豪俊。已又出梁宋。度虎牢函谷潼關。瞭眺華嶽。西逾七如。登連雲棧。入劍閣。至成都。遂泛舟涉瞿塘灩澦。下三峽。而哭兄于吳會。乃返里門。岌岌然以廣文騎馬到官。則粤氛方熾。捕擒竄伏。僅乃得脫。竟以罷歸。跡君生平。大抵貧窶羈旅水濱兵戎之日居多。其為詩蒼涼沈鬱。与境相稱。木民以才人為外吏。收華太早。

而其晚出竄斥，筋骨強而風格峻。雖被狂名。至其詩則無有能譏之者。相以觀其才識。堪濟時用。即其亦澈歸自免。乃僅僅以言表見者。近不得展。今欲而洩之詩。誠可深惜。然近世隆之貴顯者。忽焉滅沒。既不足挂齒牙間。即二三卓犖雄駿之流。以文出拔起。登壇伏節。或不幸橫尸裹革。化為鬼燐。供億萬世之唏噓攬涕。獨其以支離散棄之身。傳述井里。嘯歌自得。未嘗犯者。且其惟未嘗用世。尚以狂名。使其獲用。以狂取咎也必矣。然天以佚其者全其也。然而世有識者。則決不以其為狂。

王小雲詞序

大竹王小雲、以童年舉于鄉。與其兄魯之並名噪長安。世方之二陸。魯之蹭蹬爲外吏以殁。小雲偃蹇公車。客死中道。海内識與不識。無不高其才而悲其遇者。小雲既下世。其同邑江曉帆先生爲掇遺詩梓之。黔中唐子方孝廉訪。得曉帆先生書、乞取其詞藁。授相以别擇之。將謀剞劂。未果而難作。幾失之矣。竟獲全。觀察嚴公渭春者。小雲鄉人也。持節蒞荆南。相以語及之。公曰、吾任其梓。子爲其序可乎。既承命。乃序之曰。小雲于詩以奇氣爲主。不規規倚格。詞亦稱。瑧基大辟一闋。宏雄宕。他亦豪逸

也。往往不減秋軒。說佛。又好作情語。抑揚悽惋。大類屯田、方回之
作。小雲為人寡言笑。倚簞憚焉屢動。至性過人。自謂仗節
死難。當無怍。嘗與魯之扶櫬奉母遊蜀。舟艤鄂渚。故善其
鄉劉孝長。相以因自識君昆季。偕遊漢陽山寺。酒酣日落。銜
風大作。怒濤如山立。小雲疾呼艓子渡江。衆起留之。不可。曰吾適
憶母。當往看之。遂挐舟。破浪。逶迤之。如鳧鷖出沒。而竟達
其涘。屢舉不第。益鬱鬱無所施。則日酣飲。或怒馬挾弓矢
從少年遊獵。竟坎坷以終。嗟乎。同時齎油素。濡柔翰者。相
繼登石渠。秉旄乘傳。君獨見棄良時。銷壯氣于高歌狂醉。

當其快意擂處。揮于壁上。淋漓弦函。以玉枕藉。不自愛惜。沒而遺編零落。幾至湮淪。幸遇嚴公拂拭而表章之。俾世謹者有王山雲其人者。則又歎古今瑰奇之士。埋光剷彩。終于瓦礫同歸者。爲不少也。詞凡二百餘闋。汰而存之。得七十六首。此不足盡君和然覽者可以得其概矣。

邊袖石方伯健修堂詩序

邊子袖石、与相以先後入長洲侍郎陶公幕。陶公嘗語人曰：吾于燕楚得兩奇士。次而兩人均。比歲並牒進登于朝。邊子獨用才名。入踐石渠。由是納交恨晚。得盡讀所為古今体詩。踰年相以假歸。邊子擢樞之金馬也。未幾粵賊起。東南大兇。烽火逼大河南北。邊子以其間典試擢給諫。寒帷持節游歷藩輸矣。先是邊子從申陽。梓所著健修堂詩。寓書招相以高推。屬為之序。不果往。乃既梓本貽和。復徵序焉。讀更卒業。則為之述曰。詩之肇興盛矣哉。然其傑者代不數人。邊子其預于此數者乎。挺

忼慨悲歌之地天性亮直愛才俊拔淹貫典籍神解超悟自束髮
逮中歲起絕甕至方丘篤好爲詩未嘗一日輟其役觴于朝野爲
賓人才用舍凡所以攄忠款宣憤懣者一寄之詩夫古有仕進而才
退者矣有愁苦易工懽愉難好者矣何遜子貴而以詩獨勤且工也今
夫惻怛忠孝爽亮耿介之懷結于內而不可以而變也禁抑以書通塞壽
顯晦之境乘于外百變而未始有定也世之爲詩者役于外以撓其內
能和有進退乃以有移易極爾遜子視榮遇若儻來適之然不出
其可喜忽驚咢怪奇吾中所欲言者無使堙鬱故其高者抗
霄漢闊者包宙合雄者攝山嶽而處清婉切者若風雨夜鳴絲竹造

進也較困約時每變愈工是非有它也積乎內者日以深固外至者莫能
奪焉且名位彌崇旨趣彌近澹仰纏儒骨肉性坐林泉死末不渝
初志以是岩遇子襟懷盡矣雖它日身繫安危勳名蓋天下其澹泊
拙之今日矣蓋古來豪傑名世之流駿功茂實海內望之如斗就乘
霧席窮之頹睨林藪變化威神不可摽擬而其人其中情意致蕭然
無與謝太傅功高百辟情在一邱知其傳於宜乎謀暮之悶澤而
宏達也然則讀遇子詩推其胸次殆未易量也已柏以老矣將訪舊
梁園相與尋高李吹臺以展契闊顧念是褒然並辱名賢貴契遇
子方以股肱夾輔今閱歷四國其吟咏拙且為

昭代詩人人傑。相以則屬於一秃翁。窮廢無成，如往日也。以是停車

久未發。序竟。益默然於內愧云。

與胡蓮舫儀曹言兵事書 甲寅閏七月十七日作

蓮舫大弟閣下：日昨枉過眼上草堂，直道相左。聞述及侍郎呂公駐師徽郡，辱垂存問，有意乎其招延之也。呂公提孤軍不滿二萬，往以忠義激厲將士，親援枹鼓，一日鼓戰，大破賊于陳城陵磯下，斬其魁帥，焚其舟艦，追奔逐北，浮尸蔽江，偽黨驚潰，水陸東走。自軍興以來，以步擊衆，以弱摧強，未有如是之奇捷也。我軍乘銳雷建霆擊飆馳，不旬日即可廓清江漢，遂使楚北編氓脫鋒鏑，生湯火，晏然有安堵再造之樂，父子夫婦重相保聚，生得所養，死得所葬，此則呂公之大有造于楚北也。論者以為功可比周室桓知唐家李郭矣。凡大河以北。況吾公忠勤勝智。忘身徇國如此。雖在廢弱懦。猶當奮臂騰躍。請隸麾下。揮戈荷戟。前驅馘賊。計不返顧。以助敵愾同仇之義。況如柏以目擊宗邦淪陷。憂憤尤深。且于吾公又忝夙昔周旋之舊。茲復重以招致。共圖宏濟。當此需褰裳以赴。則孔亟也。但自審蠢愚。未諳兵略。況已老邁。又乏壯心。且草土餘生。憂戚荒迷之中。神智昏瞀。吾公亦安取此衰鈍之士而用之乎。逡巡却步。未能前往。方命之愆。尚希代白。至于數月以來。揣量賊情。料度軍勢。似有所見。謹詳言之。而藉吾子以聞于吾公焉。蓋古之名將。遇勝而持重者。有其故知。敵有良將。雖挫猛熾。其臨危遲疑。足以救敗。孫武所謂佯北勿追是也。敵在死地。殊死一戰。以圖倖勝。軍志所謂窮寇勿追。歸師勿遏是也。此皆不可輕犯而進蹴者也。今茲狂賊。皆犯此忌。本起于烏合狗偸。狙于屢戰輒克之威。乎來鈔略。鶻昇不息。其氣已驕。其備甚踈。其黨多懈怠。與黃公遇。連戰皆敗。偏帥見擒。衆無統率。群黨震懾。奔山谷之積險。喪膽奪氣。晝夜狂奔。夢寐惕息。皆以爲官軍旗鼓且至。其不能爲設伏誘敵之謀也明甚。方賊初至。有衆十餘萬。有舟五六千艘。及其敗也。人不及萬。舟不及千。乘我兵之銳。決計窮追。破竹之勢。無逾此時。知黃公所以當按兵未進也。竊揣其意，謂江中之賊雖敗，而南北兩岸，擂畱偽黨潛伏，乘間竊發，出而犄我之後，將分師旁剿，則兵力孤單，是以稍細未能徑進耳。今北岸自三江口至潯陽，訪悉陸地皆無賊與土匪。惟南岸蒲圻以下，各邑土匪，尚屬充斥，然止數千人而已，勢將竄入崇陽城中。聞軍門諸公已由彼路進剿，但下令薙髮投戈者，即為良民，不加誅戮，惟抗拒者必殺。被脅衆聞之，自然瓦解，可不戰而自走。餘均通行無阻矣。吾公率舟師由江路疾進，遇船即焚，遇賊即剿，追至夏口，賊必散走，即敢抗拒，不過奔入鄂州城中。賊死旦夕，計賊之留守鄂城者，大半驅掠老弱，雜以偽黨，彼此精粮，必無固志。長江又為我有，不可得糧。大軍一至，必降即潰。武漢兩郡，同時恢復，當不啻反掌也。計曾公據鄂，塔公必先取可進。制府之師，與林生天直所率團丁，亦當自漢水來會，共賊猶踞鄂，制府之師，足任攻剿，不煩曾公頓兵于此。為曾公計，第據上游之勢，裒糧得兵，徑率舟師鼓行東下，塔帥得南京義勇陸卯夾舟翼進。此時下游群賊，見傍党奔潰，懾于威聲，沿江屯壘，望風驚怖，鳥獸散。何暇坚壁拒險，更張螳臂，我軍順流進發，風行電邁，直指建康，出其不意。斯則將軍之兵，從天而降，疾雷不及掩耳之勢也。然後與向帥會師合攻。

覆彼巢穴。傳取元惡。檻送
闕下。獻俘告
廟。饗士策勳。釋
朝廷宵旰之憂。拯江表赤子于水火之中。巨寇殄平。後以兵
力次第掃蕩皖楚山藪。搜捕羣盜。撫其善良。而翦其凶獷。
如此則一舉殲賊。兵不留行。坐清數千里之氛翳
中興翼戴之功。孰有高于此者乎。夫時難得而易失。兵先聲
而後實。乃臨機不發。精兵遲撓。使百戰之賊。復收召散亡。扇
動信聚。養成凶勢。更與我抗。恐未易以歲月平也。昔周訪破

杜節。乘夜追之。諸將請待明。訪曰：賊驍勇能戰，宜及其衰乘之，可滅。鼓行而進。遂定汴洛。唐太宗破宋金剛，追之，一晝夜行二百餘里。劉弘基執轡而諫。太宗曰：功難成而易敗，機難得而易失。必乘此勢取之。若更淹留，使之計立備成，不可復攻矣。策馬而進。并州以平。古人決策，至明至速，以機會之來，間不容髮耳。今賊之威勢若此，何據何恃，而爲頓長靈却頤乎哉。螺山新陞賊兆結營之地，且賊已遠遁，追躡不可稍緩，直指三山，梟禽首惡，乃爲快耳。方今戡亂之日，惟倚君公。故敢盡言以告。又其北各郡及州邑，經賊攻陷，蹂躪尤甚。其急宜棄八鄙本年夏秋稅秘。所以蘇民瘼。所以固人心者也。雖由地方大吏爲政。然得吾公一語及之。
當可舉行必速。則仁言之利更溥矣。忩遽走筆。惟垂省覽
不宣。

復鄭友石太守書

友石仁弟執事。自庚申歲滄江風雪送別後。音問緬邈者六七載。如筈之離弦也。猶謂交友。皆不得聯翩。亦稿及權奇跅弛之士。所遇不合。悠悠風塵。誰能以頗牧相推也。特未嘗一劍橫腰。留滯何方耳。今秋七月，見筆鄭報，乃延安書。及軍中詩。且辱兼金見貺。報以消息。不覺距躍三百。就審爲傷題安寓。師中貞吉書。詞意謀長算。其見智略過人。詩亦高逼西京。不改才人本色。今金太傷東矣。謝以花門爲三秦大患。至今日乃潰癰決疣。幸其中無雄略雄傑之流。故僅成糜爛。不獨憐民暴骨如莽。即彼亦傷夷已極。死亡相當矣。以質見

度江方今之計不在深入痛勦以斬艾虔劉為武而在加略處置剛
柔以宜令彼仰我威信解仇釋憾乃遵約束不至跳梁反覆大
致安靖矣目前用兵芻糧需不易備一也然師遠阻多調客兵
風土不同至則思歸銳氣銷沮二也西戎異類部落蕃多一氣所
生誅鋤難盡三也三秦兵將什九皆回人陰陽首鼠俾我摟乃肘
腋之間懼生叵測四也且中原齊豫皖楚之腹心之地中于捻匪荊
棘載千里民不聊生未嘗遂能以歲月剪除者矣西陲兵如手
兵不解恐姦人乘隙而起更煽他變兵久變生此亦不可不長慮
郁頗坳也延州為秦之壯遒偏近銀夏麟府靈武大抵皆塞范

文正所經營者也考其措置亦和通融屯設戍羈縻戎羌使威惠
並施耕犁並興足國通原藩籬而已以執子才畢勇兇酋罕以
破其心膽又使保塞諸羌長依耕牧而上郡赤子皆晏然無烽
燧鼓鼙之警今塞上重兵屯護御邊亦倚烈郡相以嘗窮籌
秦地經畧籌回之策者在
開國初以兵威節驅回族霧之玉門關外誠為上計今則兵力不
逮矣但誅其叛者撫其柔良分別鄉堡無令漢回雜處擇彼
族之彊而為衆所信服者使以什伍之法自約其類子耕耘畜牧
者為善類條以告于良吏加獎勵焉結黨羣加兩毆劫盜者為

和前條所告知良吏而徵責每禁擇民之要俗生人回村挾嫌滋
乃而凡關隘險阻皆置戍設防申儆守望日久略識偏鋒爭競
不起自可相安無事或六飛出之中訃其不權彼已不量時勢
往事很[恨]幾直下第恥執事謂此言何如也忽忽走筆復頌升祺
惟亮詧不宣

郭蔓臣太史集序

澴川郭蔓臣太史，以雋才速藻，震於名場，遂入詞曹，今謂膺上速化者，宜莫若君。久之，骯髒不得志，晚乃循資得宮察，貧甚，假歸。未有嗣息，以宗人之子爲後。君喜吟詩，不自愛惜，脫稿隨手棄去。今年孤乃蒐輯鈔存，得若干首，尚有失墜脫句在中，並館課諸作亦與焉。他散佚者多矣。以相以與君爲文字深契，屬檢校，且請序。相以當道光甲乙兩歲與君過從都中，辱賀監之知，遂相訓勗。相以已歸，君執手唏噓。後數年君亦歸，搖柩過南郡，談終日，臨別去。未幾，遂聞君不起。君詩警敏博贍，巧思輻輳，尤善翻出生面。酒甘以往，乘人門擅。離以詼諧。炙輠不窮。倅稍近俳。至其山水登臨之作。清妙夷澹。躋之古作者之林無愧也。君子四方利病宦通曉。其談政以設施。往往洞中窾要。惜無人知。知。知之者今

朝廷寵重其詞臣。歸為清選。為華要。入蓀遂者。澄容躡卿貳台輔無難者。次亦東英陽。揚旌旄。赫然為方鎮岳牧。以相所聞見。其起館閣驟貴而高舉者。才皆未有先于君者也。獨君陸沈宦久。未嘗一伸其志。既已鬱鬱無所施。則破其崖岸。稍自脫略。滌蕩胸臆。而謠詠衍趣。幾遭彈射。浩然告歸。竟阨窮

以死矣。既使之敭歷于承明東觀，宜其可順風而翔矣。又使之屏處邱園，阨窮以死，并其所續亦奪之。雖韋布繩甕之子困約亦不至如是。其爲可怨孰甚焉。造物者之于君何前豐而後嗇歟。意者才之爲君累歟。然自君沒之後，大盜蹀血數千里，嚮時乘軒仗節之倫，往往身塞禍兇，舉宗淪沒，求如君之終牖下正邱首不可得。且君即不遽沒，而鄉國蕩沒，焚掠無留，不幸與鋒刃盡，亦所難料。乃君之怛化，不與豐兇相值。又有遺詩數百首光斗牛，劍氣森然，獨出兵燹之餘。然則造物于君甚嗇也，乃所以爲豐也。才不足累君，適足以重君于世，又轉爲君幸。相以

既校畢。復為序以解其怨。然我懷昔遊。愴念出巴。泣然不出
涕之何從矣。

春秋釋奠儀制錄序 代作

鄂城克復之次年。首修
聖宮。而廟在祀典者。亦以次繕葺。同治初元。某尋奉
命自豫州移撫楚。春秋釋奠。見祭器儀品。樂章佾舞。闕焉不
具。雖戎務頻煩。不暇遑及。然竊懼如劉向所云。因小不備而至大不備
者。非所以重祀典。助化理也。乃謀之節相官公。請按
皇朝頒發禮器樂器各圖式。次第增置。節相以為然。適徐司馬
自蜀來。手恭予講明寬久。遂以廟之一切修復。其樂舞節奏綴
兆。皆以詩前在闕里親詣肄者。授之樂工。既成。擇上丁舉用焉。凡襄

祀其咸格。共震動。郡學弟子奔走承事。卻立環觀。歎為盛事。
初。觀也。審而請刊圖勒為書。且謂某宜為之序。竊惟聖道之
大也。其先見於禮樂。禮樂之精也。散寓於器數。故曰安上治民莫善
於禮。移風易俗莫善於樂。文之所加也深。則武之所服也大。德之所
施也博。則威之所制也廣。蓋禮樂行而器數備。故化馳若神也。鄖
州承喪亂以邊。六更為之血。吏傷寬緩。雖崇吏治。修軍實邊
鄙不嘗。幸戰守皆有備矣。顧其民壯者伏戎矛。弱者供飛輓。
皇皇以捍邊圉為事。而學校之間。目不覩俎豆之事。耳不
聞筦磬笙鏞。積日累月。將舉飾文整容。脫略遺棄。泯然無

有存焉。是豈雍容和平氣象哉。且其桀驁恣睢爭鬥劫奪之習。由此起也。今為之引其秀良。使饜飫于威儀度數之中。浸淫于鏗鏘鼓舞之際。以志檢束。將悚然而自肅。精神條暢。將暢然而自和。肅則肆者斂。和則戾者平。潛移默動。由行省達之州郡下邑。由州郡下邑達之鄉曲委巷。觸風承化。家勉于忠孝。戶競于貞廉。災癘不生。祥和大洽。更於禮樂行而器數備之所致歟。昔鮑永為魯郡太守。遭赤眉亂後。闕里荊棘。無故自開。永乃率眾人會焉。行鄉射禮。由是俗化流聞。區區一郡守。致為若此。方今

聖神纂序。天贊
中興。陸梁反側，悉戡除且定矣。甲兵化爲干羽。此誠禮樂修明之
會也。某不敏。備員量吏。敢不仰承
法化。以祚邦爲海内率。先手訂編成。遂述其大意于簡端。

譚母余太孺人墓誌銘

嗟乎。自鄧經三陷。士女之引決者不勝計。璩辭。瓊。琳。相率。妻。柳烈。餕。嗟乎。豈非禮義之防嚴。際至深。雖閨幃皆能與志士同趨哉。今又得譚母余太孺人殉難矣。太孺人者。譚本中之本生母也。泣請于柏山曰。本中幼出嗣伯父母。後當吾母殉難。本中出館武昌。惟弟孟中侍。甚矣慘。其志完烈。吾子其闡之以辭。光于幽壤。死且不朽。乃按狀序之。太孺人江夏人也。考文炯。庠生。年十九歸候選縣丞如高先生。能曉以敬。處婦職也。和待姻鄰也。惠御婢媪也。寬以涵將物也。潔。生子四女二。譚氏本籍南雲。後乃附籍江夏。世以詩字記縣丞只恒遠館。家之妻太孺人。黽勉支持。多倚以辦。自其少時已解文義。
多誦前代賢媛事。後遇暇時。往往執卷瀏玩。尤喜呂新吾先生
集。采其可為家法者。呼要女講授之。咸豐二年十二月四日。粵賊
陷鄂。其長女及庶中娘侍側。長女請曰、兒與弟穎義不受辱。惟
死可以全節。兒弟當速免。往求文兒。子婦楊意亦同。太孺人曰。善。出
繩丈餘。裂為三分授之。長女及子婦楊趨樓上縊死。太孺人呼
庶中曰、吾亦死耳。汝視吾氣絕。移藏僻處。即速走求汝父及文
存譚氏宗祧。庶中伏地哭。則怒叱之曰、若欲殉我。乃昧大義。令我
無以下見舅姑。安在其為孝也。即自經于廚。庶中號慟昏絕。周

輔廷者，其次女亥也。適來探視，挽在中，軟語以賊為無城禁，疾去
可脫。相與坎地度尸，挾之出城，竟免。間閱十餘日，得達其父兄所。
次年正月，賊去，其兄弟奔還，歸視遺骸無恙，備櫬改斂，而葬
先塋之次。子婦楊裯卿以長女柩還吳氏，葬于字塘墓側。大
吏以事聞，詔
旌，得邀
褒卹，入祀昭忠祠，邦人以為榮。太孺人生于嘉慶己未九月五日，卒
時年五十有四。長女曰寶瑛，字吳氏子達甚，未行而婿死，遂往守貞，
臨難死焉。次女曰寶瑚，先姊以脫難死，其婿即周輔廷也。太孺人

懿行爲知。至其蹈義之勇。屹乎若植天柱而挈地維也。銘曰。婦德之祿。不出內則。孰謂橫流。有此毅加。軀命甚微。義不可忒。女及子婦。均無懦色。從死如歸。臨危不惑。責育雖勇。豈逮巾幗。我爲銘之。禮宗是式。

譚貞女傳

貞女名寶貞。姓譚氏。江夏人。父良翕。候選郡丞。母余太孺人。幼而端慧。十齡外即解佐母保內事。其奉親也承歡色。養志意。皆曲得其愉懌。堂上偶不懌。委婉寬譬之。無不立解顏為笑者。至甘脆所及。輒以代之。愛惜弟、恒勗之誦習。父母以字吳氏子達芝。亡何婿夭。家人秘之。幼婢傳其語。貞女聞之。即斥去妝飾。跪白于母前曰。兒受吳氏聘有年矣。不幸婿亡。然舅姑存。當往吳氏代供子職。母愛兒者。敢請割慈以遂兒志。母憐而僞許之。徐屬閨中女輩。微相諷止。貞女已藏刃袖間。涕泣言曰。父母果遂我請。我能堅守此義。終身不渝。不然。強我他適。是直以犬彘視我也。生不若死。語畢。刃出于袖。將自刎。衆持奪其刃。乃免。父母察其志決。即語媒氏達此語。吳氏母自送往。貞女年時十六。入門見歸哭。易縗絰。則起而侍膳羞。事舅姑。與娣姒共操作。其姑賢之。舉家安之。宗黨敬之。姑遂畀以家務。之無不整理也。

咸豐二年十月間、母病歸。侍疾不解衣而臥者。凡二十餘日。病革。潛割股肉濡藥進之。果愈。母沒見其襯衣血痕漉漉。詢之。匿不言。強視其封處。瘡痕甫合。是年十二月四日、粵賊陷鄂城。貞女見事急。倡言母前曰。兒與弟婦。辱生不若榮死。兒等志決矣。惟應中弟當遣令走免。往求父兄。父兄無恙。甚善。不然者。祀譚氏宗祧。庶幾有托。

遂與弟婦楊攜手趨樓上，相摺投繯死。次年正月，賊東走，其父兄收屍而斂之，以柩歸吳氏，葬于墳墓側。邑人士列其事上大府，請于

朝，以

旌閭如令。貞女殉難時年二十有八。知其兄本中爲柏心道之，且請爲之傳。

贊曰：貞女之行甚高，識甚明，蓋中智以上人也。當其閔墳已而執義不回，以死自勵，視義不啻太山，視其軀直敝屣耳。異時脫難，引決不待再計也。寔矣，滄海橫流而名不可得，烈焰燔山而玉不能

毁嗟乎如貞女之行與讒雖志士仁人何加焉

汪君絅菴誄有序

咸豐壬子十一月十三日、粤西賊陷漢陽。汪君絅菴以罵賊爲賊所刃。死于漢陽城西門內。至丁巳，子聞于朝。旋蒙褒卹。以衣冠招魂而葬。嗣君家政纂君行狀。徵誄于柏心。追君生平。美善紛綸。其卓犖足念有三焉。議楚北禦賊。宜堅守岳陽。賊順江而下。大府棄漢陽不守。君謂江漢猶唇齒。漢陽棄則鄂豈能獨存。君言竟驗。此其一識也。賊犯漢陽。或語君未膺祿秩。可亟徙避。君不從。竟以身

當之。此定志也。賊至君詈不絕口。蹈白刃無懼色。竟殉焉
軀。此大節也。謹按士之有誄。自孫貴文始。彼固毅然死節
者也。君有烈女三。準于法宜誄以彰其義。以闡其烈。以風
于千百世。于是援翰而誄之。其詞曰。
王蠋死。齊孔鮒死。係義儆。區區不知。奔紳。烈烈汪君。以義殲身。其
齒可裂。其氣彌伸。君之少年。修絜博習。有母有弟。食惟壁立。
兩兄在都。微精未及。快然應詔。石耕自給。武林追之。靈棲僕妻
歸泣星奔。轜車遄制。邪伯迍蒞。觀者齎戾。此君省皖南。猶勤甘
旨。君于佩侍。歸為冗工。

昭代鉅製。是萃出叢。專門手槧。兜飄以雄。獨之詞苑。其光

若虹。晚謝賓遊。閑閱江渚。芥視。弓。旌。塵轄。珪。組。纚髦。雲。霞。

高吟。今。古。遯世逃名。園繞星伍。鑿叢踰嶺。東噬潭州。君言

沔鄂。宜保上游。地利形便。豈足巴邱。盛兵扼險。是謂伐謀。

言不見采。賊已渡湖。舳艫千里。順江東趨。鄂中文武。倉皇失

圖。欲去城家。自竄其郭。君謂江漢。輔車是依。犄臂相救。足將

長圍。奈何棄職。資敵冥豨。潭先淪陵。鄂安適歸。肉食者

流。襄如充耳。列幟魯山。勢橫艴象。子注。于。前。請君。亟。避。君

麾。之。去。吾誓。死。此。賊果。麕。集。君罵。且。怒。戟攢。其。胸。劍叢。

其吻噀血濺地詈聲尤慘与辱而生甯潔而殞與詈餘聲
沒猶未泯卿前伏龍膽裂以摧生而語人惻惻生哀想君詈
時聲猶怒雷賊遂兇刃併殘其骸嗚呼哀哉君未霑祿
不綰寸綬死杈
國家養士之厚讀聖賢書斯爲不負視彼偷生孰完孰污
嗚呼哀哉有司上名子閔于
朝天章襃䘏
錫自雲霄樹影松阡馬鬣崇標魂兮歸與巫陽上招嗚
呼哀哉緬君生平二十年宦儒識偉志堅大節尤峻草莽名高

章縫氣探口誅筆伐不假寸丞嗣君頗類徵撰此詞謹弄磊

落以示來茲直兒毅貌拿春赤肩張拜奮類悼之英姿嗚

呼哀哉

兵事臆議 五則

乙卯二月上少司馬存公

一　固根本通餉道

楚北襟帶江漢，翼蔽湖湘，餉道所經，最關衝要。圖進剿，勢不可不先清內寇，以固根本。方今漢陽之賊與崇陽、沔陽等處土賊合計不及萬人，皆無舟楫資糧。援師繼繹，戰艘連江，比聞軍門塔公旋師回剿，勢當易于拉朽。乘此兵力，勅令將帥期以旬日滅賊，務使根株盡剷，芭蘗不萌，然後推牛饗士，休息一月，蒐練軍實，合師東下，根本固，餉道通，自此以往，皆破竹之勢矣。

一　進剿宜三路出師

大舉勦賊宜三路並進尤宜仍重北岸陸路之師開金陵賊巢留
守無多兵其衆皆暗中抽換分路于安徽境上跨江南北屯壘相
望在南者不過輕兵分駐擄取糧食以餽金陵在北岸者多係勁賊
安慶廬州二城彼竄視為要害賊衆獷悍敢戰者往往聚此矣
廬郡途當陸路上達楚北步騎皆可通行彼若來犯不旬日可
抵蘄黃如今我軍仍前但用水路及南岸兩岸之師即使所在
告捷而彼以精銳徑由北岸陸路繞出我後首尾受敵不遑還救
則必饋道中梗相牽動搖遙救則往來奔命進勦之師又陟
遲回顧兩路出師往速持遲不啻驅使上犯前車可鑒亟宜變計

且我能往勦，则彼不敢来犯。此所谓先人有夺人之心也。若夫第委之北省防御，名为拒贼，实同召寇。何若北省合兵名将，兵力虚孱。丧败之后，望风辄溃。沿江乡团，皆不可恃。欲变防为勦，不足弭祸。通计见军析为三。水师则廿日马苗公自将。凡诸军进止，皆禀节度。南岸则军门塔公将之。檄江右湘师佐其后。北岸宜择良将，閻厓庵访，威略并甚。或以此一路任之。而檄河南濟师佐其后。将习战之士五万，足以破贼。诚使水陆军士分配既齐，糗粮火药装载全备，克期东下，三面犄角，相辅而进，则制胜有余，无后顾之忧矣。

一審虛實

聞之兵家有形有聲有虛有實此數者不可不審也賊舟完盛時二萬餘艘今為我軍焚奪殆盡聞自江路下抵金陵賊舟僅可一二千艘大半朽敗不可用今我之舟楫甚利且多賊水戰不敵我爭利水面之賊少即我亦已甚多舟見造之船盛載輜重甚直戰士津渡無阻耽壯威勢足矣此所謂形與聲也虛也至于精銳悉力攻擊盡在陸路尤在壯岸則所謂實則賊必不用舟楫也竊觀側利便採乘風縱火之計謀我軍帆檣太盛日夜多虞此危道也愚謂見存戰艦備用有餘宜停增造專重陸路

以壯實加又我軍之勢。自城陵磯至田鎮。戰無不勝。全資戰艦破勇之功。今水戰雖好。破敵勇不能上岸殺賊。自此以後。亦宜停募。惟簡練鬥士。由陸路直搗其堅。孫子言水因地而制流。兵因敵而制勝。即此類是也。

一量勝算

用兵之道。先料勝負。不待兩軍相當也。今我軍勝算有五。以順誅逆。一也。以上游攻下游。二也。以飽制饑。三也。以整禦亂。四也。以有舟擊無舟。五也。挾五勝之勢。討必亡之寇。何將何憚。而不決策進取。況偽黨猜貳。威令渙弛。棄城守江。衆為分散。我以舟船步騎三路並進。不啻搤吭而拊背矣。向帥又以其間批亢搗虛。賊必不能支。一舉滅賊。此機真不可失也。

一 用兵先後之序

我師東下。沿江戰壘。及和州東西梁山、采石、蕪湖、荻港諸處險要。聞賊兵屯守。不過數百人。剿除尚易。惟安慶郡城。其衆頗有一二萬人。必負嵎死守。以全力攻之。拔安慶。即留兵駐守。為後路援應聲援。防廬州之賊。先沿江路。大衆鼓行而前。與向帥會師合圍。彼時金陵定當瓦解。震彼窟穴。俘彼凶渠。四方羣盜聞之。無不投戈拋甲震慴請死。孰敢後。有竄伏山谷間者。彼廬州之賊。亦安所逃死乎。此用兵先後之序也。至于決機兩陣。因敵變化。生奇無窮。是在臨時運用兵。可預定。亦難遙度。特師出之初。方略部署。大要不出乎此。愚者千慮。聊備芻言。惟明智財察。

上嚴中丞書　同治甲子正月二日

在今見志近軍挾我師方利。有宜乘機掃蕩者。有善後大略。宜先定規模者。凡愚慮所及。謹呈其端緒如左。執可備采而疏陳于

朝。或者爲芻蕘私議。以徹

宸聽。幸之幸者。其迂闊而遠于事情。則執而棄置。誠恥發笑爾之哂焉。其爲幸矣。竊謂兵之所貴者。鋒勢也。威聲也。此其機如矢之去弦。水之出壑。呼吸毛髮間不能須臾滯也。交乘之。則功速而利。大頓之。則功遲而害深。此此機者。不能辨也。當侍郎陣斬苗逆之後。其鋒銳矣。其威震矣。能悉甲渡江。騎兵布于金陵城下。彼粤逆

必應援驚潰出計也不然則引師迅剿豫楚沿邊烏合誅擒生其
不意如以湯沃雪耳進攻興安亦易戡除撒秦梅劉中巫周闖漢
中箭後夾擊可使賊之如唯類亦中計也興漢略定相下諸郡邑計此
时金陵臨安必相繼皆拔然後合僞鄖之軍与秦豫將帥之師会定
隴表毋庸玉門陽關駐軍四樓之沙漠但守嘉峪萬關秦隴數百
年以腹大患一旦消釋諸將乃相繼入
朝表其尤忠純者
賜以侯伯高爵入典宿衛即令自簡所部驍勇拔補
禁軍以壯

神京根本次第克入，四方皆已分守險阻，餘衆罷遣歸農，不弛武備。
又陳寓銷兵之意，似爲善後要策，各罷軍興以來權算設令，與
民休息。
詔諭專酋使臣，遍本國以禮，護遣大嶠華夷之防，彼必不敢不聽命。
夫十數年來，彼之覬覦上國者，間吾內患耳。今反側者芟夷略盡。
彼亦安所恃而長此桀驁哉？若其徼細窺伺，或挾異志，則吾當戰。
克之後，師武臣加弥此餘，令直曲竈上騷除如此，而內憂外患以次
告布。
朝廷惟選賢修德以應

中興之運。以媲殷高周宣之盛軌。豈不懿歟。竊思帷幄詳密。壹慮
未嘗及此。而諸將互存畛域。不辭合羣大定。壹勞永逸之謀。故敢粗
述管見。請執事鈞鑒。先行上疏。則
廷議有所依據。不至遠失事機。然將來之悔。區區之狂論。自能執事
之前。安敢輕發。乞照其狂率。不勝惶悚。

中丞嚴公奏議序

中丞嚴公前開府中州及楚壯時。衰匯中奏議存藁。得若干帙。今年夏奉
命赴貴陽。道過南郡。生授相以。命遂梓且為之序。古者人臣敷奏以言。後世乃用章疏。自魏相條漢興已來國家便宜故事。及賢臣鼂錯賈誼董仲舒言上之。晉陳壽校。諸葛丞相集其言教書奏。定為二十四篇。唐陸宣公尤以無倖名。此其最著者也。
公起邑令。用胡文忠公薦。遂受
文宗特達之

知。擢任畺寄。其邑可謂極劇。然是時豫省寇棘。途衛賦彈吏
兵屬吏惰。壤地之鄰皖鄰者鄰燕。捻賊闌入無虛日。甚
者直犯大梁。粵捻二逆。遠竄秦楚。然率道豫境。所至無不燔掠。
河北關西征討大師。皆名王貴將。師行糧餉。一切仰豫州為外府。
重以
鑾輅迴鑾。島夷薦偪輦下。供億轉輸。至繁且鉅。自公至。
首明師律。汰去冗弱。募精卒。選良將。戰騎戎械皆具。日夕教
練士馬。飽騰。授之方畧。攻戰守禦。次第以捷告。賊知不可犯。烽
燧肅息。州郡始有固志。次則澄敘吏方。加意振刷。退貪墨。進公

廟。吏得甚焉。令狷然不變。于是鈞考財賦。籌備軍儲。擇清強吏
端介士司之。期無一卒一將之糜。糧一夫一役之耗。然而軍國兩濟。
民心不病。及猝警之如之。蓋其機神精練。思慮詳審。能持危爲
安。變亂爲豐。人以是服其才略。然不止此也。遠謨大猷。日在
宗社與四方。故初元在
論。則協舉人和。異彩輔翼之效。驕帥讒兇。則露章彈劾。請
收威福之權。此皆非戰業所及。且慮亡臨禍機。而以保之昌言
不少撓。如感
先帝不次之

恩里叔之
沖函又以人臣事主安危利害皆無不言不敢隱情而惜己也夫
立功立事古之事主臣代不乏矣至乎呼誦危屬難艱難補苴之材
而精神志意恩眷尤在
君父獎之不加喜責之不加懼寤寐圖信不忘啟沃自秘公誠
忠愛之懷流露不覺所以有是然則公豈僅區區一方鎮能臣
哉故其文詞懇切明健駿厲激昂往復措條曲盡事理望而知
為救時之才宦蕭之亞也公方起肩重寄勛名顯歷未有窮
期他日意猶不古當不止是然當料先公一撥不離乎公誠忠愛

之懷而已矣知精而存之日七十前癸年某具述大旨於簡端王相

口序

送同年張游山司馬謝病歸田序

同年張子游山司馬宰江陵。甫三載且薦擢矣。俄而引疾陳牒乞歸。相以道來郡。途遇耕者歎于隴。商旅喟于市。士之秀良者相與輟誦習而咨嗟。詰之。咸曰惜吾張侯將舍我邦而去也。相以此曰貴邑賢侯也。侯曾鋤大姦擒大猾乎。薄征散利而弛刑乎。有赫赫之功與譽乎。曰皆未聞也。然則同聲惜之也何故。曰吾侯不喜爲名。權又有所限。所可窺者侯之意而已。侯未嘗廢催科也。然期會至矣。惻然有寬卹之意焉。侯未嘗廢鞭朴也。然爰書至矣。怛然有哀矜之意焉。侯所得行者。意若有所慰焉。所不得行者。力請之。又不得行。意若有所失焉。侯之意

昫一摳于吾民，其無窮；吾民之眷戀於侯，宜亦無窮也。相以嘒弦曰：古
有是，人矣，其高子，羔家子，賤吏，張侯近之矣。夫惠民之政，膏澤未
下也，而意已淪于肌髓；殘民之政，擊斷未施也，而意已曆于刀鋸。民至
愚而不可欺，至柔而不可勝也。於上之人，徒之睨其政而窺其意。今使
羅民入林，獵師入山，匿其罘，網畢弋之具，而亡鳥驚獸兕矣，然其有
掩取之意也，使童子追之，則鳥驅獸擾自若也，然其無掩取之意也。
侯之意，民既已望而喻之，感而懷之矣。奉至，而居永釋，為雨入而蔽芽，
滌為又安，耽異績，然為因語于眾曰：毋離未夷，當途亟求，循吏如侯
其必不能去之，亦必再起。且侯自不忍契契置斯人也，詳其何悵為眾閱

是語也。相與懽忭。遂揖而去。旣至城。見張子具述之。未知張子果以爲

吾爲是耶。抑尚有未能契於吾耶。

雅雪園詩鈔序

曩值

宣廟之際。湘東才流稱詩者輩出。皆卓犖雄偉。一掃靡懦。柏以咸豐之游。遂及同年生新化鄧子諧山其一也。嶺西變作。烽煙犯潭州。其時邦人士或奉

詔從師。或登壇仗節。或貴為軍府。戮力一心。乘逆鋒而抗之。孫劇函鼎。收復境土。轉戰逐北于數千里外。威名屹然。與皇甫嵩陶侃倫訪溫嶠掾。下逮膠庠章縫。田間椎魯。亦慨然修戈矛。纓冑胡合徒應募。袒跣搏鬥。前無堅陣。使鯨鯢逃遁。救死不暇。疇其功賞。

致身方面及將校者。指不勝屈。于是海內推武略忠節者。必以兩東為冠。蓋嚮時操觚吟詠之徒。往往托名於衛干城之選。罕復留意聲律間。知者惜諸山郎子守道林泉。諷籀古今不少懈。沈思孤詣。行形出其窮察勝之境。華其力於為詩。夫詩雖其言無補。然而其理性情。大者述阽危。發揚忠孝。根極仁義。此與立功立名亦何以殊。且作者特不遇耳。使生所蘊蓄以文武表見。豈盡遜生同時諸公下哉。今觀郎子詩。大抵固所守之類其願。持而積之類其厚。曲而肖導之類其遂。至獨造處。則入理尤深。竊嘗觀自古詩人。善言理者莫如陶杜。次則子瞻蘇氏。陶杜以無心合。蘇則有意為之。此其所以微不同耳。郎子之詩，道人情，存善言理，殆彷彿蘇氏之有意，上合陶杜之自然，于六義本旨無戾也。詩人所能見道，豈易得哉。世之讀者，舍理言詩，不失流蕩，則入傲僻，宜其爲鄭子所匡砭也。嗟乎，曲士之論不足語于大道者也，蓋已久矣。鄭子刊其詩，屬序于柏，以見論次，因發明其大指如此。

總制袁公六旬壽序 代西司作

古之當重寄擔大事者，必有寬靖之德。閎沖之度。魁閎愔重和易之量。與衆人共赴于功名。不獨使才者展其能，智者擅其謀，勇者效其果毅。即在中材以下之流。亦莫不奔走鼓舞。歸于綱羅陶鑄之中。趨于功而樂奮躍。故用之於衝要重鎮。則威行千里。隱然有長城之重。用之統三軍。專征討。則談笑而覩徒壯。指揮而坐城下。廓清摧陷。師若有餘。乃其自視則退然若無長也。抑然恒自下也。豈非用衆人之才為智勇而不自用其智。豈非不自用而所用乃獨成為大其智。晉之羊太傅、劉征南、唐之郭汾陽、宋之韓魏公是已。今

制府官公

秀峯先生。以用兵道以得其。 公起家宿衛。以忠勤受

宣宗知。擢任廣東漢軍副都統。調荊州左翼副都統。今

上改元。兩充祭告南嶽之使。久之權將軍。旋擢真除。時咸豐四年

春也。至是粵賊再陷江夏。漢陽安陸二郡。与荊郡錯壤。寇盜

充斥。騷騷窺伺。 公乃料軍實。嚴守禦。擒間諜。下令各邑所在

募丁壯。為土團。人皆有固志。 公料賊必來犯。先命將扼北郭外

之龍會橋。賊果至。力戰被（敗）之。連擊之。法勝。賊潰去。郡城迄無

恙。人慶再生。相與刻石頌之。未幾賊踞江陵之浩子四遣將往

與玉印殲殄。繼又分遣兵將，次第克復宜昌郡城，及監利華
容潛江石首沔陽天門漢川各州邑。所遣之師，並與兵侍曾公、軍
門塔公、前制府楊公之軍，會于江漢，而城旋亦恢復。先是荊郡
孤危，隳漢郡邑，盜起如麻。私　公則荊郡不保，而由襄樊達豫州，
皆爲戰場，知豈但甚之無以爲安哉。其明年沔鄂復陷。
上以公可倚，
命督全楚，任以剿賊。　公馳赴北路行營，會諸帥攻德安郡城，拔之。
沿漢州邑皆清多郎。
命充欽差大臣，進次漢陽，築長圍，斷賊糧援，屢挫賊城下。賊

嬰壘不敢出。以去年冬仲克其城，與鄂州同日告捷。

上大悅。

錫之翠翎。下部優敘其績。公為將，喜延攬人士，雖布衣里老，引與抗禮。虛詢博采，勉以忠義，勸以爵賞，皆出于誠款，故人人自盡其誠，而輻輳效命。戰勝則推功將士，雖微勞必加薦達，足其所望。專以激勵人和，倡揚士氣為先。中丞胡公善用兵，通達保倚。公亟亟推重之，饟至則割以先餽，進退官吏一聽之。胡公深知公之能忘畛域也，得專行其意，相與戮力平賊，澄清百度，識者蓋兩高之。公性簡澹，無它嗜，惟喜吟詩，雖在軍中不廢也。

此其風流可表見也。餘則務爲並容併蓄，集思廣益，不以崇貴矜物，不以才能驕人。推測之事，第見渾浩無厓涘，以是益歎其廣大服其公誠云。昔年太傅以度量服人，輕裘緩帶，比于儒生。劉征南推轂陶士行，卒清南夏。郭汾陽薦李臨淮，再造唐室。韓魏公與范希文共在西夏，並登朝廷，同以佐國。公之德與度量，視彼四賢，豈有異哉！宜乎爲

天子倚賴，群生託命。致勳伐莫姤之盛也，又能極天下之大業，必能躋天下之大年。公威重如此，年甫屆耆。某月日爲六旬攬揆，窃惟古者詩人于當時名臣告功策勳之日，往之燕飲，豈

知作如詠歌美德儀技稱願祝頌諷也其在江漢之篇曰江漢之滸王命召虎又曰肇敏戎公用錫爾祉言告成而揚休也六月之篇曰文武吉甫萬邦為憲又曰吉甫燕喜既多受祉言匡王國而膺後福也采芑之篇曰方叔元老克壯其猶言旂加之不衰而爪牙之豆任也某等辛陪公後幸承既久仰見法與度量如從又卜年壽勳名且未有艾也以公不好諛而雅好詩敢援詩人古義致其稱願於公曰壽康強休光駿烈如周之召公吉甫方叔其能蓋將為國家生民慶而非止為公一身之慶也已謹序

中堂吉公六旬晋三壽序 代駐防作

修法令，樹威惠，使風化肅然，達于政者能之。撫敵料勝，作三軍之氣。戰必克，攻必取，習于兵者能之。渾渾乎包智勇，綜文武，而才莫可指名。鼓舞一時之俊傑，運之則雷動，鎮之則山靜，而度莫能推測。功在于戡定禍亂，折衝萬里，而不以自矜。德在于博恩廣施，怙冒黎元，而不以自伐。位在于重臣相長百寮，而益自抑其崇貴。於人無、弦弼間德和信厚之量所鍾，俾生而翼戴中興。福及蒼隸，功已建，熙天耀日之績，潤金石而耀旂常矣。而純嘏眉壽，六旬備集于厥躬。蓋古之風后力牧，商太公召穆公之屬

是已至哉

秀峰相國。今乃起而座之。以威勛并于金埜。而權與則荊州爲犯之。方其由都護要將軍也。粵賊陷鄂及皖口白下矣。所至蹂躪其鋒銳。把環荊郡百里外皆是也。及下令吏民。倡行團練。設守禦甚固。民皆有勇略。其王修二鎮地。扼留之。已而寇至龍陂橋。距城十里耳。急檄王鎮軍禦之。戰大捷。殲賊過半。檄修鎮軍搗賊諸子口。亦斬馘無算。賊遁去不敢復犯。遂分遣諸將以兵復夷陵及荊屬各州邑。與旁郡各州邑。寇乃滅。

上知可大任。

命晋督兩湖印簡師信逌。會攻安州克之。旌拜

欽差大臣之

命進圍漢陽。激勵將士。日夜血戰。乘其城拔之。戮賊殆盡。與鄂州

同日告捷。自是招撫流亡。蒐練軍實。賊每窺境。逆輒大衄以去。

天子嘉其功。

寵以使相。勛業赫然。爲海内方鎮冠。楚人所能道。四方所共聞知。獨

其于吾駐防功伐。不啻再造。則惟吾駐防人保被之而深知之耳。

當在荆也。駐防仰食南漕。會州邑多淪陷。精告竭。則以功賞格

募富民輸財。前後以數十萬緡。竟免庚癸之呼。及居大衙。定

為杜絶月給之此邦旗民乃得宿飽蓋其字吾旗民飢而哺之渴而飲之寒而衣之不待呼號啼訴而粱飯綢縷應念即至之恩有所私于吾駐防也惻怛發乎中心而經畫生于智慮故速而能贍如此也以是以推之全楚無有二術耶其福有一夫失所者耶抑又有進者

國朝設駐防于荆扼南北之衝所以壯全楚也自公在荆百計補苴軍食而旗營可任戰守荆郡以固荆固而全楚根本無患然從上游之特運可通秣馬厲兵翦除蛇豕以有餘加向犯荆郡屹然長城則楚之為楚豈易言克復哉然則壯荆郡以留全楚忠勤之

矣。莫過于此。蓋吾駐防之託命，猶其宗廟也。夫以功施金甌如是其
卓，德被金甌如是其廣，而第舉一隅，愛戴為言，無乃與夫以蠡測
海，以錐測地之見同歟。然而合駐防數萬人，則至今飲食必祝矣。此亦
生于誠然也，豈以虛詞借託也。。。曩以職司侍籌筆之役，竊見公
勞心焦思也，莫非遠猷碩畫，而尤以駐防月餉為先務，即如。。之
廡下，亦因微勞，優加薦剡。其他受栽成、荷拂拭者，皆吾駐防人
也。此其稱祝宜何如哉。將祝之以蕃昌之隆乎，則固已聲施爛然
矣。將祝之以班秩之高乎，則固已處宜佐相矣。竊聞古人之為賢
臣良輔祝也，一則曰遐不黃耇，再則曰宜其遐福。公揔辰六年

亦自晉三知。敢援此義進祝。蓋騷防所同稱願共也。亦金荃所同詞稱願共也。謹序

蔣秋舫先生詩序

天下曷為治乎？成之自州邑始。天下曷由亂乎？壞之自州邑始。今夫閭里所以有無歎息愁苦之聲者。旱潦之時，而徵斂太亟也。猾胥子如猬攢凝者相望。噢咻寬卹之不務，反從而追呼焉，鞭捶焉，役飢疲者，蓋騷然不安矣。是亂之萌也。然而非令長之咎也。大府無以安部惟催科是督，令長救過不遑。莫敢以安民告者。其賢者不憚力除民困，無母諱匿，夕上牘而朝逢怒矣，朝上牘而夕被劾矣。代令繼至，敲扑搜索，又益甚焉。幸未激變，而民之怨毒深入骨髓，日甚一日。不壞為大亂不止。于是賢者懷仁惻怛之懷，鬱不得施，則退而采其見聞，發為歌謠，反覆告哀。雖無救于瘡已。然讀其桂之詩下。若元使君舂陵行之歎也。嗟乎。方鎮禁州邑上其狀。而以急賦調為先。孰出其蘊崇至十數年後。大盜揭竿而起。以藉為口實。至峯倉庾積儲。盡委之焚掠。乃知里良吏不可得也。此柏以所以讀前秋舫先生宰通山時、著旱御征等詩。不禁失聲太息也。先生將以獻賦行在所出名。為令盡下考。僑居鄂州。興賢訓士。備門下士多入詞垣。持使節。而彭子于蕃尤以功名終。將掇取先生遺詩。一再刊之。以想之屬余編校。余序簡端。先生詩精練溫厚。步驟古作者。其述民間疾苦。肫然循吏之言也。嗟乎。今天下州邑。往往苦兵。殘破凋敝。視

先生時百倍知主持政術也。若擇令長慈仁惻怛如先生輩。落〻
布〻四方。庶幾可以撥兇而致治哉。

周少白書詩稿

周棠撰並書。稿本。一册。

周棠(一八〇六—一八七六),字召伯,一字少白,號蘭西。山陰(今浙江紹興)人。官光禄寺署正。名畫家,寫意花卉酷似徐渭、陳淳;山水則師石溪、石濤。晚年專畫石,有清代畫石第一之譽。能詩,亦善於篆刻。著有《竹石畫範》《周少白先生法書琴譜》。

此書爲周氏手録自作詩若干首,裱爲册頁裝,共十一開。最末《秋花四首》末有「庚申九秋之杪,少白手録」題記一行,「庚申」爲咸豐十年(一八六〇),知爲是年所書。又《送秋航上人》末有題記云:「余素愛古詩,而每短推敲之功。偶有口占存稿,不敢示人。枚卜仁弟見而悦之,購册囑録,即希吟定。蘭亭西客少白棠識於京寓。」此述作詩緣起,惜「枚卜」不詳何人。周氏以善畫名於世,兼工篆、隸書,而此册頁以行書隨意揮灑,亦自成一格。所作詩詞多題於畫作之上,並未有詩集行世。此册頁兼具藝術價值與文獻價值,實屬難得。鈐「少白」「山陰周氏」等印。

(樊長遠)

書号
函 11 裝
登录号41839
文280.64
46

物趣究何窮無心看手（工）詞添花上錦畫想竹邊風
遠岫秋光淡踈林曲徑通暗言忘一室天際有殘虹
瓦生理清襟情隨疾氣深兩條琴入湯燈施漁類對
竹下嘯嘯醬泠花間蝶彩浣小詩羞自書孫重問知音

又次日續吟八首

鸚鵡話衛林又乘秋（真）興未名園無俗客秋思獨登臺
入望停雲切驚心擊筑哀風塵終不厭歸路轉綿細
少占林泉勝名園亦競誇曲廊誰畫鶴小沼不喧蛙向

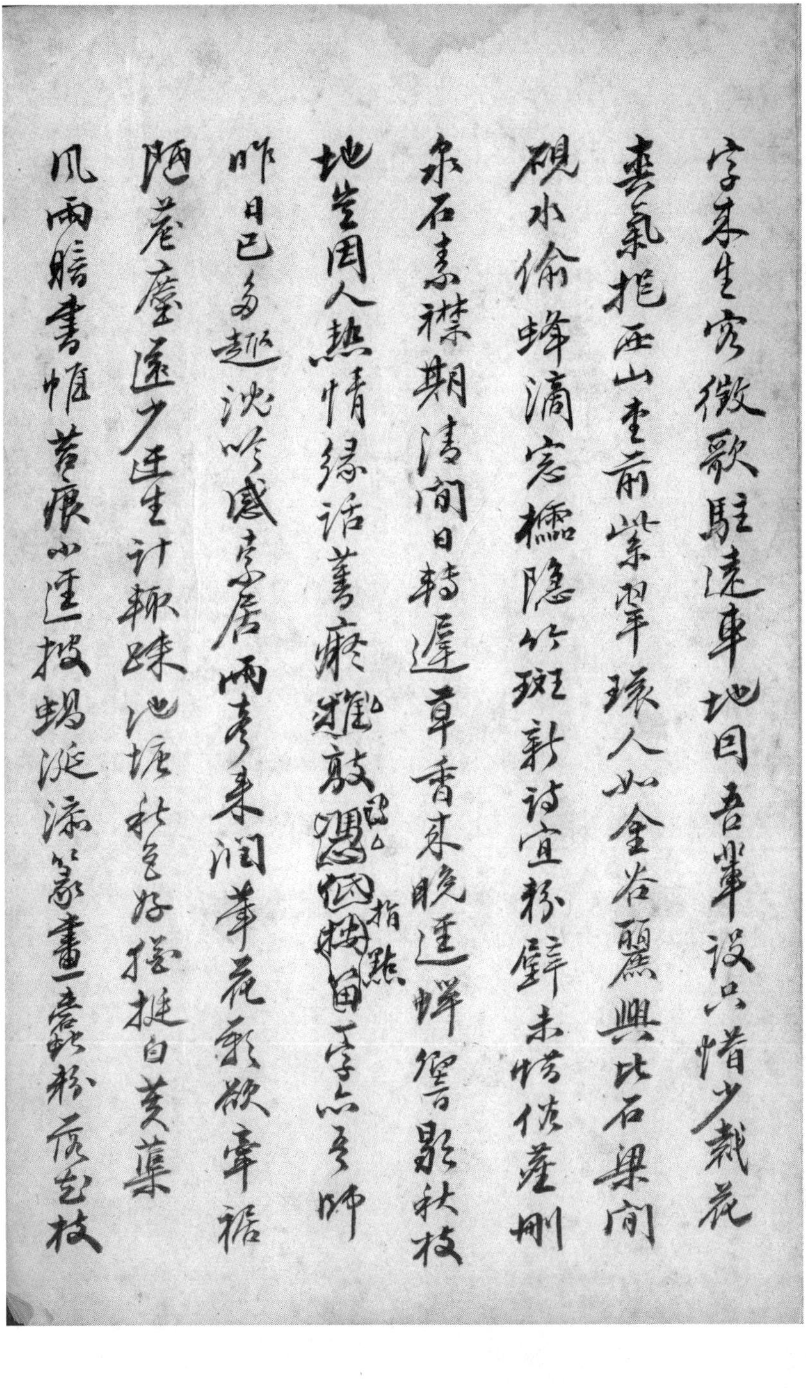
字來生客徵歌駐遠車地曰吾輩設只惜少栽花
真氣挹西山堂前紫翠環人以金谷麗興比石渠閒
硯水偷蜂滴窗櫺隱竹斑新詩宜粉壁未忍倩人刪
來石素襟期清閒日轉遲草香來晚逕蝶影響秋枝
地豈因人勝情緣話舊癡推敲指點一字亦吾師
昨日已多趣沈吟感舊居雨來來潤筆花動欲牽裾
陋巷塵遠少逕生計輕蛛池塘秋色好搖捷白芙蕖
風雨臨書帳苔痕小逕披蝸涎添篆畫蠹粉成包枝

書畫遲來客夷琴嘆覓於江波千釣早晚辦家持
天意催涼早風高欲捲茅菊苗採野客荇子戲重坳
文字叢華撥炎涼謝俗交對門魚蟹值冰映綠荷包
雞唱聽鄰廓晴霞散夕暉陳陳炊積粟棧棧擁秋花
奔竄如今是閒情豈昨非畫生多習氣聊卜束荊菲

同友人飲酒樓分韻得腸字

生平肝膽托悠悠語到柔腸且舉杯搜索詩情
容百結纏經世味日千迴宦橫華換徒添重

不耐調飢欲待雷眼界乾坤撐不得皮囊裹橐
鑰鼓將來佳人彥偉甚鶯侶子橫行笑蠏魁
花落新愁驚絕齒猿猿啼倒峽聽餘哀蜀充蔡
藿身長健涉熱棘蘭志豈灰三尺劍芒同鐵
石九還爐火兆胳胎轆轤帝偃雲機運芒角
類乘醉興催洗淨塵埃方見別緒成文字不求探
天涯走盡如羊坂日下兩多抱驥才雅意聯吟憑
寸簡芸簽何幸奉追陪

秋社近燕將歸水晶簾外飛復飛為
語主人立斜暉借爾屋住住不敢啄
爾粱不敢入爾幃海上青山無是非
應去得去毋謂我不戀空巢梁上留
飛絮　秋燕行

重陽遣興四首

剝棗欣逢解事人錦罍竹葉送餘春三歎分
吟邊書得一牀情癡殺帽底消遣(興)寫韋隨習(依)
偷藏中饋歎清貧鵝黃近日添新價愧〻吾年
濾瀝巾送瀝年〻題字語劉郎棗栗新蒸小印
方欲擷紅綾須有命偶來白社許先嘗硯田金粟
分餘味甑釜珠塵薦異香阿與兒童同一飽何如
重得小重陽飽餓桑落林間菊獨葉春迎佳節倍
關情鹿麟花大葉精神健細雨斜風氣韻清躑躅訛

長安百萬戶永夕雞犬閉披衣起
中夜齋室有餘去西窗月影微
兒小酣睡裨滌靈去塵垢衾影
對吾身兀坐待明旦夏氣迎眼
新安心守駒隙默養存天真逸

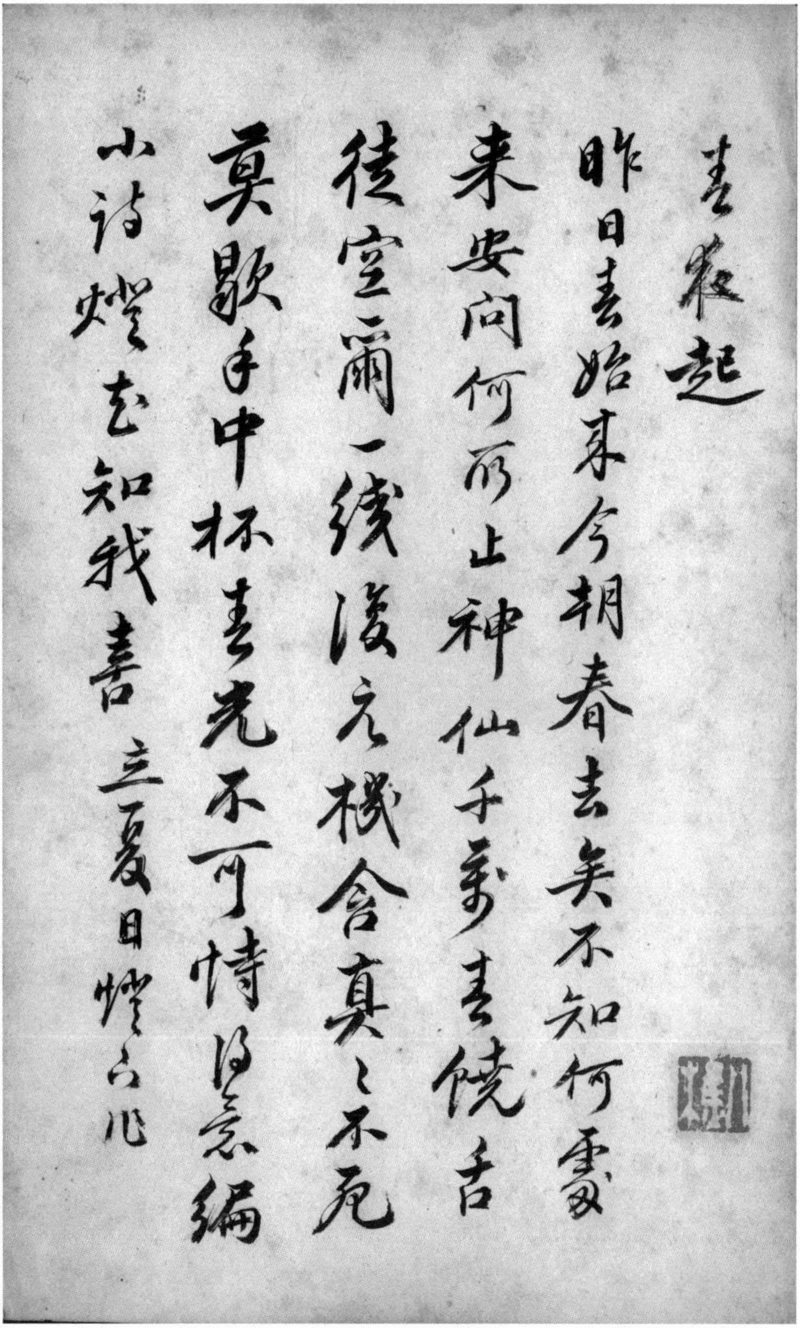
春夜起
昨日春始來今朝春去矣不知何處
來安問何所止神仙手筆春饒舌
徒空爾一綫後之機含真真不死
莫歌手中杯春光不可恃且急編
小詩燈下知我書 立夏日燈下少白記

兩鬢　功名難得又問舍抻古屋荒山任我栖剩

得葫蘆藏啞藥乾坤何處測天倪　好撥山

居士太元清冷肺腑作寒泉物處等與人間了

閑計梅花算一年　閉門考穿撥山中更硯敲

詩撥火紅昨日掃除林下雪映窗苔點泥墻東

送秋舫丈人

揚州老和尚飛錫來多蹤瓦鉢儲生米楸

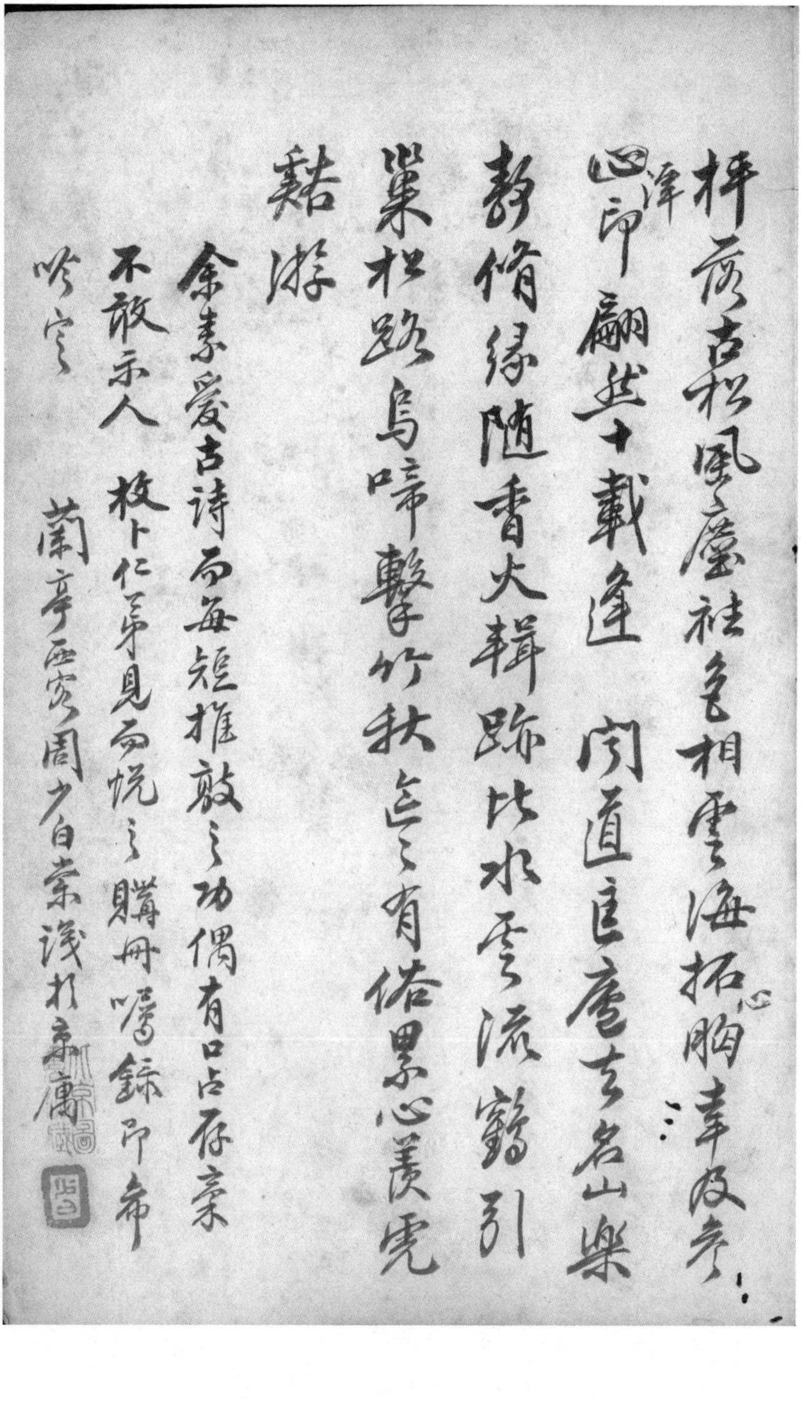

梓蔭古松風壓社色相雲海拓胸心幸夜夜
洋
心印翻然十載逢 閑道良庵古名山樂
静修緣隨香火揖跡比水雲流鶴引
巢松路鳥啼擊竹秋處處有佛累心羨虎
豁游

余素愛古詩而每短推敲之功偶有口占存稿
不敢示人 枚卜仁兄見而悅之贈册囑錄即希
吟定

蘭亭西窗周少白崇識于京寓

少白

仲秋新吉風日清美焦君林平邀敘於城南鹿鳴堂酒令催詩書師倩酒大醉而散次日崇君沈(陰雨)閑爲賦五律八首

玉樹秋風早名園聽鹿鳴書堂聯舊侶紅豆記新情殘暑高林退羈愁落葉輕纖歌頻進酒杯裡月猶生

掃葉開新徑詩情拓晚涼竹陰涵水淨石氣薦苔香興慶悲人事牢騷繫客腸去年曾看菊陳迹話重陽

別墅城南近清蓬遠市囂斜陽分紫閣殘草擁青袍

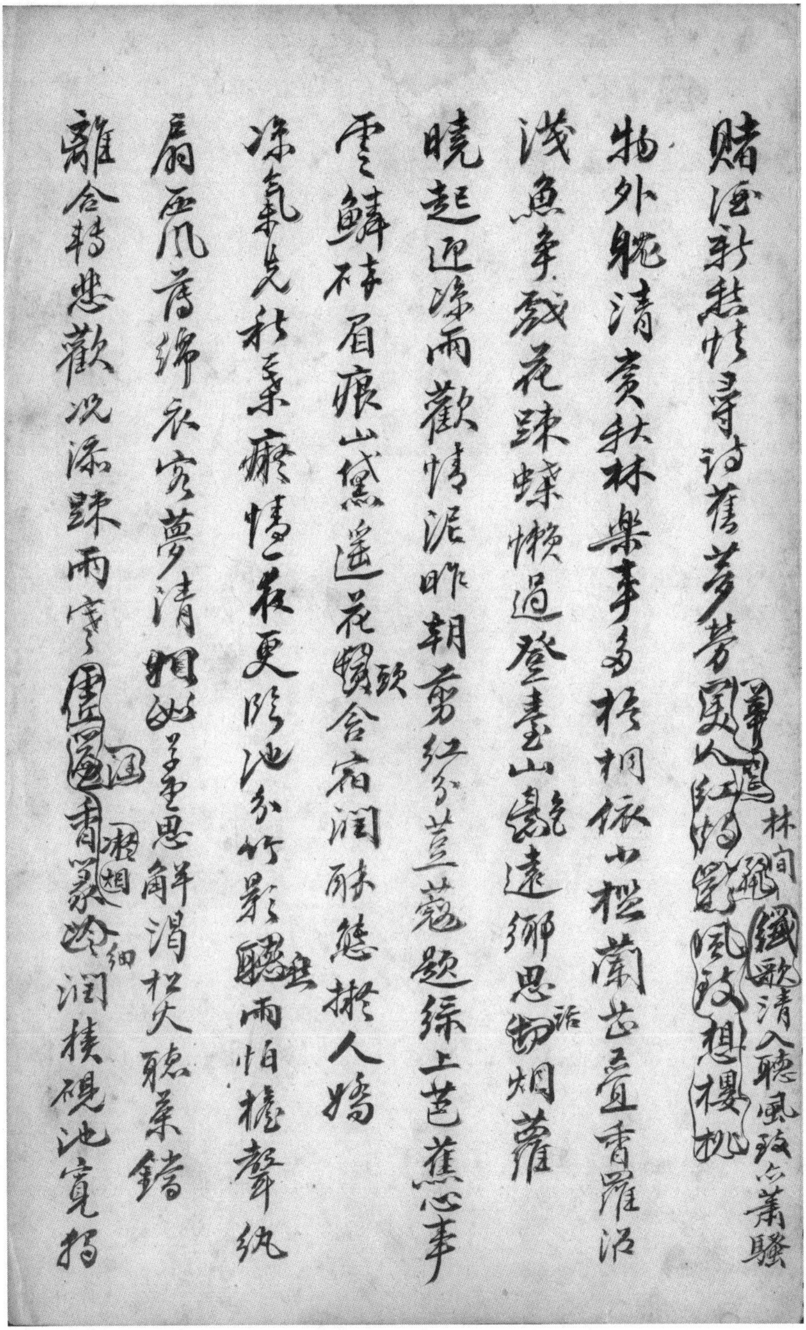

賭酒新題情尋詩舊夢芳園人紅[illegible]風致想櫻桃
林間織歌清入聽風致亦蕭騷
物外耽清賞秋林樂事多梧桐依山檻蘭芷覓香羅浴
淺魚爭戲花蹊蝶懶過登臺山色遠鄉思動煙蘿
曉起迎涼雨歡情泥昨朝剪紅分荳蔻題綠上芭蕉心事
雲鬟堆眉痕山黛遙花頭合宿潤酥態撩人嬌
涼氣來先秋香病情夜更賒池分竹影聽雨怕檐聲純
扇底風簷綠衣寒夢清[illegible]更思解消松火聽蕉鳴
離合將悲歡況添蹊雨[illegible]青[illegible]潤横硯池寬招

玉再聽温〻氣勝虹北地風沙驚漆葦嚴關日月

遥鴻濛因緣文字留千載何屑鯫生腹笑空

自向年來百計疎閑門終哭出門迂科名未卜書香近

第月徒驚白髮磨聽收拾荳萁憑野燒掃除磊

塊覓村沽今朝却喜繙新卷大筆洪〻表海隅 時有

伊友文集見示屬叙

自題負我園小照 正面負我兒獨立狀

五十年猛清狂勝鏡半白首俯仰天造恩此身究

誰負冠儒放雜靡從〻隨牛後挹注詹颿其
餅不足當石儋豈無琴樽與石田雜苗莠
迂懶與世疎富貴亦何有辛勤舉子遲舐犢
情益厚東皐寫吾真題句不可苟

王志如出關省親圖

居庸古天險兀峙天下安游子省親來跋涉亦所難
鳴鞭響琴峽渡洒秋林丹倏忽數十載共岵良悲
酸此意不自吝披圖與我看誰無寸草心依戀敢

河側灣箱其口天用我才知有時浮雲
不敢怨人後
庚申六月望後客雲連朝雜興
辛年閒學更遲硯田脫粟養究麻浮名枉被
雞林嘆不賣文章只賣詩　山鵲林端鷄草窩
晚來無事盼庭柯鄰家富直達重約細改新
詩枕上為　輸墨年來日飽荳蓮頭赤腳嘆踈狂

半生亦自憐才拙不与春風逐隊芳 耐寒無計遲
頻聆啄木门前聽老鴉直啼不成徒歎大銅缾
喚醒老梅花 凍倒空齋寒思窮連朝玉戲樁
天工誰家白地翻新繡不看姜絲半线紅 曉
起開门山霧濃晴光漸放嶺頭松清晨詩課匆匆
了已聽鄰傳飯後鐘 果肩门前雪擁山來珠
篙價近難攀但教墨水濃于粥免泪苣齋飯

言懷

荅楊壺甫元韻

風塵擾攘鶩黔西文星晶落墮天梯欲
窮萬古愁不盡騃驥鳴去多端倪當世
營求多苟且典謨堯舜誰與稽自幼天孫
貪織錦絢爛五色鬧雲霓眇小龍門忘不
適寸霄豈屑摩肩齊鑿山填海大包峯

照徹神異陋燃犀秋棟頊眉掃除絕蟂、
螟蛟睫被烟迷偶觸鯨鏗發巨響细裁蟾
寶鏤新題琢奇磊塊亦剖析腰劍三尺快
雄提酥餘散猿或狂叫陡然一室風雨淒我
欲從之乞靈怙光芒恍惚睽雲泥君不見
古來詞人多不死星辰河岳追形似且憑
明鏡觀所止又不見七襄天上垂箕斗黄

山翁岸帽雜披雉堞映秋城田園輸與陶公絢買
卻東籬已半生對菊束縛團共買杖頭霜螯閒
對菊花飄風前咳唾拋珠粒海上珊瑚屑玉鉤擣
碎紅童情已辣醉翻青眼稚雛酬年來自嘆
無腸甚蟹螯績蟬冠每見羞 詠蟹

丙申六首

亭午作郊游蕭蕭閒雨起農人喜雨多而我心竊
喜荷亭激繁點颯沓入聰耳暫然溜碎玉屑彙

翻環紫瑣屑奇人絲珠走盤裡催出小絲人花沒沒
雨新妝倚今朵裡蓮成十年逢綠雨再拜瀟雨
明日雨竟止
雨竟洗屋角飄忽舞高草小院深竹暗綠意近秋
涼風來家氣柔偃濕翠侵流低檣老年撐孤立新稍不
敢狂須臾佳檻溜几席迴餘香一日不可無此意誰與商
嗟我年株守未及窺衡泌娟娟入遐想猶息未清光

謝朝鮮使者方仁山重訪贈以方物

星使飄然泊海東尺書珍帛贈葛蓮重來顧問人如

秋花四首

點點輕紅染未勻芳名無可擬青春三生杜牧相思
淚一種黃荃沒骨神恨入西風紈扇薄艷驚踈雨
玉階新影將心事從頭問只恐啼螿訴不真　秋海棠
雲鬟何人理曉妝剩餘鉛粉占秋芳六銖瘦盡風
前影七寶濃分露下香羅脚寂情人影隨階頭
閒趁蝶飛狂長門夜夜新承寵壓倒金釵十二行　玉簪

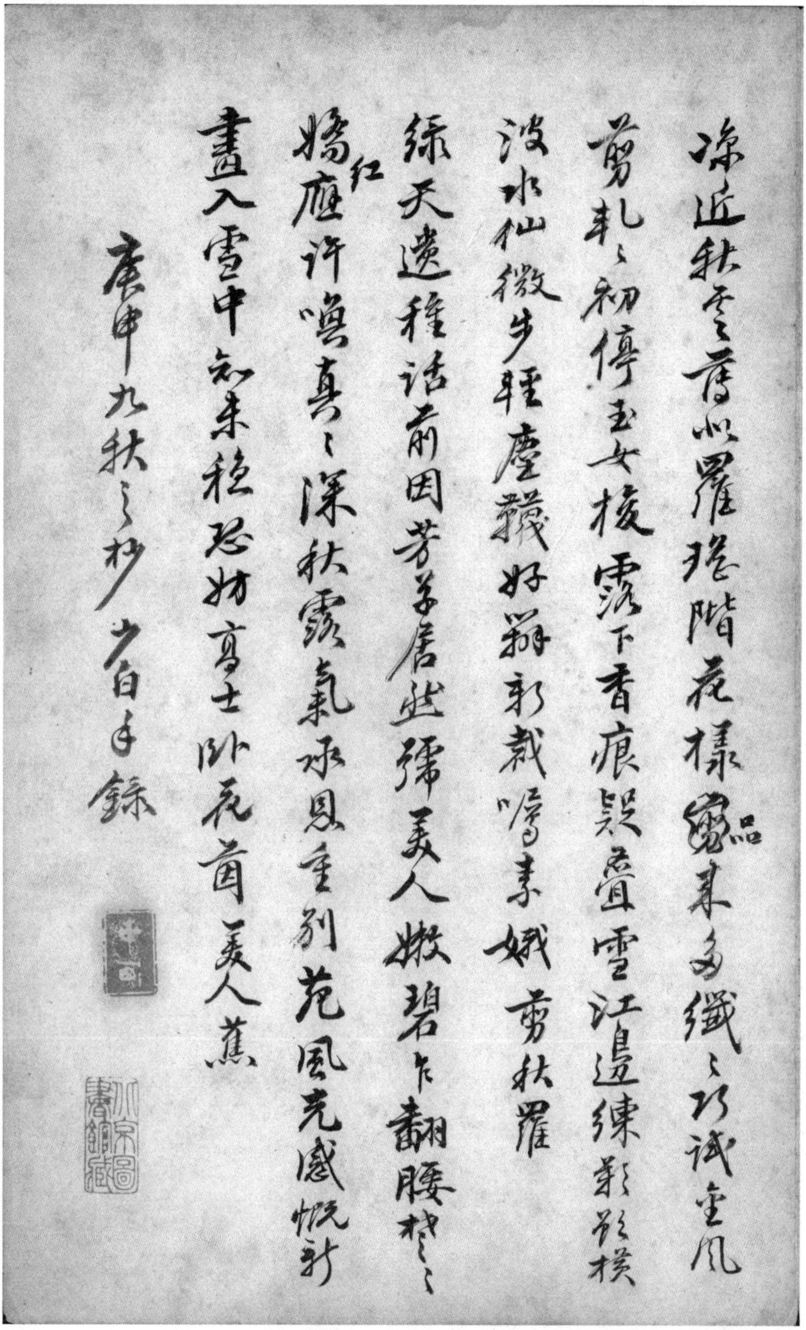
涼近秋雲薄似羅，瑤階花樣品來多。纖纖巧試金風剪，札札初停玉女梭。露下香痕疑疊雪，江邊練影彩模波。水仙微步輕塵襪，好藉新裁贈素娥。剪秋羅

綠天遺種話前因，芳草居然彌美人。嫩碧乍翻腰楚楚，嬌紅應許豔真真。深秋露氣承恩重，別苑風光感慨新。畫入雪中知未穩，恐妨高士卧花茵。美人蕉

庚申九秋之杪少白手錄

榕蔭堂叢書

陳坦園撰。清同治光緒間薊門陳氏稿本。

陳坦園其人載籍無考。據本書各册題款、鈐印及書末題識，可知陳坦園字和起，自號伴花忙人、榕蔭堂主人，薊門（今屬北京）人。生於嘉慶十七年（一八一二）。書末有題記云：「光緒五年己卯七月十七日鈔竣，紀於地安門外西步量橋之半粟居，陳氏坦園識，時年六十有七。」其卒年則不可考。

國圖所藏《榕蔭堂叢書》僅存第九至十二共四册，分别爲第九册《悦心偶筆》，第十册《詩餘撮要》，第十一册《蝶庵偶記》，第十二册《靈棋考原》。《悦心偶筆》書衣題「著雍執徐亥月望後三日」，爲同治七年戊辰（一八六八）；《詩餘撮要》書衣題「戊辰嘉平臘月鈔」，末署「同治七年歲次戊辰十二月初八日鈔於海淀成府之戒得區」。據考，西北大學圖書館亦藏有《榕蔭堂叢書》稿本一部，存二十一册，缺第九至十三册，與國圖所藏適爲同一部書拆散者。該館藏本第十四册《課餘隨録》後附《題金陵名花小品》小記云：「僕於道光以俟（一八四五）暮春來金陵尚衣副使」「兹將差滿旋都，時在道光己酉（一八四九）榴紅蒲緑之月」云云；又第五册《周遮餘話》卷後落款云「陳坦園識，時年七十有一」。又據其他各册題款可知，陳氏自金陵任上即喜愛輯録奇詩佚文，回京後，經常出入親王府第，查訪、輯録資料，歷三十餘年時間抄録、編輯完成《榕蔭堂叢書》。全書楷書精抄，字跡工整。此外，國圖尚藏有陳坦園所著《藝菊十要》一卷一册，同治四年抄本，與《榕蔭堂叢書》抄寫風格全同。

《悦心偶筆》鈔録宋陸游，金元好問、王寂，元陳高，明唐寅詩各若干首，明崇禎間女史葉瓊章詞十二首，明末吴偉業詞十六首，七律八首。《蝶庵偶記》所抄自明末徐元夢、陳維崧、尤侗至清劉墉、張復純、劉廷璣及清末高步瀛等所作詩，作者名下各附小傳，大多爲狀物及寫景、抒情之作。半葉十六行行十九字，無行格。各册鈐有「薊門陳氏」「坦園珍賞」「坦園」「延年益壽」等印。

（樊長遠）

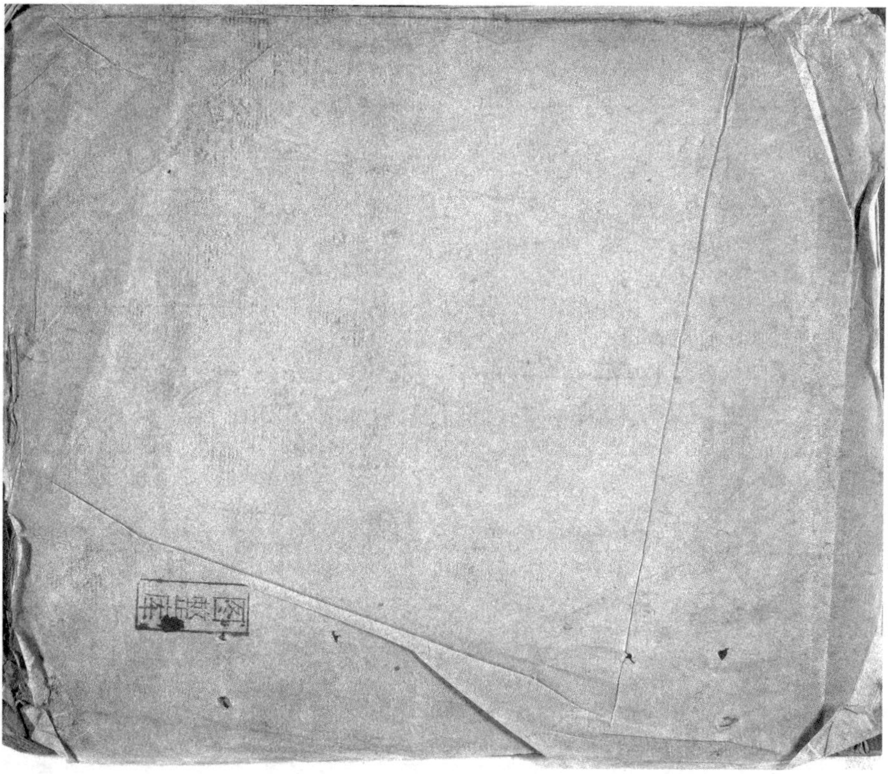

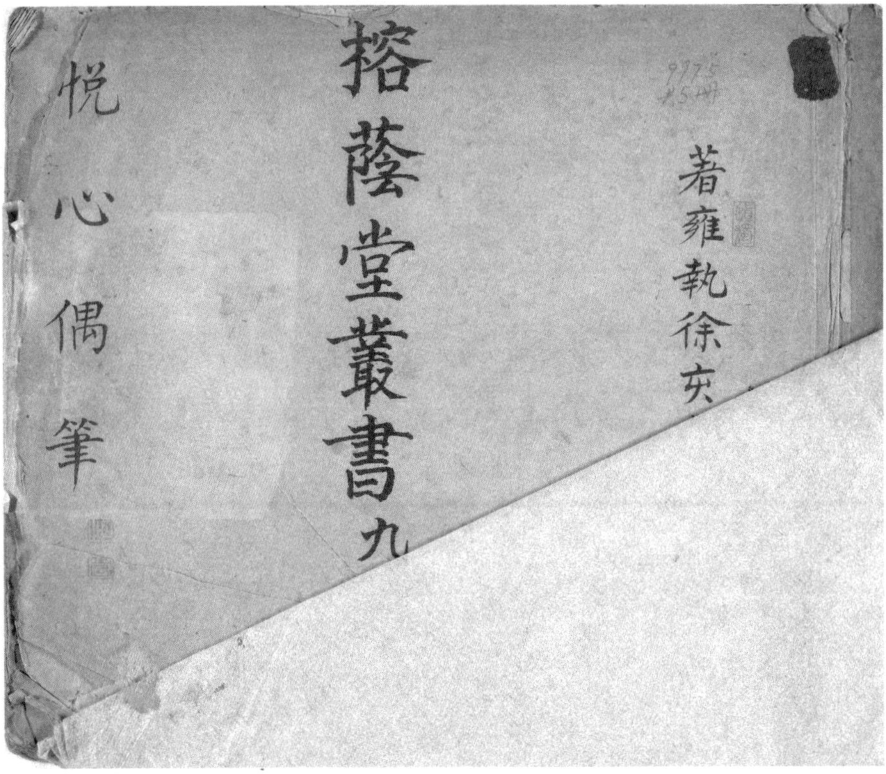
著雍執徐
榕蔭堂叢書九
悅心偶筆

悦心偶筆

榕蔭堂陳氏坦園鈔

夜坐觀小兒作擬毛詩欣然有賦

北風城頭鼓紞紞。徂歲崢嶸正多感。老夫假寐角巾低。稺子高吟兩髦髧。衰遲笑我藏袖手。狂李憐渠滿軀膽。旋炊粉饘裹青箬。新煠餳枝綴紅糝。未言問事漸瀾翻。且賞揮毫能果敢。嗟予疇昔如汝年。萬卷縱横恣窺覽。即今見汝尚歡欣。此癖真同嗜昌歜。夜闌吾困兒亦歸。獨與貍奴分坐毯。

登擬峴臺

層臺飄渺壓城闉。倚杖來觀浩蕩春。放盡尊前千里目。洗空衣上十年塵。縈回水抱中和氣。平遠山如蘊藉人。更喜機心無復在。沙邊鷗鷺亦相親。

夜歸偶懷故人獨孤景略

買醉村場半夜歸。西山落月照柴扉。劉琨死後無奇士。獨聽荒雞淚滿衣。

醉眠

達士如鴟夷。無客亦自醉。癡人如撲滿。多藏作身祟。放翁亦何長。偶自遠聲利。胸中白如練。不着一毫僞。醉來酣午眠。晴日雷起鼻。寄謝敲门人予方有公事。

幽居書事句

正欲清言閑客至。偶思小飲報花開。

詠史句

我見魏徵偏嫵媚。人言盧杞是奸邪。

月下醉題句

閑门種菜英雄老。彈鋏思魚富貴遲。

京華春日句

小樓一夜聽春雨。深巷明朝賣杏花。

以上宋人陸游字放翁作者此其一斑耳

悦心偶筆

陳坦園鈔

十二月十六日還冠氏十八日夜雪

少日騫飛掣臂鷹。只今癡鈍似秋蠅。耽書業力貧猶在。涉世筋骸老不勝。千里關河高骨馬。四更風雪短檠鐙。一瓶一鉢平生了。慚愧南窗打睡僧。

論詩

暈碧裁紅點綴勻。一回拈出一回新。鴛鴦繡了從教看。莫把金針度與人。

以上金人元好問字遺山作者

悦心偶筆

伴花忙人鈔

易足齋

吾愛吾廬事事幽此生隨分得優游窮冬夜話蒲團煖長夏朝眠竹簟秋一榻蟲書閒處看兩盂薄粥飽時休紅旗黃紙非吾事老羨元龍百尺樓

送王平仲疊韵

潦倒少矍鑠臞儒餘愚迂半面便健羨無渠吾胡娱袖手久不偶鋪書如枯株落寞各作惡呼車姑須臾

放浪曩骯髒囊裝將長揚偃蹇晚倦獻徜徉藏光芒着雨苦齟齬蒼茫荒羊腸黯淡厭漸險彷徨傷王陽

以上金人王寂作者

悦心偶筆

伴花忙人鈔

種花

炎方有種樹，衣被代蠶桑。舍西得閒園，種之漫成行。苗生初夏時，料理晨夕忙。揮鋤向烈日，洒汗成流漿。培根澆灌頻，高者三尺強。鮮鮮綠葉茂，燦燦金英黃。結實吐秋繭，皎潔如雪霜。及時以收斂，采采動盈筐。緝治入機杼，裁剪為衣裳。禦寒類挾纊，老稚免淒涼。

以上元人陳高作者

悦心偶筆

伴花忪人坦園鈔

詠梅

北風着面刮起霜。蜡月何處尋紅芳。瘦笻曳盡湘竹節。斐鞋踏倒江莎芒。谿橋突兀田塍裂。雪裏梅開梅勝雪。不妨地上有微冰。且是江南好明月。羅浮仙子麗風韻。廣平才人領花信。胸中漫有鐵石腸。眼前且看鴉籠鬢。三更炙燈雁足缸。十千沽酒螭頭觴。折得隴頭逢驛使。先與天下頒春王。衲衣結鶉何愁冷。醉眼糢糊長不醒。游徧西湖夜繼明。休把東風負俄頃。

桃花庵歌

桃花塢裏桃花庵。桃花庵裏桃花仙。桃花仙人種桃樹。又摘桃花換酒錢。酒醒只在花前坐。酒醉還來花下眠。半醒半醉日復日。花落花開年復年。但願老死花酒間。不願鞠躬車馬前。車塵馬足貴者趣酒盞花枝貧者緣若將富貴比貧者一在平地一在天若將花酒比車馬他得馳驅我得閒別人笑我太風顛我笑他人看不穿不見五陵豪傑墓無酒無花鋤作田

漁樵問答歌

漁翁舟泊東海邊樵夫家住西山裏兩人活計山水中東西路隔萬千里忽然一日來相逢滿頭短髮皆蓬鬆盤桓坐到日卓午互相話說情何濃一云深山有大木中有猛獸喫人肉不如平園采短薪無慮無憂更無辱一云江水有巨鱗滔天波浪驚殺人不如蘆黃水清淺波濤不作無恐心吾今與汝要知止凡事中間要謹始生意宜從穩處求莫入高山與深水

如花歌

昨夜海棠初著雨數朶輕盈嬌欲語佳人曉起出蘭房折來對鏡比紅妝問郎花好奴顏好郎道不

如花窈窕。佳人見語發嬌嗔。不信死花勝活人。將花揉碎擲郎前。請郎今夜伴花眠。

花月吟 連珠體

有花無月恨茫茫。有月無花恨轉長。花美似人臨月鏡。月明如水照花香。扶筇月下尋花步。携酒花前對月嘗。如此好花如此月。莫將花月作尋常。

其二

花香月色兩相宜。惜月憐花卧轉遲。月落漫憑花送酒。花殘還有月催詩。隔花窺月無多影。對月看花別樣姿。多少花前月下客。年年和月醉花枝。

其三

月臨花逕影交加。花自芳菲月自華。愛月眠遲花尚吐。看花起早月方斜。長空影動花迎月。深院人歸月伴花。羨却人間花月會。拈花玩月醉流霞。

其四

春宵花月值千金。愛此花香與月陰。月下花開春

寂〻花梢月轉夜沉〻盃邀月影臨花醉手弄花枝對月吟明月易虧花易老月中莫負賞花心

其五

一庭花月正春宵花氣芬芳月正饒風動花枝探月影天開月鏡照花妖月中漫擊催花鼓花下輕傳弄月簫只恐月沉花落後月臺花榭兩蕭條

其六

花間爛漫月光華月思花情共一家月為照花來院落花因隨月上窗紗十分皓色花輪月一徑幽香月讓花花月世間成二美傍花賞月酒須賒

其七

高臺明月照花枝對月看花有所思今夜月圓花好處去年花病月虧時飲盃酬月澆花酒作首評花問月詩沉醉欲眠花月下只愁花月笑人癡

其八

花發千枝月一輪天將花月付閒身或為月主為

花主。總作花賓作月賓。月下花曾留我酌。花前月不厭人貧。好花好月知多少。弄月吟花有幾人。

其九

月轉東牆花影重。花迎月魄若為容。多情月照花间露。解語花摇月下風。雲破月窺花好處。夜深花睡月明中。人生幾度花和月。月色花香處〻同。

其十

花正開時月正囯。花如紅錦月如銀。溶〻月裏花千朶。燦〻花迎月一輪月下幾般花意思。花间多少月精神。待看月落花殘夜。愁殺花前月下人。

其十一

春花秋月兩相宜。月競光華花競姿。花發月中葩滿樹。月籠花外影交枝。梅花月落江南夢。桂月花傳郢北詞。花却何情月何意。我隨花月泛金卮。

漫興

不煉金丹不坐禪。半隨時俗半隨緣。生涯畫筆兼

詩筆蹤迹花船與酒船鏡裏形骸春共老燈前夫婦月同圓東家歡樂西家醉天上閒星地上仙

此生甘分老吳閶寵辱多無膽有狂秋榜才名標第一春風絃管醉千場跏趺説法蒲團軟鞋韈尋芳杏酪香只此便為吾事了孔明何必起南陽

釣翁

直揷魚竿斜繫艇夜深月上當篷頂老漁爛醉喚不醒滿船霜印蓑衣影

題芭蕉仕女

獸額朱扉小院深綠窗含霧靜愔愔有人獨對芭蕉坐因為春愁不放心

題杏林春燕

燕子歸來杏子花紅橋低影綠池斜清明時節斜陽裏箇箇行人問酒家

題畫

鯉魚風急繫輕舟兩岸寒山宿雨收一抹斜陽歸

雁盡白蘋紅蓼野塘秋

詠諸葛孔明

草廬三顧屈英雄慷慨南陽起卧龍鼎足未安星又隕陣圖留與浪濤舂

詠雪夜幸趙普

宋朝受命政維新魏國稱為社稷臣空使終年讀論語如何不顧托孤人

風雨淹旬厨煙不繼滌硯吮毫蕭條若僧聊詠三章以自遣興

青衫白髮老癡頑筆硯生涯苦食艱湖上水田人不要誰來買我畫中山

荒村風雨雜鳴雞燎釜朝厨愧老妻謀寫一枝新竹賣市中貿價賤如泥

儒生作計太癡呆業在毛錐與硯臺問字昔人皆載酒寫詩亦望買魚來

以上計鈔二十六首

唐寅字伯虎又字子畏别號六如居士吳趨
里人生于明成化六年庚寅二月初四日卒
于嘉靖二年癸未十二月初一日享年五十
四歲工詩畫名重一時
父名廣德母邱氏妻徐氏沈氏
女適王氏子
其墓在江南省之横塘
考六如乃取佛氏之説為一如深溪虎一如
大海龍一如高柳蟬一如巫峽猿一如華邱
鶴一如瀟湘雁也

悦心偶筆

伴花仙人坦園鈔

詠春

春雨霏微花氣浥，江村處處春相及。半庭芳草黛煙濃，一樹梨花粉痕濕。數聲啼鳥羂游絲，曉來拂拂東風急。東風蝴蝶尋香飛，新鶯欲語嬌還澁。陌上堤邊更可憐，香車寶馬紛相集。高樓簾捲畫屏開，落花飛絮隨風入。榆錢滿地更堪愁，難買東君又九十。折花安頓膽瓶中，猶恐春光暗收拾。

詠夏

槐陰滿地人初起，呢喃掠水風翻紫。畫闌只有鶯亂啼，香氣菁葱浮芳芷。池中菡萏羨霞妝，簾前茉莉含冰蕊。蕉葉風清映畫廊，畫廊曲繞鴛鴦沚。寂寂枝頭落槿花，人靜棋聲碧窗裏。夢回枕簟玉肌涼，繡牀團扇清如水。朱欄倦倚晚風多，落霞夕霽如明綺。漸看新月挂枝梢，隔浦採蓮歌未已。

詠秋

銀河黯淡流螢度怨蛩脉〻啼秋露砧聲何處擣闺衣夜色淒〻泣寒兎蕭瑟西風蔓草衰芙蕖墜落餘香褪隔窓絡緯織更殘銀牀梧葉催黄作閒雲來往自悠〻空庭滴瀝青蘚雨〻絲寂寞柳煙消濕月籠香浮桂樹桂影重階不捲簾傷秋人向凭欄暮蕭〻楓葉落吳江湘鴻幾處雲中素

詠冬

黄昏譙鼓傳初刻重〻羅幕寒悽惻一雁孤飛半夜驚千林凍色連雲織笛聲吹曉戍樓風漁舟冷徧蘆花國棲鳥啞〻寒不飛梅花瘦影西窓側天孫剪水作瑶花美人粉染青山色曉來妝罷隔簾看金樽猶恐寒相逼白雪金卮酒一尊玉山欲頹嬌無力還思此日擁冬幃少婦流黄長歎息

蜀葵

碧玉枝頭綰落霞湖山閒徧綺羅斜一春何事無

粧點艾葉榴花共絳紗

秋海棠

嬌姿婀娜弄芳柔脉脉含情繞砌幽無奈西風最蕭瑟斷腸還恐不禁秋

秋芍藥

一枝妖艷倚闌干不向春前鬪牡丹羞學贈人慵莫採秋風得伴菊花寒

淡竹葉

若把琅玕剪碧雲交加翠羽妬羅裙如將月影階前掃子敬庭中一半分

秋日村居

冰簟波長靜湘鈎捲更悠繡餘芳艸煖書罷夕陽收團扇慵題怨嫦娥豈解愁遥思秦弄玉千載一簫樓

秋氣悲揺落清心淡不闌竹梢梳白日水面洗青山臨鏡花常曉薰香韻自閑幽懷何所寄遠在碧

霄间

春日曉妝

攬鏡曉風清。雙蛾豈畫成。簪花初欲罷。柳外正鶯聲。

題繡扇

芙蓉照水開。翠鳥依枝立。蝴蝶若憐風。盈盈香氣襲。

雨夜聞簫

紗窗徒倚倍無聊。香燼金鑪嬾更燒。一縷簫聲何處弄。隔簾微雨濕芭蕉。

午日

蒲玉香浮琥珀盃。榴花紅豔錦雲堆。琅玕自繞回廊外。翠影清風入袖來。

貽齊姊約歸阻風不至

寒鑪撥盡燼微紅。漠漠江雲蔽碧空。離別遂如千里月。歸期偏悵一帆風。愁邊花發三春日。夢裏年驚兩髩中。雨雪滿窗消不得。定應握手幾時同。

偶見雙美

昔年西子應慚獨今日東鄰却遇雙黛拂春愁爭
對鏡笑分花靨共窺窗若非拾翠來湘水定見遺
珠涉漢江宋玉多情曾賦否高唐神女亦心降

早春紅于折梅花至

遲〻簾影映清霄日照池塘凍若消公主梅花先
傳額美人楊柳未垂腰紗窗縮冷留餘綫綺閣香
濃繞畫綃試問侍兒芳草色階前曾長翠雲條

秋暮獨坐有憶兩姊

蕭條暝色起寒煙獨聽哀鴻倍愴然木葉盡從風
裏落雲山都向雨中連自憐華髮盈雙鬢無奈浮
生促百年何日與君尋大道草堂相對共談玄

以上詩共計十八首

暮景 點絳脣

薄捲紅綃斷霞西角斜陽遠晝長無伴閒去題花
扇獨倚闌干看盡歸鴉徧輕雲亂涼風吹散新月
中天見

採蓮女 點絳脣

粉面新妝淡紅衫子輕羅扇。昨宵鄰伴。來約蓮塘玩。棹泛扁舟影共蓮花亂。深々見。綠楊風晚。空載閒愁返。

夏日雨景 點絳脣

竹逕深々。流雲曉度羅幃靜。雨絲幾陣。滿地桐花冷。濕翠侵眉織暈蒼苔影。看無盡。綺屏人映。一片瀟湘景。

春思 浣溪紗

紅袖香濃日上初。幾番無力倩風扶。綠窗時掩悶妝梳。一向多慵嬾刺繡。近來聊喜學臨書。鳥啼春困落花疎。

春暮 浣溪紗

曲々闌干繞樹遮。半庭花影帶簾斜。又看暝色入窗紗。樓外遠山横寶髻。天邊明月伴殘花。空教芳草怨年華。

小窗即景 浣溪紗

竹徑煙迷薜荔牆。好風搖曳弄垂楊。無情啼鳥向人忙。一曲搖琴消午夢。半鑪沉水爇春香。倚闌無語又斜陽。

初夏 浣溪紗

香到荼蘼送晚涼。荇風輕約薄羅裳。曲欄凭徧思偏長。自是幽情慵捲幌。不關春色惱人腸。誤他雙燕未歸梁。

春懷 鷓鴣天

日上花梢睡未醒。繡衾香煖夢留人。依依柳眼天邊碧。淡淡山眉鏡裏青。無意緒。惜娉婷。綠階芳艸伴愁生。東風吹夢知何處。空聽流鶯檻外聲。

紫薇花 踏莎行

細剪胭脂。輕含茜露。芳菲百日濃輝聚。紅妝嬾去鬧春妍。薰風獨據珊瑚樹。

蘭花 蝶戀花半調

自道全無脂粉氣笑殺春風紅白匀桃李幽谷芳
菲誰得比猗猗獨寄琴聲裏

秋海棠 蝶戀花

淺綠嫣紅開幾許誰料西風也解傾城嫵酒暈盈
盈嬌欲佇檀心半吐輕含雨剪向屏山深處貯似
笑如愁旖旎憐還憮低嚲對人渾不語斷腸應恐
人無緒

游春人 滿宮花

日融和花媚嫵粉蝶搖枝嬌舞輕風吹落小桃紅
燕子銜歸繡戶草芊綿人容與共羨春光如許縈
騮金勒繫垂楊拾翠尋芳伴侶

以上詞共計十二首

明崇禎间女史葉瓊章字小鸞吳江人為葉
紹袁之第三女也未嫁而卒年十七

悦心偶筆

陳氏坦園鈔

閨情 如夢令

鎮日鶯愁燕嬾。徧地落紅誰管。睡起爇沉香。小飲碧螺春盌。簾捲。簾捲。一任柳絲風軟。

其二 前調

誤信鵲聲枝上。幾度樓頭西望。薄倖不歸來。愁殺石城風浪。無恙。無恙。牢記別時模樣。

其三 前調

小閣焚香閒坐。揻揻紙窗風破。女伴有誰來。管領春愁一箇。無那。無那。斜壓翠衾還臥。

其四 前調

煙鎖畫樓人病。燕子玉闌歸信。報道負情儂。屈指還家春盡。休聽。休聽。又是海棠開近。

偶題 浣溪紗

一斛明珠孔雀羅。湘裙窄地錦文靴。紅兒進酒雪

兒歌。石黛有情新月皎。玉簪無力煖雲拖。見人先
唱定風波。

贈妓　柳梢青

紅粉牆高風吹嫩柳。露濕夭桃。扇薄身輕。香多夢
弱。腸斷吹簫。誰能一見相拋。動人處。詩成彩毫。帳
底星眸。窗前皓腕。又是明朝。

別妓　西江月

烏鵲橋頭夜話。櫻桃花下春愁。簾纖細雨綠楊舟。
畫閣玉人垂手。紅袖盈盈粉淚。青山剪剪明眸。今
宵好夢倩誰收。一枕別時殘酒。

竹夫人　南柯子

玉骨香無汗。徒教喚兩頭。受人顛倒被人勾。只是
更無腸肚便風流。嬌小通身滑。玲瓏滿眼愁。有些
情性欠溫柔。怕的一時拋擲在深秋。

春思　紅林禽近

龜甲屏還掩。博山香未焦。鸚鵡煖猶睡。曉鶯上花

梢醒來抬身半晌細雨濕夢無聊女伴戲問春宵笑頰暈紅潮黛眉新月偃羅襪小蓮䘢更衣攏髻背人自折櫻桃怨玉郎起早日長倦繡小樓花落吹洞簫

閨思 柳初新

畫欄深鎖鴛鴦燒照素影花枝軟綠雲斜嚲寶釵欲墜倦起日高猶嬾嗔道是風簾捲半抬身慵開嬌眼閣外青山點點問平疇綠蕪誰騖玉驄嘶去欲窺還避肩倚侍鬟微捻凝望處雙眉斂似不禁燕拘鶯管

江南好 望江南

江南好翠翰木蘭舟窄袖衩衣持檝女短簫急鼓采菱謳逆槳打潮頭

其二 前調

江南好蘭蕙伏盆芽茉莉縷藏新茗盌木瓜香透小窗紗換水膽瓶花

其三 前調

江南好，五色錦鱗肥。反舌巧偷紅嘴慧，畫眉羞傍白頭棲。翡翠逐金衣。

其四 前調

江南好，櫻筍荐春羞。梅豆漸黃探鶴頂，芡盤初軟剥雞頭。橘柚洞庭秋。

其五 前調

江南好，豔飾綺羅仙。百褶細裙金綫柳，半裝高屧玉臺蓮。故〻立風前。

詠牡丹頭 南鄉子

高聳翠雲寒，時世新妝喚牡丹。豈是玉樓春宴罷，金盤，頭上花枝鬧合歡。着意畫煙鬟，用盡玄都墨幾丸。不信洛陽千萬種，爭看，魏紫姚黃總一般。

以上詞共計十六首

物幻詩八首

繭虎

南山五日鏡奩開。絳索春葱縛軼材。奇物巧從蠶館製。內家親見豹房來。越巫辟惡鏤金勝。漢將擒生畫玉臺。最是繭絲添虎翼。難將續命訴牛哀。

茄牛

擊鼓喧闐笑未休。泥車瓦狗出同遊。生成豈比東隣犢。觳觫何來孺子牛。老圃盤飧誇特殺。太牢滋味入常饈。看他諸葛貪嬉戲。若鬧兒曹巧運籌。

鰲鶴

丁令歸來寄素書。羽毛零落待何如。雲霄豈有餔糟計。飲啄寧鬭逐臭餘。雪比撒鹽推勁翮。蟻旋封垤附專車。秦皇跨鶴思仙去。死骨何因葬鮑魚。

蟬猴

仙蛻誰傳不死方。最高枝處憶同行。移將吸露迎風意。作就輕軀細骨妝。薄鬢影如逢越女。斷腸聲豈怨齊王。內家近作通侯相。賜出貂蟬傲粉郎。

蘆筆

採箬編蒲課筆耕。織簾居士擅書名。掃來魯壁枯難用。焚就秦灰製不成。飛白在窗花入夢。草玄秋閣雁銜橫。中山本是盧郎宅。錯認移封號管城。

橘燈

搯映蘭膏葉底尋。玉盤纖手出無心。花開槐市枝枝火。霜滿江潭樹〻金。繡佛傳燈珠錯落。洞仙爭弈漏深沉。鐃他丁緩施工巧。不及生成在上林。

桃核船

漢家水戰習昆明。曼倩偷來下瀨橫。三士漫成齊相計。五湖好載越姝行。桑田挾種千年久。河清浮槎一葉輕。從此武陵漁問渡。胡麻飯裏棹歌聲。

蓮蓬人

獨立平生重此翁。皮裘叟袖倚東風。殘身顛倒憑誰戲。乱服粗疎耻便工。共結苦心諸子散。早拈香粉美人空。莫嬿到老絲難斷。總在汙泥不染中。

以上七律共八首

吴偉業字駿公號梅村太倉人明崇禎三年庚午領鄉荐辛未會試第一殿試一甲二名本朝順治间總督馬國柱疏荐為國子監祭酒丁憂旋里卒年六十三

附記

吴梅村有詩集行于世中有圓圓曲以譏吴三桂者其中句云

痛哭六軍俱縞素衝冠一怒為紅顏
全家白骨成灰土一代紅妝照汗青

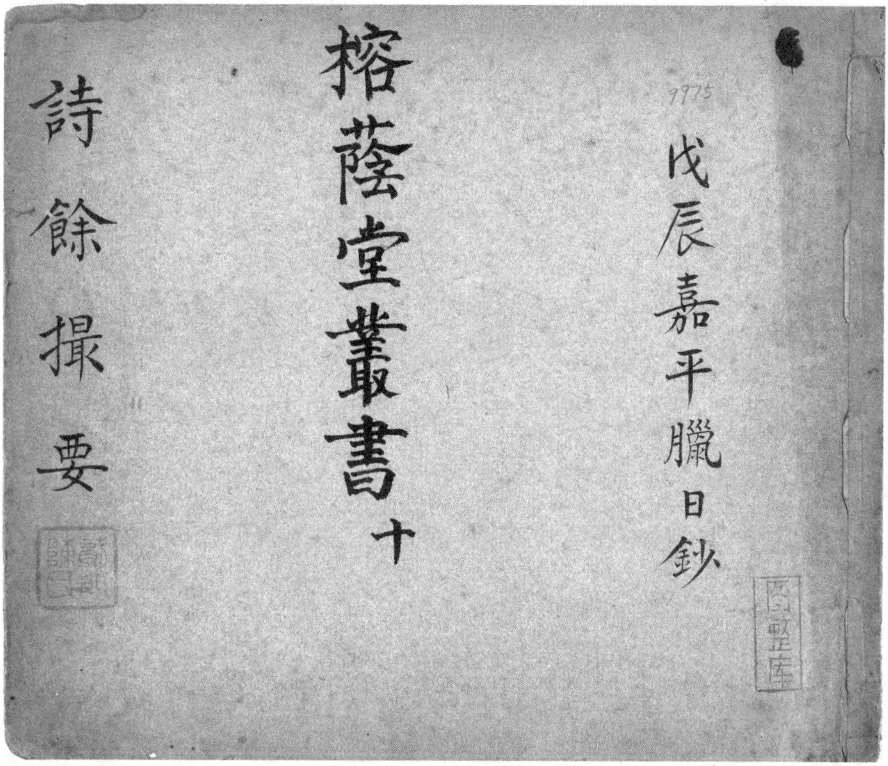
9975

戊辰嘉平臘日鈔

榕蔭堂叢書 十

詩餘撮要

詩餘撮要

伴花忪人録

○耶律楚材題翠華洞石壁 鷓鴣天

香界傾頹事已遷浩歌遥望意茫然江山王氣空千刼桃李春風又一年橫翠嶂架寒煙野花平碧怨啼鵑不知何限人間夢併觸沉思到酒邊

○夏言和前題 鷓鴣天

人事滄桑有變遷靈巖玉洞自歸然朝衣幾共遊山日佛界仍存刺石年嗟歲月惜風煙等閒花發又啼鵑只將彩筆題僧壁玉帶長留向日邊

○吳寬答傅體齋約遊西山 青玉案

西山於我如無分要遊時春常盡住向京華凡六閏出城偏近山僧笑我此事無人信故人書札勞相問可惜情懷還不順冒暑同遊〻也悶湖堤須待杏花疎雨吹濕雙吟鬢

○蘇軾淨浴 如夢令

水垢何曾相受細看兩俱無有寄語揩背人盡
日勞君揮肘輕手輕手居士本來無垢

○蔣捷偶題 一剪梅

一片春愁帶酒澆江上舟摇樓上帘招秋娘容
與麗娘嬌風又飄〻雨又瀟〻何日雲帆卸浦
橋銀字箏調心字香燒流光最易把人拋紅了
櫻桃綠了芭蕉

○趙東文閒詠 青杏兒

風雨替花愁風雨罷花也應休勸君莫惜花前
醉今年花謝明年花謝白了人頭乘興兩三甌
在溪山好處尋游但教有酒身無事有花也好
無花也好選甚春秋

○虞集寄柯九思吳下 風入松

畫堂紅袖倚清酣華髮不勝簪幾回晚直金鑾
殿東風軟花裏停驂書詔許傳宮燭香羅初剪
朝衫御溝冰泮水拖藍飛燕又呢喃重〻簾幙

寒猶在憑誰寄錦字泥緘報道先生歸也杏花
春雨江南

○齊愈詠梅　眼兒媚

霏霏疎影轉征鴻人語暗香中小橋斜渡曲屏
深院水月濛濛人间不是藏春處玉笛曉霜空
江南徧地黃垂密雨綠漲薰風

○林逋惜別　長相思

吳山青越山青兩岸青山相送迎誰知離別情
君淚盈妾淚盈羅帶同心結未成江頭潮已平

○康伯可惜別　長相思

南高峰北高峰一片湖光煙靄中春來愁殺儂
郎意濃妾意濃油壁車輕郎馬驄相逢九里松

○金章宗詠橙盃　生查子

風流紫府郎痛飲烏紗岸柔軟九回腸冷怯玻
璃盌纖纖白玉葱分破黃金彈借取洞庭春飛
上桃花面

○宋宮人王惠清字沖華丙子北行　滿江紅

太液芙蓉渾不似舊時顏色曾記得春風雨露玉樓金闕名播蘭簪妃后裏暈潮蓮臉君王側忽一聲鼙鼓揭天來繁華歇龍虎散風雲滅銅駝恨何堪說對河山百二淚沾襟血驛館夜驚塵土夢宮車曉碾關山月願嫦娥相顧肯從容隨圓缺

○文天祥和王惠清題驛　滿江紅

試問琵琶胡沙外怎生風色最苦是姚黃一朵移根仙闕王母歡闌瓊宴罷仙人淚滿金盤側聽行宮半夜雨淋鈴聲聲歇彩雲散香塵滅銅駝恨那堪說想男兒慷慨嚼穿齦血回首昭陽離落日傷心銅雀迎新月算妾身不願似天家金甌缺

○又和一闋　滿江紅

燕子樓中又捱過幾番秋色相思處青年如夢

乘鸞仙闕肌玉暗消衣帶緩淚珠斜透花鈿側最無端蕉影上窗紗青燈歇曲池合高臺滅人間事何堪說向南陽阡上滿襟清血世態便如翻覆雨妾身元是分明月笑樂昌一段好風流菱花缺

○歐陽修平山堂餞劉原父 朝中措

平山欄檻倚晴空山色有無中手種堂前楊柳別來幾度春風文章太守揮毫萬字一飲千鍾行樂直須年少尊前看取衰翁

○蘇軾守揚州登平山堂有感 西江月

三過平山堂下半生彈指聲中十年不見老仙翁壁上龍蛇飛動欲弔文章太守仍歌楊柳春風休言萬事轉頭空未轉頭時皆夢

○蘇軾春月勝秋月 減字木蘭花

春庭月午搖落春醪光欲舞步轉回廊半落梅花婉娩香輕風薄霧都是少年行樂處不似秋

光只與離人照斷腸

○伯顏席上作 喜春來

金魚玉帶羅襴扣皁蓋朱旛列五侯山河判斷筆尖頭得意秋分破帝王憂

○曹明善刺伯顏 岷江綠

長門柳絲千萬縷總是傷心處行人折柔條燕子銜芳絮都不由鳳城春作主

○林粹夫詠愁 塞鴻秋

姤離情輾轉相逗逗惹羈懷來往間交攜對菱花怕照容顏瘦數帰鴻難展眉峰皺秋風葉落時夜雨燈昏候那其間淚濕香羅袖

○王逐客夏景 雨中花

百尺清泉聲陸續映瀟湘碧桐翠竹面千步回廊重重簾幙小枕欹寒玉試展鮫綃看畫軸見一片瀟湘凝綠待玉漏穿花銀河垂地月上闌干曲

○吴彥高題燕山驛壁 風流子

書劍憶濠梁當時事底事不堪傷蘭揖嫩漪向吳南浦杏花微雨窺宋東牆鳳城外燕隨青步障絲惹紫騮韁曲水古今禁煙前後暮雲樓閣春草池塘回首斷人腸年華但如霧鏡髮成霜獨有蟻尊陶寫蝶夢悠揚聽出塞琵琶風沙淅瀝寄書鴻雁煙月微茫不似海门潮信能到潯陽

○又題老姬琵琶 春從天上來

海角飄零歎漢苑秦宮墜露飛螢夢回天上金屋銀屏歌吹競舉青冥向當時遺譜有絕藝鼓瑟湘靈促哀彈似林鶯嚦嚦山溜泠泠梨園太平樂府醉幾度春風鬢髮星星舞徹中原塵飛滄海風雪萬里龍庭寫胡笳幽怨人憔悴不似丹青酒微醒一軒涼月燈火青熒

○余淑柔題臨川驛壁 浪淘沙

雨溜和風鈴滴滴丁丁釀成一紙別離情可惜當年陶學士孤負郵亭邊雁帶秋聲音信難憑

花鬚偷數卜歸程料得到家秋正晚菊满寒城

○卓津題許鄉徐仙亭卜算子

流水小灣西晚坐孤亭静不見高人跨鶴歸風水摇清影往古與來今休用重〻省十里梅花雪正晴孤月遥山冷

○王觀詠踏青慶清朝

調雨為酥催冰作水東君分付春還何人便将輕煖㸃破殘寒結伴踏青去好平頭鞋子小變鸞煙柳外望中秀色如有無間晴則箇陰則箇餖飣得天氣有許多般須教撩花撥柳爭要先看不道吳綾繡襪香泥斜沁幾行斑東風巧盡收翠綠吹在眉山

○高竹屋詠轎御街行

藤筠巧織花紋細碎穩步如流水踏青陌上雨初晴怕印濕文鴛雙履要人送上逢花須住纔過處香風起裙兒挂在簾兒裏更不把窓兒閉

紅〻白〻簇花枝恰稱得尋春芳意歸來時晚紗籠引道扶下人微醉

○南宋中興野人題吳江橋上　念奴嬌

炎精中否嘆人才委靡都無英物胡騎長驅三犯闕誰作長城堅壁萬國奔騰兩宮幽陷此恨何時雪草廬三顧豈無高卧賢傑天意眷我中興吾皇神武踵曾孫周發河海封疆俱效順狂敵何勞灰滅翠羽南巡扣閽無路徒有衝冠髮孤忠耿〻劍鋩冷浸秋月

○壽涯和尚題魚籃觀音　漁家傲

深願弘慈無縫罅乘時走入衆生界窈窕丰姿都沒賽提魚賣堪笑馬郎來納敗清冷露濕金襴壞茜裙不把珠瓔蓋特地掀來呈捏怪牽人愛還盡幾多菩薩債

○陳堯佐詠燕　踏莎行

二社良辰千家庭院翩〻又睹雙飛燕鳳凰巢

隱許為鄰瀟湘煙暝來何晚乱入紅樓低飛綠岸畫梁輕拂歌塵轉為誰歸去為誰來主人恩重珠簾捲

○蘇東坡九日 南鄉子

霜降水痕收淺碧鱗〻露遠洲酒力漸消風力軟颼〻破帽多愁割戀頭佳節若為酬但把清樽斷送秋萬事到頭都是夢休〻明日黄花蝶也愁

○向鎬怨婦 如夢令

誰伴明窻獨坐我和影兒兩箇燈盡欲眠時影也把人抛躲無那無那好箇悽惶的我

○蘇軾之妾朝雲卒于惠州詠梅寄意以弔之 西江月

玉骨那堪瘴霧冰肌自有香風海仙時遣探芳叢倒挂綠毛么鳳素面翻嫌粉涴洗妝不褪脣紅高情已逐曉雲空不與梨花同夢

○韓邦靖養病回鄉書驛壁 山坡羊

肯排山南山北偃肯倒海東海西翻我如今心兒裏不緊意兒裏有些嬾如今一箇〻平步裏上青天一箇〻日月近龍顔青山綠水且讓我閒游玩明月清風你要忙時我要閒嚴灘你會釣魚誰不會把竿陳摶你會睡時誰不會眠

○陸世明贈妓月琴 點絳唇

三尺冰絃夜深彈破青天竅意中人杳只有清光到雲雨無緣總是相思調愁懷抱嫦娥心照訴與他知道

○楊儀詠桃杏二枝 長相思

桃花紅杏花紅兩樣春光便不同各自逞嬌容倚東風笑東風綠葉青枝共一叢靜愛碧煙籠

○張小山秋日宮詞 一半兒

花邊嬌月靜妝樓葉底蒼波冷翠溝池上好風閒御舟可憐秋一半兒芙蓉一半兒柳

○聶壽卿自詠 卜算子

楊柳小蠻腰慣逐東風舞學得琵琶出教坊不
是商人婦忙煞玉搔頭春筍纖纖露老却江南
杜牧之嬾為秋娘賦

○又詠二闋卜筭子

粉淚濕鮫綃只恐郎輕薄夢到巫山第幾峰酒
醒燈花落數日尚春寒未把羅衣着眉黛含顰
為阿誰但悔從前錯
花壓鬢雲低風透羅衫薄殘夢瞢騰下翠樓不
覺金釵落幾許別離愁猶自思量着欲寄蕭郎
一紙書又怕歸鴻錯

○劉招山怨情繫裙腰

山兒矗矗水兒清船兒似葉兒輕風兒更沒人
情月兒明厮合奏送人行眼兒皺皺淚兒傾燈
兒更冷清清遭逢雁兒又沒前程一聲聲怎生
得夢兒成

○太虛羽士宗王磐題紙鳶紅繡鞋

平地上白雲一片駕東風飛上青天任兒童牽引且隨緣你道是閒游戲我道是小登仙有一日斷塵根歸閬苑

○尤侗詠佳人集曲名 菩薩蠻

步摇顆〻珠環小裙拖滴〻金泥巧早起傍妝臺笑兜紅繡鞋名香羅帶染碧玉鈎簾捲度曲喜遷聲呼郎並合笙

○吳偉業詠牡丹頭 南鄉子

高聳翠雲寒時世新妝喚牡丹豈是玉樓春宴罷金盤頭上花枝鬥合歡着意畫煙鬟用盡玄都墨幾丸不信洛陽千萬種爭看魏紫姚黃總一般

○辛稼軒致仕以家事付兒 西江月

萬事雲煙忽過一身蒲柳先衰而今何事最相宜宜醉宜游宜睡早趁催科了辦更量出入收支乃翁依舊管些兒管竹管山管水

○韓世忠感詠　臨江仙

冬日青山瀟洒靜，春來山煖花濃。少年衰老與山同。世間名利客，富貴與窮通。榮華不是長生藥，清閒不是死门風。勸君識取主人公。单方只一味，盡在不言中。

○韓苑洛詠韓信嶺　踏莎行

高嶺連雲，寒煙帶雨。長楊满路悲風起。將軍墓上草蕭蕭，荒祠白日眠狐鼠。九里山前，未央宮裏。淒涼往事煩胸臆。烏江夘水兩悠悠，東流不盡英雄淚。

○鎖懋堅詠假山　沉醉春風

風過處香生院宇，雨收時翠濕琴書。移來小朵峰，幻出天然趣。倚闌干盡日披圖。漫説蓬萊恐是虛，只此是神仙洞府。

○徐有貞游靈巖山　水龍吟慢

佳麗地是吾鄉，看東山更比西山好。有卷畫樓臺金碧巖扉彷彿十洲三島却也有風流安石清真逸少向西施洞口望湖亭畔對雲影天光上下相涵相照似寶鏡裏翠娥妝曉且登臨且談笑眼前世事幾多堪弔香徑踪消屧廊聲杳麋鹿還游未了也莫管吴越興亡為他煩惱是非顛倒嘆宦海風波幾人歸早得在家中老遇酒美花新歌清舞妙儘閒懷抱又何須較短論長此生心應有天知道醉呼童更進餘盃便捶得到三更乘月歸仙棹

○蘇軾贈閭丘公侍兒懿卿吹笛　水龍吟

楚山修竹如雲異材秀出千林表龍鬚半翦鳳膺微漲玉肌匀繞木落淮南雨晴雲夢月明風裊自中郎不見桓伊去後知孤負秋多少聞道嶺南太守後堂深綠珠嬌小綺窗學弄梁州初徧霓裳未了嚼徵含宮泛商流羽一聲雲杪為使君洗盡蠻風瘴雨作江天曉

○高覲國閨鄰女吹笛　風入松

粉嬌曾隔翠簾看，橫玉聲寒。夜深不管柔荑冷，櫻朱度、香噴雲鬟。霜月搖搖吹落，梅花簌簌驚殘。蕭郎且放鳳簫閒，何處停鸞。靜聽三弄霓裳羅，魂飛斷、愁裏關山。三十六宮天近，念奴却在人間。

○宋僧仲殊詠桂　金菊對芙蓉

花則一名，種分三色，嫩紅妖白嬌黃。正清秋佳景，雨霽風涼。郊墟十里飄蘭麝，瀟湘處、旖旎非常。自然風韻，閑時不惹，蝶亂蜂狂。携酒獨挹蟾光。問花神何屬，離兑中央。引騷人乘興，廣賦詩章。許多才子爭攀折，嫦娥道、三種清香。狀元紅是，黃爲榜眼，白探花郎。

○辛棄疾詠虞美人花　浪淘沙

不肯過江東，玉帳匆匆。只今草木憶英雄。唱着虞兮當日曲，便舞春風。兒女此情同，往事朦朧。

湘娥竹上淚痕濃舜目重瞳堪痛恨羽又重瞳

○王正之別妾　喜遷鶯

玉樓歡宴記遺簪綺席題詩羅扇月枕雙敲雲窗同夢相伴小花深院舊歡頓成陳迹翻作一番新怨素秋晚聽陽關三疊一樽相餞留戀情繾綣紅淚洗妝雨濕梨花面雁底關山馬頭星月西去一程程遠但願此情如舊天也不違人願再相見老生涯分付藥鑪經卷

○史邦卿詠燕　雙雙燕

過春社了度簾幕中間去年塵冷差池欲住試入舊巢相並還栖雕梁藻井又軟語商量不定飄然快拂花梢翠尾分開紅影芳逕香泥雨潤愛貼他爭飛競誇輕俊紅樓歸晚看足柳昏花暝應是栖香正穩便忘了天涯芳信愁損翠黛雙蛾日日畫欄獨凭

○黄子常題閨草　綺羅香

綃帕藏春羅裙點露相約鶯花叢裏翠袖拈芳香沁笋芽纖指偷摘徧綠徑煙霏悄搴下畫𣟄紅紫掃花階禱展芙蓉瑶臺十二峰仙子芳園清晝作永亭上吟〻笑語姤穠誇麗奪取籌多贏得玉璫瑜珥凝素靨香粉添嬌映黛眉淡黄生喜綰胸帶空繫宜男情郎婦也未

○劉改之賀詞 西江月

堂上謀臣樽俎邊頭將士干戈天時地利與人和燕可伐與曰可今日樓臺鼎鼐明年帶礪山河大家齊唱大風歌同日四方來賀

○康伯可重九遇雨 望江南

重陽日陰雨四垂〻戲馬臺前泥拍肚龍山會上水平臍直浸到東籬茱萸胖菊蕋濕滋〻落帽孟嘉尋箬笠休官陶令覓蓑衣兩箇一身泥

○贈妓 畫在樂

秀香家住桃花徑籌神仙綠堪並屠波細剪明

胖膩玉圓搓素頸愛把歌喉當筵逞過天邊乱雲愁凝言語似嬌鶯一聲〻堪聽雕房飲散簾幙靜擁香衾歡心稱金鑪麝裊青煙鳳帳燭搖紅影無限狂情乘酒興者歡娛漸入佳境猶自怨鄰雞道秋宵不永

○楊夢羽自詠 撥不斷

菊苗肥菖蒲瘦生涯此外吾何有竹影間侵枕畔書花香自入盃中酒玉樓春晝心無縈眉無皺今朝過了明朝又屋外江山是主賓窗前烏兎徒飛走青氊依舊

○無名氏題西楚霸王廟壁 酹江月

飽魚腥斷楚將軍鞭虎驅龍而起空費咸陽三月火鑄就金刀神羆垓下兵稀陰陵道狹月暗雲如壘楚歌哄發山川都姓劉矣悲泣呼醒虞姬為伊死別血刃飛花碎霸業休〻雖不逝英氣烏江流水古廟頹垣斜陽紅樹遺恨鴉聲裏

興亡休問高陵秋草空翠

○岳飛言志 滿江紅

怒髮衝冠凭欄處瀟瀟雨歇抬望眼仰天長嘯壯懷激烈三十功名塵與土八千里路雲和月莫等閒白了少年頭空悲切靖康耻猶未雪臣子恨何時滅駕長車踏破賀蘭山缺壯志飢餐胡虜肉笑談渴飲匈奴血待從頭收拾舊山河朝天闕

○文徵明和前題 滿江紅

拂拭殘碑敕飛字依稀堪讀慨當初倚飛何重後來何酷果是功成身合死可憐事去言難贖最無辜堪恨更堪憐風波獄豈不惜中原蹙豈不念徽欽辱但徽欽既返此身何屬千載休談南渡錯當時自怕中原復笑區區一檜亦何能逢其欲

○曾純甫過汴京 金人捧玉盤

記神京繁華地舊游蹤正御溝春水溶溶平康鄉陌繡鞍金勒躍青驄解衣沽酒醉絃管柳緑花紅到如今餘霜鬢嗟前事夢魂中但寒煙滿目飛蓬雕欄玉砌空餘三十六離宮寒笳驚起暮天雁寂寞東風

○司馬光即席 西江月

寶髻鬆鬆綰就鉛華淡淡妝成紅樓紫霧罩輕盈飛絮游絲無定相見爭如不見有情還似無情笙歌散後酒微醒深院月明人靜

○張泌閨情 江城子

碧闌干外小中庭雨初晴曉鶯聲飛絮落花時節近清明睡起捲簾無一事匀面了沒心情

○又詠 江城子

浣花溪上見卿卿眼波明黛眉輕高綰緑雲低簇小蜻蜓好是問他來得麽和笑道莫多情

○王阮亭閨情 蝶戀花

涼夜沉〻花漏凍欹枕無眠漸聽荒雞動此際閒愁郎不共月移窗罅春寒重憶共雲裯無半縫郎似桐花妾似桐花鳳往事迢〻徒入夢銀箏斷絕連珠弄

○宋犖讀白梲月女子詩感題 調笑令

面壁淚痕濕想見含毫燈下立風鬟雨髩吳宮隔芍藥香消堪惜明妃遠嫁歸何日一曲琵琶悽惻

○宋蔡真人作陳東飲于酒樓中有妓歌此以侑酒 望江南

闌干曲紅颺繡簾旌花嫩不禁纖手捻被風吹去意還驚眉黛蹙山青鏗鐵板閒引步虛聲塵世無人知此曲却騎黃鶴上瑤京風冷月華清

○俞君宣詠草鞋 鷓鴣天

少時青〻老來黃千搥萬結得成雙甫能打就同心結又被傍人說短長雲雨事我承當不曾

移步到蘭房有朝一日肝腸斷棄舊憐新撇道傍

○幽歡詞 髩雲鬆

洞房幽平徑絕拂袖出门踏破花心月鐘鼓樓中聲韵歇歡娛佳境闯入何曾怯擁香衾情兩結覆雨翻雲暗把春偷設苦良宵容易別試聽紫燕深々說

漏聲沉人影絕素手相携轉過花陰月蓮步輕移嬌又歇怕人瞧見欲進羞還怯口脂香羅帶結誓海盟山盡向衾邊設恨雞聲催曉別臨行猶自低々說

○詠西湖 折桂令

蘇公堤上今古堪誇春夏秋冬四季奢華瀲灧湖光溟濛山色掩映朝霞紫陌上垂楊繫馬斷橋邊流水人家畫舫撐來翠袖羅裳韵悠々笙歌嘹亮醉醺々笑語喧譁

○馬鶴窓詠中秋 鵲橋仙

不寒不暑無風無雨秋色平分佳節桂花香散夜涼生小樓上簾兒高揭多愁多病閒憂閒悶綠鬢紛〻成雪平生不作負心人惟負了今宵明月

○又詠落花 滿庭芳

春老園林雨餘庭院偏惹蝶駭鶯猜萬紅皺白狼藉滿蒼苔正是愁腸欲斷朱箔外點〻飄來分明似身輕飛燕扶下避風臺當初珍重意金錢競買玉砌新栽更翠屏遮護羯鼓催開誰道天機繡錦都化作紫陌塵埃紗窗裏有人憐惜無語托香腮

○馬子嚴閨思 鷓鴣天

睡鴨徘徊煙縷長日高春困不成妝步欹草色金蓮潤撚斷花鬚玉筍香輕洛浦笑巫陽錦衣親織寄檀郎兒家閉戶藏春色戲蝶遊蜂不敢狂

○司馬光感題 錦堂春

紅日遲遲虛廊轉影槐陰迤邐西斜綵筆工夫難狀晚景煙霞蝶尚不知春去漫繞幽砌尋花奈猛風過後總有殘紅飛向誰家始知青鬢無價歎飄零官路荏苒年華今日笙歌叢裏特地咨嗟席上青衫濕透箏感舊何止琵琶怎不教人易老多少離愁散在天涯

○明武宗自易己名為朱壽稱威武大將軍命所司給御馬監太監天字一號牙牌與之正德戊寅二月巡邊還群臣具凱歌以迎之 玉樓春

曉來聽得平胡報工賈士農開口笑一鞭傾倒虎狼巢萬騎踏平荊楚道旌旗旋邊奏凱歌回光九廟將軍福力重如山萬國千邦人倚靠

○朱希真警世 西江月

世事短如春夢人情薄似秋雲不須記較苦勞心萬事原來有命幸遇三盃酒美況逢一朵花

新片時歡笑且相親明日陰晴未定
日々深盃酒滿朝々小圃花開自歌自舞自開
懷且喜無拘無礙青史幾番春夢紅塵多少奇
才不須計較與安排領取而今現在
○張表臣題甘露寺壁 驀山溪
樓橫北固盡日懨々雨款乃數聲歌但渺漠江
上煙樹寂寥風物三五過元宵尋柳眼覔花容
春色知何處落梅嗚咽吹徹江城暮脈々數飛
鴻杳歸期東風凝佇長安不見烽起夕陽間魂
欲斷酒初醒獨下危樓去
○李空同詠春情 如夢令
昨夜洞房春煖燭盡琵琶聲緩間步倚闌干人
在天涯近遠影轉影轉月壓海棠枝軟
不信園林春早一夜徧生芳草說與小童知池
上落紅休掃休掃休掃花外斜陽更好
○楊邃菴致仕後自詠 雁兒落

俺也曾握虎符鎮塞垣俺也曾假黄鉞誅叛乱俺也曾掌天曹統百官俺也曾草黄麻代主言念鸞鳳勝鷹鸇怕蒿艾混芝蘭小人哉多行險君子兮不素餐清閒不知機心怎閒平也麼安不知足心怎安

○關漢卿詠春情（一半兒）

雲鬟霧鬢勝堆鴉淺露金蓮濕絳紗不比等閒牆外花俏冤家一半兒難當一半兒耍

碧紗窓外靜無人跪在牀前忙要親罵箇負心回轉身話雖嗔一半兒推辞一半兒肯

○于國寶題西湖酒肆（風入松）

一春嘗費買花錢日日醉湖邊玉驄慣識西湖路驕嘶過沽酒樓前紅杏香中歌舞綠楊影裏鞦韆煖風十里麗人天花壓鬢雲偏畫船載得春歸去餘情付湖水湖煙明日重扶残醉來尋陌上花鈿

○尤侗閨詞 卜算子
整日數歸期數了回頭數不信朝朝暮暮思曆
本看撕破特地倚门妝依舊空牀卧多分宵來
夢不應今夜拚重作
○尤侗偶感 醜奴兒令
春來秋去何時了昨日陰山今日陽關白髮黃
雞彈指間只求夢裏流年好今夜邯鄲明夜巫
山睡過三生亦喜歡
○劉叔安秋閨晚詠 阮郎歸
寒陰漠漠夜來霜階庭楓葉黃歸鴉數點帶斜
陽誰家砧杵忙燈弄幌月侵廊薰籠添寶香小
屏低枕怯更長和雲入醉鄉
○尤侗感遇 滿江紅
我醉欲眠且收了眼光青白分付與死便埋我
陶家之側天下山川吞八九腹中人物容千百
任諸君拍手笑狂生乾坤窄破面鬼焦頭客福

建子山東賊问何人請劍何人投筆我夢化為蝴蝶舞醉來敲破珊瑚玦歎一腔熱血洒何時青衫濕

○尤侗集藥名 南鄉子

弱骨怯天冬滿地黃花憔悴同雲母屏邊休竚立防風烏頭却似白頭翁自笑寄生窮愁脉難将草木通泉石膏肓甘遂老從容留取雲山藥餌功

○尤侗新嫁娘 西江月

月下雲翹早卸燈前羅帳眠遲今宵猶是女孩兒明日居然娘子小婢偷翻翠被新郎初試蛾眉最憐妝罷見人時盡道一聲恭喜

○尤侗詠泥美人 好女兒

彼美人兮半面風姿誰向妝臺描五色有顧愷傳神何郎傅粉張敞修眉可惜紅顏黃土立而望是耶非耶若箇小名君知否是罷舞西施停

歌子夜不笑褒姒
○李在躬閨思 黄鶯兒
滿院發榴枝訂回期端午時如如孀守空閨裏
飄零不歸相思怎醫心〻念〻人千里自追思
雲鬟兩鬢一半變霜絲
○詠燭 江兒水
一自交遊後其中慾火燃對天結箇丹心願無
多光景難留戀明心不昧有神靈鑒白日青天
不便要逞風流約定在黄昏夜半
○元人詠指甲 得勝令
宜將鬧草尋宜把花枝浸宜將繡綫勻宜把金
釵維宜操七絃琴宜結兩同心宜托腮邊玉宜
圈鞋上金難禁得一掐通身沁知音治相思十
箇針
○白仁甫詠臉痣 醉中天
疑是楊妃在逃脫馬嵬災曾與明皇捧硯來美

臉風流殺尀耐揮毫李白覷着嬌態洒松煙點破桃腮

○張孝祥詠雨 滿江紅

斗帳高眠窓寒靜瀟〻雨意南樓近更移三鼓漏傳一水點〻不離楊柳外聲〻只在芭蕉裏也不管滴破故鄉心愁人耳無似有游絲細聚復散真珠碎天應分付與別離滋味破我一窓蝴蝶夢輸他雙枕鴛鴦睡向此際別有好思量人千里

○倪君奭臨終自詠 在行船

年少踈狂今已老筵席散雜劇終了生向空來死向空去有何喜有何煩惱說與無常二鬼道福亦不修禍亦不造地獄閻王天堂玉帝看你去那裏押到

○詠幽歡詞 點絳脣

殢雨尤雲靠人緊把腰兒貼顫聲不徹肯放郎

教歇檀口微微笑吐丁香舌噴龍麝被郎輕嚙
却又嗔郎劣

○張小山詠梅 一半兒

枝横翠竹暮寒生花淡紗窗殘月明人倚畫樓
羌笛聲惱詩情一半兒清香一半兒影

○貫酸齋詠立春以五行冠首 清江引

金釵影搖春燕斜木杪生春葉水塘春始波火
候春初熱土牛兒載將春到也

○蒲松齡詠美人蓮鈎 南鄉子

隱約畫簾前三寸淩波玉笋尖點地分明蓮瓣
落纖纖再着重臺更可憐花襯鳳頭彎入握應
知軟似綿但願化為蝴蝶去裙邊一嗅餘香死
亦甜

○宋岳州徐君寶妻作此投井殉節 滿庭芳

漢上繁華江南人物尚遺宣政風流綠窗朱戶
十里爛銀鈎一旦刀兵齊舉旌旗擁百萬貔貅

長驅入歌樓舞榭風捲落花愁清平三百載典章文物掃地俱休幸此身未北猶客南州破鑑徐郎何在空惆悵相見無由從今後斷魂千里夜夜岳陽樓

○明人馬晋感題 滿庭芳

雪漬疎鬢霜侵衰髩去年猶勝今年一回老矣堪歎又堪憐思昔青春美景除非是月下花前誰知道金章紫綬多少事憂煎清晨騎馬出風初暴橫雨又淒然想山翁野叟正爾高眠更有紅塵赤日也不到松下林邊如何好吳淞江上閒了釣魚船

○解縉侍永樂宴中秋月被雲掩遂賦一歌月復明又口占此詞 風落梅

嫦娥面今夜圓下雲簾不著臣見拚今宵倚欄不去眠看誰過廣寒宮殿

○閨秀商景徽書法華經 菩薩蠻

篆香吹過花深處貝多葉底垂甘露何處見如來青蓮筆下開朝〻研黛盎不畫春山遠但寫妙蓮華香風徧若耶

○閨秀餞夫其夫和之 鷓鴣天

整束簪環下碧霄教人腸斷念奴嬌曲房空賸殘香粉獨對瀟湘憶翠翹尋別話酌清醪盈〻徐送小紅橋從今不伴煙霞客愛向風前鬥柳腰

○和詞一闋 鷓鴣天

朝餐風露暮淩霄不羨金閨貯阿嬌却恨柳絲牽月綫強移花色點雲翹情猶戀意如醪依〻不舍舊藍橋東君可許歸相伴暫向風塵學楚腰

○王來警世詞 漁家傲

日月無根天不老浮生總被消磨了陌上紅塵常擾〻昏復曉一場大夢誰先覺洛水東流山四繞路傍幾箇新華表見說在特好職官爭信道冷煙寒雨埋芳草

○沈青门美人秉燭 黄鶯兒

飲罷月朦朧照郎歸繡戸中銀臺絳蠟含羞捧露纖纖玉蔥映盈盈粉容偷回笑臉秋波送怕東風半途吹滅佯把袖梢籠

○詠春雨集調名 長相思

雪梅香綺羅香瑞鷓鴣飛畫錦堂雨淋鈴韻長滿庭芳僊尋芳好女兒辜八寶妝玉樓春未償

○歎世 霜天曉角

功名大小天已安排了何用百般機巧榮休喜辱休惱閒先謝早此理人知少萬事算來由命定自然真箇好

榮枯得失天已安排畢何用苦勞心力得一日過一日泰來否極詭譎終無益凡事付之談笑中前程暗如漆

○宋景德中早秋宴拱辰殿命題 喜遷鶯

霞散綺月沉鉤簾捲未央樓夜深河漢截天流

宮殿鎖清秋瑤階曙金莖露鳳髓香和雲霧三
千珠翠擁宸游水殿按涼州

○詠史彌遠半閒堂 唐多令

天上摘星班青牛度闕幻出蓬萊新院宇花外
竹〻邊山軒冕倘來閑人生間最難筭真閒不
到人間一半神仙先占取留一半與公閒

○劉改之却辛稼軒招作此緘寄 沁園春

斗酒彘肩醉渡浙江豈不快哉被香山居士約
林和靖與蘇公等駕勒吾回坡謂西湖正如西
子濃抹淡妝臨照臺諸人者都掉頭不顧只管
傳杯白云天竺去來圖畫裏崢嶸樓觀開看縱
横一澗東西水繞兩山南北高下雲堆逋曰不
然暗香疏影只可孤山先探梅蓬萊閣訪稼軒
未晚且此徘徊

○完顏亮中秋待月不至賦此 鵲橋仙

停盃不舉停歌不發等候銀蟾出海不知何處

片雲來作許大通天障礙虬髯撚斷星眸睜裂惟恨劍鋒不快一揮截斷紫雲腰子細看嫦娥體態

○康熙壬申仲冬訛傳采選女子以致民間紛然嫁娶有滑稽生作此 兩同心

天使遥臨小民惶惑年庚帖纔出家门花燈轎已來香陌趁今宵日吉時良嫁箇嬌客那管门楣非匹便諧琴瑟一枝花銀燭摇紅三盃酒金尊凝碧倩鱗鴻探问梅香夜來消息

○孫巨源宴于李氏第李新納妾能琵琶一時奉命宣召廹之入翰林院遂草三制後歸已三鼓作此記恨 菩薩蠻

樓頭尚有三通鼓何須抵死催人去上馬苦匆匆琵琶曲未終回頭凝望處那更廉纖雨漫道玉為堂玉堂今夜長

○范希文經畧西邉日作 漁家傲

塞下秋來風景異衡陽雁去無留意四面邊聲
連角起千嶂裏長煙落日孤城閉濁酒一盃家
萬里燕然未勒歸無計羌管悠悠霜滿地人不
寐將軍白髮征夫淚

○宋吴氏女坐姦繫獄時王龜齡為守聞其
美慧以冬木雪消春日且至為題女援筆
立就龜齡賞嘆釋之 長相思

煙霏霏雪霏霏雪向梅花枝上堆春從何處回
醉眼開睡眼開疎影横斜安在哉休教塞管催

○蘇軾述懷 行香子

清夜無塵月色如銀酒斟時須滿十分浮名浮
利休苦勞神似隙中駒石中火夢中身雖抱文
章開口誰親且陶陶樂取天真不如歸去作箇
閒人對一張琴一壺酒一溪雲

○張伯雨罷官歸作 水仙子

歸來重整舊生涯瀟洒柴桑處士家草庵兒不

用高和大會清標豈在繁華紙糊窓柳木榻挂
一幅单條畫供一枝得意花自燒香童子煎茶
○易彦章日久不歸其妻寄此 一剪梅
染淚修書寄彦章貪却前廊忘却回廊功名成
就不還鄉石作心腸鐵作心腸紅日三竿懶下
牀虚度韶光瘦損容光思量何日得成雙羞對
鴛鴦懶對鴛鴦
○又作一闋 長相思
朝有時暮有時潮水猶知日兩回人生長别離
來有時去有時燕子猶知社後歸君行無盡期
○汪彦章在翰苑屢致言者作 點絳唇
永夜厭厭畫簾低月山銜斗起來搔首梅影横
窓瘦好箇霜天閑却傳盃手君知否曉鴉啼後
歸夢濃如酒
○元人王和卿詠禿 天淨紗
笠兒深掩過雙肩頭巾牢抹到眉邉款款的把

笠檐兒試掀連荒道一句君子人不見頭面

○林粹夫慨世　清江引

春花正紅春酒美多少蟠桃會休作看財奴枉
受金銀累死到黃泉終是悔

勝水名山和我好每日相頑笑人情上苑花世
事襄陽礮霎時虛飄多過了

世上人心真箇歹牽鬼街頭賣哄了白尚書瞞
過陳員外鍾離看見通不倸

没嘴葫蘆就地滚好惡休相問花妝扮戲棚紙
作臧錢囤陳搏華山閒打盹

○滕玉霄贈歌童阿珍　瑞鷓鴣

分桃斷袖絕嫌猜翠被紅裩興不乖洛浦作陽
新燕爾巫山行雨左風懷手携襄野便娟合背
抱齊宮婉孌偕玉樹庭前千載曲隔江唱罷月
籠階

○宋人劉改之詠美人指甲　沁園春

銷薄春冰碾輕寒玉漸長漸彎見鳳鞋泥汙偎人强剔龍涎香斷撥火輕翻學撫瑤琴時々欲剪更掬水魚鱗波底寒纖柔處試摘花香滿鏤棗成斑時將粉泪偷彈記綰玉曾教柳毅看算恩情想著自搔玉體歸期暗數畫徧闌干每到相思沉吟靜處斜倚朱脣皓齒間風流甚把仙郎暗掐莫放春閒

○又詠美人足 沁園春

洛浦凌波爲誰微步輕塵暗生記踏花芳徑亂紅不損步苔幽砌嫩綠無痕襯玉羅慳銷金樣窄載不起盈々一段春嬉游倦笑教人款捻微褪些根有時自度歌聲悄不覺微尖點拍頻憶金蓮移換文鴛得侶繡茵催滚舞鳳輕分懊恨深遮牽情半露出没風前煙縷裙知何似々一鉤新月淺碧籠雲

○邵清溪詠美人眉 沁園春

巧閗彎環纖凝嫵媚明妝未收似江亭曉玩遥山拂翠宫簾暮捲新月横鈎掃黛嬿濃塗鉛訝淺更能畫張郎不自由傷春倦為皺多無力翻作嬌羞填來不滿横秋料惹得人间多少愁記魚緘自啟背人偷斂雁鈿膠併運指輕揉有喜先占長顰難效柳葉初黄今在不雙尖鎖試臨鸞一展依舊風流

○又詠美人目 沁園春

漆點填睚鳳梢侵鬢天然俊生記隔花瞥見踈星炯炯倚闌凝注止水盈盈端正窺簾夢騰並枕睥睨着檀郎總是青相久待看嫣然一笑客意將成困酣曾被鶯驚睡臨鏡挼砂猶未醒憶帳中親見似嬿羅窓樽前相顧翻怕燈明醉後看承歌闌閗美幾度孜孜頻送情難忘處是鮫綃揾透別淚雙零

○呂仙降乩自詠 踏莎行

輕揮羽扇，平分湘水煙霧。泉石為佳侶，清風兩袖，膽氣粗。洞庭飛過，經千里，飽嚼瑤花，醉斟玉髓。乾坤收拾葫蘆裏，一聲長嘯海空，秋數着殘棋，山月起。

○瞿宗吉聽妓月子彎彎之歌作此 南鄉子

簾捲水西樓，一曲新腔唱打油。宿雨眠雲年少夢，休謳。且盡生前酒一甌。明日又登舟，却指今宵是舊遊。同是他鄉淪落客，休愁。月子彎彎照幾州。

○黄子常詠花朝賣花聲 賣花聲

人過天街，曉色擔頭紅紫，滿筠筐浮花浪蕋。畫樓睡醒，正眼橫秋水，聽新腔一回催起。吟紅叫白，報得蜂兒知未，隔東西餘音軟美。迎门爭買，早斜簪雲髻，助春嬌粉香簾底。

○喬夢符和前題 賣花聲

侵曉園丁叫道，嫩紅嬌紫，巧工夫攢枝飽蕋。行

歌佇立洒洗妝新水捲香風看街簾起深⺀巷
陌有箇重门開未忽驚他尋春夢美穿窗透閣
便憑伊喚取惜花人在誰眼底
○元人凌彥翀嘲昆季鬩牆析居者　沁園春
樹上凌霄堂前紫荊秋來尚芳奈牝雞晨語鵲
鴒憔悴妖狐晝嘯鴻雁分行仁智非周喜憂非
舜一旦天倫忍遂忘如何好望松楸感泣桑梓
悲傷古今禍起專房寵一國猶然況一鄉家有
婦人豈無長舌世無男子誰有剛腸樹大枝分
瓜熟蒂落此語應非是義方聊書此要懲鑑戒
不在文章
○楊慎題妓　西江月
醞造一場煩惱只因些子恩情陽臺春夢不曾
成枉度雨雲朝暝燕子那知我意鶯兒似喚他
名消除只有話無生除去心頭重者
倚醉深閨朱戶佯羞怕捧金觥背人彈泪繞花

行唱盡新詞嬾聽本是為郎調護當初枉道無
情英雄摩勒肯重生贖取佳人薄命
自有嫩枝柔葉何須補柳添花低聲昵語似雛
鴉腸斷東橋月下香霧清睥何處春風今夜誰
家五花驕馬七香車趁此小喬未嫁
玉指管生絃澁朱唇語顫聲羞動人一味是温
柔為甚兩眉長皺不慣秋娘渡口乍離阿母池
頭臨卬太守最風流肯許鳳求凰否

○錢生年四十餘無室後成婚有期作 于飛樂
年少踈狂北里平康十年占斷風光似一場春
夢飲散高陽如今休也醉眼獨自悽惶但古人
有無錢斷酒臨老剃度何妨散花紅頂花帽作
箇新郎低頭失笑幾回浪子從良

○辛棄疾園池中蓄魚有鷺鷥群集其上賦
此詞諭之 鵲橋仙
溪邊白鷺來吾告汝溪內魚兒堪數主憐汝汝

憐魚要物我欣然一處白沙遠浦青泥別渚賸
有鰕跳鰍舞聽君飛去飽時來看頭上風吹一縷
○慕容巖卿士妻月夜歌其生前作 浣溪紗
江山憶舊游汀花汀草弄春柔長亭艤住木蘭
舟好夢易隨流水去芳心空逐曉雲愁行人莫
上望京樓
○瞿宗吉詠鞋盃 沁園春
一掬嬌春弓樣新裁蓮步未移笑書生量窄愛
渠儘小主人情重酌我休遲醞釀朝雲斟量暮
雨能使麴生風味奇何須去向花塵留迹月地
偷期風流到手偏宜便豪吸雄吞不用辭任淩
波南浦惟誇羅襪賞花上苑祇勸金卮羅帕高
擎銀瓶低注絕勝翠裙深捧時華筵散奈此心
先醉此恨誰知
○陶穀奉使江南其處遣妓秦弱蘭詐為驛
卒女以備洒掃之役陶因與通作詞以贈

嗣李後主宴陶于澄心堂命弱蘭徐出侑
酒歌前詞陶聞之大沮北歸 風光好
好姻緣惡姻緣衹得郵亭一夜眠別神仙琵琶
撥盡相思調知音少再把鸞膠續斷絃
○小青自詠 天仙子
文姬遠嫁昭君賽小青又續風流債也虧一陣
黑罡風火輪下抽身快单〻別〻清涼界原不
是鴛鴦一泒休揣休作相思慨自思自解自商
量心可在魂可在著衫手撚湹叉裙帶
○万俟雅言雨夜詠 長相思
一聲〻一更〻窗外芭蕉窗裏燈此時無限情
夢難成恨難平不道愁人不喜聽空階滴到明
○朱希真致仕自題 鷓鴣天
云是清都山水郎天教嬾慢帶踈狂曾批給露
支風敕累奏留雲借月章詩萬首醉千觴幾曾
著眼看侯王玉樓金闕辞歸去且揷梅花住洛陽

○惜花 卜算子

片〻蝶衣輕點〻猩紅小人道東君不惜花萬紫千紅巧朝見樹頭繁暮見枝間少人道東君果惜花雨打風吹了

○楊用修自詠 羅江怨

譙樓月影斜東方亮也金雞驚散枕邊蝶長亭十里陽關三疊相思相見何年月淚流襟上血愁穿心上結鴛鴦被冷雕鞍熱

黄昏畫角哀南樓報也遲〻更漏初長夜茅簷滴溜松梢霽雪紙窗不定風如射牆頭月又斜牀頭燈又滅紅鑪火冷心頭熱

青山隱〻遮行人去也羊腸鳥道幾回折雁聲不到馬蹄又怯惱人正是寒冬節長空孤鳥滅平湖遠樹接倚樓偎得闌干熱

闗山望轉賒程途倦也愁人莫與愁人說離鄉背井瞻天望闕丹青難把衷腸寫炎方風景別

京華書信絶世情休問涼和熱

○白仁甫詠閨情 陽春曲

笑將紅袖遮銀燭不放才郎夜看書相偎相抱取歡娛止不過迭應舉及第待何如

忙裏鉸甚鞋兒樣寂寞羅幃冷串香向前摟定有情娘止不過赶嫁裝悮了又何妨

○瞿祐詠西湖 望江南

西湖景春日最宜晴花底管絃公子宴水邊羅綺麗人行十里按歌聲

西湖景夏日正堪游金勒馬嘶垂柳岸紅妝人泛採蓮舟驚起水中鷗

西湖景秋日更宜觀桂子岡巒金粟富芙蓉洲渚彩雲間爽氣滿前山

西湖景冬日轉清奇賞雪樓臺評酒價觀梅園圃訂春期共醉太平時

○莫仲璵題西湖十景 蝶戀花

蘇堤春曉

十里樓臺花霧繞宜雨宜晴山色籠春曉楊柳梢頭殘月小海棠枝上猶眠鳥簾帳玉人初睡覺試問樓前畫舫開多少報道尋芳人起早紫騮嘶過香塵道

平湖秋月

壁月沉輝湖淥靚一色琉璃倒湛山河影貝闕鱗宮明愈瑩人間無此清涼鏡笑擷芙蓉乘舴艋醉掬文漪搖動金千頃欲喚坡仙同賦詠桂花露濕衣襟冷

斷橋殘雪

快雪時晴寒尚沍玉屑銀沙紛滿西湖路一道垂虹如約素裙腰草色非前度斷玦遺環愁日暮想像淩波羅襪應難步欲探梅花無處所山童指點逋仙墓

雷峰夕照

古塔斜陽紅欲暝西崦人家半在桑榆影水印
殘霞如濯錦煙籠佛國非凡境十里畫船歸欲
盡漁唱菱歌別是湖中景待月有人樓上等珠
簾半捲闌重凭

麴院風荷

五月涼風來麴院綠水芙蕖紅白都開徧風遞
花香清不斷採蓮舟過歌聲緩醉折碧筒供笑
玩翠盖紅綃高下翻零亂向晚新涼醒酒面六
銖衣薄停紈扇

花港觀魚

杜若浮香春霽雨浪煖桃花錦漲鴛鴦渚碧藻
叢深菱葉底纖鱗吹沫摇赬尾戲把金鉤垂綠
水却憶雕闌翠袖人同倚腸斷蕭娘書一紙相
思欲報憑雙鯉

南屏晚鐘

翠巘深深深幾許佛閣華鐘鯨吼西風裏回首

南莊行樂地暝煙隔斷青蓮宇宴罷芳園人散去金鑰嚴城次第催將闭一望長橋燈火起絳紗影裏聯歸騎

柳浪闻鶯

西子湖頭春過半萬里垂楊洶似波紋乱黃褪綠匀雛暗換俊游來係花驄慣紅喙嬌鶯啼緩緩韵叶笙簧幾被風吹斷惱乱佳人停鳳管背花偷把春纖按

三潭印月

秋靜寒潭澄見底玉色蟾蜍飛入清冷水睡熟驪龍呼不起頷珠光照冰壺裏讌賞此時能有幾遥憶同歡今夜人千里試问龍淵深幾許騎鯨欲共嫦娥語

兩峰插雲

南北雙峰雲氣繞玉削芙蓉迥出青天表金碧浮圖瞻縹緲朱甍繡檻臨黃道下界紅塵飛不

到東望彤庭日出扶桑曉願借謫仙希有鳥瑶
笙吹上蓬萊島

○詠秋二闋 一剪梅

連宵風雨漸催秋打點迎秋忽已驚秋韶華直
恁易成秋記得前秋又到今秋最難排解是三
秋無奈新秋況復深秋他鄉何以度窮秋捱過
殘秋更慮來秋

桐圭初削已成秋露點清秋葉染紅秋風光到
處盡宜秋閨閫娘秋臺閣卿秋商聲吹徹漢宮
秋玉雁盟秋鐵馬征秋愁潘悲宋慣吟秋口傍
攢秋心上堆秋

○夏言初夏詠 鶴沖天

臨水閣倚風軒細雨熟梅天一池新水碧荷圓
榴花紅欲燃薄羅裳輕紈扇睡起綠陰滿院曲
欄斜轉正閒凭何處玉簫聲

○陳充明詠美人 一半兒

春夢

梨花夢繞錦香亭蝴蝶春融軟玉屏花外鳥啼三四聲夢初驚一半兒昏迷一半兒醒

春困

鎖窗人靜日初曛寶鼎香消火尚温斜倚繡牀深閉门眼昏昏一半兒微開一半兒盹

春妝

自将楊柳品題人笑撚花枝比較春輸與海棠三四分再偷勻一半兒胭脂一半兒粉

春愁

厭聽野鵲語雕檐怕見楊花撲繡簾拈起繡針還倒拈兩眉尖一半兒微舒一半兒斂

春醉

海棠紅暈潤初妍楊柳纖腰舞自偏笑倚玉奴嬌欲眠粉郎前一半兒支吾一半兒軟

春繡

綠窓時有唾絨粘銀甲頻將綵線挦繡到鳳凰
心自嫌按春纖一半兒端詳一半兒掩

春夜

柳綿撲檻晚風輕花影横窓淡月明翠被麝蘭
薰夢醒最關情一半兒温和一半兒冷

春情

自調花露染霜毫一種春心無處描欲寫々殘
三四遭絮叨々一半兒連真一半兒草

唐昭宗自題 菩薩蠻

登樓遥望秦宮殿茫々只見雙飛燕渭水一條
流千山與萬峯遠煙籠碧樹陌上行人去何處
是英雄迎儂歸故宮

李後主秋夜詠 長相思

雲一緺玉一梭澹々衫兒薄々羅輕顰雙黛螺
秋風多秋雨和簾外蕉聲風雨過夜長人奈何

隋煬帝詠湖上花 望江南

湖上花天水浸靈芽淺蕊水邊勻玉粉濃苞天外剪明霞只在列仙家開爛漫插鬢若相遮水殿春寒幽冷豔玉軒晴照煖添華清賞思何賒

○金主完顏亮詠雪 昭君怨

昨日樵村漁浦今日竹州銀渚山色捲簾看玉峰巒錦帳美人貪睡不覺天花剪水驚問是楊花是蘆花

○宋蔡京自詠後月餘即卒 西江月

八十衰年初謝三千里外無家孤行骨肉各天涯遥望神京泣下金殿五曾拜相玉堂十度宣麻追思往日謾繁華到此番成夢話

○女鬼題詞 倚西樓

禁鼓初傳時下打虛過清風明月夜眼如魚目幾時乾心似酒旗終日挂銀漢低垂星斗斜院宇空寥燈燭卸西樓瀟洒有誰知獨自上來獨自下

○題曳車圖叟調 黃鶯兒

第一苦生涯兩輪車百斤枷皮穿骨露為牛馬
兒肥似瓜女嬌似花胭脂奶：鞭還罵勸渾家
何須恨偺都是老天差
操勞乱似麻可人嘉更堪誇多標多致多幽雅
瓶兒養葩盌兒泡茶能言鸚鵡金籠挂瘦乾巴
粗繩四把拖死癩蝦蟆

同治七年歲次戊辰十二月初八日鈔于
海淀成府之戒得區
陳氏坦園識

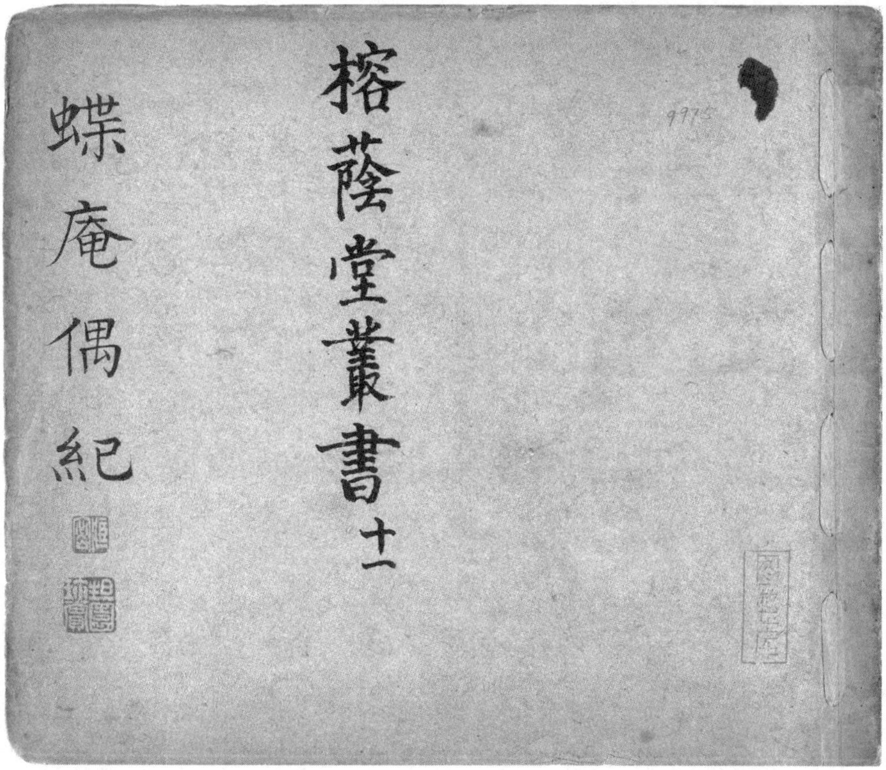
榕蔭堂叢書十一
蝶庵偶紀

蝶庵偶紀

陳氏坦園鈔

送人出塞　徐元夢字蝶園康熙癸丑進士官至大學士　其孫舒赫德亦官至大學士

君到居庸北。應憐一雁回。沙平疑地盡。山豁訝天開。落日重關閉。秋風萬馬來。勉旃從此役。莫上望鄉臺。

滕王閣　陳維崧字其年江南宜興人

飛觀鬱嵯峨。平臺捫蔦蘿。罘罳還却月。屈戍正橫波。金尊應對酒。玉貌恰當歌。絕殊三閣外。秋雨剪輕羅。千秋聞此閣。形勝據名邦。檻外芙蓉並。樓頭蛺蝶雙。王侯不可見。花月為誰降。朱欄七十二。面面落空江。

紅葉　尤侗字展成江南長洲人

紅葉隨流西復東。小朱妝罷舞秋風。分明萬點湘妃血。莫認楊家一捻紅。

紅葉飄零可奈何。自題宮怨斂雙蛾。贈君聊作
相思子。記聽才人宛轉歌。

煙雨樓　鍾朗字玉行浙江建德人

高人泛舟去。傳說五湖藏。往事如煙滅。沙洲空
雨涼。功名弔猿鶴。雲水渺鴛鴦。都歸寂寞裏。假
此吸清觴。

題金山郭公墓　謝濟世字梅莊雍正間官至御史

雲根浮浪花。生氣來何處。上有古碑存。葬師郭
璞墓。

送人赴陝　託庸字師健滿洲人官至大學士

潞河冰合悲風生。欲曙不曙烏飛鳴。寒山歷歷
路不盡。班馬蕭蕭君獨行。公孫閣下正延士。博
望關西方用兵。此去知君未即返。月明空有相
思情。

題羅浮　李侍堯廂紅旗漢軍人

黃土卧黑石。此外一無有。只可一回來。不堪再

回首。

賀人新婚　袁古香康熙間金陵布衣館于康親王府王限以階乖骸埋四字為韵

裴航得踐游仙約。簇擁紅燈上綠階。此夕雙星成好會。百年偕老莫相乖。芝蘭氣吐香為骨。冰雪心清玉作骸。更喜來宵明月滿。團圓不為白雲埋。

秋夜　張兆騫字漢槎　回文體

煙深卧閣草凝愁。冷夢驚回幾樹秋。懸壁四山雲上下。隔簾一水月沉浮。翩々影落飛鴻雁。皎皎光寒靜斗牛。前路客歸螢點々。邊城夜火似星流。

春鶯囀　張照字德天

綢壓香筒墜宿雲。花魂愁殺月如銀。獨聽魚鑰西風冷。又是深秋一夜人。

盼月　童鈺字二樹

佳絕娟々月。秋飈逼曉開。卧看桐竹影。漸上石綵輿花下洗兒狂，此說終疑是渺茫。惟有劉郎曾愛惜，坐懷親為畫眉長。

對月弔友　金陵承恩寺僧闡乘

共玩君何在，江頭獨愴神。難將一片月，分照九泉人。

偶題　前人

香氣透窗紗，風輕日未斜。午堂春睡起，雙燕下含花。

題畫羅漢像　劉墉字石庵官至大學士謚文清

褐衣猶帶雨花鮮，雲彩常隨法座妍。弟子韶顏師老宿，問來都道不知年。

妙光隱現兩眉間，海印成時萬法閒。不向如來行處去，白雲長自繞青山。

未展經函便了然，從知鏡象已離詮。泥牛入水無消息，卻有書隨過海船。

謾從釋子認袈裟，緇素由來共我家。本自無塵

安用帚一林春雨落巖花

題畫芋 前人

長鑱不用斫黄精仙窟何勞劚茯苓辨取一堆牛糞火攢師說法鄴侯聽

題畫筍 前人

玉盤揚梅為君設馬乳蒲桃不待求惟有此君偏在遠且從圖畫認風流

題畫松 前人

翠蓋影緣月轉素琴聲為風回好遣人間多種能邀仙客頻來

題畫蠟梅 前人

亦是羅浮真侶額黄别見丰姿試向雪中遥認不須香到方知

題畫天竹 前人

開盡素花清婉結成朱實堅蒼海底珊瑚綴露江南紅豆宜霜

牀來。

聽雪　熊蔗泉

一夜朔風急。重衾尚覺寒。料應階下白。及早起來看。

與內人看牡丹　顧與治國初逸老

花下人歸喧女兒。老妻買酒索題詩。為言昨日花纔放。又比去年多幾枝。庭裏香光如更好。曉來風雨可能支。巾車歸若先三日。飽看還從欲吐時。

春雨　湯擯祖

一夜聲喧客夢搖。春風送雨夜瀟瀟。不知新水添多少。漁艇都撐進板橋。

柳絮　燕以均

小院無端點綠苔。問他來處費疑猜。春原不是一家物。花竟偏能離樹開。質潔未堪汙道路。身輕容易上樓臺。隨風似怕兒童捉。才撲闌干又却回。

鏡花水月圖　黄喬松

花月來因。水鏡圓靈。游戲三昧。顛倒衆生。拈花微笑。明月前身。我聞如是。是過來人。非花非鏡。非月非水。現身說法。皆大歡喜。我佛慈悲。諸相皈依。月兮花兮。水兮鏡兮。

漁父詞　石大年

橛頭艇子送生涯。來往苕溪與若耶。手把一竿春又老。釣絲牽上野桃花。

漁父詞　浦翔春

水之涯。山之麓。蓼花行。蘆花宿。不脫蓑衣酣睡足。得魚換酒笑向天。月落空江自歌曲。

題養鶴圖　陳望之

美人自結歲寒盟。入座雲山照眼明。料理鶴糧門盡掩。松花如雨撲簾旌。

詠楊妃　周青原

題一如畫四相圖　前人

清影原從多福分。風枝雨葉綠披雲。我方與我周旋久。知我為誰問此君。　竹　我相

色香何地不全真。索笑巡檐莫漫頻。月落參橫人去後。一枝宛在夢中人。　梅　人相

三界輪旋六道忙。何來婉孌夢呈祥。香巖悟處非沉水。百草千花是一香。　水仙　衆生相

泉自清温菊自甘。耆年稚子本同參。見恒河性分明了。來與彌陀共一龕。　菊　壽者相

山雨欲來　前人

萬樹宮商間奏。千山鱗甲如生。貪看峰頭雲起。忽然腳底雷鳴。

詠生老病死　前人

後果前因沒了期。無端微笑又熙怡。神仙只道長生好。念念遷流自不知。

面皺還思見皺不。百千萬劫一毫收。肇師夢語

空成論何處紅顏又白頭。

情知痛痒兩循環。搔痒渾忘忍痛難。還汝即今無痛痒。掉頭不應等閒看。

形骸知覺斷前緣。一物平分兩不全。各自水流花謝去。問渠真我在誰邊。

秋思　前人

地闊天長雁去。登山臨水人歸。錦上音書杳杳。夢中蝴蝶飛飛。

池冷何人獨見。砌寒有露相侵。公子風前玉立。王孫花下清吟。

題烏魯木齊驛壁　伍公官至大學士

極目孤城上。蒼茫見四郊。斜陽高樹頂。殘雪亂山坳。牧馬嘶歸櫪。啼烏倦返巢。秦兵真耐冷。薄暮尚鳴骹。

秦淮竹枝詞　何春巢杭州人

猩紅一點著櫻脣。淡抹春山黛色勻。壓髻素馨

三百朵風來香撲隔河人
遠近聽來笑語聲○板橋西畔泛舟行○尋常一柄
芭蕉扇○摇動春葱便有情○
蘭撓最是晚來多○萬點紅燈映碧波○我已三更
鴛夢醒○猶聞簾外有笙歌○
夕陽兩岸畫樓臺○紅藕香中一棹回○別有芳心
卿不解○扁舟豈為納涼來○

荷花　岳夢淵

蘭舟載麗人○摇入荷花蕩○亭亭紅粉姿○花與人
相彷○其中有蓮的○心苦惟儂嘗○欲以擲奉郎○生
憎金釧響○

晚蓮　王轂原

船窗六扇拓銀紗○倚槳風前落晚霞○依約沙灘
涼月晒○但聞香氣不看花○

看庭桂　龔木者字立夫

牡蠣牆陰碧蘚封○連蜷古榦影重重○曉風吹過

葉微動。逭雨漬來香更濃。好就曲欄敷坐具。時從幽境策吟笻。天香滿院娛清晝。一任泥深斷客踪。

詠佛手　李琴夫京江布衣

白業堂前幾樹黃。摘來猶似帶新霜。自從散得天花後。空手歸來總是香。

閨怨　張宏勛

鏡臺寂〻掩芳塵。又換深閨一度春。除却殷勤花上鳥。他鄉應少勸歸人。

郊外　前人

春來是處足春遊。風轉長堤草色柔。客過不須頻勒馬。花扶人影出牆頭。

聽雨　莊廷延

梅花風裏雨霏〻。人卧空堂靜掩扉。一夜滄浪亭畔水。料應陡沒釣魚磯。

明宮人刺虎歌　袁枚字子才仁和人

九殿鼕々響戰鼓。萬朵花迎一隻虎。美人中有有心人。詭說儂家是公主。公主姿容世寡雙。色能伏虎々心降。笑捋虎鬚向虎語。洞房請解軍中裝。一盃復一盃。虎竟沉々醉。丹此小烏莵。下報先皇帝。銀燭千條撒帳光。赤虹一道衝天起。妾手纖々柔玉枝。事成不成未可知。妾心耿々精金鍊。刺虎還如刺繡時。一刀初刺虎猶縱。三刀四刀虎不動。帶血抽刀哭向天。可惜大材成小用。嗚呼。山可傾。海可平。總是區々一點誠。君不見。猖狂賊寇誰敢斬。霹靂不敢美人敢。

詠祭 前人

血食滿天下。但看所樹恩。羞將好魂魄。饑飽仗兒孫。

雨過富春 王貢南

歷亂如絲小雨微。相呼舟子授蓑衣。魚爭新水穿萍出。鳥怯寒風貼地飛。宿霧半藏臨澗屋。好

花多落釣魚磯紛〻漁艇隨波散撒網閒歌何處歸

題騎驢圖 吳小仙

白頭一老子騎驢去飲水岸上蹄踏蹄水中嘴對嘴

又題 顧赤芳

張果倒騎驢不知是何故為恐向前差忘却來時路

園梅 許鐵山

臘盡還微雪春來尚薄寒迎風飛片易背日坼苞難疎蕊明高閣低枝韻小欄莫教吹短笛我正倚闌干

釣臺 錢相人

圖畫功名安在哉高風千古一漁臺此情惟有江潮解流到灘前便急回

又題 胡偉然

在昔披裘客浮名著意逃江流日趨下益見釣臺高

詠蚊　葉誠字聲木錢塘人

虎狼偶食人人猶寢其皮獨怪蚤虱蚊嗜人甘如飴蟣虱我自生自孽將怨誰蚤出塵土間跳梁亦暫時爾蚊何為者薨薨聲殷雷訂盟如點將歃血遣佽飛聚昏更為市利析秋毫微穿衣巧刺繡中膚驚卓錐深入石飲羽潛侵劍切泥三伏涼夜好清風吹滿懷時方愛露坐鳴鏑一聲來誤憤自批頰悵望空徘徊亦或中老拳磔裂殲渠魁無奈若搔癢汗粘變瘡痍咄咄公麼蟲陰毒乃如斯長喙不擇肉呼吸若乳兒怪底入夏瘦毛孔成漏卮安得通身手左右時交揮

游春　李寧圃

地濕莎青雨後天桃花紅近竹林邊游人本是農桑客記得春深要種田

詠桑 前人

采采東風葉滿籃。禦寒功已在春蠶。世間多少閒花草。無補生民亦自慚。

子規啼徹四更時。起視蠶多怕葉稀。不信樓頭楊柳月。玉人歌舞不曾歸。

雜詠 前人

樵者本在山。山深沒樵徑。不見採樵人。樵聲谷中應。

折柳 崔念陵

陌頭楊柳正垂絲。泣雨含風送別離。今日兒心正飄蕩。折枝休折帶花枝。

落葉 劉芳字春池江寧織造府書吏

積怨堆愁委地深。西風衰草亂蟲吟。此時狼藉無人問。誰記窗前借綠陰。

憶半野園舊居 前人

半野園堪遂隱淪。山為屏障水為隣。林亭已入

天然畫休息難終老去身喬木昔曾經我種好花今後為誰春傷心最是重來燕不見堂前舊主人

弔香櫞樹 前人

自別園林甫二旬忽枯此樹是何因伊如義不迎新主我獨悲同哭故人物與情通原有感木經歲久豈無神尚須留取根株在猶望仍回舊日春

雨中海棠 前人

黑雲若得明朝霽紅雪猶餘未放枝我獨笑花花笑我今年俱未得逢時

吳興竹枝詞 永福字用五滿洲人湖州太守

香雪西崦處處栽終朝結社賞梅來兒家门戶敲不得留待月明人靜來

練裙如雪浣中單二月風多草色寒片雨過窗紅日現家家樓上晒衣竿

西湖 劉伊有

白沙隄外盪舟行。煙雨空濛畫不成。忽見斜陽照西嶺。半峰陰间半峰晴。

花塢斜連花港遥。夾堤水色淡紅綃。外湖艇子裏湖去。穿過湖西十二橋。

過盧生廟 張警堂

快馬衝風急。添衣禦曉寒。平生無好夢。醒眼過邯鄲。

青门柳枝 張復純字止原

綠煙漠漠裊晴嵐。紫陌輕陰月正三。怕上樂游原上望。引人離恨到江南。

官亭道上 茅荊亭

細道繞平疇。特聽農歌起。回頭不見人。聲在禾麻裏。

漁家 劉廷璣字葛莊漢軍旗人康熙間道員

一家一箇打魚舟。結得姻盟水上浮。有女十三

郎十五朝〻相見只低頭

題士女圖 厲太鴻 南鄉子

思夢髻慵梳鸚鵡驚回依井梧扇影似人〻似月圓初十六盈〻十五餘並蒂點紅蕖更有闌心好句書不用近前頻捧面生踈水院雲廊見也無

題采芝圖 梁秋潭

山间石上爛生光曾受青城道士方自采自餐還自壽不來朝市說禎祥

垂釣 前人

一溪新漲失前汀照見青山處〻青香餌自香魚不食釣竿只好立蜻蜓

花残 張玉階

花残一樹繫愁思斷送春光是雨絲我是主人花是客縱留他住不多時

題竹 李香林

干霄修竹自猗〻。十載相違每繫思。笑我塵勞鬚髩改。羡君青翠尚如斯。

古意　張廷松六合人

荷葉風香隔水涯。吳姬盪槳濕裙紗。晚來滿載新蓮子。月上横塘正到家。

題尤貢甫墨竹　王平圃

幾个琅玕幾點苔。勝他五色筆花開。分明滿幅蕭〻響。似帶江南風雨來。

買竹　前人

南郊過雨綠生香。底事勞人買竹忙。我一出城君入市。兩邊風味各分嘗。

偶成　汪玉珩

高閣對層巒。屋角煙蘿接。山雨欲來時。蕭〻下黄葉。

曉行　洪昉字思昇錢塘人

咿喔晨雞鳴。僕夫駕輪軼。四野絕無人。但聞征

鐸響

和袁子才四絕　金棕亭

坐對名山列綺筵，籬花爭豔暮秋天。百年傳得詩人宅，先把黃金鑄浪仙。

近郭遥峰左右當，帆檣歷歷遠天長。女牆穿過疎林外，放出殘霞襯夕陽。

山腰倚石最伶俜，矮作闌干曲作屏。還得雲根坐吹笛，新聲分與萬家聽。

惠郎中酒眼波斜，一曲清歌遏衆譁。安得將身作幺鳳，香叢長伴刺桐花。

夜泊　洪思昇

竹篠隨潮落，蒲帆逐月飛。維舟已深夜，還上釣魚磯。

晚春　高步瀛

百花開落草芊芊，傑閣層樓白石邊。埋沒春光全是雨，初長天氣却如年。客來未慣驚雛燕，人

到無愁愛杜鵑。棐几一燈三徑晚。垂簾影裏是茶煙

遇雨 崔嶷福建人

葉香乱打冷霏霏。興夢尋秋雁影稀。煙雨滿溪行不了。渡頭扶𦆀一僧歸。

無題 高步瀛

風刀渡剪綠楊絲。一路芳菲落日時。山曲不妨隨徑轉。隔雲早見酒家旗。靜裏消磨墨數升。封書遠问作詩僧。尋君曾到闻鐘後。流水村橋照蝋燈。

覆舟 程晋字魚门

揚州西去一宵程。小艇無端夜忽傾。制命不煩滄海澗。澡身先試暮流清。詩書失後無餘本。戚友來時話再生。莫歎遭逢磨蝎重。世间風浪幾曾平。

客舟猛疾勢如風。南北相持力不同。叫絶已驚

身在水。舉頭猶見月如弓。慈航倏至關天幸。隻履飄然悟大空。攬茝搴裳平日願。險隨騷魄葬珠宮。

曉學仙者　前人

服藥求長生。莫如孤竹子。一食西山薇。萬古長不死。

戒谿刻者　前人

倖门如鼠穴。也須留一箇。若皆堵塞之。好處都穿破。

秦淮偶興　桂堂

淡黃楊柳曉啼鴉。絲雨溫香濕落花。應有鯽魚吹雪上。水邊亭子正琵琶。

水榭湘簾特地清。朝煙上與曲闌平。舊時紅豆拋殘處。只恐風吹子又生。

籬门過雨綠煙鋪。檀板金尊俗有無。小艇已將煙月去。人間空說女兒湖。

鱗〻碧瓦炤春萊。眢井宵深鳥語哀。第一林泉誰省得。數枝猶發舊宮槐。

題竹林寺壁　趙魯瞻

曉來一雨動新涼。獨展殘編坐竹房。無數風枝墮餘滴。紅闌干外即瀟湘。

夏夜　徐蘭坡

螢火繞籬飛。風輕荷氣微。幾竿斜竹影。隨月上人衣。

客中憶西湖　倪紫珍　拗體

江水不如湖水澄。南峰涼煖時堪登。入雲但問采樵客。踏葉偶隨歸寺僧。一掬泉因瘦蛟活。滿山桂與青霞蒸。白波渺〻未可渡。空倚葛陂三尺藤。

題壁　魯鳳藻

昨與隣舟姊妹逢。香風煖處話從容。低頭怕有漁郎至。不看蓮花只看儂。

灘頭漢〻起炊煙折罷蓮花正暮天却怪鴛鴦
不䏻事。偏依儂艇並頭眠。

詩佛歌 梅沖為蔣心餘太史之弟子也心餘稱袁子才為詩佛亦韵事也

心餘太史不世情。獨以詩佛稱先生。先生平生
不好佛。攢眉入社辭不得。佛之慈悲罔不包。先
生見解同其超。佛之所到無不化。先生法力如
其大。一聲忽作獅子吼。喝破炎摩下方走。天上
地下我獨尊。隻管兔毫一隻手。人間游戲撤金
蓮。急流勇退全其天。小倉山居大自在。一吟一
詠生雲煙。有時披出紅袈裟。南天门邊縛夜叉。
八萬四千寶塔造。天魔龍象爭紛拏。有時敷坐
如善女。低眉微笑寂無語。天外心從何處歸。鵲
巢于頂相爾汝。眼前指點說因由。千山頑石皆
點頭。三唐兩宋攝其總。四大海水入毛孔。一心
之外無他師。六合以内皆布施。先生即佛〻即
詩。佛與先生兩不知。我是如來大弟子。夜半傳

衣得微旨。放膽為作詩佛歌。願學佛者從隗始。

乞丐詩 金陵太平门外乞丐死于路官驗在懷中得詩憐之以棺葬埋立碣題曰通州詩丐之墓

賦性生來是野流。手持竹杖過通州。飯籃向曉
迎殘月。歌板臨風唱晚秋。兩脚踏翻塵世路。一
肩擔盡古今愁。而今不受嗟來食。村犬何須吠
未休。

春游 張寶字仙槎金陵人 回文體

天連遠水養花時。勝景芳情自寫詩。煙鎖塢桃
紅片〻。霧籠隄柳綠絲〻。泉飛亂石寒拖練。酒
賣春風煖颭旗。年少樂游佳日永。芊綿草長路
傍池。

題張寶艤槎圖 馬士圖字菊村金陵人 滿江紅

入海乘槎。驚當日。張騫重降。對鏡寫自家仙骨。
千年無恙。射斗劍逢雷煥識。支機石被君平賞。
泛銀河。倘再遇天孫。休容誑。跨五岳。如屏障。呑
七澤。類盆盎。滿胸中。勝水名山形狀。八十一圖

傳不朽百千萬里游何壯今犧槎寫徧六朝山
荊關上

題犧槎圖　包世臣字慎伯

萬里行踪筆底收盈盈尺素寫滄洲慚予濟勝
今無具止解披圖作卧游

自詠　國祥字蘭農董氏行六内務府人

書生莫作牧民官掣肘違心事事難細想貪廉兩
無益何如安穩受饑寒

題平沙冷牧圖　全瑞字芝庭瓜爾佳氏行六內務府人

獨據征鞍度翠微揚鞭古道趁斜暉九邊風急
羊裘冷十月霜寒駿鶻飛馬骨瘦知精力健駝
聲鳴處水泉肥此行合向天山去大漠平沙雪
打圍

庚子七月苦雨　胡九思字默軒道光時布衣

癡雲憨雨久濛濛即不滂沱亦霧籠濕鬱為形
木出耳凝陰得氣物生蟲開门皆水步何往陋

巷園泥路罕通。我似惰農憂米價。吹晴眼望起西風。

偶成　連順字廸齋汪氏内務府人予之甥也

雁陣驚寒落葉秋。殘紅戀樹似難留。病中見酒猶思醉。夢裏逢人亦話愁。何處砧聲來草閣。誰家怨婦泣高樓。山光淡淡波紋亂。雲影松陰月暗浮。

山館夜詠　李仙芝又號抱犢山人桐城人

宵深寒氣重。山館劇淒清。夜月猿僵臥。秋螢鬼擁行。推牕驚鳥夢。就枕聽蟲聲。寂寂孤燈燼。匡牀已二更。

題背面美人圖　文蔭字杏梁王氏行二内務府人

不道娟娟一畫圖。觀來何事費躊躕。眼前若有芙蓉鏡。勿用多情背面呼。

題倦繡圖　失名

慵鬟高髻綠婆娑。早向蘭窗繡碧荷。剌到鴛鴦魂欲斷。惜停鍼綫戲淒蛾。

贊繡工　失名

繡綫挑來似寫生。幅中花鳥自天成。當年織錦非長技。幸把廻文感聖明。

花月吟　失名

花園碧檻月當天。月影離々花影妍。何處月明花正好。滿庭花放月初圓。花间步月三更靜。月下飛花一色鮮。遙想春江花月夜。有人擁月伴花眠。

月滿樓臺花滿林。花魂月魄兩陰々。移花就月雲初散。戴月攀花露已深。月下花羞開並蒂。花间月喜照同心。願教月與花常好。花不飄零月不沉。

花月酒吟　失名

摘花釀酒月初來。借月分花入酒盃。酒熟對花邀月飲。月明携酒賞花開。拈花弄月酒為主。沽酒探花月作媒。我欠月前花酒債。坐花醉月酒邊陪。

瘞鶴詞 湯貽汾字雨生游羅浮一鶴隨行鶴斃埋于斗臺下山中羽士齋來展拜黃喬松詠蝶戀花一詞

萬古纍纍坏土在。卜築雲煙。不用金錢買。但到梅開時一醉。仙山從此添佳會。修竹園屏松偃蓋。四面峰巒。河水環襟帶。古鶴佳城形勝最。先招三百黃冠拜。

語石 繆艮字兼山又字蓮仙杭州人

空齋寂寂。苦無伴侶。啟漫扉。倚庭戶。庭寬半畝環以堵。其中無竹亦無樹。但有一石高丈許。不瘦不皺頑且鉅。既難膚寸為雲雨。又復不堪入山煮。質殊星隕無足取。比不成羊射非虎。敢云中流作砥柱。安得米顛來拜舞。石乎石乎吾語汝。鍊成五色天可補。胡為塊然棄如土。嗚呼。石不點頭亦不語。

詠龜山 失名 回文體

潮隨暗浪雪山傾。遠浦漁舟釣月明。橋對寺门松徑小。巷當泉眼石波清。迢迢綠樹江天曉。靄靄紅霞晚日晴。遙望四邊雲接水。碧峰千點數鷗輕。

回文詩 王衍梅

螺紅醉頰嬌生暈。粉蝶廻腰細蹴花。歌罷欲愁春語燕。夢餘猶恨曉啼鴉。

君憶我如雲乱絮。我憐君似霧蒙花。熏衣汗褪紅香麝。脱釧金揺翠鬢鴉。

瓌瓏翠琯歌明月。门擒紅裙舞落花。醒覺酒香狂弄蝶。醉看詩墨乱塗鴉。

詠泥美人 失名

誰倩芳塵作麗妝。鞋弓猶畫兩鴛鴦。心多塊壘因無語。身恐顛危易斷腸。秋水含將蟻垤潤。春田留得燕巢香。相逢莫訝頻相喚。可是卿卿舊姓黄。

詠雪羅漢 失名

色相空時覺洒然。知君降自大羅天。笑他塵網
真成礙。坐到冰消即是禪。不敢趨炎情默々。何
妨守冷腹便々。想應也懼春心動。早已成融在
臘前。

詠科場 順治間方猶錢開宗丁酉典試江南首題為貧而無諂章榜發後有詠黄鶯兒一闋以譏之

命意在題中。賤貧兒重富翁。詩云子曰全無用。
切磋未通。琢磨欠工。其斯之謂方能中。告諸公。
多財子貢。貨殖是家風。

其後又有詠者 考丁酉順治十四年壬子康熙十一年兩科均有物議

孔方主試副錢神。題義先分富與貧。定價七千
方立契。經房十五不論文。金陵自古成金穴。白
下從今聚白人。最訝丁酉兼壬子。博得財星始
發身。

有所遇 以雲斂晴空冰輪乍湧八字冠首

雲縠輕綃鮮語蓮。斂容羞看海棠妍。晴來藕港

觀魚戲空在花叢效蝶穿冰玉風標鄉寓意輪珠弱質我應憐作逢何物聊為鑑湧出天邊鏡一圓

贈珠江妓鳳彩 繆艮 師師令

翠眉雙鎖又淚珠交墮此時心事有誰知低首向妝臺斜坐着甚閒愁難貼妥到這般慵惰可憐弱體嬌無那似風吹花朵了無情緒病懨懨怎得箇相思醫可燕子樓頭人獨臥料悶懷如我

題美人新浴圖 前人 巫山一段雲

彳亍蓮生步輕盈柳作腰酥胸半褪裹冰綃一捻紫葡萄密意廻眸軟柔情結想遙楊妃出浴者般嬌泚筆也魂消

閨怨 失名

咫尺樓窗但見燈雲山似阻幾千層居家翻作無家客隔院真成退院僧鏡裏容華空若許夢中晤對亦何曾侍兒勸織回文錦嬾惰心情病

未能。

為江瀛濤羽士生祭文　繆良

不死而死。其然非然。夢幻泡影。人乃逃禪。道如可道。玄之又玄。為文以祭。結再生緣。

泥鹿　失名

伊尼裝就壯兼麀。足角皮毛點染周。看去竟能成濯濯。聽時偏只欠呦呦。安非秦失方爭逐。間似吳荒得縱游。間有描來蒼白色。疑經歲月已千秋。

泥兔　失名

玉衡星耀久儲精。明視今非口吐生。目赤似分芝草色。體玄疑吸墨池英。不營三窟甘株守。安得千毫助管城。難向月中還擣藥。任他顧犬也無驚。

詠白牡丹　張鳳翼

不與繁華競。偏憐色相同。瓊花疑更見。瑤圃忽

相逢虢國蛾眉掃蒙莊蝶夢通玉樓人玉立那肯醉春風

詠綠牡丹　王世貞

百寶臺前百豔明虢家眉淡轉輕盈狂蜂採去初疑葉公鳳藏來祗辨聲自是色香堪絕世不煩紅粉也傾城江南新樣誇天水調笑春風倍有情

詠牡丹　皮日休

落盡殘紅始吐芳嘉名喚作百花王競誇天下無雙豔獨占人間第一香醉態迎風嬌欲語妖姿含露濕啼妝間花浪蕊君休看足稱栽培向畫堂

詠白牡丹　李漁字笠翁康熙間布衣

誰能富貴不繁華輸與春來第一花瓊珮搖風天欲雪瑩盤盛露玉無瑕胭脂豈上傾城面眉黛曾傳虢國家不信但看游女隊豔妝多半出

村家。

獨坐　失名　木蘭花　回文體

畫圖閒處飛鶯燕。新漲春湖垂柳綫。架書淹日晝窮搜。下帷孤坐棋談倦。挂簷晴翠山當面。如如悟却忘欣厭。鴻玉寒泉繞石臺。夜中歸鶴棲松院。

莫愁湖春眺　失名

粉泠香消事已淪。佳名留得一湖春。桃疑嫩頰猶含笑。柳想修眉未見顰。入畫樓臺勾墨客。滿船風月戀漁人。莫愁排解惟鷗鳥。日泛金波不惹塵。

秋日山行　失名

瘦說秋容覔去肥。傍巖依壑步斜暉。碧潭寒澈清千尺。紅樹霜披錦四圍。壺挈稻田村婦饁。松擔樵徑野僧歸。乱鴉帶日尋枝集。風裏黃花晚更馡。

春日自遣 失名

絕無羈絆作生涯，任我優游樂事嘉。才弱祇愁年不假，花開猶幸酒能賒。算來富貴何須早，看破功名未足誇。誰道可棲皆福地，得安身處且停車。

偶題 姜特行字星沙朝鮮國人年六十有二 道光二十九年二月初四日作

南海名山說錦城，天寒西望玉崢嶸。朝暉散射先凝彩，夜景交加遠徹明。弱水三千仙闕聳，層樓十二帝鄉清。倏然獨立如遺世，不用區區訪戴行。

東湖停棹暫經過，楊柳悠悠水岸歌。病客孤舟明月在，老僧深院落花多。歸心黯黯連芳草，鄉路迢迢隔遠波。獨坐計程雲海外，不堪西日挂煙蘿。

責撲滿文 繆良

何物撲滿，猥瑣之流，起泥塗之間，自誇歷鍊，實市井之伍。專較錙銖。大腹皤然。原本受胎濁富。小罷量耳。可憐滿口斯文。叩之鏗鏗。鳴同瓦釜。動輒碌碌。鄙若斗筲。自詡出入官门。公然託大。安見倫員泉府。卓有奇功。守財虜因行立名。孔方兄惟爾投契。始則虛懷若谷。猶王莽下士之時。豈知自滿即傾。昧周朝款罷之戒。必因銅臭。不獲瓦全。天道惡盈。爾躬當慎。

誓戒淫念頌

百善先孝。萬惡首淫。人異禽獸。以存其心。雁集中澤。尚不乱群。人秉四德。可不如禽。是用皈依誓戒邪淫。倘萌此念。禍及其身。若犯斯戒。殃及子孫。惟願慈悲。哀憐證盟。護持默佑。永保生生。

同治十二年癸酉七月十四日鈔竣

陳坦園時年六十有一

蝶庵偶紀 集女史詩詞

伴花怬人鈔

雁字 畢子湘女史

一片雲藍紙。鴻文絶點瑕。禽經殊古雅。羽檄等紛拏。每作纏聯起。何曾敘次差。銜蘆如運筆。游霧類塗鴉。凡鳥徒貽誚。家雞詎用誇。緘情來塞北。傳信向天涯。四出驚風急。低横遠岫遮。諧聲呼伴侶。破體遇弓鞬。行斷疑從缺。書空點不加。奇姿多縹緲。取勢故欹斜。斂翰停摛藻。臨池戲劃沙。鶩群猶遜巧。鳳篆足聯華。水映謄清稿。煙籠護碧紗。挨天才不愧。逸興寄雲霞。

探梅 前人

光福寺前日欲曛。上陽村外望絪緼。千林萬壑詰無際。不辨湖光與白雲。

小園 前人

小園半畝寄西城。每到春深信有情。花裏薰櫳晴放燕柳邊樓閣曉聞鶯。漢書舊讀文猶熟。晉帖初臨手尚生。自笑爭心仍未忘。閒招隣女對棋枰。

春殘　前人

斐几熏鑪百衲琴。綠陰门巷晝沉沉。春來小苑無人掃。花落窗前一寸深。

松徑　前人

曲徑彎環石級高。滿亭山色綠周遭。松風似厭泉聲小。自寫雲门百尺濤。

落葉　前人

微霜零木葉。秋氣乍蕭森。乱逐西風下。多隨涼雨深。紙窗延皎月。苔磴失層陰。偶爾凭闌立。平林露遠岑。

夏日作　前人

撥火鑪香颺來。捲簾梁燕飛去。吳门六月猶寒。雨在江南何處。

夜雨

向晚花冥〻獨坐理琴譜。一縷茶煙生。疎簾散春雨。

秋夜　素文女史袁機

不見深秋月影寒。只聞風信響闌干。閒庭落葉知多少。記取朝來着意看。

閒情　前人

欲捲湘簾問歲華。不知春在幾人家。一雙燕子殷勤甚。銜到窗前盡落花。

游雞鳴山寺　靜宜女史袁杼

蒼〻煙樹帶斜暉。石塔層巒傍翠微。無復蕭梁宮殿在。臺城猶見紙鳶飛。

秋園踏月　前人

藹〻山光映碧空。參差樹影亂西風。蘆花幾朵明如雪。吹在橫橋曲澗中。

詠燕　秋卿女史袁棠

春風燕子今年早，歲歲梁間補舊巢。華堂叮囑主人翁，珍重香泥莫輕掃。吁嗟乎，千里田土尚滄桑，那得雕梁常汝保。

晚思 山陰女子陳淑旂

弱質怯春寒，名花帶月看。惜花兼惜影，不忍倚闌干。

冬日病起 陸秀林女史

病裏生涯百事賒，一絃一柱譜平沙。弾來却怪人偷聽，閑倚闌干看雪花。

詠燈花 雅宜女史黄槙 袁龍文之室

銀缸奪月吐光華，影入牕櫺透碧紗。未忍輕拋私問汝，不知何喜報吾家。

詠梅 香宜女史吳蕙 袁龍文之簉室

為受春寒花放遲，游人偏採未開時。儂心恰愛天然好，不忍臨風折一枝。

春晴 香宜女史

細雨連宵濕軟塵，今朝晴放一窗春。柳絲低舞花添笑，都似風前得意人。

游西湖　句容駱綺蘭女史適金陵龔氏

渺渺平湖漠漠煙，酒樓斜倚綠楊前。南屏五百西方佛，散盡天花總是蓮。

春閨　前人

春寒料峭乍晴時，睡起紗窗日影移。何處風箏吹斷綫，飄來落在杏花枝。

玩月　許宜媖女史

一種月團圞，照愁復照歡。歡愁兩不着，清影上闌干。

感舊　熊澹仙女史

刺繡餘閒就塾時，也從花裏謁名師。貪看夜月慵眠早，倦換春雲上學遲。琴案屢吟秋柳句，錦牋頻寫落花詩。而今回憶皆塵夢，悵望當年舊董帷。

詠蝶 前人

曉露零香粉。春風拂畫衣。輕紈原在手。未忍撲雙飛。

村女 前人

柔桑枝上聽鳴鳩。曉起提筐過翠疇。借問誰家春夢好。半腮紅日未抬頭。

紅樹 前人

老樹經霜色更鮮。半竿斜日影前川。漁郎指點煙波外。錯認桃源二月天。

刺繡美人 前人 蝶戀花

二八紅閨春似水。幾日金針。拋卻奩箱裏。貪睡朦朧慵不理。簾前鸚鵡頻催起。手展鮫綃重著意。鴛譜拈來。幾朵花爭麗。繡到雙飛私自喜。背人笑向紅窗倚。

過故居 如皋石學仙女史

風迴玉笛夕陽斜。誰傍山陽譜落花。喜得春回

梁上燕不曾飛到別人家

答吳门女子感舊　前人

蘭思蕙怨惺惺語柳絮春風字字新自古傷心同此病深愁多付有才人

被掠題壁　劉素素女史　明末人

天明吹角數聲殘將士傳呼上玉鞍恰憶當時闺阁裏曉粧猶怯露桃寒

詠足　李氏女子蘇州人

三寸弓鞋自古無觀音大士赤雙趺不知裹足從何始始自人间賤丈夫

雲根山館題　駱綺蘭女史

寂寂園林日未斜一庭紅影上窗紗主人難免花枝笑如此開時不在家

對雪　前人

登樓對雪懶吟詩间倚欄杆有所思莫怪世人容易老青山也有白頭時

登太行山　鍾令嘉女史

絶磴馬蕭蕭。群峰氣勢驕。蒼雲横上黨。寒色滿中條。極目河如帶。攔車迹未遥。龍门劃諸水。禹力萬年昭。

寄沈郎　倩玉女史　長相思

見時羞。别時愁。萬轉千回不自由。教奴爭罷休。嬾梳頭。怕凝眸。明月光中上小樓。思君楓葉秋。

書法華経　商景徽　菩薩蠻

篆煙吹過花深處。貝多葉底垂甘露。何地見如來。青蓮筆下開。朝朝研黛盌。不畫春山遠。但寫妙蓮華。香風徧若耶。

新妝　楊容華女史

宿鳥驚眠罷。房櫳乘曉開。鳳釵金作縷。鸞鏡玉為臺。妝似臨池出。人疑月下來。自憐終不見。欲去復徘徊。

代夫贈人白燭　孟昌期之妻孫氏

景勝銀釭香比蘭。一條白玉逼人寒。他時紫禁春風夜。醉草天書仔細看。

題太真春睡圖　陳長生女史

秘殿輕寒倚繡裀。君前底事效攢顰。馬嵬更有長眠處。也傍梨花一樹春。

題西施捧心圖　前人

眉鎖春山斂黛痕。君王猶是解溫存。捧心別有傷心處。只恐承恩卻負恩。

偶檢先夫遺草　桐城方鈞儀女史　左文全之室

鸚鵡才高屈數奇。未開篋笥淚先垂。平生映雪囊螢力。不見騰蛟起鳳時。獄底龍埋光詎掩。墓門鶴返事難期。九京應悔嘔心血。百卷文章待付誰。

理繡　王畹蘭女史

拈他粉筆畫成圖。絲綫條分鍼管俱。繡到碧蓮花並蒂。偷將星眼覷兒夫。

嘲外口占 前人

都說聰明好秀才。如何黃卷嬾攤開。連朝聽得
書聲響。料是宗師歲考來。

詠李香君媚香樓 碧梧女史

秦淮煙月板橋春。宿粉殘脂膩水濱。翠黛紅裙
競妝裏。垂揚勾惹看花人。香君生長貌無雙。新
築紅樓喚媚香。春影乱時花弄月。風簾開處燕
歸梁。盈〻十五春無主。阿母偏憐小兒女。弄玉
雖居引鳳臺。蕭郎未遇吹簫侶。公子侯生求燕
好。輸金欲買紅兒笑。桃花春水引漁人。门前繫
住遊仙棹。奄黨纖兒想納交。纏頭故遣狡童招。
那知西子含顰拒。更比東林結社高。樓中剛耀
雙星色。無奈風波生頃刻。易服悲離阿軟行。重
房難把臺卿匿。天涯從此別情濃。錦字書憑若
个通。桐樹已曾棲彩鳳。繡幃爭肯放游蜂。因愁
久已拋歌扇。教坊忽報君王選。啼眉攤髻下妝

樓。從今風月憑誰管。柘枝舊譜唱當筵。部曲新
翻燕子牋。總為聖情憐靦覥。桃花宮扇賜簾前。
天子不知征戰苦。風前且擊催花鼓。阿監潛傳
鐵鎖開。美人猶在瓊臺舞。銀箭聲殘火尚溫。君
王匹馬出宮门。西陵空自宮人泣。南内誰招帝
子魂。最是秦淮古渡頭。傷心無復媚香樓。可憐
一片清溪水。猶向门前嗚邑流。

二怕詩 毛大可之姬曼殊

日色滿窗紅。鴛鴦睡枕同。披衣將欲起。又怕隔
簾風。
羅帳挂金鈎。薰鑪香霧收。起來紅袖冷。獨坐怕
梳頭。

臨終題留視圖 曼殊

為送還家去。雙螺綰百鬟。且將妝鏡影。留視在
人间。

春晚 李清照女史 如夢令 宋人

昨夜雨踈風驟濃睡不消殘酒試問捲簾人却道海棠依舊知否知否應是綠肥紅瘦

刺血詩　李芳樹　見永樂大典

去〻復去〻悽惻門前路行〻重行〻轉輾猶含情含情一回首見我窗前柳〻北是高樓珠簾半上鉤昨為樓上女簾下調鸚鵡今為牆外人紅淚沾羅巾牆外與樓上相去無十丈云何咫尺間如隔千里山悲哉兩決絕從此終天別別鶴空徘徊誰念鳴聲哀徘徊日欲晚決意抽身返手裂湘裙裾泣寄藁砧書可憐帛一尺字字血痕赤一字一酸吟舊愛牽人心君如收覆水妾罪甘鞭箠不然死君前終勝生棄捐死亦無他語願葬君家土儻化斷腸花猶得生君家

秋夜月下偶成　修氏畹華女史

嫦娥高占廣寒秋一片清光無限愁誰與斷腸憐瘦影海棠相對只低頭

桃花　前人

夭桃初綻曉窓寒。竹外欹斜翠袖单。為嘱風姨莫飄蕩一溪春水正瀰漫。

菊花　前人

不作春風夢一場。曾經冷雨又清霜。東籬饒有蕭踈致。幾朵秋容淡夕陽。

梅花

皓質何妨冰雪漫。蓬窓摇影一枝单。花闲不羡春風麗。獨伴蒼松耐歲寒。

補記

吳生有二愛姬一名梅嬌一名杏俏丰姿並俊尤善詩詞互相嘲之

梅嬌嘲杏俏詞

一種陽和。玉英初綻。雪天分外精神。冰肌玉骨。別是一家春。樓上笛聲三弄。百花都未知音。明牕畔。臨風對月。曾結歲寒盟。笑杏花何太晚。遲疑不發。等待春深。只宜遠望。舉目似燒林。麗質芳姿雖好。一時取媚東君。爭如我。青二結子。金鼎內調羹。

杏俏嘲梅嬌詞

景傍清明。日和風煖。數枝濃淡胭脂。春來早起。惟我獨芳菲。那在幾經雨過。佳人細膩香肌。堪賞處。玉樓人醉。斜插滿頭歸。笑梅花何太早。蕭疎骨肉。葉少花稀。不逢媚景。開後甚孤恓。賦性冰心玉質。甘受雪壓霜欺。爭如我。年二得意。占

畫曲江池

寄李之向　聶勝瓊　鷓鴣天

玉慘花愁出鳳城。蓮花樓下柳青青。樽前唱罷陽關後。一別征人第五程。尋好夢。夢難成。有誰知我此時情。枕前淚共簾前雨。隔箇窗兒滴到明。

偶題　珠江妓大奚　四字令

身親語親。情真意真。而今幸結芳鄰。況才人美人。樓頭月新。杯中酒醇。勸儂爛醉千巡。有三生夙因。

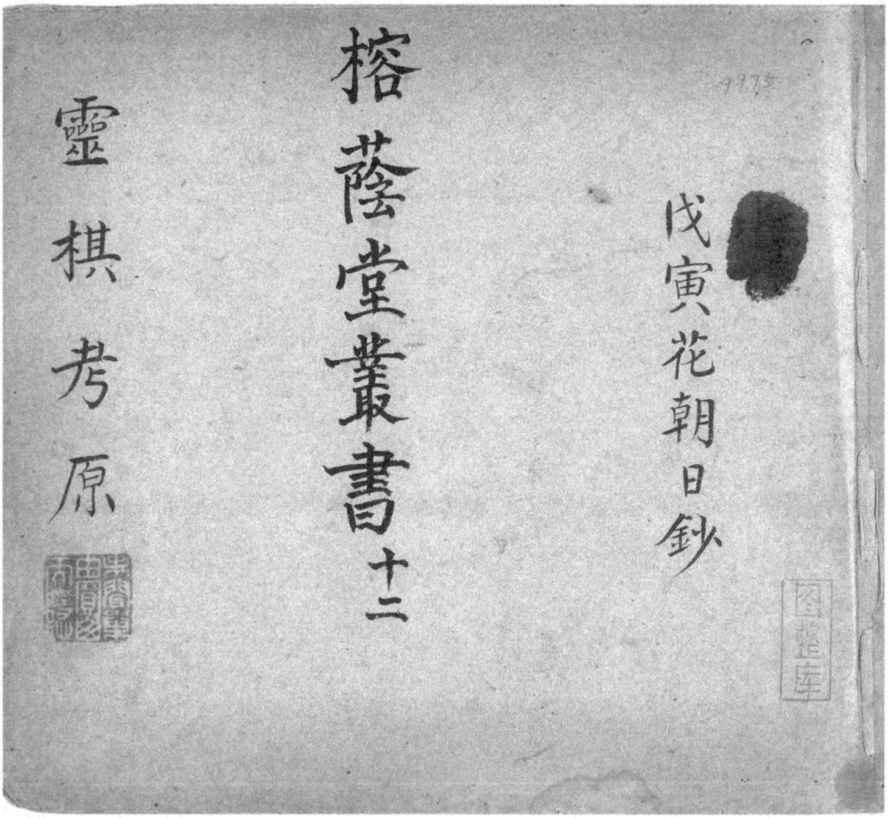
榕蔭堂叢書 十二
戊寅花朝日鈔
靈棋考原

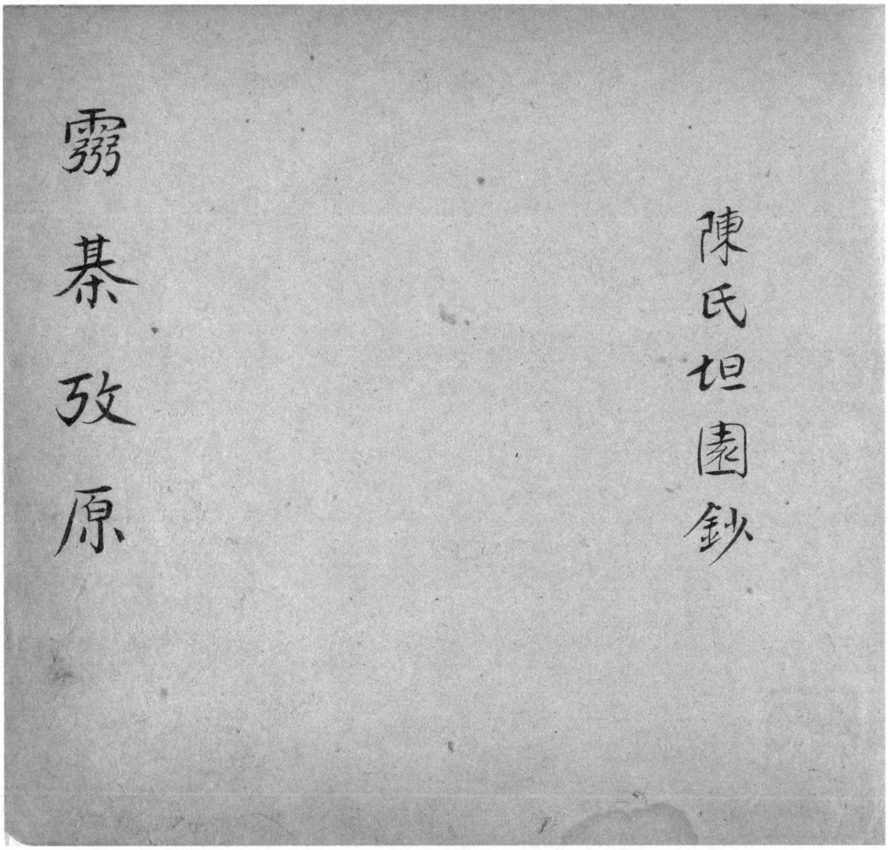

陳氏坦園鈔

[illegible]棊攷原

靈棋攷原

榕蔭堂主人陳坦園手鈔

靈棋經序

雜卜之書見于古今著録家信而有徵者莫如靈棋考隋書經籍志載十二靈棋卜經一卷宋史藝文志五行類載靈棋經一卷文獻通考載靈棋經二卷有晉顔幼明宋何承天注唐李遠叙晁昭德郡齋讀書志載靈棋經二卷明焦竑國史經籍志載十二靈棋卜經一卷荊川稗編載靈棋經二卷有明劉基靈棋觧序明成化三年南郡汪浩校刊陳廬山本正德十年鳳陽武定侯郭勛校刊本均有晉顔幼明宋何承天注元陳師凱明劉基觧並劉基後序汪郭自跋萬曆丙申錫山龔勉校刊本同益重刻靈棋經小引無汪郭二跋按欽定四庫書目云靈棋經二卷舊題漢東方朔撰或題淮南王劉安撰皆依託也然考以南史所引此書實出于六朝故隋志已著録其法用棋子十二枚以所擲向背相乘得一百二十四卦各有繇詞其文雅奥非後世術家

所能僞劉基之註似亦非依託據此惟劉汪尚可信而顏何陳三家注解固存而不論也余家藏有古本靈棋經一卷無晋宋元明四家注解亦無明刻諸序跋盖觀象玩詞隨機觸應一落言詮翻成殢相如焦氏易林最著靈異未聞占家條分而縷解之也又按經中第三十七卦繇詞客從南來遺我良材寶貨珠璣金盌玉盃稍別今本與南史所引合洵元明已前舊本也至云漢張良受諸黄石公迭傳淮南八公晋襄城道人常法和於傳有之未敢臆必要其卜疑奇中則董閬石尊鄉贊筆即汪浩郭勛跋論之備已爰仍舊觀梓以壽世惟製棋必合周尺（曲阜孔氏所藏建初盧俿銅尺是也）如法造祭始靈余昔在京師友人遺雷震木棋十二枚占應如響好事者效之或驗或不驗豈靈于古而不靈于今耶抑未思棋之何以着靈也語云物不自靈因人而靈達乎此者可與言卜靈棋矣

道光三年癸未仲春上浣休陽程芝雲序

靈棋經附説

明劉基序靈棋經象易而作以其式三上中下為經四上中下為緯三為天地人為君臣民四為陰陽太少擲配卦象以觀偶敵優用之變固已觧通玄妙然此其用也而靈棋體制實函天地歲時陰陽至數未經推出易傳所謂陰陽合德而剛柔有體以體天地之撰以通神明之德者棋中精蕩終晦特援十二子製法並祝文稱號依數推列乃見靈棋象易肅括宏深此其所以為靈也

謹按

靈棋形圓周尺一寸二分厚三分徑四分

十二子面合天上十二次背合地下十二辰上中下合三才各四合四時又合十二月上中下三元即每子圍十二分厚三徑四亦如其數

本經祝文稱號亦由數合按

四孟四仲四季 即十二子四上中下也每子圓周亦包三箇四之數

天地父母 十二子面陽為天父背陰為地母

太上元君 十二子即十二月一元宰化之數

左日右月 十二子面陽順象日左旋運行背陰逆象月右見納甲

五星北斗二十八宿 十二子合十二次二十八宿寓焉三四上中下合四時孟仲季五行星氣寓焉三四合北斗數十二建寓焉

四時五行 十二子分一年四時五行迭嬗每子周數亦如之

六甲陰陽 六甲成棋六甲子寅辰為陽午申戌為陰

明堂歲德 明堂起十二支歲德起十干甲子日製子至甲寅致祭閏六十二支

天十二神地十二祇 十二子面背並周十二如之

歲月日時直事功曹 此雖称卜日之神而子數本寓十二子合一歲十二月細分十二子圓周以三乘之為三十六以分分之為三百六十日一年之數每子周分變厘為一月三百六十時之數又以三乘十二面周為三十六三乘十二背為三十六共合七十二候之數又並十二子面背數合二十四氣每子周合面背亦如之

以上所推數與天地準悉合自然欲神其用須宗周天分寸依法製造方合古人制作之精占始有驗記此以誌善用靈棋者歲在柔兆困敦涂月心蓮吳氏識

製造靈棋法

造靈棋子用霹靂木即雷震木之名或梓木此木為樹中之王園中植之群木皆環拱棗木此木赤心而堅屬土位居于中宮白檀香木此木味香而尊能達于上清為棋子十二枚形圓周尺今之工師所用營造尺即周時之古尺一寸二分厚三分四枚書上字四枚書中字四枚書下字

甲子日製棋子甲戌日書棋子甲申日鐫棋子甲午日填棋子以硃砂甲辰日將棋子入盒甲寅日致祭棋子惟六戊日不宜占卜慎之

祭靈棋儀

每歲以正月初七日靈辰人日齋戒沐浴于水邊用淨席布地設酒果及脯三奠行禮以祝文祭之每月初七日亦可

祝靈棋文

維某年某月某朔某日某甲子某郡縣鄉貫某姓某名致祭於

四孟諸神四仲諸神四季諸神上啟

天地父母太上元君左日右月五星北斗二十八宿四時五行

六甲陰陽明堂歲德天十二神地十二祇歲月日時直事

功曹曰
天地奠位人極肇立爰有卜筮以袪世惑維茲靈棋匪耆匪
龜吉凶孔昭啟彼隱機渺予小子不腆菲德動靜云為
是依是則挹彼涓泉觴豆具儀我忱既宣神其格思尚饗

占靈棋儀

凡占靈棋須先冠帶焚香靜坐少頃息心定志沐手漱
齒乃捧靈棋盒先誦曰
天清地寧河圖秉靈焚香一炷十方肅清發鼓三通
萬神咸聽祝曰
天地合德日月合明四時合序鬼神合其吉凶皇天無私
惟德是輔茲以某年某月日某郡縣鄉貫姓名謹
焚香上啟
天地父母太上元君日月五星北斗二十八宿四時五行六
甲陰陽明堂歲德天十二神地十二祇歲月日時直事功
曹今有某名蓋為某事心有所願意有所疑沉吟猶豫
請決之吉當言吉凶當言凶得失是非惟卦是推恭
望聖慈明彰報應即誦咒曰

唵吽吽嚩呢嗟哩吽吒勅

共十字一氣念三徧以十二棋子一時搖而擲之依所得上

中下成卦看其繇詞不可再擲再則不靈無驗矣

占靈棋訖送神詞

向來奉請即叩靈棋已沐感孚今當奉送願返雲霞

之旆請回霄漢之宮來時降恩去時留福

凡有占禱須看繇詞即知其詳

榕蔭堂陳氏補記

靈棋、一為少陽二為少陰三為老陽四為老陰
上為天道陰陽中為人事仁義下為地利剛柔
自上至下合而順遇事皆吉自下至上背而逆應事皆凶
上數空其始不利中數空半途而廢下數空終則無成

考周尺

曲阜孔氏家藏東漢章帝炟建初時慮傂銅尺即周時
之尺也為今時工師所用之營造尺也考營造尺八寸即
周時之一尺詳考無訛

附錄

此靈棋經之理立為三才之位合為升降之象以繇詞斷
為吉凶悔吝之道通達消長之運以定事之成敗可為人
世之指南誠則靈矣
靜在禱占能通鬼神誠之有驗勿以尋常方技末術視
之寶而藏之可也
靈棋之數為一百二十四卦各卦皆有繇詞若占得陰晦無
形之象者吉凶未分不可再占靜默自守則吉

得靈棋經之由

同治元年壬戌六月朏日六謙堂主人趙清友庭梅于市中購得適予過訪見之與百二漢鏡齋所刊秘書四種中靈棋經之本尤為詳悉愛不釋手清友因舉而相贈誠為枕中之秘也故記其由于後

光緒四年歲次戊寅二月花朝日因存稿漸殘重為鈔錄留與後人之愛靈棋經者

陳坦園又識 時年六十有六

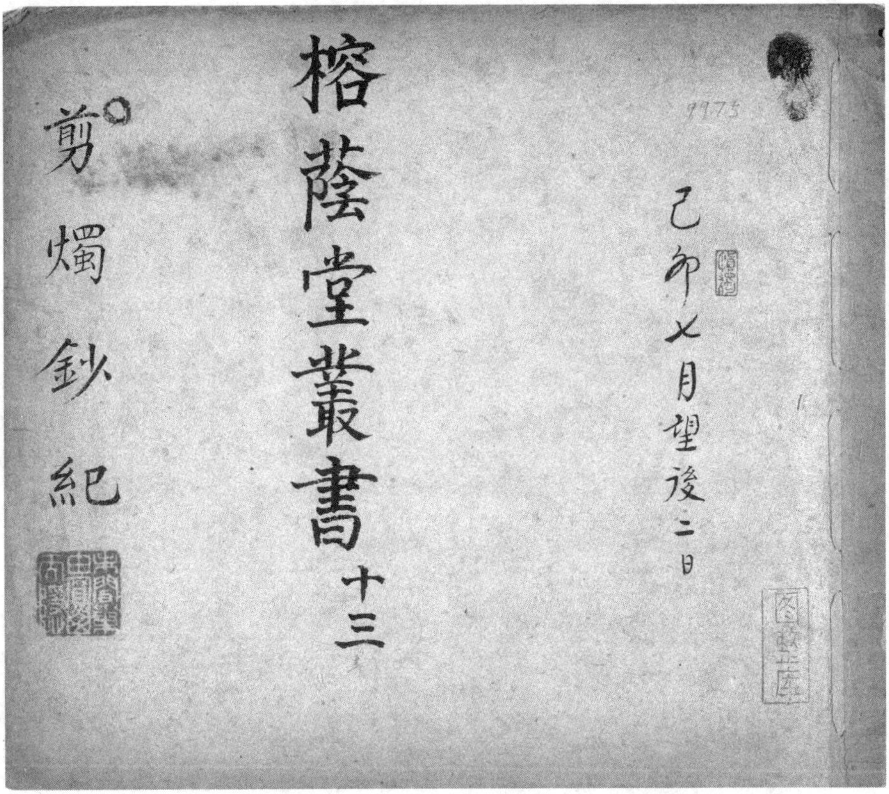
榕蔭堂叢書
十三
剪燭鈔紀
己卯七月望後二日

剪燭鈔紀　　陳氏坦園手鈔

鳳麟榜

周伯琦紀事詩得士共為天下賀明朝揭榜醉黃封自註云禮闈揭榜傳宣張宴各賜衣幣榜魁李國鳳趙麟時人號為鳳麟榜

河上公

漢文帝時公結草庵于河上帝讀老子有不解遣人問之公曰道尊德貴非可遥問帝幸其庵問曰普天之下莫非王臣不能自屈無乃高乎公冉冉在空曰予上不至天中不至人下不至地何臣之有帝乃下車稽首公授素書一卷曰讀此可盡解也

緇冠

三禮圖古之緇冠後世易名為進賢冠夏時曰毋追商時曰章甫周時曰委貌俱用緇布為之毋追音謀堆

高辛氏四妃

世史帝嚳高辛氏四妃元妃有邰氏姜嫄生棄為舜后稷其後為周次妃有娀氏簡狄生契為舜司徒其後為商三妃陳鋒氏慶都生堯是為陶唐氏四妃娵訾氏常儀生摯及帝嚳崩子摯嗣位

朱虛侯

西漢呂后封劉章為朱虛侯令典宿衛是時諸呂擅權章忿不得職嘗侍宴呂后令為酒吏章自請曰臣將種也得以軍法行酒呂后許之酒酣章為耕田歌曰深耕既種豆苗欲稀非其種者鋤而去之呂后默然頃之諸呂有一人醉而亡酒者章追而斬之還報左右皆大驚呂后業已許其軍法無以罪也自是諸呂憚之

塵飯塗羹木胾

韓子夫嬰兒相與戲也以塵為飯以塗為羹以木為胾然至日晚必歸饟者塵飯塗羹木胾可以戲而不可食也

百末

漢書郊祀志百末旨酒布蘭生顏師古註云百末百草

華之末也以百草華末雜酒故香且美也

岠齊州

爾雅釋地岠齊州以南戴日為丹穴北戴斗極為空桐東至日所出為太平西至日所入為大蒙

李賀詩遥望齊州九點煙

諐

范蔚宗後漢書皇后紀論宣后晏起姜氏請諐註云諐與愆同過也

虞世南五絶

唐虞世南餘姚人少時受業顧野王為弘文館學士太宗每稱虞世南德行忠直博學文詞書翰為五絶

呂巖

唐呂巖字洞賓一名巖客禮部侍郎呂渭之孫山西蒲州人一曰河中府永樂縣人武宗會昌年間兩舉進士不第游長安酒肆遇鍾離權得金丹之術自稱回道人以四月生故號純陽子

莨菪

張仲景金匱要畧莨菪葉圓而光有毒誤食之令人狂乱按今之呼人好狹邪游者為浪蕩即莨菪之轉音而呼之也

孟郊詩句

唐孟郊登科後詩有春風得意馬蹄疾之句按今之春聮改為得意春風快馬蹄

指囷與糧

吳志周瑜過候魯肅求貲糧肅家有囷米各三千斛乃指一囷與瑜

上頭

南史孝義傳華寶八歲時其父往長安臨別曰須我還為汝上頭長安陷父不歸華寶年至七十猶不冠是上頭者男子之事今則專稱加女子笄為上頭也

君王盐

雜俎白盐崖有盐如水晶名君王盐

一人有半

晋書習鑿齒傳襄陽陷于苻堅〻素闻其名與道安俱輿而致焉又以其蹇疾與諸鎮書云昔晋氏平吳利在二陸今破漢南獲士裁一人有半也

昭陽

唐耿緯長门怨云闻道昭陽宴按漢成帝時昭陽為趙氏姊妹所居之處與武帝之陳后長门無涉

白氎 音蝶

杜甫詩光明白氎巾集註云高昌國有草實如繭其中細絲如纑名為白氎國人取之織以為布按白氎即今之棉花也

義婦塚

晋時寧波人梁山伯祝英臺二人少同學梁不知祝乃女子後梁為鄞令卒葬此祝氏弔之墓下墓裂而殞遂同葬之謝安奏封義婦塚

狄梁公善針術

方書唐狄仁傑善針術治人之疾後為宰相封梁公

木屑

晋書胡毋輔之字彦國王澄嘗與人書曰彦國吐佳言如鋸木屑霏霏不絕

藏拙

語林梁遣徐陵聘齊齊錄魏收文字遺之陵閱之無奇語乃過江沉之曰與魏公藏拙

王安石泥古

宋王安石為相雖好學而泥古帝誤用之變更祖制引用群邪如呂惠卿韓絳之類時稱呂惠卿為護法善神韓絳為傳法沙门

宋徽宗六賊

宋徽宗時六賊蔡京梁師成李彦朱勔王黼童貫雖帝欲述父兄之志而六賊以修靡惑之

三足烏

古今注曾參鋤瓜有三足烏來萃其冠上

嚴君平語

漢嚴遵字君平四川成都人隱居不仕嘗賣卜于市日得百錢以自給卜訖即閉肆下簾以著書為事富人羅沖問曰君何以不仕君平曰無以自發沖為具車馬衣糧君平曰吾病耳非不足也我有餘而子不足奈何以不足而奉有餘沖曰我有萬金子無儋石乃云有餘不亦謬乎君平曰不然吾前宿于子家人定而役未息朝夕汲汲未嘗有足今我以卜為業不下牀而錢自至非我有餘而子不足耶沖大慙君平曰益我貨者損我神生我名者死我身故不仕也時人服之

訶梨子

唐和凝詩有蝤蠐領上訶梨子之句人多不解朱竹垞先生云訶梨子即婦女之雲肩也

綠色巾

漢書巾者卑賤人之所服也故庖人用綠色巾至士人用巾乃起于漢末後世不改

甲帳

漢武故事上以琉璃珠玉明月夜光雜錯天下珍寶為甲帳次為乙帳甲帳以居神乙帳以自居

厲

詩小雅垂帶而厲按方言帶之垂者曰厲

饘酏 音古宜

韻府粥稠者曰饘稀者曰酏

三十六雨

京房易候太平之時凡歲三十六雨蓋十日一雨也

揄莢雨

太平御覽春雨為揄莢雨

濯枝雨

風土記六月有大雨名濯枝雨

液雨

歲時記十月雨謂之液雨

梅雨

埤雅三月雨為迎梅雨四月雨為黄梅雨五月雨為送梅雨按今江南人則謂之入梅出梅之候也

秋雨

太平御覽七月初六日雨為洗車雨初七日雨為洒淚雨八月雨為豆花雨農家以此占驗

泰山雲

公羊傳觸石而起膚寸而合不崇朝而徧天下其惟泰山之雲乎

春月柳

晋書王恭美手姿人比之如春月柳

屈軼

博物志黄帝時階下有屈軼草佞人入朝則指之即指佞草之名也軼音亦

清道

漢官儀註云出則傳蹕止人清道

玄冰丸

抱朴子立夏之日服玄冰丸

振刷

宋史馬天驥傳一念振刷猶能轉弱為強

明月峽

吳王夫差至湖州長興顧其渚平衍可都故名傍有二山相對號明月峽唐時貢茶院在其處

賈收

宋賈收字耘老烏程人蘇東坡曾遺書曰念處士貧甚為作古木怪石一紙每過饑時輒一開看飽人否若吳興有好事能為君月致米三石酒三斗終君之世便以贈之不爾可令雙荷葉收貯須添丁長付之也

按雙荷葉耘老之妾添丁耘老之子也

籛鏗

神仙傳籛鏗顓頊氏之玄孫也在商為守藏吏善調鼎嘗進雉羹于堯封于彭城今之江蘇徐州之地善性有導引之術歷虞夏商周四世年七百六十七歲而

不衰喪四十九妻五十四子世稱老彭是也

蝇傳赦

秦苻堅作赦屏去左右無有人知只見一青蝇飛之其後市中皆知堅使人问其故衆曰是一青衣童子于市上傳呼人始知也

雲臺增入四将

漢明帝時增入四将於二十八人之後王常字彦卿颍川人封山桑侯拜為横野大将軍李通字次光南陽人封固始侯拜為大司空竇融字周公扶風人封安豐侯拜為衛尉卓茂字子康南陽人封密令後為太傅

晋惠帝時八王

趙王倫河南王亮楚王瑋齊王冏成都王穎長沙王乂河间王顒東海王越按趙王倫起兵討殺賈后廢帝迨倫死帝始反正于是各王假公濟私互相攻伐自相魚肉矣八王者皆惠帝之弟也

沈佺期詩誤

唐詩人沈佺期有句云不如黃雀語能免冶長災按公冶複姓也孔子弟子公冶長通鳥語稱冶長誤也

蘇軾詩警句

宋蘇東坡云捲簾歸乳燕穴牖出癡蠅愛鼠常留飯憐蛾不點燈誦此警句何其仁也

戒殺詩

警心録有詩云千百年來盌裏羹寃深如海恨難平欲知世上刀兵刼但聽屠门半夜聲能戒殺生者庶可免刼也可作座右之銘

西施

廣輿記若耶溪在浙江紹興府之南苧蘿山村越國時有美女子施夷光居于溪西嘗浣紗于此故曰西施

甘蔗

格物論甘蔗又名竿蔗叢生身似竹而實高六七尺葉如蘆而大有節斷而食其汁味極甜搾取其汁過樟木

槽中再取煎之即可成餹

梨

格物論梨一名快果又名百損黄上巳有風梨多蠹味甘食之無渣者為詑品秣陵哀家産者最美

雉山

梁武帝時謡曰烏山出天子故江左山以烏名者皆鑿之惟長興雉山獨完後陳霸先生此地卒為帝豈謡亦有驗歟

十族皆殃

明方孝孺台州人建文帝即位召為翰林燕王棣靖難兵至金川門開燕王即位詔之三降而後來衰絰而見燕王大怒割舌磔死因其不屈大罵將方氏同族皆誅母族林彦清妻族鄭原吉並門人廖鏞林嘉猷皆坐誅共死者八百四十七人相傳十族皆殃自古罕有至武宗時追贈學士謚忠烈賜葬以祭奉祀于聚寶門外雨花臺側為方正學先生祠同死者陪祀焉

魏文帝詔中語

魏志文帝詔云三世長者知被服五世長者知飲食被服飲食非世家難曉也

明時修城

明宣德九年七月命都督僉事王彧以五軍神機營官軍及民夫修北京城垣

明正統十年六月命太監阮安成國公朱勇修武伯沈榮尚書王巹侍郎王佑督工甃内城以磚石

明嘉靖三十二年三月給事中朱伯辰請建外城議准旋止迨四十四年四月又命給事中秦梁等廵視外城工程從大學士嚴嵩之議先修正南一面横濶約十二三里其東西北三面再行計度以聞後竟不果

天水碧

南唐世家宮中競取露水染碧衣之謂之天水碧後應趙氏逼降之讖

壁人

世說晉衛玠幼年貌美時乘白羊車于洛陽市上人咸曰此璧人也宗族州里盡呼之從殷浩至都下都人久聞其美觀之如堵玠先有疾體不堪勞遂成重病而死時人皆謂看殺衛玠卒年二十七

仁風

晉書袁宏傳出為東陽郡謝安取一扇贈行袁答曰輒當奉揚仁風慰彼黎庶

明月井

唐周沔妻尹氏沔早卒公姑逼之別嫁尹氏乘月投井嚙指滴血于井擱云天上月明井底水澄吾死此井水月同清後人呼其井為明月井

薛方

漢薛方字子容王莽以安車迎之方見使者辭謝曰堯舜在上下有巢許今明主方隆唐虞之德亦猶小臣欲守箕山之節也使者以聞王莽悅其言亦不強致也後光武帝即位徵方于道病卒

郫筩酒

杜甫詩酒憶郫筩不用酤按郫縣人刳竹傾春釀于筩包以蕉葉信宿香達于外曰郫筩酒

三雅

韻府群玉荊州劉表有酒卮曰雅最大者伯雅次者仲雅其小者季雅每宴賓客隨所量而飲之今人謂飲酒為雅量本此

胡剛

漢胡剛南陽人清尚有志節值王莽居攝解其衣冠懸于府門而去遂亡命交趾隱于屠肆之間迨王莽滅乃歸鄉里其六世孫胡廣字伯始少孤貧法雄察舉其孝廉試以章奏為天下第一旬月拜尚書郎一履司空再作司徒三登太尉為一代名臣

青箱

南北朝沈約字休文孤貧力學以詞賦名世官尚書僕射謚曰隱侯著晉齊梁書嘗指其子謂陸喬曰此吾愛子

也自幼博洽因以青箱名之

折柳橋

唐雍陶典陽安送客至情盡橋問左右曰何為名此答曰送別者止此故名情盡陶命筆題其柱曰折柳橋自後送別者吟詩曰從來只有情難盡何事名為情盡橋自此改名為折柳任他離恨一條〻

鼎湖宮

陝西西安府藍田縣玉山黃帝採首山銅鑄鼎〻成有龍下迎帝仙去小臣攀龍鬚而上者七十二人其地成湖至漢武帝時建為鼎湖宮

佯問佯答

晏子春秋齊景公謂晏子曰東海之中有水而赤其中有棗花而不實何也晏子對曰昔秦穆公以黃布裹蒸棗投水中故水赤蒸棗故花而不實也公曰吾佯問耳對曰嬰聞佯問者佯答之

趙陀

秦時真定人趙陀為南海尉故曰尉陀為龍川令使南越時值秦亂遂不歸後自立為南越王至漢武帝時召陀之弟以德報之陀感之乃去帝號稱臣于漢

東陵瓜

漢邵平故秦東陵侯也秦破為布衣種瓜于長安城東瓜味甚美世號東陵瓜又名青门瓜

格物論瓜性惡香觸之必敗子藏灰中最宜辰日種瓜

芡

格物論芡一名蔆又名鴈子又名雞蔆別名水硫黃開花向日食之濟饑療疾葉浮水面多刺魚不敢過其下

東方朔

漢東方朔字曼倩高唐人初為常侍郎奏泰階之事拜為大中大夫給事中常醉小遺殿上詔免為庶人後復為中郎性最滑稽而好學

禮記語

禮君子比德于玉廉而不劌義也

木蘭舟

嵐齋録蘓州刺史張傳于木蘭花開時宴客命即席賦之陸龜蒙後至張持杯連酌至醉強索賦詩陸題云洞庭波浪渺無津日〻征帆送客人遂頹然醉倒客續之莫能陸稍醒乃續之曰幾度木蘭舟上望不知原是此花身遂為絶唱之詩

二十三

後唐潞王李從珂小字二十三後為末帝人臣奏對但稱兩句三日諱之也

辯蘇東坡妹

墨莊漫録延安夫人蘇氏有詞行世或以為東坡之妹適柳子玉者所作菊坡叢話云老蘇之女幼而好學嫁其母兄程濬之子程之才先生作詩云汝母之兄汝伯舅求以厥子來結姻鄉人婚嫁重母族雖我不肯將安云孝〻書所言東坡止有二妹一適柳一適程也今俗傳蘇小妹嫁秦少游誤矣按蘇小妹之詩句對語見宋林坤誠齋

雜記原屬無稽之談不足信也

遷葬李白

唐范傳正以元和十二年正月二十三日遷葬李白青山之陽以成李白之志

蛙蠙

莊子蛙蠙之衣註云蛙蠙水中青苔也

葉子戲之原

李節之藝林彙百中載唐太宗問僧一行唐世之數一行乃製葉子戲以進之蓋隱言二十世李也按唐世自高祖太宗高宗中宗睿宗玄宗肅宗代宗德宗順宗憲宗穆宗敬宗文宗武宗宣宗懿宗僖宗昭宗昭宣帝共合二十帝唐乃亡至明天啟時人潘之恒有葉子譜云葉子始於江南崑山縣用水滸中人為賭具也至今傳之不改

曹操封魏王

漢獻帝建安二十一年夏五月冊立曹操為魏王之爵用冕十二旒乘金根車駕六馬用天子車服鑾儀出警入蹕于

鄴郡建魏王宮黜丁氏立卞氏為魏王后立長子曹丕為王世子十月魏王宮成

司馬懿先世

魏司馬懿字仲達河内温人也為文學掾祖名司馬儁為潁州太守父名司馬防為京兆尹兄名司馬朗為主簿

吉平之子

漢吉平為太醫其子長名吉邈字文然次名吉穆字思然

劉先主語

後漢昭烈帝即位成都嘗云操以暴吾以仁操以譎吾以忠事無不可成也確是名言可以為銘

泮宮

戴氏鼠璞魯頌所稱泮宮者泮魯水也非學宮也若以泮水為半水則下文泮林豈是半林乎況魯頌泮宮詩乃是僖公獻馘演武之所非尚文之地王制天子曰辟雍諸侯曰泮宮是漢儒誤解魯頌而至今因之不改

引典誤用

杜甫詩乘槎消息近無處問張騫此即世俗所傳張騫乘槎事也宋之問詩還將織女支機石重訪成都賣卜人此明用荆楚歲時記織女教問嚴君平事也獨不知張騫乃漢武帝時人嚴君平乃王莽時人相去一百數十年甚遠矣詩人引典一時誤用也

仙種牡丹

如臯志東莊園牡丹無種自生掘土見一石題云此花瓊島飛來種只許人間老眼看李嵩以三月初八日初度自八十歲看花起至一百九歲

溲柑斗酒

戴顒字仲若譙郡人慕桐廬山水之勝乃留春日携溲柑斗酒人問何之曰往聽黃鸝聲此俗耳針砭詩腸鼓吹

餘不溪放龜

晉孔愉山陰人討華軼有功封餘不亭侯少時得一龜放之餘不溪中龜左顧者數次而沒及封侯鑄印而印上龜紐左顧愉始悟之歷登要路垂橐而歸布衣茅舍澹如也

丹稜沜

海淀昆明湖之東舊有古祠斷碑尚存乃元時上都路制使朶里真撰文上有丹稜沜字餘多磨滅明武清侯李氏築别業名清華園在丹稜沜之南巴溝廣十里園中牡丹甚多以緑蝴蝶為最中有挹海堂清雅亭皆為明肅太后所書園之北有婁兜橋西勾橋

慈壽寺

慈壽寺在阜成门外八里莊前明神宗為慈聖宣文皇太后所建以正德间太監谷大用故地一區始于萬曆四年丙子二月至六年八月落成名慈壽寺賜田三十頃以老僧覺淳住持

考耶穌生死

漢哀帝欣於乙卯年立改元建平元年至丙辰改為太初元將元年至丁巳又改後建平稱為三年至己未改元元壽元年至庚申二年耶穌降生至光武帝建武八年壬辰耶穌卒年三十三歲

嫺姶

左傳昭公七年衛襄公夫人無子嬖人嫺姶生子名元

月華

平湖陸奎勳字陸堂于康熙辛酉八月十四日夜月正午之時輪之西南角忽吐白光一道已而紅黄紺碧約有二十餘條下垂至地良久結輪三匝見月不見天矣先生有詩賦之曾教桂林作禮經觧義傳于世

乾隆初年戶部尚書王秋瑞夢月華而生小字華官

錦

鄴中記織錦坊有大登高小登高大明光小明光之名

沙棠舟

拾遺記漢武帝常與趙飛燕戲太液池舟以沙棠爲之貴其不沉没也按山海經崑崙山有沙棠之木食其果者不溺以其木爲舟不沉

龍文

述異記漢武帝時有三鴨化爲三小童子皆著青綺各

持龍文大錢止帝几前

止哭

南唐李家明在元宗時為樂部善詼諧初烈祖李昪為徐温養子及僭位後尋復李氏乃遷徐氏于海陵迨李昪卒後長子李璟繼立為元宗用宋齊邱之言將徐氏老少皆殺之宋齊邱只一子卒逾月仍慟哭不止李家明曰吾能止之乃作一紙簽書其上云欲興唐祚革强吳盡是先生作計謨一箇孩兒捹不得上皇百口合何如放起今落宋家齊邱得而讀之自是止哭

呼鷹臺

後漢劉表好鷹常登臺歌野鷹求之曲時號呼鷹臺

百紙參軍

唐杜暹為婺州參軍秩滿將歸州吏以紙萬餘張贈之暹惟受百番時號為百紙參軍按番即張也

兩足尊

韻府群玉謝靈運云如來世尊福足慧足當稱為兩足尊

白足長老

高僧列傳晋釋曇如其足白過于面而雖跣涉泥水未嘗沾汙時人嘉之咸稱白足長老

呂仙詩

神仙傳呂洞賓自稱無心昌老游湘潭岳鄂間因醉題岳陽樓詩云朝游北海暮蒼梧袖裏青蛇膽氣粗三醉岳陽人不識朗吟飛過洞庭湖按青蛇劍名也

李廷珪墨

唐末李超易水人與子李廷珪至歙州因其地多松煙留居造墨遂以墨名超本姓奚至南唐賜姓李氏其墨多龍文宋太祖下江南得廷珪父子墨不以為貴徧散有司至崇寧政和間黃金可得李氏之墨不可得矣

責人杖名

五代梁史劉鋹用法深刻人之有過者隨其年歲多寡而杖之謂之隨年杖又兩杖俱下謂之合歡杖

錢通神

韵府群玉張有賞判度支尚書時有一冤獄久不決公欲判明忽案上一帖云奉錢三萬貫乞勿问其獄公怒收吏詆之次日于盥洗處又一帖云奉錢十萬貫公嘆曰錢至十萬貫可通神矣

騂羞

陳子昂集面赧騂羞註云面赤如騂牛之色也東坡詩亦有云舌音漸獠變面汗嘗騂羞按獠西南之夷人名也語云不正者

佩刀生毛

寰宇記漢武帝出淮陽到監鄉问此何地也陳翼對曰監鄉上曰欺乎曰臣言不欺佩刀當生毛帝視佩刀果生毛寸餘按監鄉地名刀劍至其地則生毛

顏甲

開元遺事王光遠干索權豪無厭或遭撻辱畧無改悔時人語云光遠顏厚如十重鐵甲

父子狀元

宋聞見録真宗東封泰山後六月放梁固以下進士榜祀后土于汾陰放張師德以下進士及第榜梁固狀元乃狀元梁灝之子張師德狀元乃張華之子時魏野以詩賀曰封禪汾陰連歲榜狀元俱是狀元兒

戎夷野祠

漢丞相諸葛孔明初亡戎夷野祠百姓巷祭誄曰周人懷召伯之德甘棠為之不伐越王思范蠡之功鑄金以存其像見襄陽郡記

不修邊幅

晋簡文帝未即位之先為撫軍將軍時所坐牀生塵不命左右拂之見鼠行跡反以為佳其不修邊幅如此

皐比

事文類聚皐比虎皮坐也尹彦明云張横渠先生在京師坐虎皮説周易從者甚衆一夕程伊川程明道二先生至與論周易次日横渠撤去虎皮曰二程深明易理

衲被

呂氏家塾揚文公為文所用古典常令子姪撿其出處每段以小片紙錄寫粘綴時人謂之衲被

澁體

朝野僉載唐徐彥伯為文多求新奇以鳳閣為鷗閣龍门為虬戶金谷為銑溪玉山為瓊岳以芻狗為卉犬之類後進效之謂之澁體

藺栗

後漢趙喜更始間引見曰藺栗犢豈能負重致遠按初生之犢其角將萌之時也

舞女

拾遺記燕昭王二年廣延國獻舞女二人一名旋娟一名提嫫並積年不飢行無跡影其舞一名縈塵言其體輕與塵相亂一名集羽言其宛轉若羽毛之從風也

咋舌

魏史曹操與劉玄德公密有言劉洩之于袁紹紹知操有圖己之意遂與操有隙操自咋其舌流血以先言戒後

瓜藤獄

唐武后專政知宗室大臣怨望欲大肆誅戮乃盛開告密之门胡人索元禮因告密擢為游擊将軍令按治刑獄元禮性殘忍推一人必令牽引數十人號瓜藤獄

王祥二子死

晋太傅王祥有二子芳烈同時而亡二子将死時芳遺言欲留葬京師烈遺言欲還葬舊土王祥聞之流涕曰芳不戀本土達也烈不忘故土仁也達與仁二子有焉

门無雜弔

晋太傅王祥薨奔赴者非朝廷之英賢則親戚故吏而已门無雜弔之賓誠為一代偉人

自為墓誌

事文類聚唐傅奕嘗醉卧蹶然而起曰吾其死矣自為墓誌曰傅奕青山白雲人也因酒醉死嗚呼哀哉

後漢趙嘉将死命子孫立一圓石于壽藏側自刺銘曰漢有逸民姓趙名嘉有志無時命也奈何

醯雞

莊子孔子見老聃謂曰某之道猶醯雞歟微夫子發吾覆
吾不知天下之大也

石首魚

事文類聚吳王食海中魚甚美不知其名因魚腦中有
石遂呼為石首魚按即鯼魚也俗曰黃花魚

託蝗刺詩

古今詩話宋王安石罷相出鎮金陵時飛蝗自北而南
江東諸郡皆有之百官餞于城外劉貢父後至追之不
及見其隨行有書屏因書一詩以寄之云青苗助役兩
妨農天下嗷嗷怨相公惟有飛蝗偏感德又隨台旆過
江東荊公見詩甚銜之

花師

唐開元間宋單父有種花術明皇召至驪山種花萬
本當時人號宋單父為花師

螳螂當車

淮南子齊莊公出獵有螳螂舉足搏其車輪問其御
曰此何蟲對曰螳螂也公曰此為天下之勇蟲命回車避
之于是勇士聞之皆歸焉

螢丸却矢

古今注螢食蚊蚋類聚曰務成子曰以為丸佩之能却矢漢
威武太守劉子南得其法合而佩之與虜戰為其所圍
矢如雨至馬前輒墜虜以為神遂引去

簪花一枝

宋聞見錄司馬光性不喜華靡二十登科赴宴衆皆
簪花公獨不簪同年曰君賜不可違乃簪一枝

被凍蠅

朝野僉載唐王方慶體質鄙陋言詞魯鈍張元一
誚之稱其為被凍蠅

慰下第

唐白居易字樂天友人下第乃詠魚以慰之曰龍門
點額意何如紅尾青鬐且似初見說在天行雨苦為

龍未必勝為魚

妄自尊大

史記漢光武帝時公孫述稱帝于蜀隗囂使馬援往觀之援歸謂囂曰子陽井底蛙耳而妄自尊大按公孫述字子陽與馬援同鄉里故使之往觀之

蜘蛛隱

金樓子後漢時楚人龔舍宿未央宫見蜘蛛織網蟲觸之而死乃歎曰人生亦如是耳仕官人之羅網也吾豈可觸乎于是挂冠而去時人高之謂之為蜘蛛隱

以上共計一百三十六條

光緒五年己卯七月十七日鈔竣

紀於地安门外西步量橋之半栗居

陳氏坦園識 時年六十有七

甘翁詩草

雷浚撰。稿本。一册。

雷浚(一八一四—一八九三),字深之,一字廣文,号甘溪,又號寓樓。吴縣人。清代詩人、学者。其父雷燮琛曾任山东寧海州吏目,後卒於任所。雷浚奉母家居,以教書爲生。學於江沅,爲段玉裁再傳弟子。精小學,工篆書。多次應試,屢不第。清同治八年(一八六九)爲監生。曾協助馮桂芬修《蘇州府誌》。光緒十五年(一八八九)應江蘇布政使黄彭年之聘任學古堂主講,選編《學古堂日記》。雷浚潛心治學之餘,亦偶爲詩。著有《道福堂詩集》四卷、《乃有廬雜著》一卷、《説文外編》十五卷補遺一卷、《説文引經例辨》三卷、《韻府鉤沉》五卷等,匯刻爲《雷刻八種》。

此本爲雷浚手稿。全本分兩部分,前半爲《滬上集》,後半爲《蓬轉集》。《滬上集》有詩四十餘首,卷端題名下注壬戌十月至甲子九月,可知爲清同治元年至同治三年所作;《蓬轉集》共二十餘首,據卷端題名下小注可知爲清同治三年至同治四年所作。雷浚一生坎坷,身經戰火離亂,妻亡子散,因而常有世事紛亂、死生聚散之感慨,詩作内容多抒發漂泊之苦,感歎聚散無常。其中多有悼亡之作,情深意切,令人動容,如《哭劉辰孫》《得雲笙兇問》《哭訥兒五十韻》《感逝懷人五首》等等。尤其是其子雷訥早殤,令其悲痛不已,《哭訥兒五十韻》可謂一字一淚,痛徹肺腑。雷浚詩作語言樸實,貴在情真,無絲毫矯飾造作,因而自有其動人之處。

此本《滬上集》卷端鈐「甘溪」,《蓬轉集》卷端鈐「甘溪詩印」,且有大量朱墨筆删改塗抹痕跡,應是經過雷浚親手抄録修改。《滬上集》卷端還鈐有「長州章氏四當齋珍藏書籍記」「式之氏手訂書」，顯爲章鈺舊藏。

(尤海燕)

6884
1册

函 / 冊
书号 6884
甘簃詩草

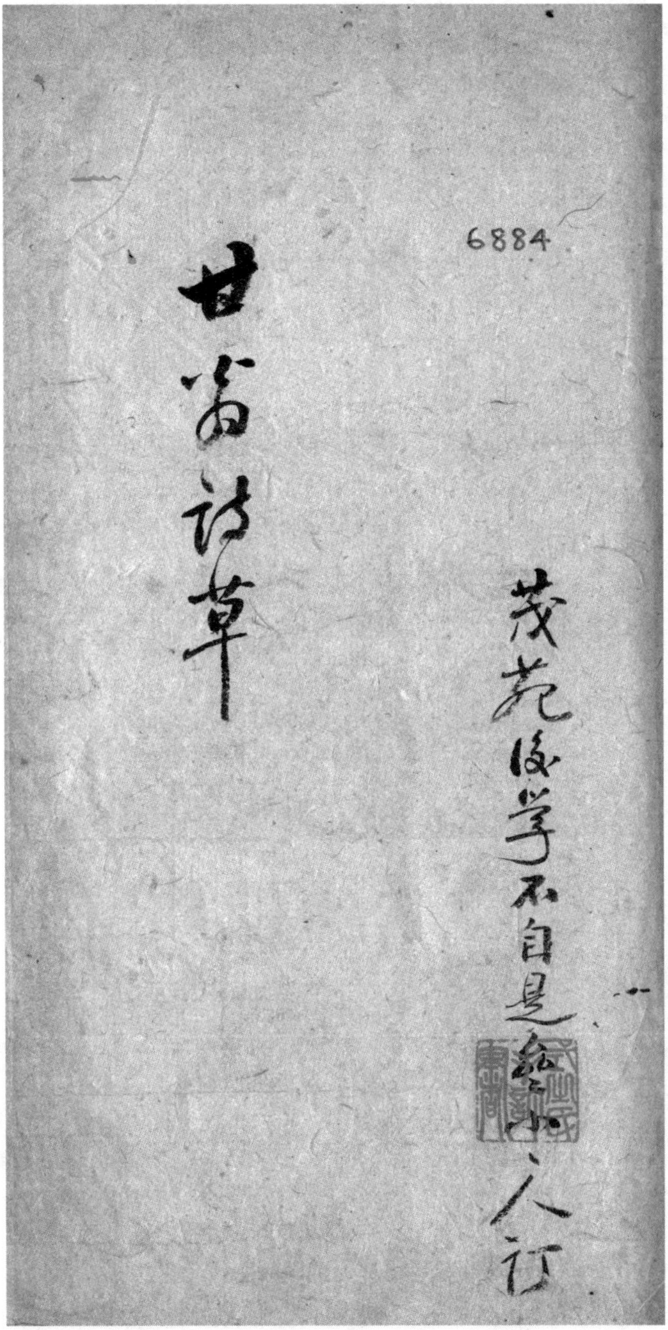
6884

甘翁詩草

茂苑後学不自是齋主人訂

滬上集

壬戌十月至甲子九月

到滬上作

千帆風送海東偏健氣葱蘢滿眼前壽極寸心翻欲澁
年摩端痛𢀶上年
回首三年足嘆吁此来非只為飢驅一身幸脫樊籠困
最是難忘失母雛

葉調生丈劉辰孫禧延枉過寓廬感賦

已分今生再見難迎門倒屣足蹣跚天留前輩文斯在
地有故人我不單各認容顔同老瘦略談衷曲便辛酸

可憐袈死重相聚莫漫言愁且作歡

得陸仔范希文棠川書

海外傳來一紙書開緘不覺笑胡盧渾忘塵世干戈滿已入仙鄉醉睡俱（來書有白酒三杯黑甜一覺其樂不減華胥云云）相對癡人還説子更無如樂有生徒（俱札中語）只憐數到存亡處依舊臨風歎嘆吁

仔范書來備述吳邁公斷當近況知已全家入都投其戚華陽相國京邸矣寄懷

故人書到話同人細數吳融近若辛一昔故鄉驚戰伐無家遠道託昏姻最難薪米長安貴大好聲名宰相賀

（風書中并及辛氏近況）他日蘇臺重訪舊烟波詞處有垂綸

除夕憶幼兒

白日忽西匿，一年今宵終。疏星屋角瞬，天氣青迷濛。辛盤客邸具，尊酒無人同。患難（去家）朋友阿宜吾之宗。患難強歡笑，醉飽覺無悰。往歲劇寒餓，父子相對窮。少者九飢疲，歷齒頭常蓬。今吾偶饜飫，念汝心忡忡。失母依兄嫂，往往食不充。寒衣寄到未，昂首睇來鴻。

癸亥元旦感懷

百年元旦幾新晴（草），未定萍蹤（浮居）海上城。風日一天猶淑氣，笙歌滿地自春聲。人心不似經離亂，世運何時轉太平。

憐是江南乾淨土，盈樽（深林）柏葉酒時（及令）傾。

望納兒不至常昭投誠民賊交訌吴錫開鋪迎家鷲湖屬其便道携兒來滬日久不至未免懸懸

呼兒只道庭階侍，俯首江湖各一天。轆轉金戈何處避，徘徊水驛倘難前。慈陰漠漠終須散，新月彎彎不即圓。或者真誠錫似舅，為人骨肉必完全。

吴錫來納兒竟不至

望眼一雙懸錫來忽悵然兒輩難自主性命欲由天亡母靈何在羈人夢枉辜不堪言説處待訴與重泉

清明前一日作

轉眼三年別故墳四棺兩地寄江濱紙錢手捉家何處
腸斷遙山起白雲

寓齋題壁

春中江上破蝸廬無事閉門且授徒一院輕陰低燕子
滿窗晴日睡狸奴不知何處花宜看勝有鄰家酒可沽
絕倒元亭喧閙字宵來依舊一身孤

閉門

置身人海中四面皆塵囂心定耳無聞閉門成深山書
聲喧而靜鳥語應閙、何處無山林加以人不聞

偶作二首

飽暖豈非福悠忽不計年飢寒味深嘗回首覺茫然當
飢得一飽融融敗絮眠無營若曰無夢我養全我之天百齡
常如此可以證神仙
夢境何顛倒半載稍安樂寸心尚未動神魂如轉轂富
貴況洸溺聲利多逐微積思幻百態槐螳淪異族槁木
死灰閒生氣乃往復

雜詩

學道先養心心安身無苦辟彼枯崖松挺骨戰風雨春
韶一以來百卉具眉嫵青青歲寒姿鬱鬱菁英吐同榮
不同悴衆悴乃莫侶所以令君子讀書力宜努

讀書思留種生子偏不慧哀哉我從孫圻文兵死方弱歲
斯文脉欲絕空齋獨隕涕富貴非吾願志豈榮科第難
得此孫良恂〻或我替房杜丐海上欒郤降皁隸少與
聖賢親清貧無流弊
蒼〻非不仁積善乃滅門俗眼多悠〻天鑒豈昏〻窮
奇必定殺漏網彼何人清夜默計數心驚口無言惡自
不可為〻善且殷勤餘殃留祖父此語非兒孫
亂世營田舍許汜太不才視近人反之未亂先散財時
世黃金重離亂青錢堆賦至害之地有子他年鬩愛子
付兕伯全家淪劫灰藏鏹知者少一僕荷鋤來門外示

從孫嘯飢聲 正哀

會之非無後人皆祖少游大懿遂不祀空有宗支留正

學寅十族當時無遺嬰同姓欲附驥繩繩皆所生請後

若數餒無後曲說紛由來不如立爲真吾子孫

學仙如摶沙所見無一成學佛尤渺茫不滅須不生我

先本爲先造化拮以形衙不并此默默而冥冥天地

有時盡隨化無將迎志不慕西方況乃慕蓬瀛仙佛一

齋刪喙詩作蠅聲

哭劉辰孫 禧延

翁冠讀君詩定交已中歲相與文字間師資此焉賴道

大無畛域趣同可砥礪君才貫五車韻學牛毛細著述
一字無莫測君志大厚積期晚成放筆瀉如雨予沛君年不
待君年一病遽長逝苦吟畧有詩或者徵名聲顯晦造物
司學行吾黨最不敢哭寢門臨風自潸涕
宋玉景宣總角交勸學身何殷勤高談經史術界視恬括文
千里寫求友延天相視各一笑相親逾達三年生離成死別
乃遇劉君劉君學術異氣味同一真積說沈世界出門
過不聞文章好識殫求學挽靈誠君存一直諒君殉誰
能言商確懷前密筆硯誓今焚昨夜夢中逢依然平生
親

與君同遇難各免君稍迂餘生欲善遣戚戚君不舒我
憲君將病遽外驚長吁弱息啼素帷老妻候泉途執手（相見）
語家常執手泪澌洳長男壯未婚幼女二齡餘君竟託
何人薄俗為君虞

題覺阿上人 祖觀 梵隱堂遺詩後

我識觀公歲庚寅彼時猶是張蓮民秀才歸佛始願切
大懼再世無人身誓趁今生一念覺直往西方超凡塵
此言當年入我耳迄今三十餘三春觀公往矣佛見未
我輩窃代爲洗淪念佛法啓雲栖師遺教并戒僧吟詩
我言吟詩不著相消閒破寂亦可為名心不死刻意作

高才邪惜寒山亞短韋溫李性情宜長篇蘇陸規摹化
韓門張籍舊知名自脱白來長聲價詩學日進僧日遠
似悔似悔仍難遣詩學日以進去僧日以遠集中句黃金虛牝不須憐
齊己參寥已並傳

移寓

金窩黃葉似風過散零星而家為孤客飄飄海上萍辛
船何處任泛宅曾停三歲三遷慣鶯鳴未要聽
行李一肩輕鬧居合面城紅樓夾道立紫紫氣滿街迎移寓
紫來街室毀救客借身安吾可耕客來客易識小閑讀書
聲

何人先過家彥友有王維知債一椽屋來賡七夕詩移寓

以七月七日是夜王君雲笙過我銀河斜耿耿紅燭跋遲遲送客出門去涼風起水湄

秋夜偶成

風過響音窗前無人月一天蟲聲喧似雨露氣白成煙
渴茶剛熟燈昏燭待然夜涼詩興永得句要成篇

同王雲笙仲霖夜話

相逢意外喜難勝況復良宵集舊朋大地已經沈黑劫
故人猶許共青燈家山消息驚無定君家莫釐峯下連日頗有警信客
邸光陰過未能三百銅錢纔一宿錢夷場客場每宿必制二百七十文三百銅

錢見杜詩勸君且此息行縢

惕甫墨琴夫婦合璧字卷

妙筆一枝花並頭，滿窗晴日靜好樓（所居樓名）。樓中揮灑墨如雨，行間小印鷗波留。吳興書畫兩擅絕，仲姬寫竹幽閨幽。不以書名但以畫，臨池至竟遜一籌。綠鸞寫韻神仙傳，文簫惜未嫻銀鉤。曹嫁晚嫁乃有此，前生福慧知雙修。清才詠絮合爾妬，如此王郎真好逑。惕翁死去夫人在，登堂當日書曾求。蒙賜卷軸都[illegible]姬，無心覯止雙共球。夫人簪花格最擅，惕翁腕力尤為遒。三松居士今何在（與潘榕皋札），舊俗清河似昔不（為清河夫人書扇，清河夫人者，張蒔塘大令配）。

也

自滬赴蘇紀以三十韻

同治二年冬蘇城始反正伏處保蟲蘇如蟄羣思振賊
蹤去未遠餘生休輕進故鄉邱墓在誰能況（置）不問四棺
況未葬風聞眜究竟庶往決在否此事難懸證一女適
田家雁斷無來信少子依兄嫂飢寒一身病誓攜共逆
旅將飛屢難奮十二月初吉日瞳風亦定首途黃歇浦
稍前得巨鎮問名云黃渡千家幾家賸雲連似仍舊壁
立但餘燼有客市稍集無人壚孰越蒼蕪野田中十里
斜陽暝行〻過村落到處荒叢亘樹木慘斬伐雞狗有

亦僅人氣既不接萬籟宵沈聽四更急鬼啼呼痛聲隱
隱曉起白骨靚丘土一堆并臥猶屍野燒生或攖賊刃
昨夜燎原火哀哉誰問訊匆々過鹿城依々投吳郡川
原斷無梁草深沒少徑地上戰有壘天邊雲成陣山塘
七里喧抵此如夢醒湖山仍完壁々空廬已破甑所幸烽
燹中逃出吾家櫬人情兒女長天意暗言吝仍當鼓櫂
行歷訪死乘興

閶門

幾年夢繞閶門御身到翻疑是夢中近郭樓臺都瓦礫
入城巷陌半蒿萊要離冢畔夕陽瘦太伯橋邊烟水空

昔日喧闐今闃寂飄零萬户各西東

自山塘放船至翁家莊

畢竟家何處而云歸去來飛帆渡華蕩回首失蘇臺有
客兒漁隱相逢話劫灰梅花溪上月照我獨銜杯

見訥兒

得見敢嫌遲干戈未定時全家都好在何處不生離失
母權依嫂多寒更苦飢行當携汝去作僕免遭笞

鴛湖遇方小玉

與小玉別二十餘年矣人或傳其已死癸亥歲
暮偶至鴛湖有呼余於途者審視則小玉也詢

之知二十餘年幕遊在外乍歸即遇難雖輾轉
流離而全家無恙可喜也近屬鵝湖北之甘露
鎮

不見方千久人言(浩)何太訛亂離朋舊隅消息死〻多意
外相逢好冢中劫劫過小心携婦子且暫住烟蘿

携訥兒到滬

清晨發雲鄉日夕過鵞湖山塘小逼(逗)逼故鄉難可居牽
所從之宅依〻兩小俱從孫潤文亦已來淒切興不能休
嫵雜亂聒分甘聊自娛兩日抵申江行〻入五都海市
我看慣兒行何趦趄乍見驚可憐嚇人鳥兒鳥一年抱

靈碩今來慰屉〻屉〻亦誰識吾心自躊躇碩兒並勿藥（時兒患瘧未愈）碩兒勤讀書

滬城見女杏姑

憐汝難尋覓虎嶠倚櫂邊無心同避地一面也由天見弟因思妹時（予幼女已殤）移家漫舍田還鄉力柬作收穫看今年

得雲笙亡問

兵荒朋舊盡彥友獨餘君一見還長別臨江哭暮雲病猶無死法信不是風聞或者傷人霎幽憂十倍殷

雜感

時俗競喧鬨疇能耽清淨子雲草元居獨言無與聽伊
誰寄過從親切一鴻贈侯芭世則無童子六七賸無味
書和聊發興篆際請葥沁廳之却閙際聊養性舊雨來
不來蒼苔布滿徑

邪邑多愀復乾坤猶瘡痍招撫實不及況乃驅迫之先
人有敝廬先世之所遺賦至舍之去賦還欲言歸躑躅
頻垣下一騎里正馳爾屋爾漫占須報官府知官府知
何責可憐貴不貫青錢袖三百出門猶躊躇一兩椽貴不
足一椽（稍）頗有餘望望姑胥山故里成畏途安得告大府
弊政當時除

春寒

春雨陰寒釀郊原氣似灰煙花三月暮風色九邊來天地猶烽火江湖且酒杯節逢櫻筍近暖意或將回

客居

滿地皆吴語真忘是客居餘生惟課子永晝且鈔書雨後日光淡晴來人意舒阮家有犢鼻聊爾曬庭除

午日寓樓坐雨

天荒地老一身存艾虎重看掛滿門故國魚龍驕白晝聞舊居芙蓉江水已平岸昨宵風雨急黃昏檐外影裏收詩卷展蟲聲中倒酒尊最是此年怕兵後愁陰漠漠罨江村

哭訥兒五十韻

兒殤於同治三年五月初十日申時距得病不匝日肝腸寸斷欲哭之以詩而思不屬今距兒之亡五十日矣乃能以淚和墨少紓哀憤

……所恃童蒙昧荼毒於……遊姊弟相依樂使爾……窮鄉投茅屋遭掠至……爾莫爾畜誓與沈清波細雨龔湖曲瀕夷非不受無聊得館穀攜爾俱輾轉就食雲山麓一姊先適人一姊病就木惸惸爾遂孤爾

一幅五百字全是血淚凝結而成首尾氣體渾樸所謂有篇法有句法者（中間法亦嚴）令我讀之酸鼻東野哭殤詩未足言矣

一幅五百字全是血淚凝結而成首尾氣體
渾樸所謂有篇有句有法者中間情至語令我讀之酸鼻
東野杏殤詩未足言矣

哭訥兒五十韻

兒殤於同治三年五月初十日申時距得病不
匝日肝腸寸斷欲哭之以詩而思不屬今距兒
之亡五十日矣乃能以淚和墨少抒哀憤

前生爾何人賦命已窮薄五齡失所恃童蒙昧荼毒於
時猶有家鰥父躬鞠育飽食而嬉遊姊弟相依樂使爾
當時殤吾心苦不酷六齡遂及難窮鄉投茅屋遭掠至
絕糧無飯泣思粥恐餓吾先死遺爾莫爾畜誓與沈清
波細雨鴦湖曲馮夷拒不受無聊得館穀攜爾俱輾轉
就食雲山麓一姊先適人一姊病就木㷀㷀爾遂孤爾

父忽海角爾父豈舍爾守爾終溝壑身作滬瀆行夢依
爾塊因消息俄驚傳金錢無處卜祇云南沙南千村連
殺戮迎爾〻不來吾心痛及腹家書經年斷睽〻懸兩
目順風忽吹送尋爾拌蹤迹我至梅花谿爾返自江北
相見喜開顔相看淚盈掬破帽不戀頭滿頭髮曲局棉
衣我所寄頸露忍寒縮其裏若不衫（衫已不能掛體細視之乃無一補綴）
痕有袴帶斷續眼見情如此前苦孰我告猶云有兄嫂
此語吁耳熱慵工受青錢餬食方力作吞飯腹不充更
驅爾作僕寒戰噤正潮迎風迫趁逆我知姑隱忍顧爾
有後福提攜出苦海客邸書同讀爾亦喜斯陶我左欣

舐犢意外忽蒼黃人命風中燭隔宵猶同飯相携斗帳
宿明日我為人爾已登鬼籙爾病自難醫吾醫備未遂
吾惛誤爾以無益手自搏彌留挽吾頸痴心絮語屬拍
咻呼我坐以矣目猶矚戀父不肯行鬼卒備爾扑面戴
爪痕長爾母見應哭初見時面兒指爪痕長寸餘疥跡落瘢久不滅不知何人毒手吾性
不耐究此等事兒亦未余告也我顧偕爾行夜臺同躑躅已艾偏後以
淹留味寂寞終當返爾棺隨母得所託窀穸事苟完乃
歸祔留味宗祧有知或薛荔無知長冥漠小時似了〻長大
多錄〻稍延續前歎有命心怗服百日聚少歡一霎客
仍獨

校録辰孫遺詩感賦

風夜紙窗鳴殘燈絲如豆故人倘在斯一編吟現守名
心死最難安得梨棗授低頭理叢殘完責謝朋舊少作
春花妍近著秋花瘦境遇一以殊面目各成就君有後
人才我詩甘覆瓿何必苦收拾拙詩迭經散失且當圖薜苫平
生所驕兒已在黃泉候

感逝懷人五首

王子遠叔釗殉難吳門

王公懦書生視死忽如歸殺賊遂自殺借刀〻成圍頭
顱已分罵賊聲未已兩弟判死生〻者究亦死季弟叔錕

同難仲弟姝釣先期避難未就病殁太湖之香山

張子上源遘病殁錦溪

入京名不就十載羈邗滬一官聊解嘲錦衣歸蘇州可

憐賊遍來攜家逃避徙驚魂不可招痛哭錦溪水

戴蠡賓鴻鈞閣中

槖封急中落秀才作衛官竟用脱草劫宦海成仙源袁

明廿年前向吾痛不已吾今痛似君無由達一紙

命文

訪

陸仔范京口

君自棠川來向我我未遇踏雨走答君君已軍答去軍

前去何為疇昔知君心封侯夢不作有夢夢故林

程叔裳其度不知下落

往歲過鄉里傳言頗難信孟陽何至此吾黨多詳慎五
年無消息未免心然疑他日倘逢君示我懷君詩

今夜

可憐好惟明月今夜月圓翻怕看人兒天涯同寂寞
更深閒敘好闌和

陳塤之倅將歸吳門有詩留別次韻酬之

旅雁蒼茫何處投相逢江館話窮愁不才分向田間老
作客同為海上遊廿載故交分仕隱一官農部閱春秋
期君更奮雲霄翮莫漫飄飄羨野鷗原唱不及閒眠沙上鷗

同作鷦鷯借一枝秋風各起故鄉思黄魚烏兎殊方景紅樹青山驛路詩君去過壚增感慨我留顧影失扶持遲遲也擬歸裝束早晚相攜醉習池

亡兒澈座

形影難尋覿凝眸向座看不堪吾伴食還望爾加餐情尚分甘似心當慶徹酸遲遲渾不決一為淪龍園竟徹非吾意言旋或爾心兵荒家縱破時節母同臨自有紙錢送餘無清酒斟終憐不可見泉下待相尋

將歸吳門留別滬上諸同人用培之留別詩韻

蝸角科名筆早投白衣蒼狗看人愁亂離何止三年病

鰥獨宜為五岳遊擲樺懶尋桃葉渡時有十一月舉行江甯鄉試之說
倚裝剛及菊花秋歸帆一路吳淞岸恰好盟心到白鷗
折得江頭柳一枝臨風從此各相思知非南浦消䰟別
要聽渭城絕唱詩最好魚鴻互來往不妨道義遠扶持
諸君半是姑蘇客甫白何時共祓池

攜訥兒柩還吳

向平婚嫁遂虛畢歸去須為宅穸謀誰說幽明不同路（白雲黃葉滿城秋繞邑呼兒歸去休）
旅魂先我上扁舟
憶昔同舟去海瀕祖孫父子共三人從孫從祖歸仍併
痛絕驕兒一攜陳

憶昔蒼黄乍避兵望雲何處是歸程五年盼到還家日。
如此還家淚又傾。
送入蓮涇兩舍中。褓嬰應不泣飄蓬隨娘自有提攜便
非獨兒孤郎苦同。

蓬轉集 甲子九月至乙丑三月

生還

望〻姑胥山遙指姑蘇城生還劉良可喜骨肉已凋零入
城巷陌改秋草縱復橫道無相識人滿地皆當兵閭門
指楓橋七里落人獨行處僻人不到一縷炊烟明童稚嬉
如故衰白坐無聲一手羞慰藉米價遍稍平
向晚偶意行遂過故人門故人無由見所見惟頹垣糞
穢積〻如邱庶草弃不蓄遠望讀書堂中有我疲痕徘徊
不可入愴惻傷心亮古人痛華屋揮淚逐秋雲況此遭

殺戮八口無一存豈無逃亡者輾轉死山間生平不為
惡嬰禍至難言天道謂無知窮奇已殺身

望思

天涯何處望思臺落葉淒風畫角哀獨上高樓慘無語
月明今夜可歸來

採女

家破子殤日拏舟採女時含將兩行淚一路水水涓湍
地仍金鼓連營自兜鍪鄉居猶未穩蔬食備難支到岸
迷榛莽開門亂爍瑪時更難藏繡闥已分任蒹葭（舊居為賊所燬）
歲月催剝布晨昏且粥糜人生有義命圖葦漫憂思安

鄙辦易縱

快字不商 易悅字何如 注目

分耕還鑿平心倡必隨果然勤稼穡也可拓門楣識字前因定勉書後起宜蓮薦須自拔佩觿任人為汝訴遣羣盜我嗟喪稗兒飄搖同室毀孤苦獨年衰日已山頭没燈從壁隙移草堂權一宿明發又將離

滄浪亭

湖州長史樓遲地勝蹟今逢亂後消明月清風橫有刦殘山賸水太無聊亭臺如掃剗樣快（揚）節㢘難逾鼠在驕獨立橫橋公未渡打頭黃葉晚蕭蕭

獅子林

芙蓉江上舊棠閣相對玲瓏岝崿山（俗名獅子山）別有名園

秋寐歷也多奇石勢孱顏青松入畫雲林如素壁題詩

季迪祠劫火未燒池館靜從容步履欲忘還

藝圃

一朝蒼舊停雲館千古聲名諫草樓迎月廊前人寐〻

度香橋下水悠〻春花城市尋深院聽雨池塘冷暮秋

聞說黃巾相戒避林亭如故足句留

閒步山塘遂登需年

山塘盛花市未至氣已迎三時綺羅香七里笙歌聲遊

人昔雖還狂蝶忽近縱橫蝶退碧山活客歸朱樓傾寒塘

水漸縮菱桂香深荊片石立巍然五人氣英〻

虎邱泉石御乃為樓臺掩樓臺一以掃泉石當道踞荒
荒野烟中震疊橫絶巘鐵花岩可惜第三泉不辨劍池
猶清冷飛虹天半險巨石負崿壁蒼蘚宋人篆生公講臺宋邸
必篆或以為陽冰書非也多古蹟都湮沒瓦礫碎孰捨梯而危難上壞
塔望中黯策策忽有聲蕭蕭一僧賤
蓮涇宋時梅乃遂樵作薪雨時雨如物幸爽二兩春不
識尚在石鉤衣多荊榛不能更訪之歷劫恐為塵幽蘭
生空谷何嘗知有人道人愛蘭花寫影傳貞珉深藏塔
下黑塔已賊火焚
下山繞山足步步賤劫灰邊望塔影圖林木高崔嵬也

花塢何許有第無樓臺第中兩石柳相對蹲莓苔此是
晉賢宅捨宅事堪哀況第遺廟儼英靈安在訪舊時堂
前燕飛去還飛來

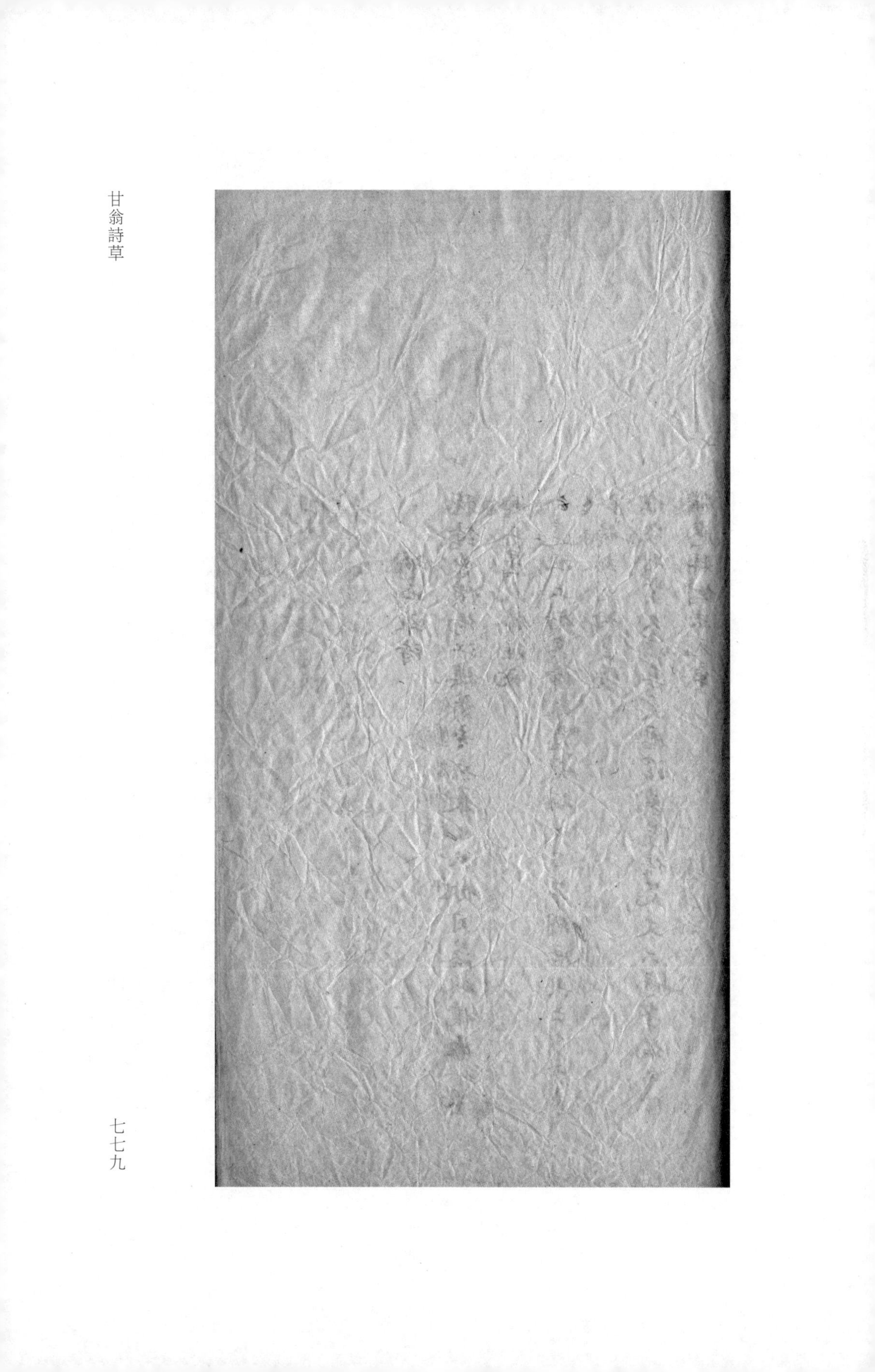

城西雜詩

聽鐘曾慣倚江樓蕭寺無來也不休月落楓橋天似墨

兩三星火勝漁舠

白蓮涇上衍真諦太息古梅七百年閱歷興亡多少事

紅梅劫到付蒼煙

誰家別業久滄桑更歷滄桑景倍荒丈六奇峯偏不壞

獨應拜倒米元章

踽踽林家巷裏來相逢駝跡畫堪哀如何宅入先賢傳
竹榻高懸也劫灰

名祠一例劫灰寒山水（蹟有遺蹤）滇南畫裡看更備（有）紅氍毹上演
滿天飛雪萬峰巒

到此人生可奈何（無論朱門甚日應楚人一炬逃）萬家喬木幾銷磨空江寂寞芙蓉死
兩岸頹垣廢井多

題畫

人家兩岸柳千條柳下漁樵繫艇搖似我十年前到處
畫眉聲裡畫眉橋

瓶隱圖

瓶有耳兮聽善聽，瓶有腹兮靈慣受，瓶有口兮默默不言。孰爲爲之緘，孰爲守？君不見巢父安巢千尺高，掉頭大笑離塵勞；又不見壺公一壺天地老，翻身躍入疾於鳥逝。其已者中唐生瓶隱，由來亦奇校。君君斯固意則那，卻非放曠山之阿。平生守身若執玉，斯言有玷愁難磨。瓶罄兮下，身耶知膽，但有此水無戀酒。呼嗟子雲吃吃亦藏酒，滑稽胡取諛天口。按瓶隱是中唐有涯故事，而困序云取富鄭公守口之義。滑稽，酒器名。

自蘇赴省道中作

五十忽已至，榮名非我分。聿聿赴省闈，禿筆強將排陣盂

簪亦可樂言笑何曾吝新知八顧多故交一夔僅俯仰
新故兩低首撫蒼鬢
行行過滸墅九龍山在望入望邱壠木（多木）落落見青峰行
近作灰色兵氣林巒漲夕陽迴江縈蒼翠知旋狀湖頭
芙蓉臥西風捲巨浪入城旋出城隱隱漁舟唱
舵尾龍山沒鷄首蘭陵到城郭血戰餘華足髑髏繞我
來已肅清猶颭風中纛何處黃公壚有酒容醉倒苦辭
酒味薄秦地迭旱澇亂後況不耕美名被枉盜
賊兵飛渡江直下東南隅丹陽實要害屏蔽常與蘇淪
陷始康中千里莽榛蕪庸臣既喪心名將遂捐軀魚腹

葵誰見馬革裹已靈意外可負欹滿眼皆邱墟何以為
表識水上有浮图風雨颯然至忠魂夜啸呼張忠愍公既歿不得
其尸今據偽忠王李秀成親供已棺殮葬丹陽塔下
大江動我前長河繞我後我左莽蒼壘難民啼我右難
民何者多强半是黄以椅腹餐西風單衣不掩肘是豈
無田廬〻自有父母兵燹騰一身苟延無升斗彌陀不
出世寬和誰援手
天水忽而合扁舟已江心江心浪自險命落無高深海
氣朝迷濛大地若為沈甚先昔隱處何處有山林風吹
雲細捲香〻而森〻梵宇自山起戰壘自江浮起尺賊

不到仙源此地尋
上水船已遅打頭風又作日行不卅里閑置胸中悪危
磯燕子飛側翅波上掠今来不可識潰然一拳落江濤
嗟其根不受相撃搏卻後三千年混沌應再鑿
刀光如雪色落日相照耀鳴ゝ畫角聲秣陵城已到名
城天下雄渇共皆不料時世豈遂平鶴書強赴名韁步
瓦礫間是處皆堪吊今夜古秦淮月明聽鬼嘯

金陵寓舍題壁

萬古詠蟠拠帝都公然草竊仰雀狗盜心總為飢寒起
厄運難將禮樂扶古今閲闠甘冠掠無寸軍國誤侏儒

至今嗚咽秦淮水，猶恨當年老匹夫。融因諒孔

重開殺運又南都，人與猪羊一例屠。往往淋漓能駡賊，

武安朱九狼謀鵠賊事敗死之堂堂名士已捐軀。江甯諸生張炳垣謀翻城事敗死之

湖白骨長縻爛，風雨青燐鬼嘯嗥。草草國殤誰問姓，

名強半已模糊。

反覆軍情正七年，自甲寅迄庚申白衣蒼狗滿青天。望尊向寵

終無負，權付張遼奈不專。自失重營連海角，誰收枯骼

滿江邊。人情要合和凝固，更有何戲笑歎顛。

誰從西北控東南，上相老謀無二三。伏莽餘生猶究視，

横行到死劉粮貪。連城迭破軍心定，校寇終翻賊首函。

懋賞過侯真不愧汾陽此際是奇男
擾攘干戈力欲殫下車事起續登壇兵非善遣仍稚寇
民豈難蘇仗将官築室粗成宜共賀補牢未竟漫求安
即今重疊江關下多少人吟行路難
磨墨磨人鬢易蒼況經離亂更堪傷側身入齷齪陽
歷劫重登傀儡場等作伊誰工績究功名似我久亡羊
丙午已亥與選竟俍失之此来只作尋詩計賸將殘金吊夕陽

三場既畢硯有餘瀋題號舍壁

繞千山影高崔嵬繞千山雀翅倒垂紅羊劫過似無事
江南子月文闈開棘圍遮閉人難還人氣㸌作春雲堆

蜂房肩摩互出入紅爐高下明烟炙是宜冬暖勝挾纊
同雲忽布涼風催堅冰在地雪在瓦雪窖傾入皆仙才
鱗々樓屋低頭縮鑪簷容傾〔簷傾紅〕紅醅醅出屋小三椽已折
狐裘蒙戎蹲苺苔文瀾欲起筆花放觸紙作響鋒穎摧
大官烏金忽頒下歡聲忽々登春臺〔三場監臨送炭圖每人二枚〕堪
憐以辛不復活青衫一領白板擡嗟何不去生處樂殉
名急々此中來〔二場有凌以者〕我名韋辛至於此老夫耄矣無
能為扁舟計日去何處江山雲壑無纖埃大呼李白與
痛飲攜霞空翠倒入深々杯

憶舊遊 有序

省城遼闊華足以遠舊有驢可以代步今絕無之秦淮又淤淺舟楫不通遊興索然歸途同人欲登甚山又不果回憶舊遊得詩八首皆十餘年前所作也

莫愁湖

夕陽山下（上）紫白蓮山下秋風起花吹落佳人愁不愁

雨花臺

六朝僧不見江上一臺荒我自吟詩至天花何處香

燕子磯

磯頭一亭立磯下萬人家何處尋王謝茅簷滿落花

攝山

棲霞〻〻不棲松罩六朝古下有般若臺濃陰轉亭午

金山

一覽江天小雙丸水底明風帆揚子渡烟火潤州城

焦山

焦公棲隱處〇松竹亂青〻〇古鼎摩抄說〇還尋瘞鶴銘〇

艤舟亭

亭名昧所自我到桂花開風水一池皺何人洗硯來亭下

有東坡洗硯石池乃自城中顧塘橋孫氏移出者

九龍山

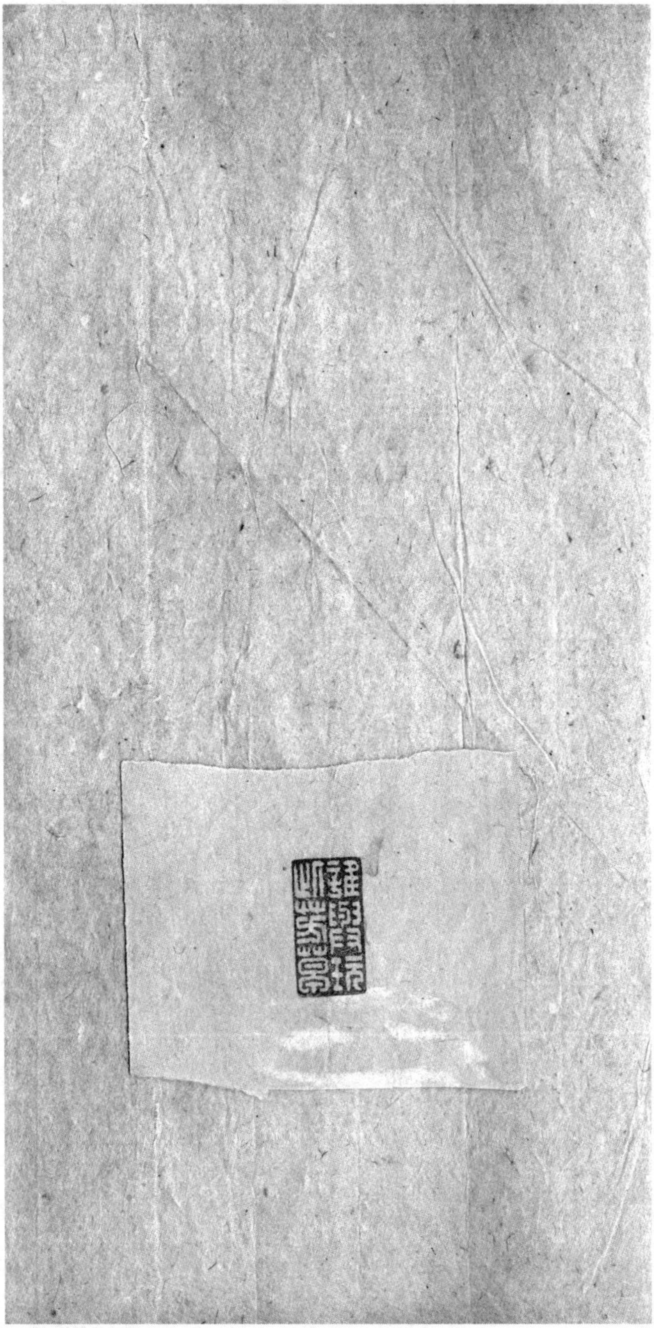

國家圖書館藏清人詩文集稿本叢書

第三輯 二

陳紅彦 主編

北京大學出版社
PEKING UNIVERSITY PRESS

龍岡山人文鈔

洪良品撰。五册。稿本。

洪良品(一八二七—一八九七),字敘澄,號右臣,别號龍岡山人。湖北黄岡人。同治七年(一八六八)進士,改庶起士,授編修,歷官江西、雲南道監察禦史,兵部給事中,户部給事中。咸豐四年(一八五四),曾受黄岡知縣翁汝瀛之命主辦團練以抗擊太平天國。主要著作有《紫藤花室駢體文鈔》《龍岡山人詩鈔》《蔡園奏議》《半畝園筆記》《龍岡山人古文尚書四種》等,並撰有光緒《順天府誌》、光緒《黄岡縣誌》。

稿本《龍岡山人文鈔》爲洪良品晚年自編文集之謄寫待刊本,雖抄手不一,但書法多精緻雅秀,頗可觀賞。文集編目清晰,共八卷,又補録若干。卷一論辨文,卷二書劄,卷三、卷四序,卷五説、記,卷六傳,卷七家傳,卷八墓誌銘。目録各篇題名下,或朱筆標「刊」,或不標,以明去取。目録末頁有朱筆小字「前集計刊一百篇光緒辛卯八月二十八日記」,可知光緒十七年(一八九一)洪氏此書尚在整理中。文中朱筆圈點、墨筆改字之處,俯拾皆是。

《文鈔》體量較大,文體豐富,可基本反映洪良品生平行事及所持觀念。各篇文章之後,録有洪氏友朋如嚴曉坪、朱小西、吴荆湄、楊仲琳等十餘人所作評語,也有洪氏自評,内容或評論行文,或指陳事跡,對理解文章皆有助益。

此稿卷首有光緒九年武陵楊彝珍序。楊彝珍,字湘涵,一字性農,與洪良品同在京爲官,對洪氏做人爲官皆推崇有加。有光緒五年東湖王定安評跋。王定安，字鼎丞，湖北宜昌人，長於史志，著有《湘軍記》。另有楊彝珍之子楊琪光所撰《龍岡山人傳》，簡述洪良品生平事跡，切中肯綮。《龍岡山人文鈔》光緒年間刻梓行世，分爲十卷。

（杜萌）

文288.265
1892
:4.

序

國家值不以言為諱之時幸得為諫官書盈尺之紙朝奏而夕即下不潛
窺上旨為可否視死生禍福無所介於懷凡時政有闕失輒率言不少隱
有彈劾每曲當上意不疑有仇黨恩怨之嫌語有云主聖則臣直豈不然
哉右臣侍御夙洞達治體遇事秉正不撓及居諫垣章十數上其應星變
陳言責羣僚修省語尤過切直人莫不為侍御危而
朝廷恩眷未衰仍令供職如故嗚呼觀

朝廷之待諫臣論事當則從之不當則置之為諫臣者得不勉圖報稱與
蘇明允有言天下有大事公可屬於何知之即於極言敢諫時知之也日
侍御欲刻其文集屬為序余耄矣不能營度為文聊綴數行於簡端以質
諸秉國成之君子時在光緒癸未之仲冬武陵楊彝珍序

評跋

近時言古文者多祖方姚以其律嚴而製雅也然體過潔則氣薄法太密則才力不能開展識者病之大箸諸篇筆情倜儻顧盼生姿才大矣而不詭於法為之不已可以登韓歐公堂奥豈拘拘桐城者比乎往時茶村先生以古文擅名一時公起而繼之足以張我楚軍捧讀回環忭佩無似光緒己卯十二月東湖王定安拜識

龍岡山人傳

龍岡山人姓洪氏名良品字右臣黃岡人龍岡在治北逾百里而遥山勢蜿蜒如龍幹山人家世居於茲麓有書舍羈丱即精誦沈思於中因以茲山名自命後宦成每曰吾龍岡山人也吾龍岡山人也蓋不忘初云山人自髫髮輒委身於經畢羣籍中至皓首猶闡晨鐘興達夜漏盡不輟致睇帙之屬罔未究心窺測而尤刻劌於左氏傳屈氏離騷經司馬氏實錄等乙冊務得其真詮以故所離詞皆典美爾雅清壯為雄伯之倫聚束其槩

已嬴四十類中之考核名物尤精詳無歧稊爻爽足徵實而五朝燕京城
池考以及風俗掌故戶口先賢師儒列女釋道並災祥等志傳已采刊順
天郡志中矣年未弱冠遊於庠序中已名噪一時其郡人謝惕夫刺史詡
為後來之儁久始舉同治三年湖北鄉試踰三年又捷禮部會試入詞垣
持衡山右所拔多知名傑士居御史臺最久凡軍國機務當　切詔之甫
下即綜析終始本端利不行息應諾杜絕無不剴切有當於窾會章凡數
十上累數萬言其尤者當長星談參參竟天中外驚惀疑皆指咎於樞臣

山人瞻象憫㦎而慣慄繼至涕洟交垂於頤遂痛疏列其慝行檄跡已懔
色斯之志拂衣投版笏辭榮歸淘瀨竟以勞身愁思之忠忱上格如轉規
一舉而斁下號清明而山人亦增秩矣他如疏民部裒會利病糾矯虔吏
墨員負績軍帥蠹蝕胥徒皆盡搏摯之力不可寬貫固以昭其司直亦以
表襮　宮廷待須之美也余曩遭於京邸見其道貌羸衣冠遽交親託心
如舊知分解後郵簡版與牌勤勤無怠非烏集交可方也近寄聲曰昔子
瞻著方山子傳鄙人亦處黃光之隈吾兩人契分不減蘇陳子能仿之而

傳我乎乃爲序之於此贊曰

吾鄉曾太傅度降時其先世於漸寤時有敦龎率然闟室之兆竟成發蹤

指示之功勲山人攬揆亦有斯徵雖躬未歷戎行間而憂邊陳言竟折𠞰

夷不敢驕逞與躬掃欃槍者豈遠也哉不謂寘漠亦若爲不少差等而同

示其異也

武陵楊琪光撰

龍岡山人文鈔目録

黄岡洪良品右臣著

第一卷

第二卷

復錢季楨書 刊

報梅子城先生書 刊

復楊性農先生書 刊

寄何雪園廣文書

第三卷

送王魯香官江蘇督糧道序 刊

再答錢季楨書 刊

答黄翔雲觀察書 刊

答童荇農大令書 刊

與楊仲琳觀察書 刊

送童荇農之官豫章序 刊

、送陳伯平侍御出守大同序 刊　　、送傅懋元郎中遊泰西序 刊

　　　　　　　　　　　　　　　、九宮山志序 刊

篁溪漁隱圖序、讀詩隨錄序 刊　　、朱小酉遺集序 刊

、敘金甫綠雪堂集序 刊　　、樊君詩序（雯猿鶴鳴） 刊

白洋山人文鈔序

、曾安民廣文遺詩序 刊　　笠江詩鈔序

、大梓山人詩集序 刊　　皖學編序

、謝祐生典簿論孟章數句數表序 刊

出塞錄序　讀詩隨錄　　挍邠廬抗議序

澹災蠡述序　文昌世譜序　　、徐實甫制藝序 刊

劉氏清芬書屋制藝序 刊

陝西鄉試録序

團練事宜略序 刊

古文尚書析疑序

第四卷

胡少羲先生八十壽序

范月槎觀察七十壽詩序 刊

貴州鄉試録序

山西鄉試録序 刊

讀志問答自序 刊

京畿師儒學録序

王吹伯先生七十壽序

魏質齋觀察六十壽序

壽楊性農先生序
、△誥封中憲大夫吳菊坡年丈八十壽序 刋
、△曾劼剛襲侯五十壽序 刋
、△饒儀廷經說序 刋
、△予太夫人八十壽序 刋
、△額爾德特氏宗室太夫人六十壽序 刋
△外姑梅太孺人七十壽序 刋
△陳氏族譜序 刋
王氏族譜序
羅田陳氏續族譜序
、△舊洲洪氏族譜序 刋
續修族譜序
、△洪氏枝譜序 刋
、△龍岡洪氏族（宗）譜序 刋
、△假齋文存序 刋

第五卷

、書惲子居桑中說後 刊

、書門人周子材論井田後 刊

、書獵圍戰 刊

書李杲堂詩集鈔本後

書朱小酉趙瑞娥傳後

紫霞寺募塑神像引

、鄭詹為倭人說 刊

、自訟齋說 刊

鄧艾諜吳屯田陳蔡及與今日事宜異同說

麻姑樓記 刊

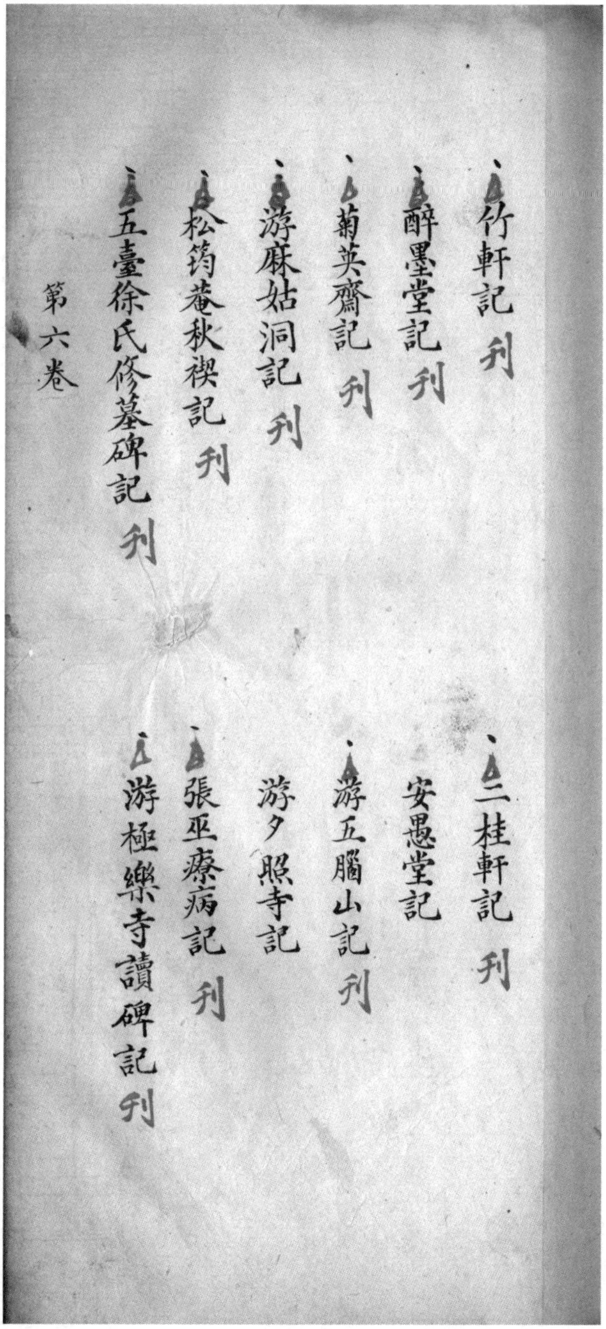

竹軒記 刋
醉墨堂記 刋
菊英齋記 刋
游麻姑洞記 刋
松筠菴秋禊記 刋
五臺徐氏修墓碑記 刋
第六卷

二桂軒記 刋
安愚堂記
游五腦山記 刋
游夕照寺記
張亞療病記 刋
游極樂寺讀碑記 刋

明訓導但先生傳 刊
石田老人傳
陳見心先生傳 家
處士程優齋先生傳 家
劉欣園先生傳 家 刊
傳商巖先生家傳
節孝 樊 孺人傳

宋亮臣傳 刊
辛溪但英楚先生傳 家
畢月波先生傳 家
高封翁傳 家
劉文學家傳
謝稺真府君家傳 刊
旌表節孝易孺人傳
范孺人家傳

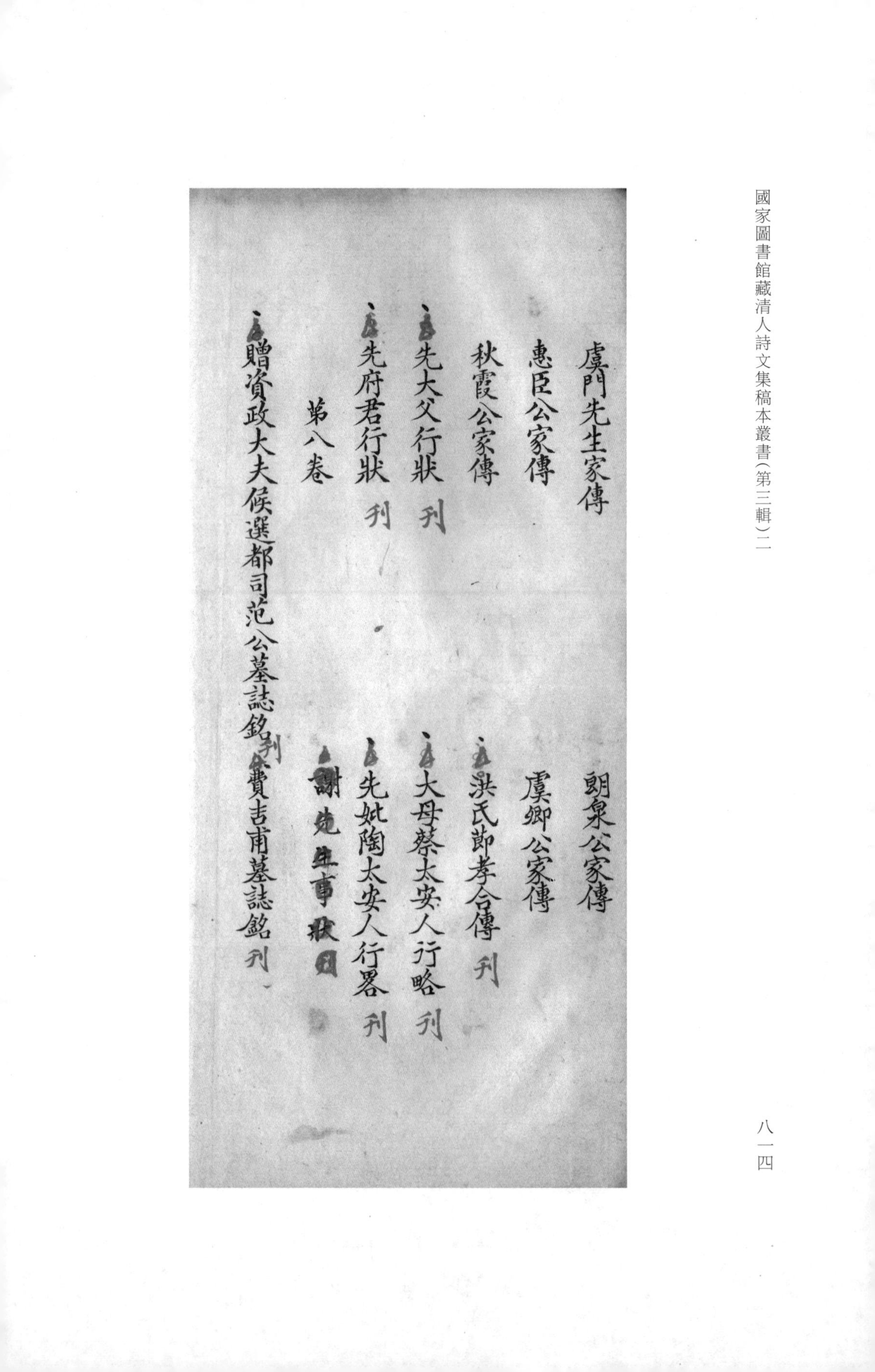

第八卷

王太恭人蔡[范]氏墓誌銘 刊
脩職郎黃陂縣教諭李君墓誌銘 刊
范義士墓誌銘 刊
旌表孝女涂福姑墓誌銘 刊
王堯臣墓誌銘 刊
贈奉政大夫內閣中書王君墓表 刊
贈奉政大夫襄陽涂府君墓表 刊
處士胡君墓表 刊
祭鬼文

中憲大夫直隸州[州]知州陳君墓誌銘 刊
贈驍騎將軍劉公墓誌銘 刊
贈文林郎喻君墓誌銘
趙處士墓誌銘
應山饒府君墓誌銘 刊
仲弟寶臣墓誌銘 刊
處士饒清之先生墓表
贈雲騎尉梅先生墓表 刊
祭[陳]雲舫鴻臚文 刊
祭范鶴生觀察文 刊
告亡室鄒恭人文 刊

關帝祠禱雨懺悔文　詩賦

補錄

釣魚臺重建張公祠碑記　刊　敖貞烈女綽楔記　刊

田潤三府君墓志銘　刊　康贊修先生墓志銘　刊

鄧獻之郎中詩序　刊　崔母王太夫人墓志銘　刊

質古訂疑序　刊　謝穉眞先生家傳　刊

錢氏同根集序　刊　前集計刊一百篇

祭楊仲琳觀察文　刊　光緒辛卯八月二十八日記

○○○藺相如論○○○

藺相如以一介之使奉璧入虎狼秦庭欺秦王完璧歸趙不畏湯鑊之誅何所恃而出於萬全也哉趙王與秦王會於澠池上秦王不肯擊缶相如懾以頸血叱其左右目無秦王之威又何所恃而奮其武勇也哉及觀相如退而讓廉頗引車避匿舍人請去則曰彊秦之不敢加兵於趙者徒以有兩人在乃知相如所以一欺秦再辱秦敢於挑其怒而卒以成功者蓋內恃有廉頗有以壯其威而作其氣也夫國家之禦侮必內備既周而後

能張皇其外使敵國之人有所愕視卻顧而不敢輕趙有廉頗秦忌而畏
之也久矣殺相如則絕趙驩絕趙驩則必伐趙伐趙而趙有廉頗則不能
勝不能勝趙則不如厚相如秦王所計及此也相如窺之稔矣廉頗送趙
王至境與王訣曰王三十日不返則請立太子以絕秦望是言也所以伐
秦之謀亦所以厲相如之膽故相如內計有廉頗之早為備而無復徘徊
顧慮之心得以伸其威於樽酒之間向使內無廉頗相如即不畏死其敢
以王為孤注而試其匹夫之怒乎向使趙徒恃一相如相如即甚乎可畏忌

來至秦庭執而戮之奪其腹心彼將失據而秦此時所長慮而卻顧者不在相如乃在廉頗也不然秦數用閒何以不聞閒相如而斤斤惟廉頗之是亟也哉故曰秦之所畏忌者廉頗而相如之所恃以抗秦者亦廉頗也

或曰相如成功有天幸或曰相如能處死則猶未知相如之心也

以相如之言論相如識解精確足令藺大夫首肯并足令廉將軍氣壯

嚴曉坪先生

明於當日時勢文亦謹嚴 吳判湄

創論亦確論 陸庚生

○○趙奢論○○

拒諫者必敗趙奢之拒諫趙奢之詐也夫用兵不厭詐强也而詐為弱勇也而詐為怯明也而詐為昏且蔽仁也而詐為暴趙奢與秦戰下令軍中曰敢以軍事諫者死此亡國僨軍之言也秦人聞之其有以易奢矣而奢正欲使之聞而易之令其弛於備而無我虞其斬言救武安者示不救武救武安也詐也許歷能知其詐言當其時而許歷封矣軍候不知其詐言不當其時而軍候誅矣然而趙奢誅軍候非必信其令而若以信其令也

亦詐也不誅軍候詐不行耳詐拒諫不愛己名詐信令是直不愛人命也行一不義殺一不辜而得天下仁者不為趙奢乃忍於戕人命以濟其詐耶雖然若不知趙奢之用詐以為拒諫卒勝從而效（法）之鮮不賧（僨）矣

用意得柳州之峭 錢李楨

短幅具有遠勢頗似王荆公 吳荆湄

似易堂諸子論史之文 閻季容

○○○○魏王基伐吳進趣之宜論○○○○

用兵之道以我之有備攻人之無（備）故聲欲虛備欲實機欲急備欲緩獲欲後備欲先昧於虛實之形者是謂驕兵驕兵則鋒銳易折闇於緩急之勢者是謂鈍兵鈍兵則財匱易窮失於後先之機者是謂（劳）兵勞兵則國尫弱易病知兵者數十年之全局而可以定之於方寸之間數千里之機宜而可以籌之於幃幄之中決之於華屋之下如李廣之射度不中不發發必應弦而倒如庖丁之解牛動刀甚微披郤導窾謋然已解人詫其神且

巧而不知其審弓矢藏鋒刃用力於未用力之先者固已久矣兵制曰勝於易勝杜牧之有言曰上策莫如自治故古之伐國者上察天時下審地利中揆國勢或以進為退或以怯為勇或以靜為動或以正為奇未爭國先爭機未爭機先爭算爭人之所不能爭乃能坐而有以制其命雖然難言之矣非夫高識遠慮有未不狃於目前之小所能爭大計也余嘗怪夫孫氏保有江東已歷數世塹長江而守之一旦北軍飛渡勢如破竹而當宣王之時使王基策伐吳之宜基竊論以為未可夫晉武之才不高於宣

王王濬之用兵不神於王基等而難易懸殊者時有利有不利也時之未
至爭有功之功不如爭無功之功有功之功其計在耳目之前無功之功
其效乃在數十年以後十年生聚十年教訓二十年之後吴其爲沼乎基
之簡軍積穀猶此意也是故平吴之功或曰此渾濬之出奇也或曰此祜
預之成算也而不知王基早籌之於數十年自此而魏之備日完吴之備
日弛多方以撓之併勢以慼之未有不摧破者其基之言曰率合蠻夷以
攻其内精卒勁兵以討其外又曰吴蜀之交絶交絶而吴禽後之平吴卒

不越此然後知有王基之遲久乃有渾濬成功之速有王基之持重乃有杜預張華臨幾之決不然己則無備而以伐人將恃其强大以僥倖於一戰乎則孟德以横槊之雄敗於赤壁矣苻堅以投鞭斷流之衆潰於淝水矣兀朮以踢靴之威挫於順昌矣此王基之所以熟思審處而不欲以虛聲恫喝者也不獨王基然也其在前則有淮陰登壇數言諸葛武侯隆中之對後則有王朴之策淮南鄴侯之料安史皆能審於天下安危之大計若燭照而數計然者嗚呼國無强弱惟所治之兵無利鈍惟所用之夫以

區區之魏割據一隅修其武備猶能欺鄰滅敵成兼幷之勢而況挾天下
之全力以順討逆有百倍於王基之所籌者哉
原本十三篇而以精悍豪縱之筆行之酷類老蘇權書陶星垣
此與鄧艾屯田事宜異同説皆胡文忠課士題也是時文忠督軍駐太
湖規取安慶進攻金陵求賢禮士開書館纂古今用兵方略在黄州日
聞予名屬其幕友丁果臣者三過予寓意在延致余時侍親不欲往叩
余所學余婉謝之余擬是篇胡亦不及見然胡之講求時務延攬人才

即此一端亦可想其風槩云 自記

精悍老辣似眉山學先秦文字何博士陳龍川尚不逮也 閻季容

信陵君救趙辨

秦自孝公用商鞅兵强國富奮其詐力以蠶食東諸侯嘗一舉而取蜀再舉而敗楚三舉而伐韓趙鄰於秦者也邯鄲地數（方）千里山東諸國趙最大臣有廉頗相如之勇親有平原君之賢外復有（韓魏）燕齊楚以爲之與國乃秦一伐趙圍閼與再伐趙取三城獨不畏韓魏燕齊楚之議其後者甚矣其目無趙且目無韓魏燕齊楚也長平之戰秦拔趙上黨諸邑坑其降卒四十萬趙之折而入於秦者半趙之幸而不滅於秦者亦僅耳當是時廉頗

久廢不見用新垣平方議欲帝秦計脣齒輔車共患難者獨魏信陵君耳信陵君而坐視不一救雖則趙必亡趙亡而五國亦隨之矣乃或者曰信陵君救趙可也宜請於王請於王而不聽宜以其欲死於趙者死於王前以冀王之一悟夫信陵君亦數請於王矣且欲約車騎赴鬬死矣王乃若罔聞知者乎殆懾於諸侯救且先擊之言而忘一夫不可狃之恥雖請死不聽雖請死亦不悟是故侯生與公子熟計而知其不濟者也烏得以無王為信陵君罪士君子論人當原其心亦當權其輕重之勢向使信陵君

不救趙而趙滅於秦是信陵君負趙信陵君以不獲救赴鬬死而魏國以無人亡是信陵君負魏信陵君明知秦既并趙必及韓燕齊楚諸國而不先為之所是信陵君負韓燕齊楚諸國今夫天下事惟忍乃濟惟斷乃成婦人之仁與匹夫之勇其不足以濟天下事明矣信陵君為姻戚而救趙婦人之仁為韓魏諸國而救趙非婦人之仁而所全者實大也信陵君以赴鬬死匹夫之勇用侯生計留其身以繫魏非匹夫之勇而一怒而安邦扶危者也今有鄰舍翁夜失火婢僕皆起撲滅未有譏其非主人命者而

何獨議於信陵君乎或又曰戰不勝爲虜於秦信陵君何以謝王夫魏關
其外趙應於内其勢自可以必勝就令不勝唱其義於天下諸國或有應
者孰與夫以趙委秦甘受其虚言之恫喝坐而待其蠶食也哉史稱邯鄲
一戰王齕解圍走秦兵不敢東向者十五年然則其救趙也不獨救一趙
也信陵君而在秦其敢正覷六國也哉是故信陵君之救趙有功而無罪
余不可以不辨

有原委有主腦有斷制似此方能拔趙幟立漢幟唐荆川見之亦當使

前賢畏後生也 胡霽初夫子

救趙即以救五國本此立論則竊符襲殺晉鄙紛紛葛藤皆可斬斷論史者貴識 鄰舍失火數語尤為罕譬而喻 朱小酉

荆川先生以信陵竊符為無王所以嚴人臣植黨之戒右臣以信陵救趙即救五國所以取一時伐暴之功二者之閒可以定信陵人品 嚴曉坪先生

為魏計自宜救趙然信陵所為終不可為訓文能明於當日大勢 吴荆湄

確有所見筆亦足以達之 陸庚生

層層辨駁雄快絶倫令唐應德見之無所置喙 閻季容

8 駁司馬温公論唐武宗誅郭誼 ○○○

昔者孔子適衛蒲人止之而與為盟曰苟無適衛吾則出子既出孔子卒適衛子貢曰盟可負乎孔子曰要我以盟非義也後世不以孔子為失信蓋所謂信與義者當揆乎理而已矣唐武宗決策討劉稹將集事謂李德裕曰郭誼必梟劉稹以自贖既而果然遂誅郭誼武宗可謂知理矣而温公曰董重質之在淮西郭誼之在昭義始則勸人為亂終則賣主規利其死固有餘罪然憲宗用之於前武宗誅之於後是皆失之其賞奸非義也其

殺降非信也失義與信何以治國嗟乎若郭誼者其可以信義之常理待之乎罪大惡極而使之漏網是天子威命不行而奸人得志也且武宗亦何嘗受郭誼之降乎其未降也武宗已料及之此時已蓄誅誼之志矣及誼函稹首奉表降於王宰杜悰以饋運不斷(繼)謂誼在可赦武宗不應當是時請降者誼受降者王宰武宗固未嘗許其降也特未顯露誅殛之意使其怠弛不設(備)即以石雄七千人擬其後事固有權而後濟者豈可以常理繩之也哉夫慊於心之謂信武宗終始無赦誼之心臨朝無赦誼之言而

何爲失信歟武王之誅飛廉惡來漢高祖之斬丁公太宗之誅高德儒其人曷嘗不稽首於馬前自効其愬欵哉其亦將謂不殺降而容而接之歟至於董重質猶有説焉元濟世濟其惡重質雖爲其謀主然是時擁兵萬人以備洄曲外門既啟元濟猶望其救及李愬厚撫其家以書諭之乃詣愬降蓋亦原其爲桀犬之吠焉耳既先諭以招降後胡可改焉其與郭誼固情同而事異矣而温公曰光武待劉盆子以不死樊崇徐宣王元牛邯皆助亂之人而光武不殺唐之待誼可援以爲例夫王莽篡漢四方豪傑

逢起光武亦起於南陽既得鹿則同獵者可不深罪也時無真主樊崇等之所為無足怪耳若郭誼者其可與劉崇等同日語也哉雖然温公之所守信與義之常理非其權也使以孔子盟蒲之事處之吾知其不能為孔子所為矣

議論昌明引證的實似此方能作博議文字　朱小酉

胸有金史目無古人今有不計其心之誠偽罪之輕重概收降而不殺卒至身受其害者讀此文為之慨然　嚴曉坪先生

且武宗何嘗受郭誼之降乎得此一推以後便縱横無礙此法得之坡

公吴荆湄

論斷精當非好作翻案文字也陸庚生

如老吏斷獄一字不可移易閻季容

團練議

以千百羣烏合萍結之賊蹂躪馳突而百姓望風震縮身僇家破蓄毒於
心而莫敢誰何非賊有泰山壓卵之勢由團練之法莫講也周官立比閭
族黨之法寓兵於農小司徒會伍兩卒旅師軍以用之大司馬因為蒐獮
苗狩以習之使其民相保相受有所恃以自固後世團練之意實本於此
唐廣明中湖南盜起雷滿聚諸蠻數千擇豪者補置五長號土團軍周世
宗時新鄭村團義營各立將佐團練之名始見於此宋建炎初張慤請因

唐人澤潞步兵雄邊子弟遺意民五人為甲五甲為隊五隊為部五部為社皆有長五社為一部社有正副都有總謂之巡社團練之法略具於此然其義猶纖悉未備也團練之道古今異其宜彼此異其形衡綏異其勢强弱異其民非因事以制之弗能盡善煙火萬户聞聲瓦解不備不虞是之以乘虛也一勇之氣難進易退敗不相救是驅之以弭賊也故曰鄉而無團與無民同團而不練與散處同練而不精與羸弱同練之旨有三迪之以忠義之教練其心也嫺之以擊刺之術練其膽也籌之於萬全之局

練其謀也而其目又有六一曰正户口以聯保甲醫者之治疾也必審其所受病之處而鍼之禦敵亦然闤闠相連五方叢處賊之所潛為容者游手無賴失業而嬉賊之所易為誘者也深林窮谷之險我所熟之塗徑而賊得闖虛以入者有引之者也人稠密煙之地我所恃以保聚而賊敢試其伎倆者有應之者也是故保甲之政不舉則團練之法不行惟是析設之約長甲首以董其役而核之籍貫別流寓也驗之生理嚴游惰也考之職役辨貴賤也校之畝產知貧富也比之鄰舍互保結也稽之丁男便

差役也畫區隅以度之計時日以省之程功過以督之如是則奸無所容
誘内無所引外無所應以一村之耳目為耳目而保甲易周合數村之心
志為心志而團練易固韓延壽之置正五長王文成之十家牌周臺公之
分方法皆此也一曰選壯丁以明約束合一村為團團有長合數村為一
大團團有總小村附於大村勢不孤衆人聽於一人情不涣凡選丁男子
自十五以上五十以下上户家七人其民可用也者家三人中户家六人
其民可用也者家二人下户家五人其民可用也者家一人其紳儒耆老

不任器械者募丁以代之不用狡便滑利之人懼其玩誤而疲也不用流
寄生遠之人慮其包羞而混也恐其昧於性而志易奪也諭之以父兄長
上之急而激其天良恐其劫於威而氣易餒也曉之以身家性命之寄而
鼓其憤氣恐其孤力之難支久任之難繼也限之以輪班計日而後勞逸均
恐其喜事者多輕進畏葸者多退避也定之以信賞必罰而後號令一不妨
時不費財不擾民有事則戰無事則守田單之守即墨老弱擊器以助軍聲
甬遇吉之戰甯武婦女皆發屋瓦擊賊老弱婦女猶可用而況壯丁之膂

力力方剛者乎一曰絡聲氣以互救援賊之來也畏民之併力以禦之必先假示不殺以散其心恣意燎原以褫其魄託言伐罪以懈其守餽遺金帛以誘其志句引裹脇以益其黨遠交近攻以售其謀使我上下離散彼此觀望而後拔批亢擣虛罔有顧忌今與鄉鄰約每團置諜四瞭樓賊至百里內則鳴金擊鼓揚旗舉烽火以應之其違期約不赴援者罰無赦與賊戰一團不勝衆團乘之法或分兵以擾其旁或合勢以折其鋒其臨敵奔沮以率先潰者罰無赦凡賊至附團之家毋遷徙婦女毋張皇啼哭毋傳述訛

言以惑衆心賊所不到之處晝夜巡警毋稍怠李崇刺兗州命村置一樓上懸鼓盜發亂擊之始聞者以一擊為節次二次三俄頃之間聲達百里出兵守險盜悉就擒此守助之明效也一曰戢藩籬以防衝突有天成之金湯山川險阻是也有人成之金湯牆濠臺碉堡砦卡柵是也挑濠之法宜上濶使人不能踰躍宜下狹使人不能藏走宜通流使水無壅塞而濠身不致浸潰濠內所起土便可築牆牆宜厚不宜薄高一丈寬徑尺柵門以扃之角樓以翼之瞭臺以望之弔橋以開拽之又或併村築堡有碉依

山結砦有卡卡以阨險碉以敵衝卑者崇之湮者濬之圮者新之廢者葺

之徙散處家以聚之運積貯之物以實之擇水土之宜以耕牧樵汲之可

以避衝突可以固生聚可以行清野之法以困敵廬忠烈備兵大名命民

山居依險立砦平原則鑿溝築垣併而守之境賴以全所謂人成之金湯

而禦寇莫善於此者也一曰繕器械以勤練習耰鋤鍬钁鐮斧之屬農器

也皆兵器也去短柄用長柄即可以守禦去長柄用短柄仍為農器然又

有在農器之外者明戚繼光紀效新書所載曰挨牌曰藤牌曰狼筅曰刀

曰槍曰乂（弩）曰叉曰鈀曰火器兩軍合陣機發雷動崖谷響裂人馬糜亂此火器之長技也步騎百不當一倏進倏退來如風雨止如城郭此牌手之長技也火兵十不當一兩陣相間一高一下風激雨集此弓弩之長技也短兵百不當一兵刃既接乘間抵隙此刀鈀之長技也牌兵三不當一衝鋒猛進逐北若飛此鎗筅之長技也刀鈀五不當一器無利鈍存乎其人人無勇怯視其所教終（乘）其農隙示之以車甲旗物鐸鐲鼓鐃之用因其氣銳董之以坐作進退疾徐疏數之節練之（朝夕）晦明風雨所以習勞苦也練之

釀飲賭錢所以申鼓舞也彼此相見則比試之期日會團則擺巡之如是
則器熟器熟則藝精藝精則氣壯氣壯則戰勝使其人人有同仇偕作之心
而賊亦聞風而遁矣一曰儲食用以裕經費神農之教曰有石城十仞湯
池百步帶甲百萬而亡粟弗能守也古者三年耕必有一年之食
九年耕必有三年之食倉人藏粟旅師聚粟遺人委粟皆預先備以防空
乏朱子設立社倉收其餘以藏之次年春夏貸與農人而取其息周臺公
積糧法令民自量貲產積米若干報官覈驗謂之公督私藏凡此者遇饑

饉既可為賑貸之資遇兵警即可為守望之助其或不足則按畝科派以籌之勸富輸助以濟之違約者有罰之鍰即可充經紀之用獻[illegible]者有賞其賞之數必協諸衆論之公出納有司書算有冊取用有節經理有序則用有匱而守益堅矣雖然我以食用為先賊亦以鈔掠為急守之不固是賫盜糧也昔陳俊擊五校賊先馳騎出城前視人堡壁堅定者勅令固守放散在野者因掠取之賊至無所得遂散然則我能自保其積貯而後積貯乃為我用也歟且夫賊之所以縱横而馳驟者其黨羽半由裹脇非素

有拊循者也其戰陣多無紀律非素有訓練〔蒐討而調訓〕者也其軍食悉出於剽奪非
素有蓄〔儲〕積者也始則挾幻術以惑民久則民亦覺其妄而已矣始則播虛
聲〔張盛勢〕以嚇衆久則衆亦知其詐而已矣彼以逆吾以順彼以動吾以靜彼以
勞吾以逸彼以偽吾〔以〕誠彼以暴吾以義彼一攻而不足吾百備而有餘而
賊何所恣其猖獗哉是故為民者與其流亡逃徙不免室家殘破之危何
如結鄰里而保其根本與其乞降苟活終罹玉石俱焚之慘何如效死守
而猶有義名為民上者與其勞思焦慮咨嗟於鴻雁之嗸犬羊之暴何如

教民以團練之法而除其大患良法具在推而行之裕如也由是旌義勇
鋤頑梗援危弱警偷惰示恩信聯野人以為腹心之寄化奸盜而為爪牙之衛
昔人云得一良有司賢於十萬師不其然哉不其然哉
咸豐甲寅余方侍　先大夫督辦團練賊退適馮展雲譽驥先生視學涖
楚觀風課士以團練議命題余草二千餘言直攄所見當時亦未盡施
行築堡禦賊一條至後十餘年乃如所議此稾已燬儒學賊至失之余
亦不復記憶頃翻敝簏原草尚在字畫猶可辨識亟錄一通以質當世

留心時務君子 癸未秋七月自記

鼂賈之策管荀之文 闇季容

禦冦議。

今日吾鄉之大患有二曰粵匪曰捻匪粵匪蔓延沿海諸郡距上游踪跡較遠或間歲而一至若捻匪皆汝潁盧亳之人也耳平時椎牛掘塚刼商旅報仇怨嘯聚成羣粵匪之亂乘之以起其地距黃州纔數百里舉足可至也曩時捻匪不入楚境自咸豐辛酉春始與粵匪合導以來故今一載而再至焉今吾鄉之所恃以禦冦者團練而已矣曩日之團練有聲而無實今無團練之實並其聲而亦廢之此諸匪之所以乘虛而入也粵匪之

來也或利在牽制或有所規(覦)取大抵皆注意城郭捻匪皆(迺)烏合之徒志在
劫(剽奪)掠故專注意在村聚然其人果於殺戮而怯於戰鬭飄忽無(靡)常易敗而
難制今為團練之法黄岡一百八區麻城四十區大區募壯勇八十人中
區六十人小區四十人計兩邑鄉兵可得萬人登記於冊每十人一旗旗
有長每百人一隊隊有主推鄉之武勇有韜(幹)畧者統率之為之扼要害築
營壘以三千人防守暇則演(討習)習技藝操(蒐)練陣法半載(歲)一更代以均勞苦有
急則全師以出清野以待與官軍相犄角或曰賊多馬鄉兵無馬奈何余

曰善用兵者以其所長攻其所短賊多馬而乏火器今誠募木子店獵戶千餘人其鳥鎗可以擊飛禽豈不可制奔馬況騎兵利平曠步兵利險阻五關之隘崇崖峭壁林木叢雜以守以戰騎不如步或又曰經費不足將奈何余曰籌費之法計畝出貲不足則請於官以本境富室之捐輸者助之再不足則以本境舟車之所算者濟之仍不足則凡鄉村寺觀鎮市有醵存生息錢小民資為賽神戲劇花燈之用請一切簿錄之以供團練與其禱祈游玩浪費虛糜以邀不可知之福何如同仇偕作急公効順以紓

目前之（戰掠）禍不然失此不計狼心未饜冬去春來（後患何已）書曰惟事事乃其有備有
備無患是又在有心世道人之留察焉

雷侍郎（以識）始創商賈釐捐佐軍興余意暗合後劉銘傳淮軍改用
洋鎗隊以火器破賊亦符余言 自記

胸有武庫的於兵機窺見元關非同虎賁外貌卓然經世之文 王子蕃

8

平捻匪策

平捻匪之要有三曰戰曰守曰追夫捻匪嘯聚成羣飄忽無常勢不利於止而利於流是故必先奪賊之所利而後乃能有以除賊之害今與賊戰賊之長技在馬官兵之長技在火器然賊畏官兵每適(避)道而行雖有火器往往未盡(展)其用即偶與賊遇前驅甏一二人賊皆策馬遁耳竊謂官兵不必以力脅惟可以計取或示羸以誘之或出奇以制之或據險阻以邀之其飽掠也無備或乘昏夜陰雨以掩之其裹脅也不擇可(或)募間諜以應之

倉猝之間奮起突擊使之馬不及鞍人不及甲彼此不及救應然後渠魁可殲而脅從可散也守之道有官守有民守民守恃堡砦官守恃阨塞然必官民相資為守擇要害之地各宿重兵移節帥以駐之督民行堅壁清野之法使賊進不能攻退無所掠今攷賊踪出沒之處北不能渡河南不能踰江中間數千里所蹂躪者若山東之曹泰安徽之鳳潁河南之汝汴湖北之襄黃皆有要害可守形格勢禁無事足以絕賊之覬覦有事足以制賊之奔軼或漸而戲之或迫而擊之或合而圍之力禦之於有人有食

之區逼入於無人無食之地然後賊可生擒一鼓可滅也夫戰以挫其銳守以制其竄而非善追不能成其功賊之敗也日行二三百里旬日之間勢每復振或合勢以抗我或分途以擾我使我鞭長之莫及今為置三軍一軍為正兵主戰二軍為奇兵主追賊遁之時奇兵倍道疾行掩其惰歸賊分則分賊合則合使之首尾不復相顧勢必潰敗不可收拾然後搜其根株窮其醜類捻匪可平而戰與守可解嚴矣若夫稽保甲招流亡散軍兵勇收軍器課農桑皆善後事宜是又捻匪既平所得必詳規而圖畫者

捻匪竄擾楚境來去無常官軍逐之疲於奔命當事患之（同治丙寅）曾沅甫宮保巡撫湖北下車以平捻匪策課士余代友人起草大意謂平原千里非多設險隘莫能制其奔軼賊騎我步兵法走不逐飛非另選精騎與之角逐莫能迅滅又有句云從來飛走勢虞詡論猶存蓋體察情形不能不出於此也聞者不以為然惟尹翰樓比部見予文獨以為論中要害後讀曾文正公事略初議四鎮外另設游兵數支冀與賊縱橫追逐經營半載甫成劉銘傳李昭慶兩軍而賊西逼楚豫東趨海岱相去動三

十里馬步以數萬計官兵步多騎少每失之不及因檄催鮑超劉松山
劉秉璋來營以備遊擊之用又疏言賊馬踰萬數倍我軍平原曠野步
不敵騎湘淮各軍騎射非其所長所派兩起買馬之員因去冬大雪口
外馬瘦且少不敷購辦未知成兵何日是皆注意於用騎制勝也後賊
東竄則扼守清河南竄則扼守沙河層層圍勦以猛將帶兵尾追馬多
步少卒獲成功又讀淮軍平捻記謂李節相堅持築牆圈賊之議扼賊
於膠萊河滅任柱賴汶洸二逆扼賊於運河滅張總愚一股皆用是策

差幸閉門料敵若合符節云自記

擬司馬長卿喻巴蜀檄

告巴蜀太守蠻夷者中國之四肢也痿痺不仁如養體何迺者蠻夷君長阻其險遠自作不靖陵擾我邊郡天子赫斯震奮怒按劍所指從風而靡首加朔方匈奴單于讋服移珍來享抗手稱臣回戈邪指羌棘蛾伏渠黎庭獻東討閩越抑強伸弱番禺之君銜恩再造遣子入朝於是西南聞之鱗集仰流爭受命下吏願得内屬以不隸賓服是羞夫畫疆爲理是自阻其聲教也集共弗受是自隘其覆幬也天子兼愛中外弗忍使旃裘之長

引弓之民隔越王化又慮不庭者伏其辜慕義者未之勸也於是遣中郎將持節往告之意發巴蜀之士五百人以從凡以道路悠遠設有盜賊之虞幣帛不謹非所以康國靈威遠方也而使者奉行無狀用軍興法震駭遠邇郡又擅發轉漕萬餘人雞犬夜嚣老幼股慄譁然畏罪不知所出其實皆非朝廷意也爾百姓即甚不察尚需後命何遽自竄匿戕賊為逋逃無賴（藉）之民乎且漢興七十有餘載未嘗苛賦斂峻刑戮也高祖皇帝龍飛漢中還定三秦蕩其毒螫造我區夏孝惠皇帝纘承洪業與民休息孝文

景皇帝功德涵育周乎罔外今陛下宵衣旰食廑念西顧無有遠邇視之
如傷惟是蜀中人士親承累朝煦嫗覆育之恩仁加以皇上子養之惠雖
隕首以報何以稱兹夫周築靈囿庶民子來秦賦無衣女子同仇忠義之
奮發若天性然何古今人不相及也今奉幣役至南夷非有鋒鏑之危戰
鬭之患也便自戕殺當行者逃亡吾無取焉抑聞之孝弟者仁之本也廉
恥者國之維也孝弟不行廉恥不立子弟惰弛父兄之失教也往年詔置
三老孝弟以道民今風俗偷薄罔知尊親大義其咎有在陛下既以使者

有司重煩百姓嚴詔詰責復遣信使曉喻百姓以發卒之事俾喻上意方
今田疇各安業如故檄到宣布遠邇咸使聞知其毋忽
語句鏗鏘而兼瑰偉似不減司馬原作 楊仲琳

鄭詹爲佞人説　借刻他氏

鄭詹者鄭之良臣而以爲佞人者魯佞之也魯曷爲佞之佞其嫁禍於魯也齊人執鄭詹自鄭詹自齊逃胡傳曰逃者匹夫之事鄭詹以執政大臣宜伏節守死以紓國患乃遁逃苟免越在他國不已賤乎噫此正鄭詹之害於魯而患於鄭魯人惡人之因以爲佞而公穀據所傳言而書者也夫公穀之佞鄭詹也本〔初〕無實指何氏乃云魯受之信其計策刻桷丹楹陷於非禮娶齊淫婦遺爲後禍夫詹於魯爲羈旅之臣未必即與宗廟之事於

齊有因辱之恥未必即勸魯與結婚姻之好蓋皆臆說或得之緯書無足
信左傳僖公七年秋盟於甯母鄭伯使太子華聽命於會言於齊侯曰洩
氏孔氏子人氏三族實違君命若君去之以為成我以鄭為内臣君亦無
所不利焉齊侯將許之管仲曰鄭有叔詹堵叔師叔三良為政未可間也鄭
詹即叔詹也楚成王為禮無別嘗以決其不霸則非佞而為良可斷矣今
以無罪見執於齊其不甘心而久辱於齊亦明矣心存故國可逃則逃云
爾且即逃也或如首止之會鄭伯逃歸鄬之會陳侯逃歸厥貉之會麇子

逃歸湨梁之會高厚逃歸歸於本國可矣顧乃違之他邦何哉叔詹之意蓋以齊方逞其威以脅諸侯已既見執於齊彼必將加兵於鄭若逃歸於鄭則益攖其怒而速其師故躊躇四顧思有以紓其國患而嫁禍於人是於逃而之魯魯與齊盟未久或可為設詞以解免於齊即不然而齊必以怒鄭者怒魯也怒魯則不復加兵於鄭矣故曰叔詹有害於魯而實忠於鄭然則又曷為而目為佞夫叔詹必有口辨者也能以智自免於齊又能自託於魯其當時必有危言聚論以動莊公之聽而納之者魯之臣皆知其

將嫁禍於魯而冀其君之或悟於是因其始至即深惡而聳言之曰佞人來矣佞人來矣公羊乃據所聞以書之豈定論哉汪氏克寬曰左氏僖公七年稱叔詹爲政則叔詹雖逃奔魯蓋不久而歸於鄭矣則爲嫁禍於魯益信

見解極高行文亦有奇氣　楊仲琳

○○自訟齋説

大易天水之卦曰訟不言寡過也孔子曰假我數年卒以學易可以無大過若以易爲寡過之書者又曰吾未見能見其過而内自訟若寡過必取象於訟者顧吾嘗讀易至訟反覆潛玩以求孔子内自訟之義而不可得竊自以意解之訟之外卦曰乾健改過之質也内卦曰坎險改過之地也又卦變自遁而來改過之時也凡過而人許之已辦之皆有訟旨哉吾師謝惕夫先生之以自訟名其齋先生少韞奇氣能足十(遜)人有乾之健驅馳

南北履艱而蹈阻有坎之險晚韜跡泉石揵户不出有遯之象或曰先生少之時不矜細行壯之舉於鄉橐筆為干祿計官於江南臨亂不能以身殉何其怯也獨非其過歟先生聞之曰吾過矣吾過矣良品復於先生曰是人也知其一不知其二觀其外不喻其微何見之左而論之刻也彼既許之良品請為先生辨之先生曰是訟之道也吾與人訟也歟哉吾以自訟也生而落落然不可一世抱過之質也家貧奔走衣食以策干諸侯過之地也大江南北烽警相望亟志士立功名之秋而髮白齒豁返吾初服不幸

而又值過之時也抱過之質處過之地值過之時其易之外健内險變自遯來之象乎宜乎過之日滋而人之訟之也人許之我辯之幸而勝象所謂以訟受服亦不足敬也不幸而不勝象所謂不克訟歸逋竄也我之所取象者其在九四之不克訟復即命渝安貞吉乎其在九五之訟元吉乎象曰君子以作事謀始自訟吾之所以謀姑（始）也既書之以名其齋命良品退而諸（誌）其說如此或曰文王之象曰訟有孚窒惕中吉先生晚號惕翁得毋即取象於訟之所惕者乎良品曰然

譚理取義布局謀篇揀字造句均有法度當是取徑歐曾而力追經文者

求之時賢正不易得 謝暢夫夫子

經生之文 荆湄

8 書惲子居桑中說後

余讀惲子居桑中說謂國風言情之書非紀欲之書詩不紀欲詩之大旨是矣而於桑中之詩之所由作則猶未審詩小序曰桑中刺奔也衛之公室淫亂至於世族在位相竊妻妾期於幽遠政散民流而不可止是說也朱子宗之後世習之而惲氏疑之朱子以鄭詩為淫奔不可信遂並朱子以衛詩為淫奔亦不可信嘻過矣左傳巫臣盡室以行申叔跪從其父將適郢遇之曰異哉夫子有三軍之懼而又有桑中之喜宜將竊妻以逃者

也彼諷竊妻而引桑中為辭則其為淫奔之詩也審矣謂小序不可信朱子不可信豈左氏而亦不可信耶詩不紀淫亂而新臺牆茨諸詩又何以稱焉詩有存其事而美惡自見者桑中之類是也余則曰詩非紀欲之書亦非專言情之書乃陳風土之書也風有貞有淫衛至是風俗之蕩極矣此其為狄所滅之由存之所以垂戒也非紀欲也

8 書門人周子材論井田後

周生著書言井田而不知井田之不可復時為之也三代以前封建為國土曠人稀（寡）田皆在官故上之人得操其柄以區畫而疆理之春秋時世族强宗各私土地井田經界漸（淪胥）不可問子産為政取其田疇而伍之於是有孰殺之謗馴至戰國敗壞於暴君污吏之手井田遺跡已就湮滅於是滕文公使畢戰問井地蓋井田之廢不待至秦而然也李悝盡地力商鞅開阡陌雖有壞先王成法之罪亦其時生齒滋豐貧乏失業苟且經營推移

而出於此嗣是矯秦之失田制凡數變曰代田曰均田曰永業曰司均之
官曰口分世業非不欲均貧富卒無有議及井田而復之者勢不行耳蔡
九霞曰不得天下之田盡在官不可爲井即天下之田盡在官又安能塞
谿壑平澗谷夷邱陵壞廬舍徙城郭易疆隴以盡得平原曠野之地而耕
之且不獨此也今將盡井爲田勢必奪富民世業之資曠貧民耕耨之時
驅天下於紛更擾攘中胥吏反得因以爲奸吾恐盡井未成而天下之槁
項枵腹而死者不知其凡幾矣今一家之中祖父所經營子孫析而有之

一再傳後或存或亡尚不可知力有勤惰運有枯菀丁口有增減不能齊
齊也而況其在國乎嘗讀周官之書見古聖人運思之密與夫創制之備
後之人泥之則亂離之則亡故井田雖不可復而其溝洫之遺意守助之
良法常範圍乎中古而莫之或易儒者有志經世之學當講求先王成法
之所歸參酌古今時勢損益而用之竊謂當今西北失水利宜行溝洫東
南多奸藪宜行保甲設施切要莫近於此固不必鰓鰓議及不可復之井
田也

持論與息關蔡氏同結㪅西北水利東南保甲實為經世要言行文簡

淨可入前賢經序　弟增頫沈棠溪

其筆多仿蘇子瞻對制科策　楊性農先生

洞悉古今世變乃有此卓識鴻裁足徵偉抱　王子蕃

書獵團戰

獵團者募獵戶而團為兵也麻城木子店多山有獵戶善火鎗咸豐甲寅間先君為觀道觀區團總（長）督鄉兵禦賊偽指揮某偵知我兵少以數千人來攻勢甚鋭（鋒鋭）先君請援於麻城六區初六區募木子店獵戶得千餘人守沙河及是發以來與賊遇於汪家山我軍分左右壁隊始合右隊奔賊悉衆攻左隊有邱本寛父子者負火鎗先夾（餘）道伏去賊數十步其子曰事急矣本寛曰未也蘸藥於火煙起寂無聲賊大笑奔之忽霹靂一聲數十騎

立縻爛伏盡發火鎗連環不絕如雨賊大敗兩岸皆蘆葦叢賊向伏以待我軍者皆不敢出揮火鎗擊之盡殪是役也賊脫歸纔數百人皆負重傷有死者後數月賊改道犯百丈岩至天池寺方戰鄉兵居山上賊冒險逕前進鄉兵幾不支適木子店獵戶援兵至賊聞其聲即遁去

洪良品曰唐鑑載獵團七百人攻克江州以余觀於木子店獵戶兵何多讓焉今所在流寇蠭起陷城邑刼府庫當事募兵禦賊市井之徒棄耰鋤而操白刃者紛紛也或選懦㩌怯無以制賊之死命誠得木子店

獵團者加以蒐練而用之何憂賊哉余故書之以為募兵者告者焉

參之太史以著其潔嚴曉坪先生

敘次簡古吳荆湄陸泰初

凡獵户無不善鎗者稍練其膽則勁旅也邱本寬之勝正以其膽耳

文極有關係吳荆湄

復錢季楨書。

季楨仁弟足下久不得音耗甚念令兄至知足下不果來甚悵承惠書垂
訊殷拳文采委曲曠若復面甚喜足下息影蓬廬養晦俟時不梏於俗而
澤於古視僕之塵勞馳鶩者奚翅霄壤甚羨僕生四十有八年矣曩少壯
時足不出里門坐龍岡山中耳所聞者唯松濤之聲日手一編與古人相
晤對家中一犬至乃不相識見影輒吠其時胸無塵累岸然嘯詠或散步
竹籬間或水田畔聞鳥語花香偶有所觸無非生趣自來京師五年輦轂

之地冠蓋往來如織車馬雷動紅埃漲天賓客到門倒屣惟恐後持手版
報謁無虛日塵容俗狀至湎涊不可湔濯閒涉筆為文此心枯廢如眢井
不如其在山中時古人云學猶殖也不殖將落歲月寖馳述作之心蹉跎
坐廢興念及此未嘗不嗒焉自喪耳熱面汗感喟不能已也今足下當强
仕之年翻然閉户日以莊騷史漢洗濯其腸胃澆灌其心胸不朽之業
非君而誰抑僕更有進者古人之文皆有不能已於言之故天地萬物之
理古今興衰治亂之迹聖賢經天緯地修德明道之學實洞見其所以然

浩然有得於中鬱積歛薄而偶寓於文以發之後之人固不當於區區文字閒求之也足下質性高邁見必及此若僕者少學無師近復為人事牽率徒求之於古人之文尚擢不能得而况其他乎雖然好獵者不忘從禽嗜飲者見麯車流涎覽足下所為文章與所以致力之由觸我山中舊時情事此身已依依如在栗林槲葉閒矣長夏無事晝當屏除塵濁與曜靈爭尺寸他年晤對對時把酒下詢庶稍得有所藉以塞誚讓也令兄毦毦南歸執手歔欷涕出不自禁譬如老女不嫁未免有情豈知三歲為婦鞠育之

苦縫紉井臼之勞求如昔時逍遙繡闥中之輕憐嬌惜不可得哉僕初悲其遇繼持此奉慰謂夫蒼蒼者將以千秋相期一第之榮何足軒輊與足下相見時可廣僕之意以告之也晉陽之役得士百有四人奉上闈卷及詩想省覽憶客秋與范鶴翁渡微水登太行過井陘之口眺韓信與成安君戰鬭處並馬聯吟晚宿驛舍挑鐙話舊未嘗不及足下昆季也幸因羽便時惠好音暑漸甚惟珍攝眠食不宣

慇懃懇至不立間架而峰迴嶺合自然中度當由寢饋歐曾功深 沈崇溪

幽趣逸興不減晉宋人手意閣季容

讀此書足見其人迥拔獨秀文亦不梏於俗而澤於古 楊性農先生

如入深山中時遇蒼松翠竹白石清泉沈思獨往一種幽秀之氣令人尋玩不盡 王子蕃

○○再答錢季貞書○○○

丁丑三月五日洪良品敬問季貞學博足下别來無恙承教勉以努力述作長安行樂歲月蹉跎昔人所懼躬自悼之悔何可及追記日時過然後學則勤苦而難成矧其時過而不勤且苦耶然孔子自云五十以學易自敘十五志學以至於七十與年俱進(篤)可知學問之道蓋棺乃已不患時過但患坐廢良時耳僕嘗謂古人不朽有三苟無立言雖功德亦湮滅不彰觀於洪荒以前聖神事蹟多茫昧不可考至堯舜之時始有典謨之文

賡歌喜起之詩孔子遂稱其文章與成功並著向使治水明刑教稼掌火
諸大政無尚書諸篇為之紀載後之人亦何從而髣髴之哉我　朝康熙
乾隆間文教休明人材彬蔚絃誦之士莫不彇彪閎肆著書滿家而一時
公卿大夫文雅風流鼓舞後進若飲之赴渴自喪亂以來風氣一變士不
談學而談藝羣居萃處其相稱譽者必曰某某工書者也一波磔之巧一
點畫之工可以弋上第而釣厚祿也公卿大夫亦不好士而好利京秩祿
薄不足以贍其身而典大郡擁强兵者封殖以自富一旦歲時述職則先據

要津者為之擁彗迎門樽酒言歡以厚博一切餽遺而未聞為　國家物色一非常之士（材）以故士之觀望進退者亦甘自菲薄淺中速化不復思通今博古砥礪名節風雅之道尤視若土苴綴而弗講此人材所以日下而文章亦靡敝荒陋而遠於古也僕耳目淺俚寡所啓發長夏無事彙見聞所逮筆成數書莊子云世之所貴道者書也書不過語語之所貴者意也意有所隨吾亦惟意之所隨而以言傳而已若方之古人之述作附於三不朽謂足以振衰軌而刷頹俗則吾豈敢他日良晤當出就正曰鷰巢野（惟自珍重）

不宣

錄曰櫟莊咫聞曰春明拾聞曰古今稱謂考曰古榆閣詩談古榆閣薈談

成者十之六未成者十之四

寫士大夫不肖之狀可謂洞見癥結 閻季容

○○與楊仲琳書○○○○

其無狀自幼伏處鄉僻寡所聞歷甫壯遘世亂奔走轉徙淹廢歲月業不加修而聞道不夙比老竊位於朝饕盗祿食進之不能利益於君國退之無以贍給其私獨居惘惘常以偷生視息是懼故今夏生日自矢鍵關謝客逃寂養素而一二知舊謬愛輒持酒肴相問勞勢不獲郤然不過藉此休暇陶寫通款洽敘情話已耳其一切雞豚之餽祝嘏之辭則概乎其不敢聞乃執事不遠千里殷然在念惠然有錦軸文綺之貺加以閎詞藻飾

溢寵逾分捧誦惶汗不知所云伏自尋繹執事所以肫肫然命之者策其至於是焉爾若遂以爲實至於是則未也曹子建云年命有盡未若文章之無窮某少溺斯言不忖聖賢芳世行遠者道自有在而惟孜孜文術之是勤及勤而靡得並此孜孜求工者亦百不償一則何恃以久存於世耶性復戇拙意所哽必哇吐而後快乃妄以此觸冐權赫若在曩昔忌諱之朝蹈國武子之咎其不免於戮辱而喪其軀命決也幸際　聖世清明獲優游以保朝夕足矣遑云功於今而聲於後耶夫名猶翼也執事之文風

也翼遇風負而趨載而上以翔乎太虛寥廓力足舉之而已以執事之文之力凡在下風附其片羽青雲可立致而辱齒及於予予傭劣寡淑泯焉如爝火之就熄迺幸沐日月之清光託大文以俟來世其為德於蒙賤也庸有既乎悚荷之私曷以酬焉不盡區區伏惟裁察」

蒼蒼茫茫令人不可端倪特謂陋如鄙人不足以當此 楊仲琳

文288.265
189.2

○○答〔復〕童苻農大令書○

苻農大令足下辱牋奬賜絣施感恧何可言我輩宦〔海〕浮沈茫無畔岸曩閱
世尚淺謬為蠡測之言近馳驅中外不敢復形齒頰矣不謂練識如兄猶
作班生登仙之羨是未免同僕向者扣槃之見而又甚之也竊以人生遭
處事有夙定自愧早年未聞大道於古人素位之行知命之學茫乎未有
〔聞知〕所得近歇歷世故始知人事之亨屯得喪淹速緩急自有主持不容分毫
希冀即如今年廷試既得旋失初衷不無介介轉憶同治癸甲閒烽火滿

近郊繭足荒山中委身榛莽骨肉星散殺聲蜂起此時魂凄魄栗妻子性
命且顛覆不可保遑恤其他幸而重覩承平致身通顯前後苦樂判若霄
淵興言及此胸膈中已如懷一寸氷矣區區之私還欲持此言為我良友
箴也閱邸鈔呼籲纍纍綴屬不絶豈必民皆刁健敢於訐告良由折獄者
不能曲得其情以致飲憤銜寃出於不得已者十之八九其懸空而搆釁
者無二三焉則發審局之設亟小民伸枉之階而人命生死所由出入也
聞足下承乏斯役平生蘊蓄自可優敷布有餘但折獄之道不患擊斷之不

豪而患研鞫之不精存一毫忿嫉頑梗之心未必懲奸而宽濫者先在良善有一分周旋僚友之意未必利己而受禍者在閭閻種孽者尤在子孫足下誠於此振厲精神秉公持恕多所平反絶無依違瞻顧於其閒俾小民戴如青天白日則造福冥冥食報未有窮期昔東海于公自言决獄無柱大其門閭以容高車駟馬後皆符驗其明徵也豈惟一身之亨泰而已耶居長安客舍中米貴薔煩（繁）譬如一柱千楹不知作何撑拄然惟有安拙循職不敢妄冀非望以無負疚於神明而已足下知我者當不詆娸余言

良品再拜

論折獄處刺骨可當一則官箴 閻季容

致警甚深切為吏者當引為座右銘 楊仲琳

○○報梅子城先生書○○

己卯十二月洪良品再[illegible]子城世丈閣下十年遊宦故鄉者舊闕訊起居罪甚迺辱殷拳下教屬為其先人惠林先生撰墓石表卑詞肅禮再拜而送之吾丈篤念先人將事以敬不憚折節自維謇劣鮮文曷敢當曷敢當猶憶年十三歲時先生過先大夫所酒闌命進塾中所習制舉文先生閱之喜動顏色誘而進之曰此良苗也苗而秀秀而實是在子子其勗之今倏忽年五十餘矣德業不加修濩落無成先大父夫既棄養而先生殉節亦

十餘年久不聞督訓雖忝朝籍為史臣而鄉邦文獻耆老遺烈寡所闡述
撫躬内疚信私揚公其責在予矧親承提命而重勗以成者耶曷敢辭曷
敢辭夫紀事之文權輿史記具有義法紀載必從其大者迺中竅要譬如
叩樹擊其本根則枝葉自析析然動來狀敘先生幼嗜學為大父所鍾愛
臨終私授以三十金先生卒出為喪葬費廉矣而廉不足以盡先生也性
嗜酒父戒之遂不敢飲季父嘗以事怒先生先生跪非怒息不敢起孝矣
而孝不足以盡先生也是數端者他人有其一可以厲世俗而在先生為

緒餘先生臨難慷慨捐軀命落落有古烈士風　朝廷旌之有司祀之鄉黨矜式之節孰有大於此者良品故詳著於篇而他概置焉非敢略也標舉其大以賅其餘也或覽者不察謂良品意有所軒輊别討枝節以抑揚其詞先生夙所尊事夫何敢夫何敢夫庸行所宜中材能之而舍生取義可殺不可辱非偉丈夫立身有本末信道之篤不足以與於此也故復綴表中未盡之意以析體例而存其真惟吾丈擇焉伏惟道履頤福不宣

讀此可識傳志義法筆尤古質佩膺無似　楊仲琳

氣味純樸結構嚴警緊至辨别體例尤字字典型王子蕃

復楊性農先生書

性農先生閣下十年前聞先生名欽遲久矣恨無緣瞻望顏色去歲哲嗣仲琳至都辱定兄弟交始獲以蹇陋蕪詞承教左右乃蒙不棄擁腫曲加繩墨誘而進之奬飾逾分下風循諷悚恧交幷仲琳復授先生古文一卷正襟誦之竟日始卒業伏思文者古人所以立言明道之一端至孔子始發其宗旨易曰修辭立其誠論語曰辭達而已矣傳曰文以足言誠則皆積中有本之言達則無不宣之意足則無不備之辭誠以植其體達且足者

以絜其用自唐宋以來作者所論文章本末源流得失之故各攄所見不同無能越孔子修辭三者之語之外今先生之文積於中而有本可謂誠矣無不宣之意無不備之辭可謂達且足矣而良品所拳拳服膺於先生者尤在實能幾乎韓氏之所謂去陳言陳言云者歸熙甫徒以言之不切者言（當）之猶未盡也夫力於文者無不求切當夫事理以韓氏之才之學而何為戛戛乎其難之哉韓氏之所謂難正以詞必出己而凡古人所已造之言雖單文隻義而不容稍相襲借也李習之曰假令述笑哂之狀曰莞

爾則論語言之曰啞啞則易言之曰粲然則穀梁子言之曰攸爾則班固言之曰囅然則左思言之此韓氏所謂陳言也去陳言有道曾文正公曰能通漢人訓詁乃能造句然或中無所有故謷謇其辭以震駭耳目而不復軌度於義理則蘇氏所訶為以艱深文其淺陋者是又無足取焉嘻此先生之文之所以益可貴（尚）也雖然先生豈漫然而有是文哉今夫洞庭天下之巨浸也衡嶽祝融雄南服而鎮火維者也其氣鬱積而厖閎嬗衍而靈奇魁儒傑士生其間者登高臨深率意攄寫往往與山川相濬發是故

曾文正之文篤而婉左恪靖之文奥而宕然二公具經世之略冠古之識終以馳驅戎馬不獲沈思畢慮以竭其才唯先生早歲退藏處空山之中獨寐嘯歌沈浸於道德澄息於智慮窮討造化洞觀物變浩然有得而一以發之於文故能遠昇夫孔子曰誠曰達曰足之旨以獨闢夫韓氏戛戛其難之境而鼎峙於曾左二公勳業文章之外良品於先生爲鄉後進少未聞道晚學無師曾未窺古作者藩籬而先生辱引與商古文得失故敢竭其一得之愚以獻惟先生俯鑒而裁成之焉良品再拜

論文具有本末於此道三折肱矣闓季容

答黄翔雲觀察書

翔雲觀察執事：兩奉手教，兼辱厚貺，忭忸交并。程君茂山來，攜得執事所判（刊）文章，讀之發舒胸膈，振動神氣，而不能自已。竊惟作文之道，如化工之鑄物，千彙億狀，不相肖襲，而精神血氣，各與體質相附麗。近代作者，非無綜物錬事，斐然成體之言，求其直攄胸臆，嗚咽淋漓，能於指陳瑣碎中精光迸爆，愕目駴魂，震動有生氣者，太史公而外，未多見（睹）也。大集中如外王父吴恭人墓表、吕虚齋傳、駮説、送劉庸夫入都序，此類數十首，差可髣髴

乞惠一部以副飢渴僕生長深山僿陋寡見聞自釋褐來京師而管異之
憑魯川張亨父葉潤臣梅伯言諸君子早凋謝不獲覯[覲]聞執事名叩通門[門通]
款曲會執事奉守雅州之命匆匆行矣迺來人海塵埃中澤古富文之士
寥寥間有一二則或志在獵弋聲華枝附貴赫不復砥礪濯磨自求心得
以期至於古作者之域僕雖駑劣未敢隨聲而逐影也伏惟大人[雅]策其不
逮幸甚乙亥八月二十五日良品謹白

莊雅無俗氣 楊仲琳

送王魯香官江蘇督糧道序

吳中爲古財賦地自宋元迄明多没入諸豪族産爲官田皆據租籍徵賦故蘇松數郡田賦之重甲天下同治初蘇城始復天子憫顛連之苦蠲苛省重數百年沈痼積困摧廓一清然而嘉定寶山二邑猶以未邀減免向隅呼籲上聞則是澤未下究而民隱未周也元行海運朱清張瑄始造海艘六十運米至京師朝廷便之後漸廣其制迺開入海新道歲轉漕至京師者米至三百萬餘石而風濤不測漂溺之患無歲無之我朝海運之興

嘉慶時蕭侍御芝建議於始道光時陶制軍澍區畫於繼同治初曾文正
國藩李爵相鴻章推行於終火輪激水所歷鮫淵鼉窟白浪漂山安穩如
履平陸歲轉漕至四百萬石絕無升斗之耗尖角之失然而歲久弊生官
吏之悉索胥丁之偷漏千瘠百竇莫可究詰則是規制雖善而宿蠹未除
也唐設江淮轉運使元立京畿江淮漕運使司我朝海運則以督糧道主
之分為春秋二運每歲佩虎符建朱牙旗輕帆泝海駐通州親輸顆粒納之
太倉糧艘為天下利藪一不得其人往往恣為貪黷多市金玉錦繡玩好

歌童舞女以娛蕩心志瘠公肥私以飽槖囊萬蠹攢食而其害皆一中於漕是故非有忠清廉鯁操履有素節者不可以勝是任王君魯香忠清廉鯁士也官儀曹十年甘淡泊無一切之好　山陵禮成躬襄其事纖悉必謹天子鑒其勤能簡畀斯任舉朝咸慶得人於其行也相與祖道東門外酒數行或謂王君此行設施何先王君曰嘻吾何為哉吾亦唯是推　主恩釐宿弊而已良品忝厠末座起而誌之書以為贈亦以卜王君之將大有造於江蘇也

昌黎送韓侍御歸所治序全仿溝洫志此其嗣音 楊性農先生

送陳伯平侍御出守大同序。

大同古雲中地有飛狐雁門之險長城紫塞之利重關沓嶂藩蔽京輔控
沙漠而臨代駱前代遏御北寇如也先小王子之屬懼其侵軼往往列戍
乘障宿重兵選猛將以守之我　朝二百年邊隅晏然無烽燧之驚陘北
之民孳生蕃息既庶且富然而土沃俗偷其壤地墾闢不種桑麻五穀而
植鶯粟以供吸食其婦女不習機杼織作而塗飾粉黛佳麗甲乎燕趙故
入乎其境人多游閒家少蓋藏光緒三四年閒天災流行莩殣相望户口

于馬衰耗則為今之計招流亡課農桑裒積貯禁淫冶其先務也嗚呼豈
非守土者之責耶余與陳君伯平同舉進士同官諫垣同論列天下國家
之故無所顧忌説命曰非知之艱行之惟艱昔漢汲黯拜淮陽太守自陳
不能任郡事願得出入禁闥補過拾遺余與伯平初願均與黯同然伯平之
才力不下於黯非余之駑鈍者比則向之所瀝陳於前席者惟伯平能一
一起而敷布之今
天子重念邊圉欲有以整齊其吏民變易其風俗用魏尚孟舒故事以君

為雲中守可謂得人乃世之訾臺諫者曰彼但知坐而言耳烏在其能見諸行事也伯平往矣尚其一雪斯言

能言者固不必能行但言之鑿鑿非洞見本原者不能如膚淺不當於事實即東抹西扯不能成章矣古人敷奏之制豈無見哉讀此文可知作者體用該備 楊仲琳

送童荇農之官豫章序

余與荇農相知最久十餘年前會於齊安邸舍其時方從諸生挾短毫角文藝猶然恂恂一書生也已而余館光黃間荇農佐幕江右不相聞者七八年歲戊辰始來京師相與訂兄弟交每酒酣耳熱時談論當世吏治之得失民生之利弊瞭如指掌悉中窾要余以是知荇農秩秩有吏才矣今年荇農以法選得官豫章將行荇農揖余而進之曰老子云富貴者送人以財仁人者送人以言子何以教我余曰以子之才敏且決如是奚俟余

言雖然余竊願子之為古之循吏之所為者而已古者牧令之職或世其官或世其守或任終其身而其時之牧令治其邑與民如祖父為子孫經營產業為必委曲詳盡為數世經久遠之計三代以下惟漢世循吏最多天子至親降璽書褒勉雖當世牧令之果有者往往而有其賢且能者皆得寬然敷布以盡其才今則督撫以制之監司以察之法綦密矣然或一歲而輒遷其任一任而更數人為牧令者視其官如傳舍然一切務為苟簡以從事其於世之學校教化農田水利保甲社倉諸大政皆視為

具文漢不經心而其賢且能者能折獄斷訟已稱難得其不肖者則
惟日承奉上官意旨藉營筐篚以求其私嘻吏治奚古若哉且夫國家之
元氣繫乎閭閻而天下治亂之機則繫乎牧令牧令為親民之官苟得其
人則行其政而民實受其惠是故一邑得一循吏則一邑治天下所在皆
得循吏則天下亦治豫章舊稱繁庶之區兵燹以來户口耗弊流亡未復
荇農久遊其地於其人情風俗閭閻疾苦見聞稔習而其才之敏且決又
足以恢張之以此報績圖甚易易特是古者循吏之治必先正風俗以清

其本使姦民無所萌芽勸課農桑以厚其生使民有以贍身家而供賦役
勿令瘡痍之餘殘苦於役矣能於其常之法之外爲之興其利除其弊自
足以饜其欲而造福於無窮是故事上之禮不可廢也然與其揣摩希意
於大吏不如盡力於百姓嫌疑之迹非不避也然與其日對吏胥伍伯而
受其欺不如親賢士大夫余之期於蒔農者如是而已雖古之循吏蔑以
加於此矣蒔農曰善某不敏敢不夙夜黽勉以毋忘吾子之大賜
用筆極生動飛揚之妙　楊桂農先生

通達治體留心民瘼真是有用文字 沈棠溪

剴切精要利弊洞明如桶脱底居官者宜書一通以當座右銘 鄭少眉

送傅懋元郎中游泰西序。

國家混一六合覆育海内外自窮髮奇肱鑿齒深目疏趾之屬咸受羈絆戒質劑通市易麇至而蟻附然其人率忮而巧譎而詐貪而志乎利其始至也蠱我以嗜欲甘則毒其繼也蕩我以奇衺敝則溺其卒也耀我以富强震則悚煽我以黨羽靡則傾我之利彼利之彼之利我無一利焉不惟無一利已也且必周防而窒其害窒其害奈何飲食以為質其毒我者則屏〔吐〕之詩書以為教其溺我者則黜之仁義以為經其悚我者則藐之戰守

以為緯其傾我者則離之然而未履其地患無實欲考其實患無人履其地矣舉其人矣患無主中無主則耳目亂耳目亂則利害奪積炫生慕積慕生恧積恧生葸積葸生慴彼倜而侮易之也久矣惟通經學道者則不然內有所守歆以利不趨也外有所禦怵以害不慄也是可備皇華之選而不辱者也傅子有焉吾謂傅子此行也匪惟娛風景練技巧是亟必將博諏遐覽偵其政治之奮怠諗其氓俗之貞詭覈其國計之盈耗討其軍實之整慢測其邦交之疏戚籍而注之不漏不侈他日歸獻諸朝以為馭

四夷者控縱衡尺焉庶於茲游乎無枉負哉是爲序

精悍勁縱自成一子　楊仲琳

饒儀廷經說序

予少好詞賦之學晚始篤志於治經竊取漢唐傳註箋疏讀之而揆以聖賢之經旨有解有不解也繼取宋元以來及　本朝人說經之旨讀之而揆以聖賢之經旨亦仍有解有不解也余滋惑焉以語饒子儀廷儀廷曰是解經者之失也其失有四曰冒假借古人字少或有時假以立義乃明明字畫可稽解詁可通反迺入他訓以亂其形而淆其旨是謂以傳記賊經曰妄改竄簡牘衍脫亦所時有循文誦

辭其誤自見彰況經昔人校定確灼然無疑徒以私心蠡測增減移易以
證己說而誤來世是謂以臆見亂經曰昧真偽經更秦火不幸僅存
歷祀流傳未之或異忽以千百年之耳目搆虛造隙創穴古人致使
先聖留貽之道如贅旒然是謂以疑似毀經曰泥師說漢世利祿路
開乃試家法習文傳義各有短長乃不知擇善而從薈萃羣言權量
至當唯是分朋角勝標一幟以啟羣疑是謂以門戶禍經夫經之需
乎解也原以通其奧阻而衡其紛錯自不善解經者失之至以顯易

之經轉使其晦塞而難明迂滯而寡用則雖解有不若其未解者故吾從事於此必以經旨為鵠紬繹研討不敢於經之外有溢語更不敢於經之中矜創獲蓋其難也饒子之言如此故饒子之於經不溺於成例不惑於錯簡不淆於誣偽不徇於儒說一日出其經說數十篇以示予予受而讀之凡諸家傳註箋疏迷罔不能辨之處自經論定而表裏析豁然然後知其得力之由誠有異乎世俗之所云者其於經誠非苟焉而已也爰書其略於卷端以與後之論經者質證焉

質古訂疑序

昔者孔子之教子張爲學也曰多聞闕疑故其於杞宋文獻之無徵則深慨之修春秋郭公夏五則闕書之乃自世之學者昧於斯旨執其陬聞牖見以臆測乎古人穿鑿回穴麗雜影響莫知所裁致使聖賢之宏旨微言悉淆於紛紜歧說而道因之晦塞此皆由於不能闕疑之故也及識解瞀亂之後又或疑非所疑凡載籍之流傳既久且篤反以一二自蔽之私肆其齮齕如何休之疑周禮吴澄之疑尚書

王柏之疑毛詩司馬光之疑孟子柳宗元之疑國語歐陽休之疑易
繫詞非不自以為識精洞微而及其餘波所遭邅衍遂至於是非混
淆黑白糾紛適以啟末俗斷斷毀經之漸此孔子於教人闕疑之後
而復自明其信古也夫古人往矣其留貽至今者亦僅矣或簡編之
佚脱或事蹟之茫邈或紀述之歧互或後人學識之未逮是皆不能
無疑然苟有好學沉思者平心以揆理閱覽以稽物討其端而究其
委衡其異而比其同則庶幾乎室閡可通而參錯可一不然即耳目

之前尚有索解焉無從者況古事之荒昧乎孝昌夏觀川先生在康熙間以經學鳴所着已入四庫中惟質古訂疑一書未見今其後裔謀梓行世不遠千里寄余京師奉誦再三爲審義例其質古也如聚伏鄭陸孔於一堂相與辨難於几席之間而爲之抉幽而釋滯也其訂疑也如問卜於管郭占數於邢部灼龜布算相與定貞悔而決吉凶也自乾嘉以來考訂學興得失聚訟蓋幾如一閧之市靡所折衷矣嗚乎安得起先生於九原而一是正之

謝祏生典簿論孟章數句數表序。

經火於秦石於漢木於唐及宋衆本萌柢㲉然備矣學者持異同曰有錯簡如尚書武成洪範康誥是也曰有衍文如易坤堅冰傳長萬是也曰有增竄如酒誥成王若曰左傳其處者爲劉氏是也市閧而家訟莫可糾詰漢趙邠卿燭其微詁孟子獨章稽而句籍之如以枚數闔嘻其嚴矣猶有軼者更千百禩曷杜其紛哉謝君祏生恫焉曰經猶水也源懼濫條之則析流懼溢隄之則止邠卿法吾先驂也迺始駕自論孟將巡羣經而一周

焉庶幾來者閑興衛而毋則敗吾羣乎余曰懋哉懋哉君典司籍業也亦

職也光緒丁亥閏四月

格老詞蒼 楊仲琳

字鍾句鍊堅確古腴 王子蕃

○九宮山志序

吾楚多山唯衡嶽最尊且顯秩視三公天子歲時奉牲璧肅明禋馳重臣望告而九宮山相距不數百里穹窿崔巍亦衡嶽之亞而秩祀無聞嗟夫山其塊然者耳而顯晦殊迹亦有遇有不遇焉豈亦有命與數存者耶傅子鐵掾悼茲山之遭雲埋霧沈經數千百年未有著錄迺為討其端委鏤其奇勝標而挈之譬如石隱遺佚伏處弗耀得强有力者為之闡幽振采炳諸竹帛（簡策山乎）何不幸不遇於時而猶幸遇

我傅子也傅子之言曰吾非唯是山之境是爲蓋有其靈且屈者存焉史載李自成過通城羅公山山上有元帝廟賊見帝像伏不能起村人疑爲刦盜荷鍤碎其首羅公山即通山之九宮山也着之通城誤也方自成乘亂飈起烏合數百萬東奔西突疆吏莫能制明社以屋大軍東來一戰敗之追奔逐北至於南土而冥冥効靈元凶就殛助天討而贊新運其有造於我　國家功甚大遺民皆鋒鏑之餘驚魂悸魄牖其衷而壯其氣俾同仇共憤獲折首之吉而不知有履尾之凶用是江漢士女免於僇辱永安

聖明二字提行寫

祉席其有造於斯民德甚厚惜當時將帥未暇報享而傳聞歧異事蹟茫昧致使鄰封殊壤反得依託紀載以冒其名可不謂靈且屈歟是故表而正之既以康山之靈亦有待於後之人也予惟傅子之用心抑既勤矣今者聖明在位懷柔百神凡四海之内名山大川有能禦災捍患罔不答肸蠁錫封號他時守土吏追維靈貺舉以入告稽其徵應而列諸衡嶽之祀之次則此志其左驗也世固有韜寂於一時而馨香明德遲之久而光始賁者不獨山然也傅子可以觀矣

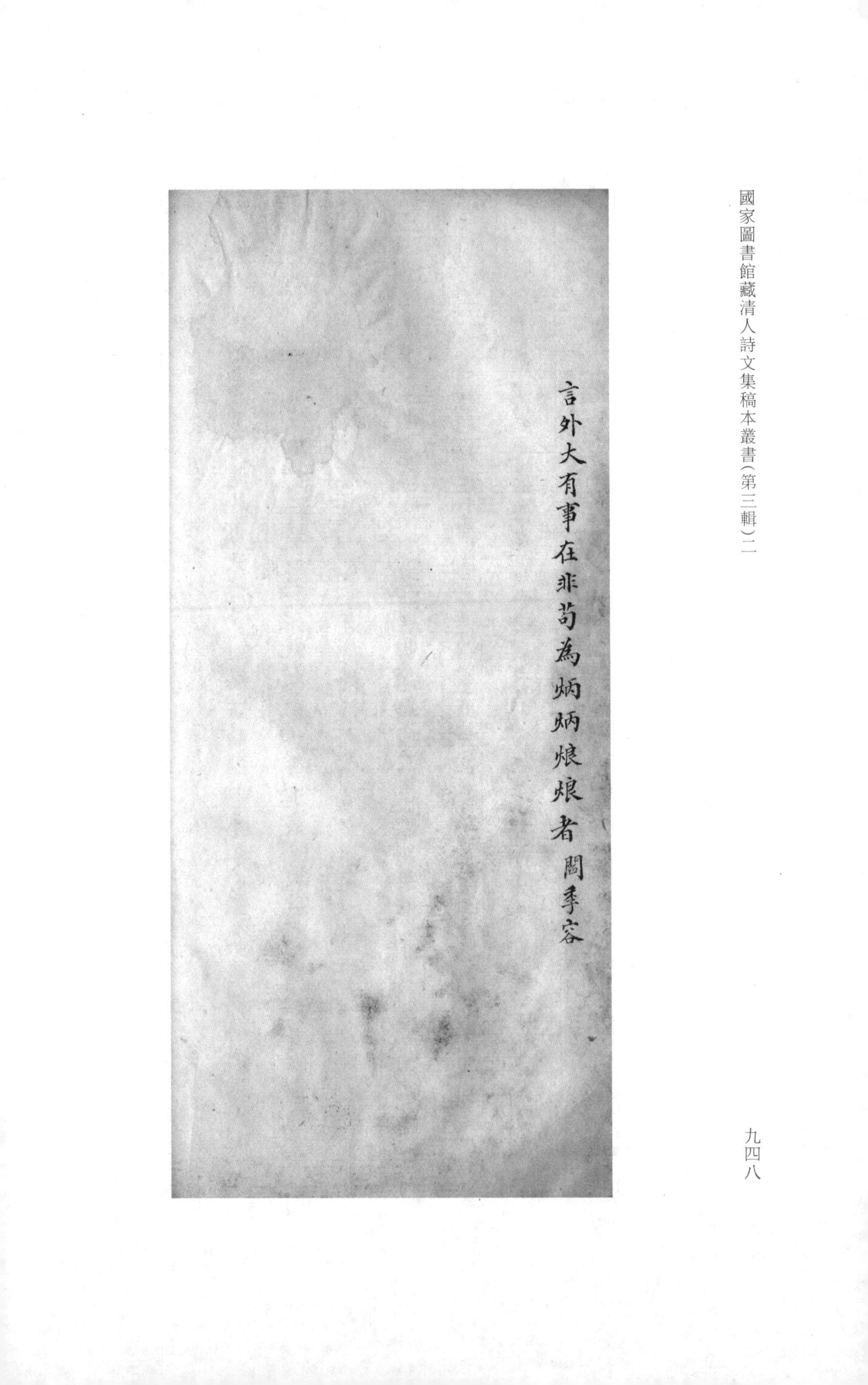

言外大有事在非苟爲炳炳烺烺者 閻季容

團練事宜序

團練事宜者　先大夫為道觀區團長時命良品屬草而親裁之者也先是咸豐四年正月吳制軍文鎔諱之師潰於堵城黄州陷賊蔓延下邑四出焚掠一時無賴子争導賊搜括富家大姓富家大姓苦之反私獻金錢賂賊以苟免僇辱予時避亂梅氏村莊獨建議團鄉兵擊賊以告先大夫先大夫曰是吾心也會翁蓬山邑侯駐潘塘下符檄督鄉民團練衆咸奮請於先大夫推為巡社長先大夫辭卜於神先大夫吉衆推益力先大夫乃

命良品條其規制所宜既定遂進衆而誓之曰凡兵之道二曰戰與守團
鄉兵以自保也則守多於戰我道觀區枕豫屏楚地居津衝亭川之富饒
賊覷且涎之也久矣來必道於是非持重以積其勢備不固非結鄰以多
其援力不厚賊來則戰退則守耳願諸君勿邀功勿生事乃可有濟衆僉
曰諾於（願聽命）是立期約斂資費備器械嚴斥堠編丁為十六甲甲有長每出兵
命甲長各屬（率）其屬至旗上書某甲勇號功則賞以金錢不如約者罰之擇
道觀河東之紫霞寺而駐營焉當是時賊氛徧四境游騎充斥欲取道觀（道）

河犯麻城以擾豫之光固憤我兵扼其衝屢思逞志於我賴鄉兵力戰挫其鋒輒遁去相持四年至七年胡文忠復鄂城賊下竄而鄉團始解嚴方事之殷衆中有希冀非常功欲分數千人出境勦賊者先大夫曰民不知兵二百年矣自戰其地猶可支立功他境非所任也且賊逼咫尺脱乘吾之虚而萃力於我則事去矣衆迺止越數月西路鄉團兵數萬人攻漢口敗績翁邑侯殉焉衆始服先大夫持重有先識然此四年中協鄰固守以遮蔽西陵賊卒不能越道觀河一步而一方實賴以蘇息焉迄今亂定已

二十餘年井邑晏然回思烽火告警事出倉皇經營擘畫成緒具在惟是
先大夫調協之苦心與持重之至計所以保障夫族黨里閭者久恐湮没
無傳故并著於篇以為後之事友助者取則焉
圖練以禦外寇尚利害之参半殄内訌者决不可少斯舉
斯文均堪不朽　楊仲琳

讀詩隨錄序

甯河高慎菴先生嘗錄周秦漢魏六朝唐宋元明以迄　國朝人之詩凡數百家為十八卷其嗣熙亭太史以授余讀之而歎曰偉矣哉高叟之為詩何其博而篤也昔者孔子删詩為三百五篇以教門人小子維時子夏讀詩畢夫子詔之曰闚其門不入其中安知其奥藏之所在是故因表徹裏由端竟末大而朝廷清廟學士大夫之賦頌小而草野羈旅勞人思士佚女窮婦之歌詠莫不涵泳雍容抉其精微内貫身心而外該事物自三

百篇以降能嗣其意者蓋鮮矣然而詩之為道隨古今升降其義不變而其體常變而不窮由四言而五而六而七其體周時代而變者也為比為興為賦三者其義亘終古不變者也余嘗論之漢唐以上古質未漓攄情言志思約而隱其詩協諸比興居多漢唐以下菁英日闢雕纂物狀滂通横溢而其體往往一出於賦知古而不知今是執毋追以抑章甫規椎輪而棄玉輅金軼也知今而不知古是航斷港者昧渤澥之源搶榆枋者不見太虛寥廓之大也今先生為詩上覽皇古下逮見聞之世日而蒐之月

而獵之閎討而約掇之生乎孔子數千百年以後竊取其義例以衡裁乎壹切俾學者束心繩矩各視其性之所愜力之所詣而饜飫優柔無不有以皂其志而擴其量故自三百篇後詩教常不衰息於古今雖其運會所嬗移性情所蟠結各有剛柔正變今昔遠近之不同而其旁皇周浹所以要歸以契乎風雅之旨趣一也唯先生知其奧藏之所在故能貫其源流撮其機要而與三百篇相續相足以津逮乎後人余不敏亦嘗從事於斯敢敬述其大凡以俟來者之知所取則焉是為序

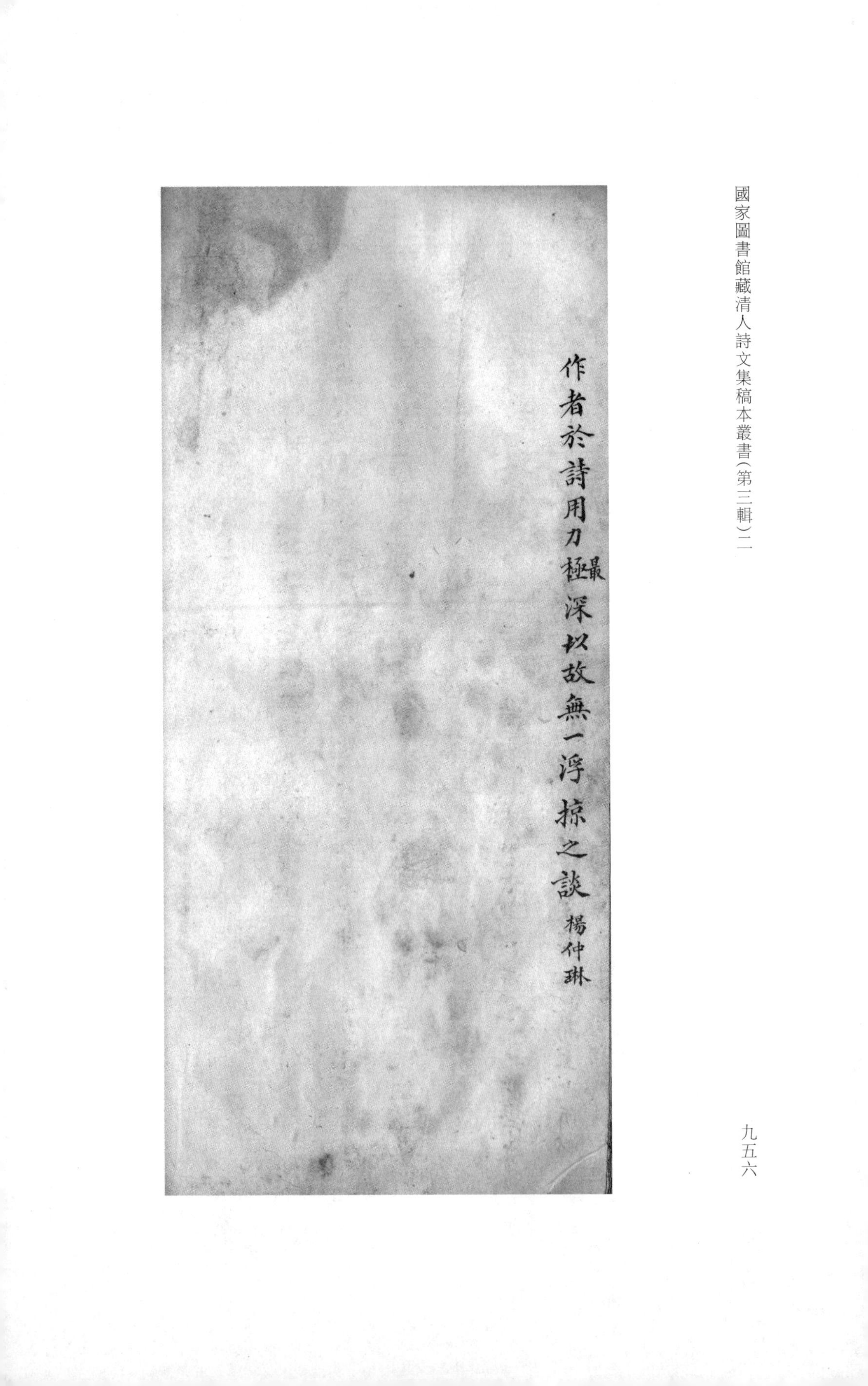

作者於詩用力極最深以故無一浮掠之談 楊仲琳

山西鄉試錄序。

歲在癸酉直省舉行鄉試禮臣以山西考官請奉
命以臣良品充其選而以吏部主事范鳴龢副之自維譾陋兢惕滋深四
牡騤騑星騑[馳]抵晉乃進學臣所錄士六千百[五]百餘人扃闈三試之刻期藏[歲]
事謹擇其言尤雅者恭呈
御覽臣例得颺言簡端竊維　國家以制藝取士制藝者驗士之所學之
一端而非士之所以為學也然士之所以為學雖不盡於此而上之所以

驗其所學之方不能不出於此蓋士自田間來所習必有業孔子曰修辭
立其誠所以存業也是故存業不外於修辭而修辭之誠不誠即人才之
真與僞莫不因之制藝雖若小道然必根柢於經史以富其本融貫於傳
注以析其義體察夫人情物理以博其趣斂息其心思耳目以就夫範圍
而無所紛馳有厚理以植乎其内復有真氣以彌乎其外而〔文〕之僞焉者寡
矣即有一二工於巧〔塗〕飾而其自然之流露必有不可得而僞焉者存矣使
於此而精心以求焉崇其真去其僞　國家以制藝取士之本意或在斯

乎臣竊以為文體之是非士習之純駁與夫人材之得失恆視乎有司之
去取徒附聲以逐影一切為苟且張皇之計雖三代之鄉選里舉亦可偽
也不然而課虛責實言必根心詞必己出閎其中肆（禄）其外即今日之科舉制
藝何不可以得真材且夫晉其地土厚而水深其民思深而慮遠其頑而
蠢者勤力於畎畝其秀且文者咸束身於庠塾以爭自濯磨砥礪故自有
制科以來人材蔚起如唐之狄仁傑裴度宋之司馬光文彥博至於元明
以迄我　朝代有名賢今

聖天子雅化作人制舉廣額有加晉古之仕國二百年來涵濡教澤雖經
秦隴兵燹三晉安堵晏然比户殷富入其境絃歌四起校其文斐然可觀
固無額浮於人之慮特是舉額既廣人懷倖獲之心保無有剽竊摹擬淺
中速化者流溷迹其間於此不為之甄汰而覈其真則於其所學之一端
尚有不可問者矣遑更能求之於所學之外乎臣用是兢兢矢慎惟存真
而黜偽以蘄合於修辭立誠之旨欲因其所學之一端以進核夫所學之
當不止於是冀倖得一　國家有用之材以仰副我

皇上昧爽旁求之意此則微臣區區之心所藉手以答高厚於萬一也夫

翰林院編修臣洪良品謹序

讀志問答自序

黄岡縣志有三焉孰為之茅王俞三令也讀之者誰余與曾子稚鴻也曷為讀之曾子將從事於志讀之有疑而訊於余余讀之引伸觸發而以復於曾子也凡志之失有二曰冘曰陋袪冘與陋有道曰明其例例不明綱目紊焉此例之不可不講也孔子之修春秋也循魯史之舊審而書之左氏出為之發其凡釋其義而例以著焉自是以來紀事之書罔不言例綱以領而目以條志其一也顧例有沿變視其所主昔尚而今置古離而近

合例之以時制者也遠與邇殊軌内與外歧用例之以地揆者也大小位置之懸絶剛柔禁尚之互異例之以事起以人斷者也明乎此而允與陋之失不其免矣乎乃曾子習之而猶以質予不遠千里疊疊而不厭亦曰而以質於予吾與若黄人也以黄人讀黄志相與擬議審諦以定所歸云爾不敢為外人告也昔者西河毛氏論詩始設為白鷺洲主客之説茲之問答蓋仿斯意焉斯又例外之例也

轉折遒勁絶似荆公閫手容　雅潔　楊仲琳

持論名通是熟於史法乃能言之鑿鑿可為修史圭臬　王子蕃

朱小酉遺集序

余少好爲聲韻之學而其治古文也則自交朱小酉始咸豐初小酉客吾邑之東鄉范氏余過范氏得其所爲古文心好之竊私許隲其得失小酉見之以爲善余因出所爲詩與小酉相賡和小酉謬工予而謂予曰視子之才當不止此亦有所爲古文乎余曰雖有所作不能多也小酉曰拱把之木累歲而植之鬱鬱然成林矣三尺之邱附土而益之嶐嶐然與山齊矣子勤爲之顧其爲之道也不可苟是事物名理之所寄而古今嘉言懿

懿行所附藉以傳者也余再拜曰謹受教於是復發憤爲古文之學每與
小酉見必相與論周秦史漢唐宋八家源流本末傾倒而不厭每定余文
余未嘗不稱善也嗚呼曾幾日事耳而小酉歿已十餘年矣小酉爲人性
伉爽頗自負其材思有以用於當世每酒闌縱談天下事從横馳騁顛倒
其座人使其不死而得用於世當不僅以文章顯即不得用於世而以其
所爲文章與吾輩往復砥礪於道不爲孤而吾亦得私直諒切劘之益而
孰知其早死也嗚呼豈非其命也夫豈非吾黨之不幸也夫當道光時下

馬乎以下丙申乙未吏圍健菴注

邑僻儒往往餖飣章句而務為一切簡陋速化之術以梏學人耳目自小酉出而號召吾徒博古通經學古相與厲為周秦史漢唐宋八家之文小酉可不謂特立能持風氣者歟顧小酉工篆籀書世猶知貴尚其筆跡至其所為文則無復有過而問之者吁可慨也文凡二百篇藏范氏不可得此為錢季貞學博所錄本亦可見其大凡矣小酉之文紆徐委曲得歐歸義法季貞備言之余不贅獨述余之所以獲益於小酉而資其啓發者以誌弗諼噫自小酉之亡無有定余文者矣歲月蹉跎老將耄及學日以荒而文

亦不能進焉既悲小酉且自悲也

往復駘宕得歐之神 閻季容

低回掩抑寄慨無窮 王子蕃

○敖金甫綠雪堂集序○

余嘗道夔巫泝三峽歷瞿唐灩澦之險以淹留乎巴渝凡數月見其山巒崷崒而窅深水激石漩洑而轂轉其渟蓄含孕必有鍾奇於魁人傑士若司馬相如揚雄蘇氏軾轍之屬者顧倉猝不之見嗣來京師乃獲交敖子金甫敖子蜀人也負異材為文章閎麗自喜顧性廉靜恥營競官刑曹十餘年不調不措意唯喜當世賢豪交游當是時大亂削平四方無警輦轂下冠蓋往來如織自公卿大夫山人畸士以至外國輶軒使臣工辭翰篤

聲氣者皆慕與之交而余與同巷居亦辱過從無虛日一日天大雪歲且
暮走奚奴折簡召諸名士暨余集綠雪堂會飲酒數巡出宋李嵩村娶圖
徵座客賦詩詩不就者持巨觴强盡釂必大醉迺罷閱數日復過余邸舍
余亦出所得晉元康甎并詩索賡和敖子韻先成詞婉妙罕匹座客皆屈
服嗚呼一時友朋之契文字之樂與夫敖子之縱横意氣何其盛也不數
年朋儕雲散敖子以定省歸蜀久不相聞問會當事薦其才可用　朝廷
召起之余方日夜望其來而敖子不幸中道死矣獨居深念每憶曩時懽

會不可再自顧衰且老亦不能復作巴蜀游一酹酒弔其墓下今夏其季玉九大令來出示其遺文受而讀之棖觸於中感喟有不能自已者焉聊綴數語於後以誌一時盛衰離合之故若夫數子之文有其鄉先生馬揚蘇氏風後世當有知者無俟余之贅聒為也

神韻脩然　楊仲琳

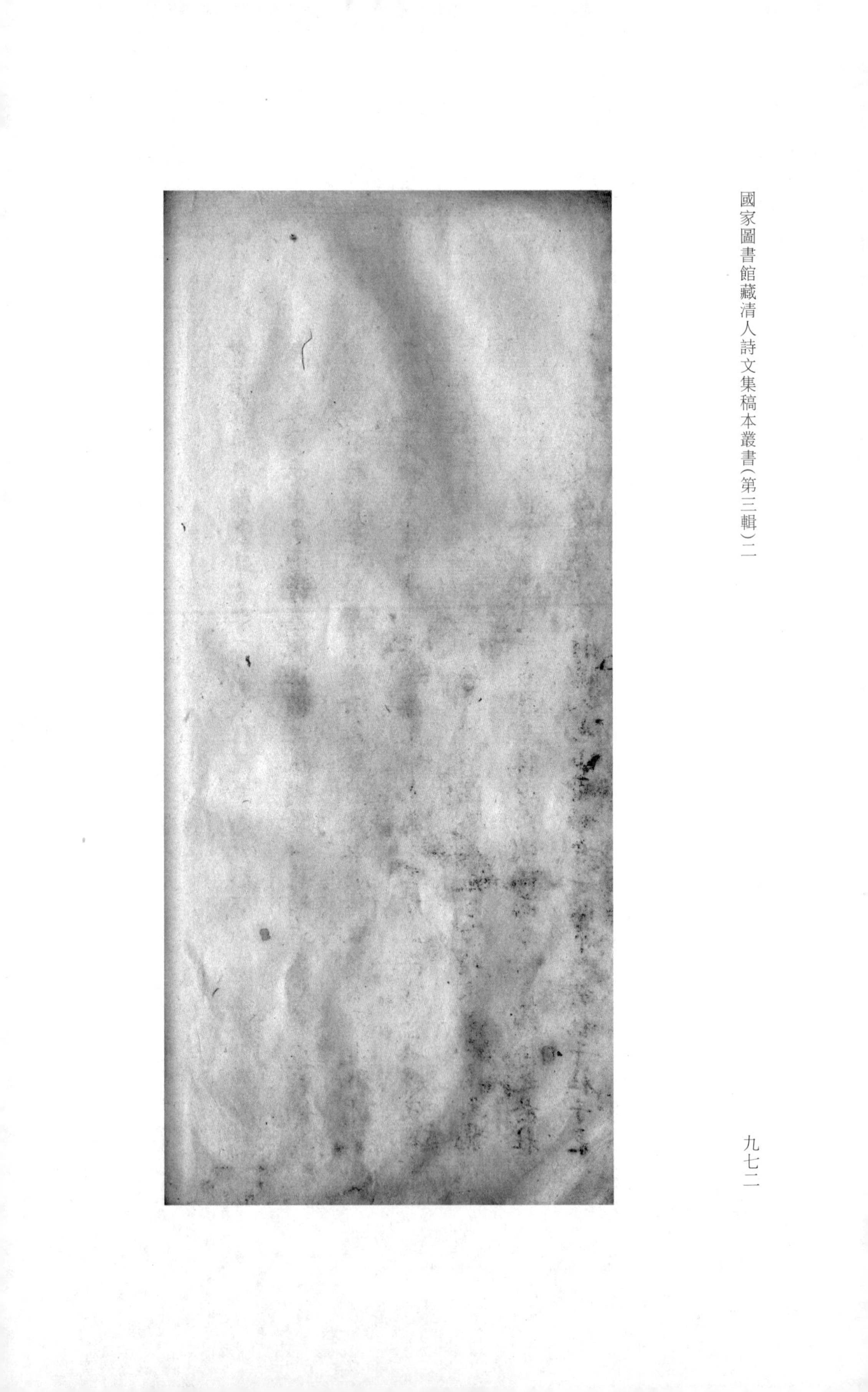

假齋文存序

憶庚午春自渝歸過萬州將遊州之西山訪魯池登太白巖摹黃山谷留題碑字及檥舟榜岸而急溜衝箭波漩洄洑洶洶不得泊前艇盡覆而我舟如隼躍鶻逝漂至城東數十里方止於時心戰膽破不暇復作探幽想矣然而至今一回憶其地巖谷阻峭水立石走魚龍百變又恨當時未獲一窮討其勝時爲悵惘而今不意乃得之於杜子棠村之文杜子棠村萬人也山川鍾奇孕傑萃之於杜子杜子東

其山川之氣幽鬱沉奥而一發之於其文使予當日舟行不遘險即
冒險登陸聞名邂逅未必不一遇其人乃今未見其人徒見其文也
其文怪偉鑱削讀之驫震耳目反覆再三猶髣髴當日孤舟急溜波
漩洄洑時也

○大桴山人詩集序○○

袁子才曰作者之謂聖著作家是也述者之謂明考据家是也自古考据家其著作往往不能工其以詩傳於世者蓋鮮矣然而詩之爲詩曷亦嘗廢考据昔孔子詔小子學詩而曰多識於草木鳥獸之名夫草木鳥獸其爲類至纖（纖）其爲狀至賾乃作詩之人宏蒐密櫛區其品種窮其情變條分而節解一一著之篇於使後之讀者箋而疏之釋而證之窮年累月莫竟其緒此非博學而多識烏能與於此哉故謂考据家必之無詩者非也我

朝考据之學視前代為盛康熙乾隆間文治宏昌方聞綴學之士爬奇剔
隱奮起而角勝其專門訓詁者置弗論即所稱以考据而擅文章者前則
有西河毛氏秀水朱氏後則有竹汀錢氏陽湖孫氏北江洪氏而餘波所
演迤至於以考据為詩則又有大興翁氏求之於吾楚前則有顧氏赤方
而後則必推陳子愚谷愚谷與顧公居同里後百餘年而始生平生殫見
洽聞所纂述甚佹富其為世所見者四書類考三十卷四書人名考二十
卷字母分韻類編五卷湖北史載八卷湖北方域書九十九卷事類叢鈔

六十卷朱子年譜二卷以及六律正五音考歷代紀元閏朔考史外叢談
敬遠錄等目又不下數十卷皆不離乎考据者近是未知其有詩也而其
為詩亦不以之自多輒隨手散失不自收拾故世亦未由而見之也余生
也陋於考据之學未窺涯涘獨喜留心比興之詞每欲網楚邦近代作者
裒為一集而未果也適闞君季華覓得是本寄予夏君春城見之為壽諸
梓許君孝升為之校勘訛失二君皆愚谷鄉人也愚谷夙以考据名而其
詩所存僅什百之一二其集中述事之篇讀之亦足以袪疑義徵軼聞焉

是亦考据之一助也余既受而讀之而復為誌其源流崖略如此亦以見

考据家之未嘗無詩而世乃妄相詬病也

振筆直書卻有無限波折措詞命意亦底精妙 楊仲琳

樊君詩序

樊君　喜爲詩而自疑其詩不足以存不遠數千里郵筒而質於余且謙言曰余非詩人余以誌乎中心之感而已余受其詩而讀之其中多遘閔傷亂之言蓋在咸豐癸甲間粵賊攻陷郡邑焚掠徧村堡所在迫刼士民誘以僞職而一時之被僇辱遭汚衊者踵相接也賊聞樊君名多方購之急乃卒能匿采韜跡以智自全攜妻子走荒江絕壑間免於虎口而所更殺戮之慘蕩析之憂棘心蒿目不能自遣乃一寄之於長謠短謳以攄其

侘傺無聊之思吁傷已昔者王右丞凝碧池之作感於萬户野煙秋槐葉落因微吟以見志杜工部間關奔走拾橡空山卒陷賊中又驚老瘦而其同谷七歌喜達行在三首淋漓嗚咽淚下而沾巾迄今讀二公之詩雖事閱千載之久而其瑣尾流離之狀忠君愛國之忱未嘗不流連往復悲其遇而哀其志愍焉如遇諸心目間也若樊君之所感奚以異焉且夫王杜二公豈有意為如是之詩乎哉亦中心之所感而然也樊君身經亂離屏跡田園長歌以當哭非無病呻吟者比亦非有意而為如是之詩也噫唯

其無意為如是之詩（此）詩之所以獨至也且匪（直）獨此也詩三百篇大抵皆勞
人思婦野人女子感興而作所見天地風雲山川草木蟲魚之情狀與夫
人事興衰得失離合悲歡順逆屈伸之故奔湊噴溢自然成詠曷嘗尋聲
研律築壇坫抗顏自命為詩人乎哉而其詩流傳至今其人大半莫得其
主名後之言詩如王杜者或未之逮焉然則樊君不欲以詩人名亦惟是
存其詩以俟後之人焉耳復何疑哉復何疑哉茲因其哲嗣寶山孝廉出
都附一言以復之如此

沈鬱頓挫欲到古人閫手容

○○○曾安民廣文遺詩序。

曾子稚鴻來京師持其兄安民廣文遺詩屬余釐訂遷延未報踰年矣時余方奉職諫垣退食雍容朝野清明四方無事而迴視曩時流離烽火閒攜妻子竄身山谷白骨蔽野金鼓相聞驚心怵魄恍惘若隔世事殆幾幾乎其忘之也迺今讀廣文詩而不覺觸而感也曰嗚呼咸豐乙丙間烝民之禍烈矣大江南北寇盜充斥雄都劇邑相繼淪没師老財匱岌焉不可終日嘉魚爲古赤壁戰爭地廣文以閒曹冷局不能一日安於其土或

時跳身脱走跧伏於荒墟榛莽之閒故其怔忪憔悴憤積悶塞鬱而一發之於詩讀其詩者雖其人夙不相聞知試循其篇中所言而其當時身世之播遷家國之屯蹇與夫將帥兵賊之情狀無不歷歷如繪夫以予躬丁其厄而閱時既遠尚若茫若昧渺如影之就滅脱經數十百年後誰復有辨其遺燼而弔其劫禍者然則廣文憂傷紀事之作又烏可少也而稚鴻曰廣文詩不止此有詠史篇凡六百矣余譬之曰與以史存詩乎曷如以詩寓史於是爲刪定八十餘首爲之序而歸之

感慨淋漓絶類魏匀庭 閻季容

氣質雄厚 楊仲琳

鄧獻之郎中詩集序

詩隨境而遷變境之所歷往往觸物寓興繾綣流連油然自動於中而莫之或止蓋中心之所感然也然非有贄性篤情以流貫乎其中雖强率爲之亦不能至故自古詩人之詩其幽邈悽惻纏綿深厚之致根於心而發於聲至使千載下讀其詩者如見其爲人茲於吾友獻之之詩而一遇之獻之之官蒲縣令也訟獄衰息徭役不煩暇則擕僚友賓朋登臨選勝詠歌風土以誌其政成而俗善如是則爲循吏之詩及其脱

身簿書祿直郎署雍容乎明堂清廟之班與一時名卿大夫文酒交驩賡歌往復揄張盛典播之聲樂如是則為雅頌之詩一旦捨去告歸復我閭里當事聞其名聘以厚幣館之於竹樓雪堂之間則又與其同志覽昔賢之風流憑弔山川藻繪人物彼唱此和紀勝游而追盛美如是則為史贊之詩喪亂以來經舍荒蕪巾構闕講諸生倀倀無人師則相與共推為祭酒如於是考術業正誦習發篋中風騷詞賦之屬口授指畫剖析正變或親撰擬樹之準的如是則又為經師之詩其詩之隨境

遞變也如此傳曰琴瑟之專壹誰能聽之琴瑟具衆音而始和詩具衆體而後工其道一也獻之之為人温厚而篤和御物有情臨事不滯故其為詩也婉而多風質而不蕪愈變愈上足以追希乎古之作者今將重訂其詩不遠千里而以訊予余別獻之久矣不能測獻之之詩之所至猶能知獻之之為人與其身境之所歷爰歷述其由著於簡端俾後之讀獻之之詩者可尋覽焉

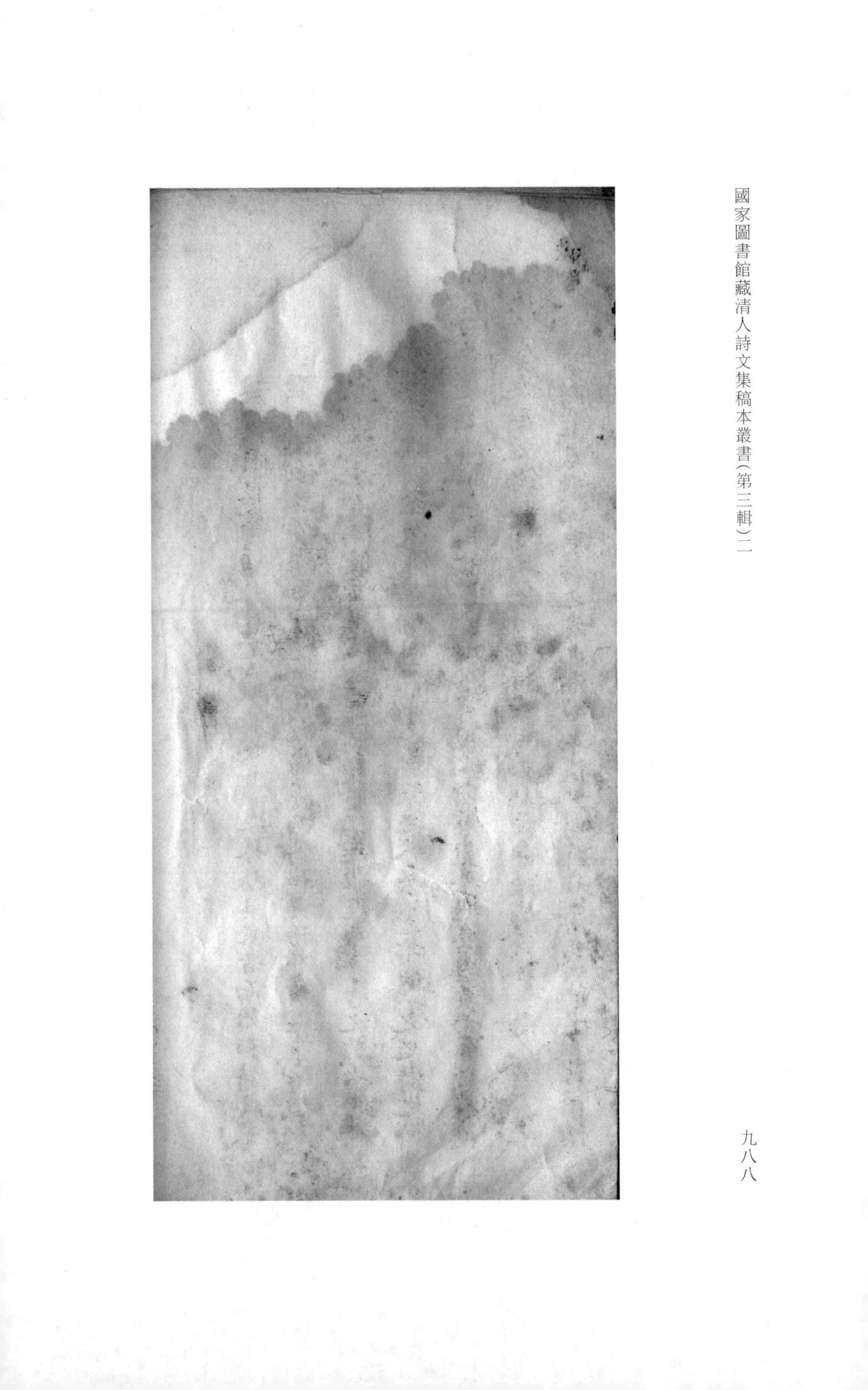

錢氏同根集序

昔孔子詔伯魚學詩而曰女為周南召南解之者謂為脩身齊家之助然則作是詩者必深探乎言志之本發為詠歌故其節奏音聲千載下猶能使人諷誦流連而不能〔容〕自已而非徒草木鳥獸之名之可識雕繪山川風景之可玩而樂也余嘗持此以論詩之本原而歎國風遺意罕有存者乃今於吾友錢氏得三人焉曰湘畹曰仲隱曰季楨皆有味於聖人脩齊之旨而能默體而躬行之者也湘畹季楨少以詩名光黄間仲隱盲於目性

聰悟學詩以耳受余髮未燥即與此三人交與之言其意常憬然以自下
其所講求者唯立身之本末趣舍之義利而兢兢以行已厲恥爲篤務即
余有過失輒（貽）書相諆讓斷斷不差貸然後縱談及於詩余嘗自愧爲弗及
歲乙丑余避難宿其家凡兩月見其閨門雍肅而有禮僕隸承流而順化
子弟雍雍循循沐澤於詩書而無一切驕弛之習幡戾之節而其弟兄三
人白首怡怡扶持敬恭迭相賡和（如）壎篪（篪之）亙應而穆羽之和調當是時大江
以北烽火相望呼號聲震天而余猶得其宇下與之命酒賭韻放歌淋漓

幾不知人世有戰鬭事然後知其門内之行脩篤孝弟之實備脩修齊理備
固宜獲祐於神明用昌其身與家以及其詩者而不知者沾沾焉求之於
其詩蓋猶末爾余與三人酬和詩最久得所詣最詳茲不復著著其詩之
所由來與其合乎聖人所以教人學詩者惜乎其伯仲早逝無可告語其
季又不相見者二十餘年而余亦將老矣序既成南望停雲泫然者久之

○劉氏清芬書屋制藝序○○

余讀莊列諸子書見其所述孔子之言視論語氣象差異始悟孔子非必有是言蓋亦諸子出其胸中所素蘊而特假孔子之言以發明之其所得有深淺之不同故其言亦有醇有駁自王安石變帖經墨義之制創為文體曰制藝雖不無格式之拘體段之異然揆厥指歸大率取論孟所言而引伸之蓋亦如莊列諸子假孔子之言以發明其所見同乃論者鄙為優俳之詞摹肖脣吻以效其言則過矣夫孔子為義理之宗而曾子思孟皆傳

學於孔子者後之言義理者規以為的如畫布之正棲皮之鵠凡挾弓矯
矢莫不志乎其彀而惟恐軼尺寸焉莊列諸子則其嚆矢爾盖天下之義
理無盡窮而四子之書則義理之所萃藪也日習四子書之義理涵濡浸
灌而四子之書之義理與吾人所見天下萬事萬物之義理入而融焉觸
類而長焉於是四子之書之所已言我推而衍之若曰此固孔曾思孟之
所始意欲申而我為之代宣諸口者也四子之書之所未言我承其義而
補之若曰此固孔曾思孟之所引而不發以待後之人而我因之以闡人

情揆物理者也此與莊列諸子之所述絜長短衡工拙要視其人之所自得至論為優俳之詞乃其末流之敝使然若以歸熙甫唐荊川黃陶菴金正希熊百川張曉樓方望溪諸賢執簡為之豈有是哉余嘗持是論繩薄制藝者之過適劉賓臣太守以所刊清芬書屋制藝相示皆能精研四子之書有得於中而借以發明其義理者乃知聖人之道掘地引泉隨而涌出無不可以資勺飲焉故曰制藝雖小道未嘗不與莊列諸子書均為立言之不可廢云」

樸實無腐氣 王子蕃

徐實甫制藝序

同治癸酉秋余奉
天子命典試山右闈中得一卷簡古有軌法以為是殆老於文者既寘之
魁選揭曉來謁則白髮皤然青衫龍鍾一老諸生也詢其列庠序何年則
以余誕生之歲嘻異矣余浮沈舉場二十餘年年三十八而舉於鄉四十
二而通籍成進士其遇不為不艱今徐生迺歷四十餘年坎坷蹭蹬而始
為余所識錄其遇不更艱於余耶抑天故艱其遇俾遲之又久以待余之

來耶今年夏徐生試禮部來京師過余邸舍出其生平所作制舉文就質

余讀而歎曰昔人謂方望溪先生獨為舉世不好之文今徐生毋乃近是

夫國家沿明之舊以制藝取士二百餘年矣國初經學如毛西河朱竹垞

戴東原諸宿儒雅不欲以時文鳴而一時所號為工時文者其胸中亦皆

有數（千）百卷之書而又推究夫古今事物之理潛玩夫孔顏思孟之旨以旁

通乎程朱諸子傳註之言然後發而為文洪纖高下抑揚長短皆如其意

（蓄）之所欲出而爲尋常蹊徑之所不能到故雖一藝之微其精氣常若不可

磨滅而操術不容以或苟焉今之學者束經史性理之書不觀日於故紙
堆中掇拾餖飣剽竊摹擬有類優俳之所為而當世有司復緦緦然執一
無謂之程式以限之的於是轉相規仿以種流傳直錮蔽於人心而不可
解其有一二律於古而詭以已出者則以為不中繩尺而怪且斥之宜乎
徐生之屢試而輒躓也余自維譾陋何足以知徐生竊思數十年以前有
志學古其取經之迂也與徐生同中更喪亂流落不偶乃更嚮時趨俗以
苟且徇祿計則韓所謂下筆大慚者是也而徐生講誦空山自少至老所

守一本先民之義法不肯尺寸踰其識力之堅定過余遠矣雖然士必通
經乃能致用時文之學非其至者徐生老矣嗣是以往願因聖人之經以
求聖人之道所在更務其大且遠者西望太行峻嶺絶磴盤曲回互幾數
千里然循塗而往終必至焉吾於徐生殆不無登峯造極之望也夫

其氣厚其言醇斷續合離無法不備又無迹可尋則神明於法非如近日
古文家規仿伎倆也　時文根柢流弊並衡文者之錮習言之鑿鑿真
經世之文願鈔萬本以貽近日之操衡鑒者　沈崇溪

渾灝流轉如太和元氣鼓盪兩大中近今尠有之文不獨為作者第一藝也 崇溪再識

昌黎氣味六一風神兼擅其勝 鄭少眉

是朱紫陽學南豐之文一結尤悠邈 楊性農先生

借題抒慨言之有物後路勗以窮經尤得體要 闞季容

文288.265
1892
:6

陳氏族譜序

國有史而家有譜譜宜若不及史而其存亡亦視乎國之治亂當夫宇宙晏安生齒日繁民生優游於太平得以養生送死收族而敬宗故享有祠祀祀有田合宗姓有譜及天下多故四民罹烽鏑父子弟兄不相保而民間室廬蕩然委兵火之一燼其一二殘魂悸魄逃散四方有倉猝不能抱其祭器者而況於譜乎故國有治有亂而家之譜有存有亡吾黄岐亭間多陳氏余初疑為宋陳慥季常之苗裔同治四年余館於陳君鍾漢家問之

則答以不知其所居近岐亭而村莊以陳太二陳太六陳孔傑爲名則謂其始遷祖也不知去季常幾世與季常有無系屬蓋舊譜之亡久矣嗟乎自宋以來生民之禍變亟矣故老相傳元末徐壽輝之亂楚黄殺戮尤慘幾無噍類而岐亭當光黄間要衝史載明季賊老回回等九營潰而爲四一支趨岐亭　國朝康熙間東山陳士榮之難岐亭爲賊出没藪事平設同知駐其地天下大難而楚常嬰其鋒楚亂而岐亭無不被其毒者故岐亭閒村落氏族失譜者十室而九不獨陳氏也陳君敬修一日抱其新輯

支譜來問序於予予覽之喟然曰君知自先世以來得以聚族於斯蕃衍
其子孫而不失其姓氏者蓋有由乎則皆　國家二百年休養生息之澤
也余嘗讀歷代國史治日少而亂日多或治矣數傳而即亂未有如我
國家
列聖相承朝野清明人物阜昌至二百餘年之久而剥復循環極熾而衰
粵逆倡亂豫匪繼之岐亭閒復經蹂躪陳氏村聚蓋遭焚掠者屢矣顧其
支譜僅存自元以來世系彰彰可考可不謂幸歟雖然嫠婦不自恤其緯

而憂宗周之將隕今欲生養滋息繼繼承承而世守其譜以復於昔時保
聚之盛則庶幾天心之厭亂中興之運開而盜賊之屏且息也陳君兄弟
皆曰然其譜託始元末元以前不可考者弗載焉蓋猶有史闕文之意也
夫
喪亂作感慨𢪷題出新議矣得陳士榮一段證佐乃不薄 吳荊湄
能除泛語 陸庚生
序喪亂處令人想見世變之慘急末路歸重 朝廷仍以生養作結言

極為有體而文情亦活潑有自得之勢闇季容

感慨淋漓詞足指實是以富有波瀾的是六一法乳王子蕃

○舊洲洪氏族譜序○

余同姓在舊洲者為邑之望自半石公以二千石起家聲華震蕩翰墨猶流衍至今憶少時侍　先大夫側為言舊洲同姓譜與余家世系判涣不合心竊疑之庚午冬余赴京師道過舊洲閲其簿狀果族其始遷舊洲祖為仁卿公而仁卿公之所自出則鈌有間而余家始遷龍岡之祖為思仁公康熙初遭東山寇亂雖譜牒散失故自九世以前亦轇轕弗可詳乙亥秋余備官京師舊洲同姓書來欲與余家聯譜余感其意而以義譬之曰古

者以祖之所自出謂之姓自世本亡而姓氏之源不可考三代以降宗法既廢遷流轉徙聚散靡常雖同出一宗至相愕視不可辨視雖有仁人敬宗收族之心莫如之何此世變為之也今世之失大率有二或茫然於姓之所自出率泥咫聞每以姓同族異援繫聯姻而不知自瀆其宗此其失在於陋抑或矜崇門第强相附合而郡望之不同昭穆之不符甚至攙雜異姓以紊其宗此其失又在於濫夫同姓而百世不通婚姻者周道也萬氏充宗曰一族可用一譜一族不止一宗歐蘇二家譜法使族人自為譜

而各詳其宗且必斷自可見之世故余修龍岡小宗譜其大宗之荒邈旁
枝之蕩析皆闕其疑慎也舊洲為邑之望以半石公之文章官爵而不敢
附（枝攀引）列簡牒貽通達華胄之譏慎之又慎也而昏姻則固百世不可通以洪
氏之所自出同一源也昔者歐陽永叔不望渤海蘇明允不望武功　本
朝方敏恪公重輯宗譜移書徽之宗人以求其世而徽宗不應余舊閱舊
洲譜係極有條理可徵信今豈可泛徵博引以自亂其例哉吾聞之詩曰
綿綿瓜瓞民之初生又曰雖有他人不如我同姓洪氏受姓出於共工氏

至東漢共普居燉煌加水左方為洪由是而歙而饒而楚蔓延蕃衍徧區内況近在一邑雖世系不可考而受姓之源自不可誣今以同姓故益敦篤相親愛各述其信存其疑以誌數典之不忘足矣固不必汲汲於譜之合也既書以復諸君子願即以為其譜之序

見解極高文亦有奇氣 楊仲琳

洪氏族譜序

柳芳氏族論曰氏族者古史官所記也昔周太史定繫世辨昭穆故古有世本漢興司馬遷父子循世本修史記因周譜明世家譜學實權輿於此晉唐以來官有簿狀家有譜系經五季之亂譜學遂廢宋興司馬歐陽永叔蘇明允起而振之歐作族譜云渤海之後獨見於今中間失其次序者再蘇亦云自益州長史味道至吾之高祖其間世次再不可紀勳閥赫奕如二公猶慨於世系之訛湮而汲汲纂討之如此　先大夫味三府君嘗

歔欷感喟進良品而命之曰吾家系出燉煌一遷歙再遷饒而楚順治初
我　祖思仁公始來龍岡山之陽卜居馬康熙中東山賊何士榮之亂我
祖倉皇他徙譜牒散失故自思仁公以前世次皆不可考今老矣思一蒐
輯而未就汝其念哉良品泣而誌之不敢忘今先大夫没已十餘年良品
忝通籍入詞館良品史官也孔子曰吾猶及史之闕文故夏郭公夏五見
於春秋況其他乎吾宗自忠宣公起家父子相繼文章德望爲宋名臣有
派三曰湖圍曰巖前曰洪源而三派所分衍居黄岡者有舊洲洪氏龍岡

洪氏雖同原而各自為宗龍岡之山綿亘縣東北境蜿蜒而蔥秀土厚而水深我　先人居之饒資產蓄子孫世濟其德好善樂施于鄉里稱之而數傳後姓字泯滅無聞良品滋懼焉夫國有史以徵文獻家有乘以明宗法歐蘇二家之法使族人自為譜而各詳其宗故由本身推而上之至於九世而止其可疑者闕之非敢廢也昭其慎也載本支而旁支概未之及非敢略也將有待也是亦史家疑以傳疑信以傳信之意也錄成謹酹酒告諸　先大夫之墓曰小子不(弗)克承先志多所闕略今將北征他日歸當

益廣諮博采而拓之

藹然孝弟之言 楊仲琳

龍岡洪氏族宗譜序。

同治八年秋，余錄本支譜系成，將赴官京師，瀕行，聚宗人而告之曰：吾宗之失其譜也，二百餘年矣。及今不為之所，後將渙散莫可稽。盡條所自出，書之策以集成於予。僉曰：諾。逾數年，宗人各以其册至，余竭旬日之力，為之審義例，譜世系，凡得若干卷。會猷兒南歸，命持以授宗人，而題其端曰：古者重宗法，非徒惟是繫姓綴食之謂，蓋以宗法明而後一族之中子弟咸聽命於父兄，孝弟之風行而作奸犯科之慝不作，故夫宗法者，一家興

敗所由而一國之治亂所從出也自宗法不行而有司之事始繁至於邪
慝鴟張乃始救之以保甲然保甲行之在官耳目或苦其難徧不如宗法
寄之於譜其事易行而其教易成蓋動之以一本九族之思而親睦由此
興矣繫之以先疇舊德之念而約束由此一矣稽之以昭穆似續相比相
聯之籍而姦宄無所於容矣故夫譜也者又宗法之所從出也吾族世居
龍岡自　祖宗以孝弟力田起家循循仁讓饗善不倦百餘年來無犯有
司者里中歸德門焉在我後嗣子孫誦前人之徽烈循覽是編而有隱於中

其庶幾鄉黨之行脩觴豆之犯寡禮俗既成而門戶亦賴以不墜也夫

體潔詞醇極有關繫之文 楊仲琳

生人凡

曾劼剛襲侯五十壽序

光緒辛壬間曾侯劼剛既襲爵累遷御史臺長貳良品適承乏雲南道御史熟其行事甚詳當是時夷患方興俄人搆釁於邊責言索地糾合黨類恫喝百計朝議沸然

天子知侯習夷事迺命持節使泰西侯至則與夷酋陳利害申信誓闖其機牙羣侮解駮而俄始弭耳受命唯謹逾年法人蠢動蠶食我藩屬跳踉鴟張疆吏皆望風慴縮侯迺昌言夷性侮弱憚强外誕内攜輕發端而怠持久此

易與耳時發言盈廷不能决余以俟言入告

天子知俟夙迺飭師武臣奮張撻伐勿復觀望進退於是兵氣頓揚一戰而摧角
距奪侵踞夷始知中國不可侮乃請講解如約夫國事成敗一視乎其人
戎機勝負繫乎一言折衝樽俎之間運籌帷幄之内若斯人者豈可一日
少哉今中外宴然四夷賓服域中慶幸無事然履霜之漸未雨之綢繆主
持國計者皆不容一息怠況鱗介之族狙詐反覆嗜利若飢渴久涎中國
富饒乘我所不戒歆以利蠱以術煽以黨炫以威稍不及防墮其機穽小

則爲眉睫之憂大則貽數十百年之隱患非有超識遠慮爲彼族信憚之人莫能以折其萌而奪其氣此固朝野上下四海九州延頸企踵屬望於侯之一人而咸願其康强耆艾萃祉於躬以勵相我國家永永爲社稷倚重昔汲黯在朝淮南爲之寢謀郭子儀見虜回紇逡巡引退自古覘國視人爲重輕自中興以來湖湘人材翩翩蔚起及大難既平老成凋謝獨居深念常恐繼起乏才爲時隱憂今幸我侯纘文正公之緒殊績偉伐世濟其美屹然爲國柱石夫大臣者宗社命脈所繫元氣所鍾其歷年之修促

實關國運興衰成周盛時召公最稱壽考乃周公曰天壽平格永念則有

固命蓋望其耇造德降以迓無疆之休今

聖天子親裁大政將猷詢兹黄髮則有我侯敦厖純嘏翼賛左右以尊中國以撫

四夷以至於億萬斯年無有紀極斯則某等禱祀以求所爲宗祚靈長計

者實在乎是不徒惟是區區鄉曲之私已也是爲序

◦范月槎觀察七十壽詩序○

憶咸豐戊午己未間良品始晤月槎先生於鄂城邸舍接其言論風采雍雍穆厚君子也中更喪亂先生官揚州余來京師不相聞問者二十餘年光緒初其哲嗣子映蔭昆季後先登甲科致通顯與余聚首京師迺獲訊先生起居今年七月先生七十生日都人士謂良品知先生夙祝嘏之義不可無辭余維古人贈人以言皆盡其心之所得為毋為苟同而已以先生聲施卓卓凡其服官之節涖政之方與夫立身行己之本末當世必有筆

而述之者奚俟余言而獨於二十年前所得私習於先生者竊有以測其微焉昔者良品之從父秋霞公先生執友也將適遼陽以白金私置先生所不欲語人秋霞公歿於塗先生以諗吳又桓刺史卒致其家蘄州龔秀才某甫成童號穎異先生欲磏礪之於學試日親携謁諸名士為之廣延譽津津不去口其敦氣誼而植士類有如此先生御物篤以和所至人樂與之游余初一見傾心焉錢湘畹謂余曰范丈為人得春氣余曰善哉子之觀人也昔漢人之於黃叔度晉人之於褚季雅宋人之於周茂叔程明

道皆求之於氣象閒子舉似范文近之矣乃由今思之益嘆湘畹得春氣之言尤符契之可徵也今夫人受天地之氣以生唯聖人能以中和之德參贊乎造化下此則四時之氣得其一端而乘除衰旺亦各以其類應是故得夏氣者其人爽以偉而表壯裏薄陽强陰伏時則有衰退之機得秋氣者其人毅以鷙而至峭則無物至潔則無己時則有賊伐之兆得冬氣者其人隘以固而寠數而不容消沮而不耀時則有頹落耗悴之象而惟得天地之春氣者其於物也含生而煦化其於人也保和而彌性其蘊於內

者有敦厖冲粹之德其爆於外者有温仁藹霽之貌夫而後惠氣所迪天
休滋至集祜於無形亦遂有身康强子孫逢吉之應先生其彰彰也余不
敏謹述夙昔所慕尚之言以明今日致此之由且賦詩一章綴其後俾工歌
之以侑觴焉辭曰
有君子兮樊山之陽蔚為邦棟懿矣温良厥材箭金厥德圭璋乘時儲器
貢於明堂如何蹄涔跼此龍驤天驥節步迂轡康莊雙旌曷止淮海維揚
鉛刀一割頓刃韜鋩天閟其施以篤爾藏道窮而泰身嗇而昌景風扇戶

蘭蕙迺芳良田播種其收穰穰皇祇佑貺旌善降祥錫爾純嘏以永無疆

非斯人莫當斯文而詩尤擅勝場細玩自知其妙 楊仲琳

序用龍門老法後半論尤新穎 王子蕃

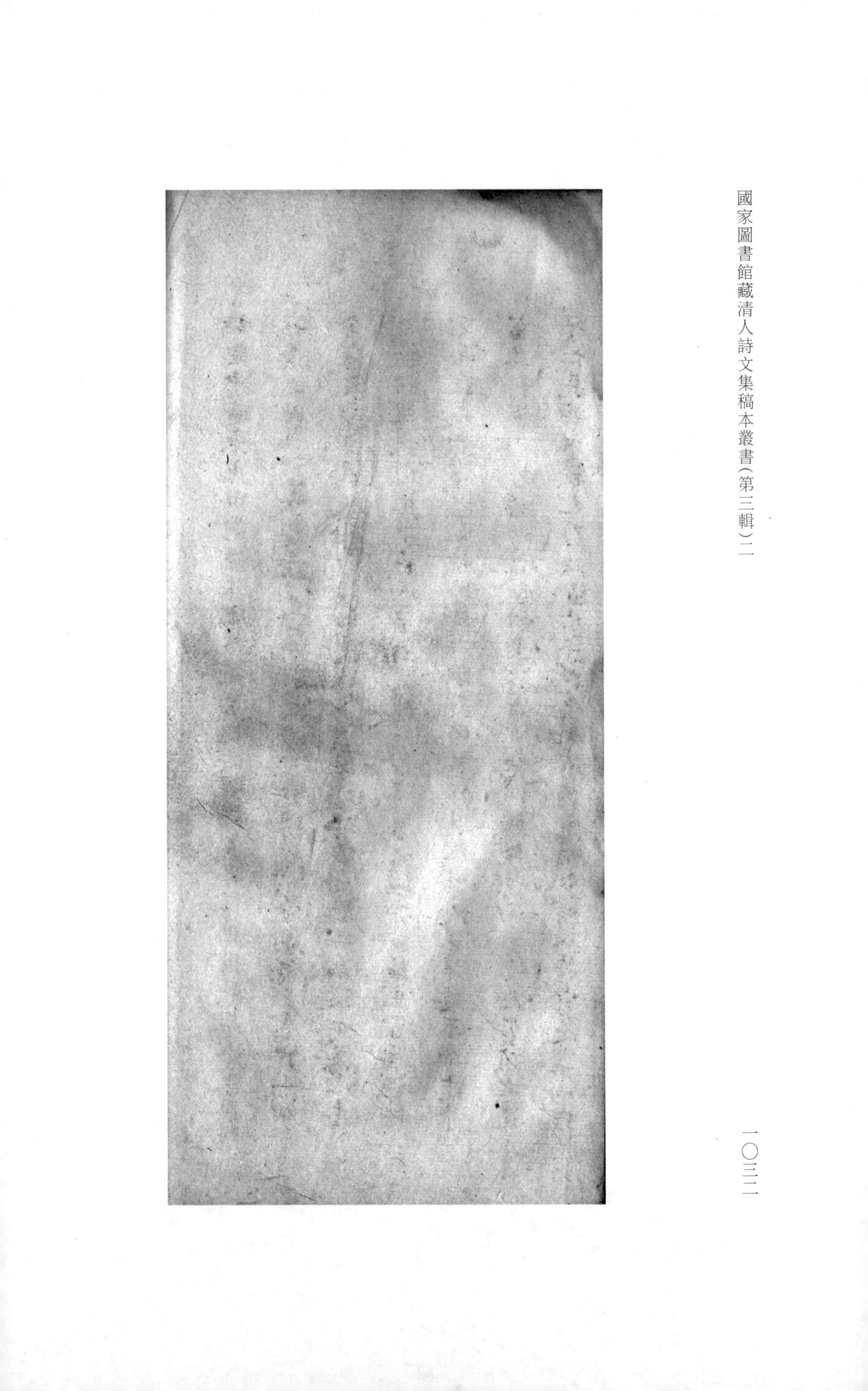

誥封中憲大夫吳菊坡年丈八十壽序○

嶺南之地外際大海番舶所出入自道光中葉後西夷闖我門閭建植館舍深目賈胡鷹視而睢盱出其珠璣象犀瑇瑁織毛與一切淫巧蕩心志之物以與我内地市易而中國逐什一業廢著之倫亦輦華土貨産視彼乏而我贏者為之逐時居積以馴致饒益究其心計所籌運要不離志乎富且利爾已若語以敦悦詩書好行其德則將謙讓而未遑此貨殖之遠乎仁義其大較也乃以觀菊坡先生獨不然先生少獨孤苦窘乏寡生理

逮更丁[辛]丑辛亥[丁巳]之變中外敉平於是俯察人事託於候時轉物以自給然
身雖處闤闠中跡賈而心儒外利而內義其與物為接搆恆先人而後己
釋結而解紛使夫憤者平蹶[者]然起而退然不自以為名若功至遇人有緩
急事視力所克赴者不問施報與否必為多方援佽務慊其衷隱然後已
嘗與莫某賈於閩某資折閱病且死為之簡料醫藥返其櫬鳩貲贍其家
俾幼稚無凍餒憂又有董氏子甫九歲為賊掠官軍獲之乃展轉請於營
帥攜以歸撫如子長復為之聘娶立家室里中上計車苦乏資或贐薄不

及物先生曰此非以禮士也鳩同人增益津助士以此獲自奮禮部試多
奏捷者其樂善而孜孜以利物若此今世士大夫平居誦簡畢日研求古
聖賢仁濟事一旦臨涖大政視閭閻疾痛疴癢若與我楚越不相屬而惟
託言款吏富國籍封殖其身家是圖公卿其身而商賈其行者比比也其
亦聞先生之風審所自處哉先生晚歲家居築小圃舍後每春秋佳日與
其夫人白髮婆娑賞花弄孫相娛樂環視子孫讀書宦達門祚且日蒸蒸
起天之篤佑善人果不差忒先生今年八十有一其夫人今年七十有七

其哲嗣星樓同年官京師將以生日爲其父母鞠毷稱慶良品等誼屬年家子不能無辭爰敬述先生行義之大凡以爲前席者侑一觴焉是爲序

起段甚遒餘亦鋪叙有法菊坡爲闤闠中一異人非此文不足以傳之 楊仲琳

額爾德特氏宗室太夫人六十壽序

維光緒九年歲在癸未爲我
慈禧端佑皇太后萬壽之期我
皇上大孝尊親將合四海臣民罔有内外舞蹈稱慶而又
推恩錫類俾凡百有位各得以歲時休沐歸壽其親於是吏部左侍郎臣錫
珍因其母
宗室太夫人六十初度爲之召婚友酌賓畢賡南山之詩祝堂上難老甚盛舉

也盖●太夫人至是凡持節三十有五年矣先是同治十二年宗人府以

太夫人節孝狀聞於　朝

天子既予之旌嗣以侍郎貴又

錫以大國命婦之封而●太夫人用益耆壽康强克迓榮寵屬在朝籍後進咸

羨魯侯壽母思有以貢其頌禱之私而良品等猥以年家子幸得握槧隨

其後迺拜手而言曰余嘗讀詩至柏舟衞共姜之自誓讀春秋至大書紀

叔姬歸于酅竊嘆春秋二百四十年之閒婦人以節著者惟此兩人而此

外概無聞焉嗚呼何其靳也及我
朝龍興歷今亦二百餘年天下郡邑以貞節聞於有司者歲常數百人而天
潢貴戚婦女亦有苦節之貞其徽音懿行徵於八旗通志者不可殫紀嗚
呼何其盛也蓋自
列聖以來禮教修明宮闈敦化關雎麟趾之應先自貴近者始故其時婦人女子
莫不溫恭柔順自率乎坤道之常即不幸遭逢值變亦能淑慎自持艱貞
而不失其正若太夫人者非其彰明較著者歟太夫人者前熱河都

統 鑑堂公之少女而 勤襄公子婦也兩家富貴榮盛門望烜赫相埒

太夫人自未笄時讀書敏悟通大義已為父母所篤愛及嬪於光祿公

也相夫有禮門以內酒漿絲枲織屑之屬罔弗親焉事舅姑有敬堂以上

飲食起居晨昏溫凊之節罔弗察焉逮夫歿稱未亡人則又惕然曰余鮮

娣姒而遺息煢弱門戶之託其責在予迺益茹苦作勞力肩家政兢兢焉

如持重器而恐失墜夫人當困無復之有激於一時之意氣而身殉

者矣至於紛華靡麗之場而冰蘗其心迺能從容堅忍劑豐以約隱然有

保泰持盈之慮則非有含章可貞之力不能也故其撫侍郎以成立也嘗
戒以富貴之無常
君恩之不可倖其言曰爾家世篤忠貞清白自厲爾祖勤襄公作令中州布
衣蔬食世稱循吏爾今有位於朝其尚朝夕恪恭慎修乃職以無替前人
之令緒昔敬姜訓公父文伯以勞逸而聖人稱之楊用修謂其勤婦之職
嚴子之訓守古之訓光前之德而●太夫人有馬宜乎貞篤之行荷
天語之褒嘉而與敬姜遙遙媲美也吾故詳其厲節本末以著其貞教所由而

又慶其遭逢

盛典受天多祜以爲有是德宜膺是福書之爲世禄之家正位乎内者法焉

整齊而兼跌宕此境良不易到 楊仲琳

丁太夫人八十壽序

同治七年夏四月

天子策試天下貢士於保和殿良品與丁子丹垣與焉已而吏部循例注
官丁子除貴州令或謂貴州苗猓雜處最難治須得良吏拊循之丁子其
往或謂漢毛義捧檄喜動顏色丁子母老家窶貧資祿以養親宜也丁子
其必往而丁子曰嘻吾子可往乎哉今夫易得者官也難得者親之年也吾
母年八十矣先兄即世未免竟養貴州在六千里外邊徼煙瘴山險而溪

惡烽燧時警余勤王事固所不辭其何以奉板輿之安時興居之節於是以歸養請於　朝洪子聞而歎曰善矣哉丁子之不以一官易其親也方今

聖天子篤奉

兩宮以孝治天下推錫類之恩丁子所請宜得當顧良品竊有感焉北山之詩曰王事靡盬憂我父母四牡之詩曰王事靡盬不遑將母古之時幅幀未廣其大夫從事雖柳往雪來不遑啟處皆不越千里而近今貴州在為

古荒服之外蠻夷之地山川遼闊使如北山大夫之賢勞皇華使臣之靡
監宜何如感慨而丁子殊不慮此抑何幸而生於聖明之朝乎自今以往
太恭人頤養北堂含飴弄孫以樂餘年丁子潔晨羞馨夕膳得以歲時卒
婦子家人躋堂而介壽皆
聖天子之賜也惟太恭人賢明知大義能以勤嚴治其家故丁子與焉其
兄吏部君皆得以文章躋通顯惟丁子服承懿訓雖綰符綬之榮不以間
其烏私之慕故能先意承旨歸而博堂上歡所謂非此母不生此子者尹

和靖之詩曰使汝以祿養不如以善養太恭人有焉奚斯之頌曰魯侯燕喜令妻壽母丁子有焉良品與丁子春秋兩試皆齊年交最篤於其歸也請所以壽其母者作此文以遺之

純乎經籍氣發為古文章樸茂逼似曾子固 沈棠溪

理足氣足詞足此初寫黃庭也庸工為之必買菜求益矣有根柢人其文如生鐵鑄成懸之國門不能增減 棠溪又識

洗盡俗氛壽文中得此亦僅矣 陸庚生

外姑梅太孺人七十壽序

外姑梅太君余繼室王恭人之母也余自咸豐甲寅始拜太君於里第太君子壻三人遇余特異癸亥賊燬余室迺假居甥館太君以時稽其食用佐其緩急噢咻其子女寇至復隨太君轉徙東山雖患難艱阻未嘗一日離同治庚午余官京師始與太君别蓋不相見及今十二年矣去歲内子省母歲暮還京為言太君明年七十有一康强猶昔余因謀所以壽太君者内子曰吾母夙異君以君之文耳他非所樂也余隨太君久詳太君行

實藏無若余者猶憶余初見太君貌肅而和言論豁如伉爽有丈夫氣嗣屢過其家見其庭除整靜終日無纖塵燕飲賓客酒食器盎具豐且潔蓋掃除烹飪之役太君必躬親之退而視其自食則皆粗糲不適口後依太君居數年見太君辨色即興督家人婦子耕織操作不稍怠内子偶宴起即呵斥家中自米鹽瑣屑以至一歲生息之贏縮出入之多寡往來餽遺之豐與儉太君罔不高下在心勾稽衡量綢繆豫計常使物力寬然而有餘故雖產不踰中人而經綜有法未嘗值一日之空乏平居服用極省嗇

及至喪葬婚嫁禮節之適雖勢家殆弗多讓焉嗟夫自余有知識所見里閭姻黨閒擁千金之產者相比屬不數年即零落衰耗至不能給生計推尋其故大率由晏起坐食惰窳不事事所致余嘗讀曾文正公集述其先世皆雞鳴蚤作子弟用能習勞苦因以起家乃求之於吾鄉則惟太君之家法為然故屢經喪亂十室九空王氏猶能保其產貲不失溫飽此皆太君勤力之效也傳云民生在勤勤則不匱不其然哉太君性剛明知大義王氏丁族寡單弱或宵小覬覦太君出片言折其萌謀輒解嘗以宗祠未立外

舅臨終隱用為憾咨於衆不可以問余余曰古者庶人祭於寢特築室焉可也太君迺親扶杖營度善地鳩工庀材閱月而告成太君曰吾今有以奉先人矣家有小圃蒔蔬果花木歲時不絕余家居時值太君生日牡丹盛開其子光政邀余置酒花下捧觴鞠䠋為太君壽今光政殉難已十餘年內子隨余遠宦京師太君膝下寥寥撫今感昔余有以知太君之不樂也爰因友壻南歸寄此以慰太君用表予遠戀之私焉

瑣屑委曲之事言之情韻盎然此妙歸太僕所獨擅蓋其得力於子長者深也文至末段神來情來真史公筆意匪徒形似矣　闓季容

8 記習礮。

余往以事至津門見防海軍習礮礮之制范銅為之徑五尺中空實藥可斗許藏連環子母礮大如毬機一發火星迸爆散為百千雷霆燔高林掀巨石聲隆隆然震天地時觀者兩岸如堵牆每聲一礮衆拍手懽呼以助其勢或墮地踰時喑不鳴則爭突前拾取之可易數十百錢一或不戒礮忽裂有聲則血肉雨飛屍糜爛墮數里外雖呵禁之終不止也或曰愚哉津之人身命之不惜而利是圖余曰是可用矣使兩軍相薄時萬雷交轟

得若輩千百人肉薄而前前者仆後者進敵雖猛不能當也或又曰是利害之不知而子以為可用不亦傎乎余曰敵之所以遲疑卻慮而不敢逞志於中國者以中國之大猶有蹈死不顧忌之人在也君等別生死審利害可謂智矣一旦置之疆場間一聞聲息有望風沮耳使敵得以恫疑虛喝而陰生其計者非以此也哉客不能答瞿然而退

見地甚高字句亦研鍊非尋常經生家所能 楊仲琳

中國之大猶有蹈死不顧忌之人在一句光芒四射可以呼醒夢囈此寸鐵殺人手段 玉子䇿

張巫療病記

孔子曰人而無恆不可以作巫醫巫自巫醫自醫也乃以巫而醫而不醫於巫仍託於巫以醫醫問孰醫則巫也問何以巫醫則非巫也噫異矣方孫子之始病也病非不可醫也自以醫醫之而病乃不可醫也自平陽而至歷城行千餘里而孫子若無知也自家人婦子以至僚友內外戚若屬而孫子若見無也自飲食衣服起居坐臥語默寒煖燥濕之節人所習為故常而孫子若適適然變也嘻病矣憊可若何於是一醫進而孫子病猶是

也衆醫進而孫子病亦猶是也無已姑止醫未幾而有問病來者曰病亟
矣盍求醫於張巫曰張巫巫耳奚能醫且巫奚狀曰老婦人也年七十有
八矣居邑之鄙巫而醫者也其醫也非能以醫醫也乃以巫而聽其醫於
神神曰可醫予之藥應如響曰不可亟醫巫迺辭於是孫子之内君夫人
聞之駕車往至則巫已知之矣曰夫人來其問大夫病乎曰然大夫之始
病也如此如此曰然諸醫醫之如此如此曰然巫曰病非不可醫也自以醫醫
之而病乃不可醫也雖然神曰可醫請必無以醫醫之而後可乃授藥一

刀匕且曰吾無所求於夫人願乞夫人一絮襦則應曰諾歸而以藥進病
良已然而孫子伏枕沈沈然呼之不應夫人大驚再駕車往至則巫迎而
笑曰病愈矣夫人何勤也曰未也述其狀曰此非病也夫人歸大夫必異於
他日夫人至家孫子則已起坐神志惺惺然謂夫人曰吾何故歸曰病耳
猶不知耶曰汝何往曰往問張巫張巫其神乎曰何謂也曰夫子之病愈
微張巫不及此乃所求唯一絮衣也吾已贈之矣越數日遣人往至則哭
聲嗷嗷然其子泣且懟曰昨胡為以衣來者吾母服之端坐不語逝矣噫異

矣夫張巫一巫耳孫子述其言曰人神吾醫吾醫而生則其宜生者也非
吾所能生也噫於物有濟功而不居巫也乃能若是是以為之記
意緒甚多能一一紀載非有扛鼎筆力莫能為 楊仲琳

游五腦山記

麻城四面皆山其東南有白臬龜峯其北則天紫諸山蜿蜒虬（蟠）伏皆距縣城數十里遠或百餘里而五腦山在城西七里獨障一面最近而差小以靈異著名山上常有雲氣油油仙靈往來四方男女禱祠香火輻輳不絕布施金錢以億計因之起飛樓傑閣蚴蟉玲瓏虹矯乎天半余舊聞焉未至也癸亥冬十一月至麻城因往游焉平明出西郭門寒旭始升霜白在地扶杖過相公橋橋廣數十步旁有古廟半頹廢傳為張真人飛昇處其

前皆大野煙綿沙布曠邈無際左睨右愕峰巒萬狀遥望五腦山形如蓮花瓣瓣可數中峰隆然高羣山曲包如葉之銜萼蕊而出天清霧豁寺頂遠出如望海上蓬萊宫殿闕在煙霞縹緲間更西行一里迤古鳳橋山形如牛穿牛脊而行坡上皆有淺草一樹獨立杈枒無枝葉傳爲張真人繫馬處樹漸遠徑漸高亂石犖确峭壁矗面寺忽不見山風拉颯有聲峰轉徑通千紆百折而上仰面突見一亭翼然如鳥之翔空其先登者在雲際蠕然如蟻之游梁既至坐静心亭四望羣巒拱列萬象在下躡石梯數百步

至一天門入佛殿丹碧輝煌金虬鐵鳳銜楹翼柱瓦以定瓷為之淨滑如珉玉刻畫五采兩旁屬以宮館皆層臺曲室深邃遽密累日莫能到樓上憑闌啟牖嵐翠飛入數百里川原雲樹歷歷如在目前游者憩焉山後多奇花佳果怪石古木藥草竹箭四時彩禽異獸之音咸接於耳坐久山僧烹茗以進告余曰是山也張真人始至向山主乞一衣地已而解衣覆五腦山皆滿遂棲真於此余漫應之蓋笑而不信云時同游者何君某陳生昆季五人也何君曰自此山迤而北行五六里有麻姑洞焉

寫景極瑣碎行氣極蒼莽是合韓柳為一手者　錢季楨

摩詰詩中有畫畫中有詩此文正復有詩有畫　吳荆湄

雕鏤物態窮幽極勝　閻季容

○○○遊麻姑洞記

由五腦山循寺而北谷漸狹纔通人山風蓬蓬然殘鐘在耳寒氣襲衣袂出谷甫一里羊腸小徑一綫蜿蜒入雲際皆蛇行僂步以肱翼趾惴惴恐墜萬仞下石壁無路捫虎跡而行稍憩坐石上回望白雲滿山谷如波濤洶湧鼓盪雲海中視縣城小如環廬舍人物黴黑如蟻堆自此更西數里一峰突立佛髻鬼面獰惡可畏怖迫視之皆石無寸土不生草木轉而南累石級數百步如鷹隼翻翩回旋而下下視則仍身在雲表四山亂石硿

砑嵴峷多奇形詭狀如甗者如斧者如箕者如覆釜者如累碁者豹蹲者
獅伏者鳥喙[啄]者虬卧者玃援者人立者竹木杈枒者左列右拱目不暇給
稍西一峰尤峭絶其上壁起為玲瓏樓閣形石巉削如鐵滑不受足其下
石齒鉤出四五丈為古洞中空而外潤石無竇清泉自滴注於深池池有
丹色小魚以時出遊頭頭可數洞鑿石為龕坐麻姑像左傍列碑碑字半
土蝕不可讀洞外多躑躅花春時盛開落英著草上望之如剌文錦旁有
石亭累石為几案可坐八九人遊人於此攜榼賞花以相笑樂時嚴冬山

花不開寂歷無人惟荒榛殘雪落葉掩徑而已下山憇静月寺卻望洞口
重扃雙峰縹緲在天際出寺東行十餘里夕陽已沈暮色迷離歸樵滿路
聞河水流濺濺與城上角聲相應回憶所歷恍然如夢渾疑此身適閒自
雲霄中來也

兩記以峭拔之筆狀峍嵂之觀其敘奇險處令讀者毛髮皆竦平衍處
令讀者心志為夷朱小酉

酈道元水經注韓昌黎南山詩合而成此文錢季楨

忽如猛獸奇鬼忽如時花美女地奇耶抑文奇耶 吴荆湄

高山流水移我情矣 陸庚生

中郎山水記於子厚子瞻而外别創機局足以空一切依傍

之習茲文近之 閻季容

扶天之幽洩地之秘較勝劉才甫浮山記 楊桂農先生

80 松筠菴秋禊記

出宣武門而西連衢沓合中有精廬丹栱翼然臨於橋上者曰松筠菴明楊忠愍公故宅也其旁疊石為山洞綠樹下覆有軒窈然以幽望西山如龍滅没煙霧間恍惚不可辨循壁間有石刻忠愍劾嚴嵩十大罪疏字字如嚴霜勁鐵讀之悚息都人士習靜寂者過此恒流連不忍去而吾友鄧君獻之始來京師亦以九日集朋儕會飲於此鄧君故山西令也邑令官雖小一縣賦税所入足以贍身家而飽妻子饜嗜欲以順心志是故近今

官郎曹者鮮不營尺一符改就卑品以博一切利祿自奉至則刀筆筐篚
竭小民脂膏不數年報最京師則多持金錢賂遺諸貴人挾一二少年高
車軒蓋走狹邪與優童倡女日夜縱酒相娛樂而鄧君官山西二十年囊
不名一錢乃獨慕夫閒曹冷職文人墨客賦詩飲酒逍遙物外蕭然塵壒而無一毫
得失之累牽纍其心此何為者也噫嘻我知之矣夫見道者中常至足無所慕
於外故萬物為輕至於境窮勢變有一生死而不暇顧藉者矣而況於人世
之榮枯得喪乎方嚴嵩柄赫時附其餘熱立致要顯忠慤迺獨褫其姦惡

批觸逆鱗至於捐頸斷脰甘死如飴而不悔此其中必有自信於己而不
為物屈挫者鄧君視之千載而下孰得孰失孰榮孰辱耶嗚呼能知此者
有幾人哉時會飲者七人圖之者何鐵生太守詩之者敖金甫郎中范鶴
生觀察陳雲舫員外而記之者洪良品也

頓挫跌宕言中有物似歐陽得意文字鄧獻之

中有見道之語可當箴銘闇手容

中段寫為令者塵容俗狀如燃溫犀足以警世妙在拍合鄧公

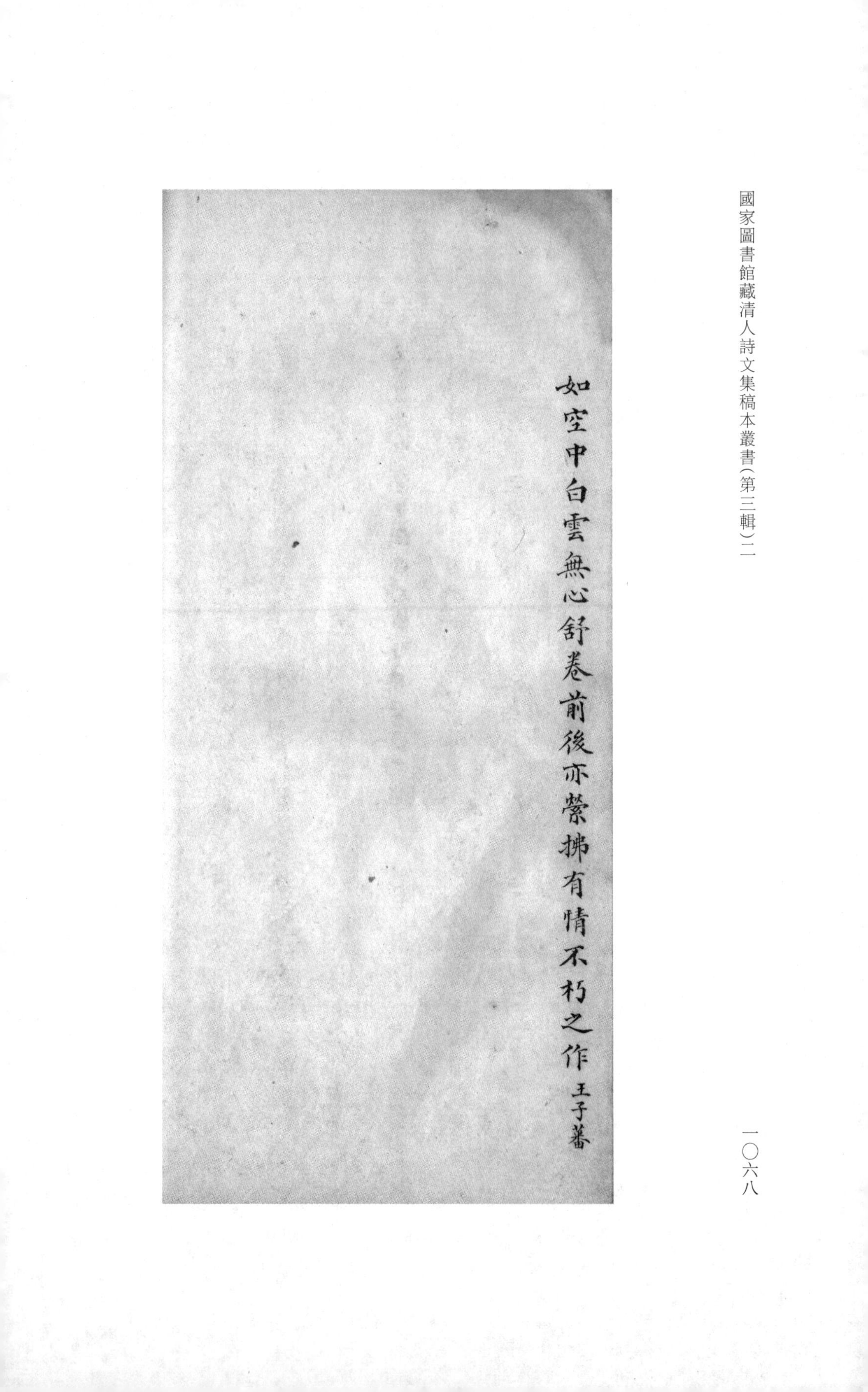

如空中白雲無心舒卷前後亦縈拂有情不朽之作 王子蕃

8 麻姑樓記

世傳麻姑後趙時人父秋為石勒將築城督役嚴急雞鳴方休息姑憫之作雞鳴為父所覺姑懼逃入西山洞中後仙去世嘗疑夫神仙之有無久矣今其樓尚存豈姑之神靈有以庇覆之耶方劉石之亂中原鼎沸百姓肝腦塗地莫保性命而楚僻處南服屢罹兵革生人蓋僅有存者一時武師豪吏其民而用之草芥不啻姑以一女子抱區區慈祥惻怛之心目擊夫顛連之狀疾首痛心憤不欲生遁而之無何有之鄉託之於神仙化去

麻城之民感姑之德世世尸祝之不忘宜矣姑之仁惠自有可以不死者不必以神仙也然而所謂神仙乃必以姑之惠仁者當之則吾有感焉昔秦始皇作阿房宮穿驪山為石槨日役數十萬人發機閉石工皆死而令盧生求真人奇藥漢武帝發巴蜀之民鑿山通道以開路西南夷又渡河築令居出軍擊右賢王士馬死者十餘萬而遣方士入海求蓬萊安期之屬以彼其殘忍悍鷙之性所斲害於生人者為不少矣而顧日孜孜於仙人不死之藥宜為方士誑惑使當時有告以所謂神仙者必慈悲而善良

則是仁惠即不死之奇藥彼既癡心響慕未必不有以啟其惑而馴其暴

嗟夫神仙之說雖若怪誕不足信然以女子一念之仁謂可與證真靈位業彼虐用其民者當何如哉後之涖是邦者有牧民之責覽麻姑之事徘徊樓下其亦觸類警心而不敢虐用其民也歟

論極奇理極正行文亦有一種樸茂之氣 朱小酉

間間一樓關會到虐用其民上發出絕大議論是韓歐家法 吳荊湄

波瀾壯闊意度深厚 陸庚生

砭愚警暴奇論鬱發卓然不磨之文 閻季容

8

醉墨堂記

書之為藝雖若小道然非銳精邁力屏一切耳目之好以規而削之則不能工且善且即屏一切耳目之好以規而削之矣而非有夙識敏解天授神悟終不能會通變化窮神洞徹超出於古人塗徑之外而獨詣乎其極余少執筆學書性駑鈍不耐咀趣味書不數十行輒罷間塞師友誚讓取古人名蹟相傚倣終覺鉏鋙背戾如秦武王之舉九鼎手戰氣惴汗涔涔下至於折脅絶筋而後已雖人力之不至亦稟限之然者余嘗恧焉晚

乃見吾友盧子韻珊之書其於書也始疑慮以驚如紀昌之學射卧牽梃三年不瞬視蝨若車輪彎燕角之觚貫乎其心而懸不絶也繼習險以健如呂梁丈夫流沫三十仞砰訇洄洑齊入汩出履懸流如平地也及其規圓矩熟信手揮灑又若公輸子削木爲禽翠冠錦翮霞散焱發翩然一翥而翱翔於綺寮雲棟之間也其工且藝而獨詣乎其極也若是余心好之每從乞筆法而盧子曰嘻是曷可單辭盡也不見夫甘酒者乎朝而餔其糟馬操卮承觚拍浮而忘倦夕而歠其醨焉挈榼提壺沈湎枕藉而不知

其餘吾之於書亦然雖所得皆古人之糟粕乎然而心醉乎其中亦有年矣余聞言怳焉若失行焉若遺忸怩而不能握管者累日越日盧子過而謂余曰吾之堂成昔者石倉舒堂之蘇軾詩之吾其沿之子盍爲我記之遂詮次其語而書以歸之

興到之文其説作書之妙足該衛巨山傳淞嶠溪

論書入微語意似蘇長公閻季容

與昌黎送高閑上人序同一杼軸碭性農先生

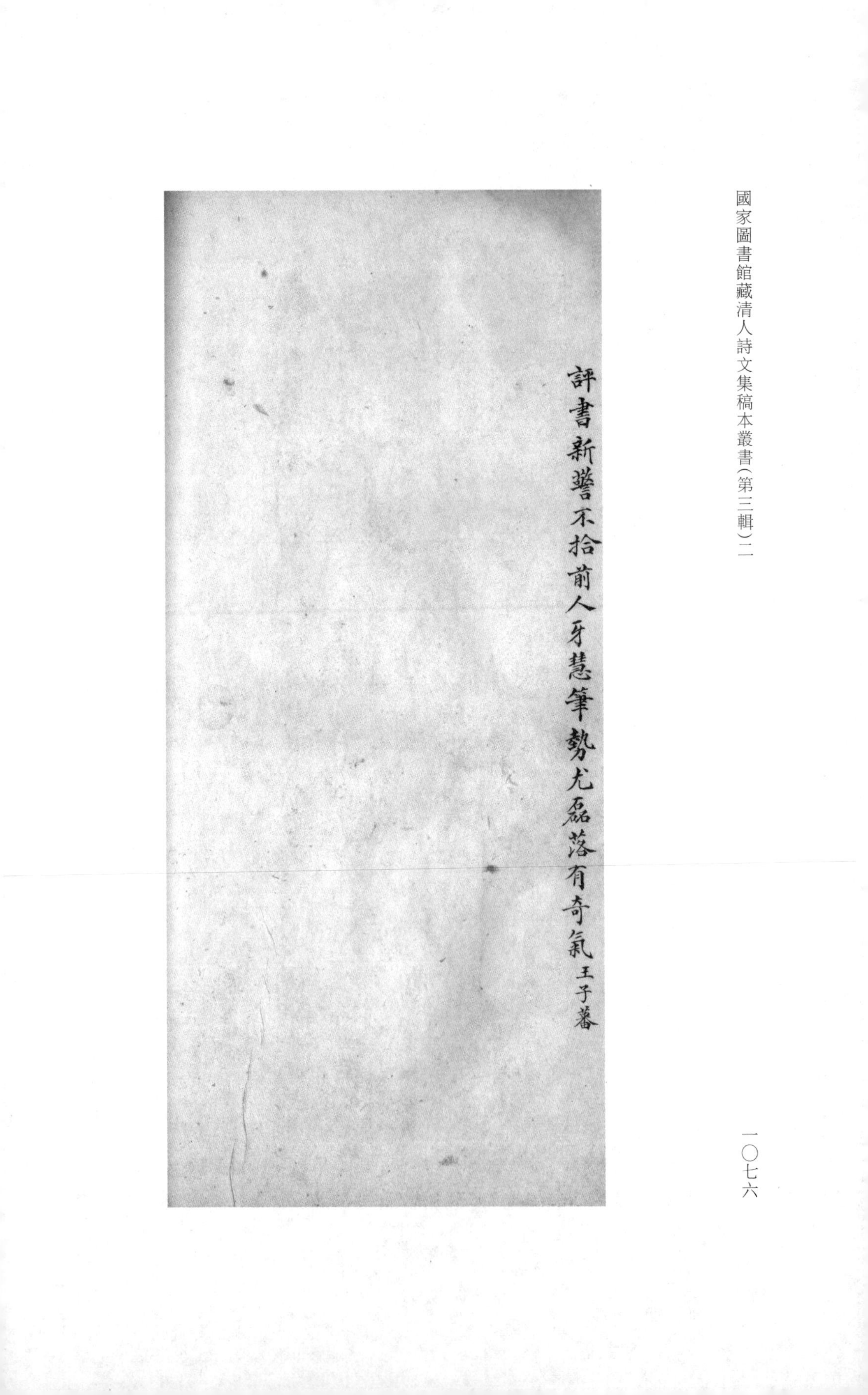

評書新警不拾前人牙慧筆勢尤磊落有奇氣 王子蕃

竹軒記

壬戌冬十一月余赴喻子伯筠飲行野田亂澗間遥望葱蘢蓊薈煙色迷離不辨村舍已而犬吠於籬喬木參天短垣而竹扉叩之門啟焉突見一小山初無路山上脩竹萬竿參差玉立零蘀在地主人導余循行西（曲徑）折而入有屋二間東西嚮窈然而幽軒然以朗時日光射窗櫺紙上掩映刻畫如古篆籀科斗文字蓋竹影也坐定山風颯然拂牆角有聲如帚如紘如戛珮如擊筑如鐵馬錚錚石泉淙淙蓋竹聲也余笑謂主人曰子之種斯

竹也幾何年矣今夫竹磊砢多節挺竦以直有君子剛健之德粉質柔膩中虛而外圓有學人沖虛之性青翠森肅四時蒨茂不改其節有志士仁人貞固之體枝葉疎爽亭亭嫋嫋翛然臯秀獨出者有高人逸士瀟灑自得之致繼自今吾願子日而滋之月而培之寤寐而嘯歌以無忘斯竹主人曰然吾愛吾[redacted]竹吾以名吾軒余退而為之記

古致錯落嚴曉坪先生　頗似陽明集中君子軒記　閻季容

竹影竹聲兩重摹繪極工吳荊湄

二桂軒記

黄岡伍重里之南有孔子河相傳為孔子使子路問津處由孔子河而上
十里許有回車埠土人遂謂孔子問津不得回車於此孔子實未嘗至此
而沙河又有回車書院皆附會孔子得名始議建之者則陶國幹觀察也
觀察罷官歸愛其地勢坦夷築第去書院數武旁搆曲軒三間觀察歿其
子孫不能有而此軒轉鬻於王氏余(王氏)外舅家也其子光政從余游既得是
軒糞除而丹堊之門外有桂樹二參差離立青蔥可愛(柯葉蔭數畝)觀察手植而名未

也嗟呼樹則猶是也而軒忽易主矣或曰觀察守某州時其俗生子必輸官錢民貧至有不能舉其子者觀察憫之捐俸代其稅後讞獄誤殺一僧方坐堂皇忽見僧來大驚已而後堂報夫人生子觀察默然不樂比長游蕩無節一罄所有不獨此軒不能有也而余以為輪回果報之說皆浮屠家言業孔子者所不道也夫子之道忠恕而已矣忠以行己而恕以及物死生禍福榮辱得喪與一切利害之説所不計（較）也其時及門若仲子路宰蒲宓子賤宰單父子游之宰武城皆政績彰彰（卓卓）可考（著）然未嘗如後世自大

其門閭以容車馬植樹於庭以邀福報於子孫者乃其終身困窮伏處而

不出於顔淵原憲諸賢嘗翛然自得若有餘於富貴貧賤之外者則又何

也噫是豈一時一事之興廢所能增損其生平耶若沾沾於一時一事而

已也微特赫奕如觀察之家不能常恃即是軒烏知其不瓦礫是樹烏知

其不斧斤耶人固有自立於不朽者而區區一軒之沿革一樹之榮枯又

何足道哉不然孔子往矣至今窮鄉下邑庸夫俗子猶樂道其行蹟附會

其游歷以為光寵而誦其教者又當何如也孔子云君子疾沒世而民不

稱焉王生勉乎哉其圖之

以觀察事作感慨而勉王生意自在言外如怨如慕欲泣歌文之最足移人者其處處關會孔子尤見手法之高朱小酉

論軒則王生是主觀察是賓論文則自立於不朽句是主而王生之得此軒與觀察之失此軒皆是賓前路從孔子徐徐引入看是賓卻正是主後路結歸王生看似主卻正是賓文情變幻吳荊湄

感迴不盡閻季容

○菊英齋記

龍岡之山蜿蜒東折而西若卧馬以首踣地然而一室巋然適跨其脊蔭茂林俯曠野其下隤岸千尺一徑蛇蟠累級始得上背景面旭室縱橫不盈半畝旦啟扉大崎小崎諸峰相揖而入夜則泉石淙淙聲松篁謖謖聲並鼓盪不絶去居宅僅數十武若煙火人聲不相接者回憶道光戊戌己亥間從祖恩渥公卜築甫成余時總角就傅課讀於此迄今公歿又十餘年矣歲久風雨剝落闃其無人鳥鼠宅之門外蓬蒿森然如立人余始入冀

除之時西風送秋霜蘂欲花及門請所以名是齋者於是朿筆作窠擘窠
勢榜之曰菊英或曰陶淵明愛菊子詩學陶與淵明有同嗜者或曰屈子
云餐秋菊之落英子好騷因掇其遺芳而託之以寄興乎余漫應之曰諾

雅淡朱小酉

品格在晋唐之間錢季楨

末語葫蘆提最妙吴荆湄

結語妙筆墨化爲烟雲矣陸庚生

游極樂寺讀碑記

明大學士李西涯先生墓在京師城西畏吾村邦人士歲時持瓢杓酹其墓下去墓里許有極樂寺馬歸而憇於此甫及門天微雨泥蘚不可足一溪涵演而渟泓魚數頭游泳噞空駭人影躍而逝也有穹龜負石出於楣高與佛齊誦其辭則御馬太監張暹所布施而大學士嚴嵩為之記者也碑中歷頌其官爵之崇隆金錢錫賚之寵渥土木之功之豊且侈用祝釐而以彰君之賜余顧而駭曰張暹一閹小豎耳而財力所

被如此王振劉瑾魏忠賢何如哉國安得而不置宰相至不名而呼之

為公名器安得而不濫嗟乎明政之不綱也嚴嵩之齷齪無恥是碑也

滋彰其敝耳讀意竟相與列俎大嚼盡醉而後散

榮昌旌表敎貞烈女綽楔記

古旌孝子旌節婦而旌貞女則自有明孟女柏樓始若以貞女而殉死至

本

朝始有之前此猶未旌也近則拓例以旌之矣或以歸有光毛奇齡室女守

志非禮殉死尤非禮不惟不旌之且欲禁之而不知貞女之殉死非殉禮

也殉志也志從一而終懼其志有不諒而殉之也朝廷之旌之也旌其殉

死之心也其死可憫而其志則可尚也且朝廷既旌之矣古無此禮而今

有此例室女之死雖過乎古之禮猶當乎今之例也夫今之朝聘喪祭循乎俗以為禮者多矣而獨於男女死生大節經生家必斷斷執古禮以繩之不亦過乎余嘗以歸毛二家之言為不然而今適有感於滎昌敖貞烈女事事貞烈女者滎昌敖君式甡長女為隆昌郭祖械聘妻光緒五年四月朔日祖械以病死時女年十有六矣其曾王父知女性烈戒勿洩無何女自篋中探得訃大驚慟扃戶卧不起亦不食家人再三譬曉亦不言三日後仰藥死距祖械死纔二十八日耳邦人士聞之作歌詠其事大吏聞之

請於

朝奉

詔旌如例嗟乎貞淫之故風教所維繫君子於此覘世變焉粵匪之亂婦女遭寇暴不辱於賊而慷慨蹈白刃者踵（趾）相屬也以彼平時守從一之義不肯易（稍渝）尚不惜捐軀（棄親屬）命以赴之而顧肯倉猝緩須臾死以甘賊污乎然則

朝廷旌表貞烈之微意蓋可思矣書曰表厥宅里樹之風聲彼經生家烏足以知之乎（哉）余夙與其從祖金甫先生遊讀先生所為貞烈女墓志獲審其

由兹樹綽楔於門其從兄觀樓孝廉以爲言於是乎復爲申論之焉

8

五臺徐氏修墓碑記

山右徐生耘田抱其先世墓圖謁予於京師再拜而請曰耘田先世山西馬邑人也始祖才甫公遷五臺縣之建安村二世祖諱友亮三世祖諱義義祖生子三曰文厚曰文達曰文源文源公幼失怙恃依兩兄兩兄絕愛憐之恐嫂氏鞠養不謹相與抱持至田間一人負耒耜牽牛耕一人留與護視更代以為常以飲以食以至於成立故文源公臨終囑子孫世世以無忘兩祖德迄今兩祖後裔有急難族中人奔走惟恐後蓋服念文源公

遺言五百年未之敢忘也文源公生子有九人後益蕃衍昌熾科第仕宦簪纓不絕其枝分而散處者曰東冶鎮曰甲子灣曰永安村曰甄家莊曰東岡村曰毛家村曰西建安而皆以建安林村為星宿海五世以前皆葬於建安村之原行營高敞地袤廣數十畝塹而籓之樵采不侵年代遼遠風雨漂蕩狐狸拱穴後嗣子孫盡焉心傷不呼而集不鼓而作築之登登封之若斧環之若圍翼之若廡塗之若户旬而畢功而後可以妥吾祖先生為我記之余歎曰修墓非古也然而聖人所不廢也昔者防墓崩夫子隱痛

之矣而曰古不修墓夫亦以謀之欲其豫築之欲其固以勿之有毀焉爾非謂任其頹且廢而弗為之所也余惟周禮冢人墓大夫之職辨其兆域掌其禁令正其度數之使之昭穆有序尊卑有等親疏如戚稽遠如近以油然生其仁孝之心而懔然識夫敬宗尊祖之分若徐氏者其亦亡於禮之禮也已雖然晉王覽祇事其兄卒有後於晉故過江王氏皆覽後今徐之先人垂友恭之訓而其子孫世世守之以睦宗收族事亡追遠不敢有怠志其蕃衍昌熾科第仕宦簪纓不絕有以哉或曰五臺之峰演迤騰伏

靈孕秀擭而萃於徐氏之墓余曰在德不在地生歸其以余言揭諸墓俾

後之人謹遵（而守之）勿替焉

醇厚酷似南豐 沈棠溪

釣魚臺重建三聖祠及張公祠碑記

邑西鄉有張公釣魚臺焉磯上足拇跡猶存嘗欲往觀之未能也問張公何僉曰張太公張太公不知張太公為何如人也嗣誦蘇東坡詩乃知張憨子者常默有道行嘗居於此意者即其人歟地臨大江清流如鏡旁有小邱隆然高負岸立竹樹蔽映祠堂踞其上則前朝以祀張公而並及孔子關公與文昌神者也夫孔子以道德關公以忠義而文昌以神祀之固宜張公胡為者豈非以其不欣戚於榮利足以砭世礪俗其高風亮節使

百世之下聞風而景慕之歟當有宋神宗時新法始創邪佞盡興靖康之禍胚胎張公知時不可為甘隱於釣乃東坡不悟幾以言語文字蹈禍不測故登堂默示以意而去此晨門荷蕢所為用心可不謂賢歟祠舊燬獲碑於土循而完之堂舍有增萃里中諸生講學於此余聞之而喜其有成也粤逆之變唯李集區首唱大義召合徒旅抗其兇鋒兹喪亂既平又將舍干戈而修俎豆敦教化而厲詩書蓋文以緯事物武以戡暴亂氣節以廉立頑懦三者不可廢斯祠也皆於是乎在故不辭而樂為之書

8

明訓導但先生傳

訓導之職以明經出秉教鐸每朔望肅衣冠率三舍弟子員謁先聖先師畢坐明倫堂講示忠孝大義平居則飭廉隅厲志節為鄉里標幟猝然臨難卓卓有以自立不易其守以不辱其身而已吾邑前明訓導但先生其有焉謹按先生名銑先世以武功起家洪武初封武德將軍授官百戶後自北軍遷黃岡始以文學顯至先生以歲貢循例為訓導官其選授某邑也值賊亂道梗未赴當是時張獻忠破武昌楚藩遇害殺官紳士民以萬

數沈其屍於江在籍大學士江夏賀逢聖死之已而具舟楫南下沿江守兵望風瓦解賊乘勝攻陷黃州副使樊公維城又死之賊鋒銳甚游騎所到民間騷然卒溪當邑衛兒被其毒公憤甚無如何踰年竊聞都城失守思陵殉社稷奮然曰銑校官也所以訓導諸生者何事豈以未食其祿而不同其難耶遂絕吭而死

洪子曰余考邑乘載雅淡洲明季殉難者二十八人而但君不與知舊志頗有脫漏嘗往來辛溪間從張孝坊過臨湖寺土人猶為余指言史子見

先生鎖骨處迄今廟貌巍然至但訓導授命事無有能道其詳者今其後嗣乃以狀來因爰為之立傳載其家乘中以俟修史者採甄錄焉高風峻節歷二百年餘年而依稀髣髴僅存於其子孫之口其他湮没而不彰者又何可勝道歟

但先生事蹟只絕吭而死四字耳文能推波助瀾傳神空際每讀一過覺烈士鬚眉活現紙上 錢季楨

似六一居士學史記文字 吴荆湄

澹宕陸庚生

宋亮臣傳

君諱昞字亮臣邑諸生其曾大父大父皆以名進士起家爲縣令廉而貧罷歸以教授自給君二兄皆列庠序伯兄廷輝有至行館去家數里生徒供肉脯不食必持歸奉母歲以爲常君其季也行敦謹如其兄而性尤通敏彊記躭學不弛怠自十三經廿四史天文地志九流百家之言靡不窮鑽輿搜單文纖義背誦如瓶翻水或怪問之指架上康熙字典李時珍本草綱目凡數十百卷曰君亦習而誦之耶曰然試舉數十則叩之隨問隨

疏答音義不遺一字皆大驚余嘗問曰君疆記有道乎曰有余自幼所讀
書每五鼓天未明枕上嘗默誦一周有誤立起温習之是以歷終身不忘嘗
飲余所余留與談日過半午出門則喟然而歎余怪問焉君曰此日足可惜
乃以清談曠吾業余聞默然愧猛然自省我輩窳惰玩愒棄良時多矣安
得如君之愛惜景光而飫古饜聞常汲汲如此也君嘗為賊得拘一室中
室故巨家也多古今圖籍君且鈔且誦讀忘其在羅網桎梏中賊與之語輒不
應賊酋聞顧而嗤曰咄書癡耳留何用遂縱之出同治四年賊大至復為賊

所得行至瓜陡湖投水死

洪良品曰君陷賊時余避難羅湖洲聞耗有嚴曉坪先生者君姻也告余曰亮臣前避賊予家余子其壻命殺一雞供饌亮臣蹐跼踖不自安貿明不辭去遂邂逅遇賊亮臣平生不輕過人飲食余知之而猶客之亮臣之死余死之也余曰亮臣之能處死固然而其介介不苟非一日也余從父家有質庫與亮臣鄰始亂時鄉匪刦質庫憫君貧私以庫中物擲君家君掀而出諸牆外如是者三曰勿污我噫豈辱於賊哉亮臣之博學飭廉隅

而不遇而無子而不幸陷於賊以死恐世湮遠無有悉其人者而於是爲
之傳

8 劉欣園先生家傳

先生姓劉氏諱熊興號欣園邑之東弦鄉人今記名提督固勇巴圖魯劉君幹臣之父也少淬礪於學爲文古樸自喜而尤工爲詩督學使者歲校士郡邑制藝外兼用唐人詩賦先生每試輒屈其曹而卒不得一青其衿以終然遇益困詩名益著從游者日益衆先生寒講暑授肫肫誘迪無倦容凡所陶冶悉成就有軌範提督少時敏警露頭角先生嚴督以學所以（不[illegible]稍懈）則望（東真）之甚厚及遘難先生密諭以委身大義努力赴王事勿稍後故提督

另提行抬寫

飭我戎行下名城殄逋寇坐鎮江漢桴鼓不鳴四境以無事者十餘年會
邊事急　天子命提督移守山海關提督鮮兄弟以親老憂先生曰行
耳國事方殷何以家為及事解提督告歸覲省行未至家而先生已瞑目
逝矣先生少食貧慷慨喜佐人急及提督貴歲入廩稍溢厚先生命標挈
而散贍之既彷范文正義莊法澤其宗人推而至於賙貧振孤餼士賓賢
修祀興學以及津梁水利諸善政罔不傾貲赴功一襄舉於有司晉大饑
佽千金為荒賑助　天子嘉之旌其閭於是先生之義聲益彰徽鄉里

矣先生性夷而和遇人無城府樂山水游眺興之所至一寓於詩憶同治己巳余假歸從先生游洪山長春正覺諸寺返登黄鵠磯望大江風浪掀天漁舟一葉上下若鳧鷖出没波心中時日暮酒酣先生撚髯振襟岸然嘯詠蕭然於物外若不復知有塵世擾攘事先生以詩學世其家平居有所作輒命提督賡和以進相與討論其源流得失娓娓不少休故提督雖倥偬軍旅而雅歌投壺文采彬蔚與武功相輝映者先生教也先生以提督貴封振威將軍有碧雲山房詩若干卷行於世

論曰楚地山川清遠類多騷人墨客而以武烈顯者前未聞馬逮粤寇之亂唯湖湘篤生虎臣為國戡暴偉望震一時求之吾黄則有幹臣提督世本儒術而以材勇起家為　天子守巖疆隱然寄干城之重雖曰運會適然嗚呼非先生隱德之盛烏能鍾慶於一人而成就之赫赫有若是者乎

謝穉真府君家傳

余少受業謝惕夫先生之門與先生冢嗣穉真府君時相見也後十年府君没先生哭之慟為詩示余至悲惋不可讀先生曰傷哉吾失一孝子嗟乎為人父母莫不冀子之孝而有所不敢必故孝之名雖癖譽兒者莫相假借非身實受之而不能太息親切乎其言之也蓋先生元配劉宜人性孤厲與先生時齟齬先生以兼祧伯父續娶楊宜人隨宦皖城而府君往來省定承事二母之間曲意巽志色怡然以和言吶然以順俾長幼内外

咸相與薰焉以篤漸焉以浹蓋委婉調護之心下有以喻夫室家而上以
曲體夫父志故没而先生嘆其孝也如是府君幼工詩經先生指授多警
句可誦余少曾見之復治説文工草隸先生嘗與論書法源流余猶見其
手録詩册甚俊整今則散亡久矣府君諱清臣字稺真先生名二子説以
顔魯公名真卿字清臣謂吾兒仕清朝宜勵清節故以魯公之字名之而
以名字之也府君官至安徽候補府經歷卒卒後五年而安徽省城破府
君已不及見矣配陶孺人事先生與劉宜人一如府君之所以孝二親者

先生病孺人割股肉進食之愈咸豐庚申賊突入室齮先生孺人與子懋
禧護救罵賊賊及之傷殘斃嗟乎府君没其清節不著於時猶能貽於後
俾妻若子咸秉大義不屈志於賊甚卓偉也吾爲府君傳類記之以著府
君型于之效而亦徵吾師命名之非偶然云

洪氏節孝合傳

洪氏節孝之盛也首推梅太君初太君之姑曰胡孺人治家嚴課諸婦績有弗勤則扶之太君夙夜修職能得其歡心教子讀書訓之曰士貴立志壽八十餘歲以子恩溢貴封太宜人而李孺人者梅太君之從姪婦也夫病瘵矢以身殉姑慰之曰爾有子弱是夫之允　護視維謹子銑國學生其小姑適曾氏者亦以節聞夫亡無所歸侍母守志李孺人遇之厚兩孀每相視而泣益（相）憐也同時又有啟裔之妻曾氏者性柔婉本蜀人啟

賫賈於蜀娶以歸其姑亦蜀人眇一目躁暴善詈曾氏怡聲柔色承之怒
頓解家貧鬻繡供姑餐貌姝麗而心凛凛如冰雪上下皆敬禮之梅太君
尤愛憐焉梅太君之從姪婦又有徐孺人性剛烈夫卒或見其哭過哀慰
藉之則大怒自翦其髮罵且厲曰夫死不哭意將何為無子嗣子賢榜亦
早卒婦龔氏時年十七性幽静讀書知大義其父炳邑明經也官公安教
諭欲攜之行不往憫其少且寡曰兒命也夫誰懟亦無子嗣子良綬良綬
之世母曰朱氏後梅太君十餘年亦以節聞李孺人徐孺人產業皆豐唯

曾（氏）及朱氏獨貧朱薄田數畝饘粥僅給生一女節衣嗇食以養以嫁積金錢營夫葬畢曰未亡人可以死矣皆待旌自梅太君以下學使旌其閭者三唯曾洪氏受旌於

朝建綽（楔）龍岡山之北焉

錯綜成文用史記酷吏傳法　自記

篇法謂仿酷（吏）傳信然　楊性農先生

文288.265
:8

謝先生事狀

先生姓謝氏諱熒字惕夫黃岡人幼負異禀跅弛異常兒父志烜明經閑
之空室中讀書目數行下比長博通羣籍下筆數千言如宿就嘉慶癸酉
鮑桂星學使試士黃州命擬鮑明遠舞鶴賦日未午先生即納卷古豔斑
駮讀之棘吻學使驚其才舉拔萃科第一比見謂之曰文章小謝又清發
今在子矣因呼為小謝由是小謝之名滿天下一時督撫大吏爭幣聘倒
屣延為上賓碑版書牘悉假其手道光乙酉舉鄉試第二經藝出世誦習

之先生尤工詩長於和韻酒闌飛奇鬬捷他人一章未就而先生已疊至
數十首新思古藻層出纍纍不窮與人書未嘗起草索紙一揮無不妍妙
所作駢散雜文數十卷寇亂燬於火惟詩四十二卷刊行先生通（性）敏洞曉
政事利弊得失歷宰霍山婺源涇縣皆有能稱嘗曰誦詩不達孔子譏之
吾不能為俗吏之所為也良品嘗從容叩先生所設施先生曰某生平差
自信者有三曰折獄曰賑荒曰修志其折獄也用漢儒援經斷疑倒而一
以情理為衡有張泌者其父曾官德安知府為姦人所誘污盜逮訊先生

諭以門户張涕泣悔先生立脱其械縱之有釋張泌詩其賑荒也用阮太
傅元浙江拯災法榜户口米數於通衢計口授粟檢册稽校胥吏不能爲
奸城中設粥廠四鳴礮為號以木柵間之男女魚貫而入無塞擁脱漏之
患民忘其災作銅陵勘災詩其修志也辨體要討遺佚紀事必信而可徵
者嘗覽黄岡縣志歎曰藝文不載書目非法也舊志詳前賢著述乾隆間
削去最寡識乃重加蒐補得書四百餘種體例始備作輯鄉先輩及時賢
撰著詩先生少時以詩名海内服官後又以吏才顯王侍郎植奉

命訊江西獄奏請先生偕往唐方伯樹義謂先生曰子封圻才也而辱於
令今老矣為歎息者久之先生書學李北海以縑素乞者坌集先生揮毫
無倦容或即書所作詩應之人以得之易或不甚惜先生曰善藏之百年
後當知我晚習禪誦作詩近佛偈語若有頓悟者自卜地於雉皋為生壙
以詩紀之同治元年正月卒葬焉年七十有五子清臣安徽徽州府經歷
雁臣安徽試用從九品
震川一二　小傳氣韻蕭洒得自子長茲文殆其繼武閻季容

○○○陳總兵事略

陳國瑞字慶雲湖北德安府應城縣人明少保金後裔八歲喪父而孤年十一游河南固始投提督黄開榜麾下黄奇之誓爲父子資以兵擊賊克復正陽關及懷遠縣城奮勇先（首）登此爲國瑞立功之始咸豐九年十二月賊踞鳳陽府城城甚堅國瑞謂非出奇計不可下會大風率壯士七人懷火毬攀堞上火起奮殺官軍乘之賊衆驚潰相踐踏死者無算遂復府縣二城生擒捻酋張元龍等前宫保勝保上其功擢守備加都司銜

賜技勇巴圖魯名號十年正月　欽差大臣袁甲三奏
命討河北賊調國瑞隸其軍時壽州危急命率兵往勦中途聞賊犯壽陽
乃黑夜返旗往援連破賊壘立解鳳陽城危以功洊陞游擊同治元年賊
擾天長六合等處國瑞移軍駐高郵寶應天長界之下五鎮屢戰未克偵
知賊有小將陳振邦者多謀勇設計取之遂克其城畜振邦為義子後亦
以戰功著云天長既復而清淮髮捻猶猖獗漕運總督吴棠　奏調國瑞
往勦僅率壯勇五百人赴敵而賊衆十萬業將淮關稅銀數十萬兩劫去

國瑞亟揮軍追擊賊敗奔奪回所掠金時捻酋張落(樂)刑(行)圍清和賊數十萬

國瑞率精鋭五百人往援深入賊陣賊易其少圍之國瑞奮力衝擊賊披

靡自辰至酉斬馘無數賊大敗走自此賊中稱紅孩兒軍聞名膽寒矣事

聞

諭旨褒奬陞授副將加總兵銜國瑞益感(勵)奮進勦衆(秦)興宿遷等處殺賊萬

餘級生擒老賊數百殲之拔出難民八千人移軍進駐邳州累戰皆捷捻

酋高圭詣軍門降江北悉平奉

旨以總兵儘先題奏旋以揚州裹下河危急移勦高郵寶應名伯埭各湖

面殲賊數萬人二年六月奉

命勦山東賊率所部二千人進軍沂州破援賊李成十餘萬衆賊畏避不

敢出踞蘭山縣境内築城浚濠自衞國瑞身先士卒越濠架梯登城斬其軍

師孫化祥降仲村賊酋宋三綱等餘賊望風乞降乘勝進攻宗城克之賊

砦悉平散遣脅從萬餘人乃進兵攻兖州之白蓮池白蓮池者教匪宋維

明等所踞巢穴中環九大山山峻路險賊砦其上出劫入保為民患歷有

年所國瑞兵至逆酋劉雙印率黨迎戰國瑞命部將郭寶昌從小路領兵
出賊後遏其歸路命康錦文潛師伏山徑中俟賊過半横出擊之國瑞自
將一軍衝其中堅三路夾攻陣斬悍賊萬餘生擒逆酋劉雙印等二十餘
名餘賊負隅死守不敢出國瑞親冒矢石朝夕仰攻一月有餘賊設備嚴
攻之不下會七月廿九日夜大雨國瑞料賊防弛乃冒雨緣崖先登將士
繼進破之殲賊萬餘戮逆渠宋維明劉錦春等科爾沁僧親王駐軍淄川
聞捷以功入　奏奉

旨賞穿黄馬褂嗣流賊竄曲阜

聖陵震驚國瑞連夜馳護奮勇力戰復將兖曹沂三府積賊一掃平之奉

旨賞給頭品頂戴無何苗沛霖復叛江北震動

上命國瑞帮辦江北軍務八月國瑞率三千人進援蒙城初苗沛霖之圍

蒙城也城中兵少食盡賊數萬蟻附環城築壘城外百里皆附苗民圩與

相犄角他軍援蒙者壁數十里外國瑞至攻紅里圩王家窰等處破之連

毀附圩賊營數十轉戰而前直擣其巢壘苗逆率死黨迎敵國瑞驅軍奮

擊賊敗崩潰整軍再戰又大敗之賊乃拒河固守不出日用大礮向官軍
營中轟擊子落如雨□日國瑞方閱文書甫離席礮子將其坐椅打碎國
瑞大怒命左右置皮椅於營門□正坐大呼曰我陳國瑞也任爾施礮無
我則有爾有我則無爾矣賊聞言放數十礮不中乃相顧大駭從此不
向官軍營中轟礮矣惟以長河高壘自固國瑞一日乘黑夜大雨令將士
涉河潛入賊船斬守船賊數人奪其船為浮橋進偪賊砦立營五大座背
水為陣奮呼搏戰連破賊老巢生擒苗天慶等斃苗沛霖長濠中斬賊衆

萬餘級各脅從散遣歸農旋僧忠親王大軍至以國瑞破賊功　奏請以
提督　記名簡放
特賞三代一品封典
賜福字班指荷包人參各珍物同治二年四月授浙江處州鎮總兵時官
軍圍金陵急賊糾合陝西皖豫各省髮捻數十萬赴援髮酋陳得才屯踞
麻城縣之白杲鎮五月國瑞奉
命由皖豫入楚勦賊賊聞官軍至先於麻城縣西築壘數十座旁樹木柵

綿亘四十里與皖楚各官軍相持月餘不下國瑞始至兵纔八百人不俟
大軍齊集即於是日三更分五路進兵拔其木柵土壘擒斬大小頭目百
餘名餘賊驚潰下竄先是逆酋陳得才聞國瑞將至泣語其黨曰紅孩兒
至吾不得生矣至是果敗國瑞未抵麻城時有與國瑞不協者誣國瑞逗
留有異志及國瑞至一戰破賊湖廣總督官文聞捷大喜飛報僧忠親王
王至國瑞單騎往見言狀王聞於
朝仍命國瑞回營督兵追賊於蘄水蘄州羅田廣濟等處至治溪河與賊

大戰殺賊數千人賊敗奔潰竄至英山霍山之界衆尚數十萬國瑞與楚
皖官兵合勢勦殺賊亦糾各黨分隊迎敵正酣鬬間賊目忽見國瑞旗幟
驚曰此紅孩兒軍也所至衝殺勢如山倒賊大敗不支擒偽端王藍成春
於陣偽將馬融和等乞降陳得才服毒死遣散脅從難民數十萬人江北
大定十一月河南巡撫張之萬　奏調國瑞駐光州堵禦捻匪捻酋張總愚
愚犯鄧州僧忠親王戰不利國瑞督兵赴援四年二月追賊至確山斬馘
萬人脅從步賊乘勢逃散殆盡賊僅存馬隊由確山竄汝寗汴梁歸德府

至山東濟寗州沂州府又繞道由清江竄抵曹州府飄忽千里為僧忠親
王馬軍追及賊回顧國瑞步軍未到率其精鋭併力迎戰忠親王墜馬遇
害迨國瑞步兵追至則官軍已潰勢不可支次日國瑞收集敗軍泣諭將
士曰我軍數年以來戰無不勝今賊如此詭譎喪我親王誓與決一死戰
諸軍願從者隨不願者聽言畢策馬前進從者僅數百人大呼搏戰我軍
奮勇爭先無不以一當百賊即敗遁尋獲僧忠親王遺骸負入曹州府城
自去頂翎素服治喪嗣以軍敗各督撫及統兵各帥俱獲嚴譴惟國瑞以

力戰寬免而言者不已奉
旨革去幫辦與黃馬褂國瑞以傷病乞歸就醫固請始允旋因事革職同
治六年十月以國瑞病痊
特召入都賞御前正黃旗頭等侍衛統神機營軍同治七年正月捻逆張
總愚北犯保定擾及安肅京畿大震
上命大學士李鴻章移師赴勤以國瑞隸其軍賊竄正定東南國瑞循滹
沱河進戰殺賊無數河水為赤餘賊尚踞對岸國瑞渡河大破之

朝廷慮西回東犯與張逆合
命國瑞駐軍太行山之青化鎮以扼東西要隘堵守月餘四月聞張逆勢
熾郭寶昌身受重傷陳振邦戰沒唐縣賊將北犯國瑞星夜馳回直省繞
出賊前賊復南竄至平原茌平博平等處國瑞追及敗之賊嗣由武定竄
海豐國瑞與郭松林夾擊復大破之賊目邱良才等皆降餘賊竄至徒駭
河國瑞與劉松山劉銘傳郭松林諸軍合勢蹙賊殲之張總愚投水死西
捻平論功復提督

賞雲騎尉世職請假南歸寓居揚州數年與李世忠搆釁經大學士曾國藩 奏革世忠職降國瑞為都司光緒元年復以總兵詹啟綸毆斃胡士禮事牽連削職戍黑龍江八年十二月三十日以傷病卒於戍所年四十六九年七月户科給事中鄧承修上言國瑞秉性忠勇不避艱危隨僧忠親王轉戰山東安徽湖北直隸河南等省平苗沛霖敗張洛（樂）行勦流寇張總愚任柱斬葛小元龔耀諸悍賊厥功最（劇）多居平治軍嚴所得賞賜悉以頒給士卒無所私用能得其死力所向有功請

旨量予褒卹嗣翰林院編修尹琳基等復以國瑞行軍有法遺愛在民請

於山東建立專祠皆從之尋奉

旨復總兵許其歸葬立兄子觀全為嗣

賞還雲騎尉世職

謹嚴得自班史 閻季容

先大父行狀

大父諱恩峻字犀望號堯民先世自饒州遷黃岡曾祖諱顯達例贈朝議
大夫曾祖妣汪氏壽百歲例贈太恭人祖源祿例贈奉直大夫祖妣胡氏
例贈太宜人父植彬贈文林郎母林太孺人早卒大父生三歲而孤育於
祖母胡太君太君教之嚴進退〔動止〕必以禮先世賈於蜀主會計者相繼歿大
父方讀書因棄去涉漢沔浮荆湘歷瞿塘灧澦之險是時伯大父方浮沈
塲屋每屆試期大父必先歸為兄料簡行李躬親服役數十年以為常大

父事伯大父恭每寒必奉衣曰大兄衣乎有頃必奉觴曰大兄飲乎伯大
父性闊略不問家人產生產有白事者則曰以付吾弟而大父不以兄不
問事未嘗不關白而行道光十一年楚北大水隨伯大父赴省垣中流遇
風伯大父懼以手持大父肘爪痕入肉血涔涔滴大父不知痛但强坐慰
之曰風行息兄無恐也而徐古集者闒茸之區也俗刁悍多游手無賴子
或以為不可居大父坐賈二十年皆懷以恩俗遂馴比歸有泣下者先議
質庫所營子錢區為三及罷計昆弟所支用（取）畧盡大父曰豈可我有餘而

兄弟不足耶乃以己所分者三分之大父同祖昆弟四髮垂白猶同居終身未嘗面赤大父勇於善生平務以誠感人與子孫言戒爭訟家有奇方歲糜數百金全活無算歲飢度自食外悉出賑貸嘗購隙地為義園買田數畝為棺衾費以待族中之死無葬者見人貧苦或陰授以錢未嘗言恩族某嘗受大父恩後畔去以事誣訟臨質大父登其庭謂之曰若質爾情立見矣爾歸吾不爾較或謂某負恩胡可置大父曰族也及族某死貧無以斂大父仍與之衣及錢有佃傭久不輸租甚桀鶩家人將訴於官牒已

具矣大父怒抵之於地曰我家自祖父以來乃未嘗訟人大父好讀書處
廛市閙手不釋卷自史鑑說部及陰陽家言無（靡）所不覽尤喜先儒性理之
言持已必莊必敬雖暗室中未嘗有惰容子弟侍容止稍不戒必呵斥嘗
泣語品（良）曰此胡太君之教也大父年七十餘誦少時所習傳註如翻水平
生禮賢下士麻城袁明府學濬見品（良）所為文章歎曰吾見君大父知君當
成就嗟乎品（良）幼為大父所鍾愛大父每遠歸必命品（良）進所課（業）文字喜動顏
色或賜以什物家居復課品（良）讀書百方督勵（加以勉）每秋試放榜大父必扶杖倚

閎盼望捷音逮(良)品舉孝廉(於鄉旋)捷南宮(捷南宮)入詞館而大父之墓木拱矣人生讀書恆希博一命之榮以承堂上歡笑今竟何及哉惟念我大父嘉言懿行得諸朝夕所見聞鄉里所稱與說與夫賢士大夫所推許懼其久而湮沒不傳也爰畧述梗概載諸家乘以示子孫俾知夫貽謀之所自云大父生於乾隆四十九年十一月二十一日卒於同治元年六月十五日享年七十有九子二(以良品貴貤贈奉中憲大夫兵科給事中)長鈞邑庠生軍功議叙六品贈翰林院庶吉士(中憲大夫戶科掌印給事中)即先府君娶陶氏鮑氏贈太安(恭)人次都國學生(貤封奉政大夫翰林院編修)娶胡氏陶氏女一(貤贈太宜人)適儒士羅慶縮孫八人

長即良品同治八年進士官翰林院庶吉士（翰林院編修累授中憲大夫四品銜戶科掌印給事中）良璧議叙八品（候選縣丞世襲雲騎尉）良簡良爵良（良見邑庠生）

森（見）良穀鈞出良醇都出孫女八人曾孫男五（七）人女五人孫良品謹狀

骨肉之文不假修飾情詞自得桐城所以推伏太僕也讀家狀諸

篇何減古人　闇季容

極寫盛德不訟兩叚尤奕奕有神　吳荆渭

大母蔡太安人行略

大母蔡處士諱斗回之長女也先世多甲科貴顯為黃岡望族逮大母祖父漸微粗能讀微書大母歸我先大父年十九舅姑歿其王母胡太君尚健在胡太君治家嚴課諸婦績稍不力則加扶責大母小心供職獨得其歡心先大父性矜重大母事之雖至抱孫常斂容屏息惴惴如恐有失大父賈於蜀與兄弟同財而大母留家惟自績以供資用至不給陰命先府君向鄰人假貸以度歲比大父歸囊橐充盈未嘗為大母私置一簪珥有

分物輒推以讓大父及諸姊妹是時同居上下數十人大母和娣姒睦中
外一室之中雍雍如也大母性慈厚肫肫惟恐傷一物尤矜恤貧寡每歲
必手植醋薑貯甕中不自食品問故曰以待貧病者之需耳見人有什物
不收斂曰盍蓄以與貧者後年老猶績不輟先府君跪請止太母曰此先
胡太君之教也胡太君年老常績如是胡太君歿已數十年大母時時垂
淚念胡太君不去口嗚呼品生五歲隨大母起居每讀書大母起視天色
微明呼品醒眼朦朧尚閉坐牀頭大母為著衣入塾夜歸大母必篝燈以

待迄今大母棄養二十餘年矣其生平行蹟品皆記憶不敢忘泣而述之
髫齡當日之投懷續膝含飴笑弄時也大母生於乾隆四十八年十月二
十二日卒於道光二十五年十二月十二日享年六十有二孫良品謹述
贈太恭人孫良品謹述

○◎ 先府君行狀

嗚呼先府君素强健無疾病性善飲酒咸豐辛酉秋八月回車書院行釋奠禮先府君與馬歸病且卧覺腹痛不可忍醫視之曰酒疾也七日後當愈越六日先府君命品(良)請先大父坐曲室中跪告曰兒疾如此恐不能侍大人養先大父慰之曰酒疾也七日後當愈出謂品(良)曰爾無恐爾父喜飲酒素不耐病耳是夜雞初唱先府君昏暈去品(良)哭而號之喉中聲漸微嗚呼逝矣閲三月卜葬於大栗山之原以先妣陶太安(恭)人繼妣鮑太安(恭)人祔、

馬先府君諱鈞字尚觀號味三先大父生丈夫子二長即先府君待之嚴稍不可於意則加呵責[叱]先府君一祇受無幾微忤容有父執羅先生者嘗過先大父先大父外出時先府君幼侍羅先生飲飲未盡或即酌怒曰酌何疾也飲盡或未即酌怒曰酌何遲也先府君酌維謹羅先生亦以是愛先府君恭敬謂先大父曰君有子矣先世饒於財先府君性儉素獨刻苦自勵嘗夜讀書置酒其旁且讀且飲至鐘鳴漏盡不少休每試有司不利先大父輒怒以是先府君讀愈苦年三十補縣學生應省試四薦未售後

課長品讀篇於庠先大父乃稍寬之而先府君亦以家累多世故不暇復苦
讀矣咸豐四年粵賊陷黃州當事諭各區團練道觀河為楚豫要衝區最
大團總長難其人衆推先府君先府君辭卜於神先府君吉衆推益力先府
君乃為立條約編區為十六甲甲有首每賊至輪甲出勇鳴金為號聯各
區為救應賊屢窺境以有備輒遁去時鄰區各設團練局團總長喜生事自
用與衆不協團輒罷或至搆訟先府君素方嚴及臨事藹然以和與衆共區
畫視衆情所向較其可否而施行之性持重務鎮以靜不輕戰曰團練以

自保耳戰胡可易言不苟派曰財有限後難繼也以是衆情大和守禦益固鄉人有爭競者走愬團練局先府君必曲為解喻或引至家飲以酒事輒釋先府君課品嚴亦如先大父之所以待先府君者嘗教品飭廉隅敦氣節尤恥言聲利戚友中有顯貴先府君或不甚酬答若貧困者在門必改容禮與之飲酒有虞門先生者居同社亦能飲酒先府君每得酒必招與共醉而佐其緩急數十年如一日先府君不善治家人生產家中落居恆有不適意輒飲酒飲必醉卒以此得疾而歿嗚呼痛哉先府君生於嘉

慶十年二月初一日卒於咸豐十一年九月初五日享年五十有七曾祖
諱源祿祖諱植彬父諱恩峻貢生先府君生子七長即品（良）同治八（七）年進士
官翰林院庶吉士（編修累官戶科掌印給事中）娶鄒氏繼娶王氏封安（恭）人良壁（候選縣丞殉難賜雲騎尉世職）敘五（六）品娶王氏良（贈恭人）
簡娶周氏良見良循早卒良爵（邑庠生）娶戚氏良穀尚幼（娶）聘梅氏女女五長適傅
學浩次適張廷秀三適汪久英四夭五幼（適江）孫四（六）定經定權定猷定中（定適定融）孫女
二品（良）不才辱從當世賢士大夫遊學為文章稍知自愛得諸先府君之教
最多而先府君遺行品（良）記憶最詳不敢致飾一語懼非（吾）先府君也伏惟哀

其志而錫之片言感且不朽不孝男良品謹狀

不事藻飾而先人之性情品行曲曲寫出行文亦有一種醇質之氣

錢季楨

〇〇 先妣陶太安人行略

嗚呼品甫成立太安人見背歷今二十餘年乃得與先府君合葬於大栗山之兆與遲遲也蓋其慎也太安人姓陶氏世為里中望族登科甲入仕版者不絕獨太安人大父工心計業計然術起家繞宅皆腴田名園曲池饒有桑柘稻秫蔬果魚鼈之利至太安人父以不善治生產家中落或無以供饘粥太安人痛之食常不能下咽先府君亦為歲時供其匱乏不足則太安人典嫁時衣佐之太安人弟諱潤楚善丹青有名早卒太安人恤其

遺孤嘗以其家七喪未葬言於先府君為營繕俾歸土太安人性慈孝事
舅姑以孝順待婢僕如恐傷之乳媪傭工有數十年不忍言去者寡言笑
終身不聞有叱咤聲而性敏慧知書史女紅皆精絕嘗剪綵為山川人物
花草鳥獸蟲魚之形奕奕生動以故諸姑姊妹皆從太安人學繡品幼讀
書太安人窺塾師外出必至品案頭問品讀何書書念熟否或把筆教品
字畫及品成童列於庠太安人無喜色謂之曰爾為秀才益當勉也品今
年逾强仕德不加脩而學殖日荒落負太安人之慈訓多矣然而纂述太

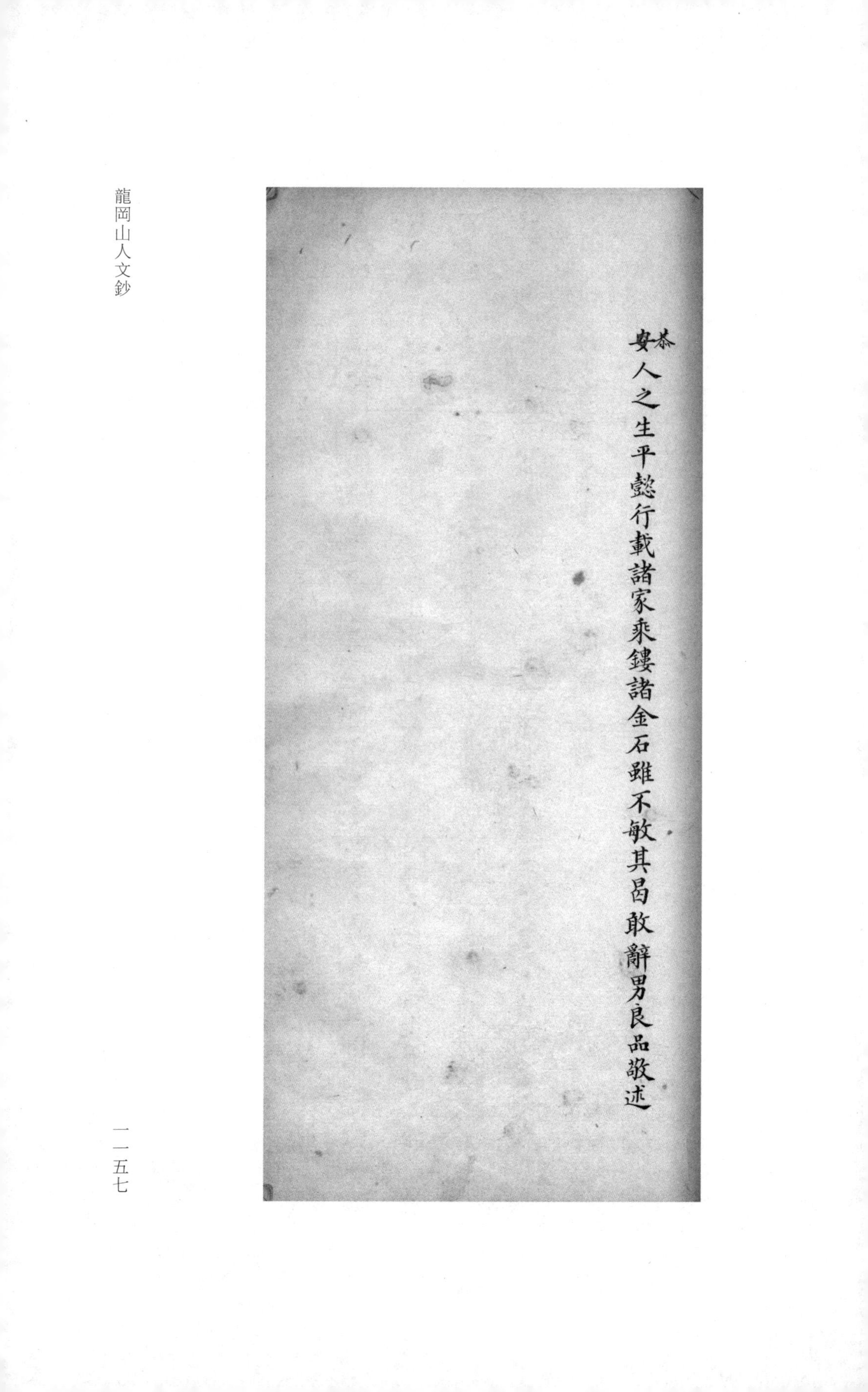

安恭人之生平懿行載諸家乘鏤諸金石雖不敏其曷敢辭男良品敬述

中憲大夫直隸知州陳君墓誌銘

君諱鸞舉字序賓安徽石埭人先世由徽州祁門遷石埭族蕃衍宗法嚴有不帥教者族長治之不煩官府故俗不佷戾曾祖策江蘇蕭縣典史祖楚寶浙江候補典史考鶴齡議叙從九品贈中憲大夫君生四歲太夫人教以字七歲讀書解大義年十六補博士弟子員益鍥厲於學諷習不弛手二十一父没始筦家政條飭内外井井時西賊内訌倉卒挈家遯走山谷閒轉徙至安慶資橐蕩空有陳虎臣艾者君師也為曾文正公所賓禮

聞君至喜言於曾文正公公一見器之命司榷江西建昌氓獷悍其倡徒阻徵者曰鹽梟勢夙張吏莫敢誰何君至地以義齎以法咸怗耳弭伏輸委綏屬軍給以饒司事蔣某廉其才會福建界有鹽梟陰附賊不輸征欲君帥民兵五百人督其賊君曰彼恃賊五百人何能為徒滋亂耳不聽別遣其屬行至則為鹽梟害文正公用是偉君之先識焉先是軍興久食匱輓艱侍郎雷以誠仿商賈抽釐法榷百貨給軍江西踵行之君以釐鹽並榷民不堪請裁併以紓商力從之遂改君司榷萍鄉釐君董治如建昌時

商謚課增李肅毅伯督江南聞君名檄君至軍幕主會計出入君區理有
序綱整目析肅毅倚君如左右手隨節歷山東河南山西湖北陝西直隸州
知州畫則馳驅鞍馬夜則勤勾稽治文書不遑息暇賊平敘功以直隸州
知州河南候補班前補用賞戴花翎光緒三年直隸災
上發帑金數十百萬下直隸賑飢民肅毅以君綜其事君攷覈重輕籍注躬
謹吏不敢姦欺氓困用甦敘功留直隸以繁缺知府用先換頂戴君為人
篤廉洞時變持大體不嘐喋苛事先後在軍府三十餘年無纖毫訾衍尤

精長桑公書為人治疾決生死多驗有某病且殆君曰無〔毋〕𣆪醫病之耳醫
醫足矣藥投病若失又有某患微疾君脈之出語人曰厄矣是不可治後
果死平居齗齗自持達官貴人招不以禮則不往有持重幣求療者却其
賄而予以劑曰吾不醫利也十年春感勞疾卒於天津邸舍年五十一子
六惟喬早卒惟彥國子監生官大理寺丞惟庚嗣弟後惟壬蔭生候選州
判惟真惟奎俱幼女一人孫二人惟彥從余遊讀書服官克紹父志李肅
毅舉代君任將歸葬君於故山之陽寓書至都丐余為銘銘曰

肅肅義門詩禮之宗蘊德弗耀迺慶獨鍾奮迹戎馬值蹇而通根盤節互
以厲才鋒齊舉管庫曰賢是庸既庸爾賢又版爾功
帝曰欽哉股肱汝從懸刄未割芒頬以終走告於朝悼此靖恭賞延後嗣
恩篤且隆其生也瘁其死也榮鳳嶺嵯峨鬱鬱者松魂歸故鄉奠此幽宮

敕授文林郎連州訓導康贊修先生墓誌銘

康子祖詒留京師適年與相見喜銳意言天下事一日將告歸具衣冠造門請曰祖詒不肖弗克紹先緒少孤侍先大父始授經即為述古賢不肖事狀曰某可蹈某宜背斥謹服誦之弗敢忘今先大夫違養十餘年墓石𡨋如志行𪏭闇弗彰小子恫焉敢請所以鏤諸幽者敬狀如左謹案狀曰公諱以乾字贊脩始祖建元公當宋南渡時避彭友蓮之亂去南雄珠璣里遷南海曾祖諱元猷祖諱煇兩世以孫國器貴贈榮祿

大夫廣西布政使司布政使父諱健昌贈通奉大夫欽州學正公其季
也生而篤靜無戾容年十四偕從弟國器從通奉公學受近思錄人譜
五種遺規等書一動止必宅於禮矩義蹈道習若自然甫冠益躬澤於
古步趨程朱軌躅月鏃而日礪之涵演淵粹氣和貌夷表裏完醇德性
臻固一時鉅公貴人暨同業儕偶歸其學行千喙一口逮壯舉於鄉三
試禮部不第選授欽州學正欽界蠻夷俗獷而聞陋公浴以文學旬課
月講俎豆詩書彬彬恂恂鉏戾旌淑躬自濯滌陶冶質習俾底於善一

時學者咸納其訓如川之赴壑俸滿改教授借補建州訓導其勵士如
欽時公嘗言庠序之教以行爲的孟子稱子弟從之則孝弟忠信不稱
博聞强識博學因乎資性行無敏鈍一也粤多盜大府將大創之懼蔓
累良善廉知公負鄉望檄使往公至則巡歷村聚召父老諭意戒勿藪
奸扞法網良懦絓誤者刷其誣鄉里懷之俗用大馴祖詒幼事公久所
悉而能詳者止此余讀畢不禁喟然曰嗚呼是乃質行君子也君以光
緒四年在連州任值大水圮宮牆往護視覆舟死救之面如生葬於花

縣之了髻嶺事聞贈卹有差蔭一子入監讀書子三達初江西補用知縣早卒達遷候補知縣達守試用通判孫四祖詒承蔭監生有溥有銘有守君孝友于家敬寡篤孤懿行夥侈不具述述其學仕之尤銘之曰

聖道榛蕪濂洛剔之如日再中羣言障天秉此矩繩人違我宗佩仁紉義式型厥土湖州之蹤蘉德砥俗嫗伏厥暴褒德之庸人溺於安君溺於災天視夢夢身沈道升沒世飛聲長瞑奚窮我銘有道不侈不隨永奠幽宮

8 贈資政大夫候選都司范公墓誌銘

公諱欽字雨山先世學士常公居姑蘇至承吉公徙居蘄水以孝聞居母喪廬墓三年蘄水邑志所稱范孝子是也勝三公再遷黄岡世居邑之儒博村曾祖考玫思名祖考起鳳國子監生考紳布政司經歷生大夫子四而公其三也伯考綱無子以紳公命為之嗣公元配陳夫人亦無子年六十而妾楊氏始生子華封品（良）始未識公咸豐丁巳粵匪之亂賊由英霍竄上巴河官軍營白雲山上與相持礮聲徹昏旦賊四出焚掠村聚公挈家避

居余龍岡之西莊時妾楊氏已有身賦退公別去已而生男余聞之適適
適然為公喜也始公之未生子也同邑某家殷富亦無子約公於某寺中
設經醮祈福公笑曰善不在是也吾知之矣越五年其兄子寶田署正邀
品館其家至門見有衣藍縷挈竹筐扶老攜幼百十為羣負擔而立者曰
領賑穀也登堂見有敝衣羸履面黧黑蹣跚上座問之辛苦自賊中來曰
告資斧也暇日散步村外甫里許見有石橋翼然跨於水上垂柳掩映土
人語余曰此范都司所造貟兒橋也其東有鷂子湖馬波濤洶湧一葦杭舟檥於

也又范都司所設以渡行人者也品喟然曰嘻公向憂無子而今有子其以此乎越八年余假歸過其家而公已前死矣其子出揖客聰慧可念秩秩如成人品又喟然曰公向憂無子而今有子若是范公其不死乎公接人無城府好盡言人有過常面斥之雖以此招尤終不改品聞諸其子弟云公生於嘉慶四年十月一日卒於同治四年十二月一日享年六十有七兄子寶田謂公將葬索余銘以掩諸昏銘曰

天道無知天道有知何伯道之吝而范公之施匪范公是私惟利濟是歸

嗚呼後之人其丕承於兹

風神灑然 陸庚生

銘語似歐 吴荆渭

高簡有法遠溯龍門 沈棠溪

○○修職郎黄陂縣教諭李君墓誌銘

吾郡黄梅濱江介之間山水清淑有破額山峰巒隱秀溪流如碧玉為古文人墨客吟眺之所駐而孟耕先生適生長其間蓋先生系出唐拾遺渤後宋季自江右遷梅明懷宗時有諱應秋者為荆藩所辟晚乃築室於山之麓子孫遂世家焉三傳至屾山登乾隆乙酉拔貢屾山生子寄生以名諸生授經吴楚間是為孟耕先生之父先生幼聰穎異常童讀書一目數行下嘗讀儀禮至古澀鉤棘不可句讀處爇寸香為限背誦十紙琅琅如

翻水不遺一字而香尚燃未燼同學皆大驚為文章鏈徑鐃町沈精騖理
思洞元微觀者輒目瞪舌撟莫測其涯涘嘉慶庚午舉於鄉計偕至京師
公卿慕其學行爭延致為師使子弟從受學先生洪甄大陶鼓鑄畢良一
時門下高足弟子或歷封圻登卿輔赫然著聲望而先生七上春官不第
竟坎坷（偃蹇）以廣文終無何策蹇驢出都門歷遊吴越下荆襄流覽佳山水徘
徊風景發為詩歌骯髒激昂以攄其抑鬱不平之氣既倦而歸歸而息影
蓬廬養痾山林泉石間暇則曳杖與田夫野老過從樽酒桑麻從容言笑

意甚適也遭父喪號踊殆絶殯葬如禮服除授黄陂縣教諭邑爲人文藪
先生至以礪風俗淬古學爲己任曰官雖小道自尊也誘進三舍生徒如
其子弟皆嶄然奮頭角邑士風蒸蒸日進於古語曰經師易求人師難得
若先生者經師人師尚何愧哉尚何愧哉先生於書無所不窺至老誦讀
不輟有懷德堂詩文集若干卷藏於家平生手所鈔撮臨終盡以付其孫
炳鬟先生生於乾隆四十五年十月三日卒於咸豐元年十一月二十六
日春秋七十有三子三長文駿從九品次譽驊增廣生季文駒國子監生

孫九人均元文學生駿出炳賚同治甲子三年舉人揀選知縣炳珍炳璘文學生炳琅驊出廷琛果煥廩膳生藻煥文學生騊出曾孫十四人瑞芳廩膳生以同治八年十月葬於邑西考田山之原夫人余氏祔焉其孫炳賚與余為鄉舉同年以狀乞銘銘曰

生而跂其光兮莫之爆也以貽後之人兮鍥其學也藏之幽兮徽之邈也

誌似永叔銘似昌黎中寫李君林下樂趣尤為畫所不到 沈崇溪

贈驍騎將軍劉公墓誌銘

劉君興國以武舉起家從戍海疆積勳當得大官不就退而養親以終（親）没
踰二十年迺走京師挾奇術療諸貴人疾輒驗不受值諸貴人德之諏日
置酒謝文節公祠召諸貴人麇至則肅衣冠迎拜曰今日是某先將軍生
日也願乞一言為泉下人光寵余曰然子之先將軍葬有年矣珉石闕如
是不可以無銘越日君以狀來余序而誌之謹按公諱永琇字茂材姓劉
氏先世居湖南澧陽縣元末避亂遷蒲圻曾祖諱世佐祖諱宗入蜀就婚

李氏遂寄籍為蜀人父諱親順國子監生早卒公少孤家貧事母以孝聞
母年九十公七十色笑姁姁如嬰兒女弟適人為紀衣食營產學業俾不
憂窶艱以貽母歡心性喜佐人急鄰翁某貧不能自存常待以舉火有女
年及笄甚美感其德遺以履弗受曰敬老恤貧吾分當爾何德為且女未
字吾方鰥嫌疑之間君子不處尤喜賓客酒醴肴核終酬勸無倦容佃傭
久不輸租貧甚窃其屋材以爨不與較遺以金遣之嘗誡子弟曰甯人負
我勿負人也卒之日入寢室為母正衾枕母曰兒姑休跪曰兒求再為母役

其可得耶既出端坐於堂而逝公生於乾隆四十年十月三十日卒於道
光二十八年二月三日葬安岳縣化塵山之原子四長達興次即興國官
都司加遊擊銜次遠忠遠耀女一人適武庠聞賢遠孫六人昌瑞邑庠生
昌麟武舉昌祥昌級昌吉昌嶽
銘曰書云惟孝友于家譬殖木本敷厥華枕方寢繩無疵瑕見義渴赴邁
恐差篤行君子其人耶德昌以庸馨以遐幽宫長瞑何歎嗟

誥封奉政大夫田潤三府君墓誌銘

嗚呼光緒戊寅丁丑間河南歲大饑道殍死相望存者率鵠面尪瘠千里無爨煙疆吏匿祲不以告有田府君者愍焉憫之死有棺生有廩病有藥寒有絮襦悉摽所有以甦疷困戊子鄭州河决黔首淪魚鼈府君賑贍惟恐後洶若飢溺之迫躬逮其二子貴僉曰豐之施而後之延宜哉府君諱若霖字潤三先世山西人明中葉遷河南祥符曾祖考諱崟國學生妣牛氏祖諱毓棟候選州同妣陳氏考諱侗候選從九品妣段氏以子若孫貴

累贈中憲大夫妣贈恭人府君幼愿長推擇為吏莞度支以廉慎名咸豐
癸丑粵賊圍汴衆逃去獨守簿書弗肯離年例滿議敘從九品以親老不
就銓親有疾不解帶累月晚習靜寂闢小園蒔花木游泳其中挾黃老一
卷自隨益沖泊寡營慮光緒十四年八月某日無疾端坐而逝春秋七十
有四夫人劉氏國學生諱鑑女慈儉有家法先府君十七年卒子三人愷
候選府經歷愉幼殤怡光緒三年進士内閣中書孫四人成基溥基崇基
培基曾孫二人府君昆弟三人次兆霖次渥霖兆霖子恂光緒九年進士

山東知縣悉府君所植就今其子怡將以今年十二月與夫人合葬於會
城蠻莊之原來乞銘銘曰
嵩之高河之長有人兮睟而莊渴於義韜乃昌蓬然邱迤然岡土坱圠邃
以藏億萬年於此藏

范義士墓誌銘

咸豐九年夏太子少保兵部侍郎巡撫胡文忠公林翼駐節黃州詢知黃岡東紘鄉范氏先世有善行書額榜賜其家迺復上其事於　朝請褒獎以慰幽隱越明年奉

旨建棹楔旌曰義士於是世咸知有范義士云義士諱紳字朝典先世常公為明洪武間學士至遠祖承吉有孝行始遷居蘄水承吉子周再遷黃岡曾祖烈宏祖思名考起鳳太學生生丈夫子三義士其季也甫冠遭伯

仲兄繼歿遂棄絃誦筦家政范氏自先世服穡勤儉饒於貲義士席先業
復振挈之家益隆隆然起性伉爽勇於義喜佐遇人有急難雖負舁聞未應惟
力是視同里中中有鬻其婦者問之曰迫於責耳名所負家代償之金婦獲
留全常為家約春夏之交三麥未登度自食外有餘粟悉振廩而傾散之至義
今並子孫遵其行符其法無間怠咸豐六年歲大旱兩淮間兵興不得耕種飢民轉
徙流離千百成羣充塞道塗路衣服襤褸黧面而鵠形望之疑非人范氏益
大發倉粟八千餘石以資就食其始至也為之設碓磨之具棲宿之所病

為之醫藥死為之掩瘞既受粟日漸有起色於是環相顧私相語不禁感激歔欷泣數行下曰微范君氏吾其死於溝壑乎義哉范君氏義哉范君氏而范君氏曰此先人之教也嗟乎一鄉一邑之間非無有大力挾千金之產者平時析利及毫毛脫有一二戚屬不自存登堂貸一斗粟輒搖手作寠狀人狀一旦天災流行彼且揚揚然坐擁倉箱計所入粟當鬻利幾倍戒閽人無得授乞乞丐一錢到門則叱咄從之真粗如彼哉之東君者見此也獨何心哉使迺見范氏所為必且有訕且笑以為丈愚且矣其為市名與鬻恩者而義

士曾不以此稍顧恤既好行其德不倦而又以之遺子孫俾守為家法嘻此義士之名雖身死數十年而潛德之幽光有發揚於身後而不可掩也夫義士生於乾隆三十年七月十二日卒於道光元年十月十三日年五十有幾議敘布政司理問葬於武昌之永福里配樊孺人後義士卒子四廉邑增廣生欽都司斌布政司經歷鈺布政司都事女一人適劉士遠有苦節孫七人華玉欽賞藍翎光祿寺署正璧候選縣丞廉出耀愷議敘八品華翰縣學生華琳塩知事斌出耀清欽出女孫一人曾孫十四人其一

粹純邑庠生余友而師事余者也能文章敦志行不辱其先人一日肅衣冠持義士行狀向余再拜謂其曾大父歿四十餘年忽膺　朝廷非常之典將酹酒而告諸墓而誌諸石久缺不可以無辭余惟義士之賢鄉人頌之友吏奏之其他善行尚多如修小碕畈橋以便行人助河東書院脩火以勸多士詳見冷芝巖王菊門傳中茲不具載載其受旌於　朝之由者銘曰義猶路然由利斯遷吁嗟范君詠世德耶義有莊貽孫謀耶義有方身杳而耀澤遠而昌過其里巍然者是惟義士之坊式其墓隆然者是惟

義士之藏謂予不信　天語煌煌

布局甚工銘辭亦古朱小酉

費吉甫墓誌銘

余與吉甫同舉同治三年榜其弟芸舫次年成進士官京師遊處甚驩吉甫以光緒九年二月二十四日卒於家芸舫聞訃航海而南哭其喪踰年謀葬君具狀屬余誌墓石辭甚哀其略曰嗚呼延釐少與兄侍先太夫人養起居飲食左右必偕嗣經喪亂流徙邨落閒咀苦茹痛形影未嘗離及予奉職京師兄應禮部試閒一二歲來省予既别猶執手期後會而今已矣余讀而悲之謹案君諱延慶字吉甫江蘇吴江縣人曾祖諱振勳刑科

掌印給事中祖諱蘭墀翰林院編修考諱元鎔以舉人官安徽休甯縣訓
導君訓導公之第四子也上有三兄皆早卒君性篤愿少為訓導公所鍾
愛督之嚴動止必於禮偶嬉戲作謾語必怒而戒之曰禮云幼子常視毋
誑則悚惕受命唯謹故終其身常恂恂無讆言平生鍥刻於學為文章洞
徹閫堅不桎梏於俗見者咸刮目年十九餼於廩踰年貢於部又踰年舉
於鄉皆曰學臻哉猶未殫厥用君遇人無戾容姁姁如恐傷雖在下位常
思舍力以利濟物初嘉道閒歲大水君王父倡仁善局於平望之平波臺

賦歲入以廩煢獨者君踵成緒益擴拓而布之視舊額有增旁及施槥掩
骼諸善舉每於春夏交行野田草露中督傭瘞枯骨之無主者躬自檢視
歸而面目黧黑家人顧視駭且笑見怡然曰事非親歷心弗慊也嗚呼吾
聞吳門多隱德君子饕善渴義急施拯惟恐後用集祜於厥躬以利其
後人君儻其一歟而顧踽踽以沒豈亦有幸有不幸歟君以輸餉議敘候
選國子監學正以弟延釐貴貤封中憲大夫卒年五十無子以兄子樹達
為嗣女二人長適徐文藻次字柳念曾以光緒十年某月日葬於吳江縣

上盈扞之原銘曰
木葱蘢蔭千畝兮秋霜隕之胡義路之回翔兮尺步窘之盛德不延乃止
於斯萬口咨嗟曰古之遺松耶柏耶靈所宅耶隆然而高有道者之碣耶

應山饒府君墓誌銘

應山當冥阸之南山谷阻深林木翳然其中伏處往往多隱德君子以余所知則饒君雄楚其人也君為人孝友於家仁讓於鄉貞而和於物謹而練於事其行若無以異於人而表裏内外精白無過差至今長老道其行事猶舉以為子弟式云君諱瑩國楷君長子幼即露頭角父見其有綜理才年十五授以家政君躬養肩勞凡父母意之而不能有者必殫力營致期慊其志乃已父憫其劬瘁則曰兒優為之無苦也妹適梅氏家甚窶周

之終其身父曰而焉能以窘濟窘君曰窘一也兒能自力妹弱胡忍視其
殍爲伯父久析居老且貧君逆奉於家完其逋責婚嫁其子女死而育其
遺孤孫産爲豪右覬覦且兼并君默鍥以誠事迺解君言行信於鄉人凡
爭訟之不能平者出一語譬曉之輙得釋以故咸樂取決於君數十年無
干有司者君生於某年某月某日卒於咸豐九年某月某日年六十有二
葬於某山之原家世具其父志中夫人閔氏賢而能佐君施早卒别葬子
登達舉人通經術孫允修曾孫同寅始君在時有善相人者指其面曰據

法君當無子然善氣晬然德基厚矣後必有興者昔宋連處士居應山非有政令恩威以親其人而能行之以躬不言而信故子孫皆貴顯歐陽修誌其墓今君之居地同其行義亦同其子孫之熾昌當無不同而惜無歐陽之文為稍異然余即非歐陽而敢以不文辭於是乎銘銘曰

回屯蹶豐匪天其常善必有後降鑒迺彰猗嗟饒君龐篤而良相君之面不可覩兮相君之心天所祐兮綿綿世祀永奠於茲土兮

○○○王堯臣墓誌銘

余繼室王宜人之弟曰堯臣從余游余避亂東山間落魄無偶堯臣嘗左右之余每至其家輒留連堯臣必為治酒有賞花賦詩相燕樂余於世少徵遂得堯臣益大驩而堯臣乃不幸為賊所得不辱死方賊之至余隨外舅輾轉遷徙堯臣獨請留家有積囷歲大饑恃以食堯臣歸視蓋藏遇賊劫之曰盡賂我堯臣謾應之既而曰必若屬持以來堯臣恐危其父母慷慨言曰大丈夫死耳何賂為賊怒牽以出堯臣無幾微悔懼色遂刃之賊

退求其屍不得其父母哭之慟為招魂葬其衣冠於沙河之東後十年余
官京師御史劉國光采掇楚北死難節義士聞諸
朝堯臣與焉得
旨入祀昭忠祠而外舅書來索余為文瘞諸幽嗚呼堯臣孱弱書生耳憶
從予館岐亭之西村霜風四壁篝燈夜誦遇古今忠臣烈士事往復流連
低徊而不厭及事至而乃能躬自蹈之不屈於寇暴堯臣為文章具梗概
遇於時可致名位而乃以授命顯不泯泯也其不幸耶其果不幸耶堯臣

諱光政其死難以同治三年六月曾祖諱承義祖諱蔭鵬父朝弼余外舅也妻吾之從妹無子余忍無銘銘曰

孰隆而驤孰躓而殃與苟而辱曷挺而彰嗟我王生志烈慨慷匪命之屯迺道之光崎山峩峩舉水洋洋复魄來只奠此幽藏

戊寅清明後數日挑燈先成此誌續成寶臣墓誌適蜀東敖金甫郎中過寓出以就正謬謂前篇得之昌黎此篇似王介甫余頗愧其言郎中古文甚工書此以誌一時針芥之契自記

可匹王介甫章君墓誌銘銘尤神似 楊性農先生

○○○仲弟寶臣墓誌銘

仲弟寶臣以同治丙寅十二月死於賊踰年未得其息耗舊僕蘇五自賊中歸爲言天大雪渡石榴河橋見寶臣屍卧地血糢糊面目可辨識被驅不敢檢余聞而哭之慟爲招魂於其室以余中子定中嗣衰其野死而無子也歲庚午余遊江漢間遇湖南黃某見余名刺問曰君姓有某某者否余驚曰是吾弟也子何知之具述與寶臣同在賊所寶臣高歌痛哭賊役之輒不應一日忽箕踞大言曰諸君毋苦賊何足畏怖曩嘗隨吾父率鄉

兵與賊戰賊驚愕然視或解之曰是人心疾耳復怒曰吾何疾吾父為團
長嘗誓殺賊豈畏此狗彘為賊大怒驅以出同繫皆汗被面戰慄不敢語
出視之横屍死矣余聞而淚涔涔滴愈知蘇五之言信光緒丙子四月御
史劉國光列其狀於
朝奉
旨入昭忠祠
賜雲騎尉世襲恩騎尉年三十有六弟少余六歲性剛介與家人多齟齬

用齮齕其短於父母前漸失愛然事余獨恭謹遇諸幼弟及余子呴呴如

也賈於蘇致折閱被譙讓大恚恨遂遘心疾發狂嘗獨居一室平時喜吟

詩工丹青繪畫疾作輒書牆壁及計簿尾為古今韻語皆清婉可誦間畫

古梅疎竹杈枒形墨淋漓滴見者皆詫訝余以事渡江至羅湖洲不及護

視為賊所得固知其能處死而果然矣嗚呼寶臣諱良璧字連城以輸海

疆軍需議敘正八品候選縣丞妻王氏余命家人葬其衣冠於某原洒揮

淚為之銘

銘曰弟之生也夢有被甲而峩冠入於吾室呱呱墮地越幾何年而隨余
肩吾讀汝耦於硯吾吟汝賡於篇命之不辰乃遘斯患雖賦性之婞直甘
捐脰而不愆抑忠貞之義訓素所漸漬而使然嗚呼魄淪於地兮聲聞於
天

誥封一品太夫人崔母王太夫人墓誌銘
已丑秋八月賀生勛以其鄉崔太夫人行狀至踰日其孫瀛以將葬
來求銘余夙儀太夫人賢雖不文其曷辭謹案狀云太夫人為龍友
將軍室將軍轉戰淮南北留太夫人侍父母太夫人服勞怡色甘旨
滫瀡朝夕左右而使其父母不知有子之征役至軍中佐將軍拊循
部伍均一苦勞一切營繕如家而使其士卒不知有戍役之艱瘁以
夫貴

誥封淑人教子息有軌法起家成進士官總鎮冣忠勵勤俾競力王事而
使其子不知有尸饔之嗟恤以子貴累
封一品太夫人賞綴玉及珍物壽臻耄耋曾元林植簪紱濟濟雍雍豫順
康和而數十年家庭不知有期功之喪戚以五世一室蒙
賜御書旌額茂哉福祚之隆何道之修歟詩稱魏地惬隘女手縫裳要襋
其俗儉嗇而褊急太夫人性寛敦樂施捨衣食人歲無算殆不類俗
所云也吾聞仁慈必有後豈不然哉豈不然哉太夫人姓王氏趙城

縣太學生王元弼女以道光三年歸於武功將軍　賞戴藍翎即補參將署東灘營都司崔公存彪子四萬清道光二十四年武進士副將銜江蘇城守營參將　賞戴花翎次萬榮道光三十年武進士御前侍衛軍功記名總兵大名鎮遊擊　賞戴花翎三萬華咸豐八年武舉儘先都司　賞戴藍翎四萬春孝廉方正甘肅階州州判孫十一瀛光緒三年進士四品銜禮部精膳司主事昭元太原鎮右營都司捷元武庠生峻炳開元通元啟元昭元書元調元朝元俱業儒

曾孫三光勳光業光迪元孫一國恩以光緒十五年正月十四日卒
於江甯城守協署壽八十有五以某年某月某日與龍友將軍合葬
於石止里南之南坪原銘曰
維寬之仁維煦之温維遠之屯維福之坤萃祉厥躬施及後昆自根
布葉娠武育文有赫其閭匪德曷因太行巍我蝻首高蹲敢告女士
視此壼芬

范王太恭人范氏墓誌銘

余友劉君曉瀾一日持其里媦王太恭人行狀屬余為誌余受而讀之亟語劉君曰是非他是其子舉於鄉而與余同歲者也是曾宰吾鄉以治行稱百姓戴之因而號其母為衆母母者也余雖不文其能無銘謹按太恭人姓范氏曾祖諱某祖諱某父諱如泰年二十歸贈君王樂山為繼室前室遺子女二歧腹均愛生子一周歲而寡既養且教一言動必督於繩度而後已嘗立孤於前而泣語之曰汝父有隱德産非豐推肥與諸昆擇瘠

且磽者而處焉好佐人之急貧無籍者恆待以舉火汝勗哉天不絕王氏吾於汝有厚望也夫比其子既長成名未立則誨之曰古者宦學四方爾能是脩脯之需行李之資吾十指可給也及其子試爲令則又誨之曰天理國法人情三者從政之本汝其志之嗚呼是可謂賢明知大體者矣以光緒六年二月六日卒生年八十有四葬鄚都縣鶴燕山之原太恭人性慈而勤喜施予如贈君聞乞兒呼號聲拯之粟惟恐後鄰有老嫗餽梁肉歲不絕其就養官舍也衣垢必躬自浣濯婢僕請代則曰吾力尚强奚役

人為嗚呼是可謂勤身而惠於物者矣故太恭人措拄艱難閱五十餘年歷屯獲亨終以光耀門户者其道蓋由此子元曾同治三年舉人以教習官湖北南漳縣知縣攝沔陽州知州孫二彦普貴州青谿縣知縣亮普分部學習主事曾孫有二人銘曰

繄古懷清用財自衛不積而施迺温且惠娠賢察政生我氓隸靄靄仁風溢於巾帨有淑斯箴胡瑣不濟蜀岡崔巍過者出涕邈矣遺徽休垂後裔

旌表孝女涂福姑墓誌銘

夫御史臺職主憲紀匪惟是務搏擊不貸奸而已必將佐　朝廷扶善闡淑不閟幽隱用一視聽而軌頑懦故自隷諫垣以來采以善者凡順子貞婦烈義畸行男女八十有四人而最後乃得襄陽孝女涂氏福姑福姑者兩淮鹽知事涂國政之女而庠生曾譽綬之聘妻也年二十可嫁矣遘父病女留奉湯藥晝夜不交睫侍唯謹逮病篤女私禱天求代父死父没遁飲酖死家人哀其痛父不欲生而不虞其志之決也事聞里中人無知與

不知咸相與嘖嘖道之曰孝女哉孝女哉光緒十二年冬余得其顛末以
上御史臺臺以達於禮部部臣奏言臣部旌例孝子割股有矣烈婦殉夫
有矣而女殉父死未之聞焉禮女子在家從父從父命耳而乃能從父死
哉夫孝為百行宗無男女一也男子孝旌之曰孝子矧其女子哉是宜旌
制曰可其旌如孝子例踰年葬有日矣其季父元甫主政謂良品女以子
言旌更願以子言銘嘻余其可辭迺陳其獲旌之由者系諸墓石復為之
銘曰

謂女可無死死乃其愚女知有父而遑及他圖父死女死女志不渝良女
之志盡人與吾采風以告
天子曰吁不冠而笄乃有彼姝率其摯性視死而愉以為頹俗人紀之模
天高聽卑鑒爾區區降此異數今有古無古曰曹娥今曰福姑同在人口
孝女之呼生女門楣其在此夫

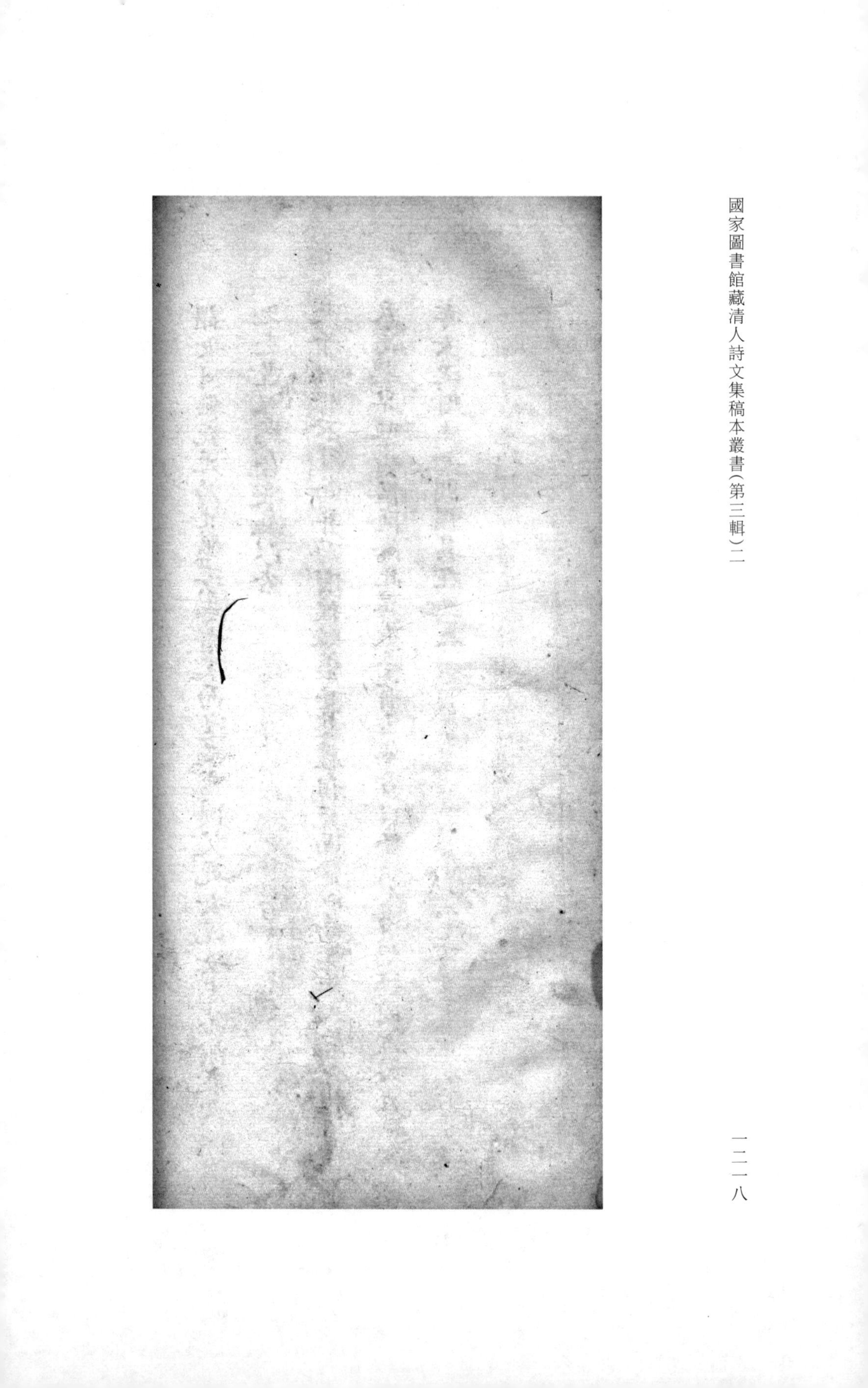

贈雲騎尉梅先生墓表

吾黄受粤寇之禍焚剽戮辱惟同治甲子爲最酷甲子寇至士民不撓於賊併命者踵相屬而慷慨憤厲震動耳目惟梅惠林先生之死爲最烈方賊事起鄉堡競團結推先生爲之長先生輯保甲蒐卒伍賊至與戰輒敗之村聚賴以完已而賊大至屬聚數十萬綿亘百數十里衆知力不敵争避去先生憤然曰大丈夫死耳何避爲至是賊及門先生迺罵曰咄反賊敢入我室賊挟之罵益厲顧見其夫人在旁賊向其夫人索篋笥中物夫

人亦罵曰我家世寒儒安有長物賊並刃之遂遇害其仲孫秉綬被賊執不屈死孫婦邵氏遇賊亦投水死嘻烈矣哉微先生平日忠正之氣植於身而型於家曷能臨難爭自奮銳所就之卓卓若此也是時余避亂深山中有言先生罵賊狀者而未確余曰是必然矣先生固剛烈士憶先生館於易河鄒氏有古寺塑祆神像時歲旱土人舁木偶禱雨簫鼓幢旙魚龍曼衍倡優雜戲男女棄作業奔逐雜沓糜金錢以萬計先生惡之因被酒指神像大罵聞者咸齰齘而先生箕踞自若奚有於賊哉事聞賜襲雲騎

尉入祀忠義祠先生諱兆棠字衢達惠林其號也黄岡縣學生元配張夫
人早卒繼室周夫人從先生殉難者也子三長秉宗增廣生次雄飛襲雲
騎尉三烈光能文章亦早卒孫七人植㯹膳生

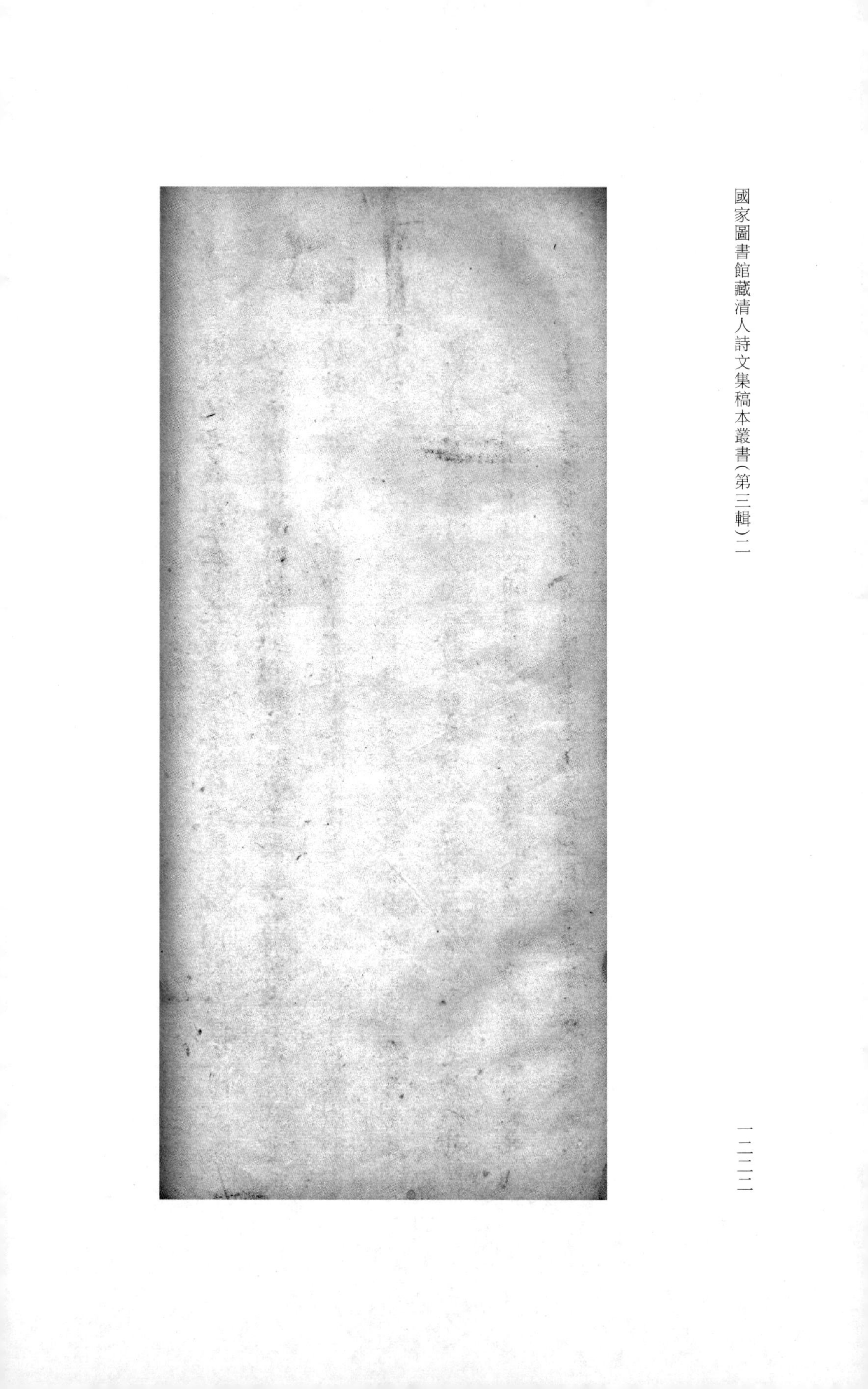

贈奉政大夫内閣中書王君墓表

余服官京師十年所見當世巨卿鼎族其先世類皆德靡行幽躬閟弗耀以卒而大彪褫於其後蓋僂指難悉數而其一徵諸英山之王氏英山雖蕞爾邑而王氏後起登甲科注仕籍者歲跡踵不絕為一邑望有蓴亭君者官中書辱與予交一日持其贈君行狀乞誌諸石余受而讀之始知其育源非偶世有隱德而犀從子姓能以文章致身通顯者亦贈君陶範之力為多謹按贈君諱春藻字煥宗邑諸生始祖玠宋進士官蘄黃鎮撫使

殉節於蘄州之龍潭磯入忠臣祀後遷居英山世為英山人曾祖植祖從
信父善誘贈奉政大夫贈君幼莊凝饕學若天性遇經史大義覃思索微
至忘寢饋中遭乾構頹隕米鹽淩迫諷誦幾廢季父某割藏金將為其納
貲計君不可會大水漂田畝隄盡潰工築不就君即出納貲金助其役季
父止之曰金汝進身梯也胡擲此君曰忍坐視諸昆之餒而一人之榮耶
時家益窶艱迺授徒自給得其指授皆發名成業以去視從昆弟子如己
子督之必嚴而訓之必勤必躋之於成就而後已晚歲輟講閒居嘗舉祖

父拾遺金於路守還其主爲子弟誡而閭里以君峭直肖其先人遇爭鬩事得片言立解釋數十年無涉訟庭者夫士君子不得志於一時富貴榮寵必聽命於氣數唯立身行己之方所得以扶植基本者涵之愈深斯收效也益遠今先生淬於學飭於行教於家而式於鄉卓卓若是王氏之興其未有艾也夫贈君生於乾隆五十九年十二月二十四日没於同治元年十二月一日年六十有八配張氏繼配田氏皆封宜人佐贈君治家有儀法張宜人早卒葬蘄水周家坳祖塋唯田宜人祔贈君葬於英山橦梓園

之原子六長某次某三藥修即中書君也同治六年舉人四渚修縣學生
國史館謄錄議敘鹽大使五璋修國子監生六某女二人一適段一適陳
孫八人夢玖官光祿寺署正贈君葬已有年未及銘諸幽故述其世系及
行誼之大者以揭於阡以著王氏之所由盛焉
其書事約而悉極得判公義法 楊性農先生

誥贈奉政大夫襄陽涂府君墓表

余嘗讀襄陽耆舊傳至所述龐德公司馬德操事身隱而德曜不言而躬行負哉邈矣未嘗不慨然想慕其為人逮余至襄陽問其故居遺蹟罕有知者閭里閒唯稱道涂府君行事有古昔賢風余心儀之後十年余官京師與涂元甫主政游出其先世行狀視之則襄陽人所稱涂府君者即其父也府君諱華堂字春山貢生曾祖宗霖黃陂歲貢生以教讀居襄陽遂家焉祖諱文烈父諱章典皆為襄陽邑庠生初父年甫四十鰥不再娶晚嬰

疾殆府君偕婦侍湯藥數月不解帶寢父没哀毁惻行路襄陽人稱之曰
孝元甫少時拾金券於道府君曰匪我財也懼為主者累訪其人歸之襄
陽人稱之曰廉里某貸其錢身死子幼其妻售產償府君止之曰汝節而
撫孤無資曷以濟遂焚其券襄陽人稱之曰義聘師教子讀師父子繼卒
府君嚴喪事如其私歸其櫬復厚恤其家襄陽人稱之曰禮夫襄陽古稱
冠蓋里衣冠所萃人物輻湊自鹿門沔上之間潛德君子出而相繼起者
迺有識時俊傑然則府君之所以佑啟爾後者不猶有待哉府君生於嘉

慶十三年九月二日卒於光緒七年十一月四日年七十有五夫人戴氏
有賢稱先一年卒子三國榮布政司理問國政邑庠生兩淮候補鹽知事
國威光緒六年進士戶部主事即元甫也孫八人家鼐優廪生家驤供事
議敘府經歷家善家慶家璧家玉家彥家駿俱業儒孫女七其一福姑未
嫁殉父死奉
旨旌表孝女者也府君以光緒七年十二月二十五日與夫人合葬於樊
城北鄉之長運山修撰黄思永為之誌銘而良品復述所聞者揭諸其墓

門之右

○○處士胡君墓表

胡文彥純一日攝衣冠持其九世祖事略踵余寓揖而言曰余有事煩君倘亦君之志乎余之九世者君之高祖妣胡太宜人之王父也其配鄭氏者君之高祖妣胡太宜人之王母也而祔葬墓右者其次婦梅氏則君之高祖妣胡太宜人之母也歲久風雨剝蝕墓土頹且壞將鳩工葺治之舊無誌石君家伯祖司馬君欲為之未果君盍成先志乎良品亟應曰唯謹案君諱耀祖字介生壯歲服賈於雲南之鶴慶府雲南在萬里外為中國極

邊遠地四時煙瘴之氣蠻獷之俗殆不可與居然礦有金銀井有鹽菙內地貨與之交易輒獲倍息以是賈其地者往往（坐致）而富（饒㠯）田家累世始并賈於此而貪重利安於其俗者（亦）遂沈溺老死而不（思）歸君既獲厚貲因請於州州請於大府給官牒於康熙之二十五年攜妻子奴婢旋里當是時三藩煽亂吳逆稱兵拒朝命脅人民君不樂居於其土固宜然烽火相望道路行旅斷絕君雖欲歸無由達洎大軍平復雲南罪人斯得中外晏然關津無阻君得歸而死死而葬葬而子孫以時修其墳墓雖君之擇術有過人者

亦足見　國家威武戢亂澤及商旅之效也君行事不少概見其歸也邑
人李喬胡氏李廷棟何氏實從之四人者歸無家依君以終君待之若良
厚子四世勝世賢世傑世祿孫若干人孫女則品良高祖妣胡太宜人太宜人
言動有禮法撫先伯祖幼孤教之嚴卒能成立起家列仕宦至今族中稱
治家法必首推太宜人其由來蓋有自也嗚呼此余伯祖所每欲表而揭
之也夫
極枯窘題只賈於雲南康熙二十五年始歸耳却從雲南二字生出礦

金井臙一段從康熙二十五年上生出平定三藩澤及商旅一段皆是
無中生有法末路又從高祖妣上生議收束完密吴荆渭

8

祭陳雲舫鴻臚文

惟光緒十有三年春三月癸丑館侍生洪良品謹具香楮之儀致祭於

誥授中憲大夫鴻臚寺少卿陳雲舫先生之靈曰惟

皇肇祀曰至

西陵鑾輿扈從左右股肱公職典客病莫能興告予

天子伏枕填膺曰歸未歸大命遽傾舉朝悼歎喪此國楨嗚呼先生古皆

有死我思先生於今疇比長安人海冠蓋馳逐裘馬輕肥歌（徵）歌選曲戰勝

紛華澹然寡欲古寺一燈左齏右粥先生之操夷魚之躅笠仕伊始迺直
西曹明條謹獄不憒而驕逮掌憲司案牘山高口答手判不弛于僚先生
之績徐杜之勞風騷既降六義破碎振袂一呼羣喑坐廢海立雲垂雷電
晝晦神龍矯空沫噴紙背先生之詩杜韓之配嗚呼斯人豈曰云亡入土
不折譬彼劍鋌百世而下永播芬芳公死不死我又何傷我之攸傷我之
攸厚一見傾心十年敬久我唱公和公游我偶易水之旁燕山之右負杖
尋花登高命酒落落幽懷同開笑口朔風歲暮天地嚴凝（圍）圍鑪命侶倒樽

將迎　出我藏器請器（鋏）以銘公獨奮筆屈其座朋座中何人曰敖曰許兩鄧
一王李袁接武負聲在時咸辟於古公蝨其間如水浸乳朋歡易散生者
睽違而公又死益我其誰我樂誰諧我憂誰寫四海茫茫道孫合寡遷鐘
輟響今古同唏知音難再泣望靈輀魂兮永逝音塵如昨追敘平生以侑
清酌素旄在庭微風動幕公其有知鑒予鄙薄尚饗
詞義皆古茂可愛慕如讀秦泰山碑　楊仲琳

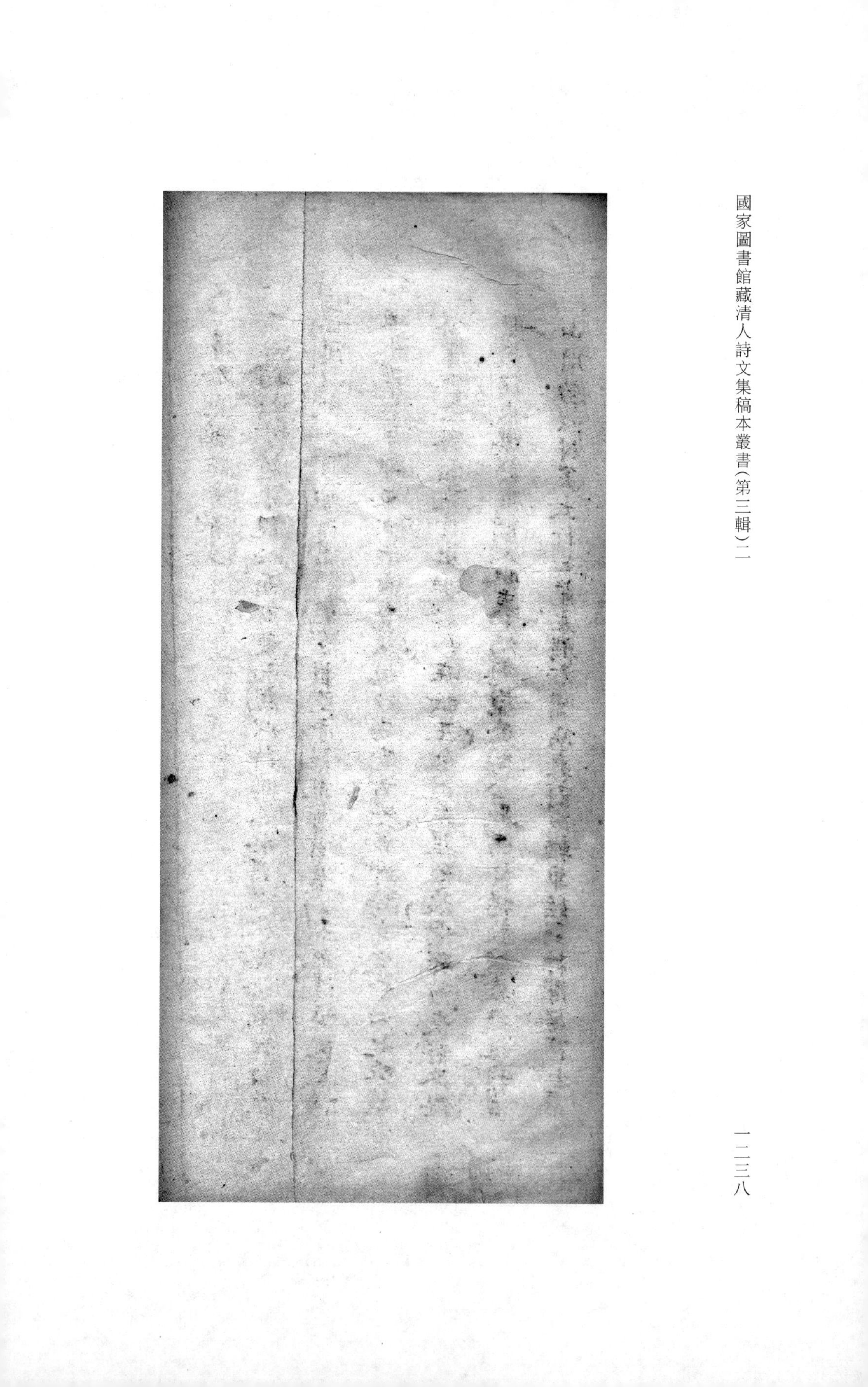

祭范鶴生觀察文

嗚呼始誦　公詩未覿公面既覿而親以詩爲劵癸酉之秋與公乘傳日至晉陽以甄才彥始出國門泥潦載塗手握龍節首奮而趨既渡滹沲載涉微水徑沓羊腸車不方軌驚風撼沙馬嘶古壘並轡登高寒雲四起眺趙喟韓興亡彈指我吟出喉　公和在紙王程迢遞星飯故關驛館夜靜孤鐙照顔僕夫囈語鼠鬭人眠秉燭題壁我醉　公歡明發揚鞭蜺旌飛導指畫山川雜以誹笑太行如龍左顧右嘯候吏前迎輶車始到棘闈嚴邃秋氣

霜凝五色晉亂目眩神驚公心如秤公眼如鐙一卷氷雪骨冷且清如揀
沙礫哭遇珠明急跣報我雀躍歡騰榜出交賀采木得楨歐梅之譽適附
公明(名)公歸我隨我孤公侶交密情親如血投杵樊湖港口急沫漂山築隄
捍水衆喙譁喧訟言如雨公曰不然砥瀾鄰壑在手覆翻貫讓三策禹(洒著)貢
一(手)編謂我辨味屬我綴言白首為郎自傷遲老遥指匡山尚留鴻爪棄我
遐征思我遠道一別十年渴懷饑抱園桃始放寄我雙魚上言健飯下言
著書云有要論見貫之餘恨不一讀以啟我愚噩耗忽來斯人何往上帝

有書召公司掌勝講又聞勞勞塵壤公逝奚悲我存安仰昔人鼓琴人亡
輟響矧我與公知音共賞舊交彫落素心日稀今公又逝吾道其衰感念
曩歡景邁曷追臨風馳奠冥漠來歸尚饗

祭楊仲琳觀察文

維光緒十六年十一月戶科掌印給事中洪良品謹具祭幛一端馳
奠於
誥授中憲大夫江南候補道仲琳仁弟之靈曰嗚呼聖道榛塞斯文日
漓六藝弛流百家鬬奇餘波蕩潏史憤騷悲揚馬闖塗迹踐退之鍾呂
既喑曠代音希唯君角起手搏蛟螭百怪蟠胸一噴淋漓如搜古冢蝌
文鬼碣諔詭奇侅讀之鉗舌如遘震霆風雨怒加雲然晃朗渴虹飲霞

有時裁經謨觴是斟執義之中抉聖之心有時伐史枝説是斧不贖於
今不盲於古始我友君以道而羣君每箴我必當而可君器我文毋近
自封我拜君言恨曩之蒙一疑未析千言在紙駮辨齗齗揆諸一是酒
闌把臂肺腑欲出同病不聽代舌以筆既别而思書以訊予累月斷絶
心疑目瞿馳問甫往噩耗罙來海藝鯨翻君冒其災憫君之學百不一
施道豐命屯而止於斯痛君之隱坦然無私行脩謗叢唯我則知造物
鑄才萬彙一冶直諒多聞如君者寡荒茫人海疇我道同德孰我砥錯

孰我攻我初聞喪涕出如繩我繼靜思物化靡憑自古有死生榮没已

向歆洵軾一編千紀以今追古所得已多魂雖長逝名永山河衡山厓

巖湘山[水]泮渙君靈在茲鑒我膓斷尚饗

告亡室鄒恭人文

年月日拙夫洪良品終期之喪命兒經兒權謹撤靈位先綴一言告汝鄒氏之靈曰嗚呼汝之歸我纔四年耳而汝之棄予而去也倐忽一寒暑於茲矣人生如白駒過隙無論歡娛之歲月一迅難留回思奄奄牀簀含珠就瞑時曾幾何日而穀升燧改者已如彼也則後此之懸隔又何可言耶余平生琴瑟敦篤未忍一日離汝去秋赴省試臨行汝囑買蓮實寄歸及病且殆有問汝憶余否汝不言但以手自試脈息恐氣之絕蓋汝猶忍死

而待余歸也嗟夫區區百里間道路非甚遙遠乃咫尺天涯致令汝死抱無窮之恨不獲與余訣而余亦初不信夫妻決絕即在臨歧呫嚅耳語時也靜言思之天下離合聚散各有一定使汝病無起色余必不去汝（余）去而汝病以死且不稍緩須臾以死彼蒼者天一若伺余之隙而捉弄之離間之也者其奈之何哉獨念死者長已矣即有幾許心中言無從起九原而告語起居出入間徘徊顧影忽忽如有所失每至春風花開秋月蟲吟猛憶及曩時情事如煙過影滅不可逼取輒心盲腹刺幾不知此身為何物

汝而有知當同此浩歎然汝有知與無知均不可知而余之耿耿於中者雖海枯石爛終無已時汝之衣裳簪珥等物予皆什襲藏之留為他日手澤而汝已不在人間世則是無情之物徒益愁思何當於死者萬一嗚呼朝入室網塵蒙蒙然夕登牀鬬鼠唧唧然商颷射櫺燈焰明滅起坐默祝幽魂入夢而夢中景況是耶非耶髣兮髴兮殊貿貿不可辨汝死時經兒甫三歲權兒生纔踰月余每視藐諸孤煢煢無依不覺潸然淚下想汝九泉下憶及二子不知若何悽慘然以余撫幼稚無汝為之助雖後此幸至

成人子見二子如見汝而見二子轉恨不見汝也豈不悲哉余方盛年岑
寂不能不如曾子之不再娶汝夙賢達自能諒悉但此副柔腸業為汝摧
折欲絶自今以往余亦不能長作無聲之泣矣去冬殯汝於　先慈墓側
靈床尚供舊室中余既移居理宜撤去古人云期已久矣汝魂有靈當不
介介於是也嗚呼當余與汝定情之時是何景象而生離死別乃有今日
在當時雖觭夢幻想亦豈料風飄雲散之終作如是觀耶嗚呼哀哉嗚呼
哀哉

情至文生讀之但覺泪痕滿紙篇中轉折於無情緒處益見情緒真能以質勝者朱小酉

情至之亟文不堪多讀吳荆湄

語語真摯陸庚生

成人子見二子如見汝而見二子尚恨不見汝也豈[illegible]

汝不能早知曾子之不育娶女原賢是自能[illegible]但此[illegible]

折欲絕自今以往令亦不能長作[illegible]之[illegible]去冬殯汝於先[illegible]

靈語語真摯[illegible]中[illegible]生[illegible]既移[illegible]宜[illegible]主[illegible]人[illegible]已久[illegible]

介情至之重文不[illegible]多讀[illegible]

汝臆[illegible]

哀情至文生讀之但覺涕痕滿紙篇中轉折多無情語處益見情語真能

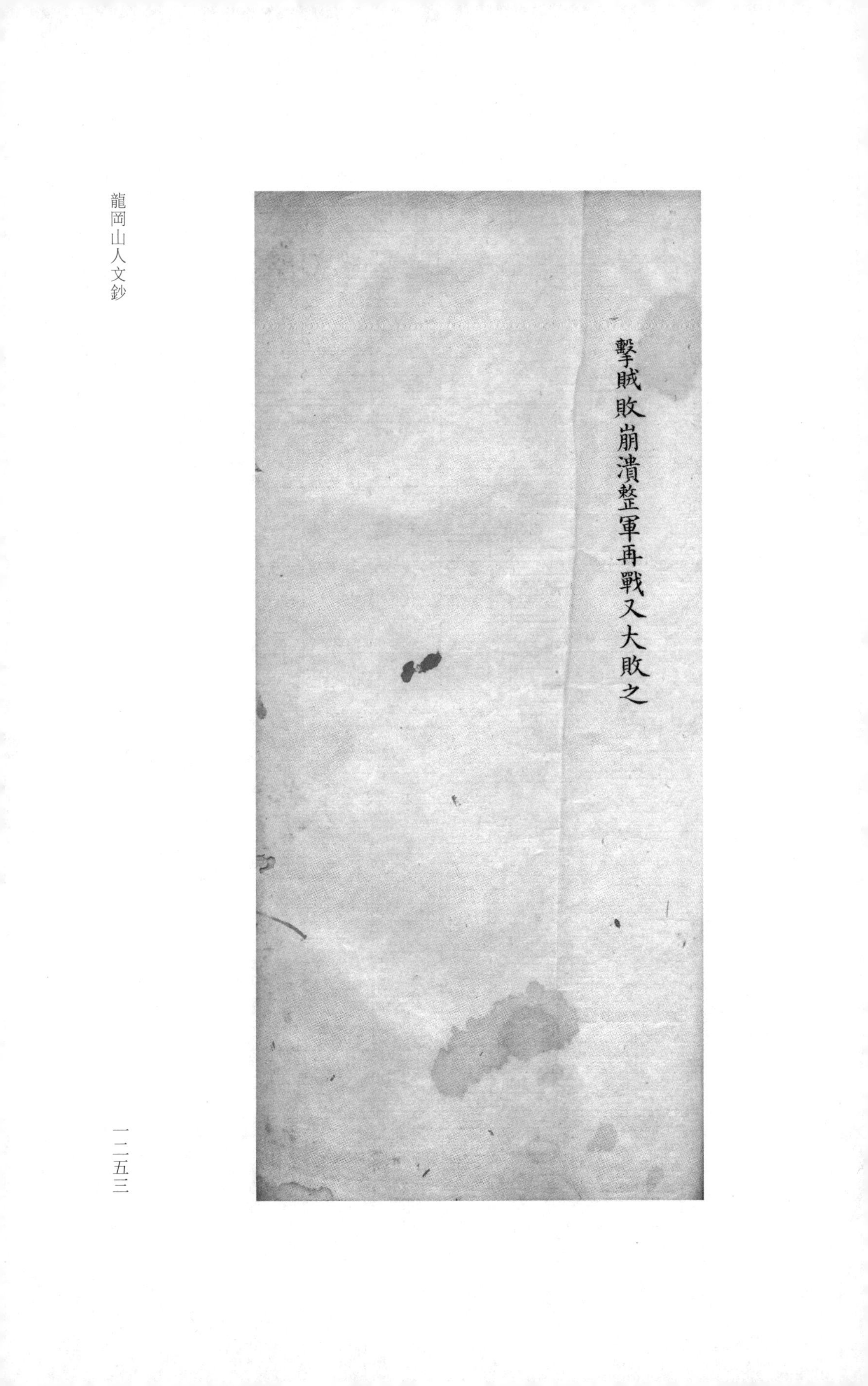

擊賊敗崩潰整軍再戰又大敗之

戰于城敗又崩潰楚軍再戰又大敗之

惜分陰書屋學吟草

鄂禮撰。一册。

鄂禮（一八四〇—？），字立庭，章佳氏，祖籍長白，滿洲正白旗人。文勤公阿克敦七世孫，那彦成曾孫慶廉之子，襲三等子。章佳氏是清代知名的科舉和文學世家，自其七世祖阿克敦、高祖阿桂、曾祖阿彌達、祖父那彦成、父慶廉至鄂禮輩，詩文傳家，綿延几代。其中有進士三人，舉人三人。阿克敦和阿桂被譽爲「父子大學士」。鄂禮由工部主事官至内閣侍講學士，光緒二十四年（一八九八）調任駐藏幫辦大臣。曾校刊世父慶霖《松閟閣詩鈔》，並爲之作序。《八旗文經》《八旗藝文編目》有載。

此同治間抄本。首有二序：其一題「己巳夏日」，署「友蘭館生个臣弟致徐拜書」；其二題「同治己巳初夏」，署「愚兄文輅拜藁」。正文題名「惜分陰書屋學吟草」，署「長白章佳鄂禮立庭」。此本詩歌按編年排序，於所録諸詩前標註干支紀年，自「丁巳（咸豐七年）」起，至「癸巳（光緒十九年）」止。末題「起十七歲丁巳，訖五十三歲癸巳，計三十七年，共詩六百三十四首」，據此可推斷，鄂禮當生於道光二十年（一八四〇）。

此本鈐印有朱文方印「萬事惟馮一笑醻」「个臣」「子乘氏」「歐」「波」「聊以自娱」，白文方印「人情紙半張」「煙火神僊」「豈爲功名始讀書」「南枝僊館」「長白文輅」。

鄂禮詩作涵蓋内容頗廣，部分詩句有雙行小字夾注，詩後附小序。按个臣序，稱其「承家振國，一片丹誠，時流露於言外」，觀《承襲子爵詩以記恩》《二月十六日同朱軍少桐奉差至先蠶壇作》《易州行役草》等詩，仕途差奉之詠歎，可感其家國之寄託。《清明節祭墓》《師舟表叔六十壽》等詩記述掃墓、賀壽、送别等生活餘事，可補其行藏事跡，並談及先祖、世父、兄弟、姊妹等多位家族成員，於記實抒情中亦可考章佳氏家族事跡。集中多見交遊之作，傳寫餞行、詩社、題贈等事，述及吴禹臣、蔡硯農、文碩、景月汀、王竹舫等同治間文人仕宦，可爲其人生平備考。鄂禮精鑑賞，有《題惲南田花卉畫册》《題紹十一郎中三秋圖》等題詠之作。又有抒情言志、即景寫興之詩，如《唐花四詠》《自題二十四歲小照》等篇，个臣序稱其詩「對仗之工，詞旨之妙」，於此猶能得觀也。《清代詩文集彙編》收録。

（顔彦）

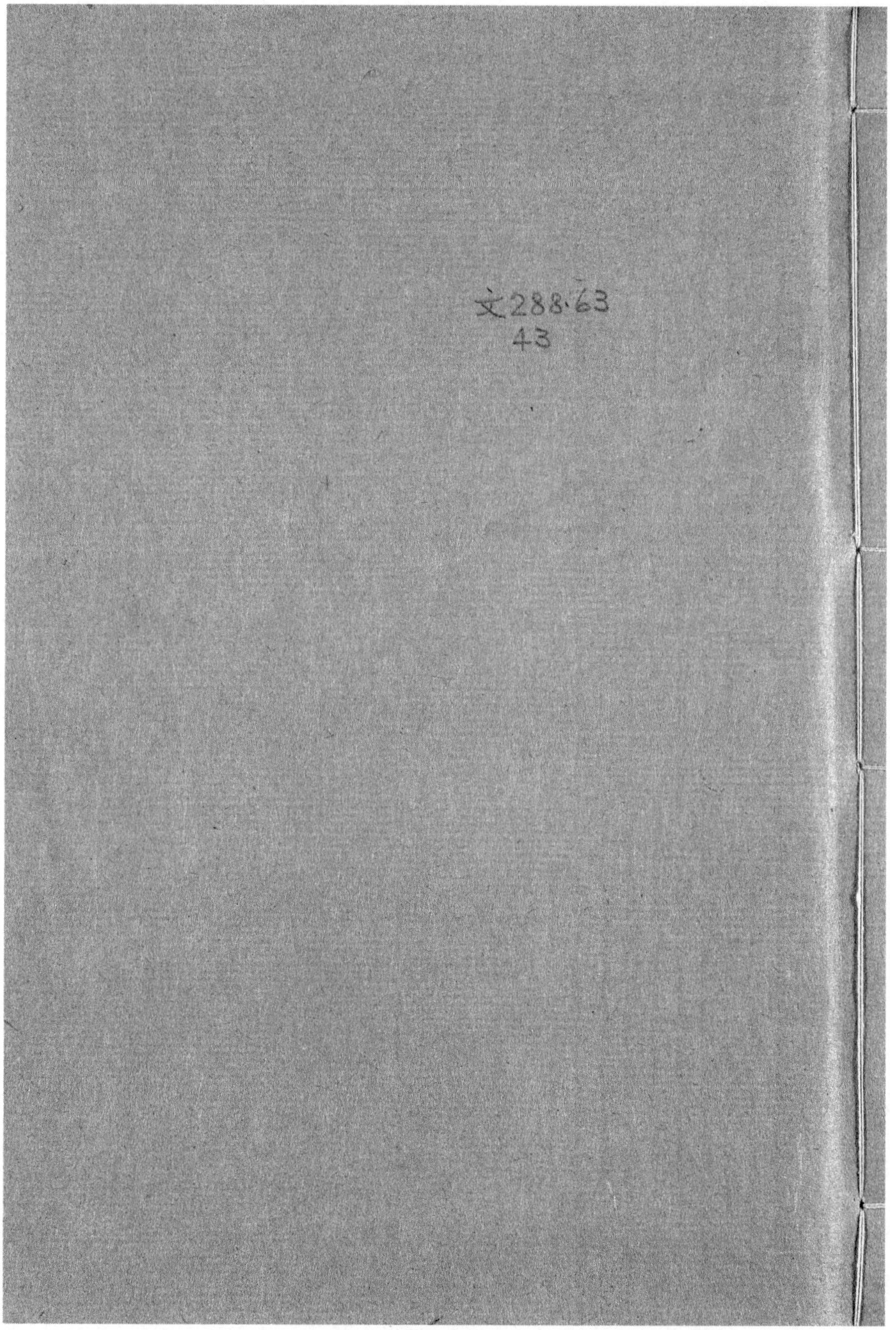
文288.63
43

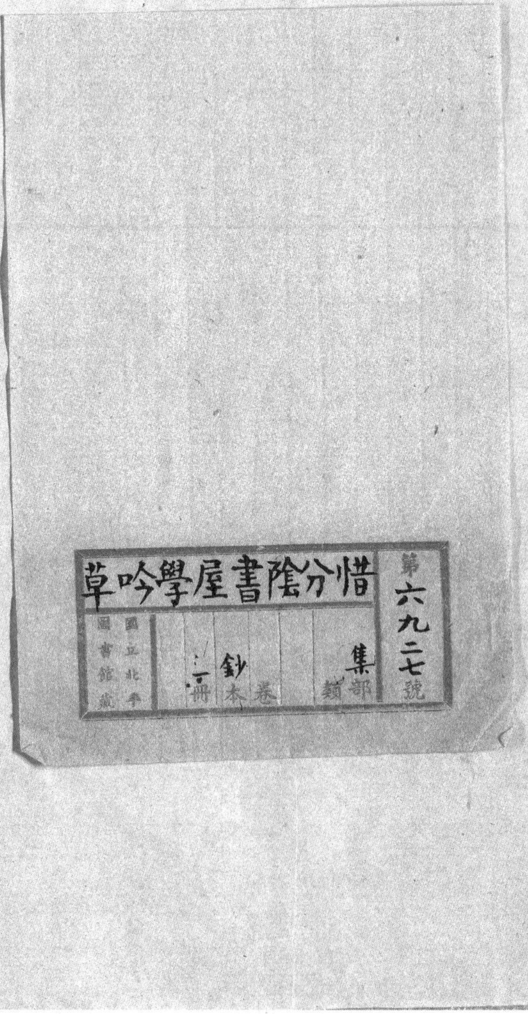
第六九二七號
惜分陰書屋學吟草
集部 類
鈔本 卷
二册
國立北平圖書館藏

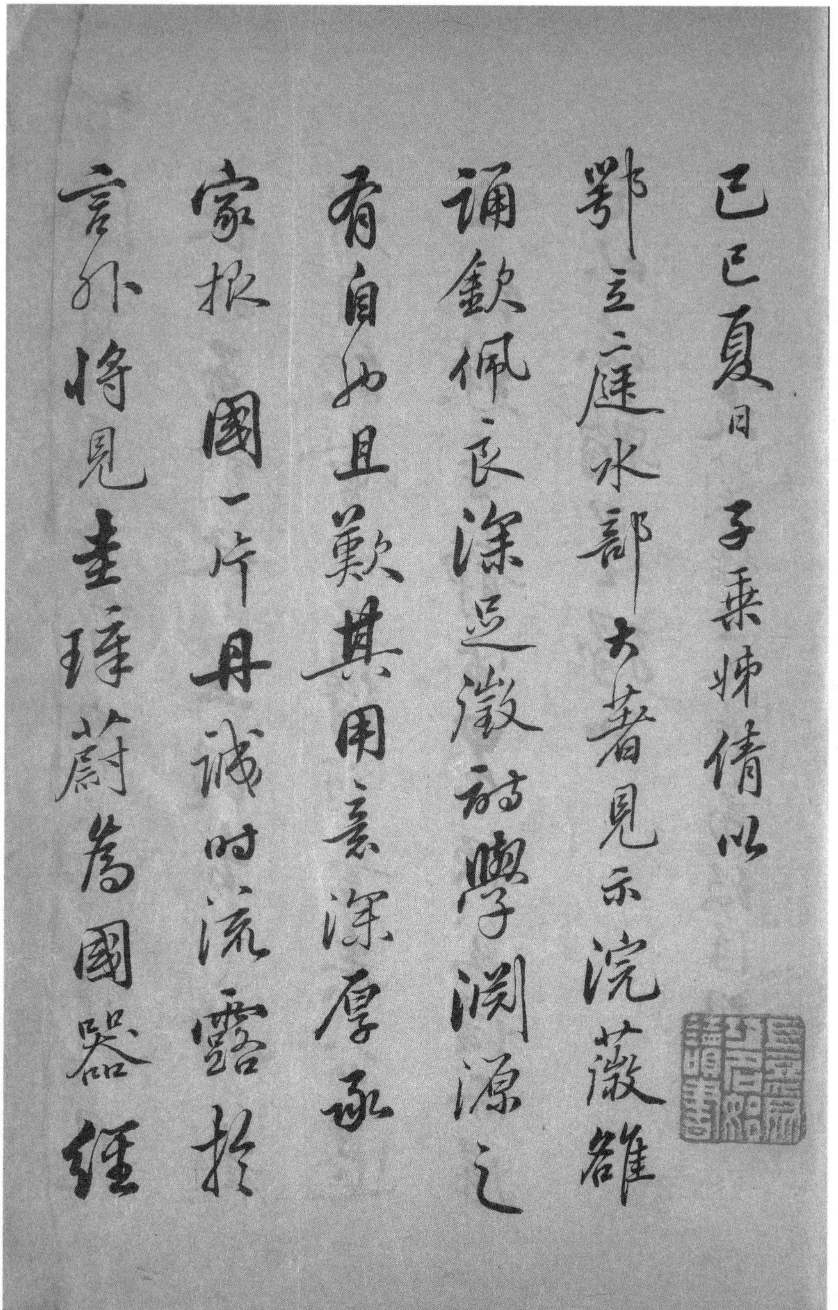

己巳夏日 子秉姊倩以
鄂垣水部大著見示浣薇雒
誦欽佩良深足徵詩學淵源之
有自如且歎其用意深厚承
家根國一片丹誠時流露於
言外將見圭璋蔚為國器繼

濟發爲文章，當不僅於此。見
長如至對仗之工，詞旨之妙，觀
者自能會心，不待譯言矣。公退
之餘，焚香靜坐，累題筆語而歸
之以誌翰墨緣如
友蘭館生介臣弟琢澤拜書

同治己巳初夏
禮廷仁弟大人出示大稿敬題
二章用誌景仰卽請
教正
之子人中傑詩名獨擅場崇
班千戟第仙吏水曹郎鐘
鼎異凡響芝蘭生古香一
編剛讀罷換骨得奇方

缺嘗趨心後能將靜業修
詞人今灑落名士古風流妙
句般同賞清芬許共酬芳
時慳吟興多在掃雲樓

愚兄文軺拜藁

惜分陰書屋學吟草　　長白章佳鄂　禮立庭

丁巳

即景

楊柳依依滿錦城千條淡蕩拂春晴縱然亦有乘驄客記否當年送别
情

月色溶溶夜色深為尋詩意步墻陰蕭疏半是梨花影不畏春寒抱素
心

海棠

微風幾度過墻東釀得春光一樹紅酣睡忍教啼鳥破半窗斜日寂寥
中

睡起嬌迎拂檻風曉妝宜向畫樓東自從借得春陰後培植全憑造化

功

燕

翦翦羅衣趁好風春深覔得杏花叢早知社日辭巢去不啄香泥枉費

功

雨後偶成

一洗萬峯翠連朝不放晴重巒新雨過危石綠苔生磵激飛泉吼雲遮

遠樹橫凭欄閒眺望好景畫難成

詠紅拂

慧眼識窮途蛾眉愧丈夫但逢知己者生死置虛無

詠西施

浣紗溪畔水悠悠絕色傾城孰與儔一代風流今已逝烟波剩有五湖

愁

寶劍

俠氣貫長虹曾經百戰功曉隨千騎馬夜舞一庭風豈是囊中物將為塞上雄腰間三尺在擡掃逆氛空

宮詞

寂寞宮花對白頭五雲深處見瓊樓金門静閉湘簾捲知是君王昨夜遊

思婦

碧紗窗外晚風寒獨對銀缸燭淚殘欲寫深情無筆楮却憑十二玉闌干

菊

廿四番風菊最遲秋深尚有傲霜枝品清只合高人賞色淡難教俗吏知翠葉銜寒添素艷黃華冒雨吐新姿舉杯鎮日陪君飲彭澤先生是

我師

寄遠

靜夜露華冷四壁寒蛩鳴寒蛩鳴切切思君無斷絶思君不見君高歌

託白雲

有感

秋色從西來蒼然滿林木衆鳥栖復散窗月印疎竹獨卧夜氣寒清風

透茅屋四野雞聲發曙光暗巖谷開門見落花半被泥相覆天工本妬

才我欲為花哭

秋夜作

新月挂林梢仰視銀河長坐久露華冷不覺濕衣裳

夜雨感懷

黄昏庭院雨瀟瀟玉漏催殘絳燭燒心靜易思千種恨骨清能耐幾分

消平生花癖因愁減幾縷情絲倩酒澆喚起小童烹苦茗閒攤詩卷度
清宵

戲題美人把釣圖

寂寞閒凭白石闌儂家心事寄魚竿絲紅誰許心同結浪碧應憐臂浸
寒幾度春愁歸袖底無邊秋色到眉端是誰善解深閨意畫筆傳來取
次看

戊午

春遊即景

雕韁駿馬踏青遊陌上花光解客愁戲彩蝶沾新秀草凝妝人倚半高
樓綠楊絮傍茶烟裊紅杏帘開酒意勾野老荷鋤相遇處共占晴雨話
豐收

詠紙鳶

春朝初日正曈曨一紙横鋪列太空得勢輕身泛牛斗高飛借力感兒童任他飄蕩雲霄裏在我卷舒把握中若使無風吹羽翼如何直上廣寒宫

詠明妃十六韻

山川靈秀氣鍾爾繡閨人約綽蓮為面輕盈柳作身選才膺寵詔畫相怨誤臣恨鎖深宫裏愁凝後殿新春花悲往事秋月證前因邊報催何急胡兒久不馴無師能討伐有相乏經綸妙畫傳荒域讒言達帝宸謾云圖社稷原只重婚姻奉詔離金闕出關度碧津君王圖靖宇粉黛忍為賓地險山川壯魂消道路塵單于空眷注妃子自真純逐浪孤忠切隨波大節伸千秋傳俊譽萬古保天真列塚高三尺青青草似茵

月夜

月静雲消徹太虚壯懷聊借苦吟舒寶香沁骨寒情重佛火融心熱念

除老鶴一聲霜落後曉鐘幾杵夢回初殷勤謝爾垂青盼伴我年年讀
舊書

送恒猷芝姊丈琛楚北從軍 并序

僕原陋質性好唱酬君屬英材情殷建樹駛征帆於漢水先志
克承挹別恨於春風下懷增悵未安行李又唱別詞既武畧之
盈胸肯文章以埋首憶昔班超投筆萬里膺封羊祜披裘千軍
坐鎮自昔英雄名將半是風雅儒流今我送君且欣且羨弟空
切著鞭之慕慚無平蔡之文敬賦二章以當話別云爾

征塵未滌又征車投筆南行夏欲初骨肉一家兄弟淚烽烟千里友朋
書承先志朗盟湘水擒賊功成耀比閭情誼日深離別苦臨岐何忍對
牽裾

送君楚北去從戎豪士丰姿迥不同旗影遥沾楊岸緑鞭絲飛控杏花

紅故園兄弟離情遠匝地烟塵義胆雄迅奏凱音膺懋賞麟圖他日仰
英風

登碧雲寺塔望招魂臺

百尺浮圖凌碧空來登絕頂覲長風放眼四顧塵世小堯呇山岳摩蒼
穹昆明湖水清如鏡天子園林相掩映萬壽山前樹萬株巍巍殿閣居
形勝回看石磴半山開老僧告我招魂臺在昔王師討逆婦無邊戰骨
埋塵埃經年奏凱朝天子主將封侯功莫比九重獨念從軍者為重髙
勳輕戰死不見還家衣錦衣南八男兒徒死耳爰為招魂開道場寺貌
崇飾山之陽將士效死誓報國遂令羌氏胥來王吁嗟乎羌氏至今猶
来王誰憤天戈開明堂

秋柳

無端悲思起汀洲一抹斜陽下碧流幾許情絲新繫恨可憐蓬鬢早驚

秋玉關不度霜前影羌笛吹殘月落愁向晚章臺迷去路蒼蒼雲繞大江頭

澹如吟社分課雜詠

第一社

倚菊

秋光慘淡絕纖塵人與黄花結比隣未免有情憐瘦骨也知無處託吟身眠香漸醉淵明酒倚翠難教丞相嗔爾我襟懷相對處各將霜節鬪精神

憐菊

風風雨雨可憐秋花傍闌干曉露收傲骨本難邀俗賞清心祇合憶名流孤芳冷透霜三徑晚節香殘月一鈎今古幾多彭澤宰明珠瓦缶盡輕投

比菊

東籬種種具仙姿移向齋中好護持灌溉豈因童子力品評那許俗人知花神淡遠渾難定秋氣蒼茫色獨宜鎮日舉杯酬素艷學他陶侃惜陰時

第二社

梅意

菊秋初過小陽晴嶺上梅含世外情鄭重南山將作畫殷勤東閣佐調羹愛春風透紅香艷著凍雲凝綠萼清甘與竹松相攜隱羞他桃李亂棲鶯

訴梅

欲訴清愁問阿誰平生心迹老梅知述懷影暗三更後把臂香殘二月時借玉笛傳新怨語到江城上有殘詩請看嶺上花深處一鶴冲霄覓

故枝

美人頰

玉頰香顋淡點唇，本來仙骨別紅塵。想因西子留殘嗝，無怪東施欲效顰。底事桃花多旖旎，箇中蓮朶太輕勻。含愁欲笑渾難定，悄地旁窺總是春。

第三社

餞秋二十韻

樹木驚風雨，淒涼助客愁。凋零辭畫檻，鄭重奠芳洲。月隱朝雲捲，星稀曉露收。倚闌情脈脈，隔水悵悠悠。塵世如蓬轉，年華似浪流。節催遊子騎，風送使君舟。幾處虛殘壘，他鄉暗戍樓。當年悲宋玉，宿夢憶莊周。無那行將別，多情不忍留。遠懷同皓魄，隻影對深秋。古木淒風醉，殘花涷雨羞。傷心歸鳥外，揮手暮江頭。妙句應推杜，高歌自屬劉。吟鞍餘落照，

孤侶伴荒邱寂寞蟲聲絕蕭冷[條]意浮白雲連海岱紅淚染楓楸日月司
生實光陰肯逗遛斷腸吹玉笛枯坐泛金甌獨酌陶公酒寒添范叔裘
再看梅嶺秀春色滿皇州

第四社

兵車行

長安道上征塵飛動地西風塞草肥將軍昨日新承詔千乘萬騎奔落
暉老婦別兒子別父此別不知何時歸掩泣出門驚秋暮傷心一帶空
烟樹白楊蕭瑟冷旌旗所經盡是征人墓角聲吹起夕陽愁返照無情
暗戍樓身老軍中百戰在父母生我恩難酬痛哭呼天苦莫訴六軍慘
淡寒雲浮白骨頻年埋戰壘不見誰封萬户侯

古硯

結得千秋筆墨因非人尋硯、尋人已經多少興亡事石不能言善保

身

荷裳

淩波仙子步迴翔落盡紅衣體尚香立久只愁風露重却將蓮葉作霓裳

第五社

老臣

歷久羲皇世衣冠迥易今風霜臨晚節辛苦賸微忱白髮酬先志丹衷抱夙心同僚多後輩誰為賞知音

老僧

久悟空王法安禪志亦堅曇雲虛老境佛火伴殘年枯木參清諦寒灰滅俗緣三更明月冷靜與慧珠圓

老僕

僕老心猶健勤勞不自矜蒼頭春掃雪白髮夜挑燈不避同儕怨無妨幼主憎度將花甲歲尚未易奴稱

老妓

歲月悮秋娘蹉跎只自傷枕餘新淚蹟衾賸舊痕香對鏡紅顏老簪花綠鬢蒼不堪回首處明月照流黄

杜鵑

午夜静無聲杜鵑啼有血抑情何太癡千古離魂結

鸚鵡

隔窗鸚鵡鳴嚦、效人語閨閣無限情欲言還齟齬

第六社

擬儲光羲田家詩

賦性在邱山擇居在郊郭春来百卉芳衆鳥栖岩壑稻花香近村荷鋤

赴農約大造本無私霖雨皆感躍不處田隴中此身安所托即此羡幽
居富貴非吾樂
向晚步幽徑秋光處處深明月隨人来清風徐入襟風飄衣影亂棲鳥
驚高林農事業俱已無聊獨鼓琴願共山水間天下孰知音伯牙鍾子
期千古人皆欽
四月禾苗長青、滿阡陌平疇入望看似浪翻新麥灌溉老農勤忙、
長至夕夕陽落田隴一片寒雲白暮色四野暝飛鳥計千百荷鋤歸草
菴遠與塵寰隔
田居無所事日暮倚柴扉策杖步溪橋高歌對落暉仰視浮雲中歸鴻
栩、飛靈禽尚如此意倦能知歸

子夜歌

仲春庭草生草生庭路滅路滅阻行人有似郎心絶

天際一片雲時、作霖雨橫風忽吹散有似妾心苦
靜夜露華冷唧、蛩鳴林蛩鳴無斷絶思君意更深
積雪畏烈日日初積雪消雪消如郎意潤彼野草苗

第七社

望雪二十韵

曉來忽覺重衾薄風雪紛、拂紙窗四野絮堆雲作合一天花雨玉為
邦探梅客子驚迷路載酒舟人冷失江鶴淚青空濕素羽鴻飛大漠咽
新腔年華轉瞬同流水歲月關心似曙釭觸目恐教侵鬢髮舉頭却訝
失崆峴茶烹活火傾金碗鑪擁蕭齋舉翠釭六出寒凝烟岫遠幾聲冷
透暮鐘撞乾坤有意施膏澤天地無私應信悾别浦落花香夢杳前村
沽酒醉聲哤山僧屐踏疑瑤月遊子鞭垂度石矼想像孤山圍草閣絶
無微雨送輕篗積將松嶺蒼陰秀凍壓蘆亭古木杠避熱好参佛子諦

耐寒應伏毒龍降瀟、幾處埋軍壘片、時能潤土擁竹裹葉搖聽得
得樹梢影亂視瞠、裴添范叔吟肩瘦賦擬庾郎老目眊冰解大河通
晚渡雪消深院滴成椿結朝新霽浮雲散明日初晴細浪淙熙瑞自天
人共樂慚無佳句我心懊

第八社

月當頭

青空入望薄雲浮玉鏡高懸近斗牛萬里寒光添白髮一肩霜氣冷銀
球天原似海全無影客有深情但解愁轉盼韶華容易老人生幾度月
當頭
一洗浮雲冷太清顧身無影客心驚蹉跎又見今宵月感慨其如永夜
更搔首已厭投筆願觸懷徒起不平鳴嬋娥未必憐才甚只恐青衫誤
此生

樓臺如畫冷相侵西沒東升自古今顧影却疑身似夢述懷只許月知音那堪零落烏巾雪最愛團圝斗笠陰惟有天孫能寂靜高懸明鏡照予心

蟾蜍今又致天中萬里寒茫竟夕同色相也知真是幻世情當此悟皆空無端華髮十分白為鑑丹心一點紅夜半風來侵瘦骨苦吟人立畫闌東

第九社

山梅辭

嗚呼梅其有知兮不處世而處於山笑桃李於春風兮羞呈媚俗之顏操同松柏兮沒衆芳以别塵寰多情有老鶴兮守明月之關自處士之後兮誰為折攀耐凍雪於歲暮兮苦節艱我為此辭兮淚自潸々

寒天

朔風凜冽雪初晴萬里蒼茫過雁聲明月有痕懸寶鏡斷煙無迹冷殘
更蕭條景物增新恨縹渺雲山接太清小石自慚難補缺棄將空谷泣
平生

第十社

苦寒行

朔風凜冽萬木凋雪花如絮飛終朝雲漫、兮山遥、故人貽我兮金
貂貂裘被體寒難消飲已五斗愁難澆苦寒無計聽奔飈奔飈透窗紅
燭燒美人衣薄愁成嬌折聲鏻、催中宵獸噴香盡殘煙銷忽聞孤鶴
鳴空霄想像將軍鎮北遼雪滿天山弓在腰畫角無聲旌旗飄歲將暮
兮斗轉杓安能歡樂如漁樵

寒海

滚、寒濤展畫圖蒼茫一色遠天俱水因待暖遲銀浪龍為貪眠失寶

珠生怕魚兒呑日月不教舟子網珊瑚千尋大海鳴波冷入望雲山在有無

無題

却悔今生始種緣恨深情海石難填花因早發人先折月為含愁我獨憐蓮嫁春風多阻隔葉題秋水更纏綿驚心最是堂前燕雙宿雙栖不忍遷

多少娥眉總不如可憐有約盡成虛拈花妙諦歸空想嚼蔗前因得味初淺醉耐他春漸冷相思羸得夢皆疏含情妬煞雙蝴蝶栩、猶能近翠裾

小院深、草自香淡煙容易隱燈光隔窗有影挑殘炬對鏡無聲卸晚妝月色又移前度恨露華偏到此時凉無端鸚鵡驚人唤恐怕宵深下玉堂

朱扉碧瓦隱重林，七十鴛鴦同病禽。萬字闌干春曲折，百花薰幙夜深沉。欲窺俏影明釭妒，不起紗窗冷月侵。太息良宵容易度，空階無那聽蟲吟。

己未

送別恒二明府倫

寂寞離亭月正寒，上元時節怯衣單。青空雁唳情何極，白雪鴻飛道阻難。才思八义驚日月，功名五斗祝平安。羡君一路春風裏，直把征鞍換錦鞍。

重遊可園

酒酣高唱大江東，不盡松濤萬壑風。無賴春光隨逝水，敢將心事訴焦桐。燕歸花落疎林晚，鹿去苔深畫檻空。笑指青蓮相問訊，白雲依舊夕陽紅。

月當頭有感

記詠清輝又一年當頭猶覺十分圓可能明月常無恨如此浮雲亦有緣搊水夜凉千里夢吟詩人憶九秋筵倚闌憂思憑誰解別院風來奏管弦

小遊仙

寶匣新磨鏡月光冷於秋水肅於霜夜來參透須彌孤雁一聲雲氣凉

寄懷吴子和茂才　曾鈞

搔首問嬋娥華筵幾度過他鄉雲散去何處月明多喜結金蘭譜愁吟白雪歌空庭無限意天外鏡新磨

架松歌

武肅墓前松如搠天風吹來寒濤鳴朱欄圍護砥柱擎鸞翔鳳舞蟠王

堂黛色參天雲氣橫着手摩挲讀碑銘讀碑想見王之名開闢疆土功維宏在昔入關督神兵鼓鼙千里飄旗旌一戰二戰皆長驅再拜使我私心傾嗚呼王之勳業史册明百世仰望長如生

中元夕即事

淡雲微月鎖輕煙滿地飛灰紙化錢魂影自憐依古道淚痕誰滴到重泉蘆摇殘雪橫橋外松捲寒濤落馬前極目關河霜氣老助人悲思是秋天

秋戍

霜威風勢迓旌旗萬里黄沙畫角吹大吏令嚴風雨肅征人淚滴鬢毛衰寒雲遠隔還鄉夢瀚海難消出塞悲想像故園秋氣冷夜深孤影一燈知

秋旅

匝地風雲接素秋客懷無那繫孤舟浪花滾滾逐歸雁落葉蕭蕭隨怒
流砧杵萬家鄉夢遠道途千里肅霜稠傷心最是啣山月能照離人多
少愁

秋感

天高風急過哀鴻江上愁看蓼岸紅秋草淒迷殘夢外閒花零落夕陽
中不堪楓荻依寒渚况是雲山接太空古調於今彈未得莫從爨下惜
焦桐

池舘蕭條夜獨愁不堪風雨又驚秋欃槍倒影摇邊塞刁斗嘘寒隱戍
樓吾輩豈因詞賦老光陰猶藉物華留未能繩武承先澤徒守青氊筆
漫投

築扉山徑隔塵埃林樹蕭森霜氣摧書幌背燈風暗入瑣窗迎面月明
來已拚衰鬢簪殘菊莫負秋心探早梅自古相逢即相别鏡奩千古向

誰開
年華似水聽沉浮蕭塞西風動地秋詩到感懷仍有興事當極地更無
愁半生潦倒悲崔護一代勳名慕鄴侯擊碎唾壺看寶劍等閒易白少
年頭
秋高風靜鷗盤空極目雲山夕照烘歸棹一天蕎麥雨征帆十里挂花
風江干晴雪搖殘荻林外新霜落晚楓我欲乘槎浮海去可能長劍倚
崆峒
西風黄葉接寒雲落雁聲中酒半醺烽火頻年傳羽檄寶刀何日靖妖
氛凋零樹木驚殘雨破碎山河下夕曛投筆不能酬宿志不堪回首舊
功勳

秋日云暮興味蕭然回憶吟社諸君大半天涯零落適余又以家
難售故宅於他姓不得意事觸景紛來孤悶無聊遂成二律

秋到長安早晴空月滿輪舉頭思往事回首歎風塵聚散雲無準纏綿
夢有因幾人滄海別休憶去年春
羞對秋來燕空堂換主人小窗涵冷月高樹起行雲世事悲花落長年
警歲新何當一樽酒澆此苦吟身

庚申

三月念八日　午門驗看

紫禁春陰白鷺飛連翩朝夕近宸暉宮牆樹隱王侯出輦路花開錦繡
肥金殿曉雲常漠漠、玉鑪香篆故霏霏、小臣今始瞻瑶闕從此新恩感
德輝

閏三修禊

再集荒園感舊盟海棠猶似未清明池頭春水消塵慮柳外花飛見世
情俯仰也知仍晉代風流端不讓時名高懷何必偏三月兩岸垂楊已

霞鶩

曲，闌干俯碧流重三修禊到芳洲花光未醒前春夢雲影空涵萬古愁人比蘭亭偏跌宕地非金谷暫勾留登臨醉倚東風裏笑拂楊枝上小樓

風流零落已經年回首吟壇思黯然此日分題聯舊雨幾人携句問青天園林寂靜供詩酒溪水清泠奏管弦醉裏韶光猶上巳不堪重倚杏花筵

酒酣筵上起悲歌陳迹依然晉永和花底春光猶蘊藉樽前人事漫蹉跎閒情肯向愁中老佳會空疑夢裏過指點堂前舊圖畫先祖在蘭州時有五泉補禊圖邊城雲樹枕關河

漫成

曲折闌干料峭風輕陰漠、雨濛、窗前幽鳥驚殘夢行到階頭數落

紅

荷花生日

為酬花壽日還到翠微宮人隔紅蓮渡籌添碧玉簫頻年夢神女初度倚東風欲鼓明河曲霓裳奏未終

讀史有感

昨夜秋聲入漢關雁将來候燕将還旌旗影暗三更月将士功高一匱山白骨頻年悲戰伐綠篆何日賦安閒傷心怕說前朝事醉倚西風扣劍鐶

漢皇宮裏壽筵開菊部徵歌上錦臺一曲新聲承湛露幾回邊報隱春雷風流原是君王福戰伐誰為将相才我自挑燈讀故史頓令勲業意全灰

送別觀師舟表叔祜之津門時海上戒嚴

花下驪歌柳外鶯好春天氣送君行風塵我亦悲零落離亂誰堪托死生薄宦不妨權閱世小遊何處不知名於今砥柱需材日竚聽賢才報帝京

師舟表叔以津門和孫浩如春柳詩四章見示因疊其原韻遂成八律以和其原唱係用王阮亭先生秋柳韵

底事東風最斷魂纔經南陌又金門飛、作絮憐無跡渺、臨波尚有痕不共亂烟迷晚渡願隨流水泛孤村綰情難綰春長在别緒於今且莫論

也經風月也經霜瘦影春來滿碧塘幾處乍牽金絡馬九天初啟翠雲箱鶯兒隱去方啼樹燕子歸時又姓王曹記瀛洲寒食際和烟重禁太華坊

搖曳東風作舞衣春光依舊事全非空垂庭院情如許纔拂闌干影尚

秭江上幾家雲水濶樓頭今日夢魂飛何堪再唱陽關曲未到秋時願已違

嬌黄嫩緑總堪憐寒食家、欲禁烟水面落花猶旖旎江頭飛絮枉纏綿愁生杜宇啼殘夜春到隋宫憶往年舊願已違君莫問也曾攀折灞橋邊

幽閨昨夜醒癡魂半捲珠簾燕到門鏡裏眉痕窗外影眼前雲影雨中痕舞憐翠袖逢三月夢斷青溪又一村相約王孫歸未得陌頭春色不堪論

綿、似雪復如霜飄泊憐他近野塘過客送迎留去騎美人攀折寄行箱秋心淡遠思陶令春色凋零憶楚王白板橋頭籠暮靄青、閒倚賣花坊

婀娜纖腰淡緑衣已成烟後事偏非謝家景物猶如此隋苑風流夢漸

稀幾處看疑波萬疊是誰驚起燕雙飛天涯芳草離情遠樽酒纏綿不忍違

翠袖青衫取次憐清明初過已成烟遠堤雨重纔分縷隔水雲迷欲作綿眼底夢魂悲日、眉頭春恨自年、遥知弱絮歸何處只在斜陽古道邊

秋日漫成

寂寞空堦掩薜蘿海棠初放雨初過秋光入室清於水樹影翻窗亂似波塵事不知門外改閒愁爭比客中多近來惟與楸枰伴一局纔終且放歌

憶遠

湛碧清波水月光水紋初起月華涼願隨葦岸輕舟去一路乘風到漢陽

月當頭有感兼懷獻芝時獻芝權荆州之宜都篆

空庭寂、月沉、頂上圓時又值今鴻雁聲中書一束碧雲堆裏夢千尋瀟湘煙水情懷遠帝里風光感慨深誰識廬山真面目拚將殘醉聽哀吟

誰解離懷日、侵魚書雖達遜談心漢陽明月應如此燕地浮雲自淺深才似陶潛終隱世策猶賈誼尚非今倚闌多少難平事重聽家、萬點砧

大千雲影過當頭憶昔情懷萬縷愁世事看如今夜月悲心休問去年秋衡陽尺素無消息齊魯烽烟動隱憂千里夢魂期共話碧天爭奈太悠、

差至太常寺

壁間

宸翰有輝光觀禮於今過太常仙蝶已隨明月返不知何處説黄梁

詠雪

亂瓊碎玉太玲瓏剪、輕隨面、風墮地可能憐皎潔憑虛那復計西東是誰此際垂青眼笑我登場也熱中休道盡成寒世界春雷有日起昆蟲

戲擬王次回疑雨集寒詞八絶句

蹉跎五度可憐春怕説從前未了因憶得庭中作相見眼波眉語一時新

堪嗟紛、畫細腰蕭娘温厚不須描看他淡月梅邊立疑是烟籠玉一條

桂堂深處夜微寒寶鼎香消蠟炬殘别有癡情不可説擲將羅帕教郎看

幾番見著翠雲裘恰、輕衫柳樣愁寄語嬋娥漫相妬二分明月是揚
州
文君生小解憐才今日芳踪為我來隔院一時聞笑語臘梅窗外喜新
開
手把金釵撥鼎灰水沉香細伴松煤窗明寶月風敲竹老婢無端絮、
催
珠簾繡幙護華堂隔座時聞語笑香報道一聲歸去也滿前簫鼓盡淒
凉
誰道歡踪阻隔多廣寒深處鎖嬋娥青天碧海留長恨悔被飛星夕渡
河

辛酉

述懷

磊落身登傀儡場，愁來每學謫仙狂。酬恩有志思漂母，推轂當年憶漢王。袖底劍藏龍虎氣，天邊雲掩斗牛光。男兒世業須慷慨，何必書生老一鄉。

和師翁登北塘口磯台遇雪原韵

功名原悮我，傲骨豈容消。淚為山河灑，情因夢寐遥。劍藏龍虎氣，雲闘海天潮。他日麒麟閣，圖應佩玉貂。

題惲南田花卉畫册

南田老人擅繪事，寫生邁古得新意。没骨雖有徐崇嗣，傳至老人始稱備。尺幅能奪造化春，落筆平原馳萬騎。秋風殺草、無聲長空一片雲如織。圖成萬卉爍明霞，簪花美人真嫵媚。大家天自付奇才，詩筆清新亦壯哉。山水欲追王摩詰，笑他金碧等塵埃。我慕老人久心服，展卷不辭千遍讀。至寶須留天地間，裁玉為函金作軸。熙朝代、有名賢文彩

風流競相逐

偶成

寂寂春長日，荒園得趣初。野花愁燕剪，新柳喜風梳。遣悶常呼酒，忘機每讀書。不知門外事，此樂更何如。

暫園消夏雜詩

槐蔭纔勻翠幕低，幽窗小鳥盡情啼。静中惟愛拈湘管，一卷黄庭日未西。

日到中天静不譁，薰風幾許放榴花。黒甜鄉裏渾忘暑，夢入孤山處士家。

日坐書城自校讐，芸編一一記牙籌。有時讀到名臣傳，彷彿珠光射斗牛。

雨餘天氣夕陽紅，樹底吹來薜荔風。偶向橋邊看煙景，避人水鳥入花

叢

日照苔階不捲簾當門花樹影纖纖、昨宵一夜連綿雨明鏡池頭細浪

添

深院風来次第吹波中鷗也笑儂癡芰荷香裏詩千首吟到彎彎、月上

時

靜裏功夫愛寂寥樹陰交錯綺窗招馬纓最好風前影新放一枝顏色

嬌

蕭蕭、雨細打新荷醉倚闌干起浩歌倦眼漫從天外看奇雲無限擁青

螺

題李觀瀾兵部江盤遊小草

喜將名筆寫名山名士才華見一斑使我夢隨紅葉遠羨君身到白雲

間憑虛好共仙人語盤固封仍帝子頌雄壓東南千百里不勞天險說

秦關

形勢嵯峨鎮蓟東名山多半建花宮石傳晾甲留唐蹟僧解吟詩有晉風（乾隆間此山有智樸僧善詩）雲物無心供嘯傲文章到處老英雄讀君一卷遊盤草髣髴烟霞下碧空

水曹值班偶得

年來薄宦此棲遲个裏酸辛味畧知長日不須愁寂寞古槐深處好吟詩

衙齋幽靜似僧寮喜有蟬琴慰寂寥坐久欲參真妙諦此中熱念未全消

運河泛舟即景

蓼花深處放扁舟小試乘風破浪遊樹裏叢叢通驛道雲間雉堞隱城樓綠蓑人遠江鄉夢白袷衫輕水國秋搖櫓數聲歸路緩幾家漁火望

中收

壬戌

薊門旅次

帝京東出古漁陽蕭瑟西風草木黄霧擁樓台成蜃市山環雲水憶仙
鄉功名路似長途險世態寒於曉月凉辜負小園重九節籬邊幾許菊
花香

唐花四詠

臘梅

一種幽姿别衆芳誰將鐵骨染宫黄肯輸菊蕊三分色不忿梅花數點
香夜、淺溪浮月影年、殘臘占春光關心好把金鈴繫千古風流説

李唐

水仙

舊事荒唐感洛神化爲花草證芳因一圍玉照天河影幾縷香凝斗室春仙侶好尋庾嶺伴前身合是漢皋人幽姿自有真顔色氷雪肌膚不染塵

天竺

一樹婆娑貼地柔滇南佳種自風流青分竹影珊瑚冷紅暈珠光翡翠浮富貴何妨臨晚歲平安也學報皇州多情最是相思子不染胭脂且漫投

佛手

莊嚴七寶樹蕭森香似幽蘭貴比琛想像拈花開笑口可曾說偈悟塵心玲瓏色喜黄金嫩磊落應愁玉露侵解識指頭禪意味五雲枝上正春深

雪後漫興

槐亭南畔影淒、雪上殘陽落日低幾點寒鴉啼古木歸來可是自遼
西
清寒剪、雪飛、節近陽春起葭灰濁酒一杯人醉後且將心事訴殘
梅
為遠繁華獨掩樓是誰簫管按梁州無私只有春前雪一樣紛飛照五
侯
一奩天孫寶鏡磨誰將素影照山河平林只有松含翠風雪雖寒柰若
何

余家舊藏宋澄泥石函硯乃　先曾祖文毅公臨池日用之物世守及余近日偶遊寶名書肆得瞻　純廟御製西清硯譜此硯為趙宧光石函第三硯圖歸來後細加按閱其尺寸及凡夫一銘皆相忽合惜　御銘不知為誰氏磨去矣因賦七律四章聊

誌翰墨之緣耳

趙子遺徽跡已陳趙宧光字凡夫明朝人隱寒山猶傳片石説奇珍墨華萬古常如此

鴻雪千秋未了因瓦缶尚能邀

帝眷文章豈必委風塵可知

聖世憐才意譜入西

紫宸

不知何日到人間可

君恩在昔頒香火有緣傳四世畫圖曾列第三班紫泥製古來

金闕白石名高勝玉環怪底

御銘輕落去想因雷雨化龍還硯譜中載有御銘一首惜乎不知誰氏磨去矣

誰將尺璧易丸泥名籍凡夫荷

御題為製石函藏墨寶豈徒玉匣置端溪物傳兩宋人爭寶譜就西清

馬伏波

馬伏波

誌翰墨之緣耳

趙子遺徽跡已陳趙宧光字凡夫明朝人隱寒山猶傳片石説奇珍墨華萬古常如此

鴻雪千秋未了因瓦缶尚能邀

帝眷文章豈必委風塵可知

聖世憐才意譜入西清近

紫宸

不知何日到人間可是

君恩在昔頒香火有緣傳四世畫圖曾列第三班紫泥製古來

金闕白石名高勝玉環怪底

御銘輕落去想因雷雨化龍還硯譜中載有御銘一首惜乎不知誰氏磨去矣

誰將尺壁易丸泥名籍凡夫荷

御題為製石函藏墨寶豈徒玉匣置端溪物傳兩宋人爭寶譜就西清

事可稽記否寒山舊風景片雲軒外草萋、凡夫軒名曰片雲
宋代繁華近渺然只餘坏土奠蒼煙摩挲時起興亡恨珍重誰深翰墨
緣伴我曾元傳樂事羨他圖畫入瑶編要知仍是文章貴耕耤從來說
硯田

先祖有和吳穀人先生五色蝶詩時 先伯蒼世父暨 黄海華
文琛太夫子均有和章并題於何子向兆蓉 先生所繪五色蝶圖
之上 禮 不揣鄙陋恭步原韻謹製五章實有邯鄲學步之誚云

南園春到草初肥影共齊紈欵、飛五兩風回莊叟夢一團玉化葛仙
衣好花院宇闗情甚凉月羅浮去路稀百尺粉墻遮不住白雲深處又
來歸 白蝶

杏林芳後綠陰添飛處應愁燕子兼柳葉也憐春色老花房不耐曉風
尖香鬚粉翅曾相識翠袖青衫豈避嫌最好清明新雨過碧闌干外舞

纖纖 綠蝶

一天花雨趁翩翻張網宮中上海暾慣宿鼠姑承艷色偶圖鳳子鬬香痕胭脂染出風前影金粉難消葉底魂百二春光君記取鶯愁燕妒不勝繁 紅蝶

雙、輕掠畫闌東梅子黄時處、同仙掌盤高終怯露菜花梢弱不禁風消魂錦繡原如夢故事金錢幻化工衣上爪痕猶似昨春歸沙漠太匆、 黄蝶

年、此際到燕臺陌上歸時宿異瑰紅荔枝梢悲夢斷紫雲堆裏伴春來繡簾風起空留影薇省花開且漫猜惆悵太常仙跡絕月明嶺表不飛回 紫蝶

歲暮感懷

匝地烟塵已十年將軍何日靖三邊春歸陌上青、柳多少征夫又著

鞭
浪擲光陰又一春歲華徒老少年人蹉跎已被兒童笑如此青袍未易
新

落花

太息埋香正暮春暮春天氣本愁人花飛秦苑難為淚夢到巫山總不
真終古怕歌長恨曲祇今誰惜苦吟身嗟余曾領風笑前寄語須酬未
了因
聞道天香已化煙東風何故不知憐愁成客淚三秋雨腸斷閨情廿四
年解語獨悲人蘊藉傷心惟祝夢纏綿武陵終負漁郎約明月令生肯
再圓

癸亥

送二姑四妹之晉有懷二姊時二姊在楚北

晋陽山影漢陽波兩地離懷可柰何岐路送人三月暮亂愁於我十分多難消骨肉樽前淚如此烽烟客裏過惱殺桑乾橋下水無情常喜聽驪歌

雨中登寶藏寺

眺盡平蕪起綠烟雨中蘭若現諸天探幽不畏登奇石寶藏端應護玉泉雲擁宮槐成蜃市風翻湖柳憶龍船庚申九月畿輔不靖圓明園与山同時被焚登高一望能不愴然重來早共山僧約丹桂開時好問禪

誰向山隈建道場禪心叅徹木樨香百年佛老留燈火萬古山河對夕陽泉脉自然真寶藏軒名端可號清凉登臨東望多悲思雲裏樓台認渺茫

過可園觀芍藥

踏壓車馬正紛、我亦芳園玩夕曛萬點花陰垂半榻一庭春色剩三

分繞欄紅藥初翻雨隔樹青蘿乍護雲此地於今曾數過無心魚鳥訝來勤

題暫園（園故金鏡軒鑑太守之第余質以居故題其園曰暫）

買得荒園半畝餘小齋我且寄琴書算來誰是東風主過眼烟雲總暫居

纔過清秋又好春一生猿鶴最情親閉門不管塵中事且與名花作主人

雲山疊〻護虛堂四面窗開好納涼為謝關中賢刺史（園主人金紫溪鑑官陝西）

鶯花許我十年狂（余質此宅以八年為約）

憶昔蘭亭觴詠地於今臺榭付蒼煙百年過客誰為主且對清流奏管弦

湛碧池頭春水生望雲館外桃花明果誰參徹個中趣小院連朝晴復

晴

雨後園中梔子夾竹桃盛開呼茶賞之

西風吹雨落洒、自清涼嫩碧轉增媚亂紅時遞香波聲翻薜荔雲影動瀟湘獨立啜新茗東山又夕陽

觀大李將軍方壺閬苑圖

雲麾將軍諱思訓派演唐宗七葉近一生功業不須論繪畫猶能傳逸韵昔曾殿壁畫波濤夜半人驚看寶刀寶刀無影水聲壯想見將軍意氣豪此圖曾奉明皇敕經營慘淡憑霜毫霜毫一枝圖萬里運思如有神鬼操千山萬水輝金碧一花一木皆仙迹羽葆明珠帝女容青藤綠竹仙人宅恍若置身三島間方壺原與塵寰隔計圖三丈有六尺此寶豈徒同卞璧鬼神呵護三年千歷代印璽紅殷然令我得觀真幸會吁嗟過眼皆雲烟

苦旱

豈不恤民命沛然作甘霖豈不惜民財為雨瓜子金民哉非無良上天豈有心默、索其故洒淚常哀吟

題運河樓上

長流如帶綠如煙眺盡平蕪接遠天千尺浪花仍故、半生塵夢總綿、潮兒弄水喧成市野客乘舟便欲仙重到潞河樓上立夕陽芳樹自年、

過成邸西園姑丈招同南樓賞荷

樓閣參差枕鏡湖芰荷十里錦平鋪王孫有酒邀詩客鷗鷺忘機伴釣徒風動葉翻波翡翠雨敲花落水珊瑚滿堤楊柳為疎檻入望雲山接綠蕪

晚步池上

薰風幾許到閒庭小立池頭水氣腥積雨半潭容鷺睡晚烟一樹伴雲停林梢月朗燒銀燭柳外螢飛落曙星千里關河千里夢不堪塵事總浮萍

題桃花扇後

南朝天子醉春風一曲笙簫帝業終選妓急於徵隱逸復讐何故死英雄黨人獄起江山恨舞扇歌成妾婦忠痛哭鼎湖龍殉國千年華表泣秋蟲

新秋有感

西風吹雨暮江頭氷簟銀屏暑乍收遊子遠懷千里夢寒蟬時聽一聲秋愁深不敢題紅葉話到忘機有白鷗過去事偏同逝水興來載酒獨登樓

無邊爽氣到門庭荷欲殘時草尚青愁裏看雲傷寂寞夢中聽雨怕淋

冷百年歲月誰非寄一點情緣我未醒自有胸襟人不識且隨鷗鷺共忘形

芰荷初謝作涼天纔有秋容便可憐雨、風、七月暮花、葉、幾朝緣人非宋玉慚無賦我是莊周不學仙何處可尋幽勝地夕陽門外影淒然

白秋海棠

秋來誰種雪霜姿淚點斑斑、化玉時曾被春風傳姓字不勞粉本染胭脂一庭明月留痕跡五尺輕陰好護持冷淡丰標真面目籬東白菊漫相疑

為賞幽姿獨倚闌置身如到白雲端憐卿影共形容瘦與我情同氣味酸風裏葉翻宮錦細月明花下水晶寒緣何思婦千年淚灑向秋陰總未乾

中秋雜感

萬感無聊啟玉罇滿懷塵事不堪論天涯秋老誰知己海上風驕繫夢魂留取寶刀終滅寇敢因薄宦不酬恩杞人自笑癡難解明月今宵又到門

自題二十四歲小照

浮生須惜少年時容易霜痕上鬢絲歲月不憐人老大畫圖莫笑我情癡偶留鴻爪原如夢已負駒光只自知他日相看應仔細可曾還是舊鬚眉

流水行雲世外緣畫中雲水解相憐論交肝膽惟明月此日鬚眉尚少年未免有情留色相伊誰能悟到生前也知不是梅花果个裏沉浮聽自然

送吳禹臣布衣載颺之山海關

翰墨情深最有緣聞君此去意淒然雲迷遼海人千里客醒燕臺夢十年蓮幕不妨權小住芸窗何忍説從前淡如社散風流歇愁見離亭欲雪天

風寒雪凍冷雲低千里飛塵送馬蹏旅畔懷人宵玩月夢中警客夜聞雞河梁揮手鄉關遠離别縈心道路迷須念暫園君去後斜陽無語鳥空啼

欲别難為别淒然淚滿襟風霜邊地迥意氣故鄉深我愧功名薄君傷道路心到關回首望應只見寒林

讀宋史

岳侯文相恨同深太息中原半陸沉死國死忠臣子分立功立德古人心江干草木猶思宋宇内河山竟畀金莫怨君王輕社稷浮雲終日作層陰

過長春寺留題

靜鎖禪關無是非白雲為伴絮為衣樓頭月色參真諦檻外流泉洗道機半偈悟時羣動息萬緣寂後獨來歸相看一笑斜陽晚簾畔雙、燕子飛

長春古剎記前朝千載松楸自寂寥塔影涵虛依鳳闕梵音颯沓湧江潮數聲清磬禪機活一炷心香熱念消羨煞西方極樂界衹今途路總迢、

冬至後一日月下口占

纔過長至日便覺物華新月色涼如水燈光冷更親鐘敲雲外寺霜浸鏡中人靜裏觀真趣悠然萬古春

無題

雨中紅杏水中蓮纔露嬌姿便可憐過眼每嗟成夢裏並頭恨未結生

前娥眉不許千金贖玉鏡空留一笑緣寄語蓬門浣紗女春風容易悞華年

青天渺、海沉、比較情深恨更深空際雲容原易散夢中花影最難尋自慚少府難為侶漫喜羅敷侍委禽金屋築成傷寂寞不堪重鼓相如琴

甲子

春雨偶成

輕於薄霧淡於烟洒向東風二月天醞釀百花春洩漏溟濛千里夢纏綿嫩寒無計消長晝舊雨重尋似隔年捲幔靜從窗外看个中圖畫最悠然

承襲子爵詩以記恩

鳳詔龍章下

九重新恩仍許紫泥封是爵乃余堂兄承襲伊故後無嗣本旗奏請可否傳襲奉旨以先曾祖戰功昭著仍許承襲實特恩也無私雨露沾天下覺到臣家分外濃
孫祖傳家一品衣自慚無術報
恩暉願如燕子春風裏常傍
中天紫禁飛

春草

春來何處覓春光春色撩人古道傍萬里暖風吹朔漠一簾微雨夢江
湘青分新漲橋頭影綠到平蕪履齒香莫笑此君生氣薄寸心猶解戀
東皇
一碧雲痕萬里煙清明纔過便芊、春生南陌濃於酒雨後東皐軟似
綿弔古怕看青塚迹懷人剛是綠楊天無多好景休辜負及到秋風又
可憐

東皇着意醒煙痕淡蕩風來氣候溫有約蘼蕪春蘊藉含情豆蔻月黃
昏踏青客憶桃花面拾翠人招杜宇魂無限斜陽無限雨一齊都綠到
山村

雨中登掃雲樓遠眺懷禹臣

掃雲樓外雨纖纖、恰是清和四月天望裏有山横翠黛雨中無樹隱啼
鵑不堪客去長相憶纔覺春歸便可憐想得故人千里外桃花開泛武
陵船

紀恩

聖澤氣長溫余承襲之爵乃恩授封准世襲十三次先曾祖以破滑縣功蒙無間功名到子
如春
孫五等襲封榮先是本旗因出缺者無嗣以仍否承襲請旨上念先
異數曾祖戰功昭著未便傳封遂命余承襲焉

六曹學吏辞

新恩余以部員襲世爵故事不得兼攝因大司空以余行走尚為勤慎奏請留部奉旨允准實異數也

心憐有繼先臣志身愧虛生舊將門一片壯懷人不識敢將起舞慕劉

琨

憶昔滑臺靖逆氛於今父老尚傳聞受封虎帳春如海

賜敕龍光夜燭雲七代荷

恩慚世祿自先文勤公服官以來至余七世

三霄溫諭重酬勳

天家雨露沾天下覺到臣家迥不羣

清和月倩李竹菴畫師維明作風雨懷人圖便面題贈獻芝

天涯一望恨匆匆五載相思異地同寄語故人須鄭重好將紈扇暢仁

風

渺、長空寂、春登臨一望總傷神雁來關塞書無准夢入湘江路未真對我不堪雲裏樹與君同是宦中人莫將別恨縈心曲努力相期報紫宸

西山紀遊

度盧溝橋

帝京西去度桑乾橋駕飛虹百尺闌名利醉人千古夢水雲憐客五更寒碑題曉月留名跡盧溝曉月為燕京八景之一河走長蛇下急湍我是漫遊從此過笑他林外促征鞍

距戒臺二三里許有石佛寺遊人至此車不能前遂捨車步上得此

樹繞山村僻行、路漸幽巖間雕石佛天半隱瓊樓磴道盤空曲烟雲望裏收扶筇閒竚立鳥語自悠、

戒臺寺

葱龍萬緑寺當中闌護豐碑
聖藻雄寺有高宗御題詩碣香火歷朝開法域塵心此日悟真空名山草
木傳詩碣經寺有活動松曾經御題勝地峯嵐半梵宮閒向九龍松下立戒台前有慈樹
碧天無語夕陽紅

與妙保上人茶話

山色當窗列翠屏僧齋停午野花馨松濤不斷涼如水坐聽微風響殿
鈴
梟、茶烟午夢初松陰入室寮還蹤静中已悟空王法何用重繙貝葉
書

松樹歌寺有九龍卧龍活動諸松

千佛閣下幾株松蔭覆數畝濃陰濃或如虬龍欲飛舉或如鳳子來相

從天生神物自奇古正宜伴此青芙蓉闌右一株尤奇絶曾邀
御賞題詩碣偶動一枝身俱摇賜名活動名實切我來樹下長太息誰
能以静參禪恍樹兮尒若解真禪胡不以静胡動然

月夜獨步

碧天如水月華明松下輕陰分外清立久不知更漏盡夜風吹斷寺鐘
聲

赴潭柘寺道中

筍輿侵曉度山溪磴道盤空路欲迷無限鳥聲聽未了緑楊添个乳鶯
啼
夾路山花滿徑香松杉影裏去来忙筍輿直上千尋嶺雲外天風刺骨
凉

潭柘寺

傳是唐時建千年古佛堂潭空龍跡渺（傳聞寺本龍潭）山靜栢花香流水參禪
趣浮雲似宦塲羈身有冠冕歸路意傍徨

延清閣（即景閣前後皆竹茂甚可為京師諸竹冠）

日輪停午靜虛含竹裏層樓許獨探碧影上階書个个綠陰匝徑畫三
三泉聲悟道禪機活山色催詩筆氣酣我有雄心未消歇不將高隱羨
終南

歸路口占

山居纔四日便覺悟禪心歸路已如許猶聞鐘磬音

桃花

芳信傳來到小村武陵圖畫解温存風前漫道春無主雨後空嗟淚有
痕幾樹晚霞人寂寞一溪明月夜黄昏可憐艷質淒凉甚獨對尋常白
板門

題倦綉圖

一種纏綿百種癡漫拈湘管寫芳姿詩人偏少風流福惆悵輕年杜牧之

冬郎生小悮情深早負看花一片心才子大都皆寂寞美人合向畫中尋

朝雲暮雨盡荒唐神女原來戲楚王百二好春須愛惜莫教減了舊容光

誰将尺素寫嬋娥如此濃妝素客何我自生來有癡癖憐卿不語更愁多

解識清妝太可憐故将脂粉鬪嬋娟奩開寶月含秋水絕妙臨風并蒂蓮

杜宇聲中客夢迷春殘時候總淒、東風十里桃花片不送漁郎到武

溪

題畫

春色迷離畫未真麗詞千古自清新重來不必增惆悵常此桃花伴美人桃花人面

相思無賴上幽琴聽到求凰意更深莫道多情是才子不堪重詠白頭吟卓文君聽琴

漫道才人重阿嬌忍情離別不崇朝可憐黃葉西風裏猶有芳魂到草橋崔雙文

天生王氣晉陽宮隋國山川似鏡中底事美人能骨相早從草昧識英雄紅拂

月夜

碧落晴無際清暉在上頭風雲三尺劒天地一虚舟月有滄桑恨人懷

草木愁宵深羣籟靜獨坐看吴鈎
耿、照虚堂無私萬里光客愁滄海別月自古今忙鏡皎窺魑魅桐孤
憶鳳凰平生少知己吾道太淒凉

秋興

長空疊、擁雲山萬里西風又入關疑有雨來深院暝悄無人處瑣窗
閒香飄玉宇花難折夢斷金閨客未還極目蕭條霜漸老但教草木變
衰顔
年、此際總關情梧葉飄時玉露清幾處管絃宵度曲誰家砧杵夜傳
聲漢宫扇冷春無跡巫峽雲多月不明怪底亂蛩太淒苦向人倶作楚
囚鳴
柳柔花媚草萋、簾外西風落日低有客不堪秋寂寞為誰贏得夢淒
迷詩因題葉愁偏重琴鼓求凰韻太悽小鳥似知人意遠古槐枝上儘

情啼
秋來誰道盡淒凉雲外風飄桂子香遠水碧沉中夜月晚楓紅落一林
霜連天草色没孤雁匝地烟痕浮夕陽絶似王維好圖畫不勞彩筆鬭
雌黄
碧梧摇落掩荆扉極目蕭條過雁稀風樹亂翻斜日没暮鴉閒逐斷雲
歸客愁海國秋生早夢裏天涯路半非不道輕寒又如此綈袍猶是故
人衣

喜聞官軍收復金陵
南郡新收復飛章報
九閽効忠臣子分胙土
大君恩靖宇推元老跳梁笑覆盆燕然名未勒慚是令公孫
可惜繁華境頻年戰伐深闕城餘故趾歌舞泣寒林已被鶯花誤還愁

盜寇侵尋言江上客莫再弄哀音

太息汾陽裔誰人解荷戈莫言酬志易觸景感恩多

帝室思霖雨王孫半蔦蘿未親邊地苦其柰馬援何

十載擾春耕潢池盜甲兵運關吳楚刦天厭鼓鼙聲喜聽金陵捷愁聞

瀚海征 時回匪不靖

朝廷待勳業早立上公旌

夜雨

冬至初長夜迢、漏未闌析驚隣犬吠雨雜寺鐘寒乍喜深宵靜焉知

行路難擁衾無限意還去夢邯鄲

消寒八詠

曉雞聲

啼破冥、碧海烟蕭齋人尚擁衾眠似將號令申天下敢道辛勤占客

先百萬夢魂晨唤覺五更鼙鼓夜驚傳莫輕喔、藩籬種戒旦功曾記簡編

夜雨聲

瀟、雨細伴寒更涼入疎窗夢未成倚枕聽疑風掃籜擁爐權借酒為兵夜闌却憶巴山語天若難忘蜀道情一寸甘霖千畝稻喜他田舍好春耕

鐵馬聲

氷心鐵骨玉輕盈簷下消磨歲屢更尚自多情縱繁響也知徒作不平鳴韻偕環珮人歸院夜半樓臺月滿城底事天涯正蕭瑟斷煙零雨一聲、

暮鐘聲

蒲牢百八度寒雲日下危樓酒半醺風送妙音憑斷續山中清課此平

分滿江漁火船成市十里嚴城夜典軍想像花宮真趣味龕烟鑪焰兩
氤氳

煮茶聲

閒將爐炭劑陰陽斗室紅泥引興長隱約響如春夜雨菲微煙裊篆雲
香好調鼎器思元化拜賜龍團出建章陸羽遺踪消歇盡風流容我寄
跡狂

落葉聲

霜老秋空木葉凋亂隨風去路迢、客歸竹屋宵驚雨船入楓江夜警
潮到地有聲憐細碎打窗無處不蕭條莫將薄命傷飄泊且與騷人伴
寂寥

過雁聲

嘹嚦關河幾度經麗譙聲裏過閒庭天街陣冷愁風急雲路音哀乍酒

醒遠塞月明千里白深閨秋老一燈青遥憐此夕邊城上多少征夫不忍聽

擣衣聲

切、砧聲欲斷魂纔過清晝又黄昏夢迴旅夜傳雙淚風送閨愁度玉門寒礎漫飄新怨語征衫應有舊啼痕白狼紫塞音書絶敲碎霜花月滿村

乙丑

感遇

乳鳳在空谷文彩亦輝煌一旦奮羽翮高鳴山之陽衆鳥競相附舉國驚禎祥當其未飛舉豈無憐世腸世既不我識潛韜日月光物稀人所寶良賈貴深藏顯晦自有時何必悲炎凉

明月出東山清光漫浩、浮雲何飄忽遮住長安道哀哉衆夜行是豈

天所好安得萬里風借作晴空埽

歲月去無迹良辰過如宿寒暑更相換古今無往復當此寄幽懷莫討窮途哭丈夫貴意氣立身苦不獨笑彼世上人夢寐相馳逐揮手謝滄桑飲酒噉粱肉

紙鳶

片紙真看上九天但乘吹拂便飛仙生涯笑爾原無定線索憑人亦可憐得意似忘身是寄快心須盼日如年好風未必常如此一落泥途也黯然

怡園感舊

野圃重來歲屢更舊曾遊處最分明斷橋草亂迷春水幽院花開但鳥鳴兩度綺筵渾似夢（余曾兩宴其地）一堤垂柳不聞鶯莫將往事從頭憶離別還深萬里情（同遊諸子半在天涯）

迴首繁華憶昔遊無邊風物使人愁軒窗依舊鶯花老歌舞全消草木秋三月好春曾放棹十年惟我獨登樓畫堂芳樹都零落剩有斜陽水上浮

送春

寂、閒庭思悄然飛花如雨柳如烟東風不肯留春駐惱亂鶯花三月天

遊豐台花肆

閒尋魏紫與姚黄陌上煙痕五色光十里暖風花送客一畦新雨夜生香芙蓉城郭神仙侶草木春秋歲月長底事多情是老圃為他桃李半生忙

郊行遇雨

策馬城西路人家飯熟時淡烟籠野樹深柳颭春旗天迥雲鋪絮風微

雨散絲何當一樽酒讀此畫中詩

聞科爾沁博多羅噶台親王僧山東戰歿詩以弔之

将軍譜系出烏孫世繼王封衆所尊宣室賜婚曾尚主玉關藩服舊承恩請纓志切蒼生恨報國神傷月夜魂萬里長城昨失守魯東烽火不堪論

誓掃塵沙靖百蠻義旗飛度玉門關天心未厭干戈刼遺恨長留宇宙間家散萬金期報國軍威十載重如山可憐倏復無消息碧血先埋汶水灣

十年着意固金甌不道星沉汶水頭誰繼棟梁支大廈空教父老盼諸侯看雲滿眼沙場淚愛日常懷草木愁我受國恩憂國難英魂還望砥中流

一死勳名重古今其如天下患方深淩烟閣剩功臣面墮淚碑傷将士

心殺運未消君抱恨憂懷無那夜孤吟何時海内干戈息伏聽薰風鼓舜琴

漢銅印原引贈李叙堂司馬　澄

漁陽李侯性好古海内雲霞供呑吐逌世身輕萬户侯游心日、圖書府文章書畫似天授落筆龍蛇看飛舞新從百粤八閩來更喜快論空塵埃身經萬里破萬卷古人豈能欺我哉珠江市肆擅繁盛等視珠玉如蒿萊日搜秦漢不厭倦心細如髮目如電吁嗟至寶存豈多周鼎湯盤不可見或者碑板猶近古買書幾盡南山絹歸來囊槖不論錢絶似襄陽米芾船感君知我有同癖贈我一部青瑶編展視纍纍、漢銅印磅礴奇氣紅殷然摩挲不禁三歎息比來八法失其傳大篆變隷、變草後有醉素前張顛鍾王以下重真楷逾久逾迷崑崙巔天下已無真篆籀奏刀又豈能神秀徒見斑駁斧鑿痕只矜刻畫相馳驟慧心人欲挽頹

風幸留此卷洪濛中如見廬山真面目一洗世上雕題蟲君今欲歸盤谷去落葉滿山不知處遺將一片白雲來寄與故人慰思慮

晚凉

傍晚雨初霽披襟縱笑歌我懷清似水塵世險於波林表蟬聲寂墻頭樹影多請從天際看飛燕入雲羅

小亭

小亭如笠對斜暉繞砌苔生屐齒稀記得春時雙燕子桃花深處盡情飛

消夏雜詩

掃雲樓北古槐東曲、廊邀面、風隔水柳摇三徑碧捲簾花颭一枝紅蒲團坐久渾忘暑湘管拈来愧未工自有清凉却炎熱静觀心在玉壺中

朝暾初上影重、閒步池頭，脚力鬆小徑碧添昨夜雨半天涼透隔林
鐘風前坐看茶烟裊竹裏行來露氣濃汲水灌花饒樂趣竟如泉響聽
淙、
淡烟籠樹月横窗無賴詩魔借酒降寫意竹陰書个个連環杯底印雙
雙誰家夜弄江城笛雲外風飄水調腔暑氣漸收宵漸靜畫屏斜掩一
枝釭
沉、斜日照山嶨簾捲瀟湘影寂寥挾雨黑雲來漠、繞籬黄竹故蕭
、一庭爽氣含秋水百里輕雷響暮潮惟祝甘霖普天下晚禾大有釋
民焦

登普濟寺樓

蕭寺枕清流波揺暑乍收樓臨衆香國雨釀一城秋樹影含山色花光
盪客愁渾忘在塵世閒聽採蓮謳

放歌行贈王竹舫孝廉晉之

古榆關北田盤東羣山秀起接鴻濛天既賦此佳山水必有名士生其
中名士者誰王竹舫百萬卷書自涵養我昔見李白（謂灝）觀心神為之曠
長言論性真詩書資采訪又從李白見王維（謂竹舫）自羨奇才喜得兩王
君善書兼善詩畫法直欲追大癡道德之餘尚如此令人嚮往心神馳
新製絹素若冰雪乞君為我揮灑之千崖萬壑本無定聊以自慰山水
之相思吁嗟古人法畫[每]難得慎勿筆墨相矜持

題紹十一郎中誠三秋圖

潑墨濡毫見性真羨他落筆便生春若將畫理參禪味色相全空但取
神
菊石從來訂久要秋光點染不蕭條斷腸花外天香重絕似才人伴阿
嬌

題畫

萬梅花擁讀書樓獨掩柴扉景物幽不道曉風殘月裏有人門外泛輕舟

兩堤官柳碧如烟傍晚風輕好放船貪看夕陽忘遠近不知已到郡城邊

七夕露坐

暝色四野合歷、衆星見河漢渺無際晴空亘匹練西北有牽牛今宵足歡嬿悵、殊未已去、不復戀良以用情深金石不虛變悼彼世上人浮生疾如電不自保太初濃華仍自銜何如碧落中千秋情淚濺中庭羅綺筵兒女競趨拜婉言向天孫爭以巧為快紛、但乞巧舉世不為怪須知造物中正以巧為戒試看天下人半以機巧敗文章不逢時才士每顛僨我獨願庸愚形同聾與聵

魁華峯閣學齡索題其亡姊瓜爾佳氏墓誌

孝友歸巾幗鬚眉愧不如侍親承色笑勵弟奮詩書楊厄悲天限松貞保太初墓門華表在可以式鄉閭

佐弟持家政辛勤五十年此心同止水一夢醒塵緣骨肉幾行淚碑銘萬古傳漫悲歸去速應已證青蓮

暮秋有懷

葉落高梧爽氣森空庭無雨晝長陰故人久滯平安字過雁寒留朔漠音猶有碧松迎煦日可憐黄菊抱秋心任他萬木凋零後不受霜華半點侵

秋蘭

獨賞名花啟玉罇幽窗相對又黄昏香分楚畹留春雨佩憶湘江逐客魂似許同心參妙諦何妨空谷竟無言羣芳閱盡非吾耦留取清芬萬

古存
別有因緣愛楚騷敢辭清潔委蓬蒿山中草木思君子世外風光屬我曹遺恨三閭秋紉佩晤言一室夜焚膏天姿惟恐霜摧折圖取形容付彩毫

秋草

闕山渺、復萋、冷伴斜陽日影低萬里天涯秋落寞三春河畔夢離迷青憐夜雨飛螢火黃趁霜風沒馬蹄谷口淡煙原上月採薇何處問幽栖
瞥眼黃雲接大荒川原無處不淒涼山霽歷亂留斜日城脚參差但曉霜萬古功名傳百藥平生踪跡伴羣芳一簾一榻尋常地春雨秋風費較量

九日登高有懷淡如吟社諸君

惆悵西風塞草衰興酣載酒上金臺浮生暗逐年華老秋色全從朔漠
來花事闌珊三徑菊烟痕縈繞一庭槐登臨容易傷零落海內何人解
愛才

目極蒼茫數點雲離懷秋思兩紛、登高每憶游仙夢感舊難忘大雅
羣都為功名別故國漫將笑傲薄參軍飛鴻已悔留殘跡羸得重尋雪
上紋

晨起見小池積雨澄鮮可愛

小立空潭上朝曦曜錦紋寒凝一夜雨吹皺萬層雲鑑止欽吾道澄懷
賴此君莫嗟秋色老平易自超羣

一曲清泠水探源在碧空天寒難釀雨波小未乘風似鏡看今古承流
判異同寄言謝滄海秋思邈無窮

薊門行役草

通州道中

樹頂雲千疊長途望裏遥黃塵撲客面白日冷山霄塔影依天近烟痕借柳凋晚來風更急落葉響蕭蕭

宿通州城外

暮雁寒鴉過眼新黃昏投宿近城闉行人漸聚中宵市驛馬飛馳大道塵風漾晚烟千帳合霜欺旅夢一燈親歸家好向賔朋説盛典曾瞻大聖人

早行

侵曉行車發東來第一程天高雲煥彩野曠霧蒸晴短艇依寒渚長河繞郡城霜痕與殘月客裏最關情

白澗村店題壁

山村宵柝聽徐徐斗室燈青客醒餘一榻曉寒僮睡後滿階秋雨葉凋

初鄉心殘月臨窗裏宦况春蠶作繭如輸與田家諸父老五更猶自夢
華胥

散步

疏林一帶掩屏山日午雞鳴不啓關羡殺村居好風味白雲深處意閒
閒

黄葉堆門草滿階一窗晴日湯盈離懷晚來風起凉如水爨底新添幾束
柴

駐蹕白澗遇雨恭記

瀟瀟雨細洒征塵馬上羣峯似笑嚬落雁遠沉千帳静好山低護
六龍巡

行宫老秋飛黄葉曠野星羅拱
紫宸更喜蒼天解宣化徧施膏澤似三春

歸路有感

秋氣蕭森上馬鞏眼前無數盡峯巒霜催葉墮人空老風掃雲開月已闌最苦莫如蠶作繭可憐都似客求官黄粱夢裏誰先覺為戀君恩未挂冠

戲詠明史萬安進藥事

回春功業費調合都為長門望幸多可惜然金丹有限只羸揮淚對宮娥

惱春詞十首

燕子營巢過半春者番辛苦太無因花開近水皆仙侶草向斜陽盼故人九十日終同是夢五千年外莫求真東風若解東皇意一例韶光照眼新

南陌青、萬柳條漫天飛絮未全消不知白首逢三月猶傍紅塵上九

霄流水也難留本色啼鶯都為殢人嬌江湖若有容身地雨笠烟蓑逐
浪飄
朝暾容易上闌干為引閨人捲幔看照影花枝各呈媚弄晴鳥語半啼
寒違心浪說春如海撲面風狂客據鞍莫笑梁空飛燕子年來王謝盡
凋殘
都為東皇雨露勻翻教鶯燕鎮生瞋不容霜節留千載巧向花間寄一
身欺我蘭陵春易醉誤人桃葉境非真仙源競渡舟争發波浪深時莫
問津
欲把春情寄小姑畫闌春色已糢糊烏衣巷冷朝青帝金谷園荒弔綠
珠向暖花開羣蝶飽最高枝上一鶯孤江南微雨天山雪為問東君有
意無
倚闌紅藥傲晴霞也算陽和隊裏花廿四番風歷霜雪兩三點雨到山

家快心只道春常駐娶尾休傷日未斜多少樓臺全占盡美人香草隔
天涯
賣花聲裏雨絲、唤起邯鄲夢醒遲悔向黑甜尋蔗味漫勞青使報瓜
期冶遊車馬爭如水待嫁梳妝要入時林外鳥鳴行不得可憐人被好
春羈
鶯花催上渡頭船一葉零丁泛若烟底事身從波裏過空嗟春似夢中
遷柳柔愧負東風力星小難依北斗縣回首芳園休悵望草欺蘭瘦亦
因緣
惆悵南園雨過時落花飛盡碧參差波心鷗鷺曾相識水面文章讀已
遲浪擲黄金買春色翻教紅粉笑人癡自憐不是尋芳侶懶向風前聽
子規
曾近瑶臺侍紫皇悔從花底閏新妝易抛客裏光陰改難買閒中歲月

長釀蜜笑蜂春碌、隔雲看月夜茫、紙扉紙帳平生願氣候由他自
暖涼

過長椿寺有感

歲華回首祇消寬（余與月上人兩世交誼）珍重鴻泥舊爪痕廿載不來朝古佛鬢
年曾此侍清鐏（余兒時曾侍先君遊茲寺今十餘載矣）導師笑我塵緣重壞壁題名墨跡
昏（丈室尚有余九齡時所書平安二字）敢向空王尋靜業浮生猶有未酬恩
稽首慈雲禮法王拈花應笑世人忙果誰解識無生諦此日來登舊講
堂琳宇不殊前度夢錦袍猶染昔年香可憐又向塵中去萬樹昏鴉已
夕陽

晨起大雪赴僚友田治庭國俊之招

不知一夜雪聽徹五更鐘捲幔天忘曙披衣夢轉慵畫樓紅燭小庭樹
白雲封為赴良朋約嚴寒幾萬重

十里瓊瑶路輕、印馬蹄滴殘寒樹雨融盡落花泥向暖簷懸瀑因風
水漫堤鳳城回首處一帶遠山低

雪後月明如洗口占二絶

園林雪後玉平鋪烟鎖樓臺冷月孤天女散花蟾弄影个中容此一狂
夫

漏下高城月破雲樹頭殘雪尚紛、人間信有琉璃界莫被嬋娥占十
分

十月十九日太液池即事同人為文子乘郎中輅紹葛民郎中誠
百鐵崖主事勤

禁城之西闢靈沼源出玉泉清未了滙為百畝清泠湖空際樓臺望縹
緲樓臺縹緲隔春風天上人間路未通仙山可望不可即惆悵蓬萊一
水中六曹之末水曹吏備員郎署司百工捧檄自欣來閬苑到門初日

方疃巃千樹萬樹雪凝素時見一角朱樓紅登山道阻爭拾級怪石如虎迎人立巉巖洞壑幽復深高者拂冠低拂褶側身直上承露臺真疑帝座通呼吸放眼請登最上頭浮圖之頂天如笠浮圖之頂千尋高俯視烟樹疑蓬蒿抱甕影圓千雉堞奔雷聲走萬松濤攝衣而下閱古閣拜瞻

宸翰開閭闔更集名書為泐石壁間良玉精金合（樓藏三希堂石刻）北望琳宇何嵯峨安得一葦凌清波同人賈勇步尚健緣岸十里瞻兜羅歡喜羣觀客秘佛人字古柏交枝柯快雪堂下萬支石凌雲勢欲欺巖阿聞說此石自艮嶽歷年千百無消磨在昔亡宋尚奇迹百萬蒼生不知惜只徵花石不徵材嬴得金人來沙磧我朝

神武開明堂海宇萬國脊來王不欲天下有棄物金元故址重披荆

祝釐特建七寶臺柔遠西番虔選佛祇今臺橡對蒼烟

榭

翠華不到已多年
九重宵旰重民瘼安得遊幸來林泉

盆梅

暖日烘簷臘雪遲暗傳春信到梅枝淡妝合與嬌同貯香夢輕分鶴未知一笛曲終人靜後半窗花對酒醒時漫憐縮本孤山種猶是横斜歲晚姿

歲暮

海天何處認飛鴻又唱刀環報歲終子弟八千戍遼左貔貅十萬守關中勞人夢繞迢、夜凍雀饑啼獵、風攬鏡鬚眉傷老大那堪寒暑逓匆、

師舟表叔還自津門過暫園夜話

青燈閃、漏沉、話到離愁酒不禁一鶴乾坤尋舊夢兩萍湖海證初

心英雄氣為風塵换肝胆交從閱歷深迴首故人零落盡是誰爨底識

焦琴

小别初春柳未青論心重到水邊亭深杯勸酒雞催曙孤月留人夜獨

醒詩法愛君矜格律名場憐我太零丁離懷作慰征車發惆悵年、换

歲星

丙寅

上元

幾日春風徧大千滿城簫鼓競喧闐暖迴綠螘浮金斝舞罷紅氍落翠

鈿市衍魚龍呈百戲天教燈月總雙圓寄言佳節休虛度曾費錢王百

萬錢

二月十六日同朱君少桐其暄奉差至 先蠶壇作壇在液池

向日縈心地今朝捧檄來風流歸我輩屬吐盡仙才暖日融新柳清波

照古槐古柯庭有古槐一株數百年物也 一漫誇方外好只此即蓬萊

四月八日為浴佛節俗以五色豆相餉戲成絕句

甘露慈雲普大千莫將紅豆種因緣是誰解脫真如法瑤島猶開并蒂蓮

為親串家送葬郊行得此時甚亢旱

漠、陰雲覆遠山密雲初不濟時艱我來十里黃塵路撲面薰風麥壠閒

墓門華表泣松楸百戰功高拜列侯墓為明將軍瑞墓 庭草沒階花亂發不勝零落不勝愁

五月十六日在謝公祠結蘭作同譜者為韓吟舫員外宗源范樹聰之主事先轸宋菊人郎中兆麟少輔主事綬四君子也

金蘭投契亦因緣此日修盟列綺筵杜老源流探萬里諸君與禮均官工部謝公

祠宇自千年（祠祀宋末疊山先生）琢磨共望成霖雨俯仰空嗟付野烟終古感人

惟道義敢期交誼久逾堅

古祠高敞傍禪林（祠在法源寺側）投分交情感激深酒裏莫論天下事醉來喜

聽客中吟甘霖時雨他年志杵臼程嬰此日心青眼是誰曾識我遂令

知己淚沾襟

新秋偶成

無限秋光警素心空庭不雨亦長陰繞階草弄離離影隔院蟬留嘒嘒

音風露漸催花事了歲華都共客愁深浮生若此須行樂拊缶聊爲倚

樹吟

送人之津門

秋風裊木葉秋水送行舟天際一帆去樽前萬里流岸蘆搖落日沙鳥

下芳洲有客憐予意長歌古渡頭

謝公祠

偏安誰惜小朝廷，繼美材多炳日星。天命潛移亡趙祚，臣心已死哭萱庭。眼中故史哀忠節，江右遺徽慕典型。古寺旁邊好祠宇，曹娥碑尚綠苔青。

中秋雜詩

小雨前宵細點波，月輪初度彩雲過。樓臺似水香如霧，閒看閨人禮素娥。

白雲渺、思悠悠、萬里情真共一樓。不暖不寒好天氣，桂花香裏度中秋。

寶輪流彩上雲端，柳影扶疏桂影寒。我欲乘槎泛牛斗，瓊樓深處海天寬。

無題八首 偶閱兩般秋雨盦隨筆見梁晉竹無題十六首，喜其纏綿悱惻，遂戲步其前八首韻

九曲明珠一綫通春殘盃倚落花風揚波始恨馮夷鼓逐日何堪后羿
弓潦倒鬢絲驚弱柳寂寥心事託焦桐近來情思知多少都付蒼烟細
雨中
顧影書空也笑癡可能紅豆慰相思草名獨活春無賴杯重連環酒不
支織錦有紋勞弱綫簪花留跡界輕絲而今往事皆惆悵擾我禪心强
自持
年來消瘦沈郎腰引鳳吹殘月底簫自有心期悲宋玉本無訊芳怨洪
喬迷離夢好人千里醖釀春為(惟)雨一宵着意名花盡零落滿堂高燭待
誰燒
拚將慧劍斬情魔其柰情苗長愛河行露客來嬿躑躅牽絲誰為引藤
蘿頻看鏡裏春如許每到花間淚轉多試向蓬山一迴首个儂今始畏
風波

愁看羅帕染啼痕話到消魂易斷寃塞上竟難贖蔡琰天涯何處募崑
崙有花不許藏金谷此柳偏教種白門莫誤章臺問消息苧蘿村下已
黄昏
贈佩紉蘭豈憚勞憑誰傳語寄蘅皋天留慧業成文錦我有雄心看寶
刀眉黛鎖愁春是夢淚珠織恨記能牢温柔輸與漁郎慣兩岸芙蓉一
小舠
太息難尋泛斗槎銀河飄渺望中差空宫夜雨談天寶古井胭脂瑩麗
華江笛有情吹落月秋琴何事譜平沙踏歌須囑隣家女休採池塘並
蔕花
容卜花前拜紫姑閒庭深鎖綠陰敷相思此日慚初悟情味今生索宿
逋風信廿番成小刦金經百鍊啓洪鑪雪泥鴻爪渾難記莫把蘭因問
有無

絶句

烘窗午日明大風撼簷宇抱膝讀新書冥然契太古

輓壽陽相國祁文端公二十韻

緬想

先皇帝崇儒近

紫宸治安期首相經世本天人模楷朱文正公曾刻小學風流賀季真曹參

無損益周道只平均任重　黄扉久

恩深白髮新乞骸疏屢上

懷舊諭重申　賜禄褒元老公致仕後賜食全俸還鄉儼故貧

天章榮甲第公齋敬懸文廟御書學古有獲以勤為本兩額棠詠泣斯民薄海朝

冲主

垂簾憶老臣文廟升遐上以冲年踐座皇太后以聖學為天下本優詔起復授讀弘德殿　璽書徵

復起國計許敷陳職領春官貴起復後以大學士銜判禮部事榮叨黻座親　聖心資啟沃道統賴貞紀杖几驚殊禮文章信有神湛恩春暮雨衰病古稀身誰使台星隕同悲大悲雅淪飾終加太保公薨上震悼諭晉太保入祀賢良祠賜祭葬有加傳久沕貞珉衣鉢恩前哲先祖建威公受業於公父寉皋先生而公又受知於先曾祖文毅公文字因緣故累世交誼無間芝蘭有素因公誠敦道義禮也愧風塵漠、桑乾水淒、鳳闕春哀懷何所極揮淚古江濱

詠物四首

片紙傳薪抵月明此間消息夜縱橫總緣炎上趨奔走但有風來繫死生幻影也難增寸晷淚珠空欲買深更憧、笑少翻新樣見慣龍蛇了不驚走馬燈

誰把鍾期等戲場口脂香裏譜宮商傳聲腹本如空谷對客人真聽鼓簧山水調高悲落月齒牙音麗繞雕梁可憐鄭衛司喉舌焦尾於今柱

斷腸口琴

鼕〻清晝又良宵曲巷人家慰寂寥革面事功談易〻刀鏍歌唱聽遥〻巧裁寶扇權遮愧猶望鳴鼉或不驕只倚虚名欺海内儘他兒女鬧終朝 太平鼓

熱念初萌化刦灰浪傳功業補輕雷黑頭已見驚人勢紅線曾充蕩寇媒特與宣麻春正永漫勞取火夜相催悭他嗣響無消息解體紛〻伴落梅 爆竹

十二月十六日過訪葛民遂留飲其唐花暖室小酌清談春生四座口占二律以謝名花

百卉都欣煦日光入門忽地訝羣芳早看淑色充簷宇力護名花傲雪霜借酒漫論天下事與梅同是歲寒香感君知己情如許坐我春風大雅堂

燦爛何勞羯鼓催，隆冬直喚豔陽回。清樽結客春開宴，讀畫留人夜啓醅。但是英雄皆豈悌，不徒花草荷栽培。酒酣快論真超俗，笑彼尋常故紙堆。

感懷

雁行慨我久分飛二姊在楚四妹在晉二姑母又隨宦山右叔父以八月遠遊豫省一家星散慨然回首空憐處處非。三十兩傷哭子淚長子繩武生甫七月驟爾風殤歲甲子始生次子啟秀已週三歲矣慧異常兒盡可人意八月偶疾甫愈而痘殤時十一月十一日也余非敢以兒女之情為達者笑第念宗祀之重禮本單傳茲復喪子可憂也夫半生百事負春暉禮幼受庭訓先公時望禮以科目迨先公棄養禮甫十一齡先慈又早見背遂廢學行年二十始學仕納粟宦水曹一官匏繫潦倒無聞禮聞孝親以承志為先志既未承罪莫茲大。借酒消愁、益重何堪殘腊又將歸。依然夢幻人初覺，如此年華願已違。此聯在借酒一聯上

丁卯

題魁少司空齡東使紀事詩畧

雍容銜命出皇州歌唱皇華正好秋慎選使星頒雨露遠持龍節重懷柔藩封舊識文章貴風物全從紙墨收展卷不徒詩律細能宣恩到海東頭

易州行役草

宿良鄉縣壽因寺是日大風

風沙平地走黄雲落日孤城驛路分時届禁烟村寂、夜投蕭寺客紛、夢回旅枕鐘催曙挑盡寒燈析不聞無那清明乏晴霽西來山氣太氤氲

勞臺恭紀縣北門外黄新莊有郊勞台乾隆間金川凱撤紀廟勞先文成公於是

憶唱金川凱宸遊御翠華豐台勞軍旅殊禮際臣家祖德思增愧君恩報轉奢臨風無限意倚徙日西斜

房山懷古 縣有元陵

萬疊雲容萬柳烟，禁烟時節草芊芊。百年宇宙留坏土，一代興亡剩牧田。望帝鳥來春泣血，守陵人去鶴孤眠。不封不樹今猶昔，那許征夫問陌阡。

涿州懷古

敢將軼事説桓侯，鼎足勳名重斗牛。今我拜公祠宇下，一天風雨泣松楸。

淶水旅次遇德秋舫 成 桐子瞻 華 二太守夜話

西來二百里，已覺天涯路。適逢故鄉人，欣然成小駐。盡此一樽酒，相與話親故。去燭猶未眠，長談剖心素。抵足不成夢，爲言當世務。似忘行役勞，晨雞忽驚寤。破曉各分飛，車塵隔雲霧。

桃家屯遇雪

狂飈萬里吹行車習坎入坎空咨嗟僮僕相顧馬却（怯）走眼前無際皆塵沙深林着風、怒吼不辨田原與岡阜安得靈車為指南尋村一飲旗亭酒日落大野天蒼茫道里數問心傍徨黃昏已近逆旅遠望門如入安樂鄉少馬細雨瀟（敲窗）、急繼復大雪紛飄揚東風一夜不知曉開門對我青山少綠楊紅杏雨芬菲雪似楊花貼地飛相逢莫道關河苦人自蓬壺畫裏歸

琉璃河

滚、河流急風聲雜雨聲飛沙迷落日孤塔認山城車馬三生跡梯航萬里程一条衣帶水長此護神京

賓店題壁

蒼莽河山日易昏落霞影裏望都門馳驅我笑塵三斗醒醉人同酒一樽野草亂生春有跡海鴻無定雪中痕征袍夜染瀟、雨匹馬衝寒又

幾村

盧溝橋

濕雲晴雪太縱横東下春潮送客行迴首翠微山萬疊桑乾橋上度清明

輕陰釀雨思悠、驛草庭花盪客愁對我青山似含笑、人不是賞春遊

春日雜詩

小桃紅綻柳絲黄深院無人晝漸長日午不聞新燕語一簾微雨夢江湘

棃雲貼地不禁風睡起幽窗曉日紅幾度搴幃嬾凝眺惱他春色太匆匆

倚闌都覺物華新雨後芳園漾麹塵花柳不知人事改可憐猶是去年

春

柳絲只解繫春愁柳絮驚人易白頭柳絮柳絲飄泊甚憐他萍水度清

秋

春去春來等流水花開花落亦因緣細推物理原無我別是清虛小洞

天

新秋

西風動簾幌秋至客心驚歲月竟如此干戈殊未平亂愁雲萬疊悠思

夜三更誰使華顛改何因恨鏡明

木變石歌有序

木變石　南海瀛臺有之丙寅秋差至其地得覩焉迫觀乃尺

餘枯松木耳叩之則淵、然冷、然雖洛鐘之銅不是過也守者

曰此即世所豔稱木變石是矣余聞而亟喜摩挲審度久而不忍

去幾有索靖卧碑之癡焉越歲丁夘秋八月有賈人持片石以售者索觀乃木變石也松紋顯著肌理瘦勁其質地色澤復與瀛臺者相近誠世所罕覩若大小之殊則泰山之於坵垤矣急購而有之并系以歌

萬丈崑崙山千尺枯松樹山勢何嶒崚松兮自貞素如此名山如此松正宜風雨成虬龍山靈盡力為呵護留松伴此青芙蓉石質堅松性潔氣味相投莫能別不知何日訂深交兩、融成千古節特將松石記前盟好向人寰諷義烈

落葉

休将命薄怨西風一霎兮飛竟不同入世可憐春梦碧愛才曾藉水流紅但能引退皆君子未必知時過此公我正楓窗懷舊侶逼人秋氣太匆、

過眼韶華等亂雲，那堪身世太紛，雕蟲已獻明時瑞，焦尾同憐爨底焚，物外好尋真賞識，天涯誰復感離羣，廾沉自古無憑據，且共昏鴉對夕曛。

去住無心亦散仙，果然寒盡不知年，歲華誤我空如許，萍水逢君大有緣，眼底炎涼風雨夜，箇中翻覆夕陽天，關河莫漫悲零落，拚取孤飛到海邊。

秋氣蕭條滿上林，井梧飄墮又而今，護花夢短黃粱熟，垂老人憂白鬓侵，未免有情南浦淚，是誰不動故鄉心，臨風多少淒涼意，都付霜華與暮砧。

莫倚枝高綠蔭稠，須知天地有春秋，縱教聚合依寒草，但一凋零即濁流，末路變時風景異，前身託命雨絲柔，於今掩抑全無術，笑指空林月滿樓。

長空渺、路漫、霜入青楓淚未乾花裏三生春夢斷天涯一葉酒醒前從來聚散原無准如此零丁大可憐馬足風塵車轍雨有誰收拾夕陽天

家南軒叔以縣令游閩海幾三十年而顛躓者再眷屬又復相繼亡以道阻久無鄉信歲丁卯冬十月六日五弟端扶柩泛海来始知叔逝已兩年先是叔房豐於丁至是隨宦諸子皆殂謝五弟又閩生相見各不相識雙淚熒、不知話之所何從也兹既萬里來依睹其菜色流離悲感之餘益深儆懼念吾族何不幸之若斯耶故賦詩以誌

淚洒關河冷魂來海國秋廿年虛宦轍八閩繫鄉愁大有無家歎空懷濟世憂零丁剩支子猶復此淹留

慨我生憂患遭家正式微荊花凋骨肉秋色冷庭闈泛梗功名薄浮雲

故舊稀可憐江上雁同是惜分飛

半世為兄弟含悲識面初時危鄉信阻宦久世情疏乍見真疑梦相逢歎索居各懷風木痛攜手淚漣如

戊辰

和文子乘輅工部見示原韵

從來物我兩無形却幸荒園屐齒經作賦管城春吐豔觀書藜火夜通靈杜家詩筆傳衣鉢水部才華慕典型自愧風塵一俗吏感君何獨眼垂青

拈花寺留題 寺即元萬柳堂

将相鴻泥寄一樓（國初為益都馮相國別墅後歸石氏石氏捨宅建寺并建樓三楹以供聖祖御書石刻迨嘉慶間揚州阮宮保復集同人嘯詠其間文彩遺風令人神往）無邊風物思悠悠、莫歌驟雨新荷曲（新荷驟雨乃元好問宴萬柳堂所製詞也）誰繫垂楊萬樹愁古壁畫殘陳跡絕梵宮春老篆烟浮廢興三百年間事，輸與忘機水面鷗。

誰為招魂唱楚詞（地多葑塚）（楊柳盡無），絕無楊柳碧參差。千秋慧業匆匆裏，萬里春風故故吹。今古不殊庭樹盡，乾坤豈獨野雲癡（後之補種柳係朱野雲）。登臨每易傷懷抱，可有蘭因證導師。

送錫子猷綸都護之布論託海

羨君三十竟登壇，旆捲春風士馬歡。特與建牙都護使，拜恩司寇舊郎官（君自刑部郎中拜布論託海帮辦大臣之命，蓋異數也）。承家世繼安邊術，柔遠才高自古難。他日燕然山下過，題名須搨數行看。

百戰歸來不憚勞，天嘉忠孝特榮褒。老成又有營平議，起舞真如祖逖豪。萬里屯田分虎節，一時佳話屬秋曹。玉關故舊休相訝，前度班生佩寶刀。

四月初一日雨

一雨送春去落花無賴紅畫欄猶昨日飛絮不束風夢被情懷遣天教
色界空恨他誰氏燕棄我太匆、

運河舟上口號

碧波一線自流東百萬天庾轉運功水面亂雲、外柳居然身在畫圖
中

蕩舟仕女競丰神照水花枝逐日新莫向蘭橈問消息大都不是浣紗
人

平堤閒步綠漫、難得松風五月寒指點故侯埋骨地豐碑華表盡凋
殘

十丈紅塵萬樹蟬泝流佳興亦悠然羨他一曲清泠水不作風波落眼
前

拂、薰風漾酒帘綠楊高護午陰添比來無限滄浪思釣叟還同吏隱

魚

田村道中

濃陰漠、雨霏、六月城西暑氣微樹裏鐘鳴香界寺水邊花繞白雲扉侵晨野色青逾染對我山容綠正肥一路蟬聲聽未了擾人塵梦復催歸

慈壽寺（寺故明李太后建有塔十三級高矗雲漢塔之東北有碑鐫九蓮菩薩相述是當日梦中化身寺之宏敞窮極土木）

薰風揺曳萬垂楊深護前朝選佛塲塔寺乞靈終寂滅后妃何故禮空王徒留寶月人間像誰見蓮花夢裏妝太息蒼生竭膏血衹今雲樹亦淒涼

陶然亭訪秋

陶然亭子午風凉排闥青山引興長諫草紗籠人去後（枝江張春皆侍御名盛藻常遊玆寺故其筆墨留於壁間者甚多而諫草亦頗有存者焉）慈雲香護水中央秋生蘆荻含殘雨地僻

鐘魚冷熱腸獨倚畫欄幽思迥鳳城佳氣鬱蒼茫
枕城蕭寺水潺、偶為尋秋半晌閒晴日葦花三徑雪暮天氣、雲萬重
山埋香北地留鴻爪春皆侍御建花神祠於寺之東祠前立石碣一顆曰香塚碣陰鐫銘辭旨哀艷問守者云是其葬落花處也吹鬢西風破酒顏目極平林正寥落羨他飛鳥倦知還

送范樹之工部先軫歸江蘇

京國西風吹別淚潞河遲日送歸帆平分離緒一尊酒閱歷人情九折
巖廉吏莖親貧不諱良箴使我過曾芟知交何必論形跡晤對應須夢
枕函

日下聯吟社分課雜詩

第一課

勵志

人生天地間年命如朝露既非金石軀忽焉成小住聖賢不可期歲月

豈能駐哀彼世上人競論身外務日省過始多正心當妙悟詩書有至理神凝志乃固樂道尋本源窮經洽貞素士遇各有時富貴非所慕洗我萬古心皎、常如故

落葉

凝烟聚雨滿關河如此蕭條奈客何斜日一川摇落後西風千古别離多空憐海國孤鴻影淒斷霜天子夜歌莫向秋光怨遲暮誤人塵夢幾蹉跎

第三課

詠懷

歲華催老真容易可惜流光輕擲棄古來不死惟忠義茫、大地渾遊戲丈夫立身宇宙間要當拔俗驚塵寰讀書萬卷貴行實豈能嗶咕終空山君不見乘長風破萬里浪際會風雲聲勢壯取材記取明時將又

不見留侯覓赤松功高蓋代無矜容英雄世業本無意神氣夭矯如虬
龍世人那得盡如此要亦遇之偶然耳但使心似金石堅且與造物相
週旋隨時花柳有真趣到眼物理皆因緣莫教劉伶笑人俗有酒且讀
南華篇憑弔古昔胡為然

冬夜

荏苒物華老北風天地寒虛堂夢寥落永夜月團欒世味憐知己行藏
止獨看曉鐘莫輕發客路正邯鄲
對影澹無慮清輝共一樓子懷自渺、天意復悠、孤燭依人冷哀砧
入梦愁擁衾眠不得聊獨數更籌

第四課

擬元白放言

漢家麟閣久成塵論事誰曾録徙薪萬里飈輪勞燕使數行珠淚感鮫

人燈前説鬼傷心亟酒後談兵見性真醉倚危樓發長嘯年來豪氣未沉淪

短景風嚴雪半林酒酣陳迹費搜尋可憐一枕公侯夢無限千秋竹帛心絶世才名誰震爆安時功業獨沉吟疊城劍與連城璧磨勵都緣感激深

身世蒼凉感劫灰流光忽忽坐相催嘶風老驥心猶壯鎩羽孤鴻志敢頽萬事盈虚天外月百年翻覆手中杯隴雲秦樹多憂思迢遞關山夢裏迴

長江浩蕩向東流對此能消萬古愁肝膽照人千佛幻風塵老我一天秋个中妙悟時浮白物外閒情獨倚樓黙數行藏論成敗空蒼無語月當頭

擬江文通雜詩

阮籍詠懷

秋風殺衆草空谷生幽蘭不有絶世姿何以識歲寒緑葉被霜雪生意猶鬱盤顯晦非所期心懷良獨安君子念孤潔志士殊艱難

張華離情

庭樹葉黄落凉月懸光輝起舞玩清景浩歎獨下幃晨星感寥落陌草重芳菲念子别離日驛道黄塵飛去、不復返遠與心神違願言崇令德抱道以來歸

第六課

擬韓雉帶箭

北風捲地天蒼莽郊原十里平如掌將軍校獵長圍開孤啼鴟嘯聲如雷萬衆相看不敢射將軍智勇還矜惜忽然野雉沖霄來絶塵一騎出林隙飛空白羽紛交加馬蹶雉影隨風斜眼前飄墮似轉雷一軍壁立

聲無譁

擬杜對雪

邊塞遥無極寒光此夕同凍雲連上下飛絮任西東草木含春意旌旗
捲朔風河湟正烽火殘臘復匆匆、百二秦關險悲吟晝漏長河山自清白庭院不昏黄雪緩愁風急裘温
念戍凉杞憂慚莫補搔首問東皇

燈照逌、夜鴉啼獵、風清才憐詠絮陳跡認飛鴻世態紛紜裏生涯
冷淡中但留真面目不復問窮通

小集文郎中述園

良讌能生四座春一時屬吐盡清新青松鬱古文峯秀景仰當年種樹
人

次錫都護綸見寄科布多登高原韵

風雨秋無賴君今況異鄉塞鴻殊冷落庭樹但微茫磨盾心何壯題糕
筆擅場北門憑鎖鑰空笑觸藩羊

已巳

第十課

春日

黎雲匝地不勝寒散入東風露未乾水面落花情悄、天涯飛絮思漫
、捲簾日午花光靜曲徑春長蝶夢闌何用別尋栖隱處綠楊紅杏足
盤桓

春愁

庭院遲、日烟花寂、春那堪將歲月空自委風塵攬鏡鬢眉老敲詩
景物新倚闌無限意蜂蝶亦前因

第十一課

聽鶯曲

畫樓曉捲春寒薄，半捲珠簾花亂落。東風不為惜芳菲，吹入垂楊綠作肥。垂楊裊、春雲凍，鶯語鬭、破香夢，迴初日照，罘罳萬囀枝稍得意。時可憐，啼遍天涯樹，離人正是江南路。

酒帘

誰將從事署青州，杏雨香酣捲畫樓。芳樹遠遮遊子騎，東風先策醉鄉侯。尋春已認三家市，有酒能消萬斛愁。繫馬旗亭縈別思，一枝斜颭柳絲柔。

心旌搖曳望中看，三月村醪試嫩寒。萬里晴光動楊柳，十分春色拂樓闌。飄零漫慨風前影，醒醉都從壁上觀。莫向樽前問消息，古今塵事雜悲歡。

第十三課

曉妝

海棠飄泊春誰主簾幙東風散紅雨幽閨曉枕夢初醒萬點胭脂暈畫
屏雲鬟委地垂、綠輕籠一縷無拘束侍婢金盆進水來蘭湯暖浸崑
山玉露凝芳麝氣氤氳寶釧丁東聲斷續膩粉勻鋪笑靨香鳳頭釵子
一行、紫雲擁髻花魂妬翠黛輕施宮樣長芳心自有描摹處不在鉛
華絕世妝綠窗冷透鶯啼警妝罷驚鴻頻顧影羅衫不耐落花風一片
瀟湘古烟景

落花

繁華回首悟無生浩渺春波尚有情芳草淺埋蘭麝土好風遥度海鷗
盟青山月冷鵑啼曙紫陌香銷雨乍晴惆悵綠陰深院悄癡蜂閑蝶未
分明
萬點紅飄警客心故園風雨又春深浮生雲水聯知己下第文章歎賞

音過眼一庭傷蜃市斷腸三月感人琴華堂燕子歸來日無那斜陽緑滿林

沉香亭子玉闌干萬古風流一瞬看國艷也同凡豔歇別時容易見時難紅塵夢醒滄桑刦碧海情深宇宙寬芳草美人無限恨胭脂零落不勝寒

桃花潭水碧粼粼、慨我春愁日、新地老天荒情未斷雨絲風片迹初陳臨流解脫空王法泣血堪憐望帝因如此榮枯緣底事何當剪綵鬧芳辰

勘破春痕即夢痕江南江北不堪論一簾細雨天魔舞萬里東風逐客魂絳縣已嗟人白髮梁園空憶月黄昏分飛莫作沾泥絮香繞離筵酒半樽

惆悵青溪簇錦紋引人愁緒太紛、玉鈎斜冷逢寒食銅雀臺荒鎖暮

雲風判去留林外轉境殊晴濁雨中分感時無限傷春淚獨立空庭日又曛

未必天心解愛才獨憐無語共徘徊重來已自傷春去此去真如歷刼來曲、畫欄閑白日園、零露冷蒼苔蘭因絮果空回首一枕南柯夢裏閑

第十四課

楊花

不逐芳塵化暮烟落花空與襯纏綿託身碧海三生迹得路青雲萬里天幻影浪遊殊解脫關心春色總團圓秋娘老去風情減休向隋堤憶往年

歲暮述懷

白日堂、去不留歲華如水聽沉浮胸無宿怨殊清吉事有先機系隱

憂冠冕累人甘薄宦風塵擾我夢封侯辛盤臘鼓家、俗又見春風遍
九州

庚午

讀淡如吟、社舊草

彈指十年事飄萍幾故人輪蹄失舊轍花月總傷神歲壯交逾減時過
境轉真誦詩懷往哲惆悵又逢春
事遠憶殊切星霜倏壯年功名易初志文字誌前緣舊雨空雲水新愁
自管絃中庭猶月色搔首問嬋娟

清明節祭墓

雲護松楸日氣昏東風吹雨黯銷魂九原空灑孤兒淚萬古難酬罔極
恩邱壠蔭深綿祖澤碑銘功烈愧公孫世壓荏苒年三十慚未重興駟
馬門

孟夏時享　太廟扈從恭記

雙闕巍峩曉日妍　御香春靄互迷漫玉墀班肅閒仙仗黄道馳平静斗纒劍珮百寮聯豹尾簫韶三疊奏鈞天薦新　聖主親祠宇報本功高億萬年

哭吳禹臣布衣　載颺

别君豈料成長别（君自春間有事於保陽羇遲數月遂至客死）燕趙悲歌慘别離坏土竟無埋骨地深交誰見盖棺時一生命蹇魂猶客萬里親亡死未知（君父梅君先生在淮揚幕中病故訃至京未及轉達而君之保陽惡信適至）陟岵倚閭泉下淚秣陵遺恨雨絲、似夢相看廿載餘傷心翻憶締交初（君初佐先君記室後仍依余計交誼二十載）依人滴盡窮途淚遺稿曾無乞米書世少公卿能好客眼前風景欲愁予孫寒泯没吾誰咎杯酒招魂計已疎

彈鋏吹簫迹已陳天涯飛絮是前身終憐起鳳騰蛟志忽現浮雲槁木

因帝里舊遊，成昨夢，泉台市駿更何人也。知萬古皆塵土，不禁臨風一
愴神

辛未

春水

倒影樓臺畫不如，平臨一桁柳陰疏。浴鳧香繞梨雲冷，洗硯涼生蝶夢
餘。滿鏡縠紋新雨後，倚闌花韻曉妝初。落紅自織迴紋錦，好語東風為
卷舒。
桃花潭影碧沈沈，冰雪前生蘊蓄深。明鏡襟懷虛應物，化龍時節欲為
霖。鉛華淨洗春風面，雲樹空憐客子心。擾攘紅塵東逝矣，滄浪亭畔獨
行吟。

七月朔文子乘招游積水潭用吳穀人祭酒韻同致个臣、希寶、臣
曾、韞卿、增汝、嘉同作

門掩湖光小寺幽翠微山影落城頭綠荷低映香如海清絕人間六月秋
文物江山會有期風流追憶我生遲夕陽老柳情無限惆悵殘紅過雨時
醉覽雲容性海寬天風吹雨覺微寒辦香夢裏詩龕渺草色離、眼倦看
佳興山涯復水涯木魚聲裏識僧家竹林雅集尊罏忠相對清流萬點花

深院

深院瀟、雨輕風送妙香踈簾捲空翠曲檻乍昏黄暖玉新歌扇秋花媚晚妝佇看佳節近明月照長廊

送吴碩卿同曹南旋 景萱

冬官十載賦同舟落、如君孰與儔肝胆風塵勞賞識海天萍梗共淹留只應懸榻徐孺子未許還山李鄴侯寄語姑蘇臺上月有人相憶在皇州

花踈柳老不勝情忍對離筵唱渭城滿目青山挂帆去連天秋氣接雲平歸如張翰超塵俗名到劉蕡有重輕每至中年人惜别不堪征雁一聲、

壬申

萬壽寺竹枝詞

梵宫宏麗倚長河香社年此地過莫謂踏青春色老快人天氣尚清和年

羅衫輕漾午晴新十里芳郊起麴塵油碧鈿車簾不捲緑楊愁煞看花人

綠陰閒控紫絲韁郎亦多情禮法王聞說西方大歡喜妙蓮花底護鴛鴦

闌干曲、近僧寮澄澈羅天水一瓢照影花枝各呈媚不關情處也魂消

初夏曉起

槐葉初匀曉日鮮送春心事慨年、夜來聽雨憐花謝林外啼鶯擾客眠淺草一庭凉浸露朝暾千樹遠籠烟倚闌無限瀟湘思門掩清陰試冷泉

秋雨偶成

浩渺乾坤雨氣稠壯懷閒恨共悠、醉人世味濃於酒過客年華悄入秋暝色漸深庭樹暗西風不斷浦雲浮遠書歸雁無消息聊復行吟獨倚樓

聞鐘

疎鐘天末引涼飈，散入虚堂夢轉遥。真覺此心參了義，最難忘事憶垂髫。蟲吟絡緯秋將晚，窗瑣玲瓏葉未凋。碧月青燈爭永夕，照人情味已蕭條。

露下有懷

無限關山思晴空，月一輪流年秋色老。閲世酒懷新隱几，聞孤柝臨風憶故人。露寒宵乍永，千里證同心。

癸酉

偶成

夢隨流水絮隨風，落日樓臺夕照烘。腸斷年時新雨後，春波一曲鑑驚鴻。

草香深院無人迹，水檻雲廊正寂寥。依舊芳春好時節，十年風雨黯魂

銷

水曹記事

鯨鯢歛迹海無波浮議紛如泥古何事外論功成敗易局中籌策抑揚多但留運道通南服好衛洪流復九河康濟廟堂求治切未堪民命久蹉跎

漕渠如帶控燕幽千里長淮踞上游自古東河無久治從來順軌即安流敢非借水攻沙議誰體仁民費(愛物)帑憂豫魯蒼生關至計中朝姚宋有深謀

甲戌

春感

老柳吹綿乳燕來東風非復舊池臺嫦人春色閒花草倦客情懷濁酒杯往事已成千古恨喬林都是十年栽空山落盡青榆莢羯鼓聲高且

漫催

六朝煙草冷斜陽風月情濃粉黛香梦淺似憐春欲暮清和猶喜日初

長從來玉貌能傾國我有琴心解望洋好水好山芳晝永莫教蜂蝶誤

東皇

驪唱鵑啼記淚痕十年風雨黯銷魂幽情苦緒談天寶蔓草荒烟泣海

門往事豈忘沙咤利他年儘笑卓王孫憐儂未解霓裳曲妬寵由來為

感恩

靜業泛舟圖

甲戌五月酷暑簿書偶暇適初伏日微雨邀同曹諸子避囂於

靜業湖樓對酒披襟頓忘塵慮湖内野航一葦泛若間鷗酒罷

同登容與乎萬花深處荷香水氣襲人衣袂間時作濠濮間想佳

容清游人生有幾遂倩曹子作圖各系以詩鴻爪雪泥亦他年

之陳跡耳

簿書叢雜忘昏曉偷閒不許紅塵擾枕城十畝傲江南俗慮都蠲對清沼波明如鏡柳含烟靜業湖頭年復年蝦菜亭荒春黯淡詩龕佛寂景留連前塵俯仰空千古放胆狂吟來叩舷萬花深護舟一葉半篙刺破雲千叠花光雲氣釀晴陰酒意詩懷互淺深不向樊樓買歌舞獨尋蕭寺盍朋簪吾人只合煙霞供如此清游莫輕縱遣將尺素寄鴻泥事往情牽須鄭重

靜業湖普濟寺老松數本皆植凌霄引蔓牽籐絢爛特甚戲題

喬松百尺忽籐牽倚樹芳菲作態妍祇以栖身新得地居然附木欲參天枝梢巧借龍蟠勢瓜蔓真如蛾術傳到底孤高能振拔長風吹斷一溪烟

松筠庵

忠愍祠堂拱帝京抗懷今昔感精誠志存擊佞安宗社死悔成仁累聖明運好孌龍能輔弼弓藏狐兎易縱橫請看論定春秋筆畢竟鈐山誤一生

竹樹蕭森諫草堂不關秋老自風霜市廛有幸留遺宅宦轍何人繼耿光萬古忠魂悲激烈幾椽茅屋閱滄桑憂時一掬長沙淚倚徙空階涕數行

休論折檻與批鱗縱使求名亦近仁仗馬生原膺厚祿甘霖天正屬斯人清談竟尒亡炎午私昵終應覆暴秦往事如棋君或誤何當蘺薜早抽身

愎諫君王計亦粗甘將公論付屠沽不知果屬誰天下如此能無愧董狐盜竊東樓勞鍛鍊神仙西苑已糢糊恩牛怨李皆塵土惟有青松照眼孤

明良遇合古今難肯諒臣心策治安自壞長城緣底事真忘浩刧尚狂瀾眼中冠蓋秋風起海上鯨鯢劍氣寒憑弔無端悠思迥暮雲迢遞接層巒

暮秋

冷雨淒風秋氣深滿懷塵事獨沉吟盤空雕鶚孤於我肯逐昏鴉宿上林殘菊扶踈木葉凋夕陽寒送晚風驕十年容夢知多少都付青丶萬柳條眺盡平蕪衰草黄青山容易感星霜年華世味渾無賴莫笑蜉蝣如許忙歌舞誰憐夢裏春徐娘未老倦風塵空江十里閒楓荻無恙清秋似故人

乙亥

春感

濃陰天地暝蕭瑟晚風寒春色傷前度花光倦獨看畫梁猶乳燕新水漲狂瀾誰解憂危意華顛鏡裏殘

哭文文忠公

我公生死繫安危星隕中天衆所悲海嶠萬方咸讋服朝端百辟仰威儀干霄氣節風雲壯捧日心勞管葛知臣志未伸臣瘁矣蓋棺清白報恩慈

丙子

丁丑

登馬蘭峪塔山

雄關重鎮記前朝百戰威名氣不驕四望亂山青似染東風吹緑柳千

倏

獨倚孤松意惘然將材如此未安邊登臨異代傷懷抱斗大山城萬竈

烟

戊寅

別暫園

草、移居二十年人生去住信憑天花疎柳老無情思獨倚東風意惘

然

己卯

初秋戲倣劍南體

晚涼庭樹影婆娑閒倚闌干縱浩歌特地捲簾邀月入偶然移榻受風

多蟲吟砌草驚秋信香泛瓶花遣睡魔靜裏光音須愛惜塵勞容易感

蹉跎

庚辰

送蔡硯農同春之守思州

五馬雙旌喜氣揚讀書酬志漸騰驤醉心宦海三春别翹首雲程萬里長交誼古歡聯管鮑政聲令許繼龔黄黔山汴水饒風景松菊從來晚節香

漫成

秋氣蕭條滿上林何堪孤憤此登臨昆明池暗旌旗色北里歌喧鄭衛音漫道宦閑藏拙好空憐世禄負恩深濟川有志漸無術霸越雄才跡久沉

述懷

翩翩濁世佳公子食税衣租竟如此富平家世幼承恩更以貲郎曾筮仕紫泥封許攝冬官閲歷方知入世難鞅掌簿書消歲月馳驅風雨梦

邯鄲分曹乍讀河渠志掌次從封太乙壇駸、寒暑催人老三度春明列上考廿載郎官已白頭御屏却幸書名早喬山弓劍奉先皇聖孝施仁荷寵光叙勞不以微官佚殊錫新參侍從行學士院前知政事中書門下近平章策勛未歷沙場戰干祿曾無翰墨香衹以聖明懷往績遂令孺子廁朝堂吁嗟孺子當知恥繼志酬恩何所擬悠、滿眼事蓁生流水年華東逝矣

秋暮

蕭條庭樹鎖寒烟釀雪雲開夕照鮮樂府漫歌如夢令酒人無賴小壺天風花滿眼皆陳跡湖海雄心憶往年清福幾生修得到鬢絲禪榻亦因緣

秋感

黃菊甘楓興不孤午餘小飲夢江湖晴窗一枕迷蕉鹿世有雄才大畧

無

綺羅絃管總魂銷誰問西風萬里潮秋入空山喬木老夕陽寒送馬蹄

驕

辛已

過玉蝀橋口占

松檜連雲地踴蓮信登瑶島即飛仙翠華不到簾高捲恰是

君王典學年

搜尋故址闢蒿萊不欲人間有棄材異代物猶邀

膺賞元承光殿有玉甕時黃金豈止待郭隗

十萬紅蓮秀且都果然仙境異江湖虛亭卓午凉於水如此松風買得

無

龍樹院懷蔡硯農

槐黄葦白總登鮮，萬里秋容落眼前。如此雲山驚昨夢，蕭條嶺海别經年。也知水月皆陳迹，始信萍蓬是宿緣。觸我酒懷呼咄、銷魂無那夕陽天。

秋夜

踈林風緊雁行孤，冷月當軒敞碧幮。天澹星辰秋氣象，宵深蟲豸語模糊。閒雲不雨甘蒼狗，繞樹驚霜有夜烏。欲乞通明促長漏，朝暾重繪網川圖。

秋柳 用王文簡公韻

大業繁華已斷魂，棲遲猶復倚衡門。梳風沐雨春如夢，挂月擬霜夜有痕。舞態老憐隨逝水，秋心誰與識孤村。婆娑也似人飄泊，絮果萍踪且莫論。

澹抹斜暉冷伴霜垂、青草舊池塘。魂銷寒食殘春雪，淚疊征衣客子

箱寂寞珠簾長信雨淒清玉笛小秦王隋堤漢苑同蕭瑟獨倚西風野
寺坊
金縷歌殘黯舞衣樓臺依舊昔人非風情悽楚年華老花信荒唐雨露
稀容惜光陰傷潦倒樹猶如此況分飛灞陵橋畔空回首燕、鶯、願
已違
萬樹秋容劇可憐寒籠疎雨遠籠烟敢辭空谷飛黄葉悔被春風散白
緜一笑柴桑歸去日半生萍梗憶當年天涯對此增惆悵多少閒雲夕
照邊

九日登高

疎林黄葉氣蕭森乘興村醪亦賞音莫笑散官多醉尉從來隔世惜焦
琴九州鐵鑄千秋錯萬古春傷寸草心短髮西風驚改歲幾番攬鏡獨
沉吟

依然市駿舊金臺此日登臨眼倦開真覺乾坤皆大醉誰驚霜雪竟重
來野花得地能傾國櫪馬嘶風是棄材莽莽河山漫憑弔幽燕陳跡總
蒿萊

壬午

戲題明妃出塞圖

漢家新計重安邊不問匈奴勢欲然葵藿有心紅粉淚風塵回首玉堂
仙誰憐奇醜羞妨妬我誤虛名笑浪傳寄語六宮諸女伴廳恩休惜畫
工錢

癸未

春日雜詩

落日高樓易斷魂迷離雲樹莽乾坤春容似海春風惡春色何曾度劍
門

愛花心事久荒凉釀雨雲來蔽日光春色惱人驚噩夢娥眉一曲誤張
郎
偶撿羣花細較量遲、庭院日初長幽蘭自有仙人骨不與蘅蕪鬪媚
香
調護殊難二月時終朝寒暖未全知倉皇一枕邯鄲梦惆悵東風聽子
規

甲申

用世百先和索綽羅相國遊極樂寺詩韵

浮雲變態夕陽邊世外忽逢物外緣花信吹殘三月雨鳥聲啼破一溪
烟鷓鴣學語驚春睡飛絮沾泥笑客顛何用别尋極樂境太平時節總
神仙
天留好景夕陽邊智水仁山信有緣勝地十年曾種樹午晴千户起炊

烟風花轉眼皆陳跡詩酒陶情豈放顛蕭寺夜涼鈴鐸語不縈心處即
神仙

四十四歲子賡音生誌喜

世錄殊榮重上台漫歌歸去冒嫌猜負　恩敢信天能諒生子何妨文
不材大纛高牙憐昨梦錦綳湯餅宴新開義蓼詩句華封祝一線深重驚
祖德培
深慚違　命忤　天威敢戀枌桑忌奮飛避險何方非蜀道問心誰識
感春暉生男始荷　恩延世不仕真疑歲荐饑百載詩書好門第箕裘
珍重舊斑衣
荏苒年華四十春未成一事可憐人深驚宦海風濤險難報　高天雨
露仁明鏡不堪新白髮敝袍羞覩舊黃塵生兒翻痛懸弧日　父母曾
期世上珍

愛讀東坡祝子詩婆娑舐犢笑開眉人無私曲英雄易天喜平庸富貴宜守分即為佳子弟承家須念好宗支蔗生啖蔗甘如許恰我黃粱夢覺時

讀咸淳遺事

也似賢才應運生江山半壁可憐蟲如何秋壑平原老兩度蒼黎冒戰功

誰將軼事紀咸淳但紀恩加少主臣三老更五益驕蹇眈眈虎視果何人

乾坤蠻觸且沉幾如此江山事已非日暮陳橋回首望孫封瀛國祖青衣

廊廟何曾備不虞畫江為界已糢糊一朝之憤憤天下秉國從來忌匹夫

和寶珮蘅相國荷花生日小集南廳原韵

何幸追隨勝地頻蔦蘿松柏結芳因竹深荷靜閒開宴岳峙淵涵誼久親南畝雨暘歌有歲東山絲竹寫天真蓬廬側聽薰風曲夢醒羲皇以上人

六月二十八日追陪寶珮蘅相國小集錫厚菴都護味道齋

為喜松雲築草堂尊罏同賦此秋光筵開洛下耆英會坐列關西弟子行未免有情寄邱壑從來傳世屬文章濃陰漫釀催詩雨一笑東山又夕陽

竦林蟬噪已秋風到眼浮雲態不窮但使酒樽消歲月難將信史論英雄圖成蜃市人皆幻曲譜霓裳調未工寄語江州老詞客琵琶哀怨古今同

恭讀伐法蘭西　詔

廿載雪國恥謀猷驗卧薪恭聞　神武詔遠伐鬼方人雨洗軍威壯天
教志氣伸鯨波殊未已何以慰斯民
柔遠　君恩厚同仁撫萬邦厭兵權互市尋衅每跳梁海禁思先哲民
懷籲彼蒼戎衣天下定大計屬元良
久道來重譯梯航感昔年金堤崩蟻穴玉斧誤狼烟誰問行成者真看
勢欲然還期度支使念：在籌邊
遠溯開邊衅誰貽　聖主憂閉關真上策掃穴得良謀莫狎豺狼性深
虞鳥鼠秋願言諸将吏失死賦同仇

非　閉関非上策

戲咏燈草

玉質亭、柄獨操春來萬卉與同曹心真精白光能鑑譜入岐黄品自
高生意油然功繼晷風情如許夜焚膏有花慣吐　明時艷緑酒紅闈與
亦豪

和世百先善侍飲湖樓原韵

昨宵新雨淨秋空蓮界香芬隱鈎筒有約好風隨畫舫無言斜日下雕
櫳樓臺燈火笙歌沸仕女琴樽笑語雄和樂且眈家所慶南山介壽酒
顏紅

洋影燈歌 有序

洋影燈者泰西之戲劇也宗室榮雨田公子善此術甲申長至月
紹葛民内兄招飲餘園酒闌作劇初懸素幕於堂之西距幕丈許
設臺幄、穴二孔是嵌鏡射影處惟時堂黯黑少焉幄内燃燈如
豆鼓之以氣囊現大光明如皎月旋置洋彩畫於孔穴中印種、
幻象於幕其取景也則晴雨晦暝燈火烟雲其取物也則山水樓
臺蟲魚鳥獸直似身歷其境者噫奇矣哉誠泰西之幻術也遂作
歌以紀是夕同觀者為載上公 澤 承通侯 蔭 景工部 星 景光禄 澧

錫工部桐暨紹方伯昆季喬梓與余共十人焉

一自梯航通互市，海邦競售雕蟲技。就中利害不須論，好異矜奇從此始。奕葉王孫正少年，千金不惜買燈錢。文遊往、金貂貴戚，劇紛、日下傳有客。消寒開夜宴，公侯列座珍羞薦。雄辯高談興轉豪，停歌罷舞開生面。酒罷名園試影燈，銅壺未許催傳箭。步障週遭護幾重，虛堂忽現月溶、青燈不是藜光火。素壁無端蜃氣濃，作喜團花星簇錦，還驚水態變雲容。吞舟之魚風生獸，窮奇渾沌形何恒。恍若重翻山海經，不聞法曲霓裳奏。真疑彈指即樓臺，始信曇花頃刻開。我似置身明鏡裏，良宵誰遣夜珠來。吁嗟乎！奇技淫巧古所戒，憧、幻影胡為哉。

宋磁花盆

君職宰天下，不貴天下奉。噫嘻宋徽宗，所為異輕重。民彝祖訓漸沉淪，花石鋪張艮嶽春。一花一樹廑宸慮，位置妥帖殊清新。此盆歷世已十

載不隨刼火成灰塵制精式好顔色翠尚留御府宣和字殷勤編號復
編年彷彿明堂清廟器風雅咸推賞翁鑑可惜天教居寶位燕雲一旦
起狼烟邊將無功勢已然父子羈囚宗社覆可猶追憶舊林泉

雜詩

冬夜苦長兀坐無俚每涉遐想觸緒紛來撫流水之年華慨鏡中
之白髮偶有所感遂寄於詩

朔風起天末宵深氣逾肅空階樹怒號一燈共幽獨忽念山居客忘情
喜跧伏揮手謝朝市何必相爭逐富貴賊吾身盛衰有往復笑彼春夢
婆魚、還鹿、一旦勢變遷路人羞覆餗何如守貧賤昔賢猶板築賤
子多苦辛無斯清淨福少小攻詩書二十食君祿三十廁朝堂四十返
初服日月所照臨光不被巖谷小草質黯弱難荷春風沐擱此向日心
空山自芬馥

霞得勢九霄憑綫索居然萬目仰聲華鳶飛魚躍翻新樣付與兒童自
等差

空竹

嶰山之竹截爲輪孪引全憑指臂親圓轉十分音自好調停兩可勢纔
均我將兒戲消長晝誰弄虛聲誤此君力倦興闌閒棄擲從來活潑有
沉淪

氷燈

巖、氣象假嚴風冷面須知幕熱中水性從來善流走燈花何必要雷
同驚心節序年光轉彈指樓台色界空終久炎涼盡消爍莫將山勢獨
稱雄

歲晚雪同鍾子勤塲壻廣賓地山塲議及其堂弟賓子申巽三孝
廉小飲湖樓

淺醉行吟獨倚欄誰將世事味鹹酸紅顏慨我閒中老白戰從教壁上
觀滿目雲山總蕭瑟驚心歲月雜悲歡游人去後羣芳歇天為梅花特
地寒
雲天極目思悠悠對此難消萬斛愁蛟蜃氣驕傷壁壘邯鄲夢已醒公
侯喜看棣蕚騈枝發絕勝圍棋賭墅秋世望澄清如望歲願將經術贊
皇猷

丙戌

元日立春

雪霽郊原景物新恩膏霑宇誦皇仁止戈四海銷兵氣奉法千官效古
人客惜年華（流）同逝水天教元日喜逢春葵心敢以紫桑滅擊壤權為聖
世民

送文都護碩之駐藏大臣任

冑子多邊師天家重世臣從來秉節鉞何敢憚風塵獻替紅顏改勲階
白髮新酬恩良不易皓首惜精神

　欹枕

欹枕聞風雨虛堂未解寒百花零落盡明日捲簾看

春暮觀某伶演劇憶十年前蔡硯農太守同春餞恒鎮如大令瑛
招以侑酒同飲者為景月汀星與余今太守已歸道山矣感而
賦此

聊復城南汗漫遊酒懐陳迹思悠悠逢場莫笑當場幻優孟年來早白
頭
顧曲周郎鬢已絲舞衫誰復憶當時算來同是曇花果攖我禪心強自
持
老去歌筵避尹邢當筵猶記雨淋零青蓮鎮如漢軍藉姓李入蜀中郎死惆悵

枌榆兩客星

題寶子申巽孝廉背面芍藥箋

未唱驪歌恨已奢，綠波芳草憶天涯。劉蕡下第東坡謫，惆悵將離背面花。

春去堂、未可留，春歸有客誌春愁。無言似我傷遲暮，欲賦河梁不轉頭。

感時怨别損心神，獨倚東風殿好春。紅粉青袍齊下淚，孤芳從古不迎人。

本色難從幻影尋，一番辛苦閱春深。瑶臺月下風淒絶，俯首誰憐向日心。

寄懷寶地山錫

慘澹斜陽萬柳條，西風蘆荻戰聲驕。孤蓬遠水依寒渚，歸思離懷付夜

潮無可柰何秋宵、最難憑信夢迢迢、劇憐永晝敲棋日不數東山樂
事饒

瑟、西風送客舟雲山極目使人愁老懷豈只傷離别塵世難堪憶舊
遊婦子一家終日聚音書千里故鄉秋歸帆信有京華感江月寒明夜
倚樓

丁亥

寄懷景月汀觀察星

茵溷花飛境不同廿年迴首舊遊踪分曹憶共宣防議輓粟令推轉運
功從古保邦民重食應知懷我夢難通素心久已如明月莫遣青天雁
字工

觀察使者古諸侯飛輓真堪策壯猷一線淮黄時勢異太倉芻粟借前
籌臣心敢信清於水世路須妨險若舟礪志生平曾有約稻粱殊不為

身謀

對月

明月無今古浮生等泛槎廢興千載鑑哀樂萬人家氣象空雲海蒼京
感歲華閒庭自搔首塵世總龍蛇

戊子

有感

東風吹暖綠婆娑陳跡追尋鬢已皤花絮夢迴情味雋雲山春盡感懷
多空憐紫玉成烟後不見泥金化蝶何縱使玉簫能再世不堪重唱永
豐歌

己丑

清明祭後示兒子賡音

無限松楸感傷心卌載前劬勞吾父母愛惜只嬰年追憶難成夢終身

失所天相期歸骨後長此傍林泉
情味同今昔恩勤此日知愛憐緣弱息頑鈍恨當時我小親猶壯兒生
鬢已絲勉旃承祖澤休負好宗支
累世傳忠厚家風儉要師歷雖蒙譴謫從未及貪私積善邀餘慶持盈
好三思託根真得地珍重此崇基

寶相國惠鮮荔

氷浸銀屏不染塵海南佳果薦時新馹傳絶勝唐天寶市舶猶來未困
民
甘霖初霽喜分甘稚子姬人共啓函都道相公新賜與壽星今日拜天
南

淨業湖遇雨

黑雲堆墨掩陽烏平眺林巒半有無雨急湖樓簷濺玉風翻荷蓋水跳

珠虚抛歲月年時慨真覺炎凉傾刻殊何用別尋清淨域天然一幅網川圖

送景月汀觀察星旋蘇

重逢舊雨情如許却憶良箴愧往時平日也曾三月濶此行終是隔年期桃花潭水知深淺楊柳秋風感別離廻首綠衣郎老大窮通一例鬢成絲

西風木葉愴離愁陳迹如雲月一鈎地有野花寒向日夢囬氷蕈獨驚秋青燈歲晚長憶相白髮年來感舊遊寄語故交須鄭重柴桑重抱杞人憂相

庚寅

五十自壽

慚愧懸弧五十年得天獨厚負蒼天世臣七葉傳清白一髮千鈞繫後

先食稅衣祖將老矣聞詩習禮竟徒然知非莫限知非日知命知時祇

自憐

落魄名場等泛鷗邯鄲夢好也封侯開筵恰喜逢三月鑄錯真堪聚九州行道笑余中道廢一生常抱半生憂紅塵擾攘同棋局猶戀楸枰未肯休

戲詠摺疊扇

鏤月裁雲費較量生花彩筆擅江郎人情曲似琴三疊世態輕於紙半張浪說行藏能退密從來用舍判炎凉策勳第一工塵拂羅綺春濃袖底香

漫成

漏盡香消賦感甄廿年花絮早成塵如何又入秋宵夢巫山老去情懷一愴神

誰将紅豆斷情絲別鶴離鸞強自持記取年時深院悄杏花春雨繞胭
脂
紫玉成煙事已非人間天上願常違劇憐萬古情如許猶自秋宵夢裏
歸

送給葛民都護誠之駐藏大臣任

大纛高牙拜命新敢将白髮惜精神兩番治水充河使萬里安邊重世
臣柔遠烏斯虔選佛同文玉壘久回春還朝共話巴山雨蓬矢桑弧證
宿因
聞獅現月禮文殊妙舞天魔與不孤罽服雕題供部曲仙山泉石當行
厨萬年枝繞蠶叢路重譯經繙貝葉符忠信波濤皆可涉寰瀛何地不
康衢
據鞍矍鑠馬将軍矯首西南萬疊雲殊錫傳車都護使前籌聚米塞垣

勳還從岳牧司民績譜入蟲沙記事文定靜宅心蛟蜃化不勞騰口議紛紜

聖武神威被萬方蠻夷率服久尊王天家疆域分陰惜使者聲華上國光法界散花金布地臣心似水劍如霜旌旗瀘定橋邊月照澈氷壺列兩行

卅年四首水曹郎此日相看鬢似霜愧我病軀難報稱送君征旆喜驕驤深交宦轍皆同軌惜别琴心悔望洋努力加餐崇令德秋來老圃發奇香

清商一曲唱驪歌樽酒難忘别緒何黄葉警秋風淅瀝紅顏慨我鬢婆娑天涯舊雨交遊減夢幻前塵感憤多絮已沾泥羞向日懶殘踪跡付煙波

題泰西法照五十歲小像

幻中了幻原無我雪上鴻泥亦偶然五十年來春夢過鬚眉留取自全
天
青瑣烏斯執殺璧簿書旌節宰官身君恩祖澤慚無補幻影空留示後
人
無勞繪素寫神情芥子須彌一瞬成輸與秦宮明（冰）鏡徹照人肝膽未分
明
如燈取影鑑斯衡別有妍媸畫不成絕似臨流照春水卿須憐我、憐
卿

辛卯

師舟表叔六十壽

詞賦江關動盛名泮宮早歲冠羣英萬年甲子初開帙纏度奎文分外
明

高官曾未列箕疇五柳先生汗漫遊子惠部民登壽域棠陰到處喜添
籌
王侯閥閱宰官身才調從來睥睨人玩世不妨託滑稽東方曼倩自天
真
羣芳都為祝延年恰婷春濃二月天我亦詩壇舊挑李東風無分與華
筵

題洋照鍾子勤太史廣申江小集圖圖共三人一為景月汀觀察一為寶子申孝廉
親庭宦轍勞行役不是浮沉逐世情良玉性靈天所厚醴泉才調聖之
清如君豈只矜詞館求友真宜賦鳥鳴我亦西園舊儔侶披圖恍若話
三生
世澤清風懍四知又從明鏡仰威儀訂交素守多言戒不語真如晤面
時皎月靜涵人倚玉申江別緒柳牽絲好留粉本圖麟閣鼎足勛名歲

晚姿

夏日雜詩

晨興禮佛豈逃禪運甓功深慕昔賢初日半庭花帶露清明天氣景澄
鮮
嘒、鳴蟬晝漏長細參真贋寫縹緗一床圖畫千秋蹟絕勝幽蘭發古
香
棐几湘簾遠世塵枇杷荔子薦時新剖瓜雪藕調氷水素手晶盤次第陳
陳
晚涼課子誦毛詩高柳殘陽欲暝時雨過閒庭靜如洗閨人折得小花
枝
雨急牙簷懸玉溜窗開兩面屋如舟薜蘿湘竹含空翠風過涼生六月
秋

歲月消磨即墨侯醴泉銘字媚而遒好將逸少誠懸筆璧合珠聯靜裏
求
盈、翠蓋看舒卷褭、紅渠記短長纔有荷花便忘俗一家終日水雲
鄉
似水樓台敞碧紗空庭砧礎靜無譁如何愛玩中宵月銀漢曾虛奉使
槎
菜花黃緹荷花艷倚石孤標老少年絕似蕭娘好風格吳宮秋老態逾
妍
考槃豈敢賦明時閒泛金樽聽柳枝偶一陶情寄絲竹笑他樊素小蠻
癡

送溥玉岑妹丈 良視學江蘇

四牡皇華賦道周輕霜紅葉已驚秋離羣我自傷孤特乘傳君真是壯

遊秘閣近臣公族貴吳江問俗士風優進賢報稱斯文責鐵網珊瑚待
玉鈎
論文淮海與髯蘇居近鳴珂興不孤情話過從憐我拙延師教益課兒
愚蒼皇車馬新承詔鄭重關河又戒途鍾阜晴雲翠微月素心千里見
真吾
振善伯表弟元秋闈報捷呈表叔觀師舟祜
鷄鳳清於老鳳聲居然蕊榜看題名大開笑口掀髯日五度孫山氣始
平
蒴有黃華聞捷報天留好景晚晴新章平家世傳經術雁塔麟臺有替
人
朝建之役
特建離宮重省方天山瀚海昔來王蒼梧曾隨虞淵日沙漠仍存漢武

梁屏幛北庭惟牧馬補牢上策任之年呼韓邪死單于走校尉何堪署
護羌
誰使妖氛起塞塵北風洌、陣雲新朔方都護慚荒徼畿甸師干賴重
臣胡騎不堪傅白羽天戈自昔靖黃巾遼金戰後重魚爛八百年來一
愴神

壬辰

無題

蘊隆晨夕祛清凉太息風霾旭日光有客避囂心匪石伊誰執熱手探
湯車攻未敢期神策武豹變何曾靖鬼方翹首五雲多處望集靈臺畔柏
蒼、

普濟寺感舊

憶舊渾如昨登臨感歲華不堪班鬢影重對妙蓮花閱世同觀奕浮生

等泛槎故人多宿土莫惜醉流霞
豈敢耽林壑踈慵負聖明治安懷往哲康濟念羣蒼生風景無今昔泉源
自濁清躊躇仰雲漢斜日下嚴城

苦雨

百八天龍齊奮首倒捲晶簾萬牛吼陰森晝暝不見手黑雲壓屋平地
走有客虛堂正鼓琴杞憂不輟獨沈吟沈吟不輟念蒼昊何辜於民禍
草、去年苦旱歲不登前年苦雨悲行潦天胡虐斯民饑饉屢薦臻太
倉有粟賑莫均安能枵腹歌皇仁吁嗟乎長官錄糈顆粒珍餘者釀酒
皆精醽酒中往、事歌舞移宫換羽殊清新

苦蝗

墨緌銅脊大如斗難與蝗蝻判好醜農日哀號事田畝不事耕耘事竿
帚食盡大地鼓翅飛誰害民之物多奚爲　九重特問民疾苦宣至邪

庭工拜舞蝗不為災上世瑞對揚自詡通今古蝗雖爛矣穀已荒民實無術學長房縮地駐日秋不霜春縱熟兮隔歲糧

送表弟壽翊卿吏部勳使日本十六韻

聖世懷柔重微臣報稱新仙槎乘八月瓊島接三神弱冠勤書籍艱難侍老親棘闈憐鎩羽宦轍待扶輪未懈班生志誰憐范叔貧權將絃外趣來泛海之濱有國開東土中天拱北辰輶軒出星使採訪賦風人故事懷竊福遺踪問漢秦思維遠遊意珍重歲寒身佳誼葭莩系箴言藥石陳河梁秋黯、夜雨話諄、遂有三年別相思幾度春醉心雲似幕揮手淚沾巾自愧拘墟見難忘判袂辰談瀛期異日把酒拂征塵

秋雨

不信秋雲薄粘天幕四張如斯誠博厚無乃太蒼涼樹重綠垂屋苔濃青過墻伊人夢千里宛在水中央

空翠侵衣袂苔階長綠莎秋心驚歲月庭樹老枝柯此境宜詩酒伊誰
念黍禾抗懷無限意聊復寄煙波

寄懷壽翊卿

浮海乘槎勢建瓴居然都邑列滄溟梯航萬國朝中夏舞羽崇階撻不
庭遂以邦交勞信使真看鼓枻賦湘靈秋來夜半覩乾象屈指天涯幾
客星
蟻穴蜂衙地彈丸要盟曾易漢衣冠乘槎莫問支機石秉節須尊列宿
冠且喜車書遵軌轍難忘蛟蜃作波瀾我歌杕杜傷孤特秋滿空林露未
乾特

疊韵和寶子申刺史巽在天津用杜韵送景月汀觀察星旋蘇

百滙東來到此寬閒情羨煞客中歡交從肝胆歌求友我愧疎慵賦挂
冠彭澤湖邊秋信早姑胥臺上月光寒他時帝里遥相憶重對茱萸只

自看
規過從來互未寬敢緣交久盡人歡也曾雅謔調同調共沐恩波冠鶡
冠更喜蘭因聯小杜恰逢菊酒試輕寒君家世有循良績別後須裁治
譜看
秋靜船窗性海寬漫將離緒雜悲歡拜官欲問瀟湘水轉粟深資獬豸
冠雁候春歸猶惜別人依冬旭不知寒誰憐芳草年、綠霜鬢羞從鏡
裏看

秋艸

中條秋氣滿皇州回首青山已白頭風雨陽重還客別煙花上巳故情
留畫欄梦繞香三徑翠被寒生土一邱蕭艾逆蘭同浩刦榮枯如此思
悠、
蟲吟晚砌樹籠烟到眼秋容亦可憐螢火照殘凉雨後王孫歸去夕陽

先鶯花裙屐曾三月風雨（霜雪）輪蹄又一年蕭瑟似卿羞短鬢東風不復上
華顛
暖烘晴翠冷凝霜生此羣花壽算長恨別年時斜照影銷魂身世野花
香果然去日隨流水豈必春明戀太陽留得寸心依故土敢將憔悴怨
東皇
秋感春暉詠蓼莪自憐生意太婆娑也知濟世非良藥別有閒情笑女
蘿上苑露華猶若此天涯霜信更如何蓬蒿滿目刪難盡依舊湖山寄
慨多

秋雁

西風新雁伴蹤鐘秋信如斯報未慵似我書空呼咄、為誰傳語字重
、懷人夢遠三千里感舊心依百二峯惆悵故交零落盡欲裁尺素寄
何從

嘹嚦晴空慰寂寥一燈如豆伴寒宵天儷奏曲宮商幻筆陣排雲氣勢
驕秉節昔曾聞屬國寄書何必問洪喬江南微雨天山雪大信真堪定
久要
地老天荒水一涯鴻飛遵渚賦蒹葭未堪蹤跡留邊徼悔近觚棱警暮
鴉何事海邦勞信使須妨繒繳設平沙朔風趁後青雲改昨歲榆關雪
作花
漫將秋思賦秋風㾓點雲天夕照烘薄暮數行添畫稿高飛一世謝樊
籠自甘淡泊依寒渚欲寫情懷訴太空誰信鶴鳴工納誨五雲多霎路
難通

癸巳

謝景月汀觀察星贈靈壁石

不說生公法虛堂供朶雲拜嘉金石誼珍重雪鴻紋孤介情同我堅貞

德比君何當具袍笏常此挹清芬

寄懷壽翊卿

海國經年别南風麥又黄開函書客、結想意茫、投筆班生壯聞雞
祖逖傷從來重使節吾道被遐荒

大雨成災感賦

轟雷如陣雨滂沱達旦連宵可奈何永夜漏聲屋角聽排山雲傍樹頭
過樓臺倒影疑明鏡車騎朝天儼渡河太息蒼生逢浩劫節有年一夕付
洪波
賑撫頻輸内府錢　聖心憂惕禱蒼天禍延祚席驚三輔民倚夔龍策
萬全王道首言溝洫利禹功端賴稻粱先横流莫咎河無定曲突誰曾
計未然
真如牢破捕〻年癡鼠穿墉覆亦殤民志荐饑思困獸天心仁愛疾貪

狼細推洪範狂惟雨好濟羣生視若傷宣室衹今懷太傅果誰合淚訴
穹蒼
畿甸水浸三十邑詩吟鴻雁太酸辛翻雲覆雨渾疑夢逐浪隨波大有
人籌賑海山珠桂竭樂輸坊表姓名新縉紳亦有蒼生子世事循環且
莫論
聞道災區等巨區桑田頓刻易平湖流離豈止無家歎飄泊誰憐墮淚
呼賴有危堤棲餓殍何堪稚子戀慈烏津門涿郡同蕭瑟千里秋風冷
月孤

翊卿書來索照像并係以詩 同兒子照

梦遠難期見所思秋來露冷夜涼時澄波如鏡天如海洗照出將離海鶴
姿
蒼皇一夢也封侯樗櫟何堪大匠搜萬古鬚眉憑擬議丰神仍似舊時

不
秋水傳神雁寄書天高地迥欲愁予宦情自古濃於酒宦未成時鬓已踈
誰自無生識本来恒河沙裏一塵埃教兒記取圖中態不語逢人只責獃

編排書籍字畫口號示賡音

萬卷縹緗費俸錢祖孫世、守遺編吾生有盡書難盡安得黄金鑄少年
果真神品異尋常藏弃何須晉尚唐世守百餘年外物縱然贋亦魯靈光尚

秋感兼懷賓子申

仲秋曾見月團欒又幾番風景物殘天迥亂雲堆絮白地饒林木曉霜

丹塵寰豈有煙霞窟名利從來虎豹關只儘吾生且行樂良辰休放酒杯寬

匝地西風衰草黄四方多難客心傷濁流載道公無渡秋色侵人鬓有霜天若有情開晚霽歲真如駛又重陽隔年記泛茱萸酒游子誰憐尚異鄉

秋暮東郊

柳絲黄褪霞剥靡極目平蕪叱犢歸地迥跡林留落照秋來遊子戀清暉奉車昔與蒼梧役掌次親瞻彩鳳翬彈指前塵二十載漁陽東望路依稀

起十七歲丁巳訖五十三歲癸巳計三十七年共詩六百三十四首

共詩四百卅四　起丁巳訖癸巳　共三十七年

國家圖書館藏清人詩文集稿本叢書

第三輯

三

陳紅彦 主編

北京大學出版社
PEKING UNIVERSITY PRESS

稿本煙銷録

陳光緒撰。稿本。六册。

陳光緒，原名詩，號「石生」，别號「自香居士」「拜石山巢主人」。浙江會稽人，道光十三年（一八三三）進士，道光十八年任山東武定同知。據陳光緒《拜石山巢詩鈔·自題拜石圖》載，其一生好遊歷作詩，十三歲遊歷中曾跌落懸崖，但僅僅傷了額頭，自此感歎己之重生拜石所賜，故號「石生」，别號「拜石山巢主人」。著有《拜石山巢詩鈔》。

《稿本煙銷録》爲叢書。

一、二册即爲《煙銷録》。陳光緒在書前《自序》中云：「（咸豐）庚申間三月，江寧將軍和春大營兵潰，常州蘇州諸郡相繼失守。余在昆陵，倉皇避難，書畫詩籍盡歸兵燹，宗君湘文、朱子子黎廣爲搜録，得余詩二百餘首，舊時鴻爪，黯然魂銷，偶一追憶忽如夢。略爲編次，名曰《煙銷録》。詩不足觀，而余志可哀也已。」又書前附記云：「此本暨《灘上吟》草稿，周君善夫均録出清本，將付梓人。」可知這些詩稿原名爲《灘上吟》，遭兵燹後搜羅剩稿而成《煙銷録》。部分詩作題目下標註寫作時間，最早爲道光八年，最晚爲咸豐六年（一八五六）。陳光緒詩歌風格有過轉變，正如其同鄉兼學弟宗稷辰所評：「近歷齊魯燕趙韓魏宋衛名山大川，沉雄之氣漸歸於澄澹，而詩亦老且粹矣。至其風格兼出入蘇陸而上追元白，未嘗刻意規摹而往往得古人之神息者，志趣淳而性情深也。」陳光緒已有《拜石山巢詩鈔》八卷收入《販書偶記》，世間流傳較廣。《煙銷録》雖云付梓，但未見成書，更顯珍貴。

詩稿寫於無格紙上，塗抹修改痕跡明顯，當是草稿。

三册、四册爲《拜石山巢》。第三册及四册前半，收録文章雜著。從題目看，有序、啓、疏、書、文、考、傳、傳後、事、記、跋等多種形式。四册後半有詩歌，經不完全比對，屬於《拜石山巢詩鈔》中詩，當爲其手稿。文字經過謄録，工整清秀。書於墨格，有眉批，有少量修改。

五册爲《拜石山巢外集》。所收皆爲祝壽文字。其中「壽序」類十四篇，韻文兩篇。

六册爲詞彙筆記。無書名。内容分爲諺詁、異字、代字、文瑣、聲解、貌解、待質編、雜詁等，對方言俚語、異體字、連綿詞、虚詞等語言現象做了記録研究。暫時未能解決的歸入「待質編」，可見其治學態度之嚴謹。

（彭文芳）

稿本煙銷録
自香居士乃會稽拜石
山巢主人陳石生别號
題字爲渠戚馬竹漁所書

拜山石巢煙銷錄
圖 6 冊 書號9480

此本暨湖上吟草葉周夫善夫
抄録出清本將付梓人壬申
夏仲由崇明寄還原本感嘆
記之他日傳播人間亦一大快事也
舅氏遺詩

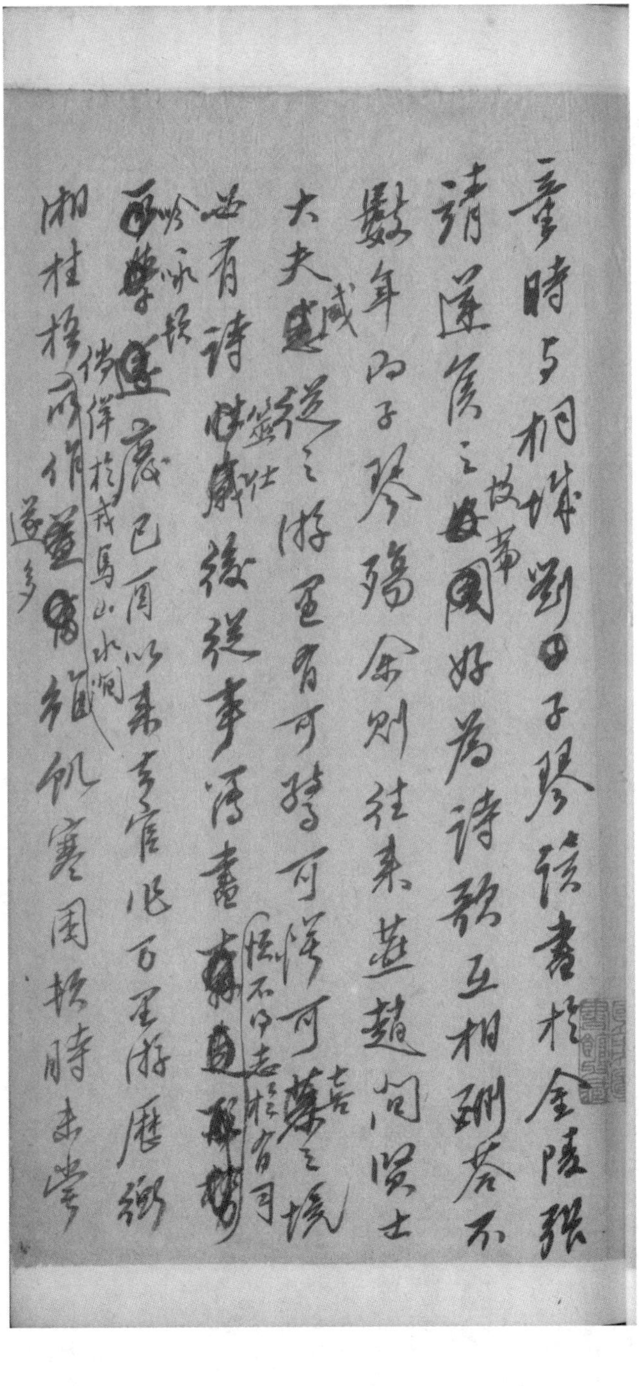

擬也咸豐初元自桂林返白門己酉重過洞庭湖取
少年侍阮之作拔洞庭湖中詩以送之釐訂鈔一冊
列爲五卷曰白下集請纓集塵夢集續塵夢集續塵夢集畢半隱遺稿一冊附於後
夢集秋夢集引年記事每一展閱數十
年如一日也湯雨生青甫陳仰游皆爲之記其
事咸豐庚申閏三月江寧將軍和春大營兵
潰常州蘇州諸郡相從失守余左僑居民

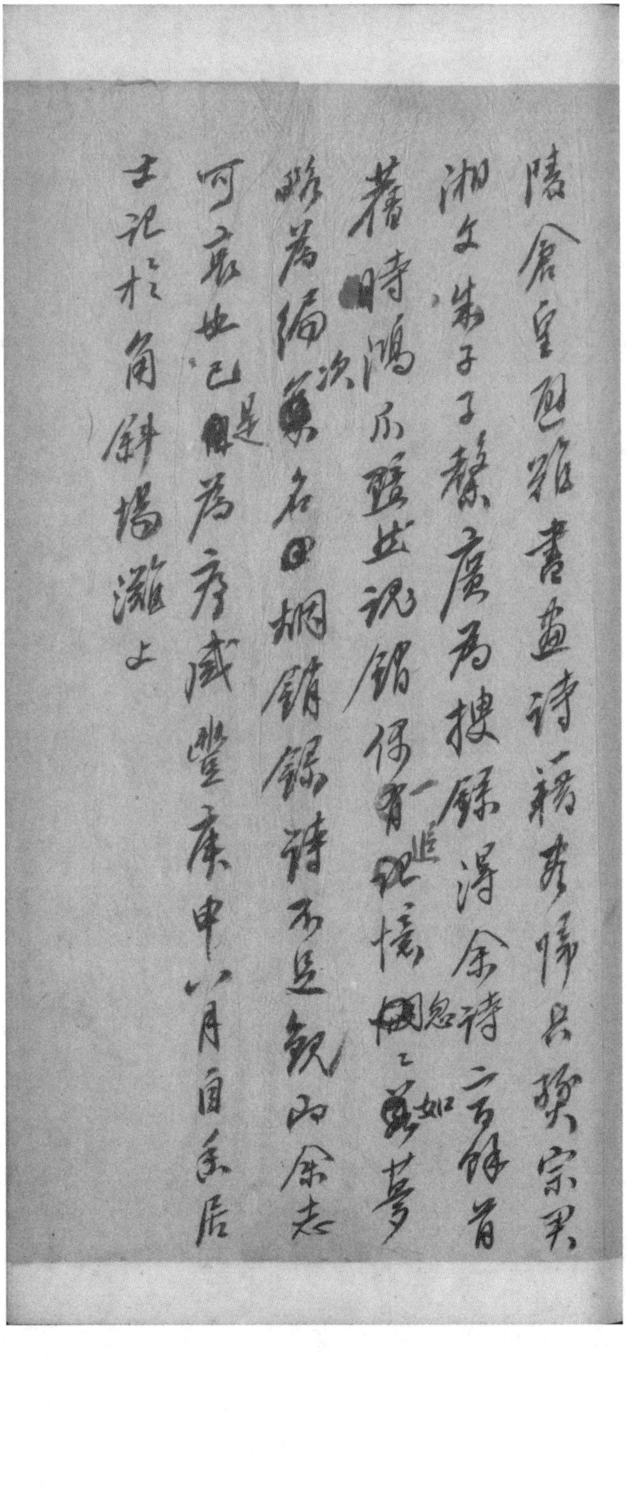
陪倉皇避難書畫詩稿散佚殆盡獨其宗兄
湘文弟子子蘇廣爲搜録得余詩六百餘首
舊時鴻爪賴此記錄保存一二追憶前塵忽如夢
幾爲編次名曰煙銷録詩不足觀而余志
可哀也已是爲序歲豐庚申八月自序居
士記於角斜場灘上

龍門之桐 戊子

龍門之桐生高山。高百尺兮誰能攀。秋風一夜

天地白。木葉凋。山露顏。顏凋謝寧與眾木殊。乃

古天地同葉枯。生年常存根本至。何也匠

匠蔽枝葉。高枝先得雨露滋。風霜殺伐亡。

何歟。萬物如此。時際會。若節候持。白。揃。

毀歲寒萬物知者希。西山絕頂來霜風飛。

東城行

東城有佳人容華妖且閑問年已二八望者疑
神仙十四學織素十五能裁衣織素日未匹文采
生光輝何來馬上郎邂逅春風面遺以雙連
環贈以合歡扇償得一笑時直視千金輕門庭
滿車馬玉帛不時薦佳人善清節長謝少年
家金玉何足奇此身不易得尚不自知愛誰
他人惜中夜起鳴琴泠泠寫素心素心不可見誰

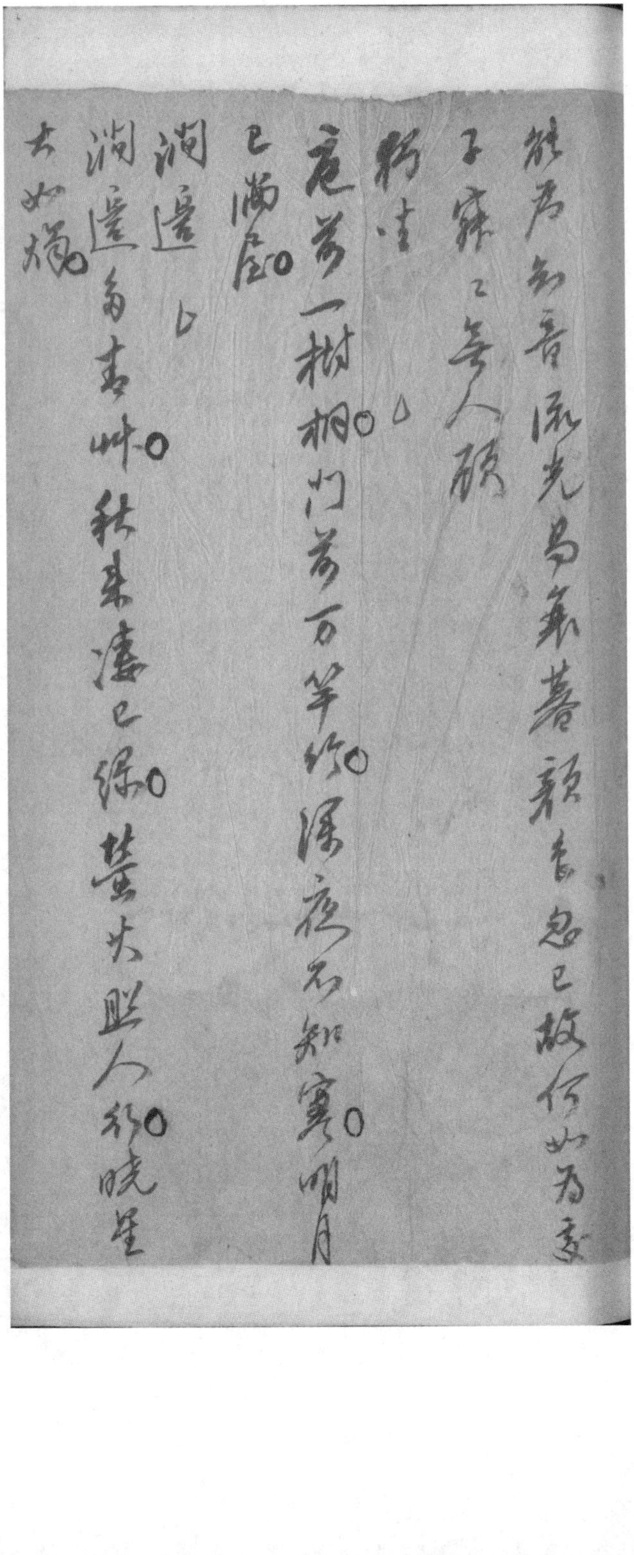
能否知音流光易氣暮顏香忽已故何如為逐
子霜〻笑人頑
野性△
庭前一樹桐。門前萬竿竹。深夜不知寒。明月
已滿屋。
澗邊△
澗邊多青草。秋來淒已綠。葉大壓人行。曉星
大如燭。

題壁

茅菴生白雲。無人住何處。深院寒無聲。野鶴自來去。

古意

蕩子久不歸。美人日憔悴。明月似有情。獨過照妾睡。

已於林寺

對此清磬一聲鐘。五百餘年十五松。洞口花飛時北西山腰雲影忽半峯。梵從石罅迎將客。
古佛由來常寂寞。到此須再幾度攀時
諸譜盡識詩節

白雲菴

蔣山叢翠石闌鍾。山徑繞來留攜杖。黄葉滿
山從空後積雲封。到處寺門封

究紅橋

究紅橋畔日斜門。寂寞溪亦掩底處。魚夢

不知妻筆吟偏好花雨落紛紛
儞微阮相國藏文信國琴以墨本見贈
不比凄風苦雨聲須知正氣自秋平千戈草草
完千古家國莘莘貴一生獨向江頭懷許遠雅
從容出哭田橫去雷於靈君常事應有鸞凰
[illegible]
地僻梅逾瘦空山老歲華可憐根半死猶著繁

枝花月白畫樓高，烟雨自老蒼花琵琶[illegible]山
風雨[illegible]一長嘆
借書理村刺史虹橋納涼[illegible]題其[illegible]老屋圍
[illegible]家[illegible]雨[illegible]十[illegible]居[illegible]家[illegible]
[illegible]
[illegible]
霜[illegible]不[illegible]
近[illegible]

夕
虹橋秋水清。雨已漲溪邊綠。扁舟一棹還。山色新
如浴。六朝竟何如。松柏千年禿。昨日黃昏樓。今古走
植。牧我田西湖中。舊游難再續。南屏有疑庵閣
盡亦可讀。只今千里迢。宛蓋已屋。伏況君万里隔
道堤更鄉。蹈軋坤。輿如斗大。萬生啼雨一粟。風波一翻
萬里筆新。離愛惜無年時。孫想姻婭連日
坳、何時夢歸故山居

題蔣園味琴圖

君家瀟灑如此，琴心清可知。華亦船病少身恨入山遲。雲澤似難樓，江湖夢易然，賞音無[illegible]我

馬滿邊隱。

送劉子琴歸 乙丑

嘉會不可再，離懷易復悵，君生死[illegible]

明[illegible]者勝[illegible]知有別離[illegible]

每執相思時，一旦別我，[illegible]數向度，門君[illegible]何[illegible]長眠

絶不寐，且亦不能已，夢之不能。至中宵，忽念及樸，
簌簌如雨。今日送君行，行行出北郭。死者未必知，
此生者情。北邙何所有，蕭蕭白楊柳。但見紙錢灰，
隨風滿地走。荒墓叢荊棘，狐兔窟其側。古人死
千年，今人尚嗟息。況我知己哉，悽愴何所極。我哭
君魔樂死，不知哭；君樂我更悲，我死哭者誰。
送子淚千行，莫歌一掬。生前不相保，死後莫雖知。
念之摧肺肝。形影未細 庚抄

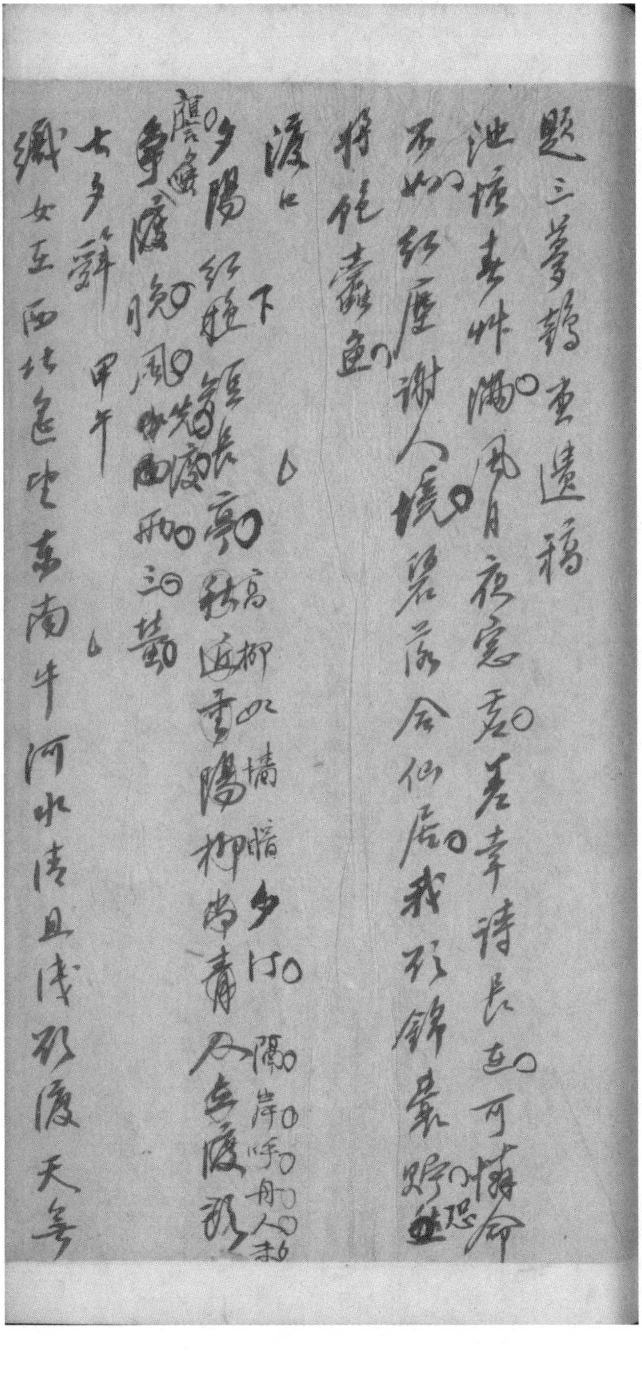

題三夢鶴畫遺稿

池塘春草滿。風月夜窗吟。若幸詩長在。可憐命不如。紅塵謝人境。碧落舍仙居。我珍錦囊貯。恐將飽蠹魚。

渡江

夕陽紅映短長亭。宮柳如煙[illegible]陽柳帶青。人[illegible]渡頭隔岸呼舟人未[illegible]

爭渡晚風先渡船。三江[illegible]

七夕辭　甲午

織女在西北。遙望東南牛。河水清且淺。那渡天無[illegible]

舟一年一相見此事殊難未可果誰與牽靈鵲橋
見留升道道變化罷海憑遊將靈氣飄然合冥
會無時休來往一銷水竟成萬里流生乞隱寒
暑脈脈生难結紐兹等道天上秋風早危眷
黄葉飛帳裏青蛾老去年七夕江之南今年七夕
江之北相思兩地無消息憑我消悄悄不得
莫愁湖采蓮歌
曉來妝鏡學時新試与靈家比翠顰郎道不如

畫裏如何知儂比畫中真。
蓮花不耐秋風冷。美人一去青塚荒，贏得湖名
千古艷。蓮花還讓美人知。
與郎。一掬湖水綠。與郎。一握。蓮花紅。無此顏。儂生好
顏色。嫁郎不願中山王。
白蓮都說並頭花。其經秋來雨似麻。璀璨渠未識
蓮知。只今枯柳亂啼鴉。
壓卷 已作

十日不開門。曉來聽剝啄。須知故人來。乃足千
年處。
寒幸秋草長。蝕石何年碣。山鬼耐夜寒。默默
拜古月。
松花問遠飛。桂子石邊落。幽夢醒西源。不爲馬
啼覺。
天風飄鳴玉。萬壑鳴松濤。愁雲急如瀉。帶取山
月高。

西苑春懷顧白閒

生遠情行陌。望臺一概此。樹猶方座寺。蒼檔承

寧泉地偶秋先老。從閒畫出晚。舊時人已去。夢境

十年前。

題錢夢鶴癸戌秋窗把卷圖

壯志留長劍。閒情寄短節。闌門三日讀。蒼世業本

林拋詩冷夢。氣雲蒼岳人。掃楊已橋秀隋史。來

自碧雲靈。

夢中作

人生天地間，如過客，古人傳一瞬，意緒身世頭即再[illegible]
又如游山水幻境，不一處，危崖5手地境刻當歷編犯
陰何足憚，安乘何足慮，惜哉陽春時且睡，提壺喚
晚陽兩生都猶
終塞何來厭，彼郊青溪今任跋，係家移將鼓
澤門前柳種，日東陵陌上瓜，家玉不聞彈劍鋏
詩筆忽作走龍蛇，眼中獨有千古況已難閱海
內詩

送倪次郎之官秦中

大漢日西來，雁門一線開。即今回紇馬，致此李陵臺。出塞氣豪壯，臨邊倚俊才。此行誰可惜，我獨塵埃。

風雲滿天地，胡馬不少留。梅花苦驛使，明月記揚州。（吳先官揚州時尹）別折添春柳，詩懷藉倚樓。鴻橋坡人去，一寄隴西頭。

蘇臺雜病八詠

匯租吏　守城兵　烏君周　白龍山　高樓女　燈船　大塘門　破敝堂

白晃晃白白如雲。黑晃晃黑黑如漆。明毛蓮毛名多桝。不
識君王與天日。詔書往歲下江南，中外通商將一室。白
黃諸利競恭順，黑黃難憂心叵測。樓船熙攘鼓
鼙旗旗招動海天色。上洋林部崔嵬，萬古東
流望不極。聲明層樓千萬間，琴心身已來西域。
此是中原土一坏，春風那得游鬼域。珠緣迎耀與
臺䑓。侍從出入意自得。雕鞍駿馬驕官衙，奸民
因之爲羽翼。鳴呼安得仙人海上蹤瀛洲，寶刀截

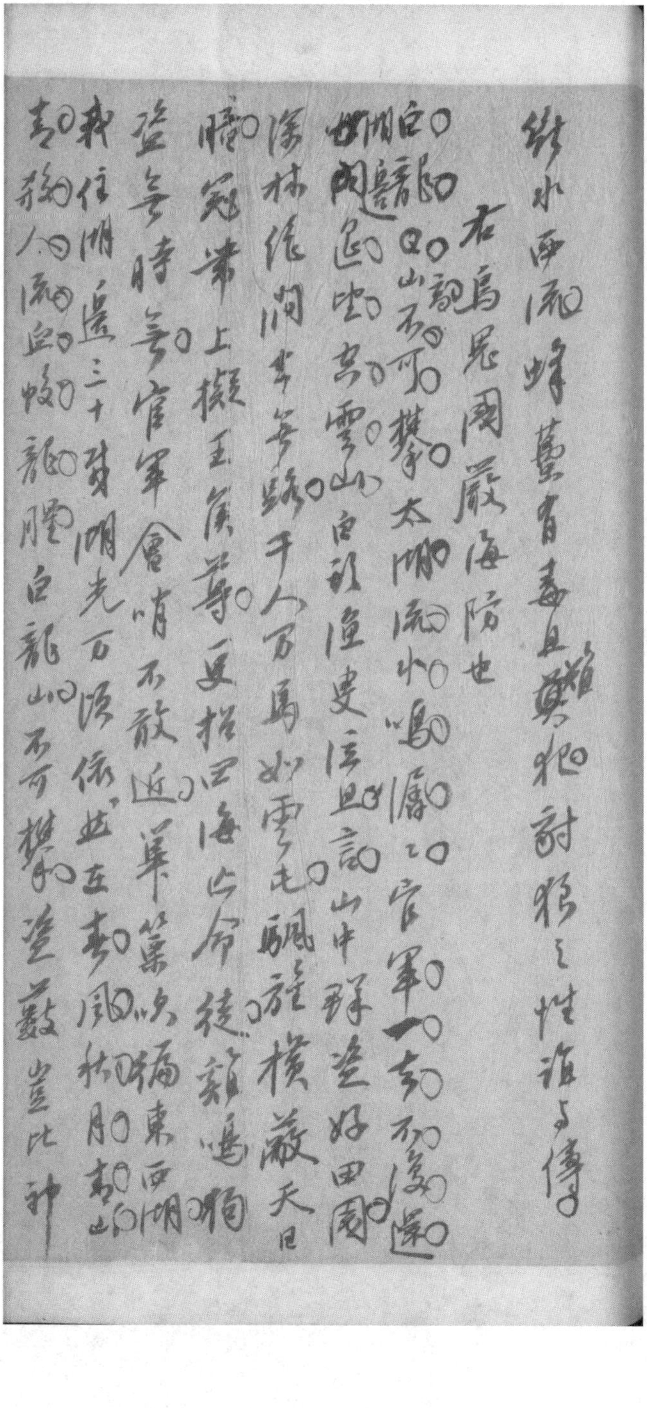
緣水西流○蜂蠆有毒且難與抱○謝將之性難與傳
右烏尾岡嚴海防也
白○龍○○山不可攀○太湖流水鳴○潮○官軍一去○不復還
湖○門通○虫○出雲○白頭漁叟居此○記山中群盜好田園
深林絕澗少蹊○千人万馬如雲屯○飄旋橫嚴天日
臉○冤常上擬王侯第○更招回海上命徒○雞鳴狗
盜無時無○官軍會哨不敢近○草叢吹煽東西湖
我住湖邊三十載○湖光百頃依然在○動風○秋月○動山○
青○旗○人○流血○蛟龍○腥○白龍山○不可攀○盜藪出比神

仙窠胡為壯士凋朱顏

右白龍山遊白水師也

春堤萬樹楊花飛楊花亂落沾春衣高樓有女

破春夢驚子躑躅歸不歸吳儂十五顏如玉半

學妝成腰一束纖纖十指結不澀春日樓頭弄絲竹

清商一曲合風飄宛轉春情趁樣嬌桃花偏多

連理樹明月直掛銷魂橋銷魂橋畔春如海行替

總存情易改紅顏作悔十年非白頭能得幾人在

春情逗。春花飛。春去。春情蝴蝶。嬉。穠花黃。蕊。柳絲蝴
蝶。悲。歎。娛。未畢。心已傷。東隣有女雨關頹。依斜跡
繡紅窗下。春風。秋月。總不知。夜來。只。學。姮娥寡。
右高樓女刺失節也
泥金帖。紙。仙霞。騰。牆。峻。字。精。官銜。行人。已。嗟。傳
月。剛逢。新貴。客。人。寓。昨歲海洋來告警。江北江
南多不靖。官人破產守衛功。大吏乞恩卑服請。一朝
白屋儒。可仰。分。榮膺族。信。羅纓。公庭出入莫敢阻。

下馬一揮意已倦，何不入朝事天子。風塵奔走殊自苦，
役何不歸守土官。兵刑錢穀紛煩難，不如高臥琴書
廬。下此畫日筆難所能，治以論道持官短長私懷只
議今多寡。君不聞唐嵩減明居武城，非公不至。
今其良才不見，私甚歎之。趙相瓦子年保家多令名，
居鄉富貴不可恃，長吏是非慎莫爭。

君大塘門風正宜也

從存此詩何遺失不復記憶

上巳後一日偕朱子鶴自吳門赴淮安賦 乙
新燕已積縈飛遍依舊江湖上風緣萬里鶯花
身上巳一生哀樂錢中年風苔試答香楊柳澤畔
微吟相杜鵑此去長安消息近敲桃暮雪等雲烟
歸春已闌淮南古自郡安闌官如蜂蝶經秋夕
人生烟雲出世難沉如飯生悲歡活春花初謝雨聲
寒雅吟幸有朱翁和其他新詩子細看
對雲烟 乙未 乙

緑藤陰下叩紅門，鸚鵡低呼舊夢記，鳳管拋殘鬟
未換，背人先自拭啼痕。
姑蘇雜詠四首　水邊之　舊夢模糊記半橋，別淚人前
孫，不知年來瘦盡小蠻腰。
舊時姊妹悔輕離，鬭約橋邊更有誰。剩得小時一
伴侶，飛來天半鬭蛾眉。
蘇小墳頭緑緑碎，沿湖秋柳已如絲。生前眉黛鏡錯因
妻，論築千年薄命祠。

不知何處是郎家，無定同鄉語不差。秋白無（?）
限好，偏來知，去，斷腸花。
嶺上重來日未斜，彩霞深處識仙家。從今懸憶無時
已，望斷朝霞更晚霞。

靈巖庵僧

咽月不相識，窺我，去，揶揄我，影隨我，行，勝我，叩，橍，
我童時已熟，寒犬吠山前，山後，游誰家，遠山聞鬼哭，
生前苦苦十年，青山埋骨，頭長眠，便與青山老
終古，哀哀泥沉誰為攝，千樹松月，夜壺風雨

豆清絶人。生世上。自生死。月五天邊乘風。鉄朱門夜。

傍陳管弦紅燭如醉。似如泉。蟾娥看繞不敢入凌

風直到寺。此巖山前山後無人跡。蒼茫中有鳴山家

天風颯颯不知寒。滿月松影侵衣裾。老僧晨兒搖

颭鳴颯颯。嘘嘘。驚兒驚。秋形夢中來聽收曉風吹冷胡

蘇白頭楊柳

將悔白門别蘇學士飄落伯

揖别湖山向石城。滿懷秋思不分明。攔人一陣瀟瀟

雨併入寒江迴客衣

石門夜泊

秋林雨歇晚烟低野泊扁舟夾小溪兩岸蘆花
那似雪總無人跡竹雞啼

湯樂民畫樹誰問詩以報謝

剛向春風訴別離相逢容易到秋時淵然有句題
桐葉清淚無痕濺竹枝病去難尋巫峽夢歸來
莫喚武陵祠烟笑細寫桃花面珊瑁林前懶畫眉

埭西

城西桃李樹，倚水最多姿。春曉寒如此，花開莫怨遲。芳心愁暮雨，幽夢落江湄。獨有棚園客，閒來一笑窺。

苦雨寄顧宮聞粵東

苦雨連三月，春光未忍看。湖開啼鳥歇，不覺落花殘。烽火南天遍，樓船北海寬。羅浮山下路，風月惜征鞍。

題仇十洲美人折子

霞綃明似水，鬟影立亭亭。已是百年畫，能無一點靈。春花紅兩白，涼月入眉青。寂寞芸蘆影，幽人夢未醒。

祇夢

曲室何幽深，白衣誰家子。我懷城東門，慈容無乃是。

低頭弄團扇，舉頭拖白雲。含情不可說，夢中枉見君。

人生聚有夢相思醒相思羅衣淚痕漬獨足夢

中霄

真未知何人再來後日相約不敢忘相思不敢之

邢溝雨生將軍琴隱圖即事 △

似此林泉勝從樓日集酒時存名士筆、時有故人、

和好句無多鮮花作意欺寒新羅盤隨例接、

暮芳

洗桐未閣下種竹傍池邊天然綠野兩人常竟日眠

嬌慵悶倚暑氣蒸。搖輕扇。更排紗障青憑賈
釣船。
西泠楊柳路。別來已三年。好是書來問。懷君意惘
然。林塘新雨即。今日舊因緣。猶種梅花樹。孤山在
那邊。
題吳氏楊柳美人　ヒ
春光一路上眉頭。十里珠簾掛玉鈎。好夢如雲無處覓。
東風搖蕩過楊州。　和王漁洋

題朱氏荷花卷

納涼時節水波香，好趁風前灑晚妝。蓮葉似雲花似錦，似鬢美人家何住，樓塘。

題湯壽民留春園

饒培子荷花似雪，西泠橋畔柳如烟。新情縱適題詩句，又是西風落和天。名士素心爭後世，美人日計驛華年。留春誰把春留住，付東籬和白日難。

題耿盛陽叔閑園

髫子年弱冠。伏读万卷书。足迹不出户。乃有観瀾
閲。男儿志。四海生。视风云。驱。何也。万里。游。此後。意气。
殊。子志注高。继。至意则不如。读书。贵。卷。怯。锦心。悠。徒。
岂。論。自。有。师。要。在識。與塗。即今。瀚海上。從容。翻天。徽。
何时洗兵甲。光风一扫除。杖乘不用賦。与子且出居。

续紫霞词

安如原是紫霞仙。谪落红尘十五年。生逢花朝。郎一。
月。休。来。天。妒。惜花天。

記得新秋並倚闌，題詞泥我寫蘇紈，相逢定是三生
夥，啟口翻常一笑看。
一江烟水隔相思，此後纔情不知，共向海棠花底坐，
終日愁腸洗紅雨。
垂向斜陽攀舊游，曲欄手裏弄梳頭，明朝約定西
湖上，紅藕白蘋八月秋。
誰家桃花扇底畫，惆悵多才共傳福，無異一般情，
千古愧無侯郎我不如。

東行新染百花紅。掛起秋風桂子黃。我我廣寒宮是桂
曲。羨卿辛苦籌覓處。
借楊蔡行返秦淮。
畫闌垂柳碧煙消。重夢年年懷舊約。我我無情懷
杜牧。夜深琵琶。陽船簫。
連秋館自杭州來白門訪我印題其楓樹山居圖。
我本楚狂人。乃在西湖居。讀書麗菴中。雅志竟何如。
湖光百頃白露拿千林。蘇晏峭勵海上。此境更何殊。

誰知郭西野真有仙人潤（西居名郭西野）
吾愛吳季子（廷康）皎皎秋山晴語難遇更識凱謹升孔
玉誰足揚搖摩旌（茂）一二行薄從閑步府怪此二三家精研
西湖水湖水清且揚秋風吾將動一別遂三秋今年
安可詳我身還白下我心情鏡廣之子不可見鏡前長相
思
連子千里至客縣淮水湄問名識已久會面悟何遲
長周崇題句佳境夢見之峨峨雲居山幽險盤崎嶇

冥猶榮葬飲妻奴欣相隨患病捨杌梢婀娜含霜
[窗]粗紅葉散几席題詩寄知福人生非草木榮悴感
多時入世樓[傳]塵纓纓之良可嘆君不慕高蹈戢翮西
山陲可嗟衣食累雖與神仙期神仙不可期與子將別
鍾鑑苕溪十二曲秋來寒已綠扁舟竟日游蒔耳近可瞻
六朝竟何如千年問鳥(?)木尚有貴(?)酒(?)樓倚欄人如玉
四田西湖中秋光鬱眉間權(?)游似昨日人事一何促矣

人憐黃土鞋影濃已獨寒西陵橋寒貝草際笑他
日異憐時為我一蹤蹈是我錢華作比我讀畫屋
須知佳會難共常白下達已將夕時蘭萬徐園坡山菊

周子堅步示何子貞西畫白馬圖兼賦

風雲不得力紙上起嘶鳴歲月共乘舊疆場老未平、
千金自有斯萬里為誰行寓意平生志君看下筆
情

題楊武功將軍湯興竹下遺象

將軍付父綿堂以官台灣鳳山知縣林爽文亂父
子守城以殺賊死
城頭算纛吹嗚嗚。城外賊騎爭嗟呼。日望官軍
救不至。父子一心同日死。兒死來事父。守城。父死如歸兒
報生。兒為官守。兒可去。兒去。父死歸何處。況復平
生讀父書。眼中軒冕轉居塗。爲爲官守惜一
死。此時有子不如無。五更城上走獨鼠。賊來如風
氣如雨。當惜一吐賊奔豬。龍泉血濺官袍明。

賊頭墮地輕如葉。殺賊不辭死亦得。嗚呼殺賊不辭死亦得。投閣万古見[illegible]泥。

京兆郡縣南歸感賦 己亥

蓬萊宮闕織纖塵。咫尺仙家岸易淪。文字未能尊俗眼。功名敢望勝前人。秋風幾草樓間。病起乘[illegible]年[illegible]風。只有新詩遲不起。琴心莫再問東鄰。 謂安周劉子琴

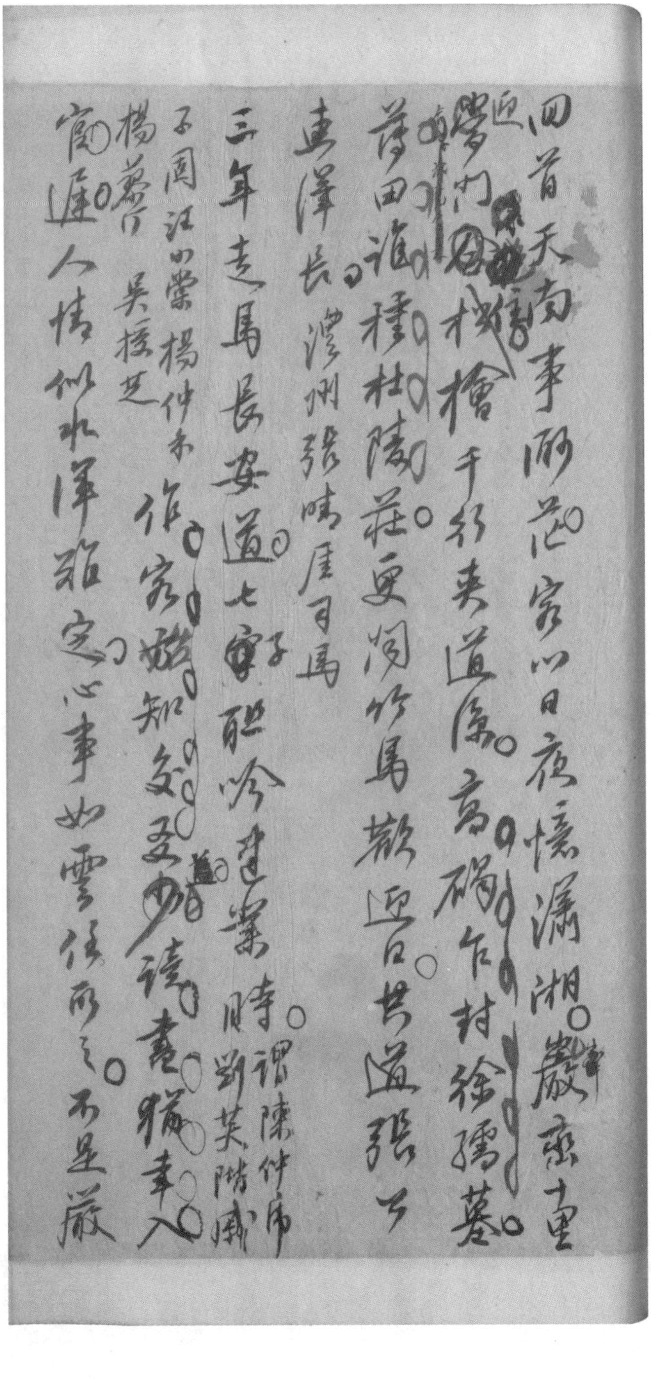

陵墓高隱。全身只合鈞竿隱。
龍門萬里波嵩霆。海底蛟鯨戢血腥。那肖思神
物。入夢衡氣質。函而通。靈。曼卿下第偏工病小宋
同科兩妙齡。擬蹤誰如陳氏子。謂陳伯游不慈白髮
且家經。
館塔寺前舊夢去。孤山亭畔拾遺來。詩名錦
琴人誰識。派寄紅綃事可哀。勸盡過之新筆。

北秋紫霜霜舊樓臺　江頭一片桃花影空對劉

郎未見回

歲月堂堂逝水流懷人百感是新秋愁如細帙

芝崩尋夢似[illegible]烟散不收下筆忽且千古事

無家何處五湖游鄉[illegible]兩含龍南山上隱還須

白鷺洲

題扇　三則

春山如霧柳如烟一片江光遠接天湯説秦淮風

月好不如月上釣魚船

送春詞

送春仍愛畫春山。山自無言水自閑，怕有倚闌人似玉。一聲長笛。送春還。

山行題壁

我有烟霞癖。風塵改舊顏。還丹千日餓。采飽六朝山。年盛忘身賤。心清壽歲閑。故鄉春更

媚○仰藐浮雲還○

閒情十二首 庚子

瀟湘生小事堪哀○學得琵琶歷（歷）青才○記否睦

手籍夜月○一鉤新送玉人來○

池台近接鄰儂家○隔巷通來日未斜○笑向（花）遊

春樓（下）畫樓○回廊踏遍碧桃花○

陽關一曲倩誰傳○脈脈無言淚暗垂○何事遲新秋○

好○明月○猶人○倚向別時圓○

大江東去夢悠悠。待燕園成柱自愁。緑日西風秋
信號。天涯何處覓封侯。
青溪水碧半篙。折楊同攜月正高。最憶板
橋新。雨後。搖。龍。觀罷武陵桃。
碧玉依然未嫁時。羅衣新寫惜紅詞。相逢莫道
洋多蓋只怨。春。風。識面遲。
天然風韻信難描。繪影分明畫轉遙。定易商
量金屋貯。曉來莫遣彩雲飄。

櫻桃宴罷禁相逢。回首巫山已萬重。閑煞莫
愁湖上路。綠楊無處問盧郎。
羅隱移家水閣居。門前偶駐故人車。閑心小玉
勤相問。空有蕭娘一紙書。
烏雲枕上亂飛蓬。帳底桃花照臉紅。復不回眸
通一笑。如何閑坐對春風。
羅袖羞將半面遮。忽聞紅淚濺窗紗。春心省
得人猜識。不怨東風怨落花。

湘簾一線篆烟濕，往事如雲子細論。記否西樓聽雨夜，怖頭應有未招魂。

望牛首山

樓閣出南郊，山行入亂坳。望高一點眺，牛首更奇絕。遠村樹蒼蒼，蒼山半明滅。荒黄屋絕揆，言以挑天潮。銀杏三千年，雷火神僅復活。白雲榮共類，空疑陽崖雪。出夜晚霞雨生飛，天風吹[illegible]。旌人下山去，牛背一聲笛。我亦倦思歸，心[illegible]焼保

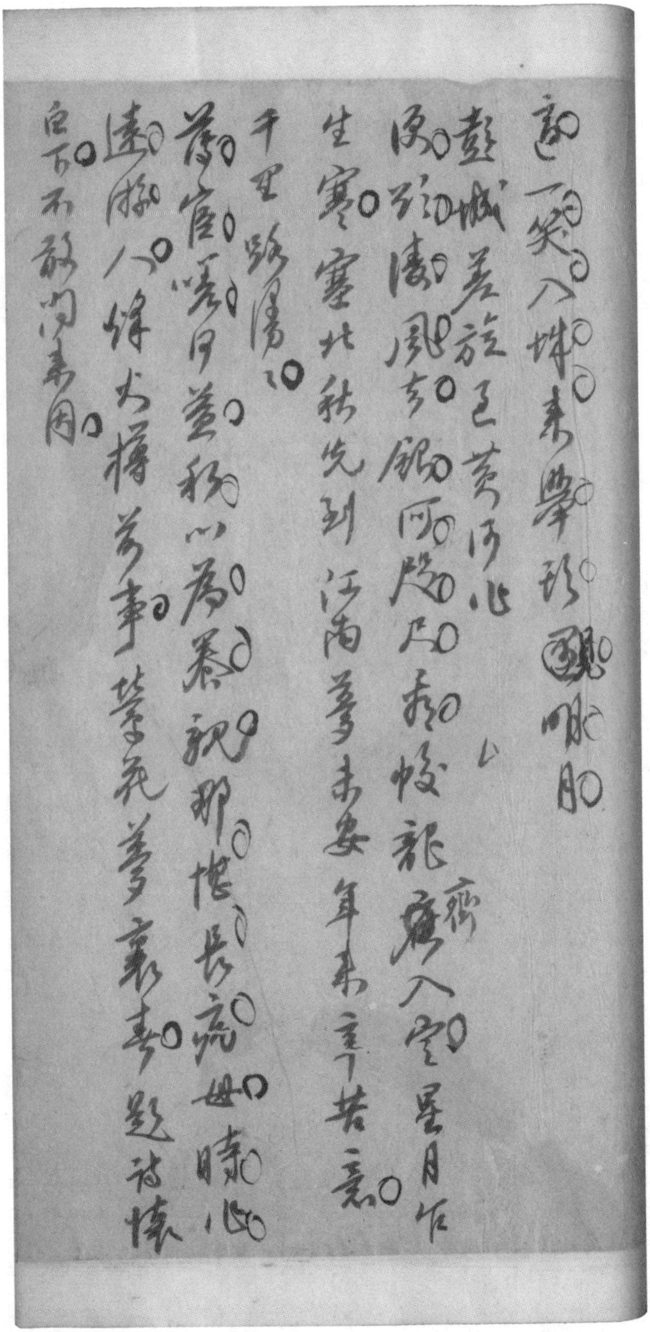

題邗江送別圖　壬寅九月

少小生逢處士家。聰明心性未全差。從來天上多情種。例作人間薄命花。根柢蘆莖金線曲。君來燭到玉鉤斜。為舟來日往秋江畔。□□□□□暮鴉。

年來幽緒向誰論。寂寞無聞洗淚痕。鏡裏共偽病夢中蝴蝶易錯識夕陽半渡浮艇秋水平橋獨掩門。一夜羅衣亂絕□人間

何用覓窠留

湘蘭庭院悶誰居。一水盈盈識面初。檻外停聞

三弄笛。墜樓猶博十年書。燈紅南市春馳馬。

草碧西溪學釣魚。四首可憐陳跡在，風塵病

柳臥門如。

風帆一笑下燕城。冷落珠湖寄此生。君意應知

多曲折。妾身猶道未分明。春花幾度憐新

別。秋月明年續舊盟。滿眼兵戈滿眼淚，紅干風

匹馬長征 可删

再題前圖

雅會前題白練裙。何來崔氏李紛紜。桃源路隔偏逢我，燕子樓空獨恨君。有限年華拚作客，無端去婿[illegible]從軍。即今莫怕西窗[illegible]，夜唱蘇秋江不忍聞。

病蘭詞

亭亭珠玉質，依依冰雪姿。清風來四座，幽花

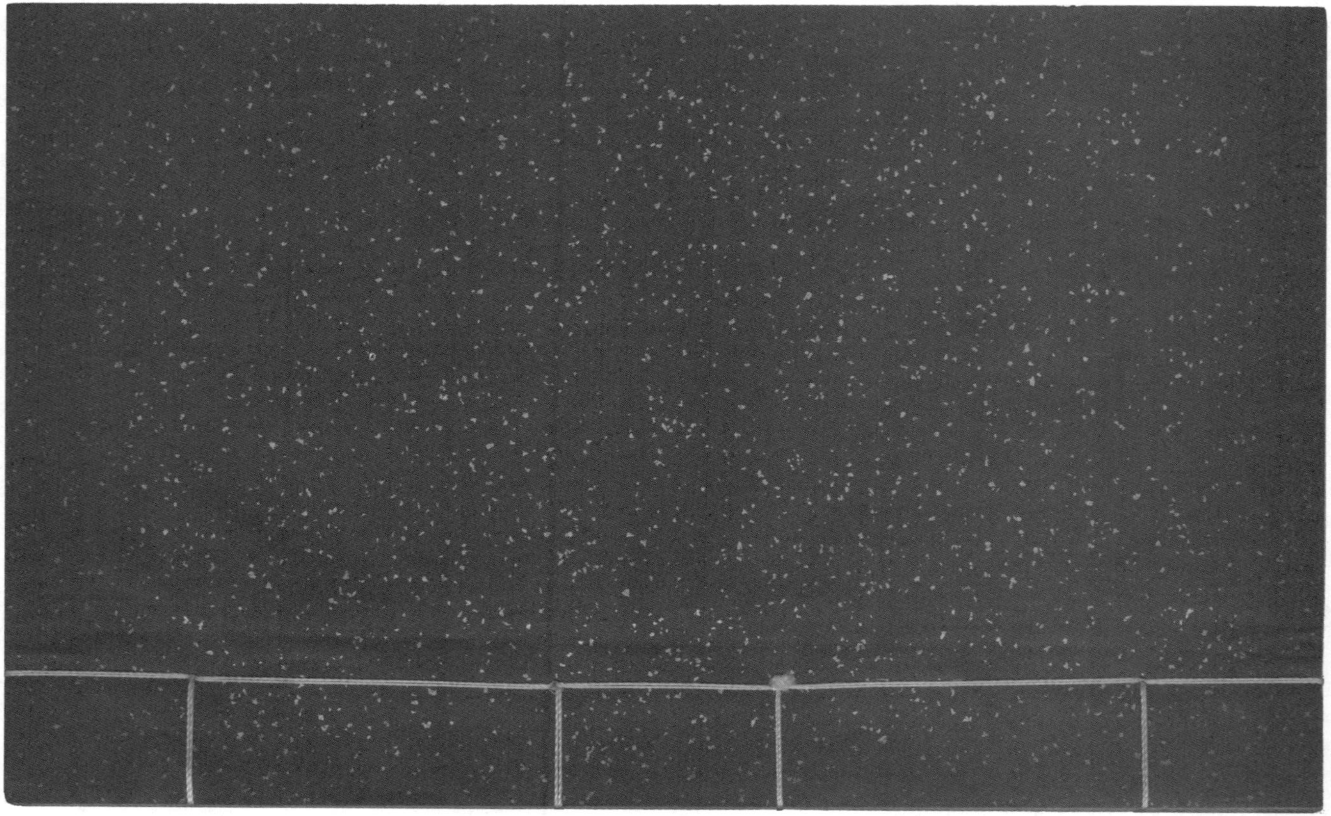

琴人事蹟宋以前無專書著述迨朱長文纂琴史六卷始於書畫外別樹一幟然遺漏尚多周君夢坡輯而補之釐爲二卷又集宋以後琴家成琴史續八卷炳炳烺烺誠大觀矣但限於體裁不錄生存鄙人有感於苔岑之合不自量度擬步後塵仿汪訒庵續印人傳之例彙編成帙以誌因緣祗恐知而未詳日後書成必有闕畧之憾故列調查稿式敬求詳細開示以匡不逮曷勝拜禱之至

葉希明謹狀

調查稿

一　姓名

二　字及別號

三　籍貫　兼填祖籍亦可

四　出身　科第學位均可填入

五　平生經歷各事

六　著作　未梓者亦可填明

七　餘藝　此條指書畫篆刻等事

八　寺觀　此條備方外填注

九　親屬　此條備閨秀填注

附說此稿如蒙填就請寄蘇州葑門内鹽公堂葉璋伯收

國立中央圖書館善本

登記號	著者號	類號	類別	書名	編著者	注釋者	批校題跋者	卷數
			叢書部 自著類	拜石山巢煙銷錄	清陳光緒撰 道光中			[illegible]

澤存書庫書

善本圖書編目草簽

卷數	冊數	版本	收藏	印記	備註
不分卷	六冊	原稿本			~~諸[illegible]適~~ [illegible]販書偶記有拜石山巢詩鈔八卷草詩無文及雜著此其原稿可貴也

特京2-35-12-10000

閒何處。我為花太息。此事無人知，去年大雨雪。
凍折篠杉枝。生花來幾時。病葉瘦不支。園
憐堯日殊。芳心花淚隱。時時勤拂拭。顛倒不
相離。昔來歷既長。乃有動風吹。強蘸日已久。
造化與生意。花花向日吐。葉葉迎風披。世愛蝶蛾
妬。不使蜂蝶窺。湘簾十二幅。盡日闌干垂。多
意動一室。入坐低蛾眉。我懷素心人。寡言珠
江湄。一別若如雨。相思可如。封花不能寄。折

花將宗誼宗吉後涵附蓋指有長槐田

之鍾立任示幕中諸子　乙巳八月

耕耕再陵山流流黃河水古人不可見倚仰風塵乘

請書名不成奇書求福仕仕矣何須辛捧檄敢

心喜若是尤聖錯縱橫五百里強悍習為常

學薄從部慈祥令則難跋立安足持究極

一以偏未可道守理吏民道左迎寇盜馬步僂

人言使君蘭我謂使君恥戢就多不速難為

千人摘危哉。念之廬。百年今何嫗。

我祖牢桃源，士蔭相接壤。至今父老慕遺愛

雖可想。上下三十年，吏治尚可徵。大父其有字刑賞

戒母枉。豪強相如桃，良善藤乃廣。但求安穩

耕鑿愚乎。上當年多官，事耕，多慨，慷流風

日以遠。古道須繼讚，家法懷，母遠守心藝不爽。

鍾吾有壽，如傳聞。咸木庵與玉，惜庵閑門師友人。

不上公家，勸下車徑相諮。情親詣益，莊蔚其經

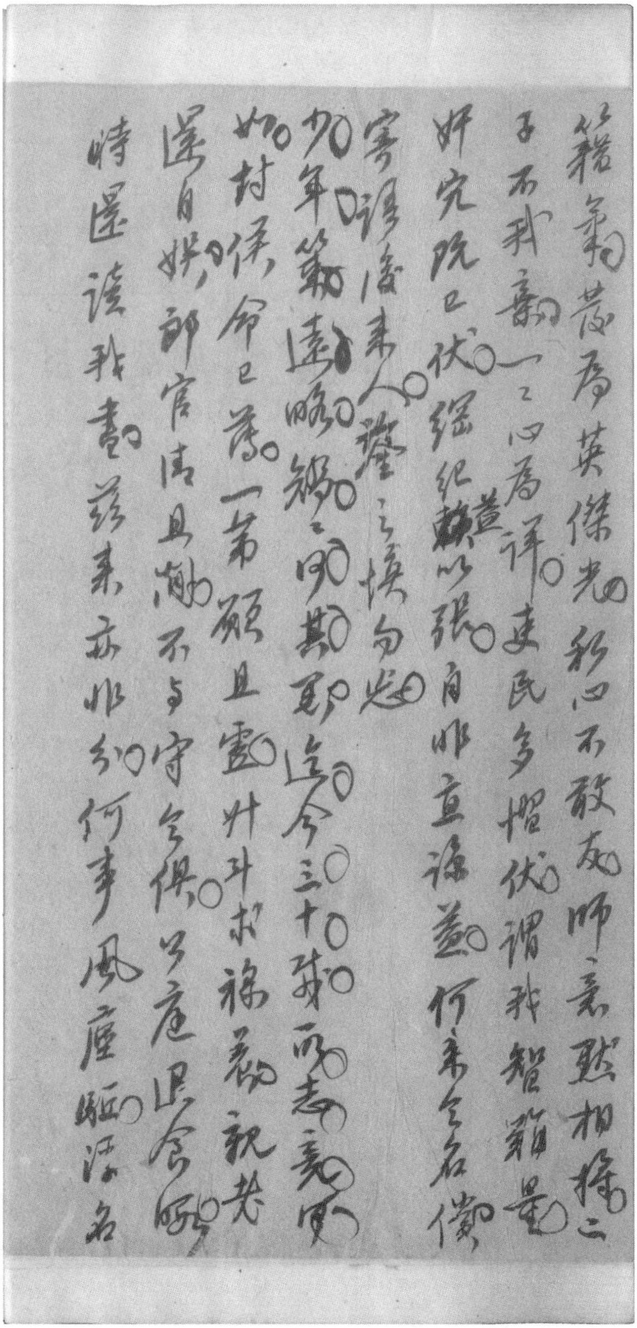
籍氣節茂為英傑光。彩心不敢灰。師之蒙默相[illegible]二
子不我棄，一之心為詳。吏民多懵伏，謂我智雜量。
奸究既已伏。綏化道以張。自非直讓蓋。何來左右儻。
寄語後來人。鑒之模為也。
少年節遠略。鄉之明斯耶。迄今三十載。所志美質。
如封侯，命已蒔。一第頗且虛。升斗求祿義，執老
還自娛。郎官清且悶。不與守令俱。只庭退念晚，
時還讀我書。茲來亦非刻。何事風塵驅[illegible]名

心所愧知己受崖(?)誣治理無長策權宜在(?)寬(?)
人事日多故執政難爲謀國倚孫東(?)毋將死言
何補爲政莫如猛嘉立極無章教一藏千百此
地識相須頻年遭水厄田野成萑苻流離更可
憫姑奪豈爲徒民氣何以厚民力何以蘇萬(?)物(?)改(?)蘇(?)
西與(?)如據(?)晉空(?)踟躕

題笪海峯太守意釣園　丙午十月

東北泉石癖恰喜閑閑居語到真詩澹心從靜

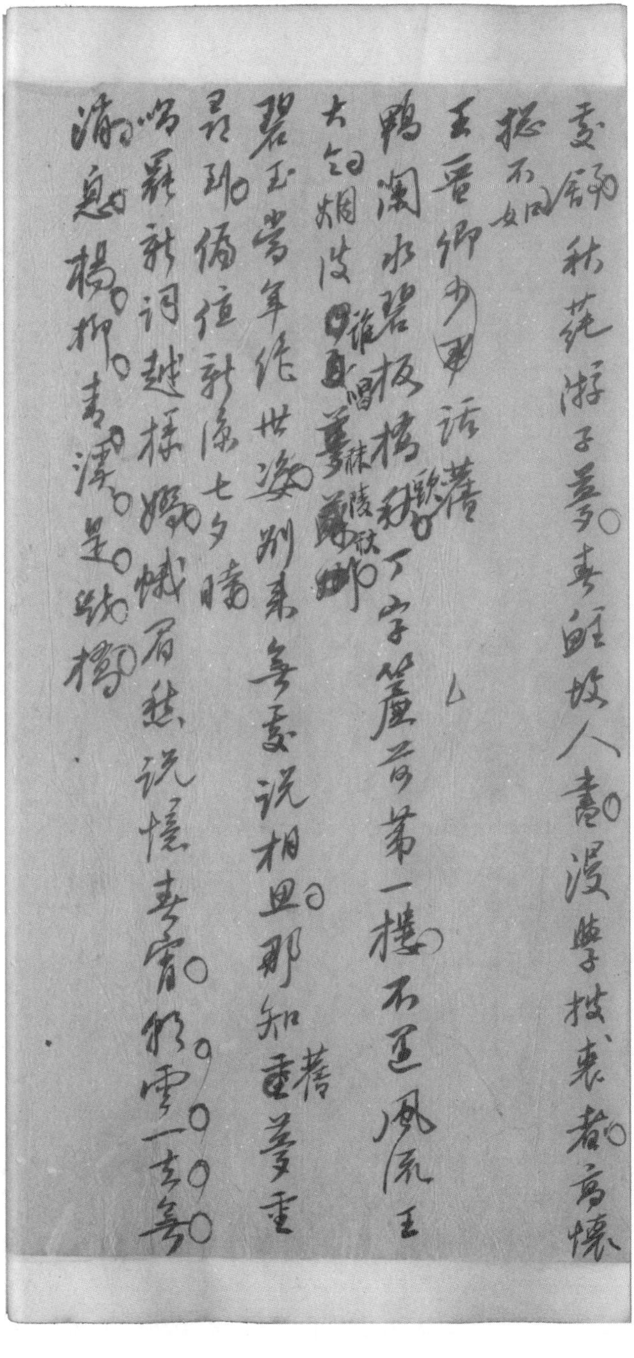

王廿巖畫耸山圖以小象附其後屬爲題識

吾年未四十鬢髮忽已霜風塵一奔逐志氣委不揚

琴琴馬陵山傑氣積王郎讀書通今古下筆垂光芒

我來宰斯土執手行行藏夷然自得此志不可量

淘園爲題句神氣渺無翔名山圖其勞深意誼

然詳耸以右隱遁托蹤千仞岡三詔敵不起道義

黄以彰君志追高尚一第輕可抗海氣甚未淨高

蹈毋乃傷我請十年約同繫芙蓉裳壯洗不之問

與子春徜徉

咸木菴少宗冲峰将军露纷参赞书画属题
事急钱唐好干军主马乘披忘闻塞冷不觉岁
晴骑刁斗天边肃旌旗海上突拥持书画熏卿
以酬长安

题画莲
劳二月后菩江南春到边缘定新帐叶红雨旧
池好梦凭谁说幽情只自知王孙归未得唐突美人
癡

毘陵劉聲指飲停月仙館留題

方家橋畔畫墻東，笛度游仙已夢中。嬾移輕
桃底瓣，白嫌啼鴂落，憑珠紅。士衡遠宦音書
絕，逸少雅題感慨同。烟雨樓頭人不見，古苔殘
蘚泣春風。

泊呂城

綠楊春樹雨初晴，草滿平原腐又生。向晚漸
來雲似墨，行人錯認呂蒙城。

二

渡江

又向金焦聽曉鐘，扁舟已趁浪千重。詩成風雨搏
寒思，夢到江湖識老龍。生計甘隨沙雨鳥，閒
情誰似嶺頭松。好尋壺下春如海，應有游仙

上邑

丁未
上元後一日過焦山自然菴探梅歷鐘小亭會徒
研香、鑑今不至。
春色新知相迎已隔年。忽接幽夢好雲引古

極邊。江靜鏡初動。寧當月正圓。孤山亭畔路，洪
坐倚窗前。

海西巷外路。風景認依稀。石壁題名在。梅花撲
面飛。孤山金佛性。高隱識天機。我亦厭塵網。
東山閒去歸。

有約偏遲到。無聊且獨游。年華悲遠。身世託
扁舟。無已誰能外。斯人可奈此。閒波滄溯。莫上最
高樓。硯農將改官

子期才絕世。握手悔偏遲。雕鶚先秋起。風雲向

日馳此行良以一慕○高會宜無詩○江上旗亭在○雅志
壺壁情○
丁未二月吉黃樹齋耳冠招同德研東島竹漁再臣
山宿白此菴和耳冠元韻△
只從設兵處○餘皇十萬師○海門據地利○天塹從
人知○不作飛能度○誰教險易夷○等邊其有策○
月以揚丹旗○
傳聞題名在○風帆兩度來○其潞歸霧合○冷冷落文

陽關侶老梅同瘦。峰高竹並栽。畫意詩趣

拭目為運細。

海色來天地蒼茫万里秋。因緣知已惠。詩為收。

人清。落落楚蒼月。深深夢裏夢。何來弹緑緑。

相使壯心平。

風撼蒼山雨。濤聲竟日騎。憑將詩紀別。不覺涕

先零。寫夢隨江柳。飛花滿鬢。廻由來征戰地。

慈綠短長亭。

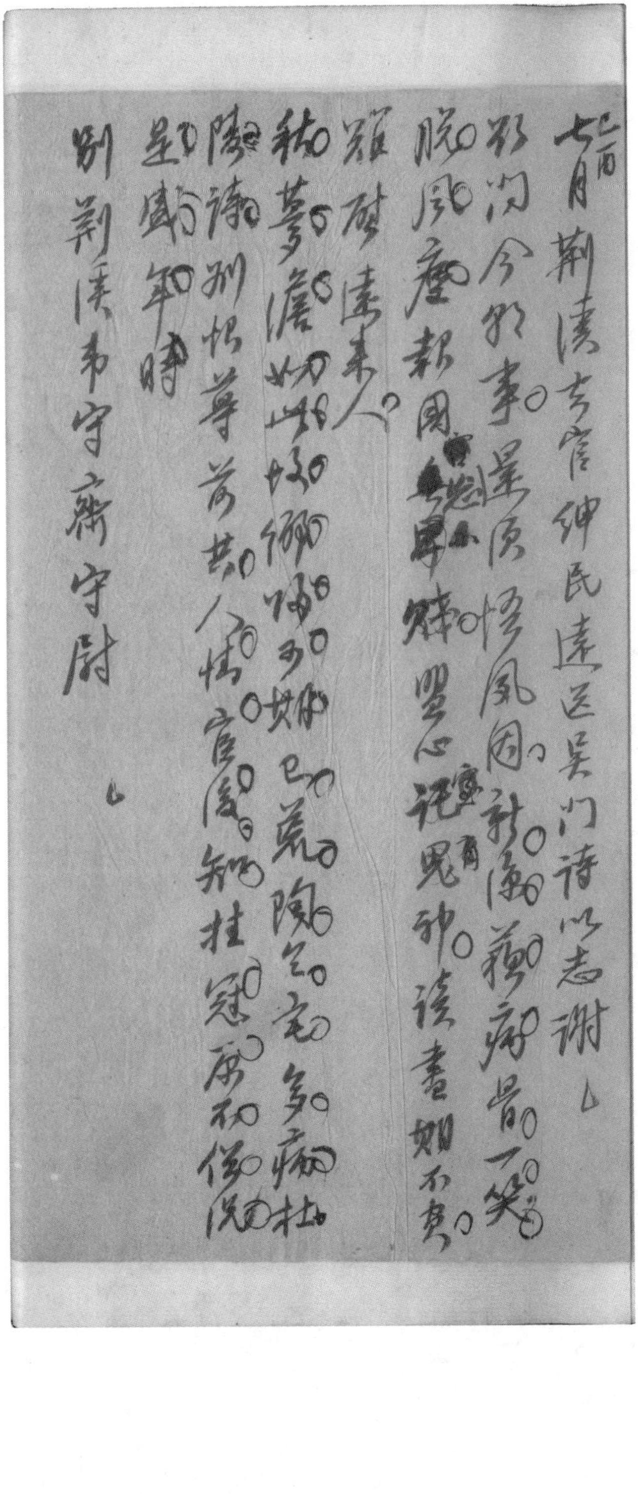

我亦男兒無懷垂老倍難忘扁舟瀟江北黄葉下

秋天心存傳名老詩因失意傳何書一等語

同疏秣陵烟

別荆溪王半巖陳辞甫西廣文

桐川官職冷心与廢堂親更有陳師道情多語

亦真舊花春易老風月古常新他日留題處難

忘惜別辰

秋懷六首

半窗晴日半床書。病骨支離一意舒。昔(?)忡(?)路
備(?)人參後，秋花紅，雁聲(?)動，人情流水浮生空(?)
心事如雲，指太虛。絕塵孤山梅樹下，清風一衲瘦
何如。
錫(?)何方丈蓮天際，騰蕩狂瀾海國保，康(?)定，都(?)
幽(?)南(?)鳳(?)安(?)家，空昌(?)門江湖，錯(?)錄(?)老(?)年(?)，皇恩厚。
豐(?)稔(?)誼教，白骨蔭(?)，恍我去官去浙(?)，歲寒同
心歷家金(?)。

白雲深處望瀟湘。恰話江鄉當故鄉。夢到家
山千里近。名傳湖海十年狂。春將謝。覺花魂。
死去還魂。似佛他四首長安出門愁。人若散白頭
歸藏。
臨津誰賦去官詩。楊風難忘祖帳時。歸爲也
能推雨露枉教名字列旌旗。少年不識公卿貴。
多病應憐歲月遲。從此天心宜易覺還來
再見勉支持。

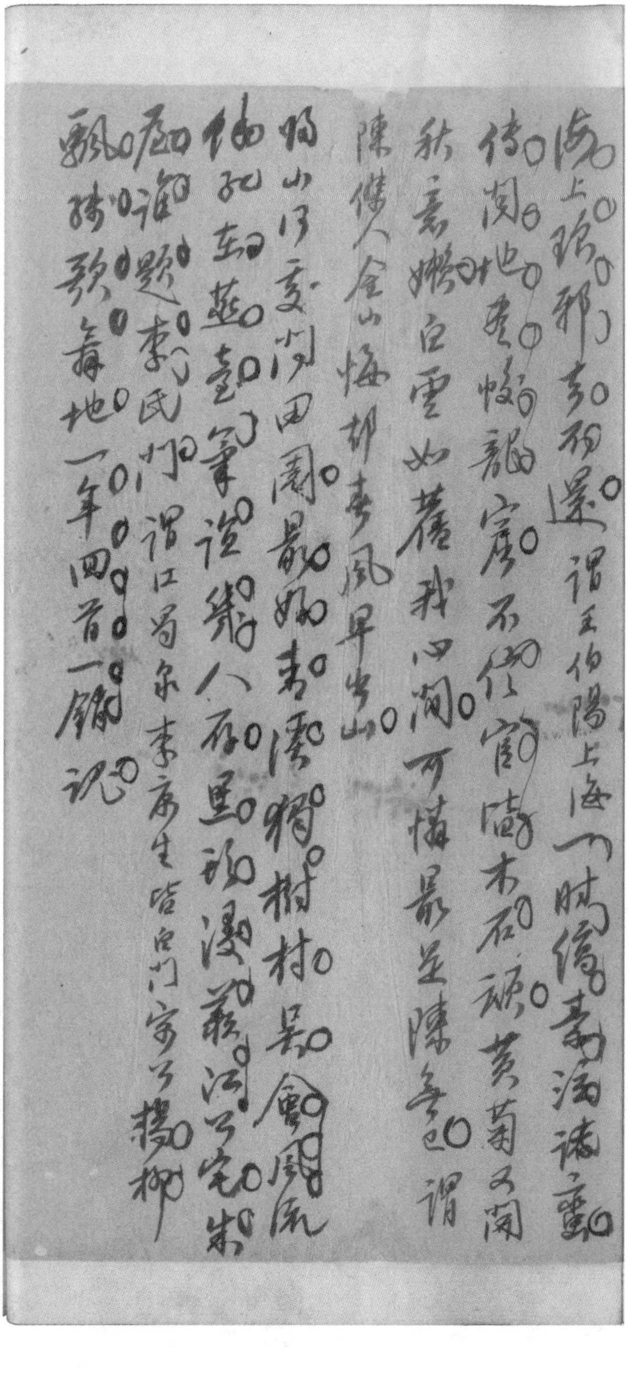
海上琅琊郡頭還。謂王伯陽上海一時傳誦諸[illegible]
傳閱地老恨龍宮，不作宮牆木石頑。黃菊[illegible]
秋意嫩白雲如舊，我心閒可描，最是陳無己。謂
陳傳人金山，悔却春風早出山。
將山川變閱田園，最好都還櫓樹村，是舊風流
倫紀去藍壺，筆談幾八[illegible]墨硯漫[illegible]詞宅米
庭謝題李氏門。謂江寧李庠生皆白門家公楊柳
飄搖頭每地，一年四首一錄記。

病起

病起流閲雜操篇，新秋添意十分涼，愁懷不減
詩藥傲骨依然亦自娛，漫道文章千古在，何如
仙佛一心通。東籬回首花如此，霜雪還同雨露沾。

丹陽道遇錢然伯汪迪甫

春明君夢碧雲端，老大相逢子細看，世情
鴻鵠心回頭娛覽，漸天寬，饑寒莫解江城厄，辛
苦因緣蜀道難，我已風塵揮手去，情君莫路更

漫々
江上寄南樓內史
萬頃飄風泊影西東。芳度春帆來路同。新雀喚
陵千樹雪晚霞燒幾一江風帆中乍見眉堤綠
袖底殘翻淚已紅。今夕南樓人獨倚。枉教臨鏡
華采蓬。
系口
鐵甕城高天際春。青山不語意漫々。五更鼓角。

黎栗帆六代，攀花叢已換古壇。風飄仙語細，吉
江雨路窮心寒。從來係障朴賢傑，到此應難都
園窺。

金陵謁墓放舟淮陰謁李觀察少泉師 己酉

快龍幸得游，高雨五嵩瀟鬱。風月下千佃，冥無如憶去。
崔當其得意時，風雲總揮霍。進退一生常意等
日已虧，窮愁豈自今。扁舟還回作，[illegible]懷抱
何須想寅漢。

隴上桃李花，灼灼如美人。臨風一枝搖，零落摧為薪。
貴賤無多時。葉悴亦有困，出節不自立。俯仰終遠
逃。南山前松檜，枝幹氣色春。偃蹇霜雪下，神氣
茲以伴。不逢棟梁求，千載委風塵。居停錄讀
偪仄復偪仄，一步陟一蹶。江南錦繡遲，乃心慨就廣。
既耕且種，溪雨久不歇。河湖瀰天來，十室九飄逸。
舉頭仰青山，低頭望明月。安得土一坏，葬此清淨
骨。渴有催租吏，官書相逼迫。法網日以張，逐賊

日以蒼蒼石頭城，哭聲振林樾。
駘卑城南門，邑指館前樹。背樹入龍山，上有先公
墓。黃葉蔽陵谷，蔓草紫烟霧。高瞻向西南，我
母從旁厝。官樹[illegible]西同飛鴻，投老身將暮。既
心脈已甚，長跪踟躕言，饋潤下如雨。康注
我祖官江南，所歷皆險阻。兢兢三十年，終以不負[illegible]
千古 諸孫白門讀書，竟以補[illegible]
若為以民心，博偏逢大吏怒。一病幸再蘇，欣喜

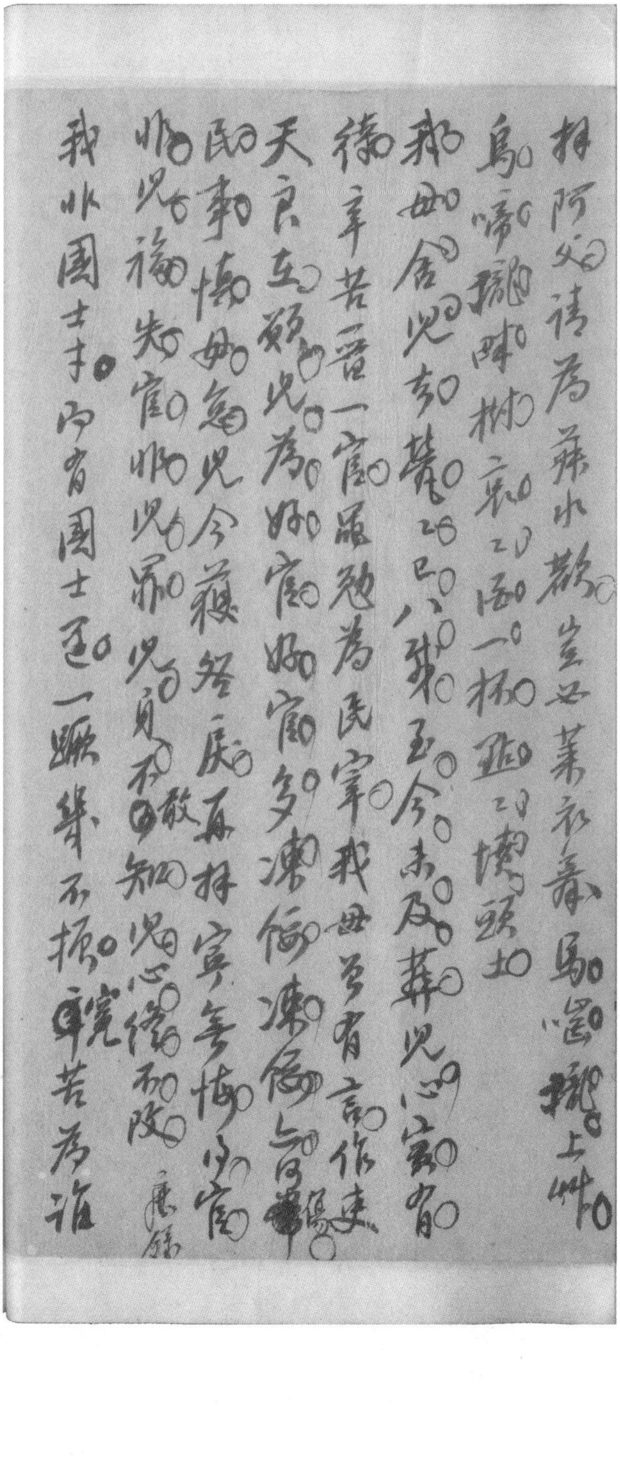

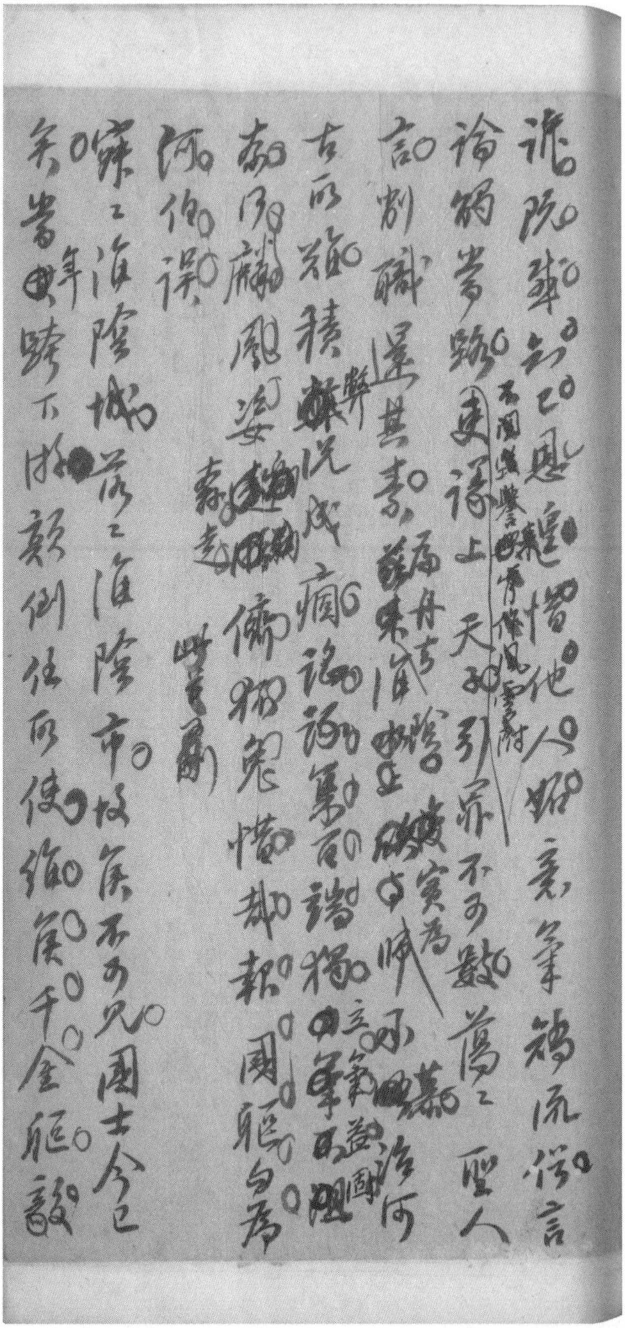

然不厭孤忍厚世所難低首聊因試玉劍潛水
上嗚咽西風起
題陳宮初梅花美人
瞻橫秋水鬢蛰穩住近孤山處士家羅袖春
寒深不覺向將清庚浣梅花
渡黃天驚
打槳橫帆霧篆濃曉星寒歷五更鍾江關掛
羅魚龍睡穩包青山已萬重

烏紗帽淵明　儀徵王子嵩大令

野屋依然古木邊　千帆檣火記當年　鄰雞幸

有魚鹽利　教化還恩牧令賢　紅葉亂翻溪前

夜　蓼花儂倚雁來天　回頭已覺風波靜　識得

假山如釣船

清河道陳福民

白髮飄飄萬事小　素心還得共秋眸　長淮水

潤蘆蕭靜　大漢風高鶴雁稀　千里湘南春

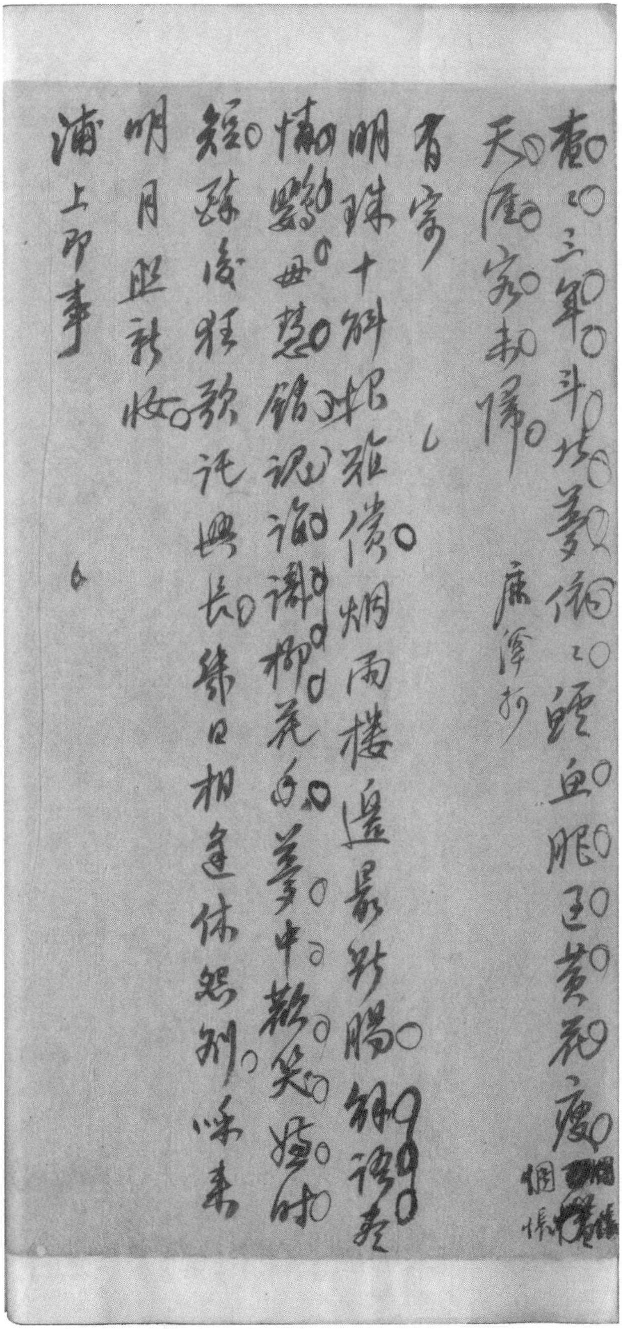
春○三年○斗共夢○僞之○鍾魚○聽○過○黃花○瘦○ 惆悵
天涯○家○却歸○　康濟抄
有客
明珠十斛恨難償○烟雨樓邊影斷腸○鍾情○甚
情○鬱○毋○慧○館○記○論○謝○柳花○身○夢中○歡笑○嬌時○
縁○踪後程款託興長○緑日相逢休怨別○娛來
明月照新妝○
海上印事

夢心只計挽狂瀾鐵鎖横帆一渡難三關風雨
人初老萬家霜雪歲時殘向陽柳色秋還碧
倦水鐘聲夜更寒到此應無經濟術筆忘
倦倚帶圍看
舟移多道風詩以自寫
雲漢仙槎接江湖夢易闌故人千里隔明月
幾回看雁去長天杳潮生大地寒家懷愁

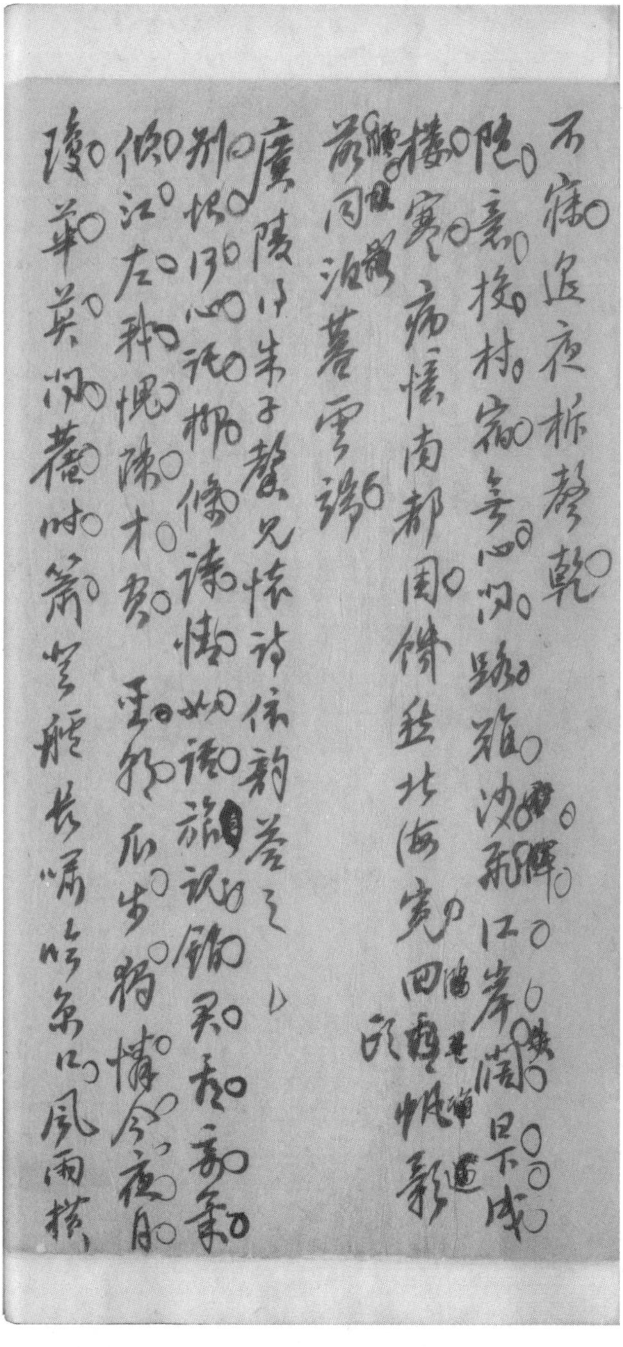

斜日晚渺　康頫

咏短律去

得免須臾死，風雲力可回。斂隨征馬去，暮逐塞

鴻來。放歌千金託，堪嗟百里才。平時懷一飯，吊

汝轉生哀。

翊直笑氣給諫素江舟次兄縣元韻

脫卻戎衣日，寬容懷今夕，為巢歡，漫將文字

酬知己，已愧疎庸累世間，閱世徽蘆揮手留。

論交緒深惜賞心難。未能一別雲山隔，殊重新詩

未忍哉。

即席酬于湘山金君生兩月馬　山

已分投閑世外身，何意無已特情親。千金難駐

難得處，寄思月，暮花未了春，殘據故人閑夢嬾

海歸心不得歸，鏡花憑閱，罷飯還加健來

驅馳敬道意。　康

午日（己巳）自表浦夜泊姑蘇，途中寄笠泉給諫及

湘山眉生詞翁諸馬 △ 鹿坡

風帆數丈長升沈，柳神怡來意轉深。華國未能忘

一種繞帶程自熟，千金美人争向壽嘉猷，知己都從

宦裡勤，蒲女青青同雨露，即今攙桶江深 時起

廣宦

秦郵東下水道之，楊柳城池綠正嬌。留宦伯達欣

步雨渡江楚驛，廣陵（海門）潮，魚鹽利藪民情周，科第

名區書氣勝，廿四橋邊人已去，詩亮庭遂彩雲

飄 謂丟玉生

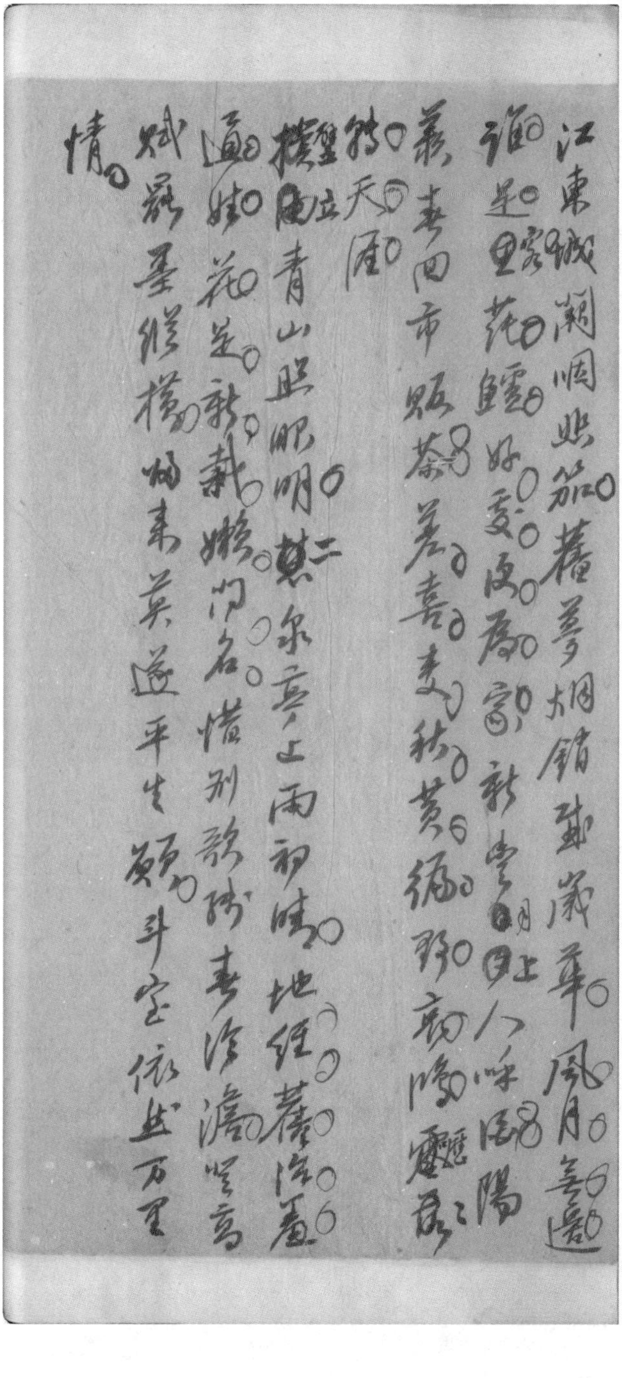

小游仙四絕

前度劉郎去復回，月明如玉照天台。仙人莫問家何處，前向巫峰絕頂來。

王母瑤臺海上游，幾回桃熟幾千秋。老龍羽化嬰仙去，繞遍瑤池壽一週。

霜葉何年下碧霄，廣寒宮殿絕塵囂。人間多少傷心事，訴與嫦娥總不知。

寶篆金鍼步曲壇，天風鳴珮玉珊珊。珠旗翠蓋人如織，不信仙家可久看。

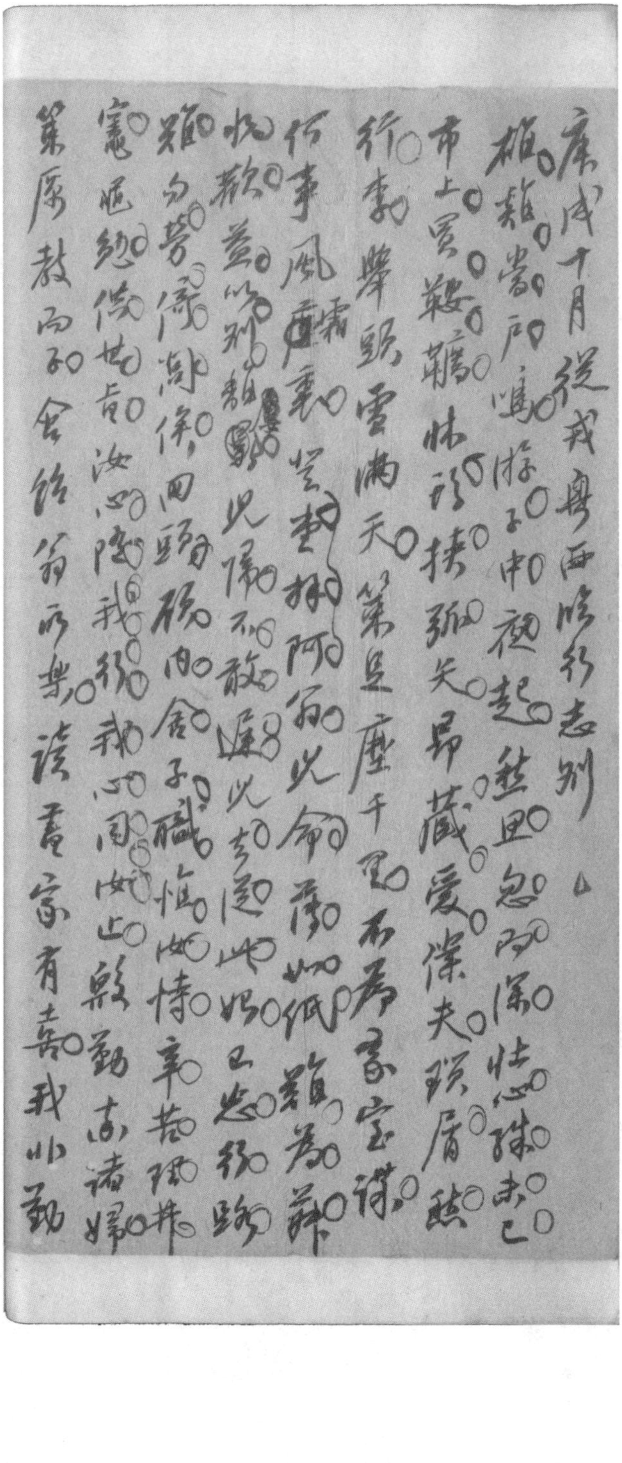
庚戌十月從戎粵西臨行志別

遠游又豈慕高位，謂為大將材，敢效少揚
慨劍路先事畢，知己得志未為得，失意何為
蓄卷海上誇高千古底，征夫閨怨多，白骨青山嘯，我行
碌不愿。生還豫可擬，桂林名士藝，泉石天下，人文
蒼越南山色家，寥跡寥高一擲，袖相迎，或倒屣及
此力壯時，豪氣風雲側，獨行嘯九天，萬里荒一騎去
去謝閭儕，壯游情如是。
自題照象

鏡裏鬢眉自有真，相看華髮歲華新。蒼桁掛之
時多論，從井何須惜此人。海上烟塵駿馬天涯
詩酒況征塵。江南風月獨心地，況我對時可好春。

過桐廬

如此溪山去住難，新添吹樹鬢絲斑。溪來夜半絲備
覺，月到天明嫩夏柳。湖海歸心懷壯士，風塵氣升
迎細雨。行藏何必問前定，且向嚴陵借釣竿。

蘭溪寄懷劉古溪姚子箴家麓溪三明府

憾寒山笛撲蘆陰荒落木蕭疏坐對溪此去何人
鈴入夢相逢林好雪一題襟芙蓉且為傷秋病明
月長懷惜別心滿城風烟除未得天涯枉自動此吟

寄高雲亭

家鄉相逢意已傾郡從滄遠見深情過窗夢迎
殘燈兩相對心同白髮生世事此歡成幻影去人
出處有權衡未能一別滿湘去不道知音莫問名

酬雲亭贈別元韻

相逢漫問千秋業，此別應攜萬疊月，寄園已如過
陣馬休官難作入山人，琵琶江上龍鍾淚，點武
湖芳草不勝為耕，參軍無限意，新詩第一最麒
麟
雲亭華懷賦沁園春詞哀淒絲譜以贈之
瀟湘唐蒙白雲遠，家到江南信道，十里管弦
城月夜滿湖風雨落花天，葉八寄書遠，多病知己
別離多少年，此後相思在梅嶺，寄書為報一枝先

西安記游為葉小紅作即贈桂舫

西安城郭赤崖巔。痛飲秋山倦眼開。紅葉已隨流水去。黃花空抱晚香來。江清月滿人歸。天闊風高雁不回。留得客懷無限意。桂枝相對夢相猜。

玉山放舟之貴溪

秋意秋風晚欲晴。獨客過。江山雲氣盡。晚雁遠鷁飛舊夢情難說。新詞無題用。平生四海意不必問千秋。

坐龍虎山 ∟

福地拱南圍○仙居列上台○風雲千里合○宮殿百王開○

猫兒○人間住○都○鼓○天上來○掃○烟○鉄○打○息○為○也○掃○塵○埃○

鄱陽宗姚子箴司馬 ∟

今夕鄱陽月○誰憐我獨來○渡○江○千○里○疾○為○家○五○更○

戲○窗○前○邊○迴○抄○窗○猫○偷○作○罷○平○生○知○己○意○相○照○一○

心○和○

滕王閣宗字書即送羅克脩還江南 ∟

南浦西山久寂寥。我來風雨更瀟瀟。澗中誰識人何
在。物外絲桐試西聽。客去淚隨流水遠。書成心逐亂
帆飄。明朝匹馬瀟湘去。爭奈龍泉積瘦腰。

家宣書所見

聯珠合璧竟無倫。下馬踏來卷眼新。不信夭桃皆薄
命。果然此地有佳人。一宣蔣括異休笑。百年荒唐世
可嗔。同抱天涯羈旅恨。相期回首脫風塵。

解裝贈雪庭長沙

之子不可見。蕭然淚滿襟。别後羈愁。此別最關
心。芳草萋萋以綠湘江寒更深。綠袍無限意。莫使
雪霜侵。
宿滁江橋無波。
滁江綠水碧如螺。萬里長征一家還。雪擁雲闊天地
盡。烟□風四壓。樹聲山多。寒林淺草野馬斜月歸程
夜枕書。莫惜清湘明去晚。幾回親手織漁蓑。
望南嶽。

五雲樓閣映嶙峋，山峯蒸寒積翠新。風雨滿
天。衡嶽曉，烟波千里洞庭春。中年出處隨皆非南
國，愁名大有人。歸去不逢文侍詔，青衫何處拂征塵。

題全州磐石山壁 上

霜曉微闌畫角哀，荒城斜傍亂峯堆。山疑猿佛
穿林出，塔是飛仙躡翠來。洞風烟鎖歲暮，天
家議鼓鞞來。四紀功已有題名在，磐石還教起持
壺。

桂林洞赴梧州行營 △ 唐拗

行蹤趁將到，旌旗曜色閒。萬山天外立，一字眼中來

化俗但賢吏，安邊倚將才。但閱鎖賦稅，誰識聖

心意

為問潯州道，舟行戒且嚴。江空孤月小，木落亂山

尖。闊塞心先老，星霜鬢已添。還家新有夢，不必靜

聲佔

已近蒼梧路，如聞戰鼓侵。爆飛新果色，花發故園

心。旅戍炊烟斷，山樓夜色深。使君勞苦意，相撫編

江海

送陸錦九

黄金同為客，相逢又一方。扁舟人意去，孤夜夢偏長。茄

浦秋波綠，楼城落日黃。溪山無恙在，獨立向蒼茫。

昭平道上看梅花

翡竹綠初箭，野梅紅已花。春風不到處，烟水自横斜。徑

瓜菰春底枯，点鼓鄉稿楓橋明月路，又雲懷谁家。

家書題尾

今夜龍城雨，江南彩雲晴。如何万里別，未見尺書馳。

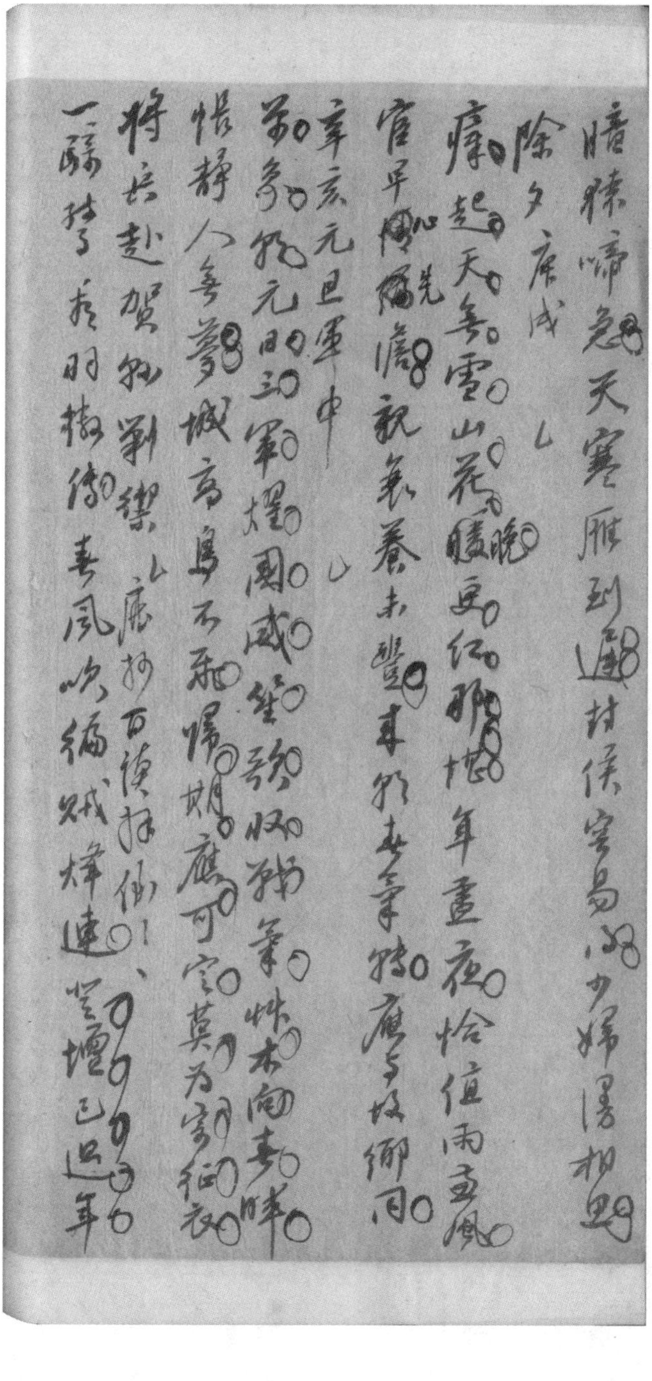

三十六風行遍路，千沙岸花飛江口雨，戍樓鐘鼓
海門烟火動旌旗，畫角遥聽過鵲雷
即事
桃花零落柳枝橫，江上東風雨半晴，滿地干戈春到處
猶勝舊日是清明
驛路風汛
寒宵風汛山頭月，未厭鷗聲翻不起，帆影壓蘆花
野戍孤窺燈火荒村鳥啄沙，追淘笳鼓昔不敢問漁家
花朝後五夕夢中得句以神仙中婦抱一聯遂足成之

淩波繡韈淨無塵，細語咻咻處翠顰。獨得神仙
中婦能，偏逢燈火上元春。羅浮蝶化梅花夢，合浦
珠還擔風雨。追懷江南楊柳綠，啼鶯驚起畫樓人。
桂林南還別龍翔，臣侍請 △
去乘山上月，飄泊江頭烟。我行日已遠，回首以凄然。人生万
里別，四海同一天。聚散應何常，所悲非少年。顏為五山
石，柳為出山泉。泉流有時濁，磐石無時遷。百年
與五信此湖，[illegible]烟与月，浩渺風濤前。
我所思兮千萬，一去不復還。我所悲兮百年一日何時潤。

人生相逢非知己，咫尺千里成雲山。青春不足惜，春花楊柳
遍。天風吹我江南心，匹馬如來歲歲千秋滿地風煙
此身何處非鄉國。
西山猿嘯秋影，杜鵑啼暮花如血。客子行行歸不得，
居人但夜傷離別。我生百年能幾何，時年未四十鬢已斑。
錦衣紗帽何足貴，親老子弱恒苦儂。桂林山水天下奇，西
來滿目揚旌旗。官軍未到烽已熾，千村萬落皆瘡痍。
我生胡為在荒域，方殺白眼誰相知。嗚呼江山零落古人
死，悠悠天地我何適。

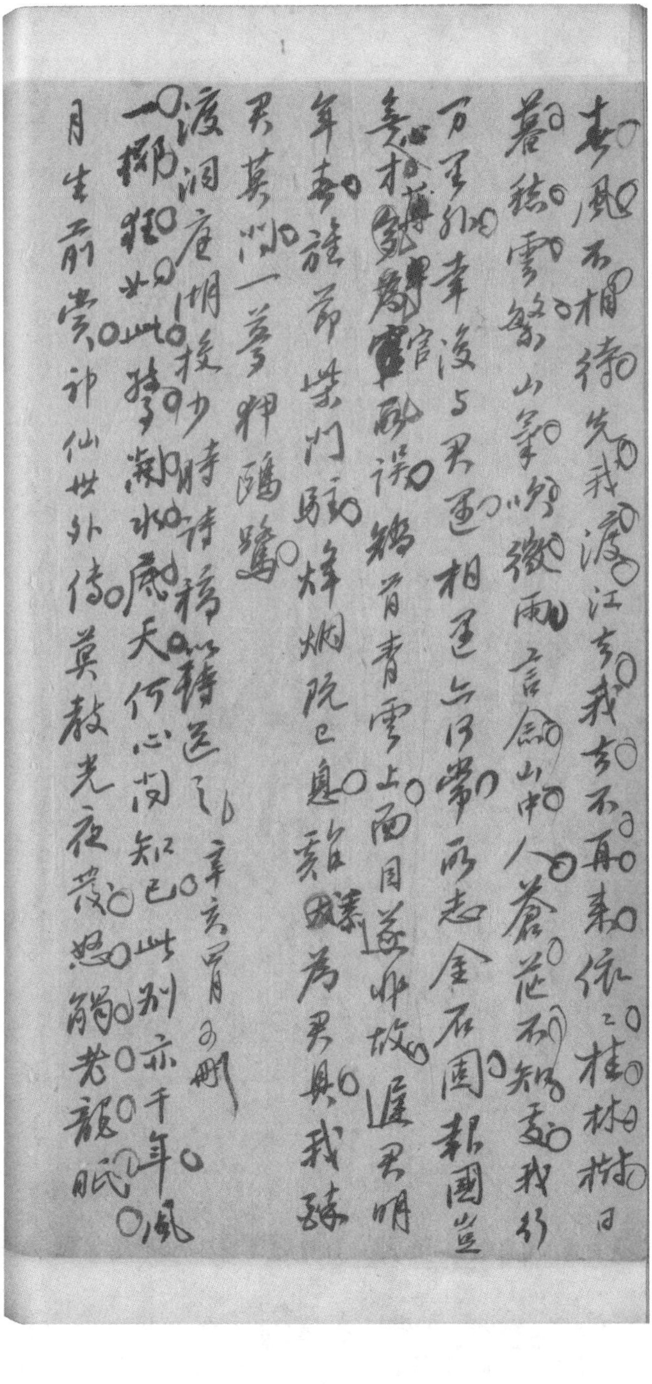

登岳陽樓

西風吹下洞庭波○遠客登樓意若何○雨過長沙春水滿○烟迷鄂渚夕陽多○杜陵乘老孤舟繫○王粲依人而至○此際誰無塵外想○不知海上有千秋○

題詩黃鶴樓下

劉此芳樽太白才○題詩樓下漫遲徊○梅花落盡江南路○黃鶴有時天上來○千里湖山留客住○一帆風月為誰開○漢陽春樹年年綠○盡聽仙人玉笛哀○

黃州口占

東坡詩說黄州好。江上誰尋舊竹樓。万頃風濤晴野雲。我來五月正秋來。

赤壁懷古

阿瞞當日擅風流。惟悵無人好運籌。故壘至今留赤壁。大江自古壯黄州。旌旗雲散魚龍睡。草樹烟横虎豹秋。夜半濤聲動鼙鼓。繁華漁火照沙頭。

泊琵琶亭

琵琶一曲竟千秋。司馬當年亦白頭。魚國等花催客去。江州風月閱誰留。何來無夢啼紅淚。直爲才

人日戴白頭。我亦天涯苦遥謫。思足真時泊扁舟

宿遷寄藏木菴王措菴孔宥涵

到此不相見。誰憐客路長。人都萬吏隱。世莫問行藏。

明湖河流天。寒草樹荒。何時共樽酒。一為話滄桑。

滬上寄姚子藏

烟城動秋水。之子意何深。海氣吹微雨。潮聲斂夕陰。

扶持賢宰幼。出處故人心。不見琅邪久。縱然淚滿襟。

惠山看燈

影閃山頭寺。還拈柳外船。漫誇泉第二。直道居無錢。

生石雲生壁上樓月滿窗秋夜吟生動風雨幾吳淞
蒼跡銷春暮清泆入夜細畫栽連理樹一生出山雲
同是風塵窮誰非寥鶴驛漢花識稱竟爲我陶熙勤
新安設榷王山塘 山
新安南指生亭西曲折烟波徑路迷溪聲深深近岸出人
家攻攻背林低燈紅游望侍宵桁月白山塘鳴曉雞歸
去斷詩意索家來莫問蒼出樓
劉家 辛亥
歲暮物來万事休燈前兒女識題留春典長蕃金

畫來日春風滿畫樓

題楊龍友山水畫冊　底抄百讀

二百年來滿目迍，依稀猶見舊山河。江城已報邊書急，名士爭誇勝事多。詩骨有靈還海島，文章應歷劫如干戈。板橋明月庭槐樹，可有英魂泣水上之。

題錢武肅王投金龍簡

鐵券沈江久寂寥，偶從金簡未全銷。龍文宛出千年活，寶氣全除五季驕。自昔英華豪壯識，卷端仙佛漫迢遙。紛紛錯鑄渠唐局，輸與錢王祀不祧。

曉吟

閑門終日嬾吟詩。燕子歸來宿尚遲。雨足櫻桃花謝後。石頭城外雨如絲。

曉風夢逐落泥飄。行到青溪第幾橋。兩岸梨花人不見。斷腸時節一聲簫。

漁舟

渡頭日落夢初回。夜色空濛霧不開。兩岸垂楊濃似幄。滿天風雨送潮來。

山家

綠樹黃葉陽山家門外夕陽紅影斜野老送人回

橋畔回頭笑指後村花

吟雪分韻得遲字 丙辰

來以一詩斷吟髭正是山城雪霽時東閣梅魚湖載到

早灞橋風冷客來遲漫誇學士讒章曲爭許佳人

柳絮詞千里江南天似玉鬥韻不用雨催詩

黃葉道人獨笠圖

飄搖一竹笠五子十年依黃葉滿天地青山何處歸蓑游

亭樹立新娟鬟毛非祇有秦淮月照出上野湖

符南植江皋宗彩圖

三子湖汀步江湖秋水長湖潤鎮鬟藏不減十年狂

別夢依稀柳扁舟嵩坡鄉山村無恙立明月照民蕃

揚州題壁四首 癸丑甲寅

江上秋風畫角哀滿城旗鼓回邊來誰信畫鼓和

城鐘知幾何劉郎團扇雁影寒衝破步蒼瀟聲

夜打石頭過蝕皇十萬樓亡謹城闕天高起暮鴉

瓊華高閣倚江東碧瓦千年感故宮太白飛來撫

燭邇大宛蝴蝶陣，雲如柱，殺氣鐵鳳濤掃角箭金
珊瑚。上以不信綠楊城郭氣，春光到處迷鋒鏑，山懶
自來名將少年多，快馬輕刀壓上戈。庫信渡江[illegible]已暮
謝安憂國鬢先皤。退將血淚飲靡靡，似此青山在枕
戈。感事無須獨惆悵，九重宵旰更如何。
樓船旌旗萬戶迎，淮南草木盡知名。江河直撼蛟
龍宅，談笑能驅子弟兵。戰罷玉今忘去就，論功能
古不分明。漫言人事聞天意，一任東流恨未平。

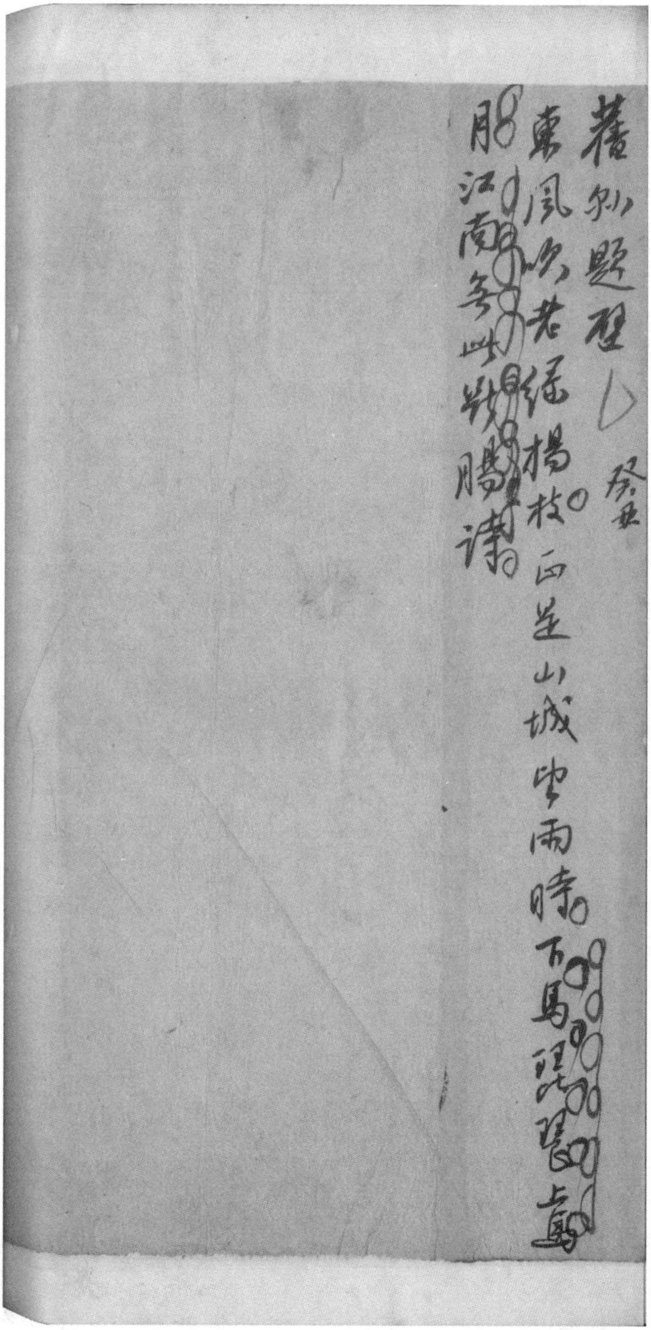

舊刻題壁　癸丑

東風吹若綠楊枝。正是山城雨時。下馬琵琶上島

月江南無此勝腸譜

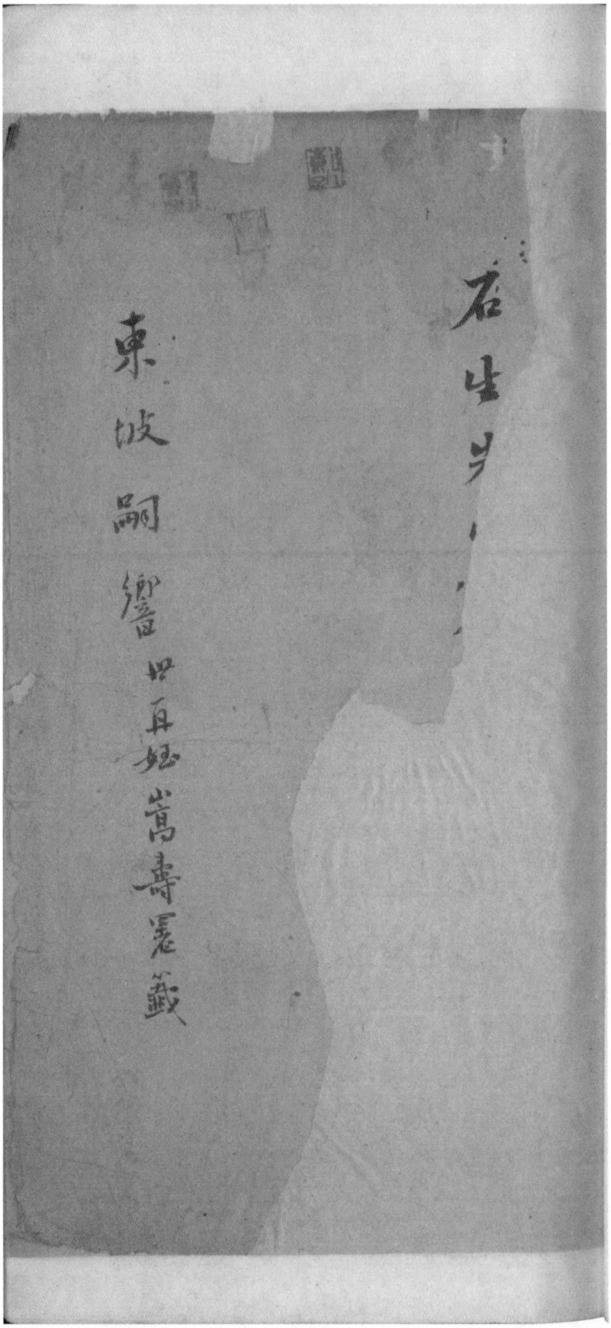
石生岩
東坡嗣響
四耳媪嵩壽署籤

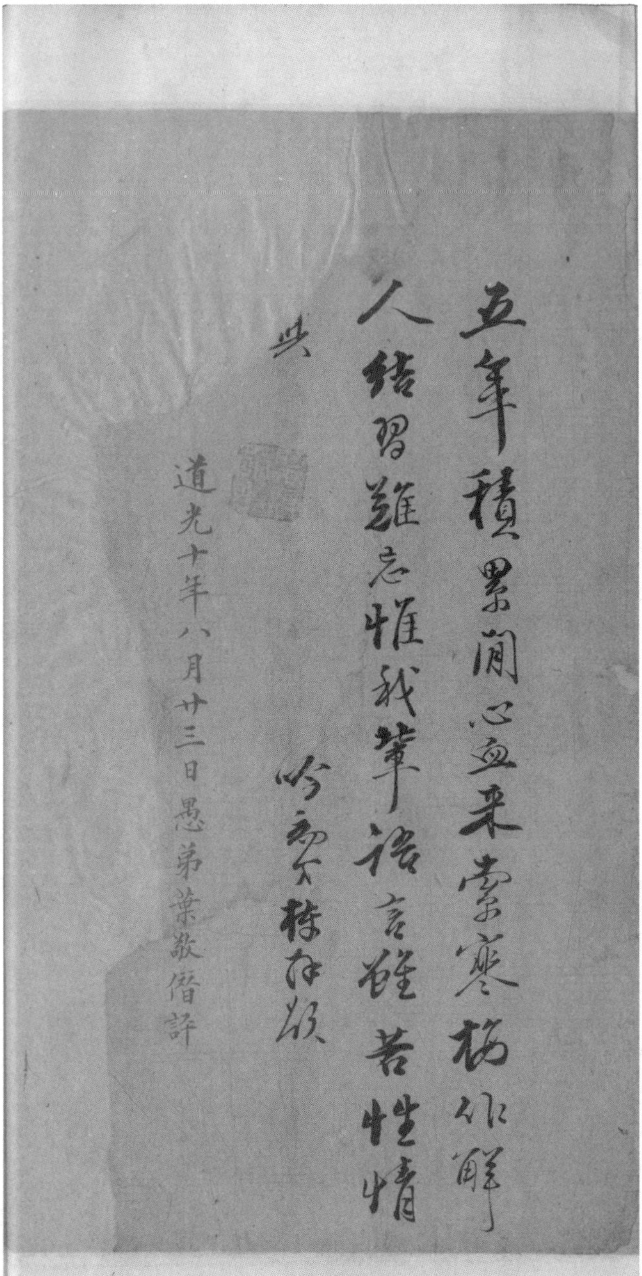

五年積累閒心血來寫寒梅小鮮

人結習難忘惟我筆語言雖若性情

與　吟和梅社政

道光十年八月廿三日愚弟葉敬僭許

拜石山巢　　會稽

文園賦 并序

汪君曉堂家如皋其曾大父澹菴
北隅曰文園課其大父璞莊公讀書其中其尊人
觀察公乞養歸里游憩於此者十有餘年迄今歲月數
更池館非昔曉堂復以屬宦山左不暇為修葺計而園
益就荒爰出所藏文園舊圖命工摹而刻之園有十咏
咏各一幀余既分綴以詩復為之賦

雉皋之鄉豐利之場有高人兮卜築營別墅兮倘佯園

拓庾而詎小徑闢蔣而非荒陋水繪于冒氏臨玲瓏于
維揚溯嘉名之肇錫實有事乎文昌（園因供文昌而名）爾其喧
隔市塵幽擅林壑匆嫵人境之廬長伴雲中之鶴峰似
雲而倏來石訝星而自落雕甍飛檻極精構于倕般珍
樹奇花分別種於京洛點綴春來造化靈託文園之盛
洞天奚若（雲間洞天錢良臣在松江築）則有讀梅號屋（讀梅書屋）念竹題
廊（念竹廊）深碧梧高（碧梧深處）小山桂芳（小山泉閣）水淙淙而石韻
（韻石山房）龕隐隐而枝藏（一枝龕）數歸帆而亭豁（歸帆亭）佇浴月
而樓昂（浴月樓）丹素在樹紫雲白雪之槎（紫雲白雪仙槎）緗縹充
棟課子讀書之堂（課子讀書堂）罔不位置帖妥結構謹良摩

詰畫圖早傳輞川之墅贊皇學畫具見平泉之莊當其
投轄留賓題襟發唱客因置驛而來酒仿登壇而將蓬
蒿過訪不乏羊求嵩華同游先盟禽向圖九九而寒消
觴八八而花放雅集頻聯逸情斯暢此則方河朔之飲
亦足以豪追洛下之風未甘多讓也佳日難留春風易
秋依然亭館誰復唱酬勝會則當時雲散主人則他鄉
宦游遂使琴壁罥網釣榭歌流落葉半榻涼雲一樓石
咽泉而如語月籠花而欲愁別燕子於烏衣賸園丁之
白頭縱使偶來客舍泉石或逢不是故鄉湖山亦好陽
羨之田可買浣花之堂可老而地非故土終傷王粲之

款
疑

脫字　脫字

登樓家有幽棲何似樂天之履道今也重繪新圖細摹
舊稿自記林泉廣徵文藻得毋悵琴鶴之羈懷鬱蓴鱸
之秋抱乎不知賦優游者必先有濟于物甘肥遯者徒
知自全其天豹欲變而隱霧龍待閒而潛淵韋相逍遥
乃在懸車之後温公獨樂已儕入社之年曉堂雖閒曹
甫登強仕方將致篠驂馴桑雉軾畫熊服繡鷹澤洽乎
黎兆行炳乎史名叨
鳳宸之知勲匹燕然之紀尚何繫情於丁卯之橋牽夢
於癸辛之里哉然而東山絲竹謝傅宴游苕上園林尚
書歸去他日掛通明之冠上仲虞之疏號山中之白衣

棲林下之黑處池有魚而可釣畦有蔬而足茹傾浮蟻於花晨聽流鶯於林曙麈談來舊雨之歡蝶夢有清風之御則園中之十咏又將藉公子以中興讓王孫之獨擅宜與梅岡藥圃以並傳奚必婁園袁樓之是慮也

都門宴集詩啟

夫聲子之遇伍舉道故班荆吳札之見國僑締交贈帶古人桑梓之侶情深於去國金石之契心傾於立談良以客路舊交跡殊萍合人海新識氣有蘭孚此元龍豪士之稱所以推為湖海司馬雄才之助不獨得之江山也而況燕昭臺畔樂劇偕來梁孝園中鄒枚咸在南金

東箭貢於上都魯削宋斤妝之哲匠陳蕃周舉會同郡
於異鄉嵇康呂安命一駕而千里忽逢舊雨獲覯景星
有未化之鯤鵬皆不凡之龍鶴相與車轂馳逐裙屐倘
徉淪乳白以賞文劈雲藍而命句北海樽盡貫以驌裘
南部曲新偷其羽譜非仲宣之故土有孟公之舊娛爵
旅若此洵足豪已然而會乍如雲别將成雨或作鶬鴰
之住或聽杜宇而歸（謂何湘石周紹香諸君）鹿角闕前稚川憩游
仙之枕（謂葛梅君）鵲山湖上子猷停訪客之舟（謂王蓉坡）秋風一
吹人散如葉寒檠孤照夢冷於霜則當夫别袂未分吟
轡猶並悵前歡之欲歇訂後會於將離河梁五言情在

執手渭城一曲聽者銷魂不有越醪蜀箋互相酬答泰箏趙瑟代解贊紆曷以遣送別之愁懷伸贈言之雅抱乎是用彷諸醵禮召我飲徒各攜阮杖之錢共漉陶巾之酒賦詩見志任自出其體裁繪圖紀游擬共傳之毫素即有駢四儷六之序泰七黃九之詞皆足張皇騷壇睥睨墨壘飛觥給札且留南浦之行選舞徵歌即作東門之餞庶剪燭之情尚永而攀條之恨非長矣且夫英姿同輿良覿非遥雖寒雨連江今日俱成桃泛而春風滿苑他年應為槐忙爾時日下重來天涯同聚新豐店裏相逢盡是故人習郁池邊共醉還招舊侶當更笑南

皮之客佳有七人西園之游不聞再續也

謝膠州張刺史惠西施舌啟

承惠西施舌若干枚産貴黔陬品珍渤澥淡紅殼暈認海燕之化身膩白香含笑河豚之比乳密箱三寸等不語之桃花畧吐雙鬚欲爭嬌於菊瓣臂喚新婦掌薄仙人是以毛勝加恩未許楊妃分寵僕一官濵海蠣背羁身署在利津牡礪背鐵門關數載監州蟹螯在手憶蓴鱸而未返嗟蘆雉之難飛覘此堆盤何須挂席想當日蠡舟共泛原隨一介以游喜今朝鼋鼎同嘗勝拜百朋之錫

張松舟百印譜印文考畧合刻序

檇

在昔創螭蟠之璽借筆於刀廠後珍花乳之章易銅而石取材愈巧考古彌精豈獨譜集顏姜共寶宣和之冊印羅吾趙盡傳正始之文已哉然而腋是千狐班非一豹尚書舊物久消犀匣之香騎省遺編已散螭文之跡即或金石親摩硃礬自擣而六書少謬終慚沒字之碑八體偶乖難諉無心之筆此張松舟自著百印譜及印文考畧二書有足傳焉松舟擕李為家泛蓮作客工擅雕蟲之技窮埋綴虎之才遽封戶以丸泥竟殺身於寸鐵嗚呼已矣悼也何如吾友施君春塘與訂忘形即悲分手嵇康已去見蝦竈而情傷子敬云亡撫琴徽而涕

落能不什襲而藏庤抄欲絶也乎蓋共銀鈎鐵畫洵足
名家薤葉韭花兼能原始施君乃謀付之剞劂染以青
丹欲使價重連城玉非嗟於韞石光明照乘珠無憾乎
沉淵是則生者之然諾不忘死者之精神不朽矣嗟乎
體搜獵鼓非無博古之徒穻訪元亭誰有問奇之癖覩
遺硯而思布魯如見故人憶前言而序樊川幸逢知己
心心相印歎兩君真是石交手手能摹望千載猶師篆
法

陸秋生邗江詩夢圖序

丙戌九月予與陸子秋生歸析津之舟繫維揚之纜各

訪親識新城舊城分歌縶維一宿再宿秋生於是先我上船獨卧蓬底夢予導路似出竹西偕行者三人予與秋生外一為同年朱彥士也於時噓籟四寂涼魄孤照率彼曠野忽遇古壠席地少憩我進杯羹以次食已不名何物蓋恍兮惚兮如幻洲島於龜茲之枕樑林壑於年平之洞焉俄見片石孤峙高約丈許幼婦之辭未題太傳之碑無字秋生乃弔以五言書之石上倏得和章不知誰作已而彥士四顧茫然百端交集大聲怒號如怨如泣而秋生之夢覺矣覺則殘燈照榻欲墜螢焰秋聲到枕時聞鴈哀追憶二詩不省隻字既悵悵以自失復

邪

栩栩而更往夢境不殊墨跡猶在因默識之詰朝而語余焉噫異矣余聞士龍迷途談老於輔嗣之墳休文造廬論詩及青箱之作君之家世代多鬼交然不聞墓樹再尋隍蕉重覓北驛之銅柱未改東華之槐館猶存者矣嗟乎風淒刋上悲詩魂其何依葉落淮南歎美人之已暮迢迢四海誰與往來荒荒一邱還憐飄泊所遇如此良可傷已秋生因繪圖以紀其夢而囑余為之序時重陽後五日夢之夜即其前夕也

龔玉亭刺史留春山房集古詩序

集句詩始於傳咸至宋王介甫梅聖俞石曼卿輩好為

是體厥後文山右相嗣響宋季句曲外史踵武元代有
明以來此調競彈匪獨瓊山擅長莆田號絶他如孫西
菴之鶴聲花氣夏仲寬之蝶粉柳絲光禄馬卿見於懷
麓山翁陶令聞於番州白雲碧落之聯緑水紅顔之句
竹垞蕃錦之著啽堂香屑之編莫不借古攄今因難見
巧極騷壇之能事真藝苑之别才焉顧或謂益記問者
可資存性情者難假語欲人驚詞必己出淩顔轢謝慧
豈拾牙竊沉偷任光難炫目貴戛戛以獨造戒陳陳之
相因不知香和百種而芳異鯖合五侯而味奇煉五色
之石乃可以補天持七寶之斧裁許其修月彼夫秋水

落霞調沿庾信暗香疎影句襲江為猶且播鷄林織蠻俗而況索珠採璧擷英搴華妙手能拈云人云而不着一字匠心獨運法我法而自足千古哉吾友龔君玉亭剌史早捷名場相逢宦海惠箴哥行淡藝論交以留春山房集古詩見贈好語如穿古人可作偶句則銖兩悉稱成章則斧鑿無痕洵非點綴百家之衣可謂錦繡萬花之谷矣雖然君固多才僕更有請宄爲聖人之鄉汶實中都之邑今也持檄行將之官當思市無飲羊何以風淳於三月器不雕贗何以化行於四方單父之鳴琴非逸武城之絃歌伊邇誠能藏我所拙用人所長事必

師古而可集大成詩雖因人而莫輕小技則是帙也君之讀書如是君之從政亦然而豈徒以詩多關工與古作者競勝於行間字裏已耶

募重修寶相寺疏

汶上寶相寺刹連雲尾地接河唇傳選佛於中都湖開山於北宋二八具牟尼之相瓔珞莊嚴十雙宏兜率之宮香花供養當日布金歡喜侍長者之談經點石皈依聽生公之説法固已魚山清梵恍到西天象教名流樂歸震旦也已然而六朝香火半銷歷刼之灰千福煙雲早失賜題之額白馬之遺蹤安在青鴛之舊舍難尋斯

則八正門留三摩地在雖石碣有咸平之記惟金剛賸不壞之身近千載而猶存待重新而孔亟寺僧奎若夙具善根能修淨行於焉祝髮將以終身宗門賴有惠通法座爭延支遁盖主濟寧玉露菴方丈者數年麈柄一麾傳爲語録烏窠半席悟徹禪關今乃舊院退居祖庭歸老頹垣破瓦竟成有漏之天暮鼓晨鐘如入無遮之會而且碑無象食慚香積之名厨牒有遠來負雲游之掛塔〔搭〕相逢行旅未免眉攢在此住持焉能膜視以是維摩欲病菩薩長愁大願船虚嘆化城之乏術象香國遠嗟請飯之無方伏望檀施再興蘭若或市田而助粟或

倒篋而捐金發菩提心了慈悲願庶使八萬四千之役便可揮斤東西南北之徒咸來托鉢則業修二梵從教舍利騰輝惠濟十方不致迦留乞䊵煥同神造吉祥現妙花光雲福不唐捐功德比恒河沙數

與翁寄塘書

寄塘大兄大人閣下 緒 與君心交有年矣憶自硯盧重啟杏史適來盟舊雨於水西睠停雲於日下嘗爲余言閣下獨步振聲不凡負器談天才辨羅星宿於一胸驚人語奇藏蛟龍於五指當茲雅集惜無在庄之車公倘肯偕來要拜登壇之趙將爾時 緒 雖荀鶴未面已如故

人元龍有懷欲交國士而乃雲鴻籬鷃未易相逢南鵩
北轅更難作合君將攬問津之𦩍我已歸望雲之舟余有
沽上望雲圖夢隔黃河無風吹到門闕白夜但雪敲來丁亥寄塘
寄懷詩有寄聲雪夜門休閉開到梅花我亦歸之句斯真天不假緣地無縮法迨
君瑤華先惠不遠千里而投緒又瓊報無由竟乏兩行
之寄旋以蓼莪廢誦既無心於咏歌薪穀待營更未遑
於楮墨致使禮踈往荅鴻雁笑人舞怯當前毹氍疑客
此則緒之闊踈難自解於閣下者也然謂天涯海角古
人之離黍不渝薊樹燕雲我輩之鴻泥非遠况復年年
魚鋏君尚淹留特特馬蹄我將再至則相與各認鬢眉

書

同抛想像歡成一笑忘是新知契證三生無勞徧訪亦唾手事耳豈料魚龍在水馬牛自風我以夏期君先春去兩番沽上偏慳陪驥之緣何日雲中得遂攀鴻之願所竊幸者樂天詩夌近寄長安康洽琴囊擬偕小住分東西頭之屋時可過從作文酒會之交互資賞析緒與閣下望斯慰矣第又巡落葉風生羇抱易覺木犀香動吟席寥僑或因賤子而轉懷杏史且幷及梅花社裏諸君未免有情胡勿來思乎秋鐙乍涼明月在牖所思不遠申紙代面文不盡衷才愧淺拙把臂俟罄勿復他往

公祭聶蓉峯太守文

嗚呼桐鄉廟食仲卿去而見思峴首碑留叔子亡而墮
淚非有流愛浹髓醇旨醉心烏能使婦豎戴恩誦佛子
而焚祝强梗被化服神君而洗革于恭惟我見公秉金
馬之貴懷琴鶴之情今年二月來攝吾郡也甫下岑熙
之車即徵魯恭之異本公之嘉績惠政可得而縷述焉
吾郡蕺山書院爲八邑士子肄業之地即先儒劉忠介證
人講社之所風椽雨甓庇寒不歡文公乃見而太息亟
命鳩工勸輸全琮之金肯割黄香之俸秦彭設誡召子弟
而習禮容文翁擇師集朋僚而談經義乃公之培養人
才振興文教可爲頌美者一也復以月旦之課僅鼎成

材春秋之誦宜勤蒙養遂於郡治之西別創蒙義塾樵童牧豎咸列於弟子之班官廨署齋竟視爲學生之屋公之樂育爲懷教思不倦可爲頌美者二也郡之三江爲捍海要區牐水當衝隄工尤亟丙公即毅然任勞詳請修築洪運治太平之圩躬親餉饁魯公導鹽官之浦衢溢謳思七公之廛念利民殫心報職可爲頌美者三也郡建育嬰堂百堵雖作一簣尚虧公既督竣廣厦命再造於甫生抑且倡置叢鄉恩復周乎既死塗無呱泣隴絶愁憐公公之德體好生仁推掩骼可爲頌美者四也數月以來政簡刑清公公又考證圖經討尋巖壑表

修禊之故址訪題扇之芳踪而且五賢復其舊祠歷朝祀其遺愛蘇長公宦轍所至湖山爲之改觀徐孺子扇碣新鐫俎豆用以式煥以公之低徊往躅景紹前徽可爲頌美者五也未及一期具斯五善雖張堪漁洋之治劉昆宏農之績何以過是若夫青箱作述則杜悰之祖父知名朱紱焜煌則裴寬之弟兄競爽天子誦凌雲之賦而幸其同時翰林步候日之軌榮其再至量才黜蜀而遺珠盡搜建學扮榆而美才斯植以及創墨池之院刊考亭之書公之生平又豈易更僕數乎嗚呼達人生世氣運攸關造物忌才古今同慨方冀福星南耀羣

迎宋璟之春豈圖卿月西頹已遠趙衰之日某等幸叨
崇愛素切葵傾春風座前曾依茂叔夕陽亭畔遽哭醉
翁因截鐙而傷懷難返姚崇之駕擬摸金而肖像同招
少伯之魂

送江州司馬周湛然序

江州司馬周君湛然以母憂去職服闋赴部籤掣復得江州色若有不豫然者蓋江州與交趾接壤僻處邊陲猺獞雜伍湛然既久宦其地凡風俗之僿野山川之荒陋與夫民力物產之凋敝靡不身親而目擊之也噫湛然過矣夫不可卜者遇也有可主者我也誠得其爲我則隨遇而可安苟失其爲我又何遇之可處哉孔子繫易之辭曰樂天知命故不憂是以疏水曲肱樂在其中吾儕縱不能窺見聖人之樂但能稍有得焉亦未始不足以解憂矣余昨過湛然寓舍蕭條獨居室無長物一

老僕不忍斯飢去而之他憊亦甚矣而湛然絶無愠色又何度之閒遠絶人也然則江州雖非樂土能以處逆旅者處之必且破涕爲笑矣

贈俞岭嵋[illegible]叟序

余生平不喜他藝惟地理之學似與性近故聞人講論及此輒移生就聽可終日不倦然竊謂古之神明於是道者非該洽之宿儒則棲隱之逸士從未有質等中人識拘庸俗而能窺覬造化之秘者也今夫天下廣矣五岳四瀆九州八柱特舉其大者言之耳通之以脉絡形之以肢體則中夏一區曾胸腹之不敵而豈章亥所能

盡哉足之所不能至而以心赴之心之所不能及而以
目助之是非博覽不可也同邑岣嵋俞先生挾申韓之
術游吳楚者數十年案牘之閒究心地學取青烏錦囊
與唐宋元明諸名家撰述及星家者言罔不成誦在胸
又縱觀列國郡縣圖經以廣其見蓋卧游於一室者有
年矣近以家居著書得用其暇爲人擇兆域動罔不吉
與人言論輒謙退不前似不爲介介者然頗以道自重
邑有顯者慕其術欲延致之而禮不先施先生亦不往
遇親知之貧不能葬者匪獨不是校而舟輿且自具其
有力者亦不索酬焉嗚呼如先生者其管遼東陳圖南

之流亞歟余因施君曉巖得交先生先生所著書已得之十六七今年六十有五精力尚強書之必成而必傳可無慮也余不得見古人今得見先生竊喜生平之所期待者並世非無其人而兼幸居相通意相投登山臨水之餘許我爲扶老之杖否耶敢以請之先生

余竹泉⊕文觀鵝圖序

同邑余竹泉先生年甫弱冠即以申韓之術幕游燕趙間今已六十年矣生平無他嗜好喜購藏古人墨跡石刻以供臨池之娛且又善飲飲酣輒揮灑自豪神與古會間或賦小詩自書於冊成邸嘗評其書曰蒼老有姿

卓然成家爲當代宗工推譽如此其傳於後無疑也余
曩館先生族姪梅村太守家早耳先生名常以不獲一
見爲憾自京師來沽上始得訂忘年交先生有慕雁聽
雪二圖既各賦一詩以應今又出示手臨晉魏唐宋元
明諸名帖并以册端觀鵝圖囑序蓋先生由少而壯壯
而老積數十年之風雨寒暑以寢饋乎古名家者既已
博涉無遺而晚歲尤以晉人爲宗故其繪是圖也獨有
慕乎右軍之愛鵝而欲追芳躅於既往也夫人情於心
所嚮往之人不獲並生於時往往遲至千百載後得見
其平昔玩好之遺雖其物無足珍異猶不禁留連相對

者而况鵝之清閒高潔而好之者又右軍其人哉則宜乎先生之有同嗜也然非具超塵絶世之胸能屏一切時俗之所尚必不能篤好乎古而更何愛乎古人之所好然則先生之去俗也遠矣右軍好鵝先生即繪圖以寄其慕而他日後人之有慕乎先生者又不知將何以爲慕也

張杏史四聲千文序

古者止有平上二聲一再轉而有入聲去聲天籟之發有自來矣然東方之音在齒舌南方之音在脣舌西方之音在噣舌北方之音在喉舌便於喉者不利於脣便

數語疑

於齒者不利於咢闕隴去聲多入梁蓋平聲似去江東所類與河北復殊管子謂五方之民其聲之清濁高下各象其川原泉壤淺深廣狹而生非虛語哉唐以制策取士天寶十三載始兼用詩賦於是蕭鈞韻音孫愐唐韻武元之韻銓而外元宗韻英顏真卿韻海鏡源李舟切韻諸書盛行於世宋試經義詩賦策論元兼用賦而不用詩明則專以四子書命題而不用詩賦蓋應舉之不盡講求韻學已數百年矣我

朝開科取士鄉會試初用四書四經文表判策論乾隆二十四年已卯科始去表判改試五言八韻唐律一首

歲科兩試亦用詩帖自是韻學復興童子勝衣就傅即命口習以是排律一體於唐爲盛顧僻壤遐陬溺於土音其誤用者猶復不少余來山左每於書院月課多見此病思有救之無術也偶檢行篋得吾友張杏史孝廉所撰四聲千文用梁周興嗣集字之體而仿天子聖哲之語以序其音詞簡而賅聲協而巧因付剞劂以導童稚里塾之師人執是編以爲蒙訓俾得一字一聲成誦在心則舉一反三裨益固非淺鮮得不爲登多不爲夥庶咸遵

同文之治而能和其聲以鳴

國家之盛也豈不幸哉會稽陳光緒序於冠氏縣署之
來雨軒時道光己亥四月十有三日

合刻蕭曹二侯傳序

有脫字

癸卯立秋之日有吏於司者以合刻漢相蕭曹二侯傳
請序於余崇川馮君集軒明府先以文弁諸簡首其言
名法之家與夫二侯之所以當祀既詳且盡余復何言
雖然余因掾之請而不能無說言焉二侯之有功於漢
既已從祀歷代帝王廟廡矣而內外從公猶復私祀廨
舍當時之創始者共殆有激勸之意乎蓋前此之言名
法者不必嘗屈於吏而獨是二侯皆以刀筆起家同心

序

輔漢由碌碌以取卿相爲一代之宗臣慶留流苗裔依
古以來豈數數覯哉夫人貴思所以自立世家名族之
子非無憑藉而往往弗克爲前人光苟知自奮雖屠沽
者流可以啟閥閱而榮府竹帛而況其爲吏也然則是
編之刻當念一掾雖微誠能公而忘私國而忘家亦必
有人焉爲之物色尹公翁歸王尊孫伏伽之徒焉知其
非聞風而興起者乎是足以勵天下後世之爲吏者烏
可以不序

山東武舉鄉試題名録後序

道光二十六年丙午冬十月山東省舉行武鄉試撫臣

集士校閲録取如額謹繕名册及馬步射弓刀石程式

進呈

御覽臣。。以登萊青道充提調官臣。。以候補知

府充監試官例得綴言簡末伏惟洪範八政八曰師周

禮三物一爲射經國之道文武兼資漢制設茂才孝廉

而羽林期門則選六郡良家子爲之迨唐宋取士有明

於韜畧材堪將帥科然皆寓於諸科之内而未有特設

武科舉者自金承安四年詔許諸色人試武舉武舉之

名蓋昉於此至明洪武十七年定科舉式文武鄉試並

以子午卯酉年舉行其制始詳我

東字號

朝
家法相承首崇騎射校閱之法精益求精是以武功震
疊超越前代而況海岱毓材山東出將多士幸際
聖朝涵濡
教澤莫不淬勵奮興各獻技能以備干城之選今撫臣
奉
命校試謹遵
諭旨以挽強命中爲主弓刀石技勇並重再三審慎杜
倖進而拔真才使他日膺疏附先後奔奏禦侮之任咸
得爲楨爲幹翼衛

昇平端在於是臣等恭襄闡事爰拜手稽首以頌
皇上作人之郅治焉謹序

國朝滄州詩鈔後序

滄州王君侶樵好學嗜古恬澹自適不屑攻舉子業爲進取計因得專力於詩十年前予再客津門即耳其名不獲一遇甲辰春其表弟葉芸士明府自館陶來濟南挾其手訂
國朝滄州詩鈔經慶雲季崔念堂先生所去取者屬復爲刪訂余以趨公鮮暇不克竟事去年芸士調歴城侶樵偕來始得相與晨夕過從談藝論交嘗爲予言

仕

國朝二百年來吾州以詩名者不乏其人其掇巍科膺顯仕者或已爲人采選姓氏不致湮没而鄉儒遺老以及隱淪閨老閣往往有所撰著祕不示人遺稿亦僅藏諸其家使無人過而問之恐愈久而愈多散失斯則後起者之責也故不憚十餘年之博采旁搜而力成是書噫佀樵可謂有功於滄矣吾郡自商寶意劉豹君兩先生編輯越風而後迄今數十年未聞有踵而續之者余抱斯志久未能歸而蒐輯之竊以爲憾今佀樵網羅遺佚裒然成編竟得與芸士告厥成功海内之爲里人者當不獨予之滋愧矣原本若干首崔去十之四五予又

崔

去惟之二三大旨仍從以詩存人以人存詩之意非敢
謂取舍之盡善也既卒業乃序而歸之會稽陳光緒書
於歷下半舫齋寓齋時道光二十六年立秋前三日也

重葺述聖廟序

今上御極之元年辛亥季春余展
覲回東奉
命校閱省西營伍由泰安沂州而至兗州公退之餘同
歲生孟雨山博士投刺來見以新葺述聖廟工竣
請序於余余弗敢辭竊爲惟鄒爲古小邾國穆公
改邾爲騶昔子思講學於此孟子因得親受業於

其門顧或謂孔子生於周靈王之二十一年庚戌孟子生於周烈王之四年已未相距百有三十年世或不能相及其受業於子思之門人無疑也不知孔子卒於魯哀公十六年又六十九年而穆公始立子思生於孔子未卒之先而受尊禮於穆公即位之後時孟子年已十有餘歲其三遷處學宮之傍遵母教之日即從子思之日也是孔氏之學傳之孟氏俾千古之道統不絶於今日子思當日之居鄒其爲功也甚大淵自元貞初鄒尹司居敬即其講堂遺址建爲中庸書院設思孟像春秋祀

之迄今五百六十餘年雖其間修葺相繼不乏其人
萬一就圯孔孟兩氏之子姓心焉以安今伯海上
公助其經費之半博士復捐貲任瘁始終其事可
謂不忘先世師承之所自有功於名教者矣工始
於道光二十九年五月閱二十有一月而告成時
咸豐元年四月也撫東使者會稽　序

疑

宜陽地名考

宜陽之名見於國策其來舊矣證以山南曰陽水北曰陽之說意必有所就而名而考之志乘詢之鄉人皆不知其所謂名勝志謂縣在宜水之北故名宜陽似矣然考宜水爲大宋川之下流大宋川屬永寧源出永寧北八十里之横塘山水經注紀昌澗水於一合塢三箱峭絶昌澗水即今大宋川三箱今訛爲三鄉後魏時尚無宜水之名則明史地理志方輿紀要所稱宜水皆不足爲古宜陽之證又有引晉書孫登傳宜陽山以爲解者今按宜陽山之首起盧氏熊耳山東入嵩縣爲蠭山過

今永寧宜陽之南是山在宜水之南不得稱之爲陽要之說皆從乎後其於古所稱宜陽者均未當其義獨山海經所云宜蘇之山隸於中山者按之今地在孟津縣西七十餘里正當新安之東北新安在宜陽北古之命名其殆取於是乎蓋宜陽稱於戰國山海經則夏時已有宜陽山宜水諸稱皆後人因而名之不然何不見於秦漢之書耶秦策甘茂對秦武王之言曰宜陽大縣也上黨南陽積之久矣名爲縣其實郡也韋昭以宜陽爲韓邑屬宏農通鑒大事記謂河南府福昌縣城東南北三面峭絶天險澠池二崤皆在境内東崤在今永寧縣

北六十里西崤在今陜州東南七十里二崤相距三十五里是由二崤而東若永寧若澠池若新安皆屬古宜陽地韓策秦下甲據宜陽斷絶韓之上地東取成皋宜陽宜陽又與成皋接壤疑今登封西北境宜陽亦兼而有之則其在宜蘇山之陽而爲是名也可無疑矣余嘗與施曉岩明府詳證其説明府因余將奉檄山左屬爲之記

陳梅谿別傳

梅谿予同姓名文璞字尚初世居會稽之上竈丁卯歲予從師彭山梅谿亦城居讀書談藝往來相得甚歡梅谿長於予五歲予兄之而梅谿亦弟予梅谿行六予行七不知者見吾兩人往往視爲同胞吾兩人亦忘其爲朋友也梅谿兄弟四人於序爲季善讀書好爲詩古文詞父母愛特甚顧常抑鬱不自得雖游覽讌賞賦物狀景之作時露憂憤語予謂非少年所宜屢規之而卒不能改是年試山陰列第二扁覆日忽發狂疾扯卷擲地踐紊竄走如有迫其後者自是遂棄舉子業而專力於詩

詩積二千餘首賦亦百餘首也父既鍾愛梅谿別營大厦授之則辭曰仲兄多男將次第畢婚非新居不容兒尚無出舊居足矣父如其言由是家人莫不重梅谿兄某數短之父母前浸入其譖愛爲之移梅谿事父母倍謹不敢疑其兄然常有隱憂每見其與予默坐中夜忽放聲哭問之亦不自解也己巳正月十四日夜偕予棹雙谿入城謂予曰子知我素我死子必以詩哭我若醴我楮鏹我俗矣予不祥其言聞其病益懼病四月卒時嘉慶十五年三月某日也年二十有七余聞訃往哭則已盖棺矣其家人爲予言梅谿預知亡日將詣辭魂去

疑

當復還母疑我死言已氣奄奄欲絕旦而果蘇則曰余往見泰山君謂長兄已死可代生泰山君以兄不工四六文不許余無望矣亟命具衣冠拜父母乞立長子某爲後自書其木主口誦解大紳臨終詩嗚咽而逝是日平水廟中有新其功曹像者貌且肖嗚呼亦奇矣梅谿既死遠近聞之多有悼惜下涕者余始歎其入人者深而愧前此之知梅谿猶未盡也余自其死不忍再過其家數年父母相繼卒妻亦死嗣子不令故產蕩盡因悲其潛德弗耀又遭身後之危追憶曩昔撮舉大概如此惜其稿多散失末由彙集成編也

傳

敕贈修職郎例晉文林郎貤封奉政大夫麟甫許

君家傳

許君麟甫諱之定一字芷江以鹽庫大使分發山東借補濟南雒口所批驗大使涖任十三年以病卒於官其子寶棣等將扶匶歸葬行有日矣奉母命來請予爲傳予於君爲妹壻不敢以不文辭君世爲杭城望族太高祖樂亭公諱堯堂仁和諸生屢試不得志棄而出叅人幕歷游燕齊秦閩所至有陰德及人杭編修大宗誌其墓高祖石蘭公諱鉞乾隆戊午舉人廣東理猺同知曾祖小范公諱學范乾隆壬辰進士刑部員外郎祖菊船

公諱乃來乾隆癸卯舉人歷任廣東廣西州縣服闋赴
選揀發江蘇候補直隸州知州父德華公諱省身候選
鹽課大使母鍾孺人隨侍菊船公任生君於廣東香山
官舍踰年歸里君少聰敏周晬識字比長體羸弱善病
塾師弛其課而君益自憤攻苦不少輟年十二忽遘狂
疾時發時止醫者謂用（曲）心大過須靜養乃愈菊船公素
鍾愛君不令就塾延畫師教之畫動筆輒肖嘗伸七八
尺紙於地解衣屈躬用丹砂繪鍾馗像蝟鬚豺目雄毅
逼人見者謂有神助十三遭德華公喪君猶病狂哀毀
愈甚十四疾止十六復遭菊船公喪其明年鍾孺人棄

傳

養君以童齒孱軀五年中三嬰大故殯塟奈奠無失禮且獨任家柄經理裕如咸稱德華公有子君秉性孝友持已以敬接物以和未嘗有疾言遽色施及婢僕菊船公三子長書巢公諱敬身安徽宿松縣知縣先菊船公卒於任次即德華公幼子穆公諱章身女一長子穆公一歲菊船公署上海令得宿松耗悲悼致疾自知不起析其產爲三一與書巢公子輯五之瑞而以二付君且以子穆公姊弟爲囑君受命惟謹爲子穆公與弟吉甫之第延師課讀先後入邑庠君善治生計克保遺業迨子穆公授室君即歸其產之半無絲毫自私復爲小姑暨

兩女弟厚辦裝遣不少吝君需次九年附居同寅寓舍
時或爲人掌書記暇則泛覽羣籍兼通醫脈星命諸書
粗曉音律間以絲竹筆墨自娛偶拈小詩亦清朗可誦
在官廉潔商人罔敢干以私醝務利弊遇事直陳以是
爲上官器重歲積廉俸分給親族尤肯周人之急戊戌
歲聞子穆公伉儷赴遣使迎從弟象坤來與諸兒同筆
硯一年而病亡君悲子穆公絕嗣日夜不自安兩女弟
長適錢唐孫筠伯煥章次適予筠伯需次省城予佐郡
武定從父子壽公諱桂身從兄輯五亦先後來官山左
君親厚有加緩急無弗應君外祖家夙稱素封屢遭回

禄而貧無嗣以猶子爲後壯不能婚君解橐金爲助歲
供薪水以爲常舅氏殁於君署爲之歸柩營葬妗與内
表弟仍賴君舉火辛丑保薦卓異丙午俸滿引
見奉
旨回任上官以君才且賢俾得擢縣令君自揣精力不
強慮弗勝任辭而止卒之日上官聞之皆謂鹽曹少一
端人深爲惋惜君近歲多病去年冬患寒熱甚劇自藥
而愈今年二月予將押運北上君來送行猶作半日談
及予就道而君又病遂成永訣聞病亟時數問予兒汝父
何不來我尚有言嗚呼可哀也已凶問至京從祖前兵

部尚書今光禄寺正卿滇生公詹事府庶子信臣公舉
室傷悼爲廢寢饋者累日先是丙申五月君患時疾幾
死夢大父亦前跪退而謂君曰汝壽促我爲汝禱以汝
行善許增一紀矣今果符其年數天耶命耶嗚呼可哀
也已配楊孺人生子四長寶棣太學生次寶書候補兩
淮鹽知事次寶箴次寶廉爲從弟象坤後妾莊氏生寶
英甫彌月而君卒以弟之第知縣議叙加同知銜貤封
奉政大夫君生於嘉慶十一年丙寅六月十七日卒於
道光二十八年戊申三月二十四日年四十有三
論曰學者讀書將以明理理明少讀書何害許氏自鶴峯

傳

隱居以後世有陰德數傳而競以科第顯計百十年來登春秋榜任京外職多至三四十人蟬聯鵲起至今未艾君負異質早歲以病癈學惜哉然核其生平行事孝友儉勤處不愧於家仕不負於國仕於今者盡能是乎雖未學而必謂之學卜氏有言吾於君亦云然胡天之不永其年而竟使賫志以殁也悲夫

書倪孝學先生軼事

倪涵初先生名宗賢爲邑諸生世居山陰柯亭之近里郡邑志傳僅載其善醫及見無賴子盜其鄰田寡婦禾先生詭託他人命盜左右泥涵初田一事不詳其他因

次所聞於父老者補志傳所未及先生性孝友好讀書
遇事接物必求有濟於人而善務陰行不喜聲譽故能
悉其行者少焉聞其居親喪三年不入内室遇忌日必
哀泣舟經墓所雖昏暮風雨必登岸肅拜親没後以産
籍付弟出内不問惟日事博覽冀有裨於世時關中盩
厔李中孚先生講學武進先生徒步往師之後從戢山
之門人游以人譜勸於鄉已益以慎獨自勵學日進而
屢蹶於試乃慨然曰吾不得教養人獨無活人術乎遂
棄而攻醫試之輒驗於是四方之有疾者咸就先生決
生死酬雖至微不與較所至必橐藥以從遇貧弗能藥

𨪏

者給之不取其值病需珍藥恐其知不自安私自雜和之弗令覺故病者第謂藥經先生手輒靈終不知其爲此也聞康熙甲寅歲有老媪造門請詣治疾先生隨之往至一所見少婦偃室中病蠱痛甚劇乞下之以免所苦藥之病若失少婦設饌以進冷不可口疑之歸發所酬函金則楮也次日跡其處乃一荒塚而已當是時先生之術盛行可日獲萬錢然皆隨給貧困室無宿儲敝衣破屋終其身無嗣年未七十終鄉人私謚曰孝學先生先是螺山有橋久圮橋當山蕭兩邑之交必不可廢先生縛茅山側爲醫肆斂貲給石工三年而橋復故没之夕

鄉人夢騶從迎先生謂即主螺山社康熙二十九年九月十六日台州黄巖人喧傳縣城隍神由山陰螺山社神受代至又有邵姓者客粤夢見黄黄巖城隍倪公陞爲廣東省城隍夫螺山黄巖粤東之神先生雖冥幻不可遽信然以平日行誼斷之理宜有是無足怪也先生去今百有餘年而柯橋西太平橋廟中有先生像禱藥者猶踵相接服無不驗聞其墓前亦然先生之流澤長矣而世徒以善醫者目之豈知先生者哉

書明史王貞女傳後

貞女爲無錫顧亭林先生嗣母吾於其謝絶親黨女奴

傳後

義不見門以外人則服其識之高於其斷指療姑疾則服其孝之篤貞女之所爲誠有得於天者耶因思忠臣慷慨之死義士憤激之行一時乘於血氣猶可勉致獨女節之貞則非得天之優者不容強爲蓋須臾可強而畢生不可強也近見好名之家不幸而有未室之子死或迎其所聘女與死者之主成婚禮揣其意不過藉此以慰新殤之魂且爲他日家乘光耳嗚呼弱女何知而妄責以難能之事乎是則舅姑父母之愚也然則斯世不必有貞女乎曰否顧必如王氏者而後可也不然女即矢志自誓爲舅姑父母者不妨婉言以止之止之不

從而後聽之斯可耳若欲爲此以救風俗之衰吾恐救之而適以敗之安得胥天下而爲王氏女哉

風洞記

駝峯距城四十里東北濱海詞人騷客之跡至者絶寡故其名不顯於越其上有雞冠石浴日亭風洞石罅泉諸勝雖載諸郡志無有過而問之者戊辰春余讀書山中爲之歷證其處不甚荒誕獨風洞求之不得詢之山僧野老咸莫知所在如志所云不必盡有歟今年予復來山中始得於蒙椎山之北麓蓋即風伯祠後石壁下也洞廣不踰尺窈然以深時有微風從洞中出草木或

搖動作聲寒慄之氣雖盛夏不少退信乎其在是矣而
顧屬之駝峯何哉想操筆作志者不能身歷其地詞人
騷客之偶一至者無遑詢及於是即詢之而山僧野老
又茫然不知所對傳聞異辭無惑其志之謬也由是觀
之尺咫之間尚不能詳得其實況四海之大九州之遠
舟車所不能至耳目所不能及乎夫古人鍵户著書足
跡不遠出而考證河嶽囊括宇宙其得諸記載之説訛
以傳訛往往而有後之人起而正之輙謂古人之欺我
實甚嗚呼豈古人之忍欺後人哉古人先受欺於人而
末有由自悟而因以欺後人也蘇子云事不目見耳聞

而臆斷其有無可乎予觀於今乃益信土人云洞極深不可測潛與海水通陰晦之候常隱隱聞鼓桲聲是說也余又疑之

來雨軒記

今年三月余自觀城移任冠縣將涖事之前夕宿於南門外至夜將半卧聞雨聲達曙乃已由東門入城輿從行泥潦中頗爲所苦有一老嫗倚門指余而謂其隣婦曰是官必有福不然安得有是雨余聞之而竊自喜又竊自愧蓋自去年八月至今不雨者幾閱二十旬矣冬春之月雪澤又不能甚渥望雨者如飢之思食渴之思飲

勢已有廹不能待者而忽焉甘霖沛注尺土不遺野色之將就悴者滋而復蘇農民靡不以有秋相慶余安能不喜既而思天必不絕人以望余來而余兩也是以會逢其適耳冠人之得以有食冠人之幸也余何敢貪天之功以欺吾邑之愚夫愚婦耶居數月於署齊之西葺屋數椽蒔花種石於其庭題之曰來雨軒聊以志吾初至時可喜之事而且以自歎於中者常策於心而不使之久而或忘是則因一兩之喜而益吾之懼正未有已也獨愧云乎哉道光丁酉六月十日會稽陳光緒記

重修歷城縣城隍廟碑記

古者伊耆氏之祭八蜡也有水庸之神無城隍之名自易泰封上六之文辭曰城復於隍後世遂取其文以奉其號而歷代祀之弗替至有明洪武初詔定京都及天下城隍封爵於是各直省郡縣各有專祀秩在禮官其由來蓋已久矣濟南舊有府城隍廟而歷城以附郭不更設嘉慶十五年始立廟於南門外玉皇宮左隙地間瓦屋數椽僅蔽風雨而已道光二年邑宰潘君尚楫因久旱往禱即雨欲廣其祠而未果厥後有求輒應守土者咸德

神六年侯君燮堂改創於城内廣豐倉之西九年湯君

新　記

世培竣其役二十一年陳君寬復拓而親之廟貌肅崇
邑人禱祀無虛日夫自漢代建城以來我神之靈爽實
式憑之未嘗一日或曠也顧何以經數千載官不聞供
奉民不聞報賽迄今近歲始得立專祠設從像殿宇軒
閎起人敬畏豈今神之司是職也今有而昔無如官職
舉廢之不同歟抑明顯晦有其時歟是非冥漠中之聲
靈與歷任賢宰默相感召之神之所棲將淪没於斷垣
零甓荒烟蔓草之間誰則過而問之者然則神藉諸賢
宰以顯而諸賢宰亦藉於神以不朽矣住持明遠慮異
日不知創修之由而諸賢宰經營之苦心或至湮没而

無傳也請予爲文而勒之石

歷城縣城隍姓氏爵里記

予既爲歷城縣城隍廟重修碑文住持明遠復請記神姓氏爵里以傳之後且曰歷故無城隍祠嘉慶十五年有客自浙東天台來者好爲扶鸞之術一日栽神降於壇自書姓安名畢字步雲四川重慶人五月十五日子時生南宋時爲郎金人南犯被難於此不上帝憫予忠勅授歷城縣城隍食邑三萬戶南門外玉皇宮左之廟所有由肇建也予曰此乩筆之言烏足以傳信雖然亦未可以盡疑也夫盈天地之間皆物即盈天地之間皆

神大而日月星辰河海嶽鎮小而門霤庖湢身體髮膚莫不有神焉以主之好事者爲之附會其其名而人且翕然聽之者何也蓋神之名人爲之安知非神自爲之實況臺駘之爲汾神也共工之子之爲社神也大都出於巫卜者之口而非神親告諸人則今之得之乩筆者亦若是而已矣易曰陰陽不測之謂神傳曰神聰明正直而一者也生而不愧其爲人也殁胡不可以爲神自來節義之士與夫愚夫愚婦激於一念之誠足以植綱常正風俗而史乘不爲之載父老不爲之傳者往往而有不敢謂神之無其人且邑人知神之姓氏爵里而詣

而奉之也已有年矣人之所爲或即神之所自爲乎因
從衆志而諾其請焉乃爲之書

觀城關帝廟重修碑記

觀城西門外迤南百餘武有廟數椽聊蔽風雨居民奉
關帝以祀百餘年來靈異特著乙未三月山西趙城縣
教匪曹順糾衆滋事既戕其邑令復分攻霍州洪洞官
兵至賊衆鳥獸散曹順約其黨張文炳李吉星逃竄至
此隱匿廟中因得偵而獲之緒掌上憲保薦得邀
特恩超擢竊思趙城距觀千有餘里其間所過城市州
聚不知凡幾乃不見獲於他所而獨於廟中得之以我

碑記

朝重熙累洽厚澤深仁下有以浹民志而上有以孚天
眷之三賊者必不能逃於覆載之外然使大逆不道之
罪人不踰月而束手就縛於途窮日暮之餘倘非靈爽
默佑烏能有此且自我朝撫有一統以來聲教覃敷遐
邇悅服即間有一二小醜蠢動罔不顯示威靈陰奪其
魄而驅之就戮是以
褒嘉封號備極尊崇雖窮鄉邊徼莫不家尸戶祝國家
之敬禮者有加無已而在天呵護之功亦偉矣哉居民
因神之靈而有徵也謀葺其宇而少擴之緒捐俸爲助
工既竣乃作文以勒於石俾邑民之愚而無知者知犯

滔天之大罪爲天地所不容即爲神靈所不宥庶幾咸懷警懼不爲邪教所蠱惑而偕之正道則所以保育斯民者又豈有極哉至於除暴安良有司之職分應爾而欲貪天之功以爲己力則何敢焉

重修武定府關帝廟記 代

武定郡城關帝廟不知創自何代廟中僅存一碑乃嘉慶十年前守李公名經文者重修時所記迄今又閱四十年矣風雨摧剝丹堊無色歲庚子予忝守是郡春秋朔望入廟展禮即有重葺之意今年春請倡捐各屬官紳咸樂輸金爲助工既竣請予文以勒諸石予曰帝

之大節炳日星至誠塞天地雖海澨山陬遐荒異域靡
不建祠繪像敬事恐後烏藉予文以紀之且自宋元以
來歷代頒勅酬勲由候而公而王而帝封號優崇有加
無已又烏藉予文以紀之雖然予不能不一言以告來者
夫帝之廟非他廟比也帝廟之在郡者尤非他廟比也我
朝定祀禦災捍患諸神之禮因所捍禦之地飭所在有
司歲以春秋諏吉致祭至雍正三年則
特詔天下郡縣祀帝用太牢追封三代是將使凡有血
氣莫不尊親神之在天如水之在地無遠弗届豈同捍
患禦災者之囿於一隅哉顧天下郡縣之廟非若洛陽

瑣

解荊之設奉有祠博士又非若孔子廟之設有學官其啟
闔灑掃供奉諸職徒任之一二住持守令非公事不至
至亦不暇詳察瑣細故闊疎而寡理者有之縣令之舉
動恒視乎郡守之勤惰未有守倡之於前而令不繼之
於後者然則帝廟之不修典郡固不得袖手而坐視而
帝廟之在郡者尤典郡所宜任其事而不得謝其責也
是役也集貲易而蕆事速乃知帝當日忠義之氣浩然
固結於一心者歷數千百年猶存乎萬世天下人之心
則萬世天下人之心
皆帝一心之所扶持其爲功也大其貽澤也遠不愈久
而愈信哉屬邑諸君尚持予言以勸邑之紳若民當必
已

有感發而奮起者是則予之此志也夫

曹州浙紹義地碑記

都中暨各省均有浙紹鄉祠春秋醵金爲會祀鄉先生以敦桑梓之誼殁而不能歸者復捐置義地暫殯其柩以待其子孫前人之爲同鄉計者仁既至義既盡矣濟南有鄉祠義地曹雖僻處一隅而鄉人因仕幕而來者往往不絶鄉祠不必建義地則不可無去年六月緒再權郡篆欲捐俸爲之倡適友人蔣君春池爲予言郡署土地神相傳王姓曾佐郡幕蔡君劍山勒碑以紀其事慮久而湮没思謀歲祭之資垂諸永遠予謂宜置義地

若干畝用其半爲殯葬之地所餘則召佃入租每歲土
地祠殯地春秋祭之費即可取給於是不亦一舉而兩
得乎蔣君曰諾乃邀陳秋崖明府襄其事買地二十六
畝有奇予與蔣君暨諸君之仕幕於曹者共成此舉蔣
君條議各規幷捐者姓氏數目擬勒諸石予爲誌其緣
起如是

半舫跋

辛卯春就館宜陽署中書屋兩面皆牕確肖一舟而僅得其半因題爲半舫齋此室形復相似仍以舊額額之仙家視宦途爲苦海風波之險甚於舟居吾以平地處之所得雖半而全我者不少矣丙午四月拜石主人書并識

朱文懿公小畝手稾跋

已酉冬臘八前四日朱君雪垞客游山左訪予濟南寓舍出其七世祖文懿公小畝手稾一冊見示云得之族人之手屬予綴言於尾予憶少時陟城南龜山小琅邪

恐

登道遙樓展謁遺像想見公秉軸時清風亮節卓絕朝端欲求當日題詠遺跡邈不可得公去今僅二百四十餘年手澤之貽已湮没若是夫世族有賢子孫見先人平日玩好之物或手植一花一木猶必愛惜珍護之惟恐其不至况兹草皆手所自具多與封疆大臣論國事公之精神所寄者乎雪堍得此固公靈爽實式憑之亦由追遠之孝思所感而至也後學會稽陳光緒謹跋

劉蔭渠先生詩集跋

塩山劉蔭渠先生以名孝廉爲學官二十餘年課士之暇研究經學著述頗富作詩不求工亦不肯輕示人人

故不知其能詩其仲君頫夫觀察佐兖郡時與予同留濟南鞫獄朝夕相見文由是益親因得悉其文章政事受之庭訓者居多壬寅歲長君春潭明府乞近來山左時先生以教職截取選授泰安縣令引疾歸里觀察昆季迎養來東先生杜門謝客著書自娛往來者一二故舊而已今年春觀察編輯先生古今體詩遺藁屬予校正受而讀之其氣疎而古其詞樸而淳春容閒雅澹然名利詢得紫桑之性情不屑雕章飾句不求其工而自有不可及者宜知之寡也先生之時藝詩賦早已鏤版行世膾炙人口今讀是集乃知學人之詩具有根柢若

洵　柴

柢　茇

徒求之字句間仍不知先生之能詩也道光庚戌仲冬愚姪會稽陳光緒謹跋

壽境之道
得書者三矣

送江州司馬周湛然序

江州司馬周君湛然以母憂去職服闋赴銓部選復簽
官色若有不豫然者蓋江州與交趾接壤僻處邊陲
伍湛然既久官其地凡風俗之僿野山川之荒陋與夫
物產之凋敝靡不身親而目擊之故得官而悲也噫余與
然交未久知未深然初握手覘其儀狀岸偉神守奭邁度其
中必有過於人者今何為而有是歟夫不可卜者遇也有可
主者我也我自失其為我則隨遇而可安我自失其我為拘
則何遇之而可處孔子繫易之辭曰樂天知命故不憂是以疏
水曲肱樂在其中必欲以聖人之樂為樂當日列墻門者僅
得一顏氏之子豈敢輕以望人然於樂天知命之說苟能稍
有得則焉則未始不足以解憂余昨過湛然寓舍蕭條獨居

意家一字當差蒼泥

室無長物一老僕不忍斯飢去而之他其傯亦甚矣而湛然猶意氣自若絕無慍色豈有所冀於後而姑寬其懷歟不然何忽為此態也吾謂江州雖非樂土然君能以處逆旅者處之必能破涕為笑且事有前定不可强求君於兩得江州可以驗之矣湛然聞余言若有所失遂捧檄策蹇欻然出國門去余即書之以贈其行

勗行與洞數語可至矣隨遇而安當爾

芋言高澹多姻火氣　吟齋刁梅花樹評

梅溪小傳

梅溪子同姓名文璞字尚初世居會稽之上竈丁卯歲予就傅彭山梅溪亦城居讀書因劉子春臺與之交談藝往來相得甚歡梅溪長予五歲予兄之而梅溪亦弟予梅溪行六予行七不知者見吾兩人往往視為同胞吾兩人亦忘其為朋友也梅溪家頗裕兄弟四人長兄早歿梅溪居幼善讀書好為詩古文詞父母愛特甚顧其胸膈閒常抑鬱不自得雖游覽讌賞賦物狀景之作時露憂憤語予謂非少年所宜宜自檢而卒不能改是年試山陰列第二扃覆日忽發狂疾扯卷擲地踐察竄走如有追者迫其後人急斂卷避次早往視神色少異而語言如常知為心疾自是不復入試場遂棄舉子業而益力於詩詩積二千餘首賦百餘首俎豆香山劍南兩

再鈔其父　着眼　叙其死欸

家嘗囑余序其集，父別營大厦授之居，辭而請曰：二兄多男，將次第婚，非新居不容，兄尚無出，舊居足矣。願與兄易。父如其言。由是家人莫不重梅溪，而益鄙其三兄。某某故儇薄子，乘梅溪之游學於外也，數以甘言博父母歡，浸入其讒，毀弟行，愛為之移。梅溪事父母倍謹，不敢疑其兄，然憂憤愈甚。嘗與予終夜談，有觸於中，輒放聲哭，問之亦不自覺也。己巳正月十四夜，偕予棹雙溪入城，忽謂予曰：子知我素，我死，子必以詩哭我，若醴我，稽鑑我，俗矣。予不祥其言，聞其病益懼，病四月卒，時嘉慶十五年三月某日也，年二十有七，配葉氏，無子。予聞訃往哭，則已蓋棺矣。其家人為予言，梅溪預知亡日，將死之前夕，言平水東嶽廟神召為記室，余將詣辭，魂去當復還，毋疑我死。言已氣奄奄欲絶，咸驚愕，勿敢聲，旦而始蘇。

忽起而言曰余無望矣余往見泰山君謂長兄已死可代先泰山君以兄不工四六文不許余無望矣予往亟命具衣冠拜父母乞立長兄子某爲後自書其木主口誦觧大紳臨終詩嗚咽而逝嗚呼梅溪之死可奇矣既死遠近之人有撫尸而慟者有望帷而揖有聞而悼惜至下涕者余始歔嘆其深於人者乃若是而愧前此之猶未之知也已聞平水廟中有新其功曹像者適當是日貌且肖於是哀之者意稍稍慰余謂梅溪得享廟食天之待之者不薄然以若是之賢且和而令其憂憤以夭而又艱其嗣抑又何哉自其死未嘗再至其家聞葬墓葬焦嶋不數年父母相繼卒妻亦死嗣子不令故產蕩盡因悲其家運之衰繼起無人而世鮮有知之者追憶曩昔以彷彿其平日之爲人如此尤惜其稿多散失未由

彙集成編與春臺共商訂之俾傳於後也

敘其才敘其遇敘其死始終其憂憤

千古不得此等德雅行間各不想見

天部人之遭胃閣之變者每每不[illegible]可恨

情測度非身受其[illegible]者未易知也閱

竟為揮淚不下[illegible]格[illegible]識

寫孩子雅寫淺子源在

年夢軒

騰跳盪

與宗滌樓書

吾越故多好古能文之士然自魏晉以來作者類皆浮華奇詭相矜尚僅足雄騁當時而不必為後世法惟明之姚江王氏遂於理學其為文不求工而自與古會非得於天者獨厚其所養固殊也孟子曰我善養吾浩然之氣韓子曰氣盛則言之長短高下皆宜二子皆長於為文乃其一生得力之訣不過如是非其所養有異於人者乎不然當二子之世豈無一時雄騁之才而何以有之不必盡傳傳之而不必取法乎夫水非魚也而魚非水則不生雲非龍也而龍非雲則不靈故文非氣也而文非氣則綴合而失其文之不可無氣猶魚之不可無水龍之不可無雲也而養之不盛則如尺水之魚片雲之雲龍雖欲縱其所如而勢有不能也曩在京邸見足

末七字從先生為之甚推擬之作也

下所為文滔滔汩汩如懸泉注水取之不竭又如泰山之雲起於膚寸而可徧雨天下知平日之所蓄深矣然恐役於妻子衣食之計工於世俗周旋之習勞其外而餒其中浮於人而喪於己古人有晚境之作轉遜於壯日所為心與境移而不知自守故也詩近歲以居憂不作韻語頗喜學為古文辭里中和之者甚寡因念足下好古能文不屑為浮華奇詭之體而又好談理學雖不免有妻子衣食之計世故周旋之擾猶能知所自守不為境累則學於姚江之文以進求其所謂浩然者此其時也吾子勉乎哉

以養其氣為骨乃于中見道之作 拜讀

行文妙訣知之深故言之切而韓柳論文兩序外僅此而三 蒙軒弟鄭奎雄拜讀

書明史王貞女傳後

貞女為無錫顧亭林先生之嗣母也吾於其謝絶親黨女奴義不見門以外人則服其識之高於其斷指療姑疾則服其孝之篤貞女之所為誠有得於天者耶因思忠臣慷慨之死義士憤激之行一時乘於血氣猶可致勉到獨女節之貞則非得天之優者不容強為蓋須臾可強而畢生不可強也近見好名之家不幸而有未室之死或迎其所聘女與死者之主成婚禮揣其意不過藉此以慰新殤之魂且為其他日家乘光耳嗚呼弱女何知而妄責以難能之事乎是則舅姑父母之愚也然則斯世不必有貞女乎曰否顧必如王氏者而後可也不然女即矢志自誓爲舅姑父母者不妨婉言以止之止之不從而後聽之斯可耳若欲為此以救風俗之衰吾恐

救之而適以敗之安得胥天下而爲王氏女哉

呼見桂正者暨儒許多撓吾吟爲評

雀川曰接礼比以述情礼印由情而如茅止於

惡子之腸蕩猾儒之名莛情述礼儒化敗儒技

昇舒本不爲述而形更爲一文以發吾奸 哉

道書類
輿

贈俞岭嵋二丈序

余生平不喜他藝，惟地理之學似與性近，故聞人講論及此，輙移坐就聽，可終日不倦。然竊謂古之神明於是道者，非該洽之宿儒，則棲隱之逸士，從來未有質等於中人、識拘庸俗而能窺覬造化之秘者也。今夫天下廣矣，五嶽四瀆、九州八柱，特舉其大者言之耳。通之以脉絡，形之以肢體，則中夏一區再曾胸腹之不啻，而豈章亥所能盡哉！足之所不能至，而以心赴之；心之所不能及，而以目驗之，是非博覽不可也。同邑岭嵋俞先生挾申韓之術，游吳楚者數十年，窾牘之闇究心地學，取青烏、錦囊與唐宋元明諸家名家撰述及星家者言，罔不成誦在胸。又縱觀列國郡縣圖經，以廣其見，蓋卧游於一室者有年矣。近以家居著書，得用其暇為人擇兆域

道之着眼

甚佳

動罔不吉與人言論輒謙退不前似不為介介者然願以道自重邑有顯者慕其術欲延之致之而禮不先施先生亦不往遇親知之貧不能葬者不特匯獨不自是校而舟輿且自具其有力者亦不索酬焉嗚呼如先生者其留遊東陳圖南之流亞歟余因施君曉岩得交先生先生所著書已得十之六七今年六十有五精力尚強書之必成而必傳可無慮也余不得見古人今得見先生竊喜生平之所期待者並世非無其人而兼幸居相邇意相投登山臨水之餘許我為扶老之杖否耶敢以請之先生

清澗首肯

倪孝學先生傳

倪孝學涵初先生名宗賢爲邑諸生世居山陰柯亭之近里郡邑志傳僅載其善醫及見無賴子盜其鄰田寡婦禾先生詭託他人命盜左右倪涵初田一事不詳其他因次所聞於父老者以補志傳所未及先生性孝友好讀書遇事接物必求有濟於人而善務陰行不喜傳聲譽故能悉其行者不數人焉聞其居親喪三年不入內室遇忌日必哀泣至老弗忘每經墓所雖昏暮風雨必登塚肅拜親没後以產籍付弟出内不問已不私一財惟日事博覽冀有所裨於世時闔中蠹屋李中孚先生講學武進先生徒步往視師之後從劉蕺山先生游受所著人譜以勸於鄉已益以慎獨自勵學日進而屢蹶於試乃慨然曰吾不得教養人獨無活人術乎遂棄而

拜石山巢

攻醫醫故素留意至是益殫力不倦數年頗自信試之輒驗
於是四方之有疾者咸就先生決生死酬雖至微不與較所
必至必素藥以從遇貧弗能藥者給之不取其值病需貴藥
恐其知不自安不列於方私自離和之弗令覺故病而瘳者
弟謂藥經先生手輒靈終不知其為此也聞康熙甲寅歲有
老媼造門請諸治疾先生隨之往至一荒僻廬舍見少婦偃
室中云病胎孕痛甚劇乞下之以免所苦先生為處劑數次
胎即下少婦設具作謝饌洽不可口心甚疑之固取所酬丞
金歸驗之果楮也次日跡其處乃一塚而已當是時先生之
術盛行可日獲萬錢然皆隨給貧困室無宿儲敝衣破屋終
其身無嗣年未七十終鄉人私謚曰孝學先生先是螺山
有橋久圯橋當山蕭兩邑之闠交必不可廢先生縛茅山側

為醫肆斂貲給石五三年而橋復故沒之矣鄉人夢騶從迎先生謂即主螺山土地康熙二十九年九月十六日台州黃岩人喧傳縣城隍神由山陰螺山土地陞任至又有邵姓者客粵夢見黃岩城隍倪公陞為廣東省城隍其為先生無疑也所聞於父老者若是故詳述之以備後人採擇

陳子曰先生去今百有餘年而柯橋西太平橋廟中有先生像禱藥者猶踵相接服無不驗聞其墓前亦然先生之流澤長矣螺山黃岩粵東之神先生雖冥冥不可遽信然以平日行誼斷之理宜有是無足怪也而世徒以善醫目豈知者先生者哉

敘次行若事蹟只簡之數筆其人之深忠具見真老門之筆 以簡摘採評

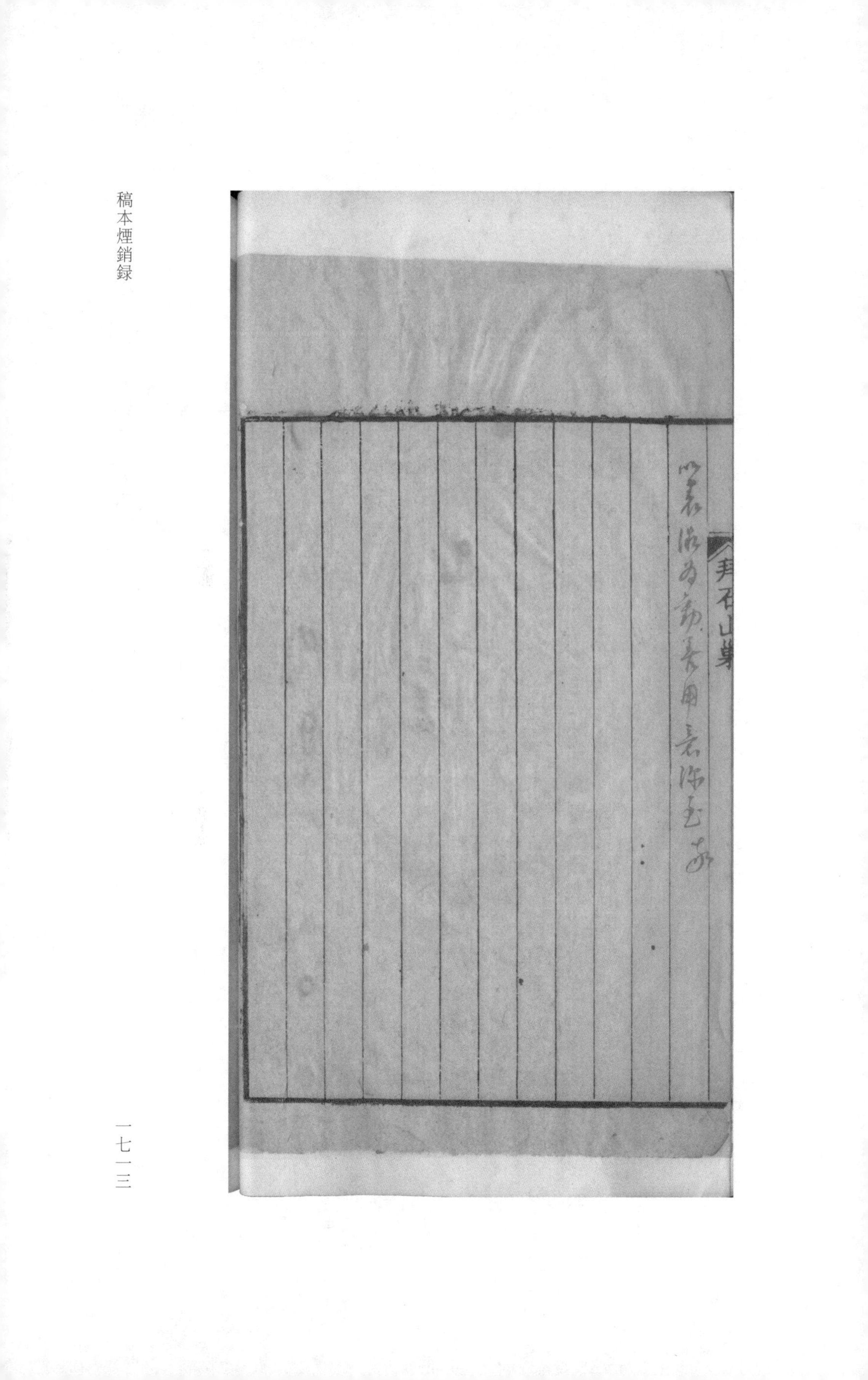

以上係為[illegible]

拜石山巢

余竹泉一丈觀鵝圖序

同邑余竹泉先生以弱冠之齡治申韓之術客游於燕趙者今已六十年矣生平無他嗜好喜購藏古人墨蹟石刻以供臨池之娛且又善飲飲酣輒賦揮灑自豪神與古會間或賦小詩自書於冊成蕭哲王嘗評其書曰蒼老有姿卓然成家為當代鉅公推譽如此其傳於後無疑矣詩稾館於先生之族姪梅村太守家早耳先生名常以不獲一見為憾去年春詩自京師來沽上始得訂忘年交先生有慕雁聽雪二圖既各賦一詩以應今又出示手臨晉魏唐宋元明諸名帖并以冊端觀鵝圖屬序蓋先生由少而壯壯而老積數十年之風雨寒暑以寢饋乎古名家者既已博涉無遺而晚歲尤以晉人為宗故其繪是圖也獨有慕乎右軍之愛鵝而欲追步

友寅理
祝日出

躅於既往也夫人情於心所嚮往往人或不幸而不獲並生
於時而遲至千百載以後得偶見其平昔玩好之遺雖其物
不足珍異猶不禁對之而流連不已者而況鵝之清閒高潔
而好之者又右軍其人哉則宜乎先生之有同嗜也然非具
超塵絕世之胸能屏一切時俗之所尚必不能篤好乎古而
更不篤好乎古而更何愛乎古人之所好然則先生之去俗
也遠矣右軍好鵝先生即繪圖以寄其慕而他日後人之有
慕乎先生者不知將何以為慕也

竹泉先生出示所得云人以此序見益以
竹泉之圖與右軍之鵝同不朽矣
右書在其卷首錄書述之

拔挂抄

砌闲

以陰森三字易

風洞記

駝峰距城四十里東北濱海詞人騷客之跡至者絶寡故其名不顯于越其上有雞冠石浴日亭風洞山石罅泉諸勝雖載諸郡志無有過而問之者戊辰春余讀書山中為之歷證其處不甚荒誕獨風洞求之不得詢之山僧野老咸莫知所在如志所云殆不必盡有歟今年予復來山中始得於蒙趙山之北麓蓋即風伯祠後石壁下也洞廣不踰尺窈然以深時有微風從洞中出草木或摇動作聲寒慄之氣雖盛夏不少退信乎其在是矣而顧屬之駝峰何哉想操筆作志者不（無）能身歷其地詞人騷客之偶一至者不遑詢及於是即詢之而山僧野老又茫然不知所對所見異辭所聞異辭所傳聞異辭無惑其志之謬也由是觀之尺咫之閒尚不能詳渴其

只見其遠

不盡之妙

實何哉況四海之大九州之遠舟車所不能至耳目所不能及乎夫古人鍵戶著書足跡不遠出而考證河嶽囊括宇宙其得諸記載之說訛以傳訛往往而有後之人起而正之輒謂古人之欺我甚實甚嗚呼豈古人之忍欺後人哉古人先受欺於人而未由自憶悟而因以欺後人也蘇子瞻云事不目見耳聞而臆斷其有無可乎予觀於今乃益信土人云洞極深不可測潛與海水通隱晦之候常隱隱聞鼓枻聲是說也余又疑之

似脫胎於石鐘山記而全變其局神妙妙

從蘇公從跋出者

序次神似柳州而夫議處又得詭門秘訣解脫

贊軒弟鄭奎雄謹評

都門宴集詩啓

夫聲子之遇伍舉，道故班荆；吴札之見國僑，締交贈帶。古人桑梓之侶，情深於去國；金石之契，心傾於立談。良以客路舊交，跡殊萍合；人海新識，氣有蘭孚。此元龍豪士之稱，所以推為湖海；司馬雄才之恥，不獨得之江山也。而況燕昭臺畔，樂劇偕來；梁孝園中，鄒枚咸在。南東金東箭，貢於上都；魯削宋斤，收之哲匠。陳蕃周舉，會同郡於異鄉；稽（嵇）康呂安（鮑），命一遣駕而千里。忽逢舊雨，獲覯景星。有秋化之鵾鵬，皆不凡之龍鶴。相與車轂馳逐，裙屐徜徉，瀹乳白以賞文，劈雲藍而命句。北海樽盡，貫以驪裘；南部曲（新）星，偷其羽譜。非仲宣之故土，有孟公之舊娛。羈旅若此，洵足豪已。然而會下如雲，別將成雨。或作鷓鴣之佳，或聽杜宇而歸。謂何湘石紹香諸君 周鹿角閣前稚川

憩游仙之枕謂葛君鶴山湖上子猷停訪客之舟謂王蓉坡秋風一
吹人散如葉寒螢孤照夢冷於霜則當夫別袂未分吟牋猶
並帳前之欲歌訂後會於將離河梁五言情在執手渭城一
曲聽者銷魂不有越酹蜀箋互相酬答秦箏趙越瑟代解鬱紆
曷以遣送別之愁懷伸贈言之雅抱爰是用仿諸釀禮召我
飲徒各携阮杖之錢共漉陶巾之酒賦詩見志任自其出其體
裁繪圖紀游擬共傳之毫素即有駢四儷六之序秦七黃九
之詞皆足張皇騷壇睥睨墨壘飛觴給札且留南浦之行選
舞徵歌即作東門之餞度翦燭之情尚尚和而攀條之恨非
長矣且夫英姿同與良覿非遥雖寒雨連江今日俱成桃泛
而春風滿苑他年應爲槐怙爾時日下重來天涯同聚新豐
店裏相逢盡是故人習郁池邊共醉還招舊侶當更笑南

皮之客僅有七人西園之游不聞再續也
興往情来低徊再四有河梁之淒咽動思舊之騷情燈紅
酒緑誰忍卒讀吟叁弟棟拜評
幽懷若許古調獨彈子山可作亦當相視而笑把臂入林
也寄泉弟珩拜讀
鶴舟清詞深情逸韻兼擅之我儕公於此當俯首也

拜石山房

擬祭文

嗚呼吳宮簫鼓猶傳穠華之文寘猿歌
詞尚灑行人之淚淚○○紫薇語錫國
門則首將遺白鶴寓未聞花風所欽仰
除此素車既駕丹旐前行有不對柳
翣之凄清動薤歌之感慨者乎惟我○○
方母淑德咸推徽音早茂事翁姑則神
孝雞鳴相夫子則眉齊鴻案洎乎蘩
𬟁遠出門户支持黽勉藿藍辛勤紡織
丸熊畫荻徵追鍾郝之型而嫁男婚
代了向平之願上九賢勞獨任龍苦備嘗
矣既而 嫂於治律康泉之非後患夏季
子充家曹相國而有蓋一生要木

紫端修上

鳴呼

……畫一……林殺哭旋
遺譜伯〻喜而傾孫〻符已見少男〻貴
宜乎蕭衣畫瞿永享遐齡何圖仙馭驂
鸞忽捐塵世嗚呼傷矣星槎次君甫旨集
經營葬事惧一坏〻土佛幸古壤〻之艾營
承露有重雲稀遙生眠近稀樓處淚五丈
〻纔驪唱遽閃待渡子行〻減〻驚歲聯翠
梓哉托舊苴昔拜母而升堂今相倚而執
紼依〻雀舫嗟廣柳〻未遙蹬〻鵑程聆
薤梅而無色綴蕪詞於短簡急切。坤儀
莫林後於臨歧情深祖道尚　饗

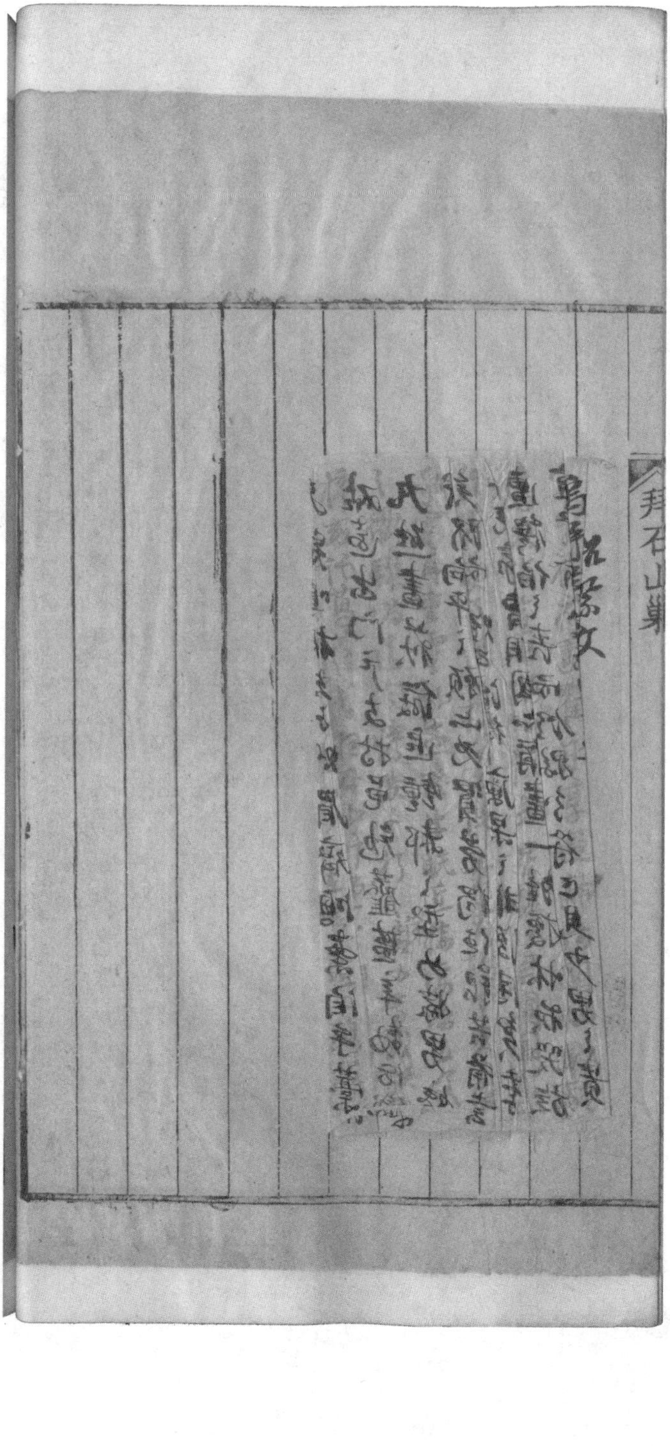
拜石山巢

公祭聶蓉峰太守文

嗚呼桐鄉廟食仲卿去而見思峴首祀碑留叔子亡而遺隴淚非有流愛浹髓醇書醉心烏能使婦豎戴恩誦佛子而焚祝強梗被化服神君而洗革乎恭惟我 公秉金馬之貴懷琴鶴之情今年二月來攝吾郡也甫下考熙之車即徵魯恭之異 公之嘉績惠政可得而屢縷述焉吾郡蕺山書院為八邑士子肄業之地即先儒劉忠介證人講社之所風椽雨甓庇寒不歡 公乃見而太息亟命鳩工勸輸金琮之金肯割黃香之俸泰設誠召子弟而習禮容文翁擇師集朋僚而談經義 公之培養人才振興文教可為頌美者一也復以月旦之課僅勖成材春秋之誦宜養勤蒙養遂於郡治之西別創蒙泉義塾塾樵童牧豎咸列於弟子之班官廨署齋

竟視為學生之屋　公之樂育為懷教思不倦可為頌美者
二也郡之三江為捍海要區牐水當衝隄工尤亟　公即毅
然任勞詳請修築洪濤消太平之圩躬親餉饁魯公導塩官
之浦衛滋謳思　公之廑念利民殫心保職可為頌美者三
也郡建育嬰堂百堵雖作一簣尚虧既督竣屬復命造於甫
生抑且倡置叢塚恩復周乎既死塗無哌泣隴絕愁燐　公
之德體好生仁推掩骼可為頌美者四也數月以來政簡刑
清　公又考證圖經討尋巖壑表修禊之故址訪題扇之芳
踪而且五賢復其舊祠歷朝祀其遺愛蘇長公官輙所至湖
山為之改觀徐孺子廟碣新鐫俎豆用以武烝　公之低徊
往躅景紹前徽可為頌美者五也未及一期具斯五善雖張
堪漁洋之治劉昆宏農之績何以過是若夫青箱作述則杜

悰之祖父知名，朱紱焜煌，則裴寬之弟兄競爽。天子誦淩雲之賦，而幸其同時；翰林步後日之塵，而榮其舟至。量才黜蜀而遺珠盡搜，建學枌榆而美材斯植，以及創墨池之院，考刊考亭之書。公之生平，豈又豈易更僕乎！嗚呼！達人生世，氣運攸關，造物忌才，古今同慨。方冀福星奉耀，群迎宋璟之春；豈圖卿月西頹，已遠趙袁之出。某等幸叨棠愛，素切葵傾，春風座前，曾依茂叔；夕陽亭畔，遽哭醉翁。因截鐙而傷懷，難返姚崇之駕；擬模金而肖像，同招少伯之魂。

屬詞典雅，風神流利，儷偶之極，為

生動之姿。

拜石山

張松舟百印譜印文考畧合刻序

在昔創蝸蟠之璽借筆於刀厥後珍花乳之章易銅而石取材愈巧考古彌精豈獨譜集顏姜共寶宣和之冊印羅吾趙盡傳始正始之文已哉然而腕是千狐狐班非一貉尚書舊物久消犀匣之香驕省遺編已散蝸文之跡即或金石親摩硃馨自搨而六書少謬終慚沒字之碑八體偶乖難語無心之筆此張松舟自著百印一譜印文考畧二書有足傳焉松舟樵李爲家泛蓮作客工擅雕蟲之技窮埋綴馬之才遽封戶以丸泥竟破身於寸鐵嗚呼已矣悼也何如吾友施君春塘與訂忘形即悲分手嵇康已去見鍛竈而情傷子敬云亡撫琴徽而涕落能不什襲而藏摩抄欲絕也乎蓋其銀鈎鐵畫洵足名家薤葉韭花無能原始春塘乃謀付之剞劂染以膏

丹。欲使價重連城。玉非嗟於韞石。光明照乘。珠無憾乎沉淵。
是則生者之然諾不忘。死者之精神不朽矣。嗟乎、體搜獵鼓。
非無博古之徒。字訪元亭。誰有問奇之癖。覩遺硯而思希魯。
如見故人。憶前言而序樊川。幸逢知己。心心相印。嘆爾若真
是石交。手手能摹。望千載猶師篆法

銘心刻骨 鑄自六金

陸秋生邗江詩夢圖序

丙戌九月予與陸子秋生歸祈津之舟繫維揚之纜各訪親識新城舊城分歌繫維一宿再宿秋生於是先我上船獨卧篷底夢子導路似竹西偕行者五人予與秋生外一為朱同年彥士於時嚧籟四寂涼魄孤照率彼曠野忽過古壠席地少憩我進林羹以次食已不名何物蓋恍兮惚兮如幻洲島於蘧茲之枕探林壑於年平之洞焉俄見一石旁峙高有丈許幼婦之辭未題太傅之碑無字秋生乃吊以五言書之石上俟章不知誰作已而而彥士四顧茫然百端交集大聲慹號如怨如泣而秋生之夢覺矣覺則殘燈照榻欲墜螢焰秋聲到枕到時聞鴈哀追憶二詩不省隻字既悵悵然自失復栩栩而更往夢境不殊墨跡猶在因默識之而於詰朝語余

循有餘韻 孝孫如陸生之情

幽恨

焉噫異矣余聞士龍述途談老於輔嗣之墳休文造廬論詩
及青箱之作君之世家代多鬼交然不聞墓樹再尋隍蕉重
覓北驛之銅柱未改東華之槐館猶存者矣且其知和詩有
示諸君六十年前事兩世因緣憶我無豈數世騶陽又逢已
死之枚皋當日鳳雛猶識再生之諸葛嗟乎慼凄卹上悲
詩魂其何依蕙落淮南嘆美人之已暮迢迢四海誰與往來
荒荒一郎還憐飄泊所遇若此良可傷已秋生因繪圖以紀
其夢而囑余為之序時重陽後五日夢之夜即其前夕也
離迷恍惚之文達黑塞青林之意深情別韻動魄沁心

梅成棟評

匪獨文字俊奇可稱手筆[illegible]
化境宜[illegible]妙矣

同閑 存伯兄冰人

題丙午紀游圖

登〻堤路聞垂楊沿堤傳畫艭第三

樓上朱欄雙樓邊明水〻廊朱簾

曉鏡翠煙涼廣軒路藕塘閑門颭

鷺守綠楊花深處笛聲 浣郎塘 六橋遶宅

輕帆捩舵桐湖路潮尾一痕江樹江上

涼雲催暮八月初鴻度廿年曾繫
蘭橈住倚酒斟錫箏檣篷出聲
烟如酒篷底紅燈語 桃源憶故人 夢難聽雨
一生官旅縱日衡城灣古臨眺青枝
波吹碧魍魎催鼓亭是紅泥香落
帆照島此塘南艤漁燈船留舊
曾語湖頭同買蜻蜓去青雨青

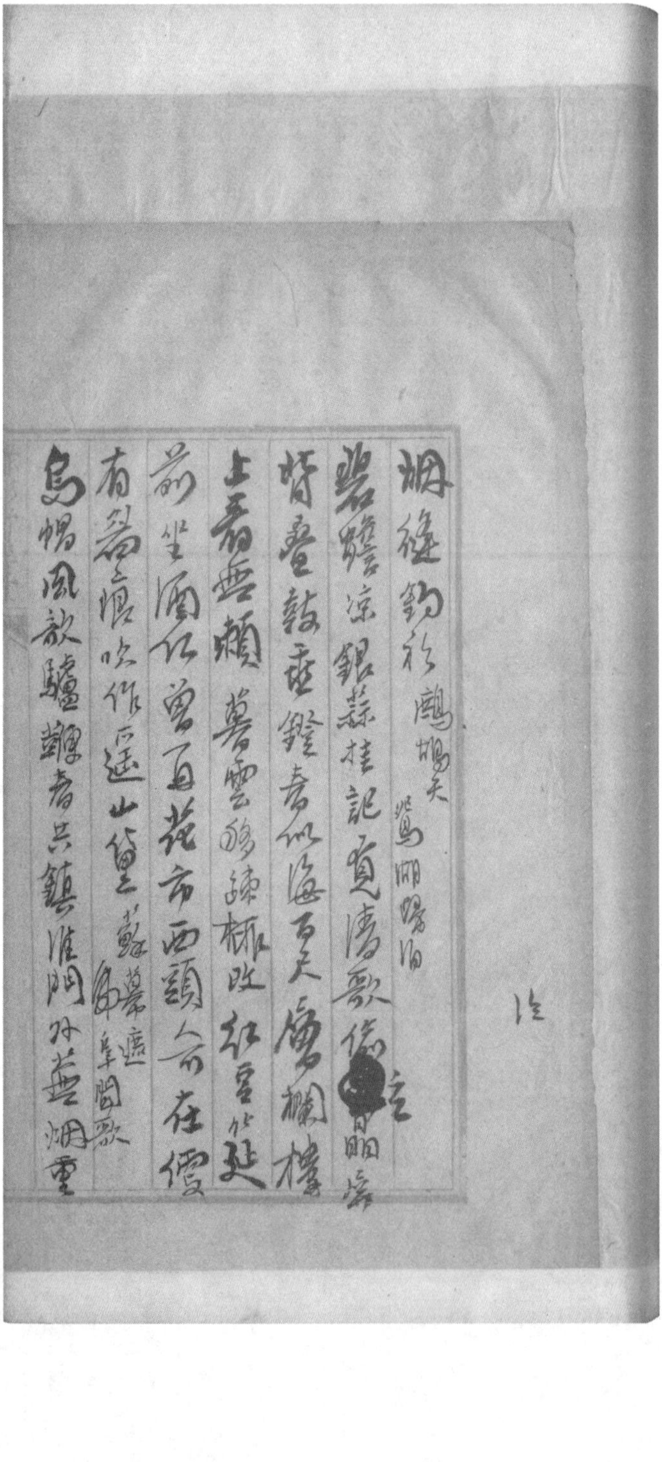

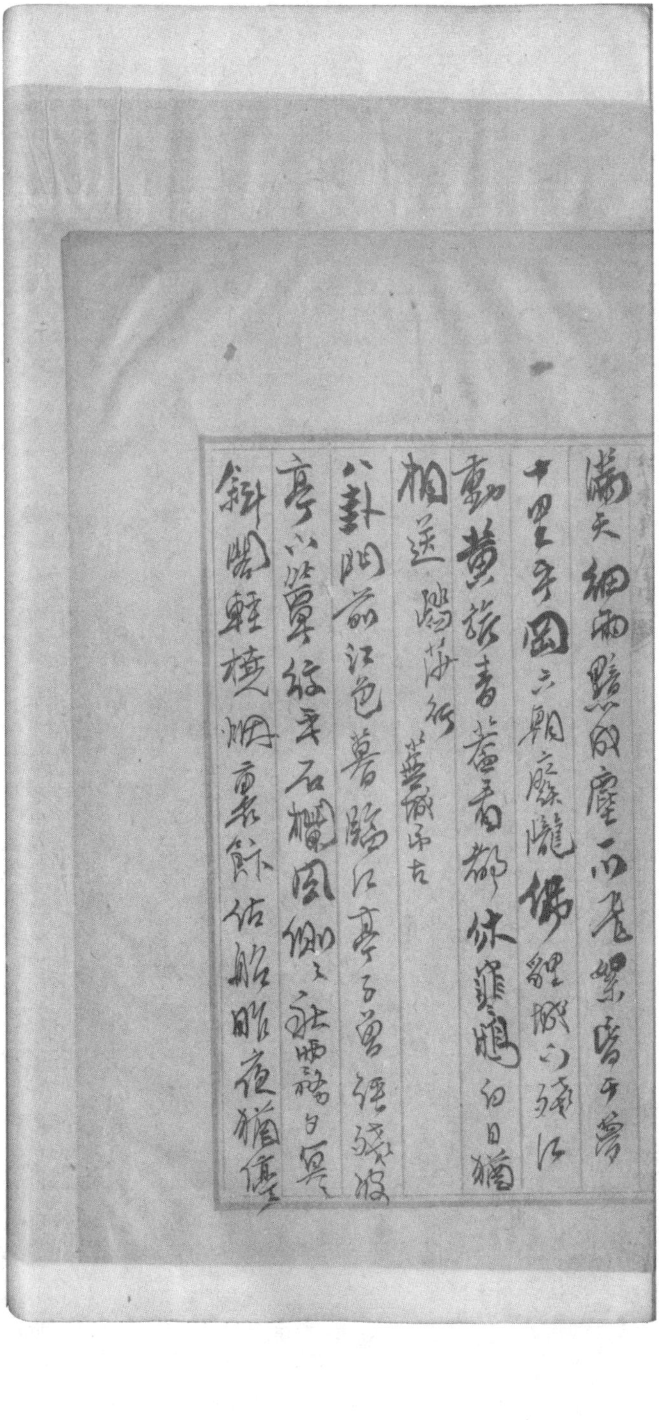

伎

幾雙淡藥六合城黄蘆依岸活
紅樹傍潮生 臨江仙 江亭閒憩
吾五船欹舊夢要篇過酒蒲團
波倚櫂高絃明櫻綠繞梅橋泊橋
陰玉要花鬪落花底閑深闊隔雨
鳥碧紗紅欄路冰樵鄉音絃索 思遠人 秦淮短棹
晴霜去未落於楓亂葉寺門紅門外冰

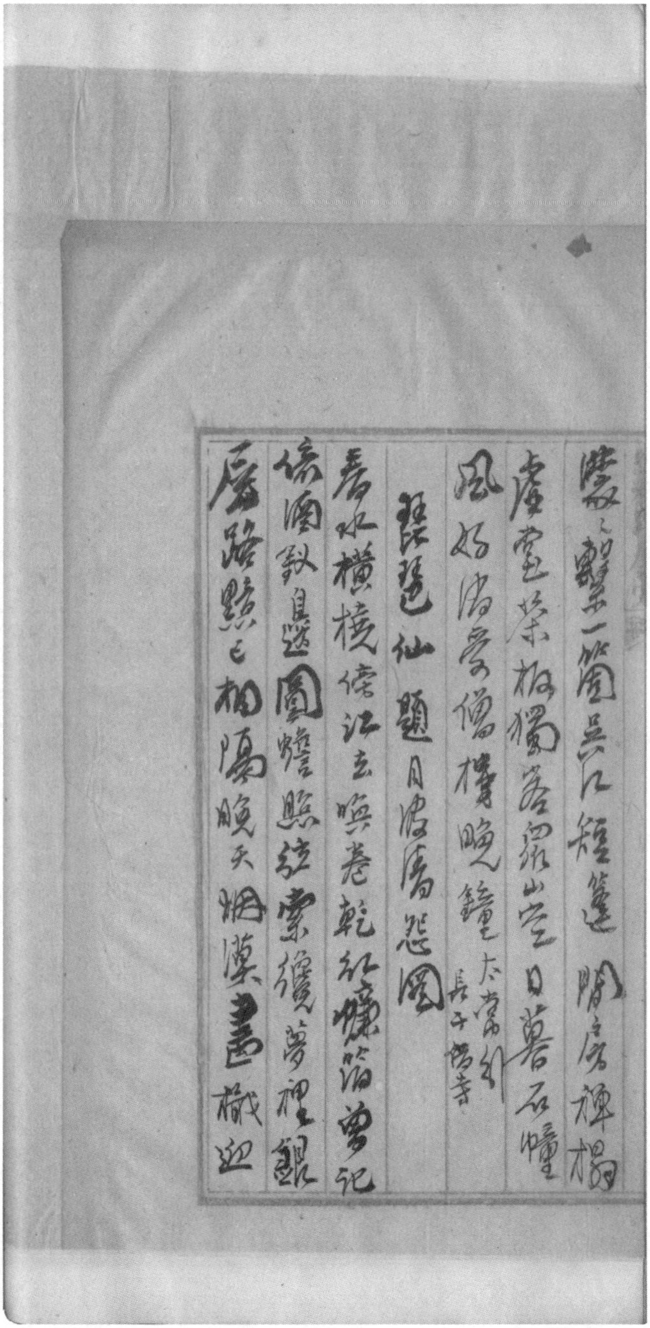
疊疊鐘聲一篆圖吳門短篷　晴窗燭榻
虛堂茶板燭落羅山空日暮石幢
風好諸客僧樓晚鐘　太常引　長干塔寺
琵琶仙　題月波客思圖
春水橫橫倚江去喚卷乾紅嫌消夢記
搖酒欹息遊圖蟾照經雲鬟夢裡銀
展路點點相隔晚天煙漠畫檣迎

蒼珠燈寫寫前事如昨 此時憶雙鬟
臨波鼓櫂唱聲聲夜飛鵲應有碧羅
衣袂印空以相闌干全不見舊城郵色
共元冷倚孤鷗 莫傳消息都休鯉魚
潮落

祝英臺近 題侄雄畫扇

鈿箏淚珠箔瀲樓上晚妝要攏鬟鬟

廿

人鏡底顰釵朵連當信袖盤迴樓箏
酒暖香纖影雙鬟夢斷仍傍鏡
重來繞遍欄干玉墻雲共流舊日
檝鴉猶聽啞櫓裏那當畫舫還
荷秋花如昨總難覓五湖單舸

雨中花 題自畫扇

十二嵯峨樓上屏記相見曉涼妝洛鳧

小

鏡潮迎蟾處雲賦艳好態的候
停鬟巡花猥素袖怪德前興秋都
疊幛夜檀錯鐙前攤鬟好禁人
洛變

探春題梅花帳

幾幅文綫三痕影墨江南寒茫如
叢綠碧迴鈎麥金垂燭深閉十三窗

高館玉樓珠幌，也難旅盡中春滿
流蘇。多暖好飛，飛上麗檐月波瀍
水須愁。送我芳燈驛館，卻歲歲淒
涼春剪。花臉屏帳，鴛鴦帷臥酒
往事年來，欲換拂硯，填詞叩但君瓦
畫中春滿，額紛聯味，東風飄夢
同遠

魏謙升 滋伯 錢唐人

南樓詞 題齋船圖

步步嬉歎紅塵十丈風吹坼采入清溪口

問照星鷺鷗醉祈珊瑚編等存乎

自暑教仙儔結團瓢冰上出笭泊

辭拄蟾有遠翠茁偎湖雲皺皆

蕭蕭家蹤路冰浮賸花船畔唱漁

仁

漉漉風船外逢樵叟且小别龍眠
黛色出山遊鎮日價詳書讀盡
羅曾卤
皂羅袍　万里縹暗紅繡時候任
落英如雪飛上扁舟夢中猶有此景
雲投風前人比黄花瘦筆牀茶具
天隨生流蘇蘭蕙桂樵書是不平

騰夜虹貫月滄江之
好鴛鴦刻蝸來烟迷了渡頭涼波外
眠雲藉椰歐陽畫舫記君撲騰
寺當閑隔岸千朝綠蟻出山酒可
天元敲冰月樓
尾鬟嫂笑看擬豐之真久喜令
日親從畫裏求何時做一對烟波

作

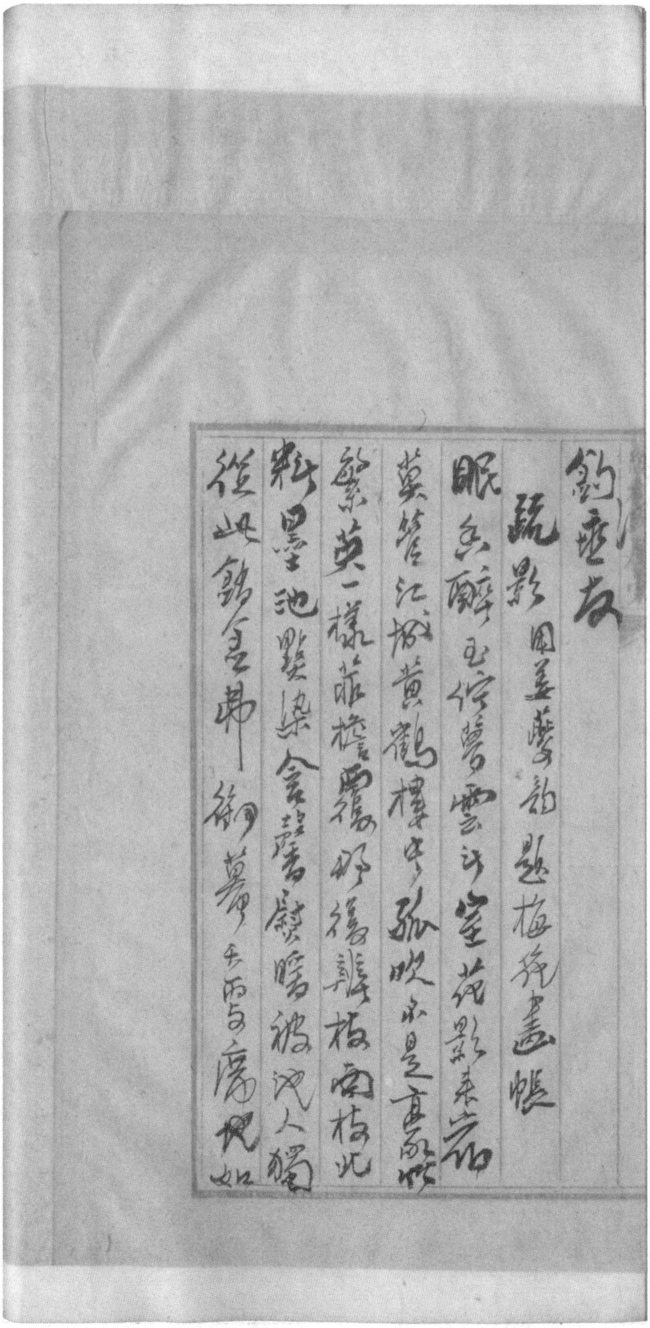

[illegible]

鐵山緣幾天吳，績韻嘽｜｜檀鈎

繞楊盤之守屋，蟠他石帶松陵路

悵有箇小紅低曲喚醒人思，聲如羅浮

紙閣情懸雙幅

減蘭　題臣庵手蹟

莊襟玄帶，絜出衣裳蒼黃好　雲巖

烟靈笑彼情多　但思從　九華圖

收

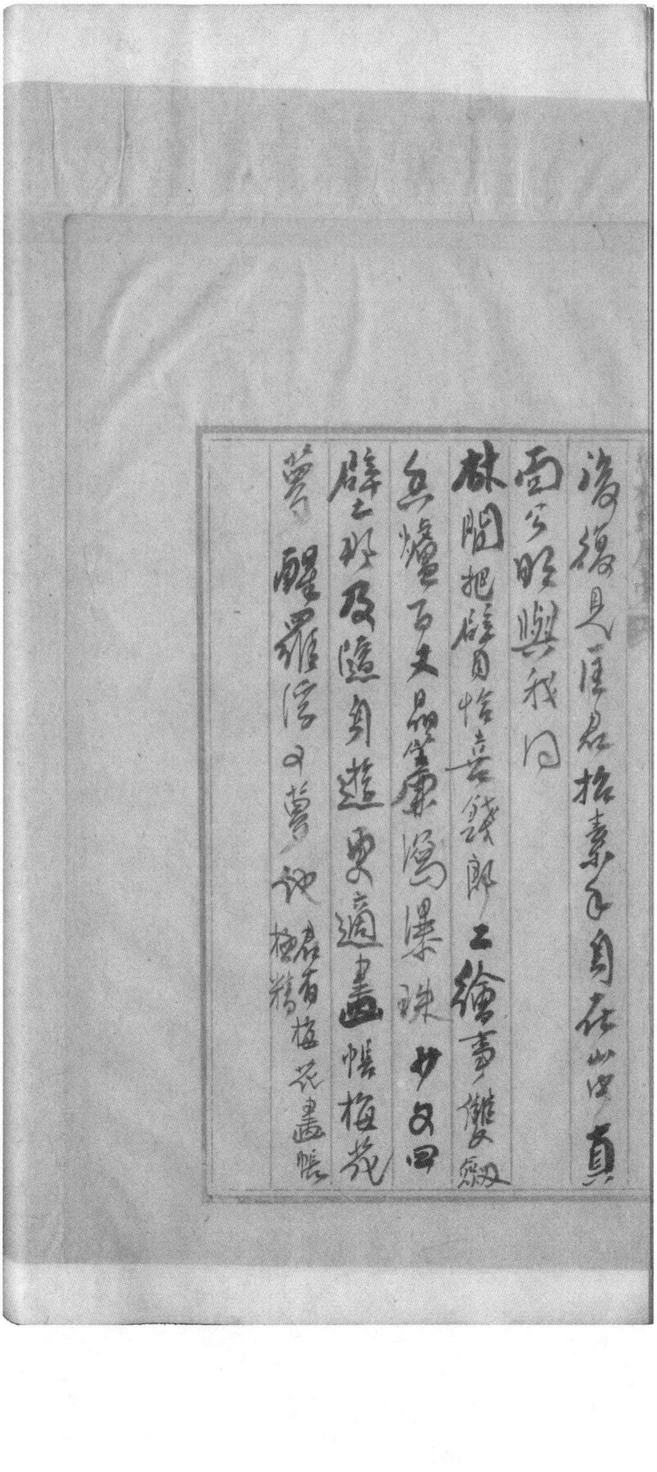

應寶時 敏齋 永康人

疏影 題梅花帳

羅浮睡穩被玉纖呼起仙夢青冷憶
惚欲來明月空山梅花萬樹開遍結魂
較比花魂瘦倚茶架橫斜
疏影梅邊前蹊鶴經過如羨此君
高枕爭奈佳人絕去沙雄落魄後一

醉難醒，回首歌樓，鬢照燈前舊
重重雖薄，紅羅四角，壽丸海賦不出
韓再作，栽算甚時同醉滄波一
篷，臨風以送

西子妝　題畫船圖

書幌平張，茶鐺小葺，着个詩人如玉，亂頭粗
服坐船窗，滌塵容一瓶新，瑤西泠路熟，也

算得鷗波小小葉兩高峰與皖公山色誰書

誰緒儂懷俗十載杭州領略烟霞足只因

未蘊買鄰錢水無舟陸居無屋鄉心悵觸

轉態詩一條橫幅漫思量細雨春山吐續

收

與翁寄塘書

寄塘大兄大人閣下：詩與君心交有年矣。憶自硯廬重啓，杏史適來，盟舊雨於水西，睠停雲於日下，嘗為余言閣下獨步振聲，不凡負鼂，談天才辨，羅星宿於一胸；驚人語奇，藏蛟龍於五指。當茲雅集，惜無在座之車公；倘肯偕來，要拜登壇之趙將。爾時詩雖未面，荀鶴未面，已如故人；元龍有懷，欲交國士。而乃雲鴻籬鷃，未易相逢；南艤北轅，更難作合。君將攬問津之轡，我已歸望雲之舟。（余有沽上望雲圖）夢隔黃河，無風吹到；門闕白夜，但雪敲來。（丁亥寄塘寄懷詩有寄報雪夜休門休閑開到梅花我亦歸之句）斯真天不假緣，地無縮法。追君瑶先惠，不遠千里而投詩；又瓊報無由，竟乏兩行寄。旋以蓼莪廢誦，既無心於咏歌；新穀待嘗，更未遑於楮墨。致使禮疏往答，鴻雁笑舞人舞；怯當前，氍毹疑客。此則詩之濶踈難自觧於閣下者也。然謂天涯海角，古人之雞黍不渝；
薊樹燕雲，我輩之鴻泥非遠。况復年年魚鈌，君尚淹留；特特
馬蹄，我将再至。則相與各認鬚眉，同抛想像，歡成一笑，忘是
新知，契證三生期，無勞徧訪，亦嘆手事耳。豈料魚龍在水，馬牛
自風，我以夏，君先春去，兩番沽上，偏慳晤驥之緣。何日雲中，
得遂攀鴻之願。所竊幸者，渠天詩卷，近在寄長安；康洽琴囊，擬
偕小住。兮東西頭之屋，時可過從；作文酒會之交，互資賞析。
詩與閣下，望斯慰矣。又第恐落葉風生，羈抱易覺；木犀香動，吟
席寡儔。或因賤子而轉懷杏史，且并及梅花社裏諸君，未免
有情，胡勿來思乎？秋燈乍凉，明月在牖，所思不遠。申紙代面，
文不盡衷。才愧淺拙，把臂俟盟，勿復他去往。

下為左方波改稿並大評點也

宗滌樓寄李月舫所製班竹管并詩代索和原韻四首

班筠裁管采湘濱帝子啼痕灑尚匀合寫芷蘭懷渺溆漫污丹粉繪真真美人心事書空慣才士文思入夢新倘種麗華粧閣畔定拈毿穎試臨春

雉尾龍鱗黛點分蒼梧叢玉想凌雲搖琴娟和薰風曲倚袖蘸錯玉筋紋瀉汭昭華曾錫琯平陽刀稍早張軍一枝揮就文同畫壁上湘認墨君

重瞳窆瓦殉雙筠未許虞兮擅效顰勁質知嫵留舞態愁懷欲訴對吟身貽彤待化城隅俗題瑟空摹曲裏人須識湘東三品重博山牀上舊為鄰

元禮才名壓孔融品題玉筍賞玲瓏右沉漆材還遜成式胡盧製豈同索句肯為千里贈臨池如到九疑叢稽山薄植慚

東箭甘讓龍鍾競楚風

花朝日同人祝集硯廬祝竹泉余丈八十

十硯廬中侶先生齒獨尊忘年交後進問族話鄉園鑑曲同
枌社觴辰客薊門理刑通法律治獄佐平反碩望侔陳郭才
名冠石温所知如爭倒屣甕去亦攀轅庾幕施陰善于閭裕
後昆丁沽久羈旅甲歲晨昏（甲申二月余客沽與先生相識）忖捧硯隨觚米
投壺侍醉髯書蒙題練贈論詩許對棊論再集南皮讌蜘叨
北海樽登樓高興在投轄雅懷存寅降春逢仲庚筵祝獻言
屏箴欽富弼籌筭過張渾客為徵車促情先介爵敦（時同人將赴試
南宮先為先生壽）十日花朝筵預啓酒壘部分屯戰拇香傾甕濡頭墨
瀉盆是蓊真叟饌逸志尚凌雲眉壽期無量心歡誌弗諼百
齡長聚首嵩曲頌重翻

巧思綺合

次春帆和朱半塘夾竹桃原韵

碧琅叢裡鬬鉛華甌越奇芳自昔誇劉阮仍為遺世澤客瀟
湘原逈避秦家漫疑海外冉脂種賽見江東白葉花披誦宛
陵溪谷句春風長對緑窓紗

怕隨紅雨落馬𧿹踈艷嬌恃獨立時倚袖心虛寒怯早垂竿
江遠恨銷遲自迎姊妹成連理替報平安有𢇁枝看到娟娟
花更好似曾題賞郭家池

丙戌秋余與秋生将南旋蘭生適有山右之行同聚三
生思言再別蘭生囑秋生繪秋風蘭石便面以誌心
契余為題句即以言別

沽上三生證舊因初番識面便相親同來城北盟交後肯為
羊求作主人

我約秋生共賦旋西行君亦愁吟鞭落梧庭院銷䰟易未及不時
臨歧已黯黯然

留别津門諸君

蒯劍馮諼鋏羅彈秋風吹上客衣單良朋聚久歸無賴後會
緣多别總難斗去白雲遊子意慰共誰紅樹故鄉看平時悵
乏刀鐶夢得夢刀鐶轉失懽清詞
晤言賴有硯爐圖伴我南歸意不孤況復獲同舟仍舊侶秋謂
生好將佳句和長途西湖人憶梅花早北顧山憐札藁枯羸
得贈行詩滿篋三年不枉住丁沽

水西莊感舊乙酉

前輩風流剩雪泥客衿潦到共誰題當時名士來江左釣
荒園㴱水西頹石半隨秋草沒殘蟬猶向夕陽嘶百年壇坫

對法澤脱

清脱

真是可愛

嗟無主落葉門深老衲棲

偕同人游芥園 即水西莊遺址 乙丙

共醉惜餘歡商游興俱勇繞郭出喧囂曠景豁秋朧僧樓高在即榆翠蒔四拱雨疑絕晴霾陰山訝平地擁登矚俯河流風緩去帆重聯句仿韓孟奇詩各全瀉欲招花影魂觴詠請今蓮

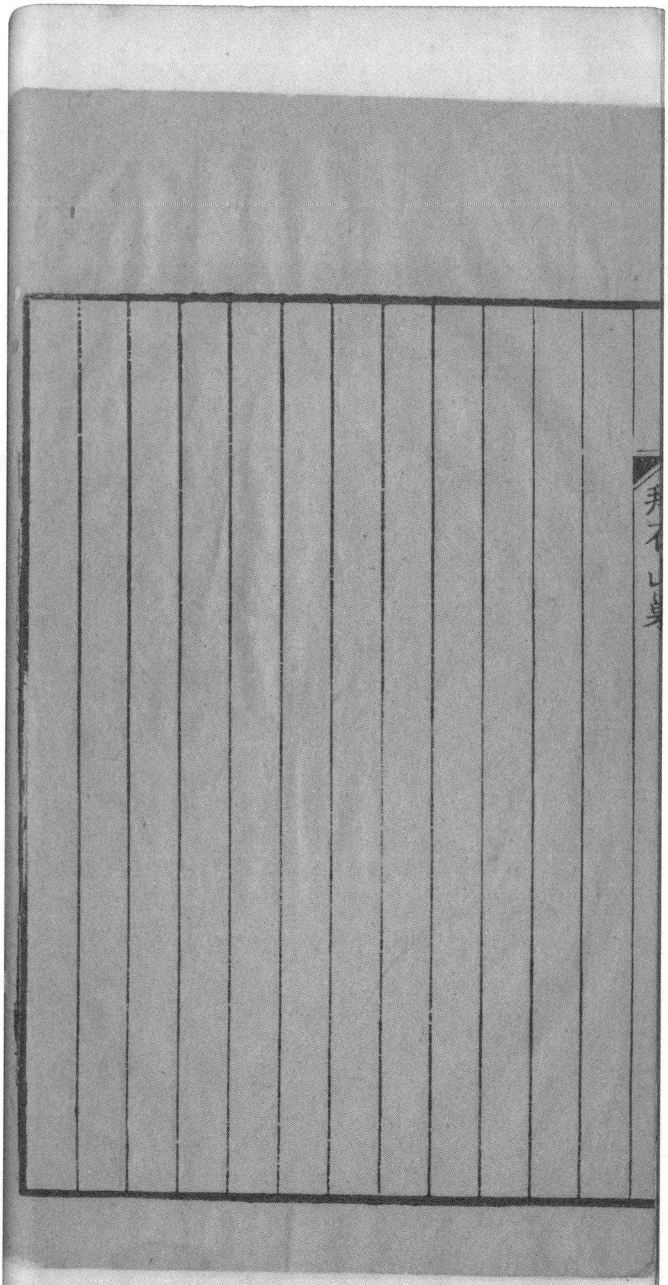

二句抵得一篇琵琶行 雅注

興濟早發

客燈照壁秋夜闌月出疑曙疑車趣行襆被登程續殘夢十里不聞晨鷄鳴人畏風霜欲佇曉我勸長途策鞭早先勞後逸貴爭時日暮徬徨嗟已遲

過舊縣有贈

輕盈生就瘦腰肢逐隊含羞見客遲心性聰明俟宛轉何人為譜斷腸詞

長安落魄已頻年我為憐卿轉自憐紅粉青衫同薄命漫將心事訴鵾絃

鄒縣道中阻水易小車至魯橋作

積雨前途困蹇驢西行改轍向漕河天連塞北日猶薄地近江南山漸多迂道翻教饒野興腐儒何敢效悲歌幸無長物

清思有味

留征蓖月黑荒郊放膽過

會通河

河遺元代蹟南下水盤紆綠野迷滕邦青山指魯邑芡菱漁子飯梨棗縣官租預恐前郵阻嗚鉦喚閘夫

舟中睡起

水上寒生早西風擁袷衣日開人易倦程遠夢先歸隄柳搖疎影邨雞報夕暉為言南去雁隨我布帆飛

安陵道上晤王夢花同年

看花陌上曾攜手落葉隄邊又駐驄相見各驚憔悴[illegible]都忘身在客塵中

宿韓庄牐

獨夜停舟泗水隈蓬窓看月掩還開天空孤雁隨星墮河靜

寒潮下閘來心為戒嚴難就枕酒能索句屢含杯榜人莫笑
書生怯袒臂陳平亦將才

不減李長吉

如蔟吾歙謠

小車謠 節生十句亮於張王矣

車一輪夫兩丁後推前挽驢牽行沙石轆水泥窟曲折低昂
去俱得先民制器因地利山樏泥楯難偏棄用當其材各能
濟道逢風日晴軌淺如砥平小車羞隨大車塵道逢水潦積
軌深懼坎入大車難踵小車跡鞭策驢驢疾驅前夫努力去
後夫不得住車聲軒軒向無前但得綠路行已便何用規矩
相周旋大車贏五六十小車驢四足驢行追風騾折軸大車
愁呼小車樂

九日梔源舟次題劉三西垣長安夜話後圖

翩翩文采長城劉先我一載都門游都門裘馬競徵逐君獨

閱細

節次詳明
情懷綿繹

拜石山巢

為何慘不樂春風氄氄愁客宵宛社祠前楸月高舊雨重逢悵
陳迹新圖續繪邀同袍天涯離合風飄絮今歲城東共君住
軟紅塵裡覓鴻泥指點叢時君同宿處黃香爐墓憐獨居笑謂
山待詔尚滯金門車吾家鏡亭老還健紫陌看花惜遲見翦
燈舊侶動離羣新伴聯床觸素襟低徊頻展丹青稿囑我題
詞寫別情是時我有津門役君亦倥偬歸驛廻留圖索句訂
秋期待看鑑湖萬紅葉西風候吹活水波望雲游子鄉思多有予
沽上望雲圖挂帆斜下南陽路對友聯吟宿豫河時與秋生同歸吟餘檢
點詩筒債為君忽憶長安諸昔聚他鄉今故鄉時圖中諸人俱在里料
應回首黃荃畫圖為笑山研繪歸途孤負菊花天賴有蘭交共扣舲
篷窗曉燭高吟夜可似金臺聽雨年

渡黃河同秋生

沙濤滾滾日荒蒲萬象無端入混茫源瀉天潢來絕地徵波含地色貫中央漫勞遠使探星海曾有清流到越裳十幅乘風飛舸渡豪懷久已小滄浪

下天妃閘

漕河官閘七十二三鎖天妃水獨肆長年到此亦膽寒捩舵支篙力盡使牐上水高如山牐下水溜於灘下牐墜淵險上牐登天難雪鯨怒吼雄當關噴激沫濺作無風瀾岸旁觀者生憂嘆我舟未到牐水聲耳已慴素凜垂堂戒登陸避危涉傳橋忽散驚烏羣大船小船趨牐門遠檣鷹翅作斜勢迎貫魚尾相追奔百艘似箭過頃刻見没鷗浮駭奇絕轉憂成喜發浩歌醉倚舵樓看月出

宿清江浦

蹊句

拜石山巢

屈指經過田於今忽四年風霜添客鬢游歷補詩篇人盼水

聲裡舟喧漁火前明朝淮上路鄉樹近江天

完固

無收

一下已擁

本種妄真
遍少湲

寄崔曉林年伯 丙戌

月色南樓近，豪懷憶庾公。人如秋燕遠，山想太行雄。可有硯廬夢，應憐鱸膾風。已邀陸鴻漸，指日棹歸篷。

張杏史寄廬圖 丁亥

我初識君年二十，今看兩鬢點蒼雪。前者已往後者來，日月驅人作過客。君昔詠茅西辰西小築寄廬寄晨夕。庭前有草草寄生，池中有魚魚寄食。燕寄巢，蟲寄壁，春寄花，秋寄月。此身一寄無不寄，達者靜觀理自微。去年與君客燕薊，羸馬敝車同[illegible]覊。數月寄津門，數月寄京邑。勞頓人嘲轅下車駒，生涯自咲稱中隱。歸來老屋仍無恙，圖史堆床墨濡筵。落葉門荒貧著書，時有歌聲出金石。我為寄廬友，常醉寄廬酒。酒酣聽君談娓娓，杜庫曹倉在君口。君言此廬寄此身，我謂君廬寄

衆有不死難為淮上公假年可作濟南叟陶潛柳五株卯為
宅三畝古人既去跡尚留賴有聲名可垂久吾知寄廬不暫
寄数椽要卜千秋壽碩君旌志希前軌不使傳流落後

周氏月樵龍樵兄弟以白鷺紅梅詩見示即和原韻

白鷺 濂水亭前縞羽孤素蓮比質勝曾無王孫賓客今重見
公子風標舊本矘性潔滿身常雪月情閑到處是江湖不輕
依託能先至好畫黎州瑞鳥圖

紅梅 蘺菊正逢重九日盆梅同放兩三花都官舊句題涼月
（梅聖俞有九月梅詩）高士秋心寄落霞先醉浮羅浮林下酒微分姑射
洞邊砂畫圖有客應相似試問房陵好事家（用東坡三朵花詩句）

秋柳和家相之韻

懶踏紅橋聽棹歌顰眉憔悴奈秋何征衫舊泪尋鄉樹客騎

悲涼杜徑厚聲音

玉溪風調

袁逸

四詩有讀本雲

春懷憶御河長短條經攀折盡別離情比女牛多阿娥老去
丰神減猶及逐纖腰舞馭娑（此首與末條可删）
曾将踪跡寄萍浮忽覩蕭條黯欲愁落葉風憐拂户悲笳聲
裏悵登樓染衣事杳虚青眼飛絮春歸早白頭逢憶曲江游
冶侶堤邊猶繫玉驄不
店月橋霜冷客衣殘枝底低咽暮蟬稀沙迷紫塞空揺影翠
繞青溪漸撤圍孤管忍吹烏夜曲數行還送雁南飛竹西憑
予留題處池館荒涼寂掩扉
青青無復映春旗雨恨烟愁祇自知因爾懷人情縷縷相看
憐我鬓絲絲靈和態格将衰日彭澤風流未歇時羌笛無須
怨揺落待看新翠上瀛池

蘆花和劉芷亭韵

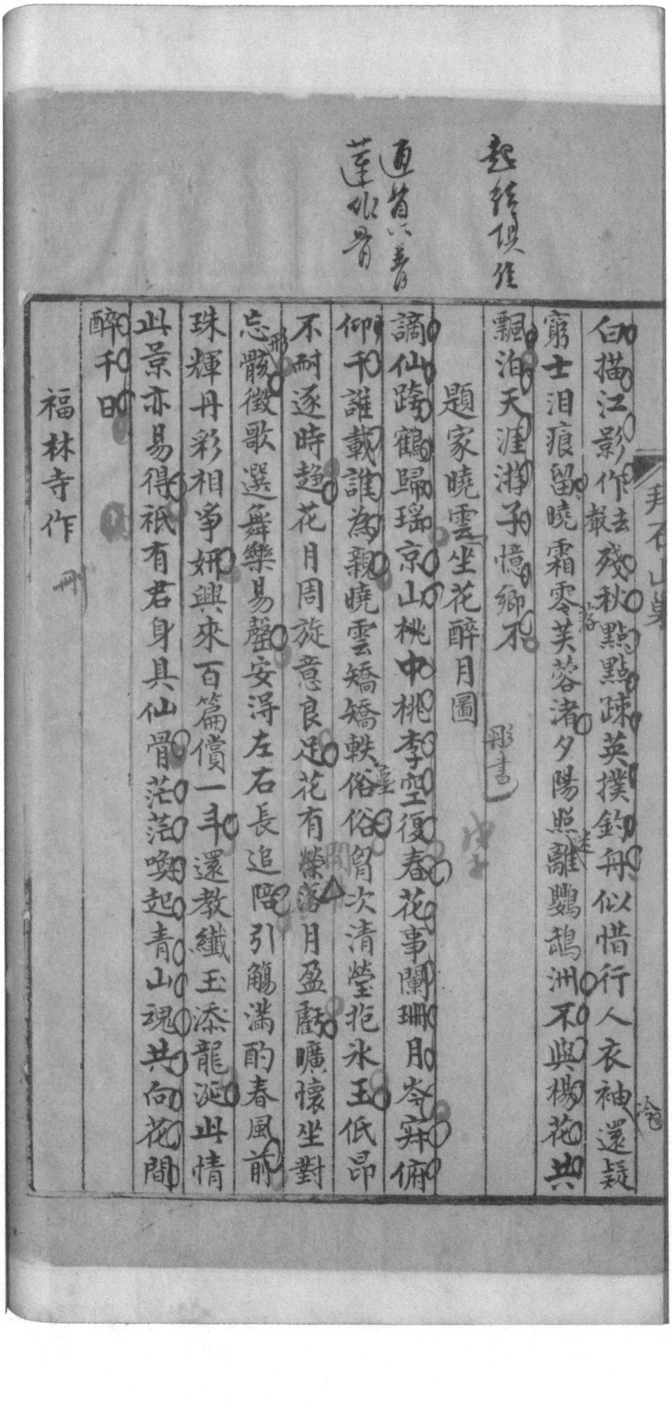
白描江影作殘秋點點疎英撲釣舟似惜行人衣袖還疑
窮士淚痕留曉霜零芙蓉渚夕陽照離鸚鵡洲不與楊花共
飄泊天涯游子憶鄉
題家曉雲坐花醉月圖
謫仙蹤鶴歸瑤京山桃中桃李空復春花事闌珊月岑寂俯
仰千誰載詛為親曉雲嬌嬌軼俗俗留次清瑩抱氷玉低昂
不耐逐時趨花月周旋意良足花有榮落月盈虧曠懷坐對
忘骸徵歌選舞樂易罄安得左右長追陪引觴滿酌春風前
珠輝丹彩相爭妍興來百篇償一斗還教纖玉添龍涎此情
此景亦易得祇有君身具仙骨茫茫喚起青山魂共向花間
醉千日
福林寺作

失歡歸故鄉謀徒寄僧寺寺曠竹木森落日慘人意棟宇況蠹嚙廬屋可無避所欣邇親幃定省往復易園中摘春蔬湖頭買秋鱸潔烹供羞膳但覺歡有餘忽傷數年來胡為遠馳驅顯揚既莫遂翻勞親倚閭念此涕泪零何以報勤劬兒游知印悔親顏難復改嗟非金石姿豈能百年在不願捧毛檄長頎舞萊綵負居心所甘深恩如浩海

津門梅樹君翁寄塘高寄泉張杏史以寄懷詩箋見貽賦此代柬

去歲丁沽別此時秋風不棄慰縈思各題元旯停雲句勝寫羊學讚雪辭披對故人千里近商量後會一春期余擬來春赴津梅花可笑新來客比我先輸識面遲箋背秋生繪梅花詩社圖花詩社圖列十八人其六人皆硯廬舊友

醉花陰

颯〻東風知雨候僝僽燈花瘦底事曉妝慵久病深
愁誰道人依舊清明節候君知否何計消長晝往事
漫傷心撚送春歸併付雙眉皺

一筆揮洒真力彌滿實得唐賢三昧　雄注

練空筆潔

言疑不經身今來親見暨陽邑嗚呼天下同此父母心胡爲
生兒生女恩斷分對不食乳牝梟不殺哺雌鷙禽與獰獸一
視猶同視慈暨民身不生羽毛何竟不如豺與梟家有五女
雖抵盗家有五男豈盡肖薄奩況是昔賢風何用作嫁愁囊
空忍惜錙銖棄骨肉人心至此天應哭若令海内多效尤人
類何從廣生育今日幸逢賢父母能以天良動愚醜風俗從
茲望轉移何難闔邑登仁壽君不見西鄰有女能亡國浣紗
猶倚貧家活

暨陽署齋作 [illegible]

[illegible]

舜寂忘城市衙齋客罕過梅天生雨易桐蔭受風多山逈
青嶂庭閒長綠莎侯芭仍故態六載又蹉跎

江行

拜石山巢

白狐嶺

嶺林眉橫眉宇家林路鬱紆還鄉猶作客計里正分途泉響尋難得方言聽略殊前山青萬疊何處是句無

苧蘿山

鴟夷一舸渺煙波山剩陶朱對苧蘿烏喙雄圖今閒寂浣溪潮上暗消多（苧蘿山正與陶朱山相對）

董樵雲師約游五洩以風雨不果時五月二十四日

容易名山落眼前偏遭風雨不情天罷携絲竹情還赴懸揣峯巒手欲鞭絕頂難為飛鳥上靈湫誰攪老龍眠（山有東西龍湫）平生頗有登高興祇望洪厓許拍肩

暨陽行傷溺女也

生兒父母喜生女父母戚兒生盡撫育女生半淹溺昔聞𠂹

一筆揮洒真力彌滿寔得唐賢三昧　雄注

練空筆潔

言疑不經身今來親見暨陽邑嗚呼天下同此父母心胡為
生兒生女恩勤劬豺不食乳牝梟不殺哺雌鷙鳥禽與獐獸一
視猶同視慈暨民身不生羽毛何竟不如豺與梟家有五女
雖抵盜家有五男豈盡肖薄奩况是昔賢風何用作嫁愁囊
空忍惜錙銖棄骨肉人心至此天應哭若令海内多效尤人
類何從蕃生育今日幸逢賢父母能以天良動愚醜風俗從
茲望轉移何難閭邑登仁壽君不見西鄰有女能亡國浣紗
猶倚貧家活

暨陽署齋作　此亦未妥

舜寂忘城市衙齋客罕過梅天生雨易桐蔭受風多山迴
青嶂庭開長緑添侯邑仍故態六載又蹉跎

江行

曉起推篷出青排兩岸山回看夜來路悔向夢中過還春戀
憎帆疾徘徊喜水灣惜無洪谷手畫出好雲鬟

余雲泉自滇南歸以貢象圖屬題

梁山覊獸抱奇質不產中華產南越尊呼大客殊羣毛熊羆
虎豹難為匹王者有道百寶用始肯來庭充舞列想見虞經
觧愠時夔軒曾和簫韶節運衰漢晉類強致養馴豈盡覊縻
力摯鼻哀雖終未安黄門畢竟空臯澤我　朝疆宇擴前代
久削佗封入圖籍職貢輸誠徧百蠻不數訶伽與林邑憶昔
觀光游　帝都翠華幸遇耕春耤導騙卤簿驕山徙從萬馬
回看闇無色新安公子滇南歸宦橐蕭然無長物渡海但携
一幅圖壓舟便抵欝林石圖中突兀見五象令我壯懷奮胸
臆區區毛族生遐方尚能萬里從君國吾材雖薄豈無用際

此昇平宜自立典君再作金臺游莫嘆無人市駿骨

哭五橋同年

緜邈山河路已歧玉樓何日是歸期家饒負郭空營奠身戒
垂堂竟誤豎虎篆數行傳絶筆雞窓半局賸殘棋知君長抱
千秋恨欲叩天閽代訴詞
同譜科名屈指稀人琴況復去烏衣墓廬弔鶴憑誰問驛路
征鴻悵獨飛山謂珊 舊雨傷懷緣易盡春明回首夢全非空庭
獨坐霜天夜愁見寒星隕少微
先後元亭事子雲廿年前已早知君交深摯敏因通榜才壓
楊盧自軼羣曾約名山同載酒君好遊有天台鴈宕之訂 豈虞壯歲赴修文
凝情欲訪三生石何處清歌笛聞裏聞
枏槳桂醑總虛筵數語猶堪慰九泉婦健可無兒女慮親衰

賴有弟昆賢已登科籍酬初得享才名勝大年况領簪城花

人間艷福讓諸

萬户逍遥地不亦神仙

平原道中别史三川明府

馬首又歧路逢君又别君共攀官道柳獨上太行雲

迢遞前程去商量後會艱薊門樽酒近約後月八都再晤慎勿悵

離羣

題余泉姑鸞飄鳳泊小影

維庚寅夏初我重游丁沽故人示我天仙圖云是秣陵女余

氏姑翩翩環佩魂曾來降符解一自言生不辰觸起離音白壁

無瑕蠅有糞竟令求凰侶傍生疑眩之解二疑雖疑兮剖之猶

可疑不容剖更誰諒我嗚呼匪人之不諒我命自左解三生如

此不如死脩井泉一規水水清如鏡鑒妾心身不殉兮心終

不明解四手持斷環乃從銀瓶井波雖不起妾恨無時平泉兮

泉兮孽由夙因傷哉命名解五我誦姑詩我瞻姑貌願姑勿為

齊女蟬勿為謝女豹願生生世世佩明星馭丹霞從卮娘居

西那有時偶降羊權家解六

喜家珊山同年至　庚寅

聞說君南返誰知尚北游天涯忽相見客館正逢秋傳語難

憑信行踪不久留自武邑旋都便道過津僅留一宿都門重把晤住我屋西頭

讀梅花社中四聲詩因為效顰即呈同社諸君子

書聲　乙未

不是高歌與苦吟有人勤讀惜分陰螢窗葉落忽秋到槐閣

燈明惹客尋傾耳愧荒三絶業聞聲如見十年心蕭齋自昔

兒童課清誦琅琅也賞音

機聲　乙未

乞巧樓前月未寒誰家鳴杼到更闌慣將心事傳蘇蕙曾為

軍書罷木蘭燈火半窓吟促織琴絃一曲和裁紈玉棱拋盡絲絲緯愁緒猶多泪暗彈

柝聲 乙亥

萬籟聲稀擊響傳隨人往復繞城圓聽來門巷初昏夜敲到星河欲曙天鄒魯曾聞交壤近風塵誰為抱關憐喜無刁斗生邊警夢即驚醒不礙眠

雞聲 乙亥

朝朝呼喔最先鳴爭得人間第一聲能使英雄頻起舞每因風雨更關情鸞閨警枕初殘夢驛路吟鞭正曉行却笑薛燕稱得士都從鷄口脫餘生

○望雲操

昔望雲兮下有親闈今望雲兮下無親闈雲英英兮爾何為

雲不知兮我心悲望九原兮不見空翹首乎遐甸嗟雲覆兮
如故傷游子兮去親墓獨立兮蒼涼淚滂兮沾裳

梅樹君以梅花詩社畫箑為繡山贈別同人各賦詩送之

舊雨天涯憶我時曾將畫扇寄相思今朝又作臨歧贈丁亥秋予煽有在會同人亦以梅花詩社便面并懷舊詩見寄愁和梅花社裏詩

荒涼池館弔蓮坡名士難留可奈何落日津亭送君去騷壇
吟侶已無多

清快

項王墓 六幺令 過項王墓

重圍歌起，帳士吞聲哭。鍾離范增何在，問計黃金毒。應悔屠城坑卒，不若烹翁肉。空爭秦鹿，功拋百戰，草草鴻溝了全局。

穀城山下，掬土可惜，重瞳目筭，祇有墓門花，似帝妃湘竹。畢竟英雄情重，死後憐空玉。琵琶牛酒，客來憑弔，漫唱虞兮美人曲。

○江南憶

江南憶，巖壑憶家鄉。蘭渚亭前新竹長，柳姑祠畔嫩荷香。最好此時光。

江南憶，名勝憶西湖。海日江潮吟佛火，梅妻鶴子訪仙廬。曾作散人徒。

江南憶，裙屐憶山塘。畫槳盪波春泛酒，翠鬟倚曲夜圍香。令

雖知茌平

拜石山巢

我意難忘

江南憶風景憶山居蘿徑掃花風定後竹廚燒笋客來初幽趣者邊無

道出茌平見張璧吳薇客何漁亭二詞即譜元韵同秋生作 買陂塘

走金臺短衣孤劍洛塵緇化誰洗秦書再上仍無用淚倒征途歸騎頻下淚江上蓴鱸別一般鄉味夕蘆風起又茅店傳鞭土味支枕斜照射窗紙 無聊甚到處羈懷如此昨宵燈畫無寐聞鷄屢作劉琨舞風露涼天似水孤館裏怎贏得閒情顧怨園羅結消愁無計嘆老大功名新豐遲遇令我壯心碎

曲 馮周茌平人

薇客原唱

自是佳唱

笑天涯萍蓬踪跡滿襟塵漬誰洗深却小占三間屋客觧（難）
征人双騎衫上淚是曲曲琵琶彈出愁滋味西風又起賸
金井秋梧銅隄老柳落葉打窗紙　倥偬甚客裏光陰如
此桃根清夜無寐苔階月冷三生怨寒得鴛衾似水秋夢
裏任燕燕鶯鶯消受簡羅綺遣懷無計向敗壁題詩昏燈
照酒一醉擊唾壺碎

漁亭和詞

惜飛花飄茵墮溷滿腔幽怨難洗相逢不道輪蹄苦軟語
頻留征騎揮老淚偕句傳青衫領畧愁滋味鄉思又起正
折葦荒蘆橫空一雁書破句雲紙　疎狂甚我輩耽吟如
此照人明月無寐凴誰試解楞嚴趣一穗涼燈似水如夢
裏任紅袖呼盧列坐誇羅綺放歌何計騰馬嘯空檐蟲鳴

敗砌慣攪客心碎

秋生和詞

怯秋風三更涼月露珠偏共愁洗壯卯行館繁歌吹我且暫停歸騎紅蠟淚恨點點燒殘對酒渾無味變眼又起嘆舊地重來新詞甫就落筆直書紙　輪蹄路辛苦人何堪此滿腔心事難寫河橋忍把驪歌唱翻恨沽前流水詩社裏回首雲霞一散都成綺無聊作計但乙桃儂燈四絃促座風入紙窗碎

落花　蝶戀花

滿院花飛人去後燕燕鶯鶯都為傷春瘦我向花間還進酒勸花莫把東風咒　落不甘心開記否衰盛榮枯畢竟他憑他手今日飄零須耐守明年春到花依舊

風神未很
心氣和平

一字一意一貫
一路

湖上浪淘沙 湖上

記在水亭中靚面忽忽花陰讓步意從容欲住還行行更住兩兩心同　不料上雷峰却又相逢剛纔轉過曲欄東瞥見低頭先下箔似識吳儂

風入松 丙戌駝峰作

生平夙好在林邱，到處探幽。駝峰更與村居近，與來時，躡龍虬。曾記十年前住，讀書西借僧樓。　今朝蠟屐又重游，老衲還留。携藤笑向庭前指，說君栽樹已藏鳩。坐我小蓬萊館，難招舊日羊求。

臨江仙 月夜泊京口聽鄰舟吹笛

北固潮敲隨月上，黃昏正泊行舟。客中倚枕不勝愁。人如沙上雁，夜夜宿蘆洲。　忽聽東船三弄笛，羈懷付與江流。瓜州燈火近揚州。明朝歌吹路，還向竹西游。

青玉案 福林寺作

幾年緣與林泉左，今又向林泉臥。莫道閒無他事做，種花鋤菜，園丁親課，學圃偏忙我。余顏所居曰學圃軒　僧寮歼歼常門常鎖，飛

錫樓前飛絮妥樓額董文敏書最好一番新雨過。芥薹青嫩酴醾香。破

客到傾劉墮

○憶秦娥 憶舊

旗亭酒瑤箏勸醉纖纖手纖纖手輕攏銀甲暗抛紅豆 十

年重訪章臺柳意中人去春非舊春非舊落花門巷碧桃消

瘦

○離亭燕　題繡山問月圖即以誌別

沽上與君攜手，腰比沈郎還瘦。為道宮眉新學畫，便作悼亡元九。斗恨有知，誰知但向碧天搔首。　明月照人依舊，怎奈玉笙孤奏。獨自倚闌心暗忖，可一樣重圓否。且檢蘅蕪燒，到團圞時候。

萬斛愁懷難罄，更寫入丹青影。淚墨題成腸斷句，一字一般悲哽。況客裏驚秋，蟾魄正分鸞鏡。　君是多情荀令，我欲聯吟韓孟。剛得相逢還別去，不料驪歌催聽。後會定緣多，待共譜霓裳詠。

拜石山巢外集

會稽　陳光緒　子修

李太翁紫亭暨邊叔恭人六十雙壽序

河流九曲溯天漢者必窮星宿之源華嶽三峯誌地軸者必究崑崙之脉芝光燦日麗鳳闕而彌鮮桐幹凌霄託龍門而倍峻從來達仕每藉門基自昔名賢多資庭誥粤稽靈椿丹桂蚌乃生珠老鳳清雛燕還投玉宋氏則分傳三絕韋家則專守一經能貽燕翼之謀斯至象賢之譽而況上承芳蔭祖庭之嘉樹千尋近誦清芬親

舍之祥雲五色述先垂後聊靚斯倫準古論今
疇當其選維我
紫亭先生蟬聯犀綬鵲起烏衣作半千翁之孫有萬
石君之號賢儷
邊女恭人望齊鴻案德稱魚軒紹鍾郝之徽音式陶
歐之令範頗鋪張閥閱尚沿俗例之稱觴紀述
庭幃所貴實言之載筆
先生系出長庚祥徵太乙范雲早慧誦九紙於案頭
楊綰能言辨四聲於座上時則家公笏在太守
亭遥相隨熊軾之年尚在鳩車之歲挽翁鬚而

鏞白獨得歡心許兒手以拾朱時開笑口果見齒登弱冠便能身上强臺採壁治之春芹紕程初軔折瑶宫之秋桂鵬翮高騫於是閉户袁安竟為功名而背出趨庭王勃翻因定省而遠游蓋始則跨海龍孫侍鷁衘於粤海繼則渡江驥子陪經對於之江已而捷聽泥金子舍早奪標上第論桼盎錢覲闈猶舞綵他鄉爰將驛路之車共就都門之邸祖父孫團欒一室笏聚盈床伯仲叔焜耀三珠花明繞砌洵屬天倫之樂事京國之美談也然而

先生不薄冷官欲培寒畯爲湖師表重見和州馬帳
生徒都歸襄國詵詵吳興之彦斷斷洙泗之風
其在斯乎可謂盛矣旋以情牽愛日跡慕歸雲念
親老而辭官獲養終以盡禮孝爲遠返還築室
於山中陰鶴和鳴遂移家於日下爾時名場心
澹詩壘與豪約少年同譜之交作老友聯吟之
會詞翻鯨海題襟之集裒然價重雞林籠袖之
名稽甚則又風雅堪師篇章足述焉惟是驅馳
客路
先生既屢作壯游寢饋書倉哲嗣亦未遑生計幾至

田荒負郭僕少應門際家業之中衰恐室人之
交謫則賴
女恭人執勤助理代匱分憂井臼親操勞惟身任鉛
華悲屏儉以躬先雖寶珥花釵鉅鹿實生華膴
而布裙椎髻樂羊能守儒風而且謹事高堂克
諧築里愨不加乎鄭婦惠亦逮於蕭奴佐讀丸
熊代嚴師以慈母談經揮麈為新婦之先生斯
皆林下之芳型不愧河間之淑偶況復澤綿堂
構慶集門庭有一歲九遷之官皆七薛三陽之
望、家君夢韶太守擅譽西清蜚聲東觀掄才

麈
楊

百粤而賢俊踊升作郡三川而治平首最次君
某季君某同登拔萃之科咸就廣文之職一囊
月俸暫屈鸞棲萬里雲程終期鯤化至於銅槃
對食盡是家駒繡褓呱啼皆非凡鳥則知綠蛇
蟠笥前人之符籙猶存黄雀銜環後起之簪纓
未艾也憶自
太守一麾典郡五馬導輿老子騎牛早占紫氣
安妃控鶴同渡黄流遇洛下之耆英定當把臂
揖嵩陽之神姥應羨齊眉茲逢周甲之期正值
仲春之朔蘭陔風暖吹來棨戟之門

萊

楓陛天高頌下

絲綸之詔某等誼親庭樹頌獻臺來譜鵜管以陳詞叶

鳳簫而奏曲見

太守姚勳湛霸知庭前有觀象之橋顧

翁家壽比劉樊為柱下續猶龍之史

呂燮菴太翁八十二壽序 二月四

七松處士嘗高居槐棘之班五柳先生非遽隱

紫桑之里必先憂後樂雅涵經世之謨斯辭老

遺榮能作出塵之想返角巾於東洛英雄之節

概猶存飛羽盞於南樓名士之襟懷自遠豈若

路字之誤

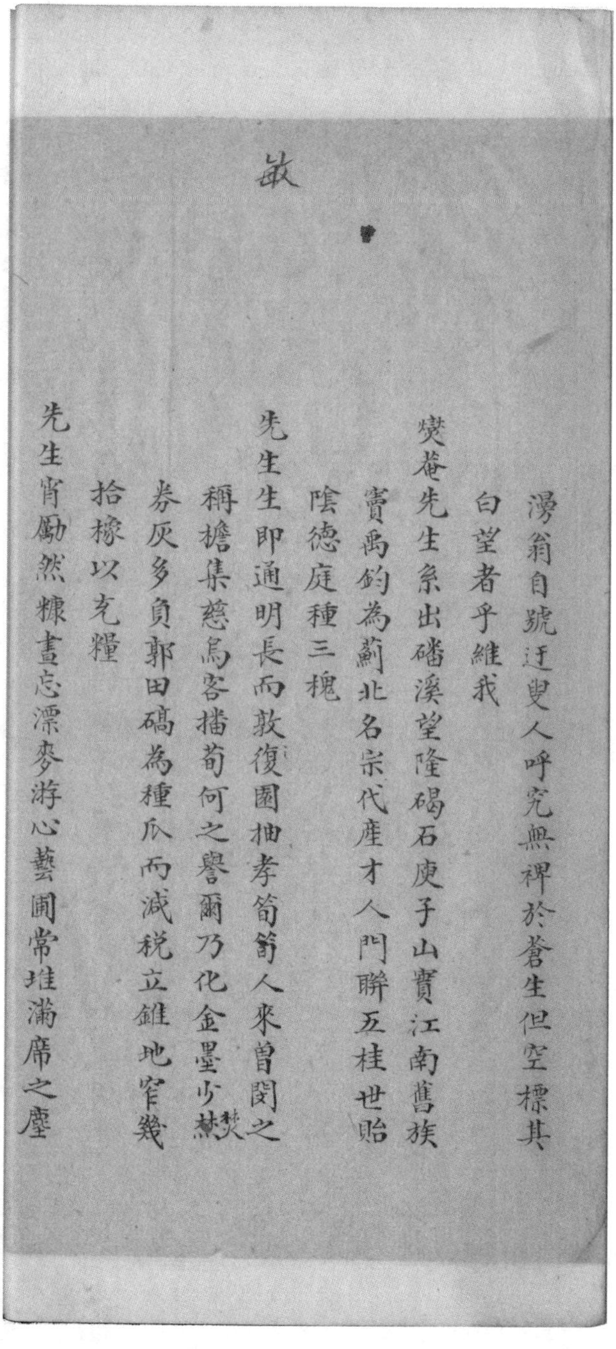

湯翁自號迂叟人呼究無裨於蒼生但空標其
白望者乎維我
燹菴先生系出磻溪望隆碣石庚子山實江南舊族
賣禹鈞為薊北名宗代産才人門聯五桂世貽
陰德庭種三槐
先生生即通明長而敦復國柚孝笱簕人來曽閔之
稱檐集慈烏客播荀何之譽爾乃化金墨少焚
券灰多負郭田碻為種瓜而減税立錐地窄幾
拾橡以充糧
先生宵勵然糠晝忘漂麥游心藝圃常堆滿席之塵
敬

希志名場欲脱處囊之穎復以命纏磨蝎跡蹇
登龍窮魚徧值余且未能得水司馬不逢楊意
空撫淩雲爰易轍而改途遂廢書而讀律時
國家議九章之定制而
先生爲七卷之撰辭孫伏伽椽史起家最多勞勩任
紹業參軍佐郡夙著能聲巴水東西歷製尹何
之錦劍山南北多栽潘岳之花犀照燒波光能
燭怪龍泉出匣氣已騰霄顧不遇錯節盤根不
能别器之利也不見宋斤魯削不能知工之良
也方其妖興青犢變兆蒼鵞白蓮之餘孽復萌

青愛之孤城欲破誰驅螳賊軍中無揮扇之人
縱有鵶兒馬上乏換旗之綮（來）馳來羽檄偏及閒
員着上戎衣居然健者領虎班而奮進士（昔）爭
先樹鹿角以周防敵難（飛）渡心勞籌筆膽戢探丸
欲戍保赤之功竟佐黜蒼之績於是受知節使
見重
楓宸疊荷
褒揚屢膺
拔擢萬家封邑鳴琴杜宇之都五品加銜拜秩蠶叢之
國追夫孝泉既竭宦（官）海仍游再登蜀道之青天

移作南安之愛日伯珍笠織見者皆知范冉紘
歌習馬已慣令夫筰山卭水本猓民梗化之鄉
偾鼻矛頭正志士立功之會當臨犍邑甫集鴻
哀詎料馬邊又聞蜂起上憲以
太翁習嫻軍事調遣戎行任以督餉之勞全得飛芻
之力由是呼為生佛奉以福星四境恬安賴有
曉兵之王霸
九重倚畀擬於治蜀之文翁覲
龍光則雀羽重頒迓
鸞詔則虎符優錫憶自半通發跡一旅從軍洊歷黃堂

對揚
丹陛祇十餘年之歲月有九萬里之風雲過此以往其
可量乎然而捷足先登識時務者原爲俊傑急
流勇退能知足者真是達人
太翁顧賦遂初即行致政結廬人境門無車馬之喧
賽社田家地有林泉之勝引壺觴而笑傲信杖
屨以徜徉行足尚焉福亦大矣而況哲嗣挺生
雋才輩出
家君太守年未稱翁官先肖父頌雙鳧於濟上
歌五馬於黔中智足驚人傳巋豈真傳縣譜才
傳

能辨賊謝元洵不媿家風
某某髫齔學比桓寬才如敬仲佐牢盆之職則
不潤脂膏督蜂蠆之租則兼勞撫字
某某別駕鳳毛耀日騄足驤雲就官於嵩岱之
邦允推佐岳贊治有河渠之考不僅監州
某某貳尹某某叅軍材均梗梓器盡璠璵同懷
烏哺之私因却鶴書之聘雖齊眉伉儷難望諸
耆英會洛之年而繞膝孫曾已過於學士登瀛
之數樓臺日下雞犬雲中雖商洛黄公香山白
傅無是樂也今春二月四日為

傅

太翁八十展二之慶年開九秩已踰九九之齡日遲
三旬正值三三之節隨
別駕望雲獻兕瓊筵傳益壽之觴想
太翁就日扶鳩
金殿賜延年之杖耳孫儼同鼻祖何須西伯重逢花朝
尚為椿齡還待東皇補祝
黃雨棠太翁八十壽序
七澤三湘之地勝擅中原九疑六柱之鄉星聯
南極不獨香楠文梓維楚多材抑且碧柰丹砂
令人益壽然而赤松崖畔不聞晝觳之填衢蒼

耳庭前未見綠衣之滿座則有採香蟾窟比蓬
球同號謫仙布政隼旗笑玉斧但為長史盟聯
洛社舊着朝衫會續香山新標門戟如我
雨棠太翁可謂叨榮名而保終吉却貴勢而登遐壽
者歟
太翁族著蘄春望隆江夏溯梓鄉於雙井夙擅才名
分荆水之一支代傳令德自
侍御公移居以後燕翼長貽迨
中憲公歸里而還鳳毛特異觿辰玉映王仲宣早
號神童綺歲蘭芬張伯緒已呼小友當芹藻歌

詩之日纔蓮華作賦之年入太學之杜安但先
一歲舉秀才之賈誼已之（作）諸生（早攀）丹桂一（之）枝獨具
蟾宮之隻手雖延清奪錦強臺未獲重登而單
父鳴琴下邑何妨小試懷利器而備經盤錯虞
升卿原是雋才膺上考而不次超遷鄭善果無
慚清吏蓋自飛鳧漸水街衢留不拾之衫展驥
臨安閭里有新裁之誇（袴）
太翁之惠澤敷矣小民之頌聲作矣無何而詩廢蓼
莪痛深風木遂返星沙之里爰居嶽麓之廬鵑
淚（涙）啼枯遍傳鄉里鶴書徵促重赴銓曹乃擧五

嶺之烟霞問三江之風俗陽春有脚衆庶歡騰
愛日當頭羣酋悦服爾時粤西治獄需才得公
恨晚上官謂辨析秒銖之細非蔣欽諸不能
太翁謂持衡科律之難惟崔祖思是效叩鞍裁決如
鑑之無遁形積牘平反如券之有佐證大吏益
加引重
天子特為超除遂以懷遠之勳擢作太平之守
今上御極之元年百辟來庭五原款塞貢象至越南之
使擁騶偕拱北之朝宣室陳詞
龍綸寵錫監司晉秩豸服榮叨而

辨
諸疑

娛

太翁運覺神勞推挂冠顧切即賦遂初於是歲以留賀

老之餘年疏廣可師洪崖是友

太翁之志其在斯乎今夫有曾閔之行者不必有潘

陸之才有彭佺之齡者不必有金張之貴迺

太翁孝友稱於鄉黨而文藻蜚騰曾元列於庭階而

才華鵲起

太翁之福靡可量矣茲逢十月正值八旬嗣君少棠

明府湛露東阿望雲南嶽隔侍闈於千里乞侑

觴之一言　某等庭樹聯交臺萊晉祝指穀城而

緬黃石羨神仙原在君家獻蕪詞而同舞斑衣

懷

顧歲月長延翁壽

德州舒自菴刺史六十壽序

夫呈圖皓髮不必飲酈井之泉擊壤龐眉無藉
總祈淪之木良以序均調玉帀地華胥會際握
金普天極樂方今
聖天子一人有慶萬壽無疆堯蓂之紀甲初週羲管之
由庚競奏則羣工颺拜共戴星雲庚職承宣尤
霑雨露德州刺史自菴舒君於今年七月為六
十初度歲溯寅而弧懸正符寅降月建申而斗
指宜慶申生用集邱言聊當封祝刺史舒鳰遠

瘠

裔鉅鹿名宗荀悦實季和之孫童恢有仲玉之父澤承舊蔭慧具宿根為樊紹述之文趾同時艷讀范應鈴之傳慕彼鄉賢甫擒泮藻之芳即痛堂萱之萎鳩即比孝毀脊三年鶴子能飛翱翔千仞丁卯秋賦獲舉賢書五度燕臺欲騁看花之騎雙飛鳧舄但分剖竹之符刺史以丁丑大挑出宰山左麗士元非百里才為親祿養魯仲康有三異政作吏化行其權福山也則河陽入境先栽潘令之花其署棲霞也則漢上下車丞拔龐參之薤迨為貴宰早頌神君而刺史以為

鵠哀鴻在所當恤亂羊害馬在所必鋤起學宮
以教生徒漢文翁創之於蜀郡餞祖道以優賓
貢梁彥光行之於相州廩窖備荒則免饑呼庚
之慮溝渠疏梗即寓鄉閭編甲之方於是動遵
昔軌治邁時流循惠上聞量移下逮丙戌調長
清縣令名翁卿之治河陽悉如上蔡何易于之
還羅水有過盍昌而且解金蠲租之徵計畝
均餉車之役方伯威之刻石難罄揄揚視阿魯
之持盃同深感戴旋以陳情歸哺還轅而遮泣
皋魚釋服重來望旆而歡迎稷馬顧弍謂宋斤

魯削處遷地而弗良既嚴熾寬貴易方而善變
而刺史兩年歴下數載禹津一當都會之殷繁
御心惟簡一處通衢之絡繹行口皆碑莫不人
頌福星家披愛日三載政成尤異早登剡牘之
名
九重詢及賢勞渥荷
温綸之寵式又謂名棠之蔭未遑覆及枌榆鄉黍之膏
不必潤其桑梓而刺史誼篤宗支惠孚鄉井當
讀禮家居之日正罹災歉之年倡平糶以濟
窮黎政行里社輸義穀以成善舉惠及省倉堂

建興賢補范莊所未備廟安宗祏俾庭祀之長
延居鄉無異於在官好義豈從而邀譽或又謂
簿領煩挐易畧庭幃之節馳驅鞅掌多踈定省
之文而刺史鶴料雖營烏私兼盡悅嚴君以色
養事後母以孝聞晉頭銜而二代叨榮疊屠
芝誥捧毛檄而三齊報政及奉板輿子職有然人言何
間且聞伯鸞初聘相莊傳德曜之賢林叔再婚
得耦過趙姬之淑閫多賢助鮑子都之行彌彰
室有名媛曹世叔之名益著又聞黙姦偶乏司
空恒給所須劉孺能文猶父常留於側刺史則

贈如已職事若家公報寸草之心旁根並及體
棣華之愛別葉皆榮至於竹不外萌荆惟長聚
公業之金不吝士謙之契可燔則又足讓倖揚
播豪匹鄭莊者矣今夫蓄陰德者食報必腴尚
寛政者興宗弗替刺史庭樹榮敷階蘭香滿將
見慶昌裔徵蟬冕之傳輝夢錫符祥卜駟門之
延祉茲值稱觴之會為陳揚觶之詞五日為期
續良長於天上雙星偕上相同由嶽降萬年是
頌逢
慶節於秋中八月與使君共效嵩呼

金補之明府德配徐孺人六十雙壽序

天上婣星原聯奎壁人間卿月同仰姮娥惟精
英分稟乎扶輿故靈淑並鍾於閨閣不獨玉臺
艷製序標孝穆之詞金屋華牋才擅相如之號
然而頌椒畫荻備美綦難賦茗負薪兼稱不易
大雷寄札絶君徽長自家居少微入山謝慶緒
僅傳谷隱未有百篇才調能追鍾郝之賢兩姓
門楣同列金張之貴江山攬勝跡幾遍於名區
河嶽從游眉更齊於同室如我
補之明府淑配

上游二字疑

徐孺人者上游
觀察玉崖公之孫
太學脊齋公之女也駒王華胄代產偉人鶴浦名宗
世登顯仕文誇綵筆駟門克紹宗風書寫紅箋
鸞閣能沿家學勝衣識字早辨烏馬弄翰拈題
能吟白也弗煩姆誡居然淑慎之稱堪作女宗
允矣徽柔之望李茂漪揮毫第一容教草聖衹
頭蘇若蘭織錦無雙不藉鍼神在手顧彧繭足
芳閨埋頭芸案左圖右史雖堪廣其見聞宇水
文山未足資其游歷則寶琴雄劍但空吟漳水

之臺王佩珠璫難遠和泥溪之驛而孺人則繡
綳乍脱便登北上之車鬒髮初卷蚤作南征之
賦蓋
觀察入忝樞省孺人既牽袂以從出鎮巴江孺人亦
佩帉而往北轅南舵非丈夫而在四方風馬雲
車似飛仙之神游列國當從鯉舍問安之日正
值狼烽告警之秋
觀察輓粒飛芻使邉戍免呼庚之慮絶甘分少與營
僚奏全甲之勲由是豸服民謳專城望重雀翎
帝賚舉室歡騰是則木蘭之萬里從軍譙國之十年禦

敵孺人雖未親歷戎行而已熟聞方畧女子有行可謂壯矣洎乎隨侍親輿偕歸林下近依子舍仍住雲間父尚無兒懼顓頊之宗不祀弟還有季信尼山之禱非虛比盛代所生深貽厥之憂宜其為同氣篤友于之愛也迨賦于歸咸稱嘉耦時則明府才儲五斗學富五車作魯諸生有聲上序為秦贅壻無愧東床孺人貳室相依百城共對佐樂羊之勤讀賞析同懽守司馬之清貧詠歌自若旋以舅年將邁婦職猶虧隨夫子以言旋挈諸兒而侍養維時

贈公少盧先生喜占勿藥顧慰分甘洗硯池邊新婦
時來問字談經筵上宣文幸有替人靚庭樹之
敷榮看階蘭之擢秀當斯境也何樂如之惟是
垂白翁衰燒丹金盡明府因禄養之未及而筆
耕以奉晨昏

太翁以家督之時離而籌畫或煩瑣屑則賴孺人勤
襄家政養博庭歡事綜鉅纖身非殫瘁力供甘
旨口不言貧脱粟充虛而待賓從腆折變示教
而禦下尚寬而且滌釜烹鮮躬親調劑傾裝救
困手自屏當俾夫君無内顧之憂令舉業絶外

悼

緣之攖用是報捷秋闈計偕春部雖孝廉之船
屢上未陷紅綾而仙裔之舄雙飛已叨黃綬於
是中州捧檄坍野鳴琴既作宰於桐鄉可移家
於花縣而孺人以翁辭迎養婦願承歡抱風木
之隱憂敢教悔及餞桑榆之暮景能以禮終事
舅而未逮事姑不能無憾為婦而更兼為子復
有何慚玆届百花競放之辰欣逢六甲初周之
歲
明府鹿車行慶宷棠之蔽芾重歌
孺人翟茀遐縈甜蔗之光陰正永加以雞碑麟

筆兒擅才名鸞鏡鳳釵女傳詩學進膳視調羹之婦含飴來讓棗之孫盛事一門美談千古比之劉樊夫婦不聞有此唱隨方諸王謝庭闈族足形其風雅其等宦游同轍幸識梁鴻座論解圍因知道蘊耳熟外庭之譽無間人言心傾内助之才奉為女表居隣東海所天原是木公姓屬西方平日蚤稱金母同訪留侯故土赤松子應騎元鶴而來偕登女几仙峰白蘭香許跨青鸞而降此日筵開六袠爭獻公堂介壽之觴他年名動

九重定懸私第傳經之幔

〃丹木徐文六十雙壽代

丹木先生蚤登養國德著型家避文改武之年
甲周紀歷誕佛生仙之月寅降符祥杖不支鳩
司馬尚耆英之小友簫能隨鳳伯鸞有偕隱之
高風述桓鮑之庭幃筆懸河而莫罄頌劉樊之
歲月戈止日以何難獨是某以鐺脚遥羈刀頭
寡唱黔江水遠間通剖鯉之書楚甸山横難度
化鵾之鳥千里張高之夢每因歧路而終迷兩
家羊鄧之姻幸以通家而素識先生駒王貴胄

嬴

雲錠

蠡郡名門青海神驄生原殊衆丹山威鳳鳴即
驚人王僧孺願誦孝經陔蘭早賦謝幾卿工談
元理江穎曾誇而乃技薄雕蟲跡甘隱豹澹適
味充虛之養惜食食來善操羸億中之謀叩宮
宮應由是田增負郭桑倍戍都重拓村閭新營
崔第奴耕婢織樊君雲以理産起家里誇塗漿
駱公緒以好施獲譽顧使室無内治不聞戒旦
之吟白武親操致慨迴波之曲刻眉愁舉案難
期相敬如賓脣反同牢豈是惟家之保乃儒人
勞敬姜之績儉德耀之妝李絡秀之賓筵咄嗟

辦

可辦王夷甫之卧榻阿堵非貪記室能司太常
善事彼怒詩忘鄭婢不礙翻羨君才識服山公
能無割肉斯則下床禮謹早孚契室之刑于中
饋勲高無愧萊家之賢匹已況復河東三鳳同
華一門漢上雙龍爭誇兩壻頌椒才艷名齊擅
於鸞閨縣葛英多數已班乎麟閣先生謂縹緗
舊業允宜紹厥門基舟艭餘勞尤必任之家督
以故橘柤魚枇專課績於桑羊玉軸牙籤先傳經
於李膺方今
聖天子學隆稽古典重興賢豊城之劍氣將騰會計之

箭材並貢次君破頖宮之壁登雲路之梯魚尾
高燒蜂腰健捷疊聽金泥之報旋榮
丹誥之封爾時先生享鶴筭之大年對翟衣而偕老暉
延子舍益燦珠林秀茁孫枝更添玉樹〔某亦〕插簪
顧遂撰杖躬親不又將揖南山而思實桂之榮
觴北海而介莊椿之壽乎

海母何太淑人五十九壽序

嫦星宵朗麗列宿以騰輝娣月秋澄傍重霄而煥彩弱流千里艷説金妃太華三峯首推玉女共仰垂聲之遠知由託地之高是以紗縵堂開累葉簪纓之第緗囊史續踵華槃戟之家紹鍾郝之壼儀嗣音有籍守穆韓之家法繩武何辭然而蟬冕相沿盛難為繼駟門既大禮或鮮由使留賓無對薦之則司馬允勲末由再振惟誠婢有掩錢之識故猶龍華冑未見中衰鷺羽朝班得河間而益貴爲衣門望因林下而彌彰斯

脱字

蓋象服魚軒固足稱其懿範羊機鴻案有自陋
其清裁者矣則有
海母何太淑人者
都尉静齋贈公之德配
沁亭泰戎之慈母也分晋雲礽望隆兩晉近韓
族姓派衍三韓出自名楣蔚為女表柔嘉維則
允比德於珩璜淑慎其儀早齊輝於笄副緹縈
綺歲已登孝行之書德耀華齡可列賢媛之傳
蘋藻潔季蘭之祀矩度無愆鈿釵蓋少艾之妝
鉛華弗御是其徽柔成性洵堪紀以管彤澹泊

為懷尤宜傳之竹素至若才工咏絮文擅銘椒
講老子諸篇獨臻元妙作小山一賦酷肖離騷
障設青綾而談爭殿輠書刊紫石而格備簪花
經刺法華無侯乞靈於繡佛裳裁雲錦不難鬬
巧於鍼神則又抱蘇蕙之仙心具靈芸之聖手
也乃以弄玉名媛嬪作吹簫嘉耦尊章善事韋
修内則之儀夫子無違遂播外庭之譽時則贈
公
静齋先生正讀楹書兼諳弓石將門有後周亞夫細柳能
軍材幹不凡揚大眼長繩善走旋承遺蔭足懋

先基尤賴
太淑人殫力勗勤多方補助勤婦職在中饋則李絡
秀復生理家政如大家則曹世叔不逮兼之愛
憐臧獲有生佛子之稱周恤宗親有大丈夫之
概顧在人假託鍾區或為弋譽釣名之舉而在
母維持簿閥更切承先裕後之思蓋
忝戎上溯
高曾嘗登宰輔
世祖章皇帝龍興遼海舉入關定鼎之師
尚書太傅公虎嘯醫閭建技幟囊沙之策松山奏捷

敵驚天上神兵烟閣圖形人識雲中名將耿伯
昭以祝阿之戰而封爵列侯馮公孫以滹水之
勞而録功奕禩
世襲輕車都尉某公克光乾蔭無忝家勳際
朝宁之昇平堂開晝錦慎階銜之職守戟衛春明迄今
四葉縈叨五花輝映家藏符誓與帶礪以並存
庭滿槐陰偕節旄以長護
國家之酬庸厚矣
祖宗之流慶長矣而
太淑人安不忘危貴而能儉謂席厚禄者驕侈易生

書

守清德者細微必謹王章妻知足之誡秦鍼母懼還之言宜三復焉用是殷負荷之期嚴折受之教凡熊佐讀鑒於無術之譏封鮓還書示以不貪為寶恐滋機械不尚朱公治產之謀旁及韜鈐兼傳元女用兵之略是以仲華子姓相業能傳伯起門庭家風猶在

家君沁亭忝戎襲門第之清芬預

禁垣之宿衛熟孫吳豹畧不愧名門裕韓耿鴻猷堪當

鉅任

次君猿臂驚人虎賁作士蒯道思彎弓三石豈

久屈於旄頭典都尉提戟雙枝獨見推於帳下
季君甫及丁年長依子舍士元驥足早卜其長
驅超宗鳳毛豈虞其終伏當斯時也
太淑人調羹教婦含飴弄孫徵餘祉之方延見後隆
之未艾顧而樂之喜可知已茲逢嵩嶽効靈為
皇太后萬壽呼三之月正值海籌添算是
太淑人六旬開九之辰律回煖於小春一陽將啓日
迎長於亞歲五日為期某等因庭樹以瞻型獲
聞梗概仰堂萱而抒慕競晉蕪詞欣看月版雲
璈奏瓊島長生之曲氷梨雪藕獻瑤池益壽之

丹拜西毋於東都共預祝先庚之歲到明年之
今日願再慶周甲之章

楊母毛太孺人六十壽序

從來閨訓同授鯉趨稽古壺儀並垂燕翼晉金
魚之杖斯能瑞啓三堯却珂馬之迎遍見望隆
萬石而況傳經堂北至今尚有替人紿譽閫西
到處更稱賢母如我
楊母毛太孺人者滎陽望族鑑曲名楣隨侍親輿早
遊蓟北因依官舍旋赴黔中時則推髫少君年
剛待字鞶縩德曜淑已傳聲蓋

太
孺人賦性柔嘉夙嫻姆誡敦情友愛能博親歡矩
度無愆容儀足式箴懷德象允堪列入名媛美
匹梁鴻罔不羨為佳耦其于歸夫子及事尊嫜
井臼親操屏鉛華而弗御牏帬手浣問疴食以
維殷克修內則之儀漸播外庭之譽無何而麟
孫甫抱遽萎靈椿鶴子能鳴但依慈竹聽蓼莪
之廢咏蘋藻將恍幸萱草之留春椒花作頌逦
太翁以居非故土渡鐵幢而歸卜牛眠
太孺人以堂有偏親為壽金筑而代勤烏養逌
太翁之自越而返黔也際家業之中衰顧功名之小

就遂效班超投筆北走金臺便隨梅福燒丹南
登廬阜倚閭望遠雙飛之舄空期負郭租荒五
斗之粟無補尚存老母而杜孝恨作羇人不乏
小郎而道蘊難為邱嫂
太孺人則起居勿懈甘旨常豐兼子職而侍衰姑無
忝蘭馨之什體夫君而撫諸弟絕無糠竅之譏
而且晝荻成文教子即以教叔折葼示警為母
無異為師蓋肫肫乎有鍾郝之徽音陶歐之令
範焉計自
太翁理堂先生游宦海者將十餘年

冢君東垣明府摶雲路者已九千里其補博士
也則稱經術之無雙其舉孝廉也則列賢書之
第二其試禮闈而成進士也則東堂早賀為得
人其令定水而作賢宰也則西蜀咸稱為神父
不獨蒲鞭止訟庭滿蒿萊抑且玉尺量才門盈
桃李
太翁之世德弗替矣
太孺人之慈範益彰矣然而喬木千尺寒怕霜侵老
人一星輝難月並迎綵輿者四載遽判齊眉彈
素柱以五絃僅留囑吉爽返錦江之棹歸營銅鼓

之廬加以愛失庭幃報到日去因之官移海岱
名買風行奏二十七最盤錯備經冠一百八州
循良獨著凡此賢聲之布孰非
母教之徵矧夫
次君袒亭槃槃大才落落高致雖鵬程之偶息
必虎氣之上騰
季君皞民張鶩詞工雀馹年少佇木天之入選
定華萼之爭輝固已美婉孫龍數齊薛鳳美而
太孺人貴不忘貧尊而彌下巳飢之念時恤其宗姻
彼怒之聲不加於臧獲則當夫羣婦調羹諸

孫讓棗顔而樂之喜何如也兹者節過張燈辰
臨設帨歲紀甲而欣逢周甲靈桃初熟三千月
在申而慶比生申瑞莢正開二九（太孺人七月十八生辰）
某等宦轍同方獲交庭樹慈闈在望晉頌臺萊
欣承
鳳誥之頻頒益卜鱣堂之多祉填鵲駕於雙星河畔傳
到瑶池益壽之觴聽鸞聲笙於千佛山頭譜成
瓊島長生之曲

沈母吳太宜人八十壽序

閼逢執徐之歲月在仲秋律中南呂爲

沈年沈年伯母吳太宜人八十壽辰於時
家君曉滄司馬軍符新握漕節分持同凝燕寢之
香已著鹿輪之望
太宜人以去家不遠早御潘輿就養有方安居葥舍
有生佛子子慈雲近被於三吳為衆人母毋惠澤
兼敷乎兩省
李君台簪明府同年登拔萃之科作神明之宰
牛刀小試既奏績於濟南黽駕重飛復騰聲於
海右時以跡羈東道養缺南陔當兹誕日之臨
彌切望雲之念爰乃算添籌屋筵啟琴堂難申

側帽之忱聊學舞衣之戲像東方於刻石
似迎王母之來翹南國而稱觴
遥共伯兄而祝某等譜聯庭樹蔭仰堂萱有適
管鮑之交同宦姬姜之國不獲登堂而介壽倍
殷望景以祝延非無預座之黃裳心傾懿範即
未受經於絳帳耳熟坤儀用晉徽言為調法曲
非此母不生此子早遐邇之咸稱況同年半屬
同鄉自聽聞之足信
太宜人與彩鸞同裔而姿稟不凡疑青蛾後身而才
華可繼莊姝表度體清潔於李蘭淑慎修儀屏

鉛華於少艾未賦夭桃之什早傳樛李之賢豈
僅荊頌椒銘雅推才調天吳紫鳳巧擅仙心已
哉迨歸我
贈公組雲年伯也馬家祥女善事尊章鹿御賢媛克
襄夫子晨羞夕膳無虧中饋之司女布男錢能
替外庭之瘁佳耦曰配相敬如賓徵蘭既兆其
三珠攀桂幸延乎八詠盖　家君登龍未幾而
贈公跨鯉長辭披不鴻齋紘帷鵠奏
太宜人嚴能代父義實兼師折薆以課楹書畫荻而
傳庭誥機聲燈影寒不輟於宵分晝粥斷虀儉

共安於歲歉泊乎
季君榮膺上選掉龍尾而踵飛　仲君名列成
均挺蜂腰而競爽子名既各就矣母志亦足酬
矣然而貴不忘勞尊而彌下猶勵敬姜之績弗
停孟母之梭誼尤篤於宗親恩每加乎臧獲義
漿仁粟河潤九里而不枯寶筏金繩道濟十方
而無阻且以策肥衣繡易啟驕奢振蓰鞭絲慮
傷忠厚甘儒家之淡泊懷佛氏之慈悲于是廉
勗封魚愛期馴雉寶柱下慈儉謙之訓補座右
清慎勤之箴近察聲譽遠採消息是以大馮小

馮之治績竹騎同謳敦頤敦實之循聲崇碑並
峙覩此政成之善益徵母教之良宜乎揄狄章
身鳳麟繞膝子有三而家督先傳堂構見兩華
之登科孫有七而友于盡列膠庠喜四人之食
餼廿載即臻夫百歲四世已聚於一堂
國之祥也家之慶也今日者　台暨明府宮袍鞠胣遥
呈五嶽之圖闔邑部民野服黎收共獻千春之
籙　某等與明府同官東土向明湖斟明月之盃遥
壽星正向南方為壽母譜壽人之曲看昆季
恩承

△

嵱閟晋叨
天錫之鸞封卜曾元慶衍桐鄉長保婆留之鴻社
沈母吳太宜人八十壽序
陵邑沈君台簪明府將於八月之吉為其
慈母慈母吳太宜人慶八旬介百福同官聞之靡不
歡忻鼓舞咸屬綴文以祝予與明府交最久
然
太宜人以　冢君曉滄司馬近宦吳會就養有年且
不習車馬勞雖明府（遣）使數迎而未嘗一來故
闊十餘年不獲一修登堂儀雖然非無以知

查

太宜人也昔崔寔守五原有能政史稱得母助虞潭
守五昌式訓於母朝命襃之則世之稱明府者
即可以頌
太宜人方明府以拔萃應
廷試列高等捧檄來山左需次省垣戲館趨公日褻譭
局風雨寒暑勿少間且善自檢束不妄交不濫
費敬事良朋切劘吏治暇則以翰墨自娱無他
嗜好以故為上官同寮所稱道皆謂得諸庭教
者有素莫不歸善於所生及宰臨邑居己以敬
涖下以誠每處一事必念敬姜之訓文伯而罔

敢或怠每聽一訟必念雋母之問不疑而弗隣
於刻明府能心
太宜人心民即以明府心
太宜人心者心明府心葢覩於一邑之治而知循吏
之賴有賢母也固已久矣
太宜人哲嗣三人長曉滄司馬次夢窗上舍季即台
簪明府孫七人長名寶禾領乙未科鄉薦六爲
諸生曾孫六人雖在幼稚已各嶄然見頭角方
今
聖天子以孝治天下明歲恭逢

皇太后七旬萬壽今秋預行
恩科鄉試又值計吏之年司馬明府兩嗣君既已下洽
輿情自卜上邀
天眷不次之擢在指顧間諸賢孫以英雋之才及鋒而
試芝蘭玉樹競茁階除祥萃一門福延奕禩將
見百二十軸之官誥復見於今日孰非
太宜人有以啟之也且聞樂善好施老而弗懈故能年
躋上壽聰强弗衰則由此屶算期頤安輿八座
重荷
朝廷褒綸慶錫之榮雖方之萬石宣文亦何多讓爾時

衆仰慈雲稱觴上壽將不僅江南山左已也區
區之詞曷足以當三華封三祝哉

梁母李太夫人八十晉二壽序

岱北湖明之地嶺南花放之天迎陽則律應小
春紀日則數侔列宿中丞梁公以太夫人年踰
九九福備重重舜一品衣展千春籙某等恩霑
子雨蔭仰慈雲八座依榮九如獻頌翠環瑤帶
七十二泉之卿靄彌天巻祝衢謳一百五邑之
歡聲動地洵周台南寅恭協化大小東子惠蒙
庥矣

太夫人柱史名宗廡春淑偶季蘭咏於在室天桃賦
而宜家相夫子而副列賢書稱慈母而獨崇懿
範青綾著望久重外庭彤管揚芬曷詳中壼欲
寫樹護之善請徵式穀之賢
中丞早步蟾宮旋題雁塔聯五鳳爲易雙凫
宰邑則山左鳴琴領郡則曹南擕鶴擢登豸黼
歷轄鑾荆計自宦游即迎禄養導輿鼓吹到處
爭榮侍膳衣冠踰時必肅情彌殷其將母節匪
懈於在公觀於定省無違顯揚有自而
太夫人爲婦克謹爲母能賢可知矣若乃會稽一錢

鬱林片石不費何曾之箸長披齊相之裘明慎
用刑慰心驚而薄罰平反理獄冀色喜而加餐
廿四考第一好官億萬家大千生佛觀於處脂
不潤赦澤為懷而
太夫人清儉持家慈祥造福可知矣至於
中丞提點三秦旬宣百粤牛首羊腸之路蠻風
蜑雨之鄉
太夫人則謂行遠非版輿所宜從政毋梓闈為念親
舍遠違官舍可令國而忘家壻江近在吳江況
有媳能事我故鄉無此小住為佳斯又恬淡之

懷不爲紛華所易也前者妖生海外擾及粵東
中丞建節五羊
太夫人郵書雙鯉鴯紅夷之警密傳元女之韜能教
水甲雄兵堅排鐵陣不使火輪巨艦近廹珠江
果膽落而懾威即面縛而納款人第見西平侯
之克敵善於運籌而不知鉅鹿君之教忠先爲
制勝也以是蘭儀遠播蕙問上騰
天子因有母而體虞潭特畀近卿蜺節東人喜奉親之
過潘岳重迎開府魚軒菊種延齡珠泉堂北荆
榮連理玉樹庭前含飴忻繞膝斑衣酌醴集介

眉繡紋佇見
紫泥晉秩鯉庭位極三台
丹詔褒封象服慶臻百歲羣仰宣文示範周官傳隅幔
之經爭來益壽稱觴邠什獻躋堂之頌
梁母李太夫人八十晉二壽序
昭陽單閼之春
中丞梁公自粵膺
天子命移撫三齊即奉
太夫人起居八座鵠轤北上歸自堉鄉蜆節東臨迎
來子舍荷

九重之綸綍愛日長榮領十二之河山吉雲遍護青兗之

衆海岱之民靡不喜溢歡騰匏宣凡奏為魯侯

而介釐壽母因韋相而歸善宣文然而蘋蘩叶德

難詳中壘之編松栢矢懷待補大家之贊藻兒

士卒不知忭舞所由來竹馬兒童但解歡迎而

自得凡無文之稱禱究曷當乎揄揚如

太夫人者根李星於天上傳柳咏於津門為鴻案之

令妻娩馬家之祥女稱孝友而少嫻女誡秉淑

順而夙號禮宗母儀不讓陶歐家範能為鍾郝

夙欽穆行敢闕徽言

太夫人當于歸
贈公之年正及事尊嫜之日晨羞夕膳必井臼之躬
操暑箑寒鑪更裘褕之手浣無息雞鳴之節同
酬烏哺之私盡婦職以廿年紀姑恩之一曲不
獨羊機勸學成樂子之令名鹿御同心擅意辛
之卓識斯其可頌者一也
贈公以秋賦明經成均入貢欲奮雲中之翮暫依日
下而居九萬里未遂鵬摶十餘載竟難鮎上宦
情頓淡棄苜蓿而長辭歸興偏濃返紫桑而偕隱
太夫人白鹽赤米久安饁野之餐烏栢丹楓同索閑

門之句相莊儼若屢空晏如斯其可頌者二也
洎乎
中丞甫宴鹿鳴
贈公旋傳鵬賦於是嚴君替父慈母為師課兒輩以楹
書授女宗之闈則欲使膝前雙璧價重連城掌
上三珠光侔照乘龔燈九膽憐鑿壁之辛勤推
髫蓬頭示居閨之樸素斯其可頌者三也已而
中丞木天珥筆花縣分符擢典郡而晉秩監司
自山左而歷游吳楚袁公浦上王粲樓前莫不
親御潘輿特懸宋幔到處有北堂之慈竹將來

即南國之甘棠迨至陳臬關中開藩嶺表
太夫人以為王尊叱馭當移孝以作忠崔邠導輿豈
事君而貲毋與夫千山萬水荀舍遥迎何如三
泖五湖松陵小住況同門之蔣李又共里之朱
陳笠澤蒓香愛淪羮而怡老洞庭柑熟好釀酒
以延齡聚婦女以省晨昏俾免分勞遠宦聯親
戚以娛歲臘渾忘作客他鄉俗厭紛華性甘澹
泊斯其可頌者四也辛丑十月
中丞已開府粵東
太夫人猶居吴下時聞警傳狼火變起鯨波爰乃寄

示魚絨諭勤豹畧毋頗我於三千里外當報
君於百萬軍中俾得專壹帷籌遙參
廟算五羊被全城之惠百蠻投航海之誠叠著宏猷良
由慈訓斯可頌者五也備兹衆善餘不勝書僅
述聽聞畧陳梗槩他如墖金橋帶度現在之迷
津義粟仁漿憫嗟來於行路推衣鄰媪免作寒
婆待火周親稱為生佛秫惟剉薦曾留雪裏之
賓鞭不懸蒲可恕泥中之婢慈能台福和以致
祥固宜享鶴算之大年晉
鸞封於極品方今

中丞上孚

天眷下洽輿情綜齊魯之雄封建富韓之偉績迓魚軒

而就養晉兕酌以稱歡快一室之團欒補五年

之定省況乎

次君霽園先生明府鶴聲已上虎氣必騰佇騏驥之

並馳看芝蘭之競茁慶方來艾樂也何如某等

蔭叨庭樹榮仰堂萱誦天保六章賡九如而申

祝惘添海籌二算展八秩而晉期頤先迎黍律

之小春共介桃筵之上壽坐對南山佛笑曼陀

散五色之花行看東海仙來清越奏雙成之曲

汪母王太恭人七十壽序

汪君曉堂太守以仲華挾策之年佐士遜易鞭之治譽早騰乎齊魯才克媲於龔黄少入仕途黑頭如昨久違親舍白雲有懷葛喬雖嗣大宗謝啚不忘本孝欲御潘輿而未遂翻嫌毛檄之難辭陟屺載吟倚閭曷已乃令仲氏滋香上舍補廣微之什潔養陔南且為

季君肯堂贊府輸卜式之貲同官山左俾同姜被聯風雨於他鄉侍滕萊衣娛晨昏於故里子職盡焉母心慰矣兹者歲逢游兆月届嘉平為

太恭人揆覽之良辰即多寶佛託生之詰旦於是同
人斟霞爵貢雲屏頌天保之九如譜壽人之一
曲禮也然而陰德自鳴内言不出班姑續史雖
著於藝文程母叱羹僅稱於媊黨況復宣文幔
遠末由執經而從愛日堂遥未得摳衣而拜則
觀太守之賢而有立即知
太恭人之教以義方用敢推本徽華發揚懿範瞻庭
樹之敷榮徵堂萱之衍慶焉今夫歐冶之劍必
百鍊而乃成卭疏之丹非九還其奚就故四十
日強而仕九折之醫為良太守則蚤歲辭家作

游子於一千里外遠方筮仕賦從公於十九年
中虞詡之長朝歌何妨少達子奇之宰河邑居
然老成絶無紈絝之風永矢韋弦之佩雖其始
也家有嚴君庭詰兼承夫趨鯉而其繼也堂惟
慈母宦戩倍惕於還魚是以清白能傳脂膏不
潤歷權佐郡所至有聲兩攝方州無忝厥職濟
北壤連淮泗靖宵小而政閒淵關扼燕齊便商
民而頌起且也仙鄉作吏許到蓬萊省會借才
仍留符竹柳仲盤之判事不復重看雋不疑之
錄囚真無冤獄禮賢閣下獨題仲舉之輿聽事

有脫誤

堂中別設休源之榻斯非夙昤内訓少奉母儀
焉能移慈竹之春作甘棠之蔭乎去年九月太
守以獲盜功引
見薦牘首登
温綸寵荷
天子以山東多盜如李崇者難其人馬上能禽得郭進
而可無慮即膺
丹詔
特擢黄堂士元非百里之才此後可展其驥足孟母有
三遷之教曩時想鼎以熊丸原明之家業再興

端由中國文伯之門基弗墜賴有敬姜固宜和
以習祥慈因召福薛家三鳳騫哲嗣之羽毛李
氏六龍卜文孫之頭角今日古稀鶴算偕賢昆
季稱祝一堂他年極品
鸞封晉
太夫人起居八座乃益信得之母助者無不崇其禄
養也

梁母李太夫人八十晉二壽序

國家承平二百年矣寰宇乂安中外禔福凡百臣工靡
不敬爾在公而禄養其親以導揚夫

聖天子敎孝之治錫類之化昔沈炯以母老表請歸養
詔曰當令馮親入舍荀母居官用覲朝榮不虧
家禮陸贄爲中書舍人母韋在江東帝遣中使
迎還誠以公私得所忠孝乃可兼盡然非臣子
遭際之隆曷克有此是則
中丞梁公之奉
太夫人也匪直爲
太夫人慶抑且爲
中丞榮焉曩者　中丞由翰林出宰東省自是
擢太守觀察臣轍所至皆在齊魯吳楚其間道

路坦易潘母版輿咸聽導侍及之宫秦粤

太夫人以愛

國之心愛　中丞即以愛　中丞之心自愛其身遂不

敢作萬里行寄居吴江之婿家優游頤養者五

年今年四月　中丞自粤移撫山左即由吴江

迎養節署十月之吉爲

太夫人設帨良辰奉觴上壽蓋年八旬晋秩矣闔省

文武僚屬賡百禄頌九如雍容揄揚擒裳恐後

禮也某等近侍鈴轅獲聞懿範謹湛下忱用申

祝悃潮

太夫人系出隴西世居津門與
贈公同里于歸後襄子職者二十餘載視事已親倍
謹以故得堂上歡隣里宗蔛稱之
贈公登乾隆戊申科順天鄉試副榜移家京邸肄業
成均家政專資内助
太夫人經畫分明儉必中禮雖處嗇境而綽有餘裕
及教養所生復能以母兼師慈嚴備至　中丞
掇巍科膺顯仕雖席累世先澤留貽而於母訓
尤有賴焉
太夫人在署時每遇　中丞決一獄必勗以寛平遷

一官必勵以報稱雖遠隔數千里猶必諄諄致
諭是以歷治之區凡厥官民蒙庥被澤罔不以
頌　中丞者頌
太夫人易曰積善之家必有餘慶書曰作善降之百祥
備德若斯固宜拜
鸞封耀象服享大年於千春號禮宗於奕禩冠紱焜煌
子孫逢吉
國之瑞也家之慶也然而處貴而不忘其素為公而弗
及於私當　中丞之撫粵也正志士立功之會
忠臣報

國之時
太夫人謂家起寒畯一旦蒙
朝廷厚恩擢居衆僚之上畀以封疆重寄當募兵勇以
衛黎庶竭心力以効涓涘而卒能轉禍為福頼
以安全蓋　中丞之能制勝有方
太夫人實隱授之焉某等不文不能為雅歌投壺以
揚芬而頌善惟有列行稱娖鞠跽崇墀借鐃鐲
以奏雲璈秉干戚而隨萊舞
太夫人顧而樂之應笑翠水瑶池不必過於明湖繡
川而南山獻壽千佛來朝更勝於羣仙高會也

夫
武德騎尉晉封奉直大夫董君鎮山六十壽序
余與董君鎮山交十一年矣每值歲暮監兑鬲
津下榻欵留假芝蘭之室剪鐙晤對話桑梓之
鄉情相投意相得也今年二月為君六十壽辰
同人謀介爵之詞屬我執操觚之役知᠎吾者
鮑叔敢謝以不文詢高眦於李欽能言之從質
宜申華祝用叙卭言君四明右族三榮名宗叔
達為廣川六世孫夙樹句章之望天門接象邑
三仙島尤鍾甬上之靈蓋自漢迄今清白傳家

紫朱累世冠六朝之王謝埒三輔之金張浙水以東稱著姓馬君幼具龍文天生猿臂左提戈而右取印曹國華本是奇童畫戰陳而效指揮齊榮顯居然老將百城坐擁陋曹氏之書倉兩石挽強笑裴公之武庫謂雕蟲小技壯夫所不屑為探虎奇功豪士所當自立於是甘投班筆願著終繻一試而騎射冠軍再捷而鷹揚赴宴從此公車數上未獲強臺復登是時壯抱欲舒

宦情正熱思為

聖世干城之衛且効

天倉輓運之勞乃就職而督糧曾牧民而署篆卅年心
力著飛芻挽粟之勤五品頭銜膺
考績酬庸之典威愛不僅孚於什伍姓名已早達乎
九重頌溢齊川譽騰淮浦吏才將畧洵有兼長然而白
雲思親忠必資於事父絳侯有子教肅先肅於
治家君則襄䢖宗祠續捐祀產芘本根於葛藟
培連理於荊枝惠贍六嫺徧及孀嫠窮叟河潤千
里兼施義粟仁漿此皆承先志以博親歡挽澆
風以敦厚俗者也而且交于誼篤詒厥謀長欲
彰弟姪之賢則引登仕版親督兒孫之課則望

振家聲是以仲海季江並彈冠而隨家曾階蘭庭絮咸秉炬以步阿翁至於博覽雜家尤精相術識僧虔於未遇許方進之必侯兼通都利之經並究扁盧之秘筆如飛而盡驗杏舊植而逾多此雖文士之緒餘亦造前人之上乘其尤可頌者君與謝湛如守戎相逢萍跡旋訂蘭交偕謁選於都中恰同幫於山左屋判東西頭而住宮如左右手之聯真膠漆之相投若塤篪之並奏而眷忘為異姓廿年不易初心則其涸拯窮魚羇憐飛鶴平仲之金勿吝士謙之券可燔從可

知已固宜山隆劉父門大于公哲嗣芝齋刺史
早掇巍科已登顯秩作滇南之良吏紹洛下之
循聲是則治有稟階克守鯉庭之訓名將列薦
定邀
螭陛之榮季豹幼甫能言慧先殊衆背誦千言而不譌
半字隨稱一物而能辨四聲蘇晉乃王粲之儔
孫碁為顧榮所賞異日探香月窟奮翮雲衢未
可量也玆當周甲共祝生申廿四番風信吹來
正逢二月十五日花朝盼到先占一句緒等宦
轍同方朋簪締雅久欽蘭誼敢擴蕪詞慙無化鳥

之飛凫弗獲登堂而獻兕觥梓並承
恩之樹稱萬石君而疊荷
鸞封李桃皆益壽之花歷八千春而長延鶴算

祝李夢韶太守四十初度一百韻

唐叔分茅地雄圖溯
帝京(太守世居河間)滹沱通北塞滄海接東瀛是處稱靈異由
來毓俊英廣川三策重僕射一門榮相業隆文紀騷壇
數長卿扶輿鍾間氣箕尾萃祥禎太守猶龍裔髫年已
鳳鳴博聞徵太乙夙慧紹長庚世德高曾欽清芬遠邇
傾鄴籤貽卷軸魏笏溯簪纓門第金張貴詞華溉蓋爭
龔黃先代績吳粵舊游程(太守曾祖某乾隆壬戌進士歷任江蘇句容上元安徽天長合肥縣令擢大理寺評事廣東惠州太守)皂舃江湖遍熊軒嶺海征去思

般屬吏。來暮慰編氓。所至謳歌起。宜邀福履成。萊衣傳
舞綵。梅鼎紀和羹。太守祖枼官兩浙鹽大使鹽筴通商便。牢盆握算
平。充閭歸石磬。肯搆勝金籯。虬户承前緒。鱣堂有美聲。
太守太翁紫亭先生辛酉孝廉官南和訓導門基培五桂。家學授三荆。太守胞弟
鍔乙酉拔貢現任撫寧訓導鈺乙酉拔貢現任廣昌教諭雁序公居長。驪珠質最瑩。
王丁能早識。李甲已先明。趨鯉庭箴對。丸熊母教誠。孝
思敦趙至。勤讀過張楷。智陋雞碑隘。才嫌鼠獄精。壁書
搜漢獻。柱史纘商彭。誦記貪桑牒。編鈔積柳瑆。詞源奔
浩蕩。筆陣掃縱横。獨擅長楊賦。能攻細柳營。經傳邊笥
富。學貯惠車盈。綺歲歌鸞藻。高秋宴鹿苹。太守丙子鄉荐劍光

冲斗寒漢石韞剖琭瑛墨壘摧強敵文鋒却老兵青霄
摩健鶚碧海掣長鯨就日
彤廷試凌雲
黼座呈登龍開蘂榜題雁會花棚飽啜紅綾餅初嘗紫
禁櫻奪標膺上選珥筆直西清（太守丁丑入翰林）夙號詞壇將
新聯翰苑盟揮毫追衛玠得句比陰鏗繭紙書初就雞
林價不輕慣教前輩服不但故人驚燕許心堪印錢劉
眼或瞠世皆知范質
帝亦重韓翃屢撤金蓮燭頻叨軟麥餳
御屛書姓氏（太守兩次京察一等記名以道府用）

天語錫咸韺。藜閣勤非憚。冰銜守自貞。十年留畫省。三
次主文衡。太守壬戌兩科分校禮闈戊子典試粵東鳳味垂簾校。龍團汲水
烹。丁冬聽夜漏。辛苦對寒檠。萬選求才俊。千金謝弟兄。
力甘將目竭。卷恐負腸撐。手可韋三絕。心如水一泓。
帝廷思魯直。家乘簡徐甥。太守舅氏丹麓邊公辛未翰林官山左刺史文章學業推
重一時公師事有年瓣香獨得當世無遷腐。何人是左盲。蘭臺需巨筆。
楓陛采芳衡。館史春秋纂。闈文月旦評。太守歷充國史館協修總纂提
調文淵閣校理己卯庚辰辛巳磨勘鄉會試卷洽聞推譜內。雜組擬候鯖。視草
天原近。宣麻
詔獨擎。閩山持虎節。傑戟下羊城。玉尺償摩望。金甌刮

晴

雨晴鵲袍環鎖院鼉鼓坐深更大用收楠梓遺珍剔蚌
螳雅裁惟中鵠正色必求騂鸑鷟調鐘呂牛蛇息鬪獰
榜頭真矯矯餘子盡錚錚卞櫝售藏璞姜綸得釣璜珠
江迴使棹桂籍上

天樞

北闕承恩渥中州筮仕亨一麾提印綬五馬擁旛鉦太守
於道光九年簡放河南莅郡崇寬政臨民協下情治才畀晉斾交
誼慎齊嬰几玩甿圖史盤飧約韭菁薰琴消暑酷虛鑑
朗秋晶善化歸陶冶祥刑減刖黥馳流防堰築險道闢
栝樫未暇尋山屐時揚出郭旌蓄蠶催婦織買犢勸農

耕鴻困心懷赤紡勞尾恤楨解囊安老袖輸俸活鰥煢瑞致雙歧麥豐占再熟杭犀黎歡比户多士頌新黌八月賢書貢重煩省郎行太守今秋提調省闈座中師座主門下見門生典試俞啓青太史爲太守門下士衣鉢遥傳派孩兒豈倒綳欣看排玉節曾侍酌金莖旋返文翁駕偏傷末利瓔太守新有悼亡之戚公懷從曠達子舍釋纏縈愈謹晨昏職依然色笑迎太守高堂具慶迎養在署滕前繞總角頭角已崢嶸太守哲嗣長門壽甫四歲蔭加栽植庭祥漸合符吾儕充下吏幸得附知名渡勃蒙收蓄駑駘任使令惠常叨白傳才自愧黃瓊嶽降逢今日山高效昔賡趨陪聞讓鶴澀縮語羞鶯難奏雲和

琴。聊陳洛浦箋。燕詞三祝進葭管一陽萌。佇盼分麟竹。
相將獻兕觥。顧延堂上壽。長荷
國恩宏。

鄒鍾泉明府李太夫人六十壽詩一百二十韻

稽古名媛衆多推隴右賢文姬存父祀絡秀主
賓筵誓節心波靜簪花字格妍管彤垂懿範竹
素溢陳編星曜羣瞻婺坤元允配乾太君今嗣
起令德久遐傳聞昔衾裯賦猶虧笄字年壼儀
雖未著婦學已能全酒醴供羞膳蘋蘩佐豆籩
習勞親井臼尚樸屏釵鈿繭熟勤宵績雞鳴警
曉眠歌喚中婦艷義守小星篇質性原殊衆才
華復踞巔雪庭飛絮咏月閣巧絲穿慧出鍼神
右靈祈繡佛前雲衣工獨擅花玉樣新鐫步障

圍能解。廻文句善聯。誦詩教侍婢。握管效書仙。
琴御宜同好。妝臺益見憐。夫君時已老。母也事
彌虔。無間晨昏候。常陪杖履邊。奉匜勞匪懈。執
櫛禮何愆。鄴架收籤軸。元亭助槧鉛。史才資考
訂。家政賴周旋。歡共齊眉案。貧惟坐膝氈。學廬
依白下。隱舍似焦先。所冀熊能卜。難忘魚在筌。
禱求懷聖紱。慰藉問靈篿。階長宜男草。池生君
子蓮。夢中驚躍鯉。直上類飛鳶。雷雨騰千尺。風
雲去八埏。恍看猶子至。疑被阿香牽。豈是來靈
運。重煩作惠連。斯徵都駭絕。相語各忻然。果得

蛻

提戈印。無虞弄瓦塼。鳳姿歡老眼。駒質聳高觀。大母嘗懷燕。中齡遽脫蟬。祇餘孫子泣。時致涕流漣。對此憂如失。難禁喜欲顛。臺消思子恨。益擲洗兒錢。娛老教依膝。成人望及肩。聰明真矯矯。丰格早翩翩。齔齒書歐荻。勝衣佩董弦。詩能吟白也。字必辨烏焉。破壁才原大。趨庭教自專。父將貽七葉。母亦誨三遷。弱歲貪裁牒。同遊讓着鞭。文壇名藉藉。腹笥富便便。但恐靈椿萎。難期寸草芊。惡聲聞賈鵩。吉兆變楊鱣。有夢招康節。無丹乞偓佺。爾時已歸里。仰屋但空椽。桑乏

壹

成都樹。家虛負郭田。將衣聊易椰。無地可營阡。
嗚咽哀鴻曲。凄涼寡鵠絃。危樓廿一墜。滄海誓
重填。幸進回生葯。如斟益壽泉。初驚神去。舍漸
覺氣通咽。時運嗟歧路。光陰感逝川。恐兒仍廢。
息終日此憂煎。從此心留疚。頹然體就孱。嗣君
因憤激。舉業愈窮研。試冠童軍隊。充為弟子員。
秋登名士榜。北上孝廉船。提聽泥金報。忻看畫
錦還。策遲
螭陛對。綬見鶴廳纏。壯歲懷雄略。巖疆試小鮮。論交
收馬磨。拔士到牛轞。謙學鳩安拙。羞同蟻附羶。

課桑行白鹿。勸稼給烏犍。漫澤魚租緩。荒林橘
稅蠲。施漿添野竈。貸粟發倉囷。訟少庭如水。民
安戶不鍵。春斤嚴伐麓。夏罟禁趨淵。治法蒲三
善。行裝石一拳。戒苛懲似虎。擊鷙肯如鸇。愷澤
隨時播。和風到處扇。廉明追陸績。幹濟過楊璇。
新愛孚南國。前型紹北燕。洵能守清白。詎止報
埃涓。凡此仁人政。咸承
母教宣。萱榮難並護。棘素又重褰。孤幹留慈竹。空
山叫子鵑。行程迷楚樹。歸路返吳舠。嶽色雲空望。
淮流淚共濺。新廬營墓側。老屋住城偏。時見烏

羣集。還來鶴侶蹮。杜門謝車馬。讀禮潛蔬饘。孝
行同毛義。鄉人比巨錢。雖云經釋服。猶自念遺
棬。欲奉高堂養。重投吏部銓。徵旌隨子子。東帛
待戔戔。仍捧中州檄。來尋再至緣。弋陽攀去蹬。
汴水迓行旃。繁劇舒長策。艱難握勝權。卑棲嫌
枳棘。大用見楠楩。昨歲飛丹舄。瞻
雲向
紫躔。
温綸叨
殿陛。循譽滿都壥。晉秩宜需次。歸旌即賦遄。隆衙

君寵渥。清節母懷堅。

鳳誥思頻荷。牛衣念未捐。殷勤申婦誡。隱惻繫民瘝。藻

思餘蘇蕙。芳徽邁莫荃。今逢周甲歲。剛值仲春

天。柳嫩垂猶短。桃開笑乍嫣。階蘭香馥馥。庭樹

翠仟仟。佳氣迎天姥。澄輝仰女嬃。良辰占悅設。

佳節勝裙湔。濱岩風初暖。團圞月正圓。虞堂華

幔啟。韋帳絳紗懸。合樂雲璈奏。催花擊鼓蘤。堆

盤呈雪藕。益算進霜秈。經寫華琳笈。膏封軟玉

箋。釵行排十二。履客滿三千。西極稱無量。南山

頌不騫。同人羈職守。宦跡阻伊邇。有願擎瑤盞。

無由接翠斬。殷懷披愛日。翹首望祥烟。籌共靈
真積。瓜期子姓緜。瑶池瞻在邇。歲月慶長延。

諺詁　異字　文瑣　聲貌解

正字代字　待質編　評語

諺詁

滑汰 太音㺃

六書故冰凍滑汰也 俗作汰㳠

北人謂冰曰凌

風俗通積冰曰凌

不中

俚語以不可爲不中蕭（參）希通録引左傳成公二年無能爲役杜預不中爲之役使又不合左傳定元年季孫曰子家亟言於我未嘗不中吾志也

·順伽

書柔遠能邇 註能猶伽也 孔穎達曰欲安遠方先當順伽其近

拘 伽拘也

著力拏曰劻

劻音堆上声

負物曰㔟

㔟音虔 又以肩舉物曰揵音乾 又舉曰掀

鑊甗 [illegible]也

甗音盛 [illegible]

張目曰㝗

㝗音救

淡飯

食啖 史記叔孫通傳陛下與呂后食啖 如淳注食無菜茹曰啖 徐廣曰啖 一作淡

喋 口喋 去涉反切

喋 集韻江南人謂吃為喋

轉舌呼曰啶

啶 音定

塳塺 塳音蓬塺隨風起也

埕墈 墈音戡岸也

土墯㙖 集韻𡑰𡑰土墯㙖𡑰音颯

[illegible] 音蛇 揚子方言以大言罔人曰[illegible] 今俗曰[illegible]頭

桊 黍凡物大束曰桊音混小束曰桊音曲，卽音峴亦作槼禾十把也氾勝之書 藝麻法槼欲小槼欲薄

婊子 俗呼倡女為婊子

姙婦病𡡉 𡡉音岁婦人病胎也

物不淨曰𡢃臜 欠佳竑俗用難字𡢃音諳 又

阿獃 長箋闒儓遲鈍貌浙省方言曰阿當未𢡟貌一曰阿獃

窒窣 窣恥僾切瞻慗貌 又不正也

幇 省作幇治𩋵是也凡事物旁取皆曰幇

薄小物為赫虩 或作𢢃慌屬小紙也

手一㡯 音托兩腕引長謂之㡯

康 也迦 詩小雅酌彼康爵箋康虛也今人謂虛為康

歒 歒喜声謂物新美者喜向之也

謀物曰蹄 蹄音蹄去声施罟于道以取禽獸也

忐忑 忐音毯忑心虛也道藏之元經以心忐忑○又懞惑音莫脫心不寧也

猫犬吐曰㗊 音沁今北人尚謂之

糞穢曰惡 前漢昌邑王傳如是青蠅惡矢師古曰惡即矢也越王句踐為吳王嘗惡

佶慉 前漢息夫躬傳心佶慉兮傷肝慉音胃心亂也

慫慂 勸也見揚子方言一作從容

懃慨 音列慴輕薄也

扁 器物不圓者曰扁前漢東夷傳三韓生兒欲其頭扁壓之以石○署名門戶之文亦曰扁

葦扇 門以木曰扉以葦曰扇

物不圓曰扤 音求

分物曰扒 音八又音必

揩抹 摩拭也抹音莫○又韓愈詩空裏出肢抹注摸揩抹也

排批 孫臏傳批亢擣虛注批音白結反相排批也

手懸持物曰拎 音零或作拺或作攊

攫物曰拏 揚子方言拏揚也會稽之語也○又拘捕罪人曰拏俗作拿

什麼 不知而問曰拾沒俗語為什麼

强與人物曰掗 音亞

望遠取直曰揀 專去聲周禮置臬以縣是也今山東匠人猶言懸正直猶揀

矢聲曰搜 魯頌束矢其搜疏搜矢行聲言勁且疾也

手按曰揿 欽去聲 負擔曰㩬 虔項切音慚

和雜曰攙搓 搓懸入聲 又盡色曰搕搓

手捻鼻膿曰擤 擤音亨上聲

誘人為非曰攛掇

撫 音疾手伸物也 戳 音觸刺也

物故 前漢蘇武傳前以降及物故凡隨武還者九人注師古曰物故謂死也言其同於物而故也

料理 料音聊 晉書王徽之傳 當相料理 斟酌 周汝登王斟酌也

斬新 杜詩斬新花蕊未應飛 注禪家有斬新日月之語

日 集韻音畔 義同今吳越呼日皆此音 周時 類篇晬時者周時也

叙寒溫 劉峻廣絕交論叙溫郁則寒谷成暄

鞢勒 勒於敎切佑消靴鞢右勒 鞢一作韂或作韘音邑

食籮 癸辛雜識尹梅津帙於羅衣二指趙人爲之注曰梅津一生本動只將行令食籮一擔

鞦一雙 稱一両 北齊書節司記武帝遺楊愔靴一両

收生婆 搜神記廬陵婦人蘇易善都産夜爲虎所取去行六七里至大壙晉易置地虎當産不得輒仰視易怪乃爲探出之有三子生畢牝虎負易還再三送野肉于門內

頭上玉角 北史隋文帝紀帝初生于馮翊般若寺有紫氣充庭皇妣抱帝忽見——頭上角出遍體起鱗

年豬 陸游詩屋頭還賽歲豬鳴

神豬 劉因詩約買神豬謝春雨

以冰添釜曰[illegible]燠

分割曰𣀔 揚子方言參蠡分也郭注謂分割也燕曰參楚曰蠡

業已 前漢吳王濞傳高祖召濞相之悔業已拜○注已然曰業

短襬衣 襬音擺短衣也

懊憹 憹音腦即懊惱○又奴刀切音猱○懊憹悔恨也

內頭水中曰頷 頷烏沒切溫入聲○又音沒

老而善忘曰杲荼 荼音涅○唐書白敏中傳畢誠言白敏中疾其病曰杲茶 諸言其杲荼不任事

大限 星家言汝年若干稱大限 按書歐陽人大期百年為限

炙艾曰壯 北史馬嗣明傳有一家二奴疾嗣明為炙兩足趺各三七壯便愈

吳人呼猿曰㹭 又作㺚 集韻𤢺𤡫於吉切吳人謂猿曰㹭○猢猻海中有猴屬○玉篇猢猻

物故 唐杜黃裳對憲宗曰德宗自任晏息務為姑息不生除節帥有物故者先遣中使察軍情所與則授之○物故謂死言同於死物而故也

一謂不欲斥言死但云所用之物已故耳

䐜臭 䐜音信 腋氣病 俗謂之狐臊

乾瘡 音堂 指病也

左陰别名 㞗音聊 屌 貂之聲 勢

右陰别名 屄音平 屬音通 𡲰 才余切 聚平聲

以釘釘物曰釘 丁定切 音訂 增韻以釘釘物也

鐵釘 見玉篇 又晋書陶侃傳 又桓温伐蜀以所貯竹頭作釘裝船

鑲銲合金銀鐵之縫曰銲 廣韻 銲金銀令相著 又玉字通銲藥 以硼砂合銅爲之 用胡桐汁合銀堅如石

今玉石刀柄之類銲藥加銀一分 其中則不脆 銲音翰

鐵鋦 音菊 共鋦同 玉字通 凡器兩物交合用鐵片銅之或鐵角交破片而鋏拘之 皆曰鋦

慢火爛煑肉物為𤏶 於刀切 音鏖

北人謂笑無用者為鰣頭兩航雜錄鰣魚身柔如豆腐無骨鰣細口潤齒多海上人目人弱者為鰣曰鰣一

作䤈又同鰣仕限切音棧

以湯除毛曰燂廣韻他回切燂燂毛出字林集韻音推以湯除毛或作𤎅又作燂

罶字典廣韻音淦捕魚網也同罶 ○ 按吳越水鄉農人以小網夾泥上般渦之罶泥

異字

兢 兢文選弔屈原詩 作兢兢先王 矻 矻矻 劬劬 勠力 勠力 㢈 巇郵辭作㕚巇

周 匝 匌匝 匌 匌匌花雅傳作蒲服 匍匐傳作蒲伏 又匍匐左傳作扶伏檀弓作扶服 蒲 蓧 蒲蓧 或作𥴗 亦作𥴗

鑰 匙 鑰鍉或作椻亦作提 匳 作籨奩奩 籢 俗作匳 𢿱 辛 醫辛

覦 𩨨 𩨨覦 倪仇 雞 𡿾 道藏洞靈真經作雞 𡿾 而崆峒 空同

枲 猶 史記楊王孫傳作猶 佛孔子作仇 作風 縣呂覽 單 于 善于 喫 噉 嗷

哇 嗋 嗋 左文嗋 鯁 哽 梗 單 闕 太歲在卯也 一作亶安 見史記曆書 噪 譟 喿

新 左文 𣃔 啼 鷦 儺 單 雌 嗛 响 鳴 𢠸 窗 𦮃 殷 𣫞 史記王翦將 合取𣫞投殤身

坩 向鄭 收 野 墩野 晦野 垢 坳 坼 易百果草木皆甲坼 揚雄 蜀都賦百果甲宅 宅同坼 雉 堞 雉 作垸

埋 蘊 𧴩 塸 垣曲牆也 坎 坎坎 之蛙 埳 井 罔 繞 𦅁 布 僩 嵎山

類篇訓殘存埋

異字

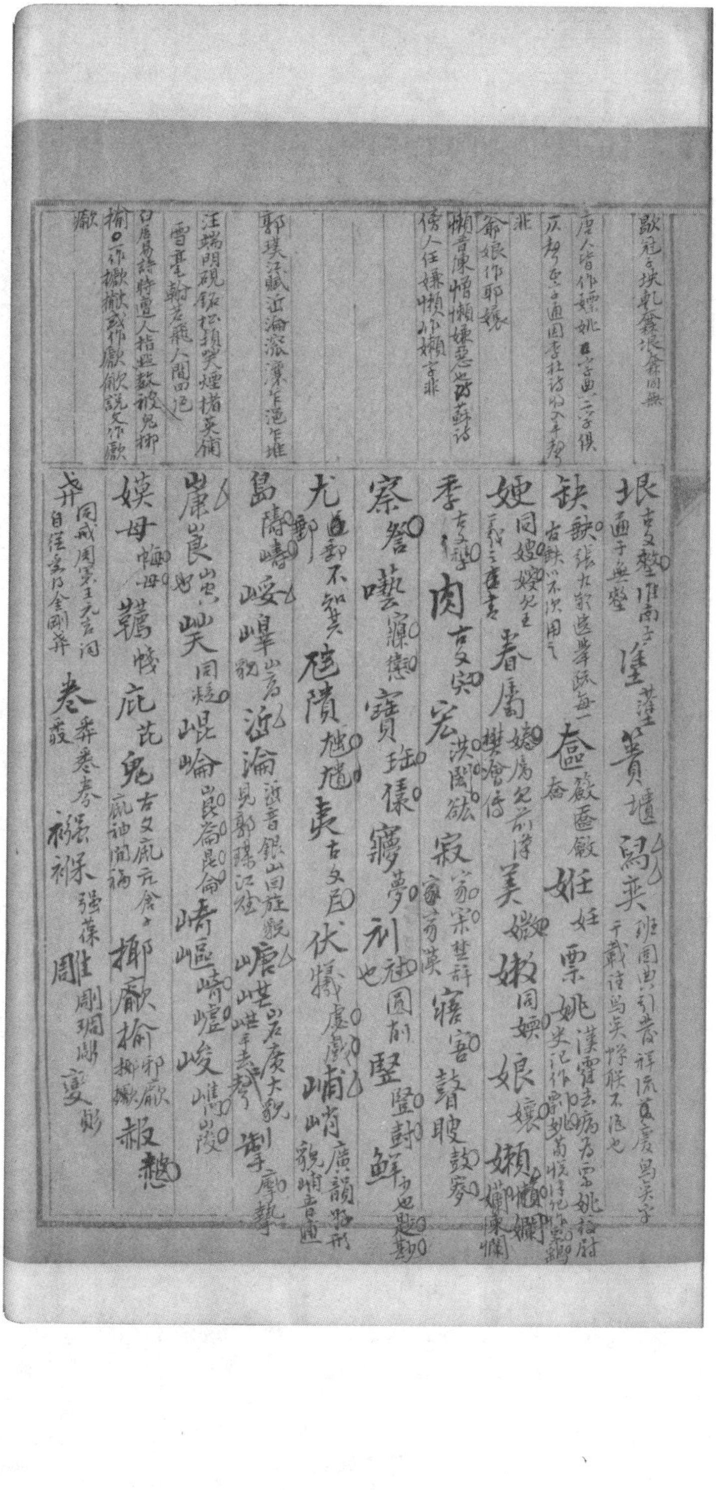

貘字見列女傳

伶仃 伶仃 悪世 想 懘 懘 懘 憿憫 憫 渟沱 悪池 惮 [illegible]

貌 [illegible] 懊惱 懊懊懊 嬲 戡 黎 堪 黎 戡 黎 大 蔑 大 鳥 [illegible]

庱 廖 [illegible] 門限 門 限 抑 戒 戒 句讀 句 投 兄 [illegible] 融書 [illegible] 懷抱 懷 衰 折 [illegible]

杖 根 [illegible] 呂氏春秋 呂 起 根 [illegible] 拚 拚 本字 拏 同 拏 謙 抑 抑 [illegible] 光武帝紀 特 存 抑 抱 [illegible] 荀子 抱 而 損 之 注 抱 退 也

輓 歌 挽 歌 唐 李 泌 為 建 寧 王 倓 作 挽 詞 命 挽 士 唱 振 觸 觸 動 也 牽 牛 [illegible] 拳 [illegible]

揀 通 作 簡 囫圇 揮 揄 揮 塵 攜 揮 擲 撰 本字 撰 掃 [illegible]

拘 攣 鈔 抄 擦 撮 擒 抖 擻 斗 數 王 [illegible] 抖 擻 [illegible] 邵 [illegible] 兄 前 漢 地 理 志 壞 斂 [illegible] 書 序

芹 靳 [illegible] 罔 兩 [illegible] 方 良 箕 萁 旗 荀 子 明 國 [illegible] 旗 翼 注 旗 讀 為 萁 翼 二 十 八 宿 名

旐 旃 酒 [illegible] 子 [illegible] 作 祈 [illegible] [illegible] 皓 [illegible] 司 馬 相 如 傳 [illegible] 暢 [illegible] 同 裹 暫 同

瞬 通 作 瞚 [illegible] 瞚 [illegible] 說 文 [illegible] [illegible] 入

延陵 前漢古今人表鋋陵卓子。鋋、延同。

馬相如作昆吾。史記作錕鋙。

昆吾 昆吾山名，出金，可作刀，切玉。列子殷湯篇：錕鋙之劍，可

胏腑 胏附。前漢劉向傳：臣幸托胏附。

肺附。叙戚也。

異字

莫邪　鏌鋣。後漢崔駰傳求鏌鋣于明智

單持　芃作鉀鋪，即單持也

龍鍾　杜甫乃侯呂樓其文鍾龍鍾。雅子蘇氏演義謂不見其筆，此藍翠拄塔之缺，因吾讀吳都賦龍種而退，往還失貌，此龍之種物，不能通試。鍾即龍種二字，郝之鏡或又作龍鍾。盧仝詩作瀧踵。又黃庭觀於擺退忽被容歎，觀歸龍鍾

茶毗　西域茶毗一個傳。古字通梵言闍維，即茶毗，後人又莫之之說，若此按蘇詩不免燈花

異字

委蛇或作逶迤、逶迆、委移、倭佗

異字

委蛇 褘隋 韓詩外傳 偉衛 尉衛方 碑ーー在ニ 袁盎 爰盎 史記袁盎 漢書作爰盎

頎然而長 史記孔子世家 頎然而長 注頎音祁 邃 邃廼 前漢書 邃廼 有恥 邃迆 屑迆 漢書 遂迆 不敬

禹 柳洪水 鴻 荀子成相篇 禹有功 抑下鴻 杌 梲 也 太元經 園方杌梲 注不安

猗儺 橠橠 婀娜 嫫母 悔母 棲遲 迡遲 揚雄甘泉賦 徘徊 招搖 屖遲

懹 誠 褱誠 韓詩外傳 ーー 忠 誠 未是 徑 注 不回 懹 李子曰 懹 一作褱

怏怏 鞅鞅 前漢書 傳 悵悵 從容 從頌 史記 吳伸 傳 世之范且 為之從容 皆也

頡頏 翓頏 頏又作胻 揚雄 魚 書 鳥胻 鳥牙 秋牙 論衡 作 秋牙

祝 祝 祝 禱 祝 記 封 帝 堯之後于祝 比 比 陛陛 郙合 曹 成 碑 ーー 陛 陛 寶 祝 或 為 禱 取 寶 似 注 陛 陛 猶 比 比 言 宗 事 也

異字

露袒 荀子作路亶 纖芥 前漢元后傳作纖介 彷彿 仿佛 髣髴 方㫱 放㫱 俩佛 放悉 恍歎

抗禮 伉禮見莊子 匍匐 蒲伏見史記范雎傳 候伺 候司 昭穆 佋穆 偶儷 偶字

勃然 浡然 又僨然見荀子 徘徊 俳佪 裴回 斧扆 斧依 薦紳 搢紳見路史

脫失 侻知 侻失 被酒侻失見蜀志 俯仰 俛仰 頫仰 倜儻 俶儻 束裝 俶裝

睥睨 俾倪 五臟 五倉 倔強 倔彊 倭遲 與倭迤爲迤 委蛇 威遲 委移 皆通

儱侗 龍鍾 隴種 龍踵 唐突 傏𠐊 俗字 附會 傅會 心擬 心儗

屭屓 傍㽸 偃 偃俛 荀子可吹 而俛也 南譌 南偽 擠之 僭同 揚雄傳字 亦傍石

侏儒 株檽 肅慎 儆侲 婀娜 阿那 猗儺 阿難 猗旋

僅萬 不備 見前漢吳丹傳 譣迭也 儇之 傈之 睽之 言睍 愴悅 倉兄 見詩大雅

侯伺 不獨

儱侗 倲侗 肢又 龍鍾 遺失貌

亭臨夫傳平亭 疑法亭均也

商王湯至周厲王胡

代字

信　[illegible]　平亭　堪　伍王粲賦孰[illegible]思　而可任　當　伍左衆怒難任　始　倣　[illegible]

善　伨　詩伨人[illegible]　滿　伋楊雄校獵賦　[illegible]　惕　伐齊[illegible]於其心[illegible]　俥　俥以[illegible]也

是　伊年暮者見揚雄賦　詐　偽　受　均　古[illegible]顏[illegible]均即韻也見說文

惟　伊儀禮[illegible]伊[illegible]　護　[illegible]詩云如何[illegible]　下　[illegible]音[illegible]作[illegible]

[illegible]序[illegible]字[illegible]補[illegible]子古文　被　[illegible]

我　[illegible]　諸　凡諸[illegible]　忘　[illegible]　大　將　[illegible]將　[illegible]

春　[illegible]　送　將　[illegible]　程　將　[illegible]　長　將　[illegible]　側　將　[illegible]　去　將　[illegible]

請　將　[illegible]　用　[illegible]　加　[illegible]　望　[illegible]　治　[illegible]

困　[illegible]　很　[illegible]　勉　[illegible]　貪　[illegible]　指　[illegible]　擊　[illegible]

文瑣

㰝發

説文詩一之日滭泼六書正譌俗作㰝發非

手足凍皴

曰㵳淋音留求

凍相着

曰浹渫音協牒 曰滂音滂 曰漕音滂

寒皴

曰洗洗洗其拯切洗色拯切 浸浸 淨淨 凜凜

極寒

佼士从通

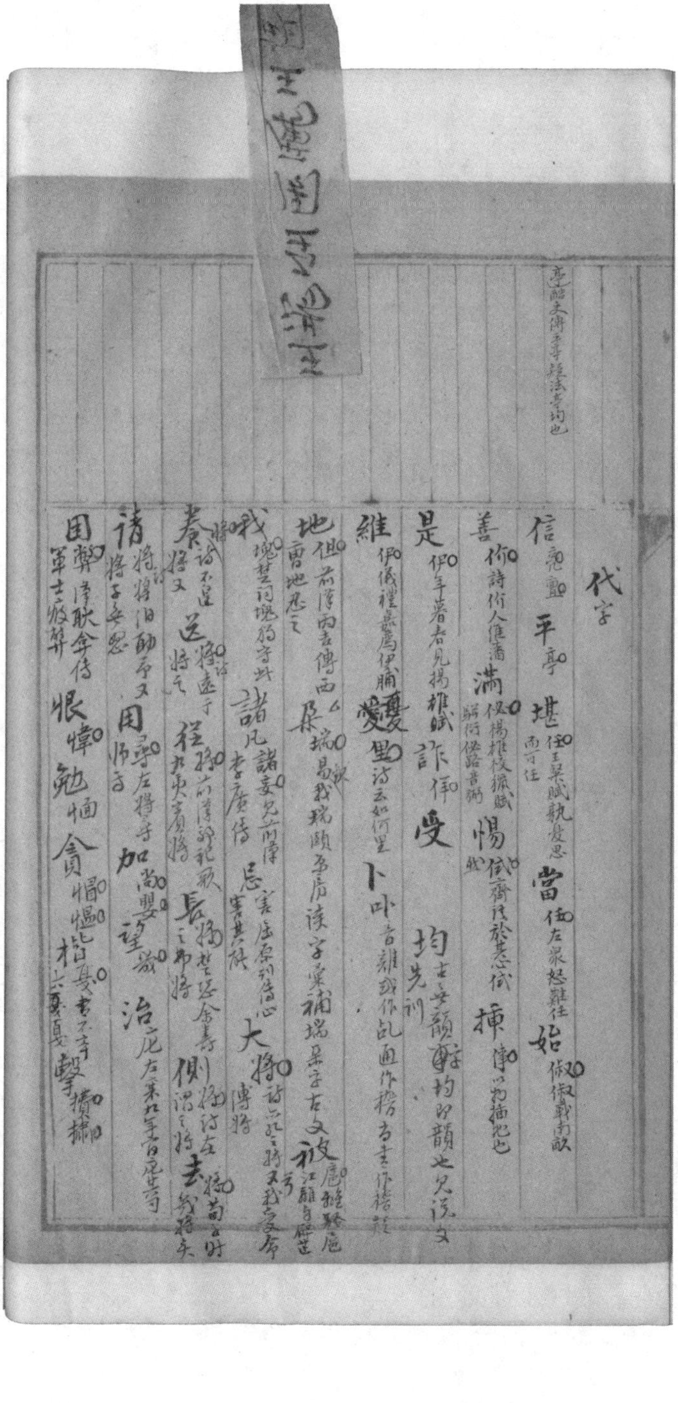
代字

文瑣

觱發

說文詩一之日滭泼六書正譌俗作觱發非

手足凍皴

曰漻泬音留求

凍相着

曰渫渫音協牒　曰滂音滂　曰漟音滂

寒皴

曰洗洗洗其拯切洗色拯切　浸浸　淨淨　凜凜

極寒

佼乎从通

蚊 前漢高帝紀作文

曰溹痒 韓愈詩羽毛各溹痒

寒熱

寒熱亦曰滄熱逸周書天地之閒有滄熱用其道者終無竭

鳳凰

鳳皇詩雒 鷂儀殿晉書

不動貌

兀兀

不安貌

臬兀 臲卼易困卦

户

尸音矜朽骨之餘也

供張

前漢成帝紀無共張繇役之勞

具具

荀子具具而王具具而霸註言具其所具也

瑇瑁

司馬相如傳毒冒鼊鼊

猶豫

前漢馬援傳允豫未決後漢來歙傳允豫不決註狐疑也說文猶玃

屬集韻居山中聞人聲豫登木無人乃下世謂不決曰猶豫

飯剛柔不調

曰冟音適不適也

幼髮

白虎通男子幼髮必冠

目深

冗音公

零丁

或作伶丁

訛字个丁

唐書張宏靖傳汝輩挽兩石弓不如識一丁字讀世説丁字作个

因篆文亇與丁相似傳寫譌作丁

君能下下

君能下下見詩序

訛字斝

鉦徒口切音鉦禮器也

轉注古音石經毛詩酌以大斗以祈黄耇今文斗作斗非

烏桓山名

烏桓 魏志作烏丸 又作烏亘

讙兜

讙兜 腢兜 鴅兜 鴅吺見古文尚書 讙頭山海經

羊乃

羊鬪海岸弱者入山時人謂之乃 黎乃者勝勢也見唐書南蠻傳

欸乃

欸乃棹船相應聲黃山谷曰湖中節歌聲或作靄廼曖廼襖靄

古人因物制字

周伯琦曰古人因物制字如之本芝草乎本呼氣爲本篤

文

反正爲乏

物數

物曰枚皆曰乘禮少儀乘壺酒舌子發乘矢是也 物度亦曰乘左傳往高以乘韋先 楊子方言 鴈曰乘是也

乞乞

陸機文賦思乙乙其若抽一作軋軋

沒人貨利曰乾沒乾音干

張湯傳始為小吏乾沒註言掩取貨利沒為己有如小盡涸也

行貌

于于韓文于于焉而來矣

自足貌

于于莊子其覺于于

吭即咽

史記婁敬傳搤其亢爾雅釋鳥亢鳥嚨註亢即咽俗作吭

亢音岡說文人頸也

訛字亥豕

家語或謂晉史云三豕渡河子夏曰己亥渡河己讀爲三亥讀爲豕校之

果然

貌解并雜詁

屯亶 難行不進貌 滬灰 水流貌 仄慝 月行遲也 仇 同髮垂貌 佚僑 不伸也

征伀 惶也 征通忡 倖儅 不常也 心心 恐貌見體文 欝伊 不歸貌 伊與噫通 佔侄 輕薄也

伋伋 虛詐貌 休休 儉也 詩良士休休 佽邪 離絕貌 佌佌 詩佌佌彼有屋 註猶小也 屋字解此之意

佔囁 耳語 佗髮 被髮也 佚 行列也 揚雄蜀都賦 僑佩 不伸 傩俘 不伏

侄佗 不前 奇俵 非常之俵 音注 作 削直踈之 神魚曰作 又猶斷也 侊侊 大貌 倠魁 大貌 倭老 大貌

倴莫 强也 北燕之外郊之間 力謂之倴莫 儱侗 直也 侂傺 失志也 侮張 誑也 僾俙 不明也

僇俾 靡大貌 儡傫 頭向前也 又醜貌 傐傈 頭動也 傀俄 頃貌 傕傋 不媚也

佂飪 皇遽貌 伶俐 點慧也 儈傈 癡貌 佳儴 閒脚行走也 傲儻 卓異也

剌促 晉書備無酬和嶠剌促不 伜伜 排行貌 僸儖 鈍貌 們渾 肥滿貌

征伀音征忡 伀音心上声

伭音誇

揚子方言 非常曰俵 宰子

倴音基

僸音婪

特介

揚子方言物無耦曰特獸無耦曰介

仢約 有三義

一訓仢約為 一訓奇星見宋雅 一訓横木渡水 一訓約々

無何 别解

前漢袁盎傳南方卑濕君能日飲無何可免禍也註無何言更無餘事也

副貳

爾雅曰佴貳也郭注佴次為副貳

無聊 俚即無聊

季布傳其畫無俚之至耳注謂計畫無所聊頼

聲解

吾伊 讀書聲。黄山谷《北窗》：讀書聲吾伊。俗作咿。 燠休 痛念聲。 俏然 《荀子》：孔子俏然而歎。 倄 痛呼聲。

晏衍 嗷誂 鍧鍧 《前漢·天文志》：西北地大動鍧然。

發語辭

伊 揚雄酒箴賦□□□□詩伊余來塈 伊誰云從

式

虔 揚雄反離騷虔夫 悖而書字

貌附

儓儗 亭停貌　[illegible] 音郭 [illegible]貌　卤卤 音迢 草木實垂貌　吃吃 笑貌 音乞

呀呀 張口貌　呴呴 音穀 笑貌　哀駘 醜人貌 見莊子 哀駘它　噞喁 魚口向上也 噞音[illegible]

坲埻 塵起貌　婐妮 身弱好貌　斐斐 往來貌　訬婧 纖弱貌 張衡思玄賦 舒訬婧之纖腰

娃婷 婷音[illegible] 婠貌　娚嫋 長貌 嫋嫋音[illegible]　幝幝 詩 檀車幝幝 車敝貌　幡纚 飛揚貌 上林賦

闌干 橫斜貌 古樂府 月沒參橫北斗闌干　闌干 淚流貌 [illegible]王元昌曰 別後當闌干 長恨歌 玉容寂寞淚闌干

彭亨 驕滿貌 韓合城南聯句 苦開腹彭亨　撊然 勁忿貌　曇曇 黑雲貌

坲 音佛

韓詩 [illegible]塵坌坲

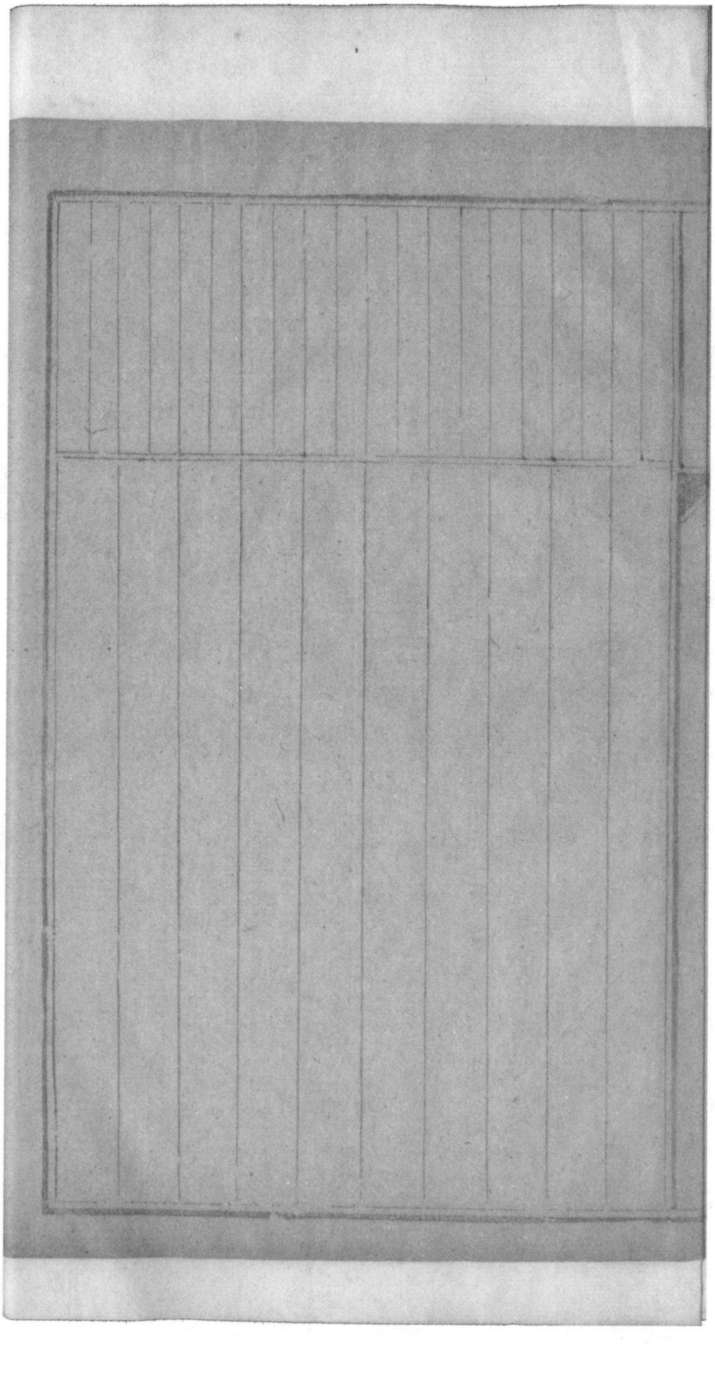

正字

傲 傲本俗作傲，非　勿勿 說文忽遽者稱勿勿〻〇東觀餘論〻俗勿中加點作匆，如忽遽字，論失真矣

冏 冏通俗作迵迥，亦　呆 同保，又音母，古文某字，今俗以為癡獃字，誤也

啚 音鄙，通作鄙，俗以為圖字，非　坆 音梅，古梅字，俗作墳字，不知何出　堤 正韻提岸之堤，本上聲，今平聲，後人相沿作平聲用

塑 本作塐，通作素　嫦 同姮，俗讀若常　子細 子細也，俗作仔細　北史源思禮傳為政當舉大綱，何必太子細

孤負 李陵書：陵雖孤恩，漢亦負德。俗作辜，非　埤垷 俾倪，睥睨　屆 宜作屆，從由，非

干支 干本作幹　廿 本音入　悃愊 愊音逼，拍逼切　慤 宜作慤，俗作愨

找 音華，與划同，撥進船也，今俗音爪，補不足曰找　拉 音与臘近，今上去聲，諺言邀人同行曰拉　捌 本音𢫦手腳物枝也，訓為本捌輪，俗義也

變 本應作變〻說亦〻久不改從　氷精 亦作冰晶，古精晶通　刀槍 正字通，俗以鎗為刀槍字，誤

鎗 鎗鋐，曰鎗，中空如枚謂之鎗，今俗別作鎗，非是

正字

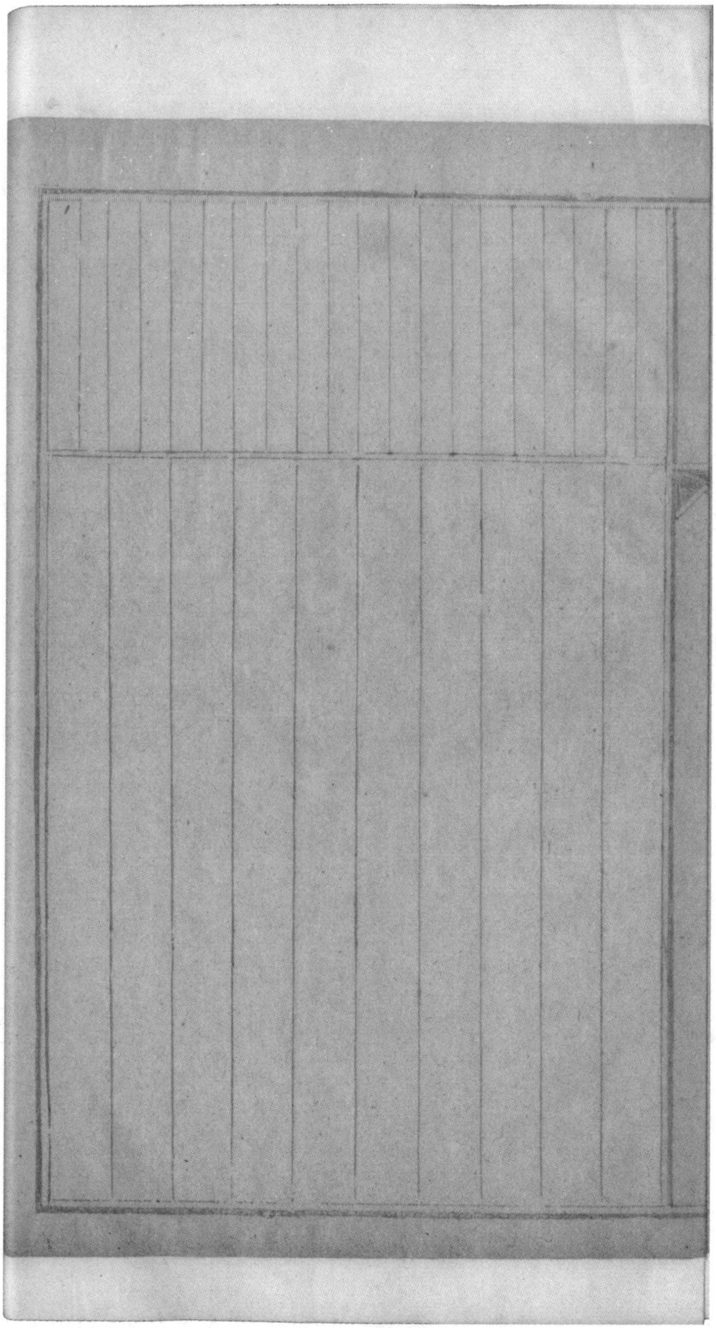

代字

夜 昔。莊子通昔不寐，又左傳昔之期 點 點 星。謝靈運詩，星星白髮垂 暢 鬯。同 三折 肱 九折臂。楚詞九折臂而成醫兮。左傳三折肱

那 。詩受福不那，注那多也。傳，言豈不多也 安 那。詩有那其居，注那安貌 蔗 柘 漢書注，甘柘蔗也

導 銶 晉語，子孟入其寺，注為子銶。銶音術。管子，注銶導也。借鍼義，銶，言前導也。銶長鍼。管子海王篇，一女必有一鍼一銶

削 鍥 戰國策，鍥鉊之脛 鍥，斷也。詩，於鐸之師

代字

待質編

吴梅村行路難 吴不見吾須將閑叫呼天集览語用陸倕書庚

陸里玉莉傳 吾為拔蘇將閑叫呼天也以拔蘇爲如説未詳所出

楊雄蜀都賦 蜮含肓筍蘦菓增伽

霍光傳 演房 藏中汲壓

廣輿記 和應麟字伯郡鄞人者玉海等書又湛州有應廣元

有王應麟 仕宦事中又天祥出門下未詳年代不能定爲一人

長編富鄭公稱范文正公曰范六丈 鶴林玉露又云范六丈聖人

也是富鄭公又稱范爲六丈

前漢谷永傳爲人起責不利致受謝

待質

白澤圖云土精狀如小兒手無指名封 宋小說引白澤圖列在

墀其名有二 唐韻又作墀

揚子雲賦曰駿駣蠖略攫㩳鄂偶敦圉㨶流諸字多與

六書相背蜀都賦髬髵崛㟪髬髵二字則臆造也正字通

古史考許由夏常居巢故號巢父是為一人

桓帝初京都童謠曰游平賣印自有平不及賢直子乃大雅 游

平賣印不知何指

沂鄂 或作釿鍔沂音銀 禮記郊特牲丹漆雕幾之美 註 幾器之沂鄂也

疏言以丹漆雕飾之以為沂鄂 又京兆南車不雕幾

建 批逆鱗 史記韓非傳李斯以見陵之怨批其逆鱗 或批 蒲結切音蹩

顧亭林云號檜皆爲鄭滅按左傳晉滅號檜且無考不知何本

義列殊月云晉書列女傳

畫師苏井西道人姓王不知何名

紡墟詩但取辛酸屏紆威紆威何解

歸田録不知何人作 畫歸田録歐陽修著又有續歸田録來之國著 呂詩話瞿佑著

檢讀平聲 杜甫詩小檢書稿 宋[illegible]釣舟 又宋[illegible]詩書稿 [illegible]東[illegible]馬[illegible]史[illegible]書稿湖邊[illegible]

古人多以姐字炷酒者 歐陽修詩[illegible]南浮姐浅已青 蘇軾浮姐[illegible]金[illegible] 陸游詩[illegible]满泛浮姐[illegible]棚[illegible]横[illegible]

周元[illegible]詩松花春醒傾玉浮姐 又蘇軾詩 柬[illegible]玉姐[illegible] 不知何解

司空城旦書 史記竇太后曰[illegible]司空城旦書乎 陸游詩｜｜｜｜｜｜｜

干將師不知何人 吳越春秋干將作劍[illegible]乃曰昔吾師之作冶也金鐵之類不銷夫妻俱[illegible]入冶爐之中

詩質

干將莫邪列傳（仙）為一人吳越春秋為夫婦名

安那 王安石寄大覺師詩單已安那 示入禪草堂經曾收取此

毘耶 朱子詩手生捷習今餘紫佃般毘耶禪上夜

豬龍 金詞玉 張寔大腹兒詩家味恨唐嬰兒哭豬龍爪破金詞 香飯珠天寶宮詞安祿山夜宿酒肉帕解金詞見於顧瘀

鴉娘 温庭筠燒歌仰面呻復嚏鴉娘咒豐歲

桃娘 唐庚詩何時西樓上誰為問桃娘

白居易有阿龜兒詠詩詩題兒是吾公子

蘇姑子作好夢也 霍小玉傳有媒鮑十一娘向李益曰蘇姑子作好夢也

望郎 李商隱詩望郎臨古郡佳句灑丹青○鄭谷詩望郎到[illegible] 詩寒星識望郎○司空圖詩[illegible]皆指[illegible]寄省望郎

烏丸家兒 黃素郵琦詩[illegible]以琦為佐著作郎向琦族人[illegible]曰不識高[illegible]郎[illegible]

詩情渠已解詠詩草[illegible] 主顧[illegible]郎

後漢書龐清作龐涓娥親作娥。

對月郎 李商隱詩伯勞不識對月郎 湘竹千條爲一束

○龐娥親報父讎 三國志龐淯外祖父趙安爲同縣李壽所殺，淯母娥親乃帷車袖劍，白日刺壽都亭前，詣縣請就戮。會赦得免。州郡表其閭。

○解律奉 北齊書崇德皇后手傳百年被召，自知不免，割帶玦留與妃解律氏，把玦哀號不肯食，月餘亦死。玦猶在手，拳不可開。時年十四，其父光自擘之乃開。

殷鳳狼

○妙鐫指 陶宗儀輟耕錄：趙嵘縣尉凌胡氏諱妙端，適同邑祝某。至正庚子春，苗獠虜至金華，驅將妻之，義不受辱，乘間嚙指血題詩壁上曰：“豺狼空悵悵，我(?)是樓山孝女兒。淫兇六慾每勉勞，何日報吾妻，恩言此時休卜眾，有罪還歸去那(?)留。雲盡還是越州道，不死孫鄉(?)向三關(?)。”

修羅欲戰

釘鹿象 杜荀鶴都姪推鳴鏑，釘鹿象。○漢書：自奴傳置左右賢王、左右谷蠡。張宏樂府帳前按劍千強羅，耳熱醉我歌石象。又作鹿象。

氏于居列北郭東門，氏于志列三馬五鹿。唐書·柳沖傳

隨都附和

衛宏作毛詩序 後漢書儒林傳宏字敬仲東海人也從謝曼卿受學因作毛詩序善得風雅之旨

馬通 後漢戴就傳歐陽參臥就覆船下以丨丨薰之

寧南死一寸豈北死一尺 北史崔巨倫傳巨倫逃賊語

初明通天之柱 靜志居詩話宋訥過元宮詩雅丨丨丨丨丨丨玉山江南之柱

金華四先生 明太祖聘葉琛劉基宋濂章溢同至慰之太祖指基等曰我為天下屈四先生太天下紛紛何時定乎劉基對曰若四先生者

吉日劉基青田人字伯溫 宋濂字景濂金華[illegible]浦江人 葉琛字景淵處州麗水人

章溢字三益處州龍泉人

姑蘇五太守 季亨魏觀王觀姚善況鍾並祀學宮

魏觀字杞山蒲圻人 王觀字尚賓祥符人 姚善字克一安陸人

唐衢自白傳而外鮮有服膺

陸機惟張華一人恨無師事

王遐與盧元明書 從署姓名無稱謂

王宗稷蘇長公年譜云再娶王夫人年月 詩按公年十九娶眉州青

神王方女三十[illegible]歲卒於京師[illegible]遷五十八歲娶同安郡君

王氏卒年[illegible]三十九附侍妾朝雲年十一於惠州年譜皆誌之甚

詳獨再娶年月王宗稷以為不能考甚不可解者姑娶通義郡君僅有

一子邁而同安郡君[illegible]世於知杭州年二十五六通已年

十九知邁之生在三十四歲之後娶同安郡君先是幾年以邁為前子邁之或

日從娶同安郡君[illegible]子不知其保於何年家有數妾四五年相從辭

去又云於時出去者子曰[illegible]不肯而去旦暮與妾均之矣○又按公年三

十一丁老蘇憂

杜黃裳之婿 按唐黃裳執誼杜黃裳婿[illegible]

銀手 大戴記銀手[illegible]斷呈[illegible]行也銀[illegible]也

鑿蔕 [illegible] 鑿蔕假蔕也

六青五閒 [illegible]

摘埴之子遑 [illegible]

冒鄉朱氏

明季四公子 侯方域朝宗 陳貞慧定生 冒襄辟疆 方以智密之 ○方桐城人崇禎庚辰進士授翰林院簡討晚為僧名宏智字無可號藥地和尚有浮山全集子田伯

宋南渡後詩家名者四家尤蕭范陸 尤袤字延之無錫人官至禮部尚書諡文簡著有遂初小稿六十卷 蕭德藻字東夫别號千岩 石湖人范成大

聞策猶聞說 史記梁孝王世家有於聞策於景帝

聞晚猶得見 後漢張升傳升少好學多聞見

霹靂文 張船山詩卷二 俄來霹靂文一召君長往

薑鼠 船山詩卷三

蝦蟲 同上

仰家家翁子 船山詩卷三

圖諾無玉礎 埜山詩卷十八

談曷慧源如仙藥 同上

孫登識火之喻 孫登〔晉書〕謂嵇康曰子識火乎火生而有光而不用其光果在于用光人生而有才而不用其才而果在于用才故用光在于得薪所以保其耀用才在于識真所以全其年今子才多識寡難乎免于今之世矣

贊脩 司空圖詩且將方寸自贊脩

點黷 黷乃玷切音[illegible]

礹礰 礹音[illegible]礰音[illegible]

特健藥 墨藪載[illegible]徐氏書記云[illegible]書法[illegible]駙馬武延秀[illegible]二王之跡[illegible]特健藥云是蕃語[illegible]

詳其言合作耳等語[illegible]特健藥[illegible]

特附字薛稷鄭愔及平一詳共無惡[illegible]

去牙軸紫標易以漆軸黃麻紙[illegible]

梓該耳○法書記駙馬武延秀從閣二王之跡強學寶重

古呼為薛稷訴人詩者長恩若稱為上衣去平袖紫褶易以青袖黄麻
紙深題云特健無比東方朔傳文與又健身説

逢 逢 宋朴勸字 改諷擬未敢從祈析逢逢

家有弊帚享之千金 漢傅毅與班超書曰武仲以能屬文為蘭臺令史下筆不能自休宗看
弊帚享之千金斯不自見之患也

刻舟求劍 呂覽契舟求劍契音挈刻也 夸言 唐陸贄傳夸言無驗夸音咤夸也

婾合取容 賈山至言婾音偷 同道相愛同藝相嫉 元虞集傳

文章之氣必期白不悖於言 書王渭尉遲敬徐陵傳 崇論閎議 史司馬相如傳

辭義贍富 藻翰精富 理精辭富 辭理遒亘 才辭辯富

處以大綱不存小察 謝安傳 情多艱而泰寡 陸雲歲暮賦

廬屋之下不可生也 音樣 又注荀子廬

飛詞騁辯 溢氣坌涌 後漢禰衡傳 高言軋霄崢 鮑令暉[illegible]

瑚中彪外 見揚子法言 聲調亮然 晉書載記 奏刀騞然 莊子

昔爵瑚然 南史 碎玉壺之冰 爛瑤臺之月 婉然芳樹 穆若

清風 稱衍交人詩書 見陳書 安福 咸賈鄭之雄 理孝黃何之壯 思文 江淹

吟咏情性 麗絕當時 北史邢子良稱王晞語

轢園刻家 不米其心 陳書 倜儻權奇 漢武帝天馬歌 志一一性一一 簡淳 宣帝上池

等空前古 清新 蘇軾書晁補之所藏與可畫竹詩 其身與竹化一一 一一一

佛家造物真有幾 攫土搏沙局蝟 蘇軾同王補之 見游白水詩

一洗胸中九雲夢 蘇詩同上 前若駿馬奔平川 蘇軾游徑山詩

前古斯文 為嶙峻 蘇軾石鼓歌 駿馬下注千丈坡 蘇軾百步洪詩

評語

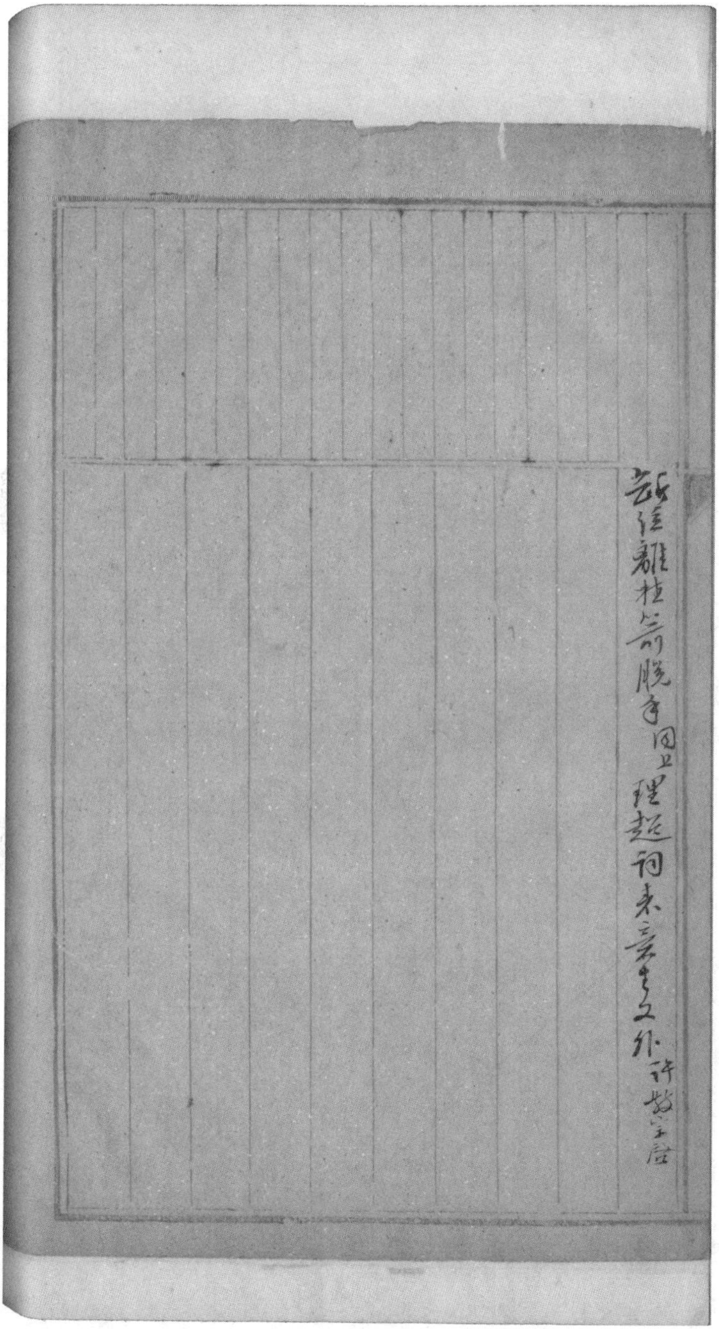

徒
桑道茂 術士　李子千 判官　霍仙鳴 宦官　岐靈岳 殿前將　李日月
劉由璟 節度使判官佐子　張昇雲 節度使臨終不 發賻　李巽 度支　馬可擬
裴延齡 附韋遠壽　李嘉業 兵馬使　張孝福 金吾將軍　熊執易 拾遺
憲
李師古 節度使　程騁飛 元武宗紀　晞驪 元和宗紀

雜詁

俾倪邪視貌　㒊倀失道也　倀俜跡辛也　儽偺不任事也　伎倆巧也

绝倒極倒貌　倜儻不羈也　倜𠑊高舉貌　侄侗無知貌　倥偬事迫促也

鼇倮狭隘也　傑㑘揚子方言驚也又玉篇形小而慣慣貌　伲伲不聞直貌

儱倲儜劣貌　㤿愇愚貌　偃蹇失志貌　儱偅不遇貌　籠東

佝瞀鄙吝也　僂儸細腰貌　唐突不遜貌　倸傂不齐也　仯偽小也又作仯

傛侑侻貌　倢倿行相及也　傖囊亂貌　傛傛疾病不安也

傖佩不申也　偃促拘也　侘傺失志貌　偶倘行貌　僂佝短醜貌

倮宇柳文倮也　儉傢癡貌　儆傄衣服姿妙貌　僕僕煩猥貌

倰僜不著事　儚懘恶罵也　僣侻狡猾也　婗僤行動貌

俾倪通作睥睨

倜侗儆偬亦作傯

倸㑘音節松

儆音茂　仯偽仯音趒言偽音端

僣音僭

儚懘音儚曚

僬僬明察貌 㑯㑢忽觸人也 攝偞不舒展貌見楚辭 偈傹不謹貌

僥俏長貌 儃佪不進貌 倈傗肥貌 獨倲短醜貌 儢儸嘉悅貌

㑘恒癡貌 偨偨呻吟也 僤主也調聲物 佁儗固滯貌 傖儜相呼聲

傍儑舞容也 儴儣儴音穰遽貌 僟僭多詐 儹音基聚而計事也

偒音賜盡也 伊優曲屈佞媚貌 倭儰長貌

儸狡也揚雄反騷何文肆而質儸 儲與與容與相似 儲胥即御苑見張衡西京賦

傭侈訪問之也 ⿱亠⿰夂夂見楞嚴經即⿱亠⿰夂夂 鄺劝劝未詳從係鄺劝之民劝音覢疲極也

匈匈居喜聲也木華海賦 𦚵匈鬲𦚵匈攜也見杜詩 阿匼承奉傷依阿杞詩決阿匼注庇循也

扁遞扁音扁輔物之薄者 遙午利向傳從離 遺占遺令也見歐延之陶徵士誄 或遺遺占

則叶叶即叶也王莽傳應聲滌地即叶地 叫叫音扶不入聲 叫大聲 叔聲音要

雜詰

儢音𢽾

呟呟声也 言音荒同而不當学 吒吒音乇 吒言不明也 含含参盛貌 果鳴考 含含音先秀

噌呟鐘音 鉦鈜鐘鼓聲 唥呤手声語也 嗌嗌音注 這丹声

譙呵史記衛綰傳景帝立歲餘不譙呵綰 索隱曰譙呵音誰何猶借訪一日責讓也 呹咽泉流不直也

咩芈切音佐 口羊鳴 嗢音古字𪀚 口声 唶唶笑貌 㗊咳史記倉公傳 ……

咧咧鳥声 咮咮鳥声 哦哦注多也或作誐

賒咩 咩迷名切釋典 呪曰賒咩 嗏呀 噹嗚 皆演笑聲也 又 呰窳蜀且也 呰音紫 是 字老 史記作呰

啞嘔小兒学言也 啞手声 啞啞手声王書射鳥辭鳥 嗁嘔小兒言也嗁言 哇

啣大笑也 嗑嗑吐不出声見列子 音咨 喋啑 喋鱼雁食也 呭呭音周咩聲字作 咞咞呭音視又作咊

喍啀犬鬥貌 咿嚘吟声 喔咿雞声 韓詩天星牢落雞喔咿

嚥 軀鞬言聲 嗵音諾狗 令貌 𠮛 喤 叩鴝唱也 又通雅 嘋嗢 手言也 嗢音 顛曰齒切

哽咽悲塞也 嘀 啛嘞嘞 嗽 啾嘲音束 嗞 水噴水也 亦作 噀

喙 小兒啼也 嗄 沙去聲 聲破也 又老子 嚾 聒聲亂也 嘈嗏 吞人也 并辞貌

嚛 喉也北人呼喉 為嚛 嘍 嘍言不了也 嗡嗡 牛聲 嘪 嘪嘪音買羊 鳴

𡓃亭 楊子方言凡人嬰乳而嬰屋陳楚之閒 謂之𡓃亭 見文字 噁 噁惡去聲 噌 吰市人聲

嗃 音粵吴俗呼 豬聲 齂 齂大曰齂音 齂或者作齂 嘰 音望去 鳴 嗜 鳥徑切音替 聲

嗷 音教 大聲 嚧 嚧呼豬聲 磬 音覃玉篇羊 也 十四 譽或作𠸍 牟 牛聲 圇 崙 聲音

圪 逆乙切音屹 高也 扲 積垢也 坋 音墳 詩書注以為掀 坋坋 拂之

坐 音鼻 地相 坎坐也 垶 壚上聲 地也 𡉚 音盧 掃除也 與 墓 墳 坋 埲 坴 堂

坑 一曰補坑 音 元 和 縣 之 埂 也 音庚坑 溫 蠖 騷注 帽 憤 也 又朱子 ……

雜詁

垣或堇壄

墨音眉

彩彰音禍遺　鉆鉗音襜那

鋑結音該桀　鍮鍊音甬逨

鐨鐀音隗

埢垣曲墻也 埤不粘土音 坮音培物塵 擿埴謷音 十杖擿地而後行 謂之擿埴 又揣之擿埴 者也

塌音偶墮也 陗琳 搠搦無頭瑞異 堺驕 陰騎 觀墹音弔 埁驧 陸 織 澤 功 匡 贊人世所 小子 不 甫上 諸下 驧不喜從

增之衆也 詩蒸徒增之 市 古謂之肆 又謂之集 亦謂之墟 墨 小字雅五尺為墨 周注 不過墨丈尋常之間

墨屎 欺詐也 又歁納貌 瑌音鄰 蘇田曰瑌 宗稷 供 詩無著素 出瑌

團墮 釋名 團墮言食墮在 瓣中 也 墶音富 屋房也 詩 函 派 仅 射 墶 大壤 富足 也

𧱌音搓衣服張起也 彩皺 鉆鉗 鋑結 鍮鍊 鐨鐀 皆多也 穢 詩 年穢 穢多也

彩計 揚子方言 宋魏謂多為彩 今吳音謂多曰彩 閩粵 何 曰 彩 又俗謂合 年 圖 謂 曰 彩計 須 揉 印 次 史 記 草 郎 認 歌

擔分 呼講 切 北音讀如 抗 祥林 賓 訓 莠 說 南 和 者 曰 昔 因 文 悅 游 湖 南 咒 語 者 王 枝 託 行 柳 者 恨 呵 自 家 窗 閣 中 物 不 肯 放 下 直 異 及 也 人 拔 去

鉗夾 柳宗元 之 為 文 膠 如 鉗 夫 言 巧 言 膠 固 也 謗歎 謗 毁也 江 淹 文 坐 執 謗 歎

蘭奢 王尊 稀 西 偏 曰 蘭奢 姂 婦也 音 械 嫁 夫 人 之 女 姂 物 之 心 妟 西北 方 言 清 星 為 妟 杜 詩 晨 妟 曾 鳥 錯 蝶

姍笑 即訕笑也，見前漢異姓諸侯王表 㛤娃 備虔媵也 吳注 不備嬪女媵姪 篚箒以媵娃于王宮

姘姘 音伻 漢律 與妻婢姦曰姘 嫆嬃 歉 不快也 見韓詹石叔敖 黎婁 見第形神屢也

嬋媛 音牽引也 楚辭 心嬋媛而傷悰 媵 送也 方言也 娶 音梁 往弟也

婠嫿 靜好也 見宋玉神女賦 [illegible]嬃 女作姿態也 音鴉呀 孶 音同也 揚子方言 孶伏 即而未出也 或作孳

孟 晉 勉 晉進也 孟 訓勉 一訓大 管子 言孟行 娩 音勉 子也 [illegible] 音[illegible] [illegible]也 古者城[illegible] 方謂之[illegible]

不長不夭 不行 孬 音猿 動臓 歪 皆俗字 見昆成大桂海雜志 孨 音孫 子孫 隆盛也 㪤 音擬 衆多也 見杜大隱字[illegible]

流冗 漢書光武紀 流冗道路 即流徙之意 宏 大也 宏宏 見秋宮錄[illegible] 容容 和揚貌 寐 音未 寐也

呰窳 史記貨殖列傳 呰窳偷生 漢書云 嬾人不能自起 如瓜瓠在地不自立 寤 音詫 寐語也

㝩宸 音康郎 見長門賦 空虛也 𥧌 音夢 魘曰𥧌 𤸅 音增 孰覺也 寱 音[illegible] 寐也

勬勠 音曹勒 未精也 尥 音料 揚子方言 以足鉤謂之尥 𡰣𡰥 尥不能行為人 不行謂𡰣𡰥 𡰸肩 曲肩也

雜話

岰音幽上聲

潘岳西征賦裁坡陀以隱嶙峍峍音律峻貌

揚雄甘泉賦岭巆嶙峋

左思魏都賦階循嶙峋注循道也嶙峋次級也

司馬相如子虛賦其山則盤紆岪鬱隆崇崒崒

張衡南都賦或嵬嶙而纚聯

㞧省閲也故省墓曰㞧墓　嶭剎堅剎也又前漢傳西南夷世侍爲不嶭剎　屏營惶恐也又吳語

崱屴音則力山高貌　屹崒音仡捽山獨立壯武貌　嵻屼　屹屼俱山高貌　谽谺音含呀大空貌谽谺[illegible]

嵷㟅高貌　岊音節曰岊嶆岰　岌峨音破地動也揚雄[illegible]撼天動地岌峨　岎崯音汾山貌　𡺸峗音元山貌[illegible]

嶅岑峻極貌　嶾嵃音決上聲深邃貌又魏都[illegible]　岤音穴山穿也　岥陀音坡陀不平也　岧嶤

岧岧俱山高貌　岪鬱山貌音佛　岬嵑音甲揭連貌張協[illegible]嵑　岭巆音零山深貌一作岭嶙

嵣嵤　岭嶒　峪嶧　峗崒俱山貌　嵱嵷音顒山高大貌　㟙峉山不齊貌又[illegible]

嶙峋山崖重深貌又節級又山有起伏也　峌峴山　𡾓嶢　嶱嵑山高山貌　嵭峙高聳也又[illegible]

嵂崒山貌　峙峙又棋峙注峙俱具也又以峙其糧峙積也　𡽦嶺音邐長也　山高嵱嶙音國[illegible]相連貌

嶒峣音曉深峯貌　嶒崹土閒而滲也𡿧嶇與嶕嶢同　嶤山貌　壘㟪同峗見王延壽魯靈光殿賦苛言嶕貌

嶇嶔　嵣崎　巀嶭　崪峴　嶐嵷　崔崒俱山貌　崁嵌山貌

嵳業亦作嶫嶪

嵱嵷音湧竦嵷同嵕

又楚辭里室崖之不釋

張衡雲〔賦〕林〔木〕……

崝嶸 崝音撑 或作嶒嶸 崎崟 崟音吟 杜詩挽鬢上崎崟 嶔崟 田元墓志銘 之山嶔崟之嵯峨 嶄崩 山險也

嵳峩 嵳嶫 見張衡賦 嵳峩嵳嶫 𡾈崒 山長而高 巘嶨 高峻 嵁嶨 山形 嵁音欽

嵁巖 嵁音巖 不齊平貌 嶕嶢 潘岳西征賦 嶕嶢以淹直 崖㟪 岸也 㟼嶢 岩峰也 江賦崖㟪 山高之㟼嶢

嵑嵑 山曲曰嵑 嵐 山氣蒸 嚶嵮 嵮貌 山高 扉仄 猶傾側 扉音肥 上聲 杜詩陵思居兮扉仄扉 一作嵬

崍嵦 嵦 竝開切 又前來切 山貌 嶠嫩 嶐㠑 嶐陰 嵱嵷 山峯 嵽嵲 高貌 見杜詩

巍峩 嵴 嵴脊 巃嵸 山峻貌 崪嵂 廣遠貌 𡿺崖 山屈曲 嵯峨一作嵳峩

嶓嶆 山深也 嶀 嶀嶆 嶀音陌 嶖 山高 嶠嵎 山貌 崙巢 高貌 嵩 同崢 嵥嶒

礉礉 山高大 嵥 山巔 音表 又平聲 崔崔 甘泉賦雲霧崔嵬 林木叢集也

崀 山崔 山曲也 嶊 音配 又平聲 又音卦 䟊也 嶕嶢 山高也 嶕 山巔 一作撤 嶕嶢 山高貌 平上二声

嶝 登去聲 登涉之道 亦作磴 嶠 山陵絶水曰嶠 岌嶪 山高貌 崎嶬 嶬音儀 山高峻也 嶵嵬 嶵音罪 險峻不齊也

雜詁

褱音懷一作褱

左思魏都賦憁墨而謝

崄巇也音嶮 阸嶭山形嶭音拜 巔峩巔音顛山坡貌 嶚貌音蹬高 崝嶸山形

崐嵔嵔嵔音石硌高下貌嵔一作嵔壘磊 菀蔙山峻貌又云崴嵬樹影也 崰嵰山貌嵰音泉

崴嵬手不平貌又排積貌 險巇危險也山相對 嶔崴山高貌 倚巇 巉巇山險峻貌

屹嵫山欲絶貌 巚音言上鉃了山峰也一曰山形如甑 巘音言山形似甑 幡帣音蔦亂取之也莊子孔子播十二經

幕幕音覓雲密貌 窈眇窈音要窈眇精微也 黯黮黑色也詩隰桑有阿其葉有幽 康也詩酌彼康爵

庬澒未分之象書猶拔神契天度庬鴻李蔺 滂音彷擊也 遷延淹久一曰却退也 佇屏音顝圍邪貌見莊子

𢗰音弗回 彷徉史記即排徊也 往凡以物送人曰往曹植與楊修書合往僕少小所著辭賦一通相與刊定也又見右軍帖

褱祥徙倚也 徜徉戲蕩也 戀忞忞戀也見書吉地理志 妬忌以色曰妬以行曰忌見詩小星箋

忕音弋心動也 忽荒忽也 忸怩音紐音慣習也 怡怡鳥鳴聲 慡音泰慡也

惲悇禍福未定也 悢悢音亮惆悵也 懭悢悢音朗不得志也 惝惘失志貌

憓同惠

揑畢即揑戚張衡西京賦字使之形

揑戚註猶擘刺也

又須㨝音□ 詩言要扶扶同

惺憁了慧也 愀㤥变容 悛悛悚惜也 㥦霍虢切音割心驚也 斟堪遲疑也

恂慈愚貌 愰㦗心不定也 憏慄 惏懍並憂懼貌 㦛芥刺梗也㦛音蒂 工林竑□不蒂芥

盧㥚 仰㦬安也和也 憻平安也音坦出佛經 㩼後漢王霸傳霜 斷嵥而退 抻伸長也

㦰同猶鳥驚亂貌 驕肩風聲 吸吸雲貌 戮㧟狩戈評也前漢疏廣傳同全皓 為有戮語

里㧟狩星評也見性良傳 手以手執器也 担撟軒舉也 拉風聲 紛拏相牽引也

撞㧁猶揑畢也謂撞而㧁例張衡西京賦注撞㧁 根抑排擠也見非不度傳 又根作郤義同 㧌音閒擊也

振擊齊齊也 扶斯不服器物擊也揭 搖捎動貌 掎音唯落也 音安 搖蹝局隘也 久相傳

擘㩗究持也 搰掾猶摸索也 攉掔擴音剔 散擊也 擳擳聚也 揹音安扶長也

掾音家較多少也 攕揳作事不方正也 攕楔木不方正也 儀偰人不方正也 擻音悚挺也

擢踈擢音劬枝葉數布貌 敂音扣擊也 𢾾斂音撥銃不迎自來也 斟堪遲疑也

雜誌

旁午　霍光傳使者旁午　注分布也　顏師古曰一從一横也　脿音費　臕乾肉也　列子積之扁洒　未清肴未脿或作臢

晶晶光也　宋元憲詩江樹曉晶晶　方岳　暍音謁　中熱　暡曚　暡翁上声　天氣暈不明也　慪慪　恢𢜺㤿也

揹揹　用力甚也　苗子淳代夫人挽章　六出蕤一一一　脉脉　相視貌　運帝瀋一一　一目以為自今矣

局局　莊子蔣闓甕見季徹　季徹局局然笑曰若夫子之言　秋壞抑之則觳以肯專輖　劉不賸任矣

陀那　楞嚴經一一微細識　注一一　鬆　音秋又音進　前漢律曆志秋鬆　也物鬆斂乃成熟也　說文收束也

䆃䆃　𢇇𢇇也　劉向九歎覧芝圃之一一　注經歷行列也　樓盾　往來貌　後漢某安傳京師若達　宓焯樓盾

檀欒　枚乘兔園賦修竹檀欒一一竹貌　㦚愶　言懼　㦚欸言不安也　愶又音　愶

蹁躚　旋行貌　又舞貌　㝷佚狗娃覽宗緯分相不一也　錢惟演詩一一宮袖舞　㯄襹　衣揚貌

錯愕　倉皇驚遽貌　蟬嫣　連也　前漢揚雄傳有周氏之一一或　鼻祖于汾陽

星的　浔庭筠詩柱錦華的一作元的　又曰一一　丁卯藝林伐山的字作㫼

談胡 王延壽[illegible]談胡以齗齗。談胡，吐舌貌。

交鉤 交鉤，語不正也。歐陽修詩：異日說交鉤。

錄錄 [illegible]史蕭何傳：錄錄未有奇節。注：錄錄，猶鹿鹿，言在凡庶之中也。

鍔鍔列列 張衡西京賦：增桴重棼，鍔鍔列列。注：皆高貌。

錯惲 錯，倉卒也。後漢書寒朗傳：人人錯惲，不能對。

鎬鎬鑠鑠 何晏景福殿賦：[illegible]光明也。

[illegible] [illegible]

閃閃 [illegible]杜甫[illegible]

閔榆 [illegible]

闇[illegible] [illegible]

雜詁

閬 閬宮室名也前漢閬閬宮之太廟門閬音浪 闀䦪 私訟也左思魏都賦作䦪述 閱以闀䦪

閌第 平直貌閌第猶閌說也

王達辭巧

焦桐小草

王熊撰。同治間（一八六二—一八七四）稿本。一册。

王熊，生卒年不詳。自號紫薇山人。據其卷端同治丁丑年自序，大約活動於道光、咸豐、同治時期。幼即學詩，數年間累作百餘篇，不曾出以示人。同治間設帳吴門，於風雨無聊之際背録自遣，遂成《焦桐小草》。以「焦桐」名之，喻其歷經戰火，劫後餘生，「如爨下之物，本不足存，非以桐尾自況而求賞音也。」

此稿本共收録詩文一百七十餘篇，時間自「戊午」至「丁卯」，即咸豐八年（一八五八）至同治六年（一八六七）。以近體詩爲主，多爲七言律詩、絶句，也有五言。内容以朋友間酬答唱和爲多，如《賀張侣棠新婚》《寄沈陶安》《和楊端生吴淞櫂歌》《謝黄厚卿贈玉蘭》《和硯香病中雜感韻》等，亦雜有懷古、詠物、即景抒情類詩作，如《陶侃》《温嶠》《鳳仙花》等。此抄本有雷浚增删改動。鈐「紫薇花館」印。

此爲吴梅舊藏。《清人别集總目》《清人詩文集總目提要》均未收録。

（尤海燕）

蘇州吳梅
字瞿安別號霜厓
188 ——1939
遺書

焦桐小草
函 1 册 書号 90396

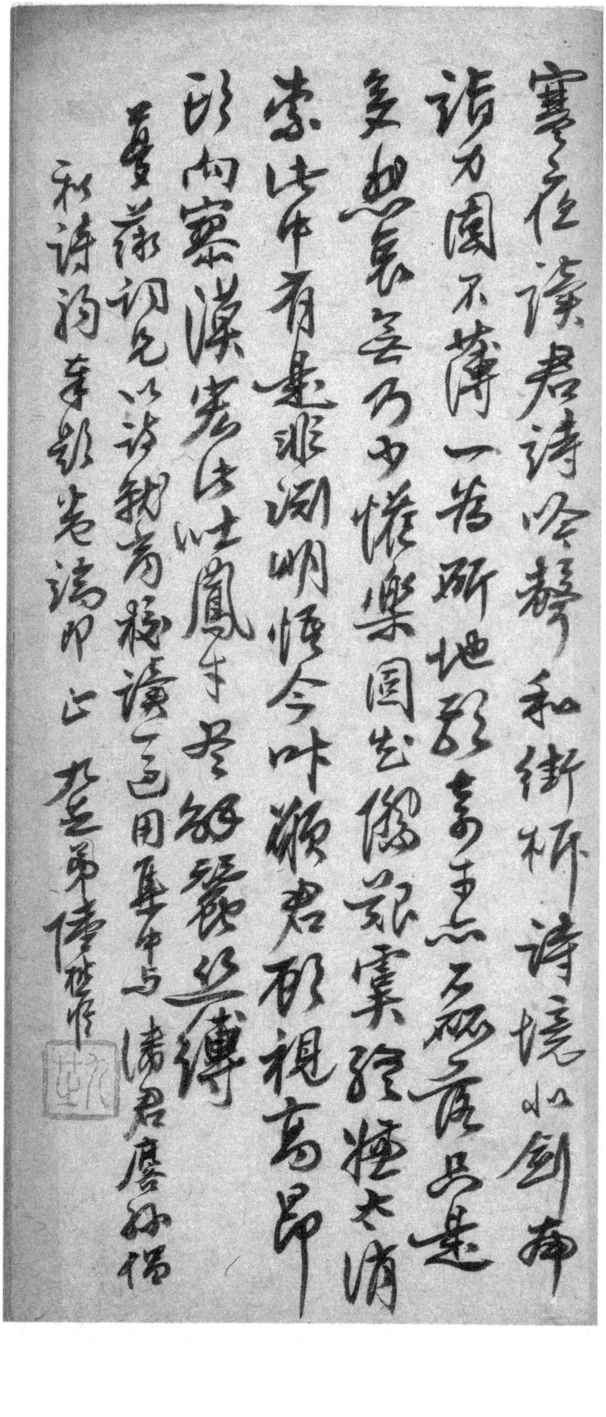

庚午閏小春月下澣挑燈讀一過
於林屋丹房

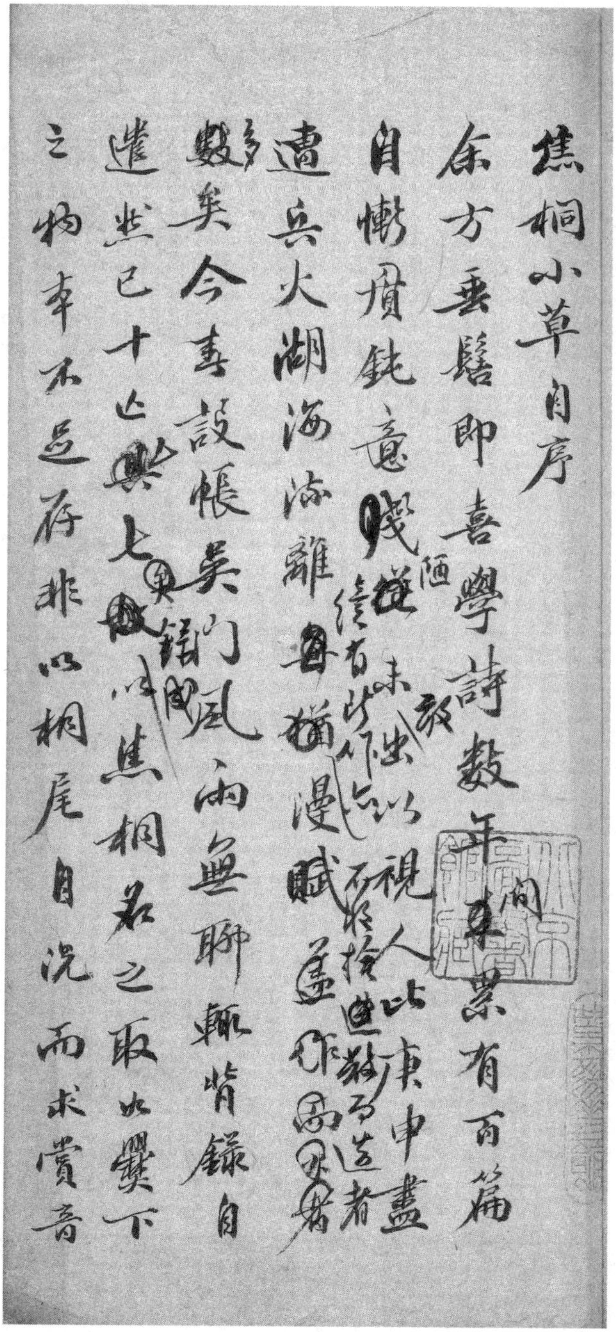
焦桐小草自序

余方垂髫即喜學詩，數年間業有百篇。自慚質鈍意淺陋，未以視人。比庚申盡遺兵火，湖海流離，[illegible]漫賦，遂作[illegible]者數多矣。今春設帳吳門，風雨無聊，輒皆錄自遣。然已十亡七八，以焦桐名之，取其爨下之物，幸不盡存，非以桐尾自況而求賞音也（非敢閱者詩焉）同蒙諸社長劇以郢斤，所深望焉。

同治乙丑四年秋日紫巖山人王德自識

無往如賦情景似可直敵金之
響。吟風弄月之懷，流溢橫流，前
卷絕口不言時事，已見高人深致。
戊辰仲冬樸初李□讀并誌

焦桐小草　捧讀大稿軒清有餘蕴　命直筆

野窳多當　大雅仍祈削奪　甘杞弟雷浚拜稿

戊午

沙湖舟次　道中　第二首

烟波濶悠ゝ感憤重放懷長嘯起臥沙龍

昆山早發　第一首

露重山光活風微水影空片帆催掛起曉日一輪紅

平川早發

懷方定大和尚

茗戰禪房裡牆角梅含蕊別來未多時桃李已如此

乙未

偕鈕韵珊秋郊散步

信步前村外，低徊興不窮。烟濃漁屋矮，雲暝竹籬鷺立蘆花白，魚翻菱角紅。欲尋秋面目，笑指荻蘆中。

舜湖寓齋遣興

鏡有烟霞趣，幽居對水隈。任緣迎客掃，窗為讀書開。燕掠薰風至，鳩呼穀雨來。隔籬呼野老，賒酒共銜杯。

舜湖返棹口占

故鄉風景尚依々林隙偷窺舊板扉兩岸梨桃寒不放含
香猶似等主人歸

春郊散步

不來郊陌即花磯紅雨沾巾香滿衣隔岸子規啼不住兩
三僧坐野舡歸

石板橋西野渡東數家慣住白雲中村童愛把桃花種春
到沿溪一帶紅

桑麻一徑映芳暉荒寺僧閒晝掩扉堦底蝶蜂圍作陣煙

墻開滿野薔薇

庚申

春日客懷

落梅殘雪記依稀，又是春風吹客衣。釣艇結來萍葉小，村童折到杏花肥。鄉書久未無魚達，旅館三間有雁歸。暇日東鄰邀鬥草，社公祠畔坐漁磯。

一月作隔歲

三春作新年

酒旆步戚看雲原韵

青旆搖曳路三叉，始識前村是酒家。杏雨輕籠麤屋角，柳

風出檐牙多情燕過人停庭有影時牽容住車覓醉歸遲
回首望半竿低襯夕陽斜

夏日書懷

熟梅雨裏過端陽樓閣風清引興長白鷺飛旋蘭嫩細蟠
蜓下藕花香閒來留客閒棋局醉後呼童洗酒觴抱着落
霞琴一枕綠槐陰處納新涼

秋日

絕少塵埃結草堂由來任俗嘆顛狂午窓夢醒見槐影清

詩境似叙
有

夜吟餘聞桂香萬事皆從靜裏悟百憂須自到醉中忘箇
中幽趣憑誰話一徑松杉送晚凉

客窓夜坐寄戚看雲

一篝鐙火絶塵喧獨自支頤坐小軒野店人歸殘月上數
聲村犬吠黃昏

燈影詩書月影花境疑閒散意偏賒夜來一枕平陽夢不
到君家即自家

路逢徐江帆錫琛　太夫子喜而口號

櫻桃河畔小橋旁喜抱春風滿袖芳契我清貧還慰我客窓寒暑莫荒唐

辛酉

春日

數椽茅屋水之涯每到春來興不賒野陌和風抽麥穗閒庭晴午落桐花鶯兒燕子新朋友茶灶琴床舊物華偶向小闌干外立黃蝴蝶戲紫蘭葩

春去

春日不宜桐花 三月桐始花入暮春者書此題可也

春曉即景

朦朧曙色上蘭臺，情景無邊却快哉。幽夢時為鶯喚醒，曉窓知為屢被燕催開。杏花昨雨憐紅落，楊柳新晴送綠來。隔院佳人初睡起，玉葱和露折芳梅。

暮春書興

花梢寂寞聽啼鵑，盡把韶光百五捐。微雨微風收麥路，輕寒輕暖養蠶天。村醪儘可隨人飲，竹榻何堪（妨）伴客眠。撇去軟紅塵俗慮，一壺小隱亦神仙。

春郊即景（題野寺）

○荒塘野陌盡名園，鷄犬聲餘靜不喧。二月春光誰畫得，緑楊村外杏花村。

春曉　酒家

海棠微笑含香露，楊柳多情醉曉烟。寄語新鶯休試舌，玉人還有抱花眠。

青旆挑出酒人家，曉日烘窗映透碧紗。小蝶蘭黃初識舞，雙雙飛上繡球花。

春日　偶成

階畔竹添四五筍，窗前花放兩三枝。阿儂慣住清閒地，終
日閒吟令學半
柳岸風和鶯鬥巧，花底日暖蝶評香。從今會得偷閒術，後
事前情兩忘。

暮春口占

細雨樓臺鶯作主，夕陽門巷燕成家。愁人未有閒懷分，祗
為東君管落花。

春深寫景

寫出三眠
不盡春光好，清風清雲淡時。蝶從香國醉，蜂到梆衙痴深
院朝来静，青山雨後宜。牡丹花綴重，編竹細扶持。

、暮春。

容易韶華過。三春 東君已欲歸。蝶痴開芍藥。鶯嬾落薔薇。境靜
心 詩情遠。愁多。酒加微。小橋流水路。釣又見上鱖魚肥。

閨詞

初月透窗前，深閨又暮天。今宵郎不與，妾各自照孤眠。

初夏即興。水楓庵旱

吟興狂時葉作箋，風情最愛夏初天。新晴樹雨飛鷄細，雨村村忖杜鵑啼，竹節長抽碧玉池，荷葉小貼青錢。蜘蛛解我愁，春去為留殘花挂檻邊。

富春樓聽鶯分韻得臺字

滿川烟景任低徊，愛聽啼鶯歷亂催。幾箇無端穿梆去，千聲隨意隔花來。晴窗撩客歌紅豆，雨閣宜人酌綠醅。底是猶嫌春不富，忙將珠串撒樓臺。

王家莊步月分韻得莊字

春月溶溶入草堂，更深信步到前莊。穿來柳影衣全碧，踏碎花陰履亦香。光瀉樓臺銀世界，色凝簾幙玉丁璫。□□□與嫦娥曉，卿自多情我斷腸。

客居坐月

月明如水小樓深，清寂原堪洗襟。旅邸不無添別思，天涯誰與訂知心。梆柝嬌依人睡，花影扶疎伴客吟。少婦畧知生計拙，更殘燈火未停針。

偶成 閒遣

○學書無分學神仙，漁牧藏名二十年。貪看青山當户坐，乞鄰
憐他明月捲簾眠。春朝（來）料理尋鋤花具，秋夜（廷）安排載酒船琴
作知心鶴作子，梅根（石）自篆白雲顛。

初夏咏月
一片玲瓏
寂好宵來月，浴浴瀉地明。影拂蕉葉小，香動楝花清。巢鶴
頻驚夢，池蛙不斷聲。風光剛入夏，耐我坐三更。

幽趣（書齋重梓題）
曠觀天地闊，孰是係吾思。綠綺琴三疊，黄嬌酒一卮。閑摹

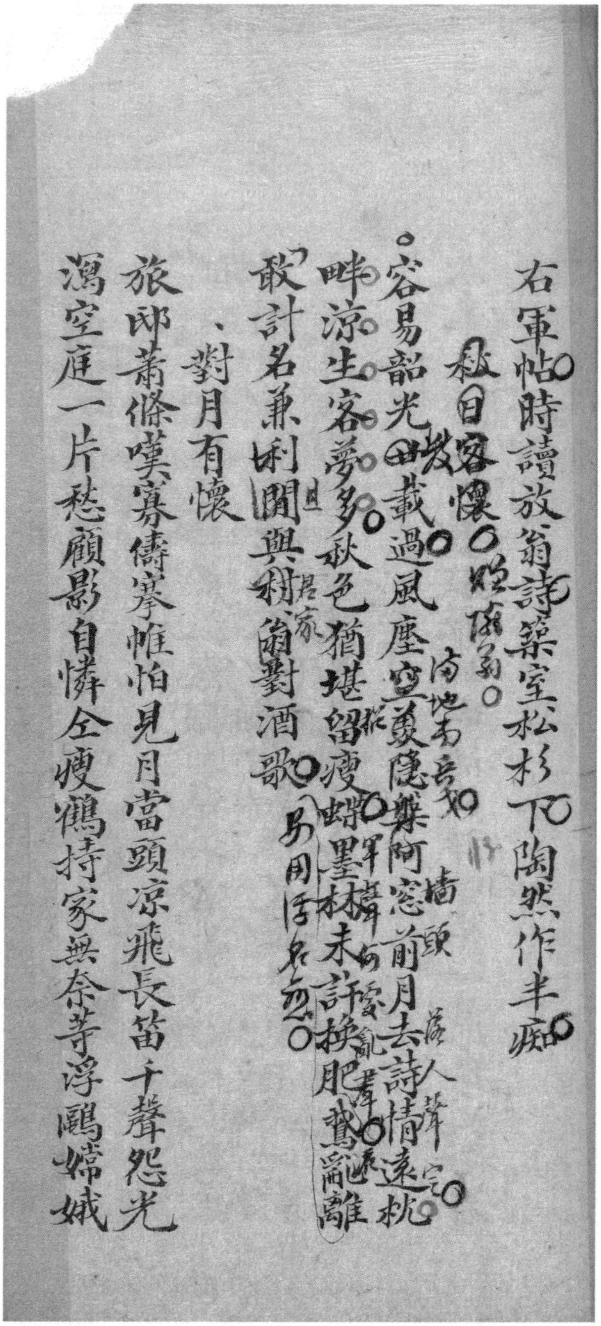
右軍帖時讀放翁詩築室松杉下陶然作半痴

秋日客懷

容易韶光[illegible]載過風塵空負隱樊阿窗前月去詩情遠枕
畔涼生客夢多秋色猶堪留瘦蝶墨林未許換肥鵞亂離
敢討名兼利[illegible]與君家翁對酒歌

對月有懷

旅邸蕭條嘆寡儔寒帷怕見月當頭涼飛長笛千聲怨光
瀉空庭一片愁顧影自憐全瘦鶴持家無奈等浮鷗嫦娥

依易吟何如

那曉詩人惱，依舊淒清照小樓。

秋日寫悶

濡毫不再寫愁情，磊落襟期漸覺平。有菊未妨花晚發，無詩猶得月常明。雖依敗壁聲尤切，雁度遙天氣自清。世故未雞憑秋易變，炎涼最易是書生。

秋日雜興　郊居

秋来庭草各輕盈，放眼斕斑任品評。窓外一簾垂更好看，花妙在不分明。

○秋深庭院趣幽悠然，葉掃籬根茗自煎。最好清風吹送處，稻花香到硯池邊。

秋閨怨

瑟瑟西風肅空庭，號古木孤衾夢不成，坐看清霜落寒夜迢兩。

○兩風風夜色迷，小樓閑得客懷淒。酒能解恨提壺飲，詩是陶情得句題。燈炧空梁飢鼠落，寒深古木老鴉啼。愁城百二無籌破，劍舞三更獨聽雞。　讀少陵除夕自題

寒夜獨酌

一點昏燈夜半時，破窗月上動人思。客中無限倉皇苦，偷得閒來即賦詩。

空庭寂寂漏聲催，獨自開樽酌綠醅。漫道寒宵無我伴，月移梅影上窗來。

霜滿階前月滿簾，今宵寒比昨宵嚴。鷫鷞沽到須成醉，顧長安酒價添。

貧

長安二字可

貧也原非病安居樂有餘典衣供瘳鶴賒酒薦肥魚性養
風三月心涵水一渠案頭無長物幾卷是殘書

寫懷　寄鈕鶴卿

莫展拳已甚抽毫聊賦之愁多維醉酒興到賸題詩格瘦
律清霜勵襟懷明月知世情渾不定袖手看時宜

同家兄馥棠兩窗小飲

蔡此瀟瀟雨來酒一卮愁中多幻想醉裡有佳詩素志
書燈貧雄心匣劍知寞窗無限胸相對論安危

寒夜步歸

夜半獨行〻，西風寒刻骨。清霜落無聲，自覺芒鞋滑。

壬戌

早春

小窗紅日上，朦朧寒氣和。閒叔氣融陌外，漸舒青眼柳園。中猶剩白頭松，雪餘灞岸騎驢滑，冰解平橋放鴨通。不識春光已到東，殷勤先問課花僮。

春日即景　酒家

綠楊陰中賣酒家○青旂挑出一竿斜○連朝來探芳菲信（懶着春衣○）唐棣枝頭已着花○

詩人家近酒人家詩酒人家興春更奢十里香風吹不斷杏花紅欲接桃花

賀張侶棠新婚

仲春紅杏正初開百忍堂開百合杯君欲畫眉家史在淺深畫出入時来

秋夜宿羅山寺口號○

秋夜清無比，憑欄氣自豪。霜濃漁火淡，月冷雁聲高。對酒誰同醉，臨江獨聽濤。悲來斫長劍，神母泣衣號、

題朱雪菴端溪小隱

一曲清流，數椽茆屋，蒼松滿徑白雲宿。我愛青山宿有情，青山惠我亦不薄。春到桃李榮，秋深芋栗足。一邱一壑飽我清閒福

連日坐雨

風聲疾，雨聲密，檐馬聲不絕。徹夜未成眠，起看陰霾合修

竹壓籬斜庭花減顏色。余無貲郭田夏歲何切。閉門正

無聊快有故人。入與衣呼酒來相與飲。抑鬱醉後發清歌

把憂思無益。人尚有窮通。陰晴原不測。且待雲霧開。欣然

見天日。

夜坐。

寒風半夜號。冷氣逼枕席。願得白傅裘。徧衣無衣客。

夜坐不耐寒。且飲甕頭酒。醉後聞朔風。淒淒搖古柳。

冬日寫興。

半學神仙半學痴寒窗夢醒日遲遲曲衣不問錢多少紙

願能沽酒一卮

草草草堂磅傍石缸焚香坐久絕紛呢幾生修得清閒福竹

影梅香護碧窗

癸亥

春郊即景

無邊春色鬥芳華極目郊原四望賒楊柳樓臺鶯作主杏

花巷陌蝶為家溪頭紅暖錫簫韻屋角青連酒旆斜好景

憑誰收拾盡。聊將俚句補烟霞。

同人至野寺看牡丹。

零落茆庵幾度春。清風吹滿佛頭塵。花神為解蕭條況。引到詩人并酒人。

迎風搖露却輕盈。正是天公半雨晴。可笑世人多俗眼。最紅花上最關情。

長夏漫興

重簾不捲草堂深。新綠芭蕉半畝陰。跣足科頭無束縛。高

天籟

槐樹下聽蟬琴。

伊人昨夜致書來，爲道荷花大半開。十里水鄉香不斷，邀（相）君同醉碧筒杯。看荷赴友人約。

秋懷寄趙大鶴

秋到真容易，秋光一望中。無端荷芰雨，又是木樨風。習俗雲情薄，身家水樣空。嘆我萍跡似未定卜西東。

涼（清）秋清似許，獨坐起愁思。夜月窺人瘦，浮雲笑客癡。詩題紅葉匪，酒泛白蘋池。得過且還過，幽然靜待時。

秋夜坐雨 稍妥。

秋夜蕭條莫自支燈殘如豆獨吟詩客窓切莫芭蕉種腸斷三更雨打時

悟到人生一夢羈故鄉歸夢幾時圓未知來歲聽秋雨又在天涯何處邊。

秋日

池魚戲水翻蘋葉庭鳥驚風落桂花昨夜階前拾殘葉紅爐添水煮新茶

小軒。徙楓㵎

雲繞藩籬水抱廬。水雲深處是儂居。簾中幽趣憑誰語。一曲瑤琴一卷書。

草舆偕楚侨

英[illegible]醉倒雨[illegible]仍[illegible]宝雲[illegible]露 全[illegible]連[illegible]白樹[illegible]独天红樺野店[illegible]卿田園[illegible]中鐘声

孤[illegible]

推篷[illegible]江[illegible] [illegible]真州掛帆下[illegible]江南江上[illegible]

[illegible]放舟[illegible]程五里[illegible]帆[illegible]不[illegible]青山[illegible]相

庚午中元後[illegible]江此日風[illegible]起[illegible]

讓[illegible]到[illegible]江[illegible]一[illegible]到[illegible]千丈[illegible]

青[illegible]

如月石[illegible]心不[illegible] 十[illegible]己[illegible]

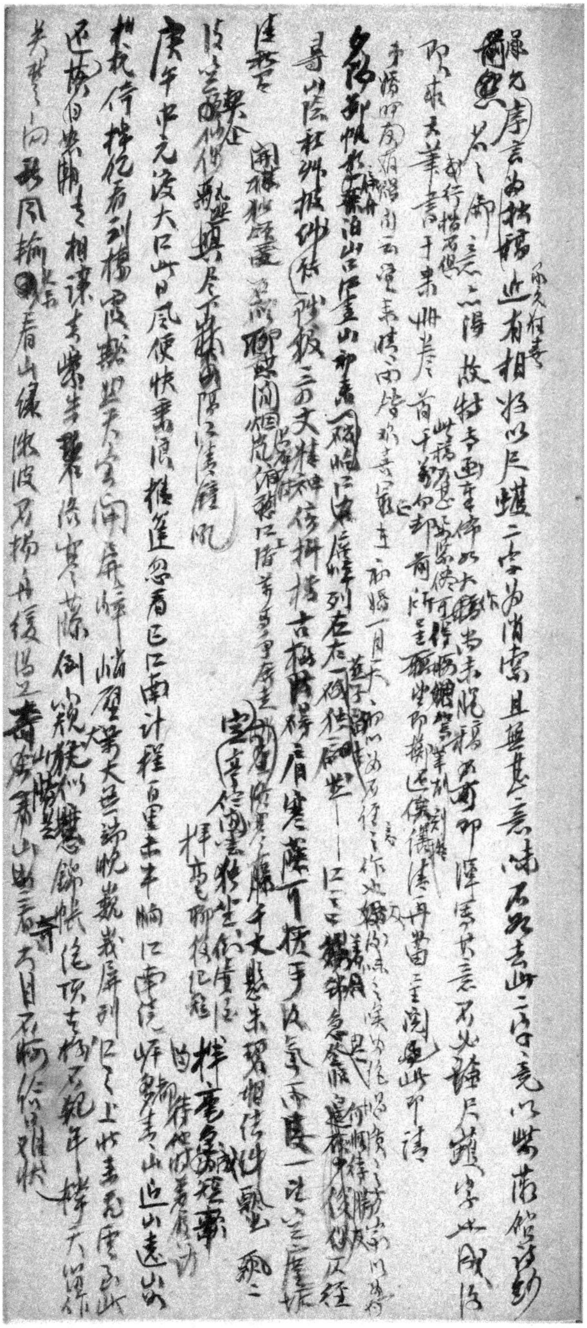

尺蠖吟

甲子

春日客感

為避烽烟幾度春春來回憶倍傷神漁樵有伴非知我桃李無言暗笑人書架詩瓢拋舊業鴨闌雞舍結新鄰絕裾恐使如溫嶠快馬輕刀趁此辰

牛坊馬磨徒新隣

春陰

春到來又惱雲深霧暗天杏花前夜雨楊柳隔溪烟曉樹

鶯啼㭊徵寒蝶恨綿不堪岑寂況時自枕書眠

為護海棠開東君乞借來樓頭徵雨過小閣濕雲堆驟客

游停屐幽人悶酌醅何當晴日麗結伴上春臺

送別于問樵即步徵君王研農之佐原韵

片帆此去別路迢迢君賦旋歸吾寂寥客邸逢春春易老桃

花滿也(地)魂消

自遣

何當卜宅水之濱自號紅塵無我人閒坐溪橋松作蓋醉

眠石磴草如成茵　和協諧偕雜云遠侃免千人不礙賀只待團中收芋栗偎且佛語夢時催

君花如錦柳如烟花柳村〻境亦仙我若閒人天許作只

愁囊少買山錢

送別戚韵笙還洞庭山　廾首錄四

客中聚首已多旬酌酒談詩意倍親今日何堪歸棹速楊　如此知己好如別

花愁殺送行人

春風淡蕩送歸舟話到君歸吾更愁嘆我故鄉無一是畫

眉橋畔冷於秋

○具區西去景無涯臨別歧亭思自賒七十二峰烟水濶他
時何處訪君家○
君湖高隱景遲遲賞月吟風君獨知相約秋來新鴈便尺
書中附幾篇詩
舟中吴門道中口號○作
花殘柳暗景依稀五月江城客未歸小鳥綴鳴鷩帆影雙
雙飛入野薔薇
風與青山結圖迎山相送遠山迎何年長作雲溪客山中

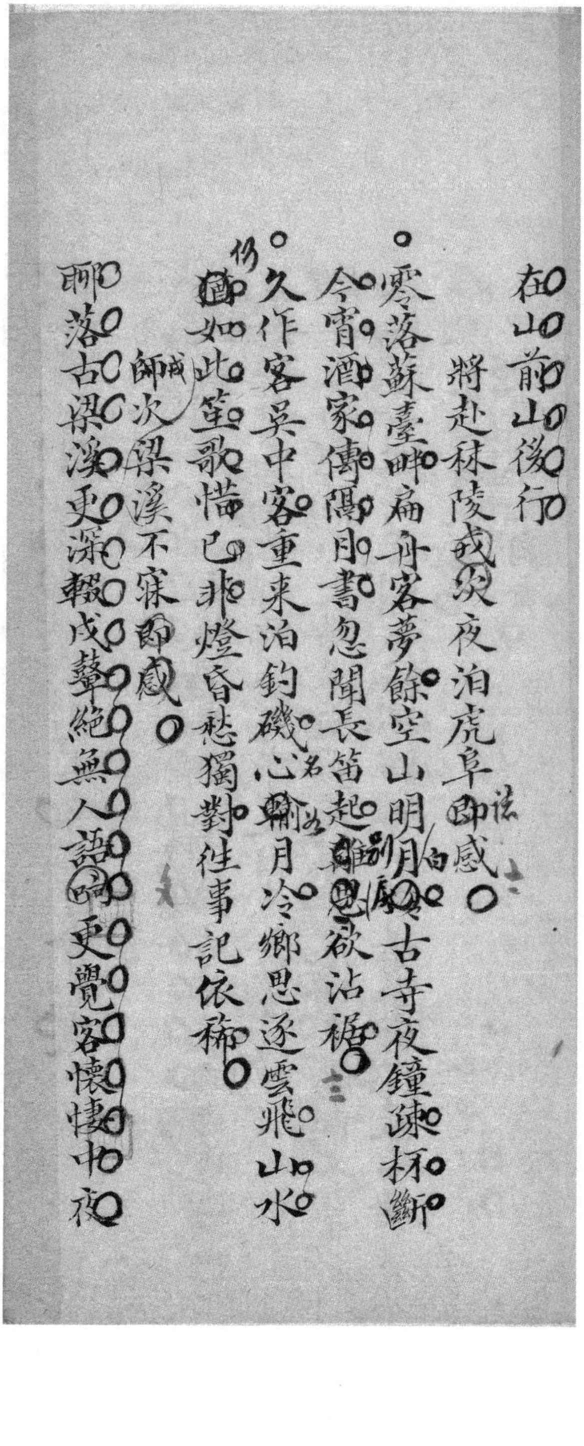

在山前山後行

將赴秣陵戍次夜泊虎阜即感

零落蘇臺畔扁舟客夢餘空山明月白古寺夜鐘疎柝斷今宵酒家傳陽月書忽聞長笛起離思欲沾襟

久作客吳中客重來泊釣磯心期月冷鄉思逐雲飛山水適如此笙歌惜已非燈昏愁獨對往事記依稀

師次梁溪不寐即感

聊落古梁溪更深轍戍聲絕無人語響更覺客懷悽中夜

惟啼鬼平明莫唱雞一燈良不寐落月冷荒堤

錫山舟次

猶是舊時路傷心劫後過斷橋人跡古木鳥聲多雲意

想如此山容慘若何聊分惠泉還自煮松蘿

停棹看山色龍山又錫山空巖飛瀑壯危塔夕陽閒青草

無人徑黃松野客關民無椽屋僅以松茆結廬而已不堪寥寂況復自念

回源郡汝等人還

晉陵道中感懷寄沈陶安

早知貧逸士之常。遇合由来聽彼蒼。春到却先莎草綠。
秋來須讓菊花黃。酒原無量豈從節。玉不求沽豈又藏。十
萬卷書三尺劍。壯懷猶是昔年狂。

磨盾寫悶

不信儒冠竟誤吾。邊城瘦馬嘆窮途。寒嗟白袷連年補。貧
到黃粱隔宿無。兩字浮雲生計薄。一鐙秋雨夢魂孤。亂離
翻羨漁樵好。坐臥湖山得自娛。

、虞山戎次寄內

羞照清輝
裊鏡蘭臺入夢遲○對景何處寄相思○燈無賴別離思○懷抱無人細○書獨倚床頭月夢○
玄○階前枕上詩○枕端綉句為憐我山川艱跋涉○髣髴井向（內子所作）
苦支持○一言○為寄閨中曉○食蘇甘須老境知○味○勝○半衣○對誰○時○

詠菊自感

獨嘆陽和節候遲○短籬冷盡菊花枝○無言祇向秋風立○落
寞幽情說與誰○只自知○憐底○事○無人○處○秋光淡○十分○時○
一枝孤絕傲清霜○籬落蕭條自擅芳○蝴蝶不來秋欲老○滿
城風○雨又重陽○

冬日自遣

五載烽烟夢亦驚嗟予久廢硏田耕萬般還是詩書好手
理殘編課後生

碧窗淨對碧山開茗椀詩筒絶點埃嶺上梅花籬畔菊香
風分別入簾來

乙丑

、春曉

無邊春意動林坡破曉窺簾更若何楊柳一溪人跡少杏

花兩岸鳥聲多烟橫波面皺新漲晴快山容聳翠螺寄語
黃鶯休弄舌玉樓春夢正婆娑

、客中春懷

將移宋姓家塾同窗

垂楊芳草一番新人自尋春我惜春未免有情花媚客
如歸去鳥催人忙隨流俗難合遊讀劍詩書總負白髮
親愁紅粉怨夕陽痴立黯傷神

何苦逐風塵

、春宵對月 對月二首

新月透窗前春宵色更妍纖扶楊柳倦酣照海棠眠小閣

迴

書聲迴深閨夢緒牽。不堪涼似水。相對總淒然。
新綠柳梢頭。纖纖月色幽。誰攜瓊女鏡。宜照玉人樓。竹影
清堪寫。花香暗欲浮。何如琴一曲。涼意提新秋。

、暮春寫興

莫嫌庭院減芳華。三月春深興倍賒。加紅躑躅開。架壓綠
芭蕉小未遮。詩成擱筆聽啼鳥。酒罷攜筵落花。最好池
塘初過雨。碧鑪添水品新茶。
絕無塵俗托幽樓。竹樹蕭森翠模仿。紅藥開時蝴蝶下。綠

8

楊柳垂𨻶鷓鴣啼，琴橫明月調新曲，壁掃閒雲續舊題，愛看西湖山色好，夕陽走馬過芳堤。

寄懷浙西諸舊子

雲外青山山外雲，山山迢隔嘆離羣。[illegible]吳宮月冷懷人夢，曲水風和修禊文。兩載音書悲落寞，一春別緒又繽紛。梅花樹樹飄零易，惆悵無媒折贈君。

月夜憶舊

林際夕陽遲，樓高獨倚時，忽看新月上，引起故人思，別恨

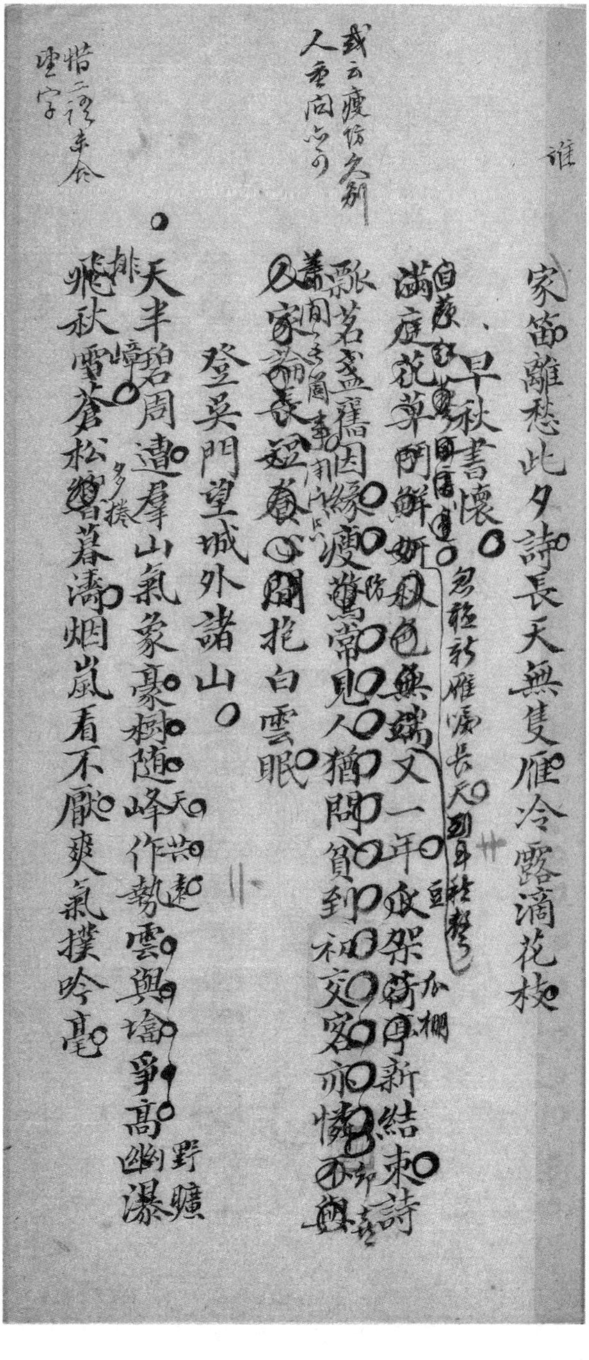
家節離愁此夕詩長天無隻雁冷露滴花枝
早秋書懷
滿庭花草鬭鮮妍秋色無端又一年瓜架荷再新結束詩
瓢茗盞舊因緣瘦鶴常見人獨脚貧到秋來客亦憐不與
人家論長短閒抱白雲眠
登吳門望城外諸山
天半碧周遭群山氣象豪樹隨峰作勢雲與壑爭高幽瀑
飛秋雪蒼松暮濤烟嵐看不厭爽氣撲吟毫

秋宵偶成 ○空齋

長夙夜寂冷氣逼簾衣風際月光暈淡霜濃星欲稀寒蛩

依壁飢鼠下塵帷[illegible]坐看燈力微

、暮秋書懷

廿年姓氏叩烟霞強學痴狂度歲華酒肆裂旂求額字野

僧籬砌覓指花秋畦剩欲收成種晴閣閒宜晒藥茶不足

青年甘落拓天涯絕少是生涯

幽居暮秋遣興

一灣溪水繞茆堂，地僻秋高有底忙。野老穿魚來謝藥，山僧買鶴乞輸糧。稗蕈抽雨芽新紫，嫩橘經霜殺半黃。領略江村秋末趣，芋羹菰粉飽新嘗。

病起

○未與人爭嬾與仙，閉門謝客自悠然。新除香國司花尉，近號瓊樓弄月仙。因病少償詩社債，爲愁多結酒家緣。閒來漫輯屬龍泉劍，留取寒芒待破堅。

自恨靜對爐烟書擕

袖手閒窗看

求通多合安付命何堅何須更問天

、秋日宴鳴翔仙觀

病退情安懶，秋深興轉痴。黃花邀醉酒，紅葉索題詩。鵲慣陰晴報，猿常坐作隨。出門常一笑，莫定是歸期。

少年人替惜，別趣自堪誇。詩未留僧壁，名慚謅酒家。病夫來知藥，野老約看花。又是重陽到，幽窗風雨譁。

館起鳳堂即感

強學棲梁燕，聊為逐浪鳧。解頤工耐俗，緘口自安愚。轍已違先後，情憑話有無。書生多小叔，誤墮付嘻吁。

題借一山房壁。

紙窗洞闢堪容膝，竹榻橫陳亦曲肱。一局殘棋初散客，半
甌苦茗留僧。紅爭躑躅和嬰寶，翠欲周牆著薜藤。誰曉此
中有幽契，庭梅簷月許為朋。

自嘲笑

自笑心灰却未灰，年來隱曲閑寒梅。深知藥性難醫拙，
解文章不算和花酒，談人悲已御琴書，忤俗戒將東持躬，
（有詩情也算才）（青氣不非佳）（雄心）（以承驚）
何若方稱便，問答隨宜咲口開。
（興來狂免意悠悠原）（年年空是春無到）（庭前一樹梅）

和楊端生吳淞櫂歌

吳淞江岍繞而曲，吳淞江水清且渌。蘆洲四面泊漁船，修蘆為壁船為屋。村隣蒸米日無冬，回用吟風隨所欲。今泛棹不思歸，願與君家訂親屬。願逐江邊鷗鷺宿。

感懷

節去風寒秋不知，耐貧鎮日苦吟詩。齋僧窺鉢嫌緣少，稗子牽衣攫飯遲。酒債未償驚剝户，病軀違嬾開籬。敝衣欲禦初冬冷，終怯清晨日暮時。

初冬縱游村落即景書所見

收斂疏簾小一軒，山莊水郭徧游跟。草鞋漁叟釣蘆港，衲野僧耘菜園。鷺引船空争岸，牛欺童小自歸村。酒家偷問奚奴話，主量曾能飲幾分。

溪有橋可渡有舟，竹籬流水自悠悠。蓬頭朸如啼雞入塢，脚野童跨犢游。釋榜黃殘山寺壁，布旂青出酒家樓。歸來田舍争留宿，芋飯蒓羹款洽周。

感懷

此生落落卅年餘，半愧名空剎亦虛。果友通聲聯斗米背

妻典物購叢書鴿窺糧盡歸巢此犬齚家貧吠夜疎轉羨
老生（農）計足收蔴纔了又挑疏

感舊

夙愛風流到處尋秦淮吴苑快胸襟春風送馬煙花路秋
月當筵絲竹音詩句遍傳名妓口扇題尤中美人心幾年
情景都成夢憶到前非惜到今

晴窗寫幽

東（方未）風先曉散寒（遠紅）霞（閑叢曉色透紅霞）晴日烘窗映碧紗紫石硯陂閒試墨青
北

銅鼎古細烹茶梅梢鵲下聞鈴語池底魚行見水花一榻
琴書長自在不須門外問生涯

小春連日晴暖喜而偶成

天公故意作清閒直訝陽春去復還紅葉久留風不惡黃
花儘放雨無關凍蠅戀日簾櫳外幽鳥弄晴松竹間笑道
小春春不小嶺梅特地為開顔

丙寅

春日郊游漫興

○夙有嬉春癖春来信所之入村先問酒到寺即題詩採藥
僧分種看花客約期一叢爭折處初綻海棠枝

謝黄厚卿贈玉蘭花枝

天遣瑶僊舞羽衣梅花自恨不能肥一枝為謝高人贈壓
得紅塵點不飛

春光分得到茆堂供向銀瓶滿座芳欲寫玉環真本在何
須閬苑問新粧

春寒夜窓寫悶遣情○

孤坐一燈殘。一點燈如豆，空庭夜色闌。颶風狂掃竹，陰雨暗欺蘭。不寐

添香讀，無聊引劍看。最愁明早事，花落擁雕欄。

最目山游。明朝晴也未，淡月望簷端。

自得尋春樂，山游趣最真。幽花香引路，晴鳥語留人。沽酒

主曾識，邀茶僧更親。石床隨坐臥，苔蘚碧成茵。

遣興

香鼎茶爐布置宜，小窗晝永自怡怡。鄰園拔刺頻邀酒，山

客來書苦索詩。浥露花枝嬌出色，弄晴林鳥語多時。一春

底是關心事鬥草尋芳莫誤期

春曉

小築園林春意奢曉來尤喜絕塵譁游蜂撲袖粘香漬啼
鳥爭枝滴露華畫紙限臨王氏帖汲泉細品越山茶今朝
又怪童貪睡自繞籬根掃落花

春日

握管常嫌得句遲一春吟思亂如絲山僧踵至邀花會病
客轎臨討藥醫扶醉揮書勤翦燭撥忺作畫懶題詩呼童

莫忘明朝事虎阜山前鬥草期

春晚　戲贈寄蘇君森

得句常嫌醮墨遲錦囊那復有空時雨微正喜藥苗長日暖頻看花影移容妬筆閑竪劍畫僧邀茶熟苦邀棋少年偏視功名淡志在盈堂一卷詩

書懷

無事園亭坐悠然適性情落花蔫蝶夢密葉隱鶯聲詩淺韵無俗茶粗味却清人生都有定吾獨不爭名

艶雪齋首夏漫興

半生詩酒足清狂，剩鎖名韁我不忙。曉枕呼童洗（平聲）研墨，夜窗留婢侍爐香。蕉風不定傾新綠，梅雨初來弄淺黄。偶出園門數花事，朱藤棚下好徜徉。

○近來懶看蹤跡少，自栽桐帽與戲鞋○日日付園門晝掩○綠竹梢初拂户○亂殘紅花片欲平堦○車轍中歸去田中樹陰靜○簾櫳雨餘山色佳○底事少年偏學隱暮○鄰盤賴與李生偕○

葉將書初菜來半○吟情都付與詩牌○○

夏日自遣

8

朝市無關半點心，姓名早逐少人尋。燕鶵待哺窺簾影，鯉子貪眠選樹陰。露滴曉荷露精試墨，風迎新竹靜調琴。散人早具消炎品，自植氷桃結滿林。

長夏晚興

葛巾蕉扇曲闌憑，客散殘棋捲未曾。竹影忽搖涼瀉起，花陰猶薄月初升。催詩又聽僧樓鼓，乘興還尋酒肆市燈。偶待向范家亭館東畔，碧荷深處集咏

秋日約友人

見說無詩却有詩一秋風物惹吟思紫薇花出牆低處丹
桂香聞容到時三尺馴猿能晒藥十年老鶴會尋芝從今
逃俗知方法買竹千竿不惜貲

暮秋山居

出入聽秋風山居落寞中饞猿窺果熟病鶴耐糧空庭草
無多綠江楓大半紅容來少兼味蕉大白頭菘

感懷

壁上龍泉海上鯨慨然為我不平鳴少年學隱山神妬清

夜悲懷路鬼驚醉後輒忘天地濶狂時常視死生輕彼蒼
底是無情甚忍使窮愁已半生
愁共花陰掃不開蕭齋鎮日自徘徊酒虛莫耐良朋坐茶
熟偏逢俗客來忍性怕儕庸懦例熱腸道又是非媒世情
仍似東流水我即有心〻亦灰

、自遣

自笑迂踈不合今寥〻天壤少知音栽花也爲同天力捨
藥非無濟衆心半世功名博詩酒十年姓氏叩山林時窮

且作羲皇想蒲榻槐陰夢裏尋

初冬風雨書悶

空庭落葉聽蕭蕭客邸新寒倍寂寥窮極差工詩幾句愁多賸賴酒終朝竹窗風惡茶遲熟墨海塵侵字欠嬌自媿冡闕鄰舍厭乞薪賒米已多條

訪王孝廉研香彥起不值

聞說攜琴去歸須月上寮詩錄連日約酒赴故人邀簾靜雲常在庭深雪未消曲欄閒多照檐馬正蕭蕭

丁卯

賦得春入長洲草又生 得洲字

東風吹幾度春已入長洲淑氣花爭發生機草又抽啼鶯
催曉夢走鹿感前游淺碧迎金勒浮青映玉鈎歸期知有
脚芳訊数從頭細雨遲歸燕斜陽穩臥牛蘇臺詩意遠茂
苑畫圖認取萋菲路登
瀛願可酬

閨詞

無語立花前花光奪目妍思君如蛺蝶夜夜抱花眠

和家研香花誕感懷原韵

為怯東風料峭侵，重簾不捲影沉沉。杯空羞見花常好，院静方知春漸深。夜雨樓頭詞客夢，暮雲江口故人心。能詩半屬窮愁客，悔被風流誤到今。

春閨曉

睡餘無賴拓窓紗，烏鬢蓬鬆喚買花。郎昨嬾儂太素，玉蘭不買買山茶。

蘭臺粧罷自含嚬，閒捲珠簾倚曉春。妬煞海棠太嬌艶，半

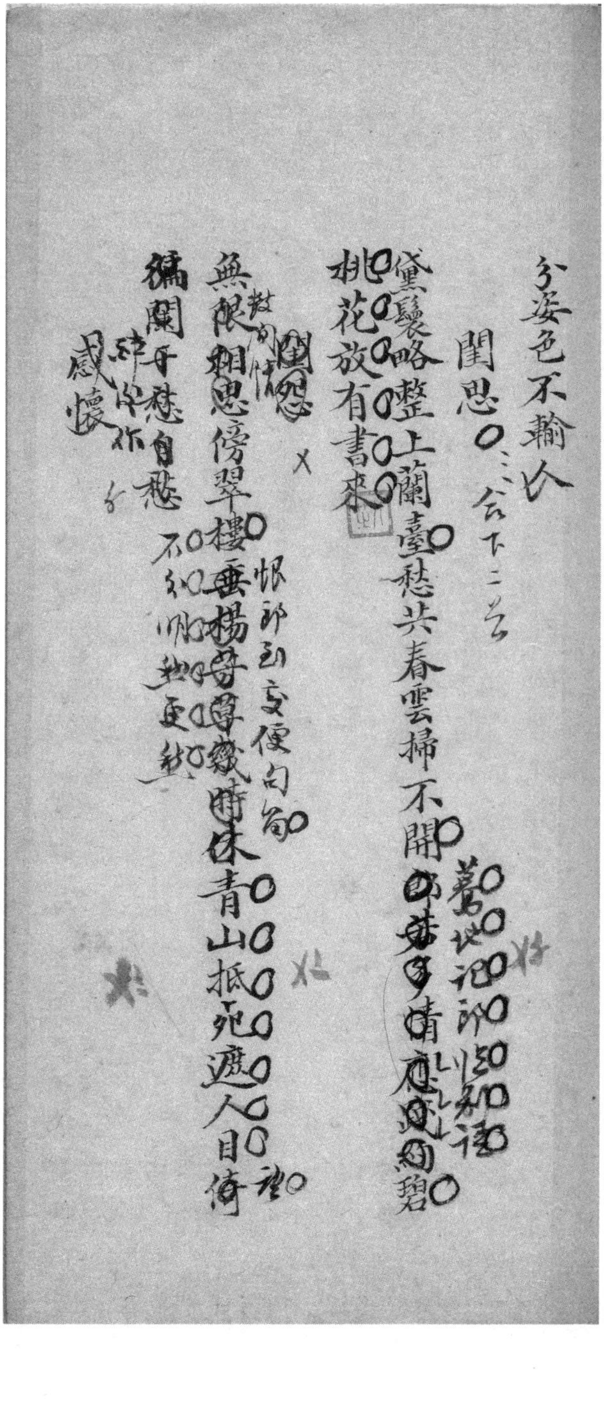
分姿色不輸人
閨思○、三公下二名
黛鬟○略○整○上○蘭臺○愁共春雲掃不開○鶯○迎○聽○知○語○
嬌多情態幽碧○
桃花放有書來
閨怨
無限相思傍翠樓○垂楊尋纖時休青○山○抵○死○遮○人○目○倚○
恨郎到處便留○
不○知○腸○斷○更○愁○
獨闌干愁自愁
感懷

○愁到深時酒淺時短檠獨擁强吟詩十年潦倒無人問賸有寒梅修竹知

清貧自是莫吾如風滿窗疏月滿廬生怕再窮窮不得窮一家長物只琴書

、經唐六如墓詩以吊之

自古多才子君名最動傾風流儔婦豎詩畫重公卿細雨迷芳草斜陽怨落英至今風入木歌哭尚餘情

同祝秎庵壽眉游獅子林即景

却有山林意斯園不負名竹深留鶴夢徑曲礙人行掃壁
題新詠登樓感舊遊情如何春已暮愁聽子規聲
共識名園好春來不負遊樓臺工點綴山水小句留扇影
輕爭墮衣香暗欲浮茆亭閒品茗誰是解風流

重修陸宣公墓

齋如門前六里路鬱麥迷烟蠍長松千尺絡寒藤行
人傳是宣公墓嗟零落豐草中當逢重修 [illegible]
經一塚抔泥 [illegible]
爲城郭爲灑祠堂猶壯當年度日落祠邊子規叫哀如

誦六歲詔人生忠效到頭看延齡當日何權要可知千古
回天手不爭生前爭且後莫歸忠州歸未歸至今廟貌重
吳右平江明月五湖山忠魂同此永不朽

寄人

多情誰爲寄春娥春永愁深喚奈何一院梨花紅落寞萬家楊柳綠婆娑香能損惹恨薰宜少詩最勞神作莫多臨別贈言卿記否玉容常好頼無佗

暮春即感

韶華來去太匆匆賞盡韶華三月中柳絮無端連夜白桃
花有限幾朝紅攻愁除酒難為計却俗維詩可見功富貴
一春春一夢遊人何事怨東風

暮春雜興

掐花都歇妓家門爭数青銅笑語温稚女不愁春欲晚隔
簾猶唱憶王孫

閨情二 雛鬟

底事東風不厭忙一春吹送百花香[illegible]也解紅粧好晚
露樓頭摘海棠

宇杏閨晚下

○綠楊樓上邀詞客，紅杏園中約酒人。抵死不嫌吟賞倦，一年好景只三春。

黃鸝腔滑雨餘天，喚醒山家午夢圓。只怕庭花容易謝，閒調脂粉畫中傳。

佳人

近村有佳人，十五好顏色。家住小橋旁，補屋牽蘿薜。纔十五，姿態傾人國。眉痕春山秀，綠雲覆香額。雙手捧珠簾，纖纖比玉環。釵荊裙布，風塵世已罕匹。謀生甚奇不

因念宋趙嘏渭陽錄懈三新聞詩如活字

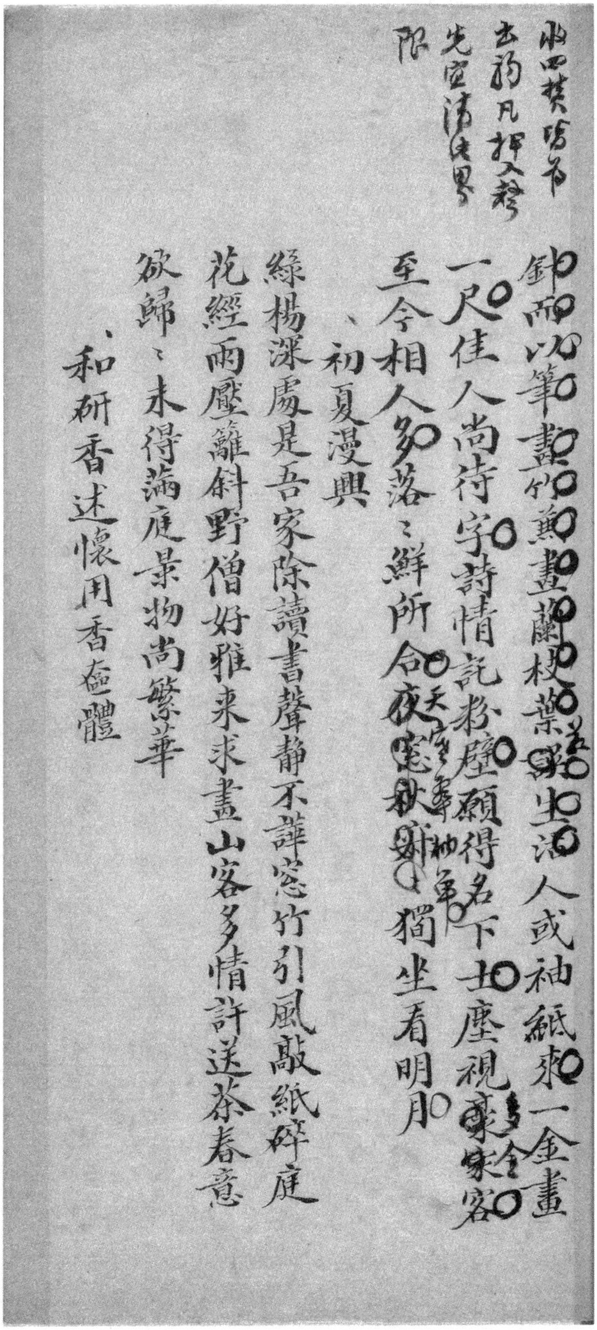

鈔兩以筆畫竹熟畫蘭枝葉點生活人或袖紙求一金畫一尺佳人尚待字詩情記於壁頗得名下士塵視豪家客至今相人多落落鮮所合夜窓秋聲獨坐看明月

、初夏漫興

綠楊深處是吾家除讀書聲靜不譁窓竹引風敲紙碎庭花經雨壓籬斜野僧好雅來求畫山客多情許送茶春意欲歸歸未得滿庭景物尚繁華

、和研香述懷用香奩體

不共梨桃鬥巧姿清寒況味自家知春風已負花前約秋水空傳葉上詩夜半無聊偷問卜日斜已久尚凝思紅顏誤盡腰肢懶翻羨芳情未解時

兒家生長奈何天一到春殘一黯然別緒正如花影亂愁情偏被柳絲牽瘦非無為羞人問貧病到相思只自怜對影生憎蝴蝶舞悶攜紈扇撲窗前

小病欺人嬾倚樓日高簾箔押金鉤罵鸚多語頻驚夢妬燕雙棲不解愁一片紅情呼負負三生青眼嘆休休托身

顧化蓮池藕開到花時総並頭

閒來底事獨沉吟愁比春江一樣深强學酒因能洗恨不彈琴為少知音空思隔座傳金鈿怕憶憑欄墮玉簪滿地落花人不見淚痕粘指劃同心

初夏坐月

細雨晚來晴松梢月正明舉頭懷遠別對影感前因情竹蔭支窗瘦泉聲入夏清無聊香一炷默坐掩簾旌

陳蔭伯黄俊卿讀書中和道院詩以訪之

曲徑通幽處書聲隔戶傳空庭翻樹影深院裊爐烟福是
清閒具緣先翰墨聯塵襟渾洗却何用慕神仙

感懷

容裡春〻易韋貧中事〻少從容愁懷自是無從說一
嘯須憑萬丈松
九秋雲讓人情薄二月風輸俗尚輕獨怪大千閒世界不
留錐地置書生

和觀察王小谷庚戌對月有感原韻

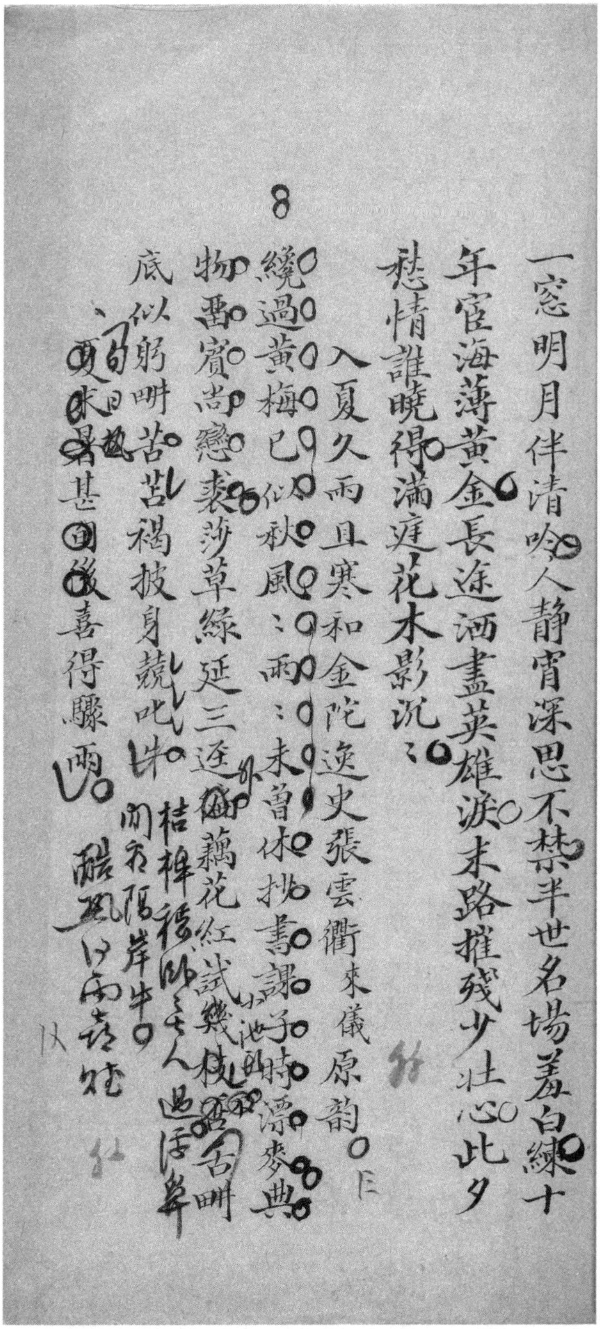
8

一窗明月伴清吟，人靜宵深思不禁。半世名場羞白練，十年宦海薄黃金。長途洒盡英雄淚，末路摧殘少壯心。此夕愁情誰曉得，滿庭花木影沉沉。

入夏久雨且寒，和金陀逸史張雲衢來儀原韵

纔過黃梅已似秋，風風雨雨未曾休。拋書課子時溫夢典，物雷賓尚戀裘。莎草綠延三逕滿，藕花紅試幾枝稠。

底似朔明苦苦，褐披身競叱咻。

旬日以來，暑甚，因後喜得驟雨

烈日張火傘，當暑肆炎毒。熱汗日餘天，青無點雲，吏民
皆喘吁，車塵苦奔逐。吾雖謝世途，無由避其酷。或撫素琴
彈，或展古畫讀，或敲竹窗棋，留客待茶熟。甚或攜几適赤
體臥林薄，前後肘多條，莫奈此煩溽。然風滿樓，蕉竹亂
鳴玉，神龍肆夭矯，噓氣蔽晴旭，瞻望未移時，雨勢已相促。
一點大於拳，萬點如翻瀑，瀑瀉聽移時，早覺起伏庭草
悅人顏，山光翠如沃。晚步出園門，涼痕濺羅襪，芃芃之黍苗，
勃然生意足。天地即無情，轉瞬炎涼速。

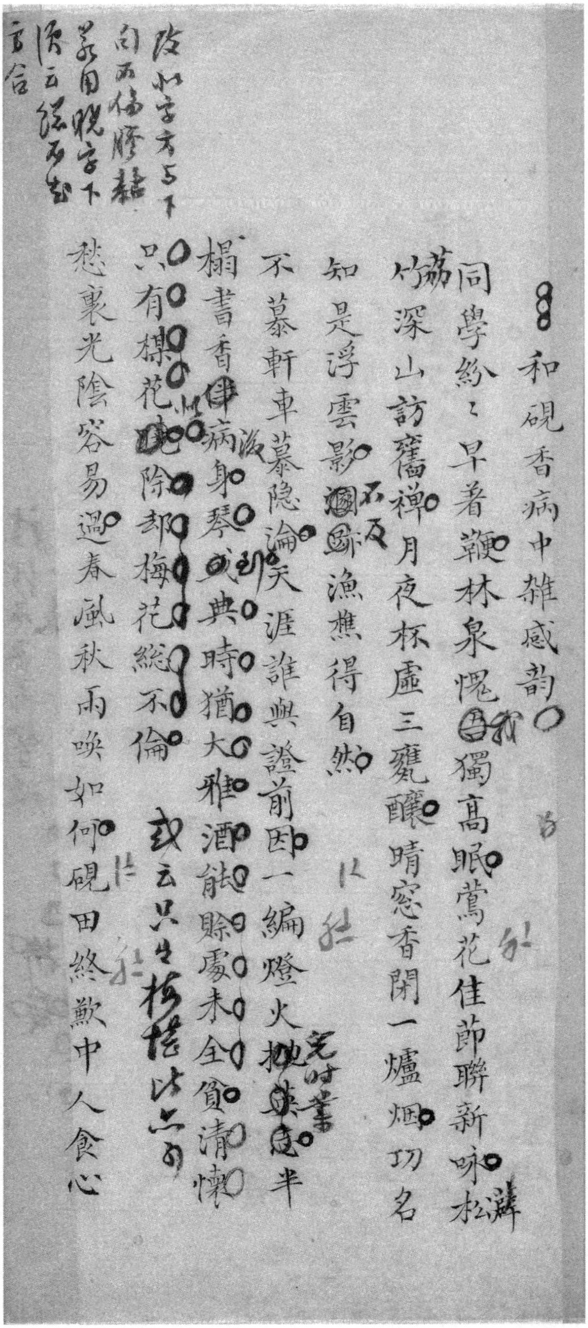
和硯香病中雜感韻
同學紛紛早着鞭林泉愧我獨高眠鶯花佳節聯新咏松
竹深山訪舊禪月夜杯盧三甕釀晴窗香閉一爐烟功名
知是浮雲影漁樵得自然
不慕軒車慕隱淪天涯誰與證前因一編燈火半
榻書香伴病身琴典時猶大雅酒能賒處未全貧清懷
只有棣花除却梅花總不倫
愁裏光陰容易過春風秋雨喚如何硯田終歎中人食心

鏡猶憑木世磨，滿酒原為白日疏狂，礙俗人訶。無聊

時倚孤松立，飢骨鋒□愛撫摩。

世事無如覓食難，一枝何處托平安。風吹蝶影隨花落，雨

打蟬聲抱樹寒。旅枕夢回灯，默山窗病起日三竿。逢人

諱說心頭事，憶到生平淚欲漫。

寄懷祝籽庵

大雅□□襟期不肆傾，縱談風月事，同感古今情。輸粟

名曾著（君善名素著），懸橋語賸評（君著有懸橋剩語）。逢飄獨恰我聊□一泉鳴。

夏日有懷硯香

室迩人偏遠，離愁鎖寸衷。連朝梅子雨，近日藕花風。志合何拘迹，詩窮方見工。輸君能却俗，窗竹影叢叢。

夜浴歸家，偶穿舊製裹黑衣，被邏巡弁止詰，因口占答之。

潦倒青衫近十年，緇衣又敝改無錢。武臣若欲知名姓，詩酒場中一散仙。

代海道士題雪中送酒西扇

梅竹伴清狂，空山雪滿莊。故人家釀熟，分我一罇香。

長夏漫興

繞屋扶疏夏木森。軒覺無閑半日心園門晝掩漏沉沉。槃添菡萏紅承露，蓬

大芭蕉綠覆陰。容懶不拘迎送節，鳥閑如效短長吟。靜中

勝如一事清娛慣輸他事，恨西時多未學琴。

贈山陰任舜琴董

一枝同是客他鄉，慘淡經營君擅長。酒量但知輸太白，

情直欲誤徐黃齋居与拙何曾拙君下榻陶園与拙互齊。才有可狂却不

狂，笑我知音亦寥落。攜琴聯共論更張。

虞山屈仲豪為余作畫詩以謝之

攬盡虞山勝今來對水游書源宗北苑畫理悟南樓秀水錢氏深得白陽新傳家有南樓著名君又曉廷先生高弟也毫彩深人慕才名到處留他時雲樹隔一幅想荊州

夏日寄懷沈蓮士[illegible]作

別不多時却有時薔薇開過又荼蘼[illegible]

消夏多方法客去彈琴客到碁

苑又畫家非書家

○為仲豪作朱藤金魚畫幅因題其上

晝長人靜絕塵埃。却好開軒傍水隈。鷯燕學飛穿柳去。文魚爭食破萍來。竹圍紙閣蕭疎蔭。花壓河棚次第開。此境不知何處是。畫成相對又徘徊。

懷自（賡文）遵（道）趙龍門雲衢丈（賡文）

○零落古吳門。懷人酒滿樽。三生蒙契賞。一別隔寒溫。舊雨悲孤夢。春風企遠村。時大設教楓湖之濱 樹雲何太密。迷斷又黃昏。

偕研香至藝圃觀白荷花

容自城西來為道藝圃景松竹繞迴環白荷開數頃吾未

却未遍滿池搖素影洗盡膩脂冰心獨自領葉〻復花

花風定香益靜坐久欲忘歸祇覺情味〻求富貴非我懷夢

逐鴛鴦冷說與熱中人曾識此清境

和少尉鄒蓉閣在衡倣遊仙詩即用研香病中感雜

原韻

自跨青牛倦着鞭羅浮山上足高眠不辭嬾散常耽酒特

愛清閒偶坐禪豈有神仙能富貴但憑嘯傲託雲烟從知
名利人間累求往青霄獨灑然

滄桑轉眼嘆沉淪縹緲雲中悟夙因徧歷迷津尋大覺要
從明月印前身丹曾久鍊難（醫俗）錢總堪呼莫救貧擬向藍田
種瑶草乘鸞跨鳳果誰倫

聞說蟾宮早日過分班同詠樂章多雲裳佇看採花試月
斧曾經斫桂磨玉洞暫棲千劫悟瑶臺直上百靈呵清都
小謫尋常事閑把黄庭一卷摩 謂王研香事

莫信藍橋欲上難，須知緩步自平安。龍鸞終得蓮高會，雞犬居然列廣寒。未到壺天先辟穀，既来塵海且投竿。桃源即許漁郎獨，惜重来路已漫。

寄懷嚴子萬祝子靜諸友

自得論文樂依ㄑ，近歲餘同堂攻翰墨，環座賭茶書（諸君暇輒記書賭茶，名為稽古游戲，子靜其倡也）。别意初無久，清音已漸疎。羨君日共事，又欲廣寒居（諸君于初旬同赴棘闈）。

寄懷祝籽庵壽眉即贈别

君固堂堂者襟懷早軼羣覽游皆是學談笑亦成文日落
閒愁起風吹別緒紛蟾宮轉眼近佇看試雲斤

送鄒蓉閣之金山尉任

攀盡長枝更短枝新秋楊柳尚絲絲琴書看壯臨行色風
月都為贈別資華髮自憐田未就更甘心祇願報清時東南
此去多山水添得騷人幾卷詩

和研香避暑漫興十首錄四

典盡衣裘作酒錢畫成花鳥結詩緣屬妻家事休關白閒

過秋初夏末天。
○日高特愛梧桐蔭。人靜饒聞茉莉香。昨有日說晴今說雨。不
妨袖手看炎涼。
閒攜園鶴尋幽去切語奚童禁俗來莫惜於今秋便是荷
花還有半池開
人家替我惜年華塵視功名浪學仙為語陰晴今日事世
情渾似早秋天
送研香之潤

山恨重時水恨長秋風不顧斷人腸連朝桐葉蕭〻落只
為旂亭催束裝
凴搖五色五江郎管難盡三春杜牧情且約芙蓉花放候涉
江重與話生平
△老少年
一叢朱翠繞階除淡染濃烘畫不如休嘆蕭娘容易老九
秋丰韻尚[illegible]與
△藍菊

葉〻花〻自弄芳繞籬也學（傲）清霜秋風特別陶家種開滿

牆根不許黄（此菊獨無黄者）

鳳仙花

滿庭披拂粲如何幾許仙姝跨鳳過轉恨瑶臺飛不入爲

渠情意惹人多

鷄冠花

半生零落困西風轉眼居（然）頂盡紅絶笑秋窗人易老一編

空自恐塗窮

寄任道人海泉

牀随新雨入凉宜晚風知恨我無閒日邀君頻誤期庭花開更落園果熟将垂近愛山房静宜畫與詩

秋懷

洒盡書生習窮通兩却忘眠雲饒竹蔭掬露帯花香詩浅羞人賛杯空就客商一秋容自恕踈適過重陽

處世渾忘世囂囂有底忙庭花更開謝園果自青黄性懶姑安拙才踈漫托狂朝朝親料理鶴飲與魚糧

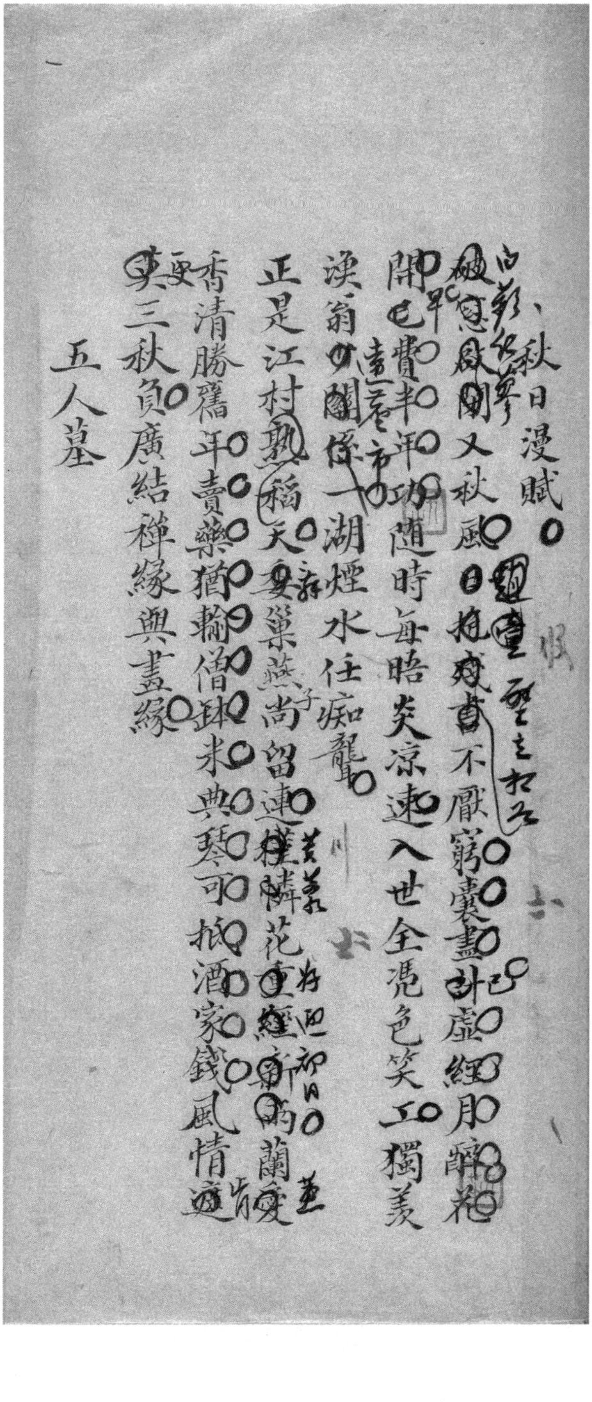

秋日漫賦

破窓殷閣又秋風，日抱殘書不厭窮。囊盡計虛經月醉，花開已費半年功。隨時每晤炎涼速，入世全憑色笑工。獨羨漁翁身閒係，一湖煙水任痴聾。

正是江村熟稻天，燕巢燕子尚留連。花重經新雨，蘭香清勝舊年。責藥猶輸僧米典，琴可抵酒家錢。風情更三秋負，廣結禪緣與畫緣。

五人墓

猶有英雄氣塋碑認成
不少吳中墓千秋弑五人殉仁何必士死節豈因臣古木
風為咽荒碑草怨春當年齊一諾山岳亦傷神

吳門晚眺

夕陽催畫角輸載望中情歸鳥投烟沒開雲排樹出村深
都在目山遠不知名一嘯憑天籟蕭蕭落葉聲

喜晴

一夜雨霏霏檐鵲噪晴鳴峯帷快曉晴病軀令暑健秋意已潛更花遠
香無跡松多影有聲奚囊親檢點又欲近山行

、王導

明縱元函明（暗）妨賢坐看君國幾顛連兩朝假節成何業只觧依違作自全

、陶侃

十萬貔貅鎮楚荊豐功壓盡石頭城論才不出尋吾下應笑當朝浪得名

、温嶠

洵是興朝一杜房那堪小吏屈丹陽當時人物何嘗少誰

策西軍定建康

、殷浩

本是窮鄉一布衣居然董統六軍機蒼生反被深源誤聽
未王師北伐歸

、自題抱琴賞酒圖

古調不可彈聞也之知音久抑鬱獨何為頹然只耽酒耽酒
奈家貧安得常盈斗鸊鷉亦已敝金貂非我有惟此爨下
桐隨身抱以走悵悵復何之青望酒家柳割截朱絃愛慷

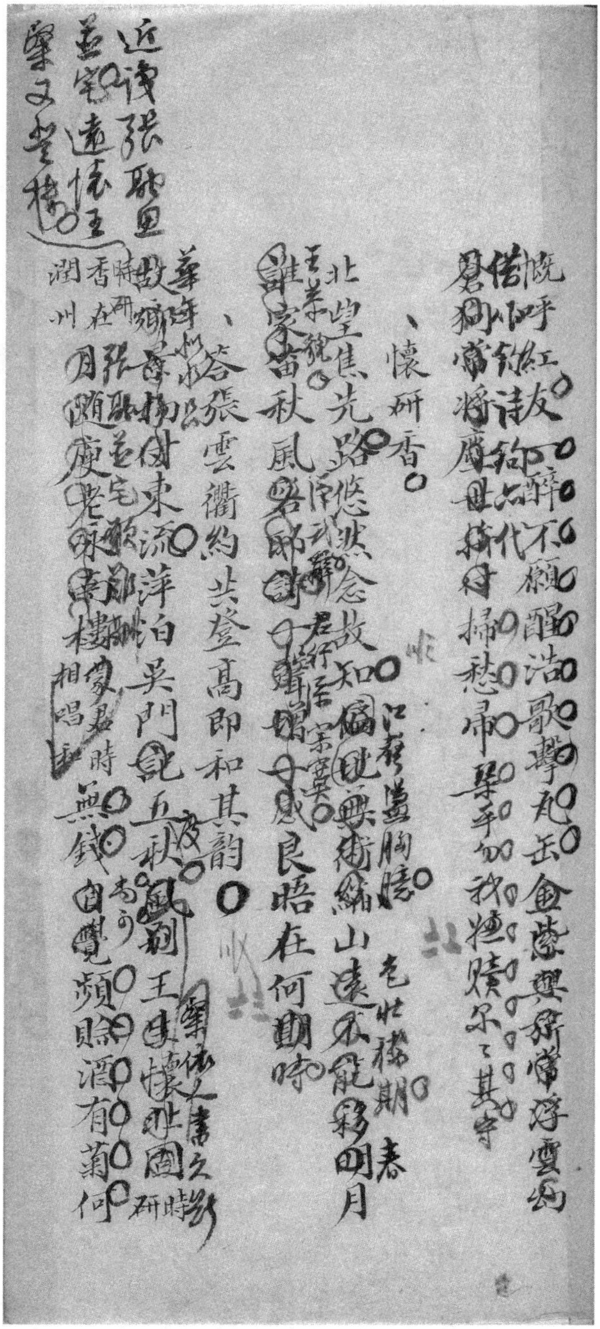

、懷研香
北望焦先路悠悠
、答張雲衢約共登高即和其韻

妙且樹頭我約青山君約我相期高處作清游

九日同張雲衢題塔壁

放懷長嘯撼風雲一擲登高萬感紛極目東南好山水傷

心西北有烟氛杜陵白髮猶思客稚圭青衫早羣解助

愁吟鈴鐸幾回搔首倚斜曛

丹楓滿徑秋猶是天涯作浪游漢處長纓無自請班

生兒筆幾曾投菊華冒雨經開謝萍跡因風感去留西望

五湖烟水闊此身只是嘆萍浮鷗

菊花不耐落
字秋下白去
百夕寒秋
菊已出落英

秋夜坐雨懷劉泖生履芬太守

徹夜聽風雨懷人淚濕衣破窗燈力倦深巷柝聲稀欲共中宵舞其如咫尺地違古琴同有愛猶自不停揮

感恨

昔年恨不解吟詩今解吟詩恨轉滋花謝荒遺香國護愁城堅與兵持百千致意難成就一二知心易別離惆悵生涯何處問十年枉學虎頭痴

秋抄得研香書即答之

和恨生言別

秋與人俱遠書隨雁到遲好憑數行語暫解片時思紅葉
愁將老黃花瘦不支近今痴絶處難報故人知

夜窗書感

短燈明滅伴孤吟入夜寒威漸覺侵窗外風敲新糊去聲紙
筒中塵撲舊藏衾親朋别久書常斷兒女愁多酒不禁來
日茫茫誰料得一貧辜盡少年心

為錢印之慶綾題漁婦曉粧波作鏡圖并賀其新婚

羞向菱花問玉姿曉窺波面即相知今朝别啓芙蓉鏡畫者

未解題意手中乃畫一鏡為照郎君及第時

一奩明鏡藉清波曉倚蓬窗掃翠蛾羞煞浣紗溪上女手

神自道不如多

收

秋末懷人 澹

墨花池畔許從轉眼黄花又一秋戴雖庸才叨馬帳江湖鄉園重名歸

清興屬羊裘龍跳虎臥千秋業應念江蜩畫稿傳公見收果顧有福再福吾事君

平非問卜執經忝列子雲儔楊子雲師事嚴起雲夫子才調争誇

卅

尊參短傳緣亦英雄人争說西曹識習翁爾都成黄絹婦才功

名未萬氏員黑頭公。梅仙作尉方為福，許老能丞不朽聲。望霜并惱天涯客，風雨催同塞外鴻。桐楓葉

來書楓葉數行清，淚欲爭紅。答鄢蓉閣縣丞。

寒雅爭挾暮雲來，愁共陰秋掃不開。過可奈書聲格向夜增落寞，更

憐吟席少追陪。手神淡到窗前菊，骨韻清於嶺上梅。詞海

洋洋迷望眼，何當常近問津臺。絡洲元鐵卿社長。十年泥迹麥輪迹

同是胥江一水羈，何堪我更寄人離。萬般客緒千秋適，八

口生涯一館支。萬水風花燭底淚，鴛湖煙雨夢中思。詩元

規老興欣如昨，可許南樓杖履隨。張雲衢明經。

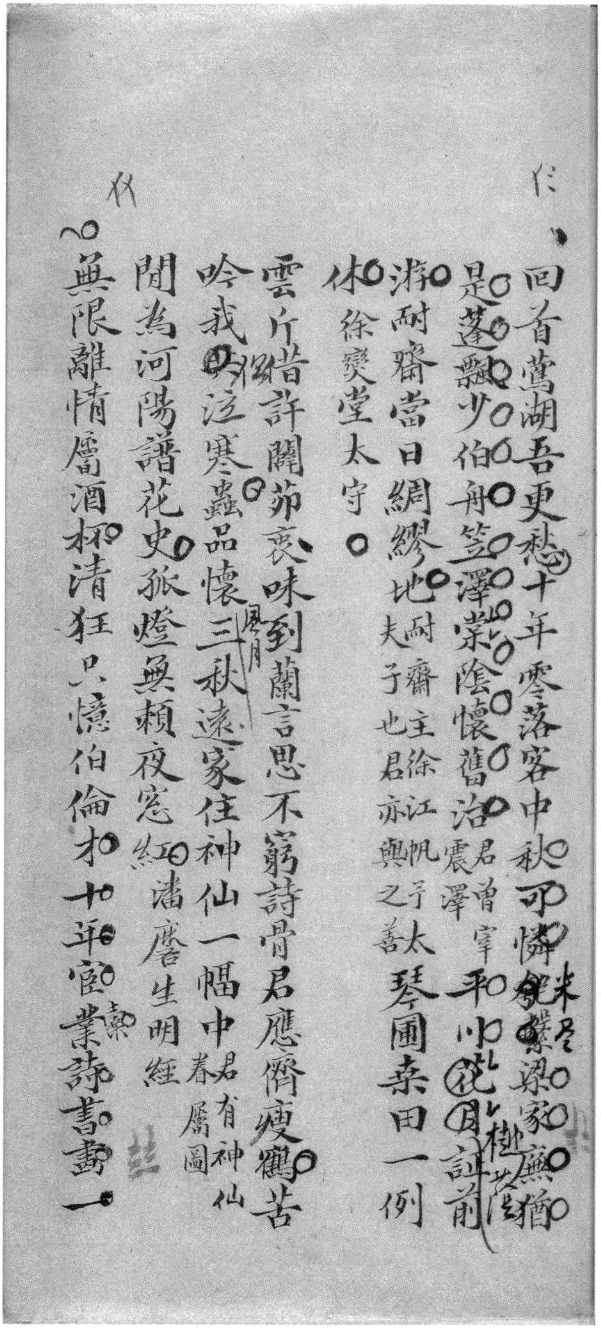
回首鴛湖吾更愁十年零落客中秋可憐舊業梁家燕猶
是蓬飄少伯舟笠澤棠陰懷舊治君曾宰震澤和此花月詩前
游耐齋當日綢繆地耐齋主徐江帆夫子也君亦與之善琴圃桑田一例
休徐變堂太守
雲片昔許闌節哀味到蘭言思不窮詩骨君應儕瘦鶴苦
吟我欲泣寒蟲品懷三秋遠家住神仙一幅中君有神仙眷屬圖
聞為河陽譜花史孤燈無賴夜窗紅瀟磨生明經
無限離情屬酒杯清狂只憶伯倫杯十年舊業詩書畫一

棹高風歸去來，松菊猶存門栗里，桃花重訪記天台。君曾為天台令

秋風一別真容易，道是芙蓉大半開。劉拙菴司馬

却怪光陰驛駛過，天涯同唤命如何。詞人秋盡懷抄名

士中年落魄多。一點騷情猶可減，半生豪氣總難磨。埋愁

自是無方法，擬付高陽醉裏歌。朱淥卿明府

城笳吹落夕陽樓，有客支頤感正稠。半世名心東逝水，一

秋離緒北來雲。芙蓉樓上誰相問，鎮江君時客首蓿盤中我亦

云。蘇詩陶句此夕悲歌寄征雁，可曾啼得故人聞。王研香孝廉

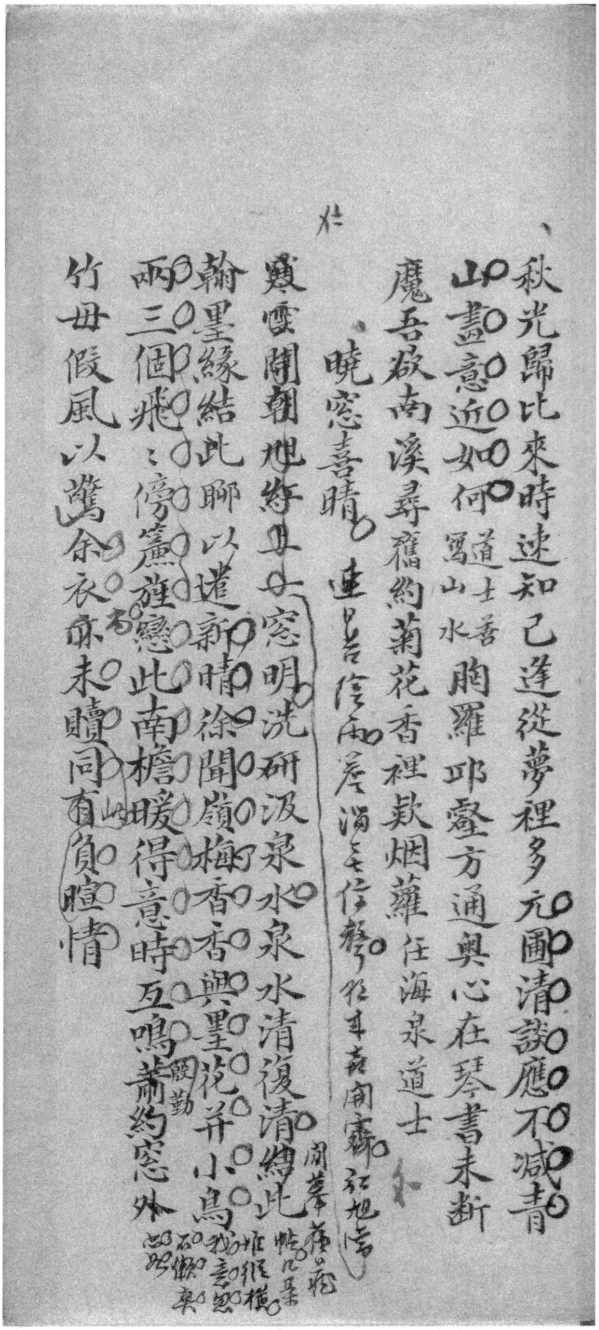

秋光歸比來時速知己逢從夢裡多元鄭清談應不減青
山畫意近如何（道士善寫山水）胸羅邱壑方通奧心在琴書未斷
魔吾嶽南溪壽舊約菊花香裡歎烟蘿任海泉道士
曉窗喜晴（連日苦雨屢滴之作聲，往年在閩齋，紅旭當）
雲開朝旭紛丹窗明洗研汲泉水泉水清復清總此
翰墨緣結此聊以遣新晴徐聞嶺梅香香與墨花并小鳥
兩三個飛々傍簷旋戀此南檐暖得意時互鳴殷勤蕭約窗外
竹毋假風以驚余衣亦未贖同有負暄情

殘月

平生愛月如愛客，每逢月夜欣逢得，迎之送之莫無失時。今宵月上何遲遲，攜琴且輟梅花奏，寒倚闌干敲更漏。俄焉巢鶴戛然鳴，報道東林月漸升，出美人娟娟，現半面欲來不來似含怨。舉頭試證前生事，低頭無語在地，嗟我人生滿意本無常，朝時缺時何怏怏，從今忘却升與沉，且共盡觴一醉歌。

答張雲衢詩意

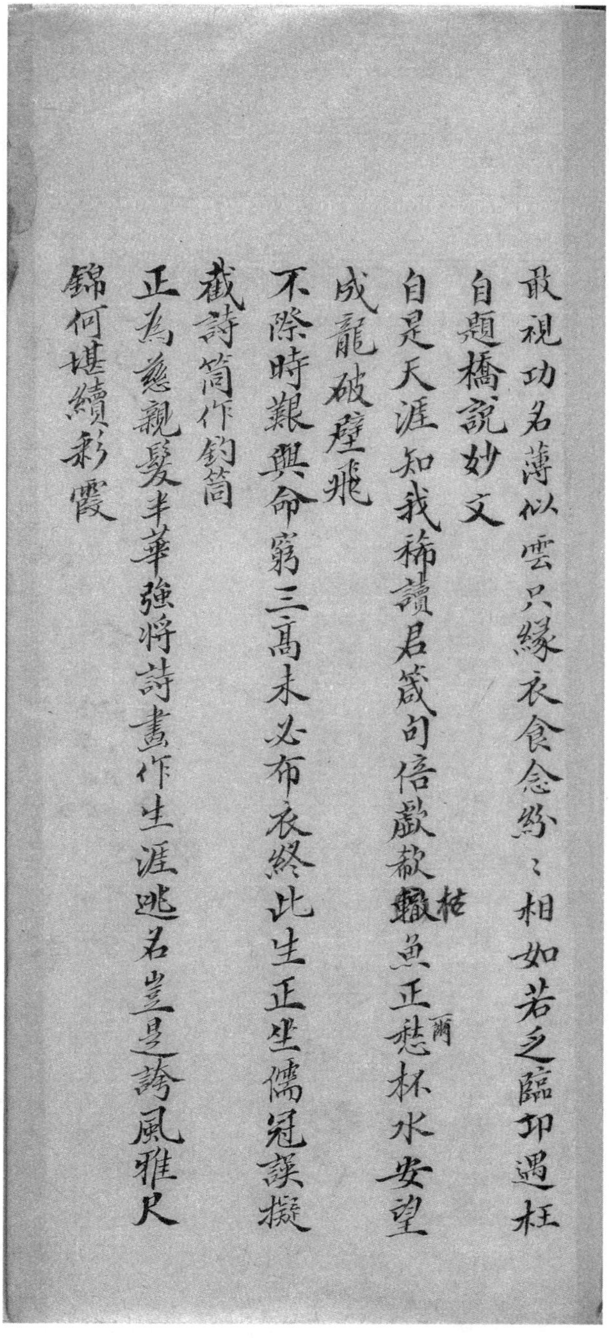
敢視功名薄似雲只緣衣食念紛〻相如若乏臨卭遇枉
自題橋說妙文
自是天涯知我稀讀君箴句倍歔欷蠹（枯）魚正（酒）愁杯水安望
成龍破壁飛
不際時艱與命窮三高未必布衣終此生正坐儒冠誤擬
截詩筒作釣筒
正為慈親髮半華強將詩畫作生涯逃名豈是誇風雅尺
錦何堪續彩霞

八月二日家研香于役京口余同麐生鐵卿渌卿沵生飲餞山塘舟中既而研香作圖以紀行用成記之因短歌藉即以贈別花

昨看堤上花，今折堤邊柳。花殘柳亦疏，芳華苦難守。當此可憐時，多作有情耦。情多復何言，強君且飲酒。開懷盡今晨，顛倒呼紅[illegible]。秋空靄停雲，照我杯在手。既無縮地方，莫開問天口。吾輩慣飢驅，聚散亦其偶。一醉願無醒，離情日烏有。君行我即歸，臨歧漫回首。

喜晤舍人吳霞軒鳳喈即送別

風流名早仰襄陽，喜挹清芬夙願償。八斗才華黃絹婦，千金文價紫薇郎。書追顛米毫揮霍，彩畫到湘蘭墨孕香。相見又嫌相別遽，幾回搔首上河梁。

和研香秋夜感懷原韻

莫怨風霜苦，吾亦飄零近半生。

絕根在枝事の　人海　追思往事　萬里未歸而生

望斷眼前成悲茫茫，又又欲何之。眼前經歷都成夢，愁

裡發陰半屬詩，覺鬱莫追歧路失，買書安得買山資。吟魂

正苦無聊賴，毋點殘雨似絲。

研香由潤經吳又將赴都應禮部試詩以贈別

纜暗君時又別時，離情從此亂如絲。愛情最是貧交切，

厚終非世俗。却羨鵬摶雲路遠，自嗟燕托旅巢危。臨歧

莫愧無投贈，好折梅花第一枝。

和潘曆生夜坐寫懷原韻

歎枕不成眠獨坐數更柝無田日爲艸出計日益薄菊寶
酋西成吾藝竟寥落敢嬌儒冠誤卸昧讀書樂知己僅二
三輒復感離索泥哈直至今世運更非昨鷦鷯尚有時化
鵬翔冥漠吾獨何爲者長此一枝縛
兎灰心復然驚聽邊城柝舉首叩長天於我命何薄豎子
亦成名襟期況磊落古人覘出處一國係憂樂不見杜元
凱功收河橋索吾亦七尺軀敢誘今異昨何爲效塗鵶醜
然甘恬漠擬啓匣中劍一擊斷塵縛

和麐生經淮張故宮廢址四首

○千古興亡感慨同，羅娃（風流不讓）鄉羽館娃宮。當時羅綺生春地，僅有
淨鉢陽鷄冥紅。

○寒烟鎖盡故宮庭，狐嘯烏啼入夜聽。荒塚（殘礎）猶餘亡國恨，至
今蟲草不成青。

○金屋朱樓一炬空，任他疑冢說張王。七姬祠畔閒花草，猶
帶當年粉黛香。

○苑（院）落荒涼棚色新，春風瑣碎（隨處起）怨香塵。獨憐（同）曾（仍）是西江月，不（曾）

約

照齋雲樓上人 8

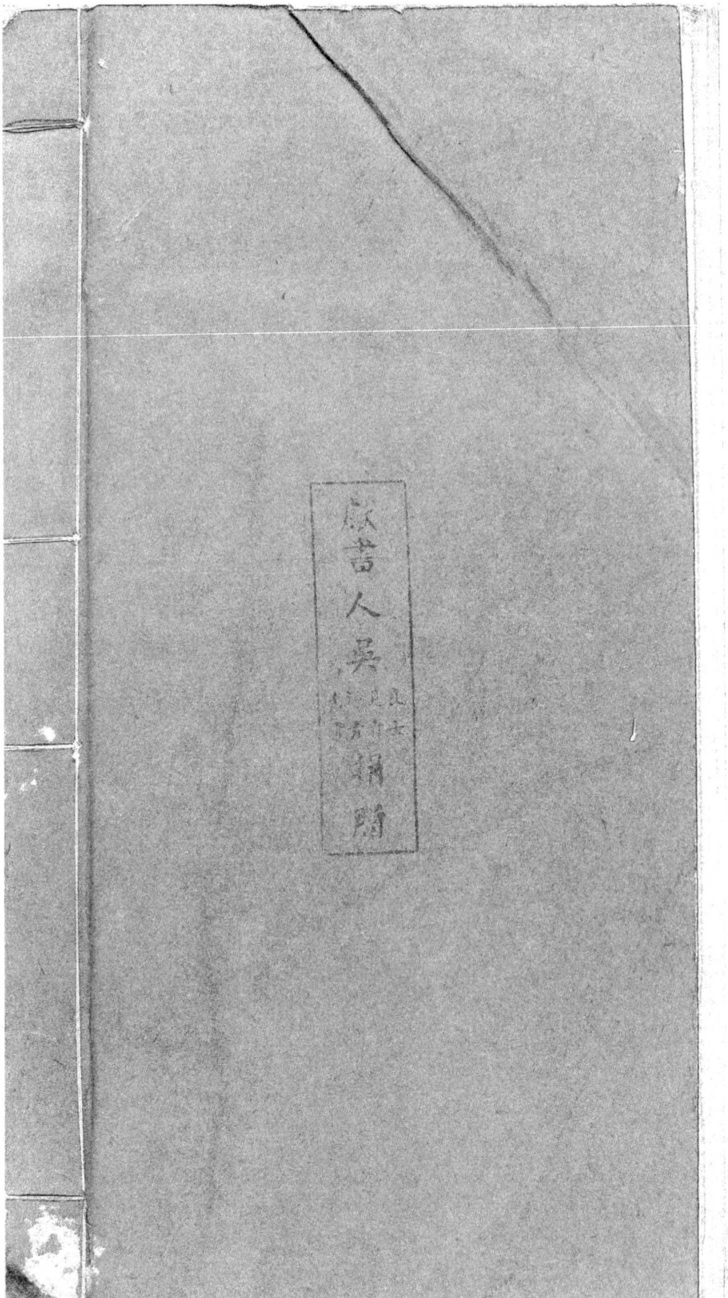
獻書人吳
捐贈

圖書在版編目(CIP)數據

國家圖書館藏清人詩文集稿本叢書. 第三輯/陳紅彦主編.—北京：北京大學出版社，2019.10

ISBN 978-7-301-30814-1

Ⅰ.①國… Ⅱ.①陳… Ⅲ.①中國文學—古典文學—作品綜合集—清代 Ⅳ.①I214.91

中國版本圖書館CIP數據核字（2019）第215571號

書　　名	國家圖書館藏清人詩文集稿本叢書（第三輯）（全三册） GUOJIA TUSHUGUAN CANG QINGREN SHIWENJI GAOBEN CONGSHU（DISANJI）（QUANSANCE）
著作責任者	陳紅彦　主編
策劃編輯	馬辛民
責任編輯	翁雯婧
標準書號	ISBN 978-7-301-30814-1
出版發行	北京大學出版社
地　　址	北京市海淀區成府路205號　100871
網　　址	http://www.pup.cn　　新浪微博：@北京大學出版社
電子信箱	dianjiwenhua@163.com
電　　話	郵購部010-62752015　發行部010-62750672　編輯部010-62756694
印 刷 者	北京中科印刷有限公司
經 銷 者	新華書店
	720毫米×1020毫米　16開本　133印張　477千字
	2019年10月第1版　2019年10月第1次印刷
定　　價	990.00圓（全三册）